KB146438

한국 근대 아동문학 장르 인식과 분화

정진헌(**鄭震憲**, Jeong, Jinheon)

충남 금산 출생. 2004년 《충청일보》 신춘문예(시) 등단. 건국대학교 국어국문학과를 졸업하였으며, 동대학원에서 「일제 강점기 한국 창작동요 연구」로 박사학위를 받았다. 동화와번역연구소 및 건국대학교 70년사 교사편찬 연구원 등을 역임한 바 있다. 현재 건국대학교 글로컬캠퍼스 교양대학에 조교수로 재직하며 강의 및 시 창작(동인지) 활동 그리고 아동문학 관련 연구를 하고 있다. 저서로 『겨울나무는 잎을 버린다』(2014;시집), 『한국 아동문학사의 재발견』(2015;공저), 『사고와 글쓰기』(2015;공저), 『발표와 토론』(2020;공저), 『대학생을 위한 말하기 이론과 실제』(2022;공저) 등 다수가 있다.

한국 근대 아동문학 장르 인식과 분화

초판1쇄 인쇄 2022년 5월 10일
초판1쇄 발행 2022년 5월 25일

지은이 정진헌
펴낸이 이대현
편집 이태곤 권분옥 문선희 임애정 강윤경
디자인 안혜진 최선주 이경진
마케팅 박태훈 안현진

펴낸곳 도서출판 역락
출판등록 1999년 4월 19일 제303-2002-000014호
주소 서울시 서초구 동광로 46길 6-6 문창빌딩 2층 (우06589)
전화 02-3409-2060
팩스 02-3409-2059
홈페이지 www.youkrackbooks.com
이메일 youkrack@hanmail.net

ISBN 979-11-6742-341-2 93810

정가는 뒤표지에 있습니다.
잘못된 책은 바꿔드립니다.

이 저서는 2020년도 건국대학교 교내연구비 지원에 의한 저서임.

한국 근대 아동문학 장르 인식과 분화

정진헌

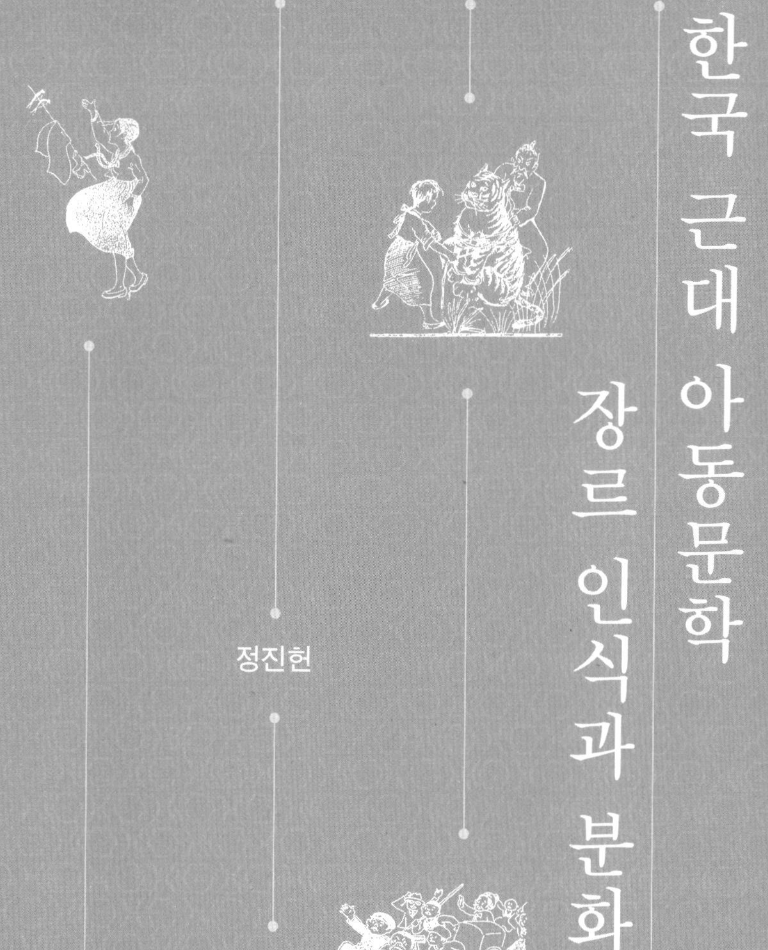

역락

머리말

일제 강점기 한국 아동문학은 역사의 질곡 속에서 시대의 아픔을 끌어안고 어린이뿐만 아니라 성인들에게 위안과 치유의 문학으로서 성장해 왔다. 또한 다양한 갈래와 분화 속에 많은 작가와 작품을 생산해 냈다. 1910년대 최남선이 발행한 아동신문 《붉은져고리》(1913.1~1913.6)와 아동잡지 『아이들보이』(1913.9~1914.9)가 그 전사 역할을 한 이후, 1920년대 방정환에 이르러 아동문학은 본격적인 장르 인식을 갖고 작품을 생산하게 된다. 방정환과 색동회 회원들의 기관지 역할을 했던 『어린이』(1923~1934)를 비롯해 1930년대 카프의 기관지 역할을 했던 『별나라』(1926~1935), 『신소년』(1923~1934), 기독교 잡지인 『아이생활』(1926.3~1944.1) 등과 《시대·중외·조선·동아일보》 등의 신문 매체는 작품의 양적, 질적 생산과 더불어 소년문예사들의 참여(성인문단 편입)를 통해 아동문단의 성장을 가져오게 되었다. 또한 제2차 조선교육령(1922~1938) 시행 이후 아동의 연령 구분과 학제 체제는 1930년대 들어 아동문학을 유년, 아동(8세~14세 정도), 소년문학으로 나누는 계기가 되었다. 이는 30년대 이후 아동문학이 연령에 맞는 다양한 장르로 분화하게 되는 계기가 된다.

본서는 그동안의 연구물을 바탕으로 수정 및 보완 과정을 거쳐 한국 근대 아동문학에 대한 인식과 분화 과정을 총 4부로 나누어 정리했다. 1부에서는 창작동요, 2부에서는 아동시, 3부에서는 유년문학, 4부에서는 아동문학 작가의 재발견으로 구성했다.

1920년대 창작동요는 전래동요의 정서 그리고 형식과 매우 밀접한 관계를 맺고 있다는 점에서 민요시의 배경 및 그 양식과도 맞닿아 있다. 따라서 성인문단에서 민요시 운동을 벌였던 김소월, 김억, 주요한, 김동환, 홍사용 등의 활약은 아동시단에 있어 창작동요가 전래동요의 형식 및 내용 등을 수용하며 다양한 방향의 실험을 시도하는데 일정 부분 영향을 주었을 것으로 추정된다. 그리고 창작동요는 1930년을 전후해 7·5조의 정형성 탈피, 성인들의 관념적 사고 지양, 어린이들의 동요 참여 유도, 아동의 연령대를 고려한 동요 창작 등, 동심의 재인식과 더불어 다양한 갈래로 분화되어 '동시', '소년시', '동화시', '유년동요', '그림동요' 등으로 발전을 하게 된다.

아동시의 경우 동요가 갖고 있는 정형성의 한계를 벗어나 자유율 형태로 진화했다. 특히 1926년 『신소년』에 발표되었던 소년시는 30년대 들어 장시화 경향, 서간체 형식 등으로 발전하며 무산계급이 겪는 시대의 아픔을 이념적으로 또는 개인의 서정으로 노래하기도 했다. 아동시 중 혼종장르(hybrid genre)인 동화시의 경우 형식면에서 시적인 짜임새를 가지고 있으면서 거기에 동화적인 내용을 담았다. 다시 말하면 시의 형식인 운율과 동화의 내용인 서사를 한데 아우른 것이라고 말할 수 있다.

아동의 연령 구분과 학제 체제는 1930년대 들어 아동문학을 분화시키는 중요한 준거로 작용한다. 특히 유년층을 고려하지 않은 작품 생산은 새로운 예술을 창작하는 기폭제가 된다. 홍은성, 이광수를 비롯해 1930년대 동요·동시 논쟁을 벌였던 신고송, 송완순, 호인, 전식 등의 이론은 이를 가속화시킨다. 아동문단 내 자성의 목소리는 이후 유년의 발견으로 이어지고, 소년 및 어린이와 차별화된 유년을 위한 작품을 본격적으로 생산하기에 이른다. 작품의 특징을 보면 서사가 간결해지고 이미지가 삽입되게 된다. 특히 그림책이 전무했던 조선의 경우 전봉제와 임홍은 두 작가의 그림책에 대한 인식은 30년대 잡지 및 신문에 삽화뿐만 아니라 만화, 애기그림책, 그림동요, 그림동화 등이 발전하는 토대가 된다. 또한 외국동화, 이솝우화, 전래동화 등을 재화한 작품들이 유년동화의 주축을 차지한다.

한편 아동문학사에서 새롭게 부각되어야할 작가들이 많지만, 실증적인 자료의 한계로 아직도 문학사에 사장되어 있는 경우가 많다. 이들의 재발견은 온건한 아동문학사의 복원을 위해 필요한 작업이다. 한국의 과학동화 발전과 최초의 소년과학잡지 『백두산』을 발간한 염근수, 한국 그림책사에서 지대한 공헌을 했던 『아이생활』의 임홍은, 20년대 소년문예사에서 성인작가로 성장한 충주 출신 한백곤, 애기네소설 및 동화(아동소설)를 창작했던 농민소설가 이무영 등이 대표적인 작가이다.

한국 아동문학이 걸어온 길이 어느덧 한 세기에 이르고 있다. 2000년 이후 현재까지 많은 연구자와 관련 학회의 노력으로 아동문학 연구의 기반을 다졌지만, 아직도 실증자료의 부재 및 미개척 분야가 산재하다. 본 저서 발간을 시작으로 연이은 후속 연구를 기대해 본다.

끝으로 출간을 도와주신 학교 관계자와 역락 출판사에 감사의 말씀을 드린다. 그리고 박사 과정부터 지금까지 아동문학 연구에 힘을 실어 주신 건국대학교 동화와번역연구소 임원 및 회원, 그리고 아동문학 관련 선행 연구자분들께 다시 한번 깊은 감사의 마음을 전한다.

2022년 4월

단월 교정에서 정진헌

차례

제2부 아동시

제3부 유년문학

제4부 아동문학 작가의 재발견

제1부

창작동요

제1장
1920년대 창작동요와 전래동요

1. 들어가며

본 연구는 근·현대 아동문학사 연구에서 크게 주목받지 못했던 창작동요와 전래동요의 영향관계를 밝혀 1920년대 창작동요에 나타난 전통 수용 양상을 밝히는 데 그 일차적인 목적이 있다.

1920년대 초 우리 문학은 다양한 서양문예사조의 실험 연습 무대였다고 해도 과언이 아니다. 그 이유야 어쨌든 서양의 신문학을 배우고자 한 당시 지식인들의 산고를 통해서 우리의 근대문학은 다양한 얼굴을 드러냈다. 이 가운데 방정환이 1923년 창간한 『어린이』는 그 다양성 속에서도 어린이를 위한 문학이라는 점에서 독특한 위치를 차지한다. 이 잡지에 실린 동요는 이후 『신소년』(1923), 『별나라』(1926), 『아이생활』(1926)을 비롯한 아동잡지 및 《동아일보》(1920), 《조선일보》(1920), 《시대·중외일보》(1924·1926) 같은 주요 일간지에 실리게 되었다. 또한 윤극영, 박태원, 정순철, 홍난파 등 작곡가들의 참여와 더불어 '읊는 노래'인 동요를 '부르는 노래'로 만들어 온 국민에게 전파 부르도록 조성했다.

이와 같은 동요의 황금기를 구가할 수 있었던 것은 무엇일까? 식민지 시대라는 암울한 시대 상황 속에서 동요를 통해 정서적인 위안을 삼을 수 있었다는 말로서만 이 사실을 쉽게 수긍할 수 없을 것이다. 여기에 또

다른 동인은 창가의 공리성 배격, 일본 아동시단의 영향, 소년문예운동 단체의 활약 등이 있겠지만, 동요가 갖고 있는 리듬과 친숙하게 받아들일 수 있는 전통적 세계관을 간과할 수 없다.

특히 당시의 창작동요는 전래동요의 정서 그리고 형식과 매우 밀접한 관계를 맺고 있다는 점에서 민요시의 배경 및 그 양식과도 맞닿아 있다. 따라서 성인문단에서 민요시 운동을 벌였던 김소월, 김억, 주요한, 김동환, 홍사용 등의 활약은 아동시단에 있어 창작동요가 전래동요의 형식 및 내용 등을 수용하며 다양한 방향의 실험을 시도하는데 일정 부분 영향을 주었을 것으로 추정된다.

또한 동요의 성장 발전을 위해 잡지나 신문에 작품을 투고하거나 동요작법 등을 소개함으로써 나름의 아동문단 선배로서의 역할을 한 이들은 『어린이』의 유지영 · 한정동 · 윤석중 · 윤복진, 『신소년』의 정열모 · 김남주 · 정지용 · 권환 그리고 『아이생활』의 주요한 · 박목월 · 김태오 등이다. 특히 이들은 동요 창작에 있어 전래동요의 형식인 4 · 4조와 2 · 3음보 형식의 정형률과 언어유희, 주술성, 해학성, 명랑성 등의 내용을 수용한다.

그리고 그들의 동요에서 보이는 병렬이나 반복의 구조 양식은 전래동요에서 가장 많이 쓰이는 '새야새야 파랑새야'형인 'AAXA'형이나 'XAXA'형을 비롯해, 관용적 문체라 할 수 있는 '서울이라 왕대밭에/오월이라 단오날에'와 같은 '---라 ---에'와 '---은 ---요'형을 변주하여 사용하기도 했다. 이는 아동문단 뿐만 아니라 당시 민요시 역시도 민요에서 가져온 다양한 형식과 내용을 창작이라는 이름 아래 새롭게 담아냈는데, 김소월의 시들은 그런 점에서 가장 성공한 민요시라 평가할 만하다(박혜숙, 1987).

1920년대는 물론 1930년대까지 민요시 창작이 성행할 수 있었던 사실을 민요 시인들의 민족의식 때문이라고 보는 것은 대체로 일치된 견해이다. 당시 김억은 "조선시가의 시형은 다른 곳에서 구할 것이 아니라 조선 사람의 사상과 감정에 호흡할 수 있는 시조와 민요에서 구하지 않으면 안 된다"[1]라고 말할 정도였으니까 당시 민요는 현대시 양식의 형성에 어떤 모습으로든 영향을 끼쳤다고 볼 수 있다. 동요시단 역시 발생 초기 전래동요의 전통성을 계승하기 위해 1923년부터 『개벽』(1920), 『동광』(1926), 『어린이』, 『신소년』, 《동아일보》 등의 잡지나 신문에서 각 지방의 동요를 모집하고 이를 창작동요와 함께 소개한다.

《동아일보》의 경우 1923년 8월 19일부터 12월 17일까지 '지방동요란'과 '소년소녀란'에 집중적으로 게재된 지방동요 소개는 초창기 창작동요의 발생 과정에서 중요한 역할을 담당한다. 전래동요에 대한 재인식과 창작동요에 대한 발견이다. 즉, 집단성과 구술성의 전래동요가 개인의 서정과 예술성을 지닌 창작동요로의 이행을 시사한다. 『어린이』 창간호에서도 처음으로 동요를 소개함에 있어 전래동요인 「파랑새」(雨村, 강영호)와 창작동요 「봄이오면」(버들쇠, 유지영)을 나란히 소개한 것과 『신소년』 '동요란'에서 전래동요와 창작동요를 구분한 것도 같은 맥락으로 볼 수 있다.

방정환을 비롯한 일본 유학파 출신들인 색동회 회원들이 주가 되었던 『어린이』에서 보여주었던 초기 창작동요의 7·5조 리듬은 우리의 전통적인 리듬이 아닌 일본에서 건너온 리듬이지만, 그것이 신문학 초기 우리시 리듬에 적용될 수 있었던 것은 7·5조를 음절수로 분할할 경우 '3·4·5' 혹은 '4·3·5'의 음절수가 되며, 이것은 3음보율의 우리시 리듬과 꼭 맞기 때문이다(성기옥, 1985). 물론 이와 같은 견해는 우리시의 리듬을 음수율이 아닌 음보율로 파악했을 때 가능한 해답이 될 수 있다.

반면 『어린이』에 이어 발간된 『신소년』의 경우는 좀 다르다. 『신소년』에 참여했던 신명균, 정열모, 심의린, 이호성 등은 조선교육협회나 조선어학회 출신들로 민족의식이 강했던 이들이다. 특히 창간 당시 동요 부문

---

1 김안서, 「밝아질 朝鮮詩壇의 길」, 《동아일보》 1927년 1월 2~3일.

을 맡았던 김석진과 김세연, 그리고 이후 정열모와 정지용이 보여준 창작동요는 7·5조의 외래 형식을 거부하고, 4·4조 형식과 자유율을 통해 밝고 건강한 동심의 내용을 그리고 있어 전래동요의 색채가 짙다고 볼 수 있다(원종찬, 2014).

그동안 일제 강점기 창작동요는 잡지나 개별 작가, 작품 등을 중심으로 활발한 연구가 진행되었다. 하지만 아직도 창작동요의 발생 동인에 대한 집중적인 논의가 부족한 실정이다. 특히나 본 논의와 관련해서는 당시 동요운동에 대한 연구에서 전래동요 영향에 대한 지엽적인 언급만 있을 뿐이다. 또한 1930년대 활동했던 윤석중, 박목월, 윤복진, 김태오 등의 동요작가 연구에서만 부분적으로 전래동요의 전통 계승 문제를 다루고 있는 실정이다. 전자로는 한영란(2007), 김제곤(2008), 박지영(2010), 이동순(2011), 정진헌(2013) 등이 있고, 후자로는 박문재(1975), 권혁준(2011), 이향근(2011) 등이 있다.

따라서 본고는 선행 연구에 한걸음 더 나아가 1920년대 발간되었던 잡지나 신문 등의 실증자료들을 토대로 창작동요 발생 과정에 있어 전래동요와의 영향 관계를 집중적으로 밝히고자 한다. 이를 위해 먼저 1920년대 초 창작동요 발생 무렵을 전후해 소개되었던 전래동요 현황과 이를 통한 창작동요의 인식 및 수용 양상에 대해 살펴볼 것이다. 이는 성인문단에서 시도되었던 근대시 양식의 형성 과정에서 민요의 역할을 탐색하는 것처럼 창작동요의 형성과정에서도 전래동요의 형식, 수사, 내용 등의 수용 양상을 밝히는 의미 있는 작업이 될 것이다.

2. 전래동요 모집과 창작동요 인식

1920년대 문화정치 이후 언론출판물의 성장은 창작동요가 하나의 문학 장르로 성장하며 새로운 영역을 확보하게 되는 계기가 되었다. 또한 그동안 민요의 하위 개념이었던 동요는 전래동요와 창작동요라는 장르의 이원화를 보인다. 하지만 창작동요 탄생 초창기 『어린이』에서 확인되는 것처럼 색동회 회원들은 일본의 작품을 번역, 번안해 잡지에 소개하기도 했다(염희경, 2007). 전문적인 동요작가의 부재로 그러한 결과는 당연한 일이었다. 하지만 당시 집필진들은 아동들에게 창작동요를 소개할 때 항상 우리 전래동요를 사례로 들어가며 동요에 대한 정의 및 작법 등에 대해 소개를 했다. 이를 통해 창작동요가 생성된 1920년대 초창기에는 전래동요의 전통계승에 대한 의식이 강했음을 알 수 있다.

전래동요는 민요에서 아동의 노래로 추출되는 과정을 거쳐 생성된 장르이다. 구비 전승되어 온 노래 중 '아동'이 가창 주체이자 향유 주체인 노래, 즉 아동의 생활 경험 및 정서와 밀착된 노래를 전래동요라 한다. 따라서 가창 주체가 아동인 전래동요는 민요의 구비문학적 속성을 공유하면서도 아동의 생활과 밀접한 관련을 맺고 있다(박지영, 2010, 258). 1920년대 중반 본격적으로 아동문단에서 창작동요가 생겨나기 전에 성인문단에서는 민요와 동요를 구분한다. 이 또한 전술한 것처럼 1920년대 초 아동의 발견 이후 성인과 아동 노래를 구분하는 계기가 되어 창작동요의 탄생에 그 힘을 더한다.

물론 1920년대 『개벽』, 『동광』, 《동아일보》 등의 잡지나 신문에서 민족문화 운동의 일안으로 벌였던 전래동요 모집 및 소개는 전통문화 유산에 대한 인식과 보존의 의미를 함의하고 있지만, 이는 결국 아동이 더 이상 미성년의 개념이 아닌 근대적 주체로 부상하는 계기가 된다. 아동들은 1922년 제2차 조선교육령 시행 이후 학교 교육제도에 편입을 하게 되는데, 이를 통한 소년문예단체의 결성은 그들 스스로가 글쓰기 주체가 되어 당당한 민족 구성원으로 성장하며, 성인들처럼 동요나 작문 등의 창작을 통해 시대의 아픔을 치유하기도 한다.

1920년대 초에는 아동 잡지 외에 성인 잡지나 신문에 동요를 소개하며 창작동요의 탄생을 위한 발판을 마련해 준다.

> 어대까지 갓나/ 아즉아즉 멀엇네/ 어대까지 갓나/ 도랑(梁) 건너 갓네/ 어대까지 갓나/개울건너 갓네/ 무엇먹고 살앗나/ 도야지(豚)고기 먹고 살앗지/ 무슨 저ㅅ갈(箸)로 먹엇나/ 쇠저ㅅ갈로 먹엇지/ 누구누구 먹엇나/ 내가 혼자 먹엇네/ 꿀꿀 꿀꿀
>
> 江原道地方의 童謠[2]

> 쥐는쥐는 궁게자고/ 새는새는 남게자고/ 각시각시 곱은각시/저의신랑 품에자고/우리같은 아가씨는/우리엄마 품에자네
>
> 晉州地方流行 童謠[3]

첫 번째 전래동요는 1920년 8월 25일 『개벽』에 소개된, 강원도에서 전해지는 「어대까지 갓나」라는 유희요(遊戲謠)이다. 이 노래는 지금도 「어디까지 왔나」라는 제목으로 아동들이 널리 부르고 있다. 앞선 동무의 어깨를 두 손으로 붙잡고 머리를 앞 사람의 등에 댄 채 땅만 보며 뒤따르면서 묻고 대답하는 놀이이다. 잡지 해설에는 7~8세의 아동들이 부르는 노래라고 소개하고 있는데, 이 작품은 아동들의 명랑성을 엿볼 수 있는 전래동요의 한 전형으로 볼 수 있다.

두 번째 전래동요는 1927년 8월 5일 『동광』에 실린 진주에서 전해지는 「쥐는쥐는 궁게자고」라는 연모요(戀母謠)이다. 이 노래는 아이를 어르거나 잠을 재우면서 부르는 자장가이기도 하다. 쥐, 새, 각시 등을 끌어 들

---

2 『개벽』 제3호, 1920년 8월 25일, 28쪽.

3 『동광』 제16호, 1927년 8월 5일, 60쪽.

여 아기와 대비하면서 구성한 사설이 흥미롭다. 이런 나열식의 노래는 우리 전래동요에서 흔히 볼 수 있는 자장가 형태로 노래의 흥이나 기분에 따라 여러 가지를 첨가하기도 한다. 두 작품이 게재된 연도의 차이는 있지만 1920년대가 되면 성인문단에서도 동요를 민요에서 분리해 아동의 노래로 인식하게 된다.

한편 《동아일보》는 1923년 '소년소녀란', '지방동요란', '독자문단'을 통해 동요의 대중화를 꾀한다(이혜령, 2005). 특히 '지방동요란'과 '소년소녀란'에 독자들이 투고한 전래동요와 창작동요를 동시에 게재함으로써 전래동요의 전통성 계승과 이를 수용한 창작동요의 모습을 여실히 보여 준다. 1925년 5월 25일에는 '本社一千號記念當選童謠'를 6월 10일까지 소개하는데, 당선작들은 대부분이 전래동요의 형식인 4·4조, 2음보 형태를 취한다.

> 쏫은쏫은 알낙달낙/ 방긋웃는 그얼골을/ 나뷔나뷔 언제보고/ 춤을춘대 차저왓나/ 파란머리 쏘족쏘족/ 입히도든 숩속에는/ 일흠모를 일만새가/ 알수업게 지저귄다
>
> -이하생략-
>
> 「봄」, 月洋 柳道順[4]

> 타박타박 타박네야/ 너어대로 울며가늬/ 내어머니 몬짐곳에/ 젓머그러 울며간다/ 산놉하서 못간단다/ 산놉흐면 긔여가지/ 물깁허서 못가너니/ 물깁흐면 헤여가지
>
> -이하 생략-
>
> 「어머니생각」, 成川 金炳旭[5]

4 《동아일보》 1923년 5월 25일.

5 《동아일보》 1923년 6월 3일.

현상동요에서 갑을 수상한 유도순의 「봄」은 전래동요의 형식인 4·4조의 리듬에 따스한 봄날 한가롭게 나는 나비와 새들의 지저귐, 그리고 아지랑이 피어나는 들녘에 농사일에 한창인 소와 버들피리 부는 아이들의 한가롭고 생경한 이미지를 그린 창작동요이다. 그리고 병을 수상한 김병욱의 「어머니생각」은 전래동요에서 어머니의 죽음을 슬퍼하는 「타박네야」의 전형적인 전래동요를 수용한 창작동요이다. 이 작품은 龍岡지방에서 전해지는 전래동요와 서두 부분이 같다(임동권, 1993, 373). 중간부터는 작가에 의해 내용상 변화를 보여주고 있지만, 창작동요 초창기 잡지나 신문지상에 논란이 되었던 표절의 문제는 피할 수가 없을 것이다.

한편 《동아일보》는 1923년 8월 19일 '지방동요란'에 평안남도(平壤, 池君植)에서 전부터 유행하는 동요를 시작으로 당해 12월 17일 경북 봉화(金東秀)에서 전해지는 동요에 이르기까지 전국에서 유행하는 수십 편의 동요를 소개한다.[6] 지방동요는 창작동요를 소개했던 '소년소녀란'에도 함께 소개하기도 한다.

> 쌔치쌔치 노랑쌔치/ 풍게풍게 무러다가/ 산중에다 집을짓고/ 그 집짓고 삼녀만에/ 우라바지 서울양반/ 우러머니 진주댁이/ 우로래비 훈련대댱/ 우리올찌 각골각시/ 우리형이옥당춘이/ 나하나는 감당춘이
>
> 李聖洪, 陜川地方童謠[7]

> 비야비야 오지마라/ 우리누나 시집갈때/ 가마속에 물드러가면/

6 이후 신문에는 간헐적으로 지방의 동요를 소개하기도 한다. 가령 1925년 2월 6일자에는 서울, 용천, 강계, 인천에서 전해지는 동요가 실렸다. 하지만 주로 창작동요가 주를 이룬다.

7 《동아일보》 1923년 11월 25일.

다홍치마 얼넉간다/ 무명치마 들너쓴다/ 비야비야 끈치여라/ 어서 어서 끈치여라/ 우리누나 시집가면/ 어느쌔나 다시만나/ 누나누나 불러볼가/ 누나누나 가지마오/ 시집을랑 가지마오/ 시집살이 좃타해도/ 우리집만 하오릿가/ 이리모다 그러하니/ 시집을랑 가지마오/ 비야비야 오지마라/ 우리누나 시집갈쌔

金種湨, 咸興流行童謠[8]

이성홍이 소개한 「쌔치쌔치 노랑쌔치」는 전래동요 유형 중 동물요(動物謠)에 해당하며 이는 다시 조류요(鳥類謠)로 구분할 수 있다. 조류요에 등장하는 새들은 주변에서 흔히 볼 수 있는 텃새들이 많은데 그 중에 까치요는 고성과 부여에도 서두 부분이 비슷하게 전해지고 있다(임동권, 1993, 332). 주로 까치가 집을 짓는 모습을 보고 지은 노래이다. 위 동요는 후반부에 가족의 복을 기원하는 내용이 추가되었는데, 후술하겠지만 경상도에서 전해지는 「초록제비」와 소재만 바뀌었을 뿐 그 내용은 같다.

김종호가 소개한 「비야비야 오지마라」는 전래동요에서 주술적인 내용에 포함되어 각 지방에서 널리 전해지는 노래이다. 어린 동생이 시집가는 누나와의 이별에 안타까워하면서도 한편으로는 시집가는 누나가 비로 인해 옷이 젖어 고생을 하지 않았으면 하는 바람을 노래하고 있다. 이는 천체나 기상의 주술적 조절이 가능하다고 믿는 발상에서 부려지는 희원(希願)의 주술동요로 볼 수 있다(전원범, 1993, 199).

반면 당시 아동문단에서의 전래동요 수집은 어떠했는가? 성인 잡지나 신문에서처럼 역시 창작동요 초창기에는 전래동요 소개가 주를 이룬다. 물론 전래동요는 독자투고 모집과 동요작법 소개 이후에는 창작동요와 함께 잡지에 실리다 1920년대 중반 이후 동요가 본격적인 창작동요로

8 상게서.

변화를 보이면서 전래동요는 잡지에서 서서히 밀려나게 된다. 먼저 1923년 3월에 발간된 『어린이』와 10월에 창간한 『신소년』에 소개된 전래동요에 대해 살펴보기로 하자.

『어린이』 창간호 당시 진주 소년운동가 雨村 강영호가 소개한 「파랑새」[9]요는 예산, 원주, 전주, 안동, 연천 등(임동권, 1993, 328-329) 전국 각지에서 전해지는 전래동요 중 조류요에 속한다. 창간 당시 번역동요와 전래동요의 소개는 창작동요가 성립되기 전까지 독자들의 창작 보급을 위한 집필진들의 부득이한 선택이었다. 1924년 『어린이』 제2권 제2호에 유지영이 소개한 동요작법 이후에 이르러 본격적으로 전래동요와 창작동요의 구분이 되기 시작했다.

> 제비제비 초록제비/ 압뜰뒤뜰 진흙덩이/ 응게뭉게 물어다가/ 집한채를 지어내니/ 그집지은 삼년만에/ 우라버지 서울량반/ 우러머니 시골색기/ 우리옵바 신령대장/ 우리누의옥당처녀/ 옹게종게 모여안저/ 내잘낫네 네잘낫네/ 잘낫다는 자랑일네
>
> 金潤榮, 淸道流行童謠[10]

> 새야새야 파랑새야/ 상추밧헤 파랑새야/ 너어데가 자고왓니/ 홍실내- 홍실곡에/ 범을그린 방석속에/ 꼿쏫을안코 자고왓네
>
> 金今童, 馬山流行童謠[11]

---

9 『어린이』 1923년 제1권 1호, 9쪽. "새야새야 파랑새야/ 녹두남게 안지말아/ 녹두꼿이 썰어지면/ 청포장사 울고간다". 이후 '파랑새'요는 1924년 『어린이』 4호 유지영의 '동요짓는 법'에, 1925년 11월 『조선문단』 13호에, 1928년 조선동요연구협회에서 발간한 『조선동요선집』 서문에, 1933년 김태오의 『설강동요집』내 '동요작법' 등에 소개 되는 등 당시 동요의 전범이었다.

10 『어린이』 1923년 제1권 11호, 16쪽.

11 상게서.

『어린이』 제1권 11월호에 소개된 두 편의 전래동요는 전형적인 4·4조의 전통가락과 'AAXA'형태를 보이고 있는 노래이다. 김윤영이 소개한 청도지방에서 유행하는 「초록제비」는 다른 지역에서 전해지는 제비요(김소운, 1993, 188)와 형식이나 내용상 유사성이 많다. 단지 결미에 가족 간 서로가 자랑하는 부분이 추가 되어 있다. 마산공보 김금동이 소개한 마산지방에서 유행하는 동요는 '파랑새'요의 변형된 노래로 이야기를 주고받는 문답법 형식을 취하고 있는 노래이다. 1924년 『어린이』 제2권 1호 '동요란'에 소개된 '파랑새'[12]요 또한 기존의 내용에 변화를 주어 새를 쫓는 노래인 '새쫓기요'로 바뀌었다.

이처럼 전래동요가 지역마다 유사성과 변형을 보이고 있는 이유는 전래동요가 가지고 있는 구비 전승성으로 인해 노래가 전해지면서 지역성이나 가창자의 상황에 따라 변이를 보이기 때문이다. 당시 《동아일보》에 소개되었던 동요도 지역마다 유사한 노래가 많이 실려 있음을 확인할 수 있는데, 이 또한 그러한 연유로 볼 수 있다.

한편 『어린이』 보다 7개월 후에 창간호를 낸 『신소년』도 초창기 문단의 취약성으로 인해 창작동요가 정착되기 전까지 전래동요를 동요란에 소개한다. 전술한 바 『신소년』 초창기 민족의식(장만호, 2012)이 강한 교사 중심의 집필진들은 외래의 7·5조를 배격하고 4·4조의 전통 리듬을 수용한다. 또한 '현상모집란'에 전래동요와 창작동요를 구분하는데,[13] 이는 전통 소개와 더불어 계승으로 이어짐을 시사한다.

---

12 "웃녁새야 아래녁새야/ 전주고부 녹두새야/ 웃논에도 안지말고/ 밋논에도 안지말아/ 누른밥 짝짝휘여휘여"(全南海南 李圭寅).

13 『신소년』 1924년 2권 1호, 51쪽. "童謠도 在來의 것인가 創作인가 쓰시고, 十行 이내로 하시오."

우라버지 서울가서/ 닷냥주고 셔온댕기/ 우러머니 手工들여/ 곱게곱게 접은댕기/ 우로래비 우습댕기/ 우리동생 눈문댕기/ 眞珠물려 갑사댕기/ 반말물려 듸리거라

「댕기」(재래), 李聖洪[14]

쐥쐥장서방 자네집이어댄가/ 요산넘어 솔폭밋헤/ 싸뜻한 내집일세/ 무엇먹고 사는가/뒤ㅅ들에 벼한섬/ 아들낫코 쌀낫코/ 명쥬나코 베나코/ 그럭저럭 사네

「쐥」(재래), 曺圭南[15]

이성홍이 '독자문단'에 투고한 「댕기」 노래는 경상도 상주(김소운, 1993, 222)에서 전해지는 사물동요로 볼 수 있다. 사물동요는 놀이 공간이나 삶의 현장에서 쉽게 볼 수 있는 것들을 소재로 하기 때문에 일상적이고 비근한 것들이 대부분이다(전원범, 1993, 262). 댕기는 옛날부터 여성들이 길게 땋은 머리끝에 드리던 장식용 끈이다. 보통 처녀들의 머리 장식으로 드리던 것으로 자주색이나 빨간색 등의 헝겊으로 많이 만들어 썼으며, 용도에 따라 여러 가지가 있다. 위 동요는 오빠와 남동생에게까지 댕기를 드리운 해학적 표현을 통해 웃음을 주고 있다.

조규남의 전래동요 「쐥」은 청양지방에서 전해지는 조류요의 일종이다(임동권, 1993, 324). 문답법 형식의 이 노래는 지역마다 조금씩 차이가 있다. 사는 곳을 묻는다든지, 무엇을 먹고 사는지를 묻는다든지, 가난에 대한 연민을 노래한다든지 그 변형된 내용이 다양하다.

이처럼 1920년대 초부터 중반까지 창작동요가 정착되기 전까지 잡

14 『신소년』 1925년 3권 9호, 53쪽.

15 『신소년』 1925년 3권 11호, 53쪽.

지나 신문지상에 소개 되었던 전래동요는 창작동요가 그 형식이나 내용을 수용하게 되는 동인으로 작용한다. 물론 신문이나 잡지에 전래동요를 소개했다고 창작동요가 바로 자리를 잡아간 것은 아니다. 아동문단에서 초창기부터 동요 창작 활동에 참여했던 이들 중 아동들에게 동요작법을 소개함으로써 아동들은 민요에서 분리된 동요를 알게 되었고, 더 나아가 집단성과 구전성의 전래동요에서 개인의 서정과 예술을 노래할 수 있는 기록문학, 즉 '부르는 노래'에서 '읊는 노래'의 성격이 강한 창작동요로의 이행에 참여할 수 있게 되었다.

그 대표적인 이들이 『어린이』의 유지영 · 유도순, 『신소년』의 정열모, 『별나라』의 한정동 · 박세영, 『아이생활』의 주요한 · 김태오, 『동화』의 윤복진 등이다(정진헌, 2013). 그 외 송완순, 김병호, 이동규 등 많은 이들이 1930년대까지 동요작법에 대한 논의를 전개해 나아가며 창작동요의 성장 발전에 일익을 담당한다.

이들 중 주목할 이는 유지영이다. 유지영은 1924년 『어린이』 제2권 2호 '동요 지시려는 분께'[16]를 통해 아동들이 스스로 그들의 삶을 노래하며 근대적 글쓰기 주체로 성장하기를 바라는 글을 기고한다. 물론 여기서 전래동요가 어린이들의 진정한 삶을 그리기 보다는 어른들이 아동들의 삶의 이야기를 그려 이를 부르도록 했다는 견해를 밝히면서 전래동요에 대해 부정적인 견해를 보이고 있다. 하지만 이는 역설적으로 아동 스스로가 창작의 주체가 되어야 함을 역설하는 말로 해석할 수 있다. 따라서 아동문학의 선두주자였던 『어린이』가 창작동요의 탄생을 알리는데 기여한 부분을 결코 간과할 수 없을 것이다.

대부분의 동요작법에 대한 견해는 주지하다시피 일본 아동문단의 영

---

16 버들쇠, 「동요 지시려는 분께」, 『어린이』 1924년 제2권 2호, 25~27쪽.

향을 받았음을 부인하기 어렵다(김영순, 2012). 이유야 어찌됐던 간에 당시 아동문학의 불모지 상황을 고려하면 아동문단에 창작동요가 탄생 후 자리를 잡아가는데 나름의 영향을 준 것은 사실이다. 특히 동요작법에서 주목할 부분은 창가의 공리성에 대한 배타의식과 동요는 부르는 노래로 격조에 맞아야 한다는 것, 그리고 아동의 진정한 삶을 그린 예술성을 강조한 부분이다.

따라서 1920년대 초 전래동요와 창작동요가 평행선을 걸어가는 과정에서 전래동요가 차츰 창작동요에 밀려나지만, 창작동요는 전래동요가 가지고 있는 형식이나 내용 등을 수용하게 된다. 이는 당시 창작동요에 나타난 전래동요의 형식인 4·4조의 음수율과 반복 및 병렬, 대구 등의 수사와 내용 및 문체 등을 통해 확인 된다. 물론 1930년대 초 창작동요의 정형성에 반기를 들고 신고송과 송완순이 동요·동시 논쟁을 벌였고, 윤석중 또한 『잃어버린 댕기』(동시집, 1933)를 발간하지만, 결국 일제 강점기 아동문학 아동시의 장르는 동요로 귀결된다.

3. 창작동요의 전래동요 수용 양상

근대문학 초창기에 민요가 민요시에게 영향을 주었던 것처럼, 전래동요는 창작동요 발생 당시 부딪혔던 근본적인 문제를 해결해 주었을 것으로 보인다. 즉, 민요시 운동을 벌였던 국민문학파들이 시 창작에 있어 서구지향적인 추종을 탈피하여 구비문학적 요소를 근대시와 융합시키려 했던 것처럼 아동문단에서도 역시 전래동요가 가지고 있는 형식적인 특징인 4·4조와 2음보, 그리고 의인, 대구, 문답, 병렬 등의 수사와 유희, 해학, 주술, 애무, 자장요 등의 내용을 창작동요에 수용하게 된다. 이를 통해 근대문학 초기 창작동요는 전래동요와의 단절에서 기인한 것이 아니라 이를 수용하며 새롭게 변형된 양식을 구하게 된다.

전래동요는 주로 아동들이 가창자이기 때문에 그 내용이나 형태가 단순하다. 특히 "서울이라 왕대밭에 / 금비둘기 알을날아"(「비둘기요」, 임동권, 1342)와 "쥐야쥐야 세양쥐야 / 사랑밑에 다람쥐야"(「쥐요」, 임동권, 1382)처럼 4·4조의 음수율 형태를 대부분 취하고 있다. 4·4조는 4언 2구 1연으로 되어 있으며, 우리 민요에서의 전형적인 형식인 동시에 전래동요에서도 가장 많은 우위를 차지하고 있다.

박문재가 국내 수집된 전래동요 연구 자료를 바탕으로 조사한 내용에 따르면 전래동요 796편 중 791편이 4·4조 음수율을 보이고 있다고 한다(1975, 45).[17] 또한 이성동도 국립국악원에서 발간한 『전래동요』(2002)에 수록된 작품 163편 중 98편(60%)이 4·4(3)조의 음수율을 취하고 있다고 밝히고 있다(2009, 66). 물론 3·3조, 5·5조, 6·5조, 기타 혼합형도 있지만 두 연구자들의 자료를 통해서 확인되는 것처럼 전래동요는 4·4조의 기본 음수율과 2음보의 형태가 우세함을 알 수 있다. 이러한 전래동요의 음수율은 1920년대 창작동요 성립 초창기 잡지나 신문에서 흔히 볼 수 있다.

먼저 1923년 5월 《동아일보》 '현상모집'에 당선된 창작동요들을 보면 " 쏫은쏫은 알낙달낙 / 방긋웃는 그얼골을"(「봄」, 유지영), "자주구름 흰바다에 / 풀립배를 띄워놋코"(「별」, 이헌구), "달은싸서 안바치고 / 해는싸서 거죽지여"(「수주머니」, 松江生), "누나야 어듸가요 / 왓다가 어듸가요"(「누나」, 東京 超公), "알금삼삼 고흔독에 / 술을하여 금청주라"(「나븨」, 웅천 임병규) 등 송강생의 작품 3·4조 변형을 제외하고는 모두 4·4조의 음수율이다.

1920년대 『어린이』에 게재된 창작동요는 색동회 회원들이 소개한 번역 동요와 윤극영의 작곡에서 보이는 7·5조의 음수율과 4·4조가 혼합을

17 연구자는 음보율에서도 2음보가 전체 99%인 791편으로 나타났다고 밝히고 있다.

보인다. 창간 초기에는 4·4조가 우세를 보인다. 그러다가 1925년 이후에는 7·5조의 형태가 더 많은 비중을 차지한다.[18] 『어린이』는 주로 '독자투고란'에서 4·4조의 형태가 많이 발견된다.

창간호에 유지영의 「봄이오면」 "나는나는 봄이오면 / 버들가지 색거다가"를 시작으로 "달을매어 달을매어 / 텬긔옥당 달을매어"(「달」, 1923년 1호), "허재비야 허재비야 / 잠도업는 허재비야"(「허재비」, 김용진, 1924년 2월호), "바람바람 겨울바람 / 너왜이리 차듸차냐"(「겨울바람」, 고문규, 1924년 2월호), "별님달님 우지마오 / 슯흐다고 우지마오"(「번들피리」, 차복실, 1924년 5호), "비야비야 가는비야 / 영창압헤 오는비야"(「비」, 東隱, 1924년 5호) 등을 통해 「어린이」 역시 창간 당시 전래동요의 형식적인 기법을 수용했음을 부인할 수 없다.

『신소년』 또한 4·4조 형태의 창작동요를 볼 수 있는데, 『어린이』와 달리 기성문단에서도 7·5조가 아닌 4·4조의 음수율을 사용하고 있어 색동회가 주최가 되었던 『어린이』와 대조적인 모습을 보이고 있다. 이는 전술한 것처럼 민족의식이 강한 교사들 위주로 구성되었던 회원들의 성향을 단적으로 보여준다.

가령, "순아순아 가막순아 / 네집치장 왼일인가"(「고두름」, 김석진, 1924년 1호), "아가쌀아 문열어라 / 비단짜는 구경하자"(「아가쌀아」, 김세연, 1924년 1월호), "창을열고 바라보니 / 어제저녁 나리던눈"(「눈」, 김창수, 1924년 1호), "곤히자던 어린아기 / 발자취에 놀라깨어"(「어린아기」, 조동운, 1924년 1호) 등이다.

이처럼 창작동요 초창기에는 전래동요에서 자주 접하던 4·4조의 음

---

18 이성동(2009)은 『어린이』에 실린 동요의 율격을 분석했는데, 부르는 노래 중 7·5조가 87.1%, 독자투고란에 실린 동요는 67.2%로 나타났다. 이는 초창기 창작동요 전파자들이 일본 노래인 율격을 소년문예가들에게 주입시킨 결과로 보고 있다.

수율을 수용했는데 전통계승이라는 긍정적인 부분도 있지만, 도식주의에 빠져 아동들의 정서와 사상을 예술로서 자유롭게 그리는 데는 나름 한계성을 보인다. 1924년 『어린이』 제2권 제2호 '동요란'에 입상한 조병현의 작품을 당시 고선을 맡았던 유지영이 첨삭을 하는데, "부슬부슬 비는온다/ 눈물인가 달님의 눈물인가"를 "비가와요 비가와요/ 부슬부슬 비가와요"로 고친다. 전래동요의 전형성인 4·4조의 음수율과 "AAXA" 형태로 바꾼 것이다. 이들의 동요전범과 같은 작법 소개가 당시 아동독자들에게 미쳤을 그 영향을 미루어 짐작하지 않을 수가 없다. 실제로 전술한 것처럼 대부분의 소년문예사들은 이 형식에 맞춰 작품을 투고했기 때문이다. 이는 본고에서 논의 전개상 생략하겠지만, 1920년대 중반 이후 7·5조의 형태를 취한 동요에도 적용할 수 있다.

그러한 문제를 의식했는지 1920년대 중반 이후 동요작법을 소개했던 한정동, 김태오 등은 초창기 동요가 4·4조나 7·5조의 격조에 맞아야한다는 지론에서 한발 양보해 아동의 정서를 표현하는데 있어 반드시 격조를 맞출 필요가 없다고 주장한다.[19]

다음으로 창작동요에 나타난 전래동요의 특징은 반복과 병렬의 구조양식이다. 전래동요는 민요에서 드러나는 'AAXA'형, 'XAXA'형, 'AAXX'형, 'XAXB'형, 'XAXX'형, 'AXAX'형 등 다양한 형태의 반복과 병렬 구조를 가지고 있다(박혜숙, 1987, 290-298). 또한 관용적 문체라 할 수 있는 "서울이라 왕대밭에", "정월이라 보름달에"처럼 '---라 ---에' 혹은 '---은 ---요', '---야 ---라'형을 변주하여 사용하기도 했다. 잘 알려진 창작동요인 윤극영의 「설날」(『어린이』, 1924년 1호) "까치까치설날은/ 어저께구요/ 우리우리설날은/

---

19 한정동, 「童謠作法(三)」, 『별나라』 1927년 4월호, 48~51쪽.
김태오, 『설강동요집』, 한성도서주식회사, 1933, 170쪽.

오늘이래요"도 이러한 구조 중의 하나이다.

반복과 병렬의 구조는 민요시에서도 흔히 볼 수 있다. 가령 "접동 접동 아우래비 접동"(「접동새」, 김소월), "딸기 딸기 명주딸기"(「명주딸기3」, 김억)는 'AAXA'형이고, "저산에도 가마귀 들에 가마귀"(「가는길」, 김소월), "호박꽃에 반듸불 호박넉굴에도 반듸불"(「반듸불」, 주요한)은 'XAXA'형의 예이다.

특히 전래동요에는 "새야새야 파랑새야", "까치까치 낭낭까치", "아가아가 우리아가", "동무동무 어깨동무"처럼 'AAXA'형의 형태가 가장 많다. 이는 20년대 잡지나 신문에 산제된 창작동요에서 가장 많이 발견된다.

> 닭아닭아 꼬꼬닭아/ 경홀하게 우지마라/ 우리할바 기일이다/ 우리할바 제잡술 때/ 네가울어 날이새면/ 고양진미 만반진주/ 못잡숫고 행하신다
>
> 「닭요1」, 임동권(1355)[20]

> 순아순아 가막순아/ 네집치장 왼일인가/ 유리기둥 구술채면/ 용궁아씨 되려는가/ 우리집에 왕고두름/ 한발두발 자라나서/ 세발장대 되거들랑/ 너의매쌈 한다드라
>
> 「고두름」, 金錫振[21]

첫 번째 동요는 'AAXA'형인 조류요로 대구 지방에서 전해지는 전래동요이다. 할아버지 제삿날 닭이 울면 새벽인 줄 알고 귀신이 왔다가 그냥 간다는 생각에 노래를 부름으로써 제삿날의 엄숙한 분위기를 망치지 않기를 바라고 있다. 그리고 창작동요인 김석진의 「고두름」은 전래동요의

---

20 임동권, 1993, 331쪽.

21 『신소년』 1924년 1월호, 2~3쪽.

'AAXA'형태와 2음보의 중첩을 통해 대상에 대한 발랄함과 시상을 응집시키고 있다. 「고두름」은 고드름을 유리 기둥과 매(회초리)에 빗댄 표현, 그리고 친구를 놀리는 모습에서 아동의 상상력과 명랑성을 느낄 수 있다.

김석진의 「고두름」외 'AAXA'형태를 보이는 작품들을 일부 소개하면 "아가아가 어린아가"(「어린애기」, 강중규, 『신소년』 1924년 1월호), "바람바람 겨울바람"(「겨울바람」, 고문규, 『어린이』 1924년 2월호), "연긔연긔 나는연긔"(「연긔」, 조덕현, 『어린이』 1924년 2월호), "고드름 고드름 수정고드름"(「고드름」, 유지영, 『어린이』 1924년 2월호), "놀러가자 놀러가자 강변으로 놀러가자"(「강변에」, 작가미상, 『신소년』 1925년 9월호), "중, 중, 때때중"(「짤레와 아주머니」, 정지용, 『학조』 1926년 6월호), "도라왓네 도라왓네 가을이- 돌아왓네"(「가을저녁」, 송동섭, 《동아일보》 1926년 11월 4일), "형님온다 형님온다 반달갓흔 형님온다"(「형님」, 차순철, 『별나라』 1927년 5월호), "봄이오면 봄이오면 겨울가고 봄이오면"(「봄이오면?」, 최원종, 『별나라』 1927년 5월호) 등이다.

전래동요는 놀이요, 일요, 자장·애무요, 동·식물요, 인간요 등 다양한 내용으로 구분할 수 있다. 1920년대 창작동요는 이 중에서 놀이요, 주술요, 자장요 등이 주를 이룬다.

놀이는 아동의 가장 순수한 정신적 산물이다. 놀이 그 자체가 아동의 중요한 활동이기 때문에 아동들은 외부의 힘이나 강압에 의하지 않고 자발성을 띠며, 자기 내면의 것을 그대로 반영한다. 아동들은 놀이를 통하여 감정과 욕구를 표현하고, 불만을 해소하며 자기통찰의 기회를 갖게 된다. 또한 아동들은 놀이문화를 통해 그 사회의 특수한 생활양식을 배우기도 한다(전원범, 1993, 56). 놀이요는 계절놀이요, 일반놀이요, 조작놀이요 등이 있으며, 이는 개인놀이나 집단놀이로 구분해 볼 수 있다. 계절놀이요는 그네요, 널뛰기요, 연날리기요, 윷놀이요 등이 있으며, 일반놀이요는 제기차기요, 줄넘기요, 술래잡기요 등이 있고, 조작놀이요에는 두껍이놀이요, 소꼽놀이요, 집짓기요 등이 있다. 이처럼 다양한 놀이요는 아동들의 흥을 동반하고 있기 때문에 유희요(遊戲謠)로 볼 수 있는데, 대부분의 내용이 명랑하고 건강한 내용들이 주를 이루고 있다. 창작동요에도 놀이요로 분류할 수 있는 작품들이 있다. 주로 술래잡기, 달맞이, 별따기, 그네타기 등을 소재로 하고 있다.

> 눈감기고 팔벌녀/ 이리저리 찻난다/ 라라라라 라라라/ 이리저리 찻난다// 손벽치고 놀리며/ 요리조리 피한다/ 라라라라 라라라/ 요리조리 피한다 -하략-
>
> 「쌔막잡기」, 박팔양, 『어린이』 1924년 3호.

> 달마중 갑시다/ 산으로 갑시다/ 설쉬고 첫보름/ 달마중 갑시다// 어른도 아해도/ 떼져갑시다/ 총각도 처녀도/ 떼져갑시다// 달이 뜹니다/ 달이 뜹니다/ 바다건너 저쪽에/ 달이 뜹니다// 여보소 사람들/ 절을 하시오/ 먹은맘 이루어지라고/ 절을 합시다
>
> 「달마중」, 정열모, 『신소년』 1926년 2호.

박팔양의 「쌔막잡기」는 술래잡기 노래이다. 술래가 된 사람이 눈을 감고 아이들을 쫓아다니며 몸을 잡거나 치면 손에 닿은 아이가 술래가 되고, 술래였던 아이는 다시 풀려난다. 술래잡기와 관련해 전해지는 동요는 "여우야 여우야 뭐하니? 잠잔다. 잠꾸러기"(장영희 · 이상금, 1990, 172)가 대표적인 노래로 전해지고 있다. 박팔양은 4 · 3조의 반복과 '라라라라 라라라'의 후렴구와 각운의 반복을 통해 술래잡기 하는 아이들의 밝고 경쾌한 이미지를 그리고 있다.

이는 전래동요의 내용뿐만 아니라 수사의 수용도 함께하고 있음을

볼 수 있다. 가령, 놀이요 중 "고초먹고 빵빵 / 호초먹고 빵빵 / 담배먹고 빵빵"[22](「맴돌기요」, 임동권 2056)이라는 '맴돌기요'가 있다. 빵빵 돌면서 아이들이 부르는 노래에 음성 상징어를 결미에 삽입해 명랑한 아이들의 이미지를 그려내고 있고, "소탄놈도 털럭털럭/ 말탄놈도 털럭털럭"(「竹馬타기요」, 임동권 2055)이라는 '죽마타기요'에서처럼 경쾌한 리듬을 위해 음성 상징어를 반복 사용한 경우가 흔하다.

정열모의 「달마중」 또한 3·3조의 반복 운율을 통해 정월 대보름날 마을 사람들 전체가 달맞이를 통해 한해의 소원을 비는 내용을 그리고 있는데, 1연과 2연의 대구와 반복된 청유형은 역시 전래동요의 형식을 차용한 사례로 볼 수 있다.

전래동요에는 '구지가'처럼 주술적인 내용을 노래한 작품들이 많다. 아동들은 현실성이나 합리성이 성인에 비해 부족하다. 또한 물활론적 사고를 갖고 있어 애니미즘(animism)이나 마나이즘(manaism)에서 벗어나지 못한다. 따라서 그들은 자신의 바람을 이루고자 초자연적 힘에 의탁하곤 한다. 간절한 마음에 그 무엇인가가 이루어지기를 늘 소망한다.

> 달팡아달팡아/ 돈한푼줄쌔/ 춤추어라// 너의아버지는/ 하늘에 서장고치고/ 너의어머니는/ 춤을춘다
>
> 「달팡이」, 인천동요, 《동아일보》 1925년 2월 6일

---

22 강원도 강릉 지방에서 전해지는 '팽이치기요'는 '빵빵' 대신 "맴맴"으로 전해진다(전원범, 1993, 72쪽 참조). 1928년 윤석중이 『어린이』 7호에 발표한 「집보는아기의 노래」 후렴구에서 발견되는 "아버지는 나귀타고 장에가시고 / 할머니는 건너마을 아젓씨댁에 / 고초먹고 맴 맴 / 담배먹고 맴 맴 / 할머니가 돌쩍바다 머리에이고 / 꼬볼꼬불 산골길로 오실때까지 / 고초먹고 맴 맴, 담배먹고 맴 맴"과의 유사성을 볼 수 있는데, 이 또한 창작동요가 전래동요의 내용을 수용한 사례라 할 수 있다.

개야개야 짓지마라/ 우리동생 잠들엇다/ 네울어서 잠이깨면/ 젓업서서 멀먹이리/ 개야개야 짓지마라/ 엄마압바 낫모르고/ 젓이업시 크는아기/ 잠이나마 깨지마라

「개」, 박정용, 『어린이』 1924년 7호

개골개골 청개골아/ 아욱밧헤 뛰지마라/ 아츰이슬 흐터지면/ 아욱국이 맛업단다/ 개골개골 청개골아/ 생추닙헤 안지마라/ 오줌물이 뭇게되면/ 생추맛이 변한단다

「청개고리」, 권정윤, 『어린이』 1924년 7호

전래동요 중 주술동요는 "---아(야) ---라"의 반복 병렬구조를 가지고 있다. 이러한 형태는 '명령-환기'의 반복적인 형태를 취하고 있으며, 주로 동물을 대상으로 한다거나 상황이 좋아지기를 바라는 내용들이 많다. 가령 귀의 물을 말릴 때, 눈의 티를 없앨 때, 흐린 물을 맑게 할 때, 비가오기를 바랄 때 등이 그러하다.

첫 번째 동요는 인천에서 전해지는 노래이다. 아동들은 이 노래를 부르면 달팽이가 뿔을 내여 마치 춤을 추는 듯 보인다고 믿는다. 이는 주술성을 믿기 때문에 가능한 것이다. 박정용의 「개」[23]와 권정윤의 「청개고리」는 '조류요'에서 볼 수 있는 것처럼 "닭아닭아 울지마라 / 새야새야 파랑새야"의 전형적인 형태를 취하고 있는 창작동요이다. 내용상으로 봐도 '개'와 '청개구리'를 통해 주술동요의 형태인 '명령과 환기' 구조로 되어 있다. 전자는 잠자는 아기를 깨우지 말기를 바라는 화자의 바람이, 후자는 채소를 상하게 하지 말기를 바라는 화자의 바람을 그린 노래이다.

---

23 잡지에는 제목이 명기 되어 있지 않아 필자가 논의 전개를 위해 임의로 붙였다.

한편, 창작동요에는 전래동요에 비해 협박성이 사라지거나 약해졌는데, 가령, '달팽이요'에서 "모가지를 비트러논다"든지, '잠자리요'에서 "불캐와부키여(불태워죽인다)"한다든지가 그 예이다(전원범, 1993, 191-194). 이는 1920년대 아동의 발견 이후 아동문학에서 민담이나 전래동요를 수용함에 있어 아동의 정서에 맞게 순화 및 재화한 이유 때문이다.

마지막으로 전래동요에는 아이들이 잠을 잘 자기를 기원하는 자장요가 많다. 자장요에는 어른들이(누나/언니) 아이들이 잠을 잘 자 건강하게 자라기를 바라는 마음이 담겨 있다. 아이들은 이 노래를 들으면서 잠을 자며 정서적 안정감을 갖는다. 자장요는 유교적인 사상과 자연물에 빗대어 표현한 내용들도 있다. 또한 "질래래비 훨훨", "쥐암쥐암 도리도리", "~캥캥"처럼, 특정 후렴구나 반복을 사용하는 경우도 있다(전원범, 165-168). 보통 자장요는 "자장자장 워리자장", "자장자장 우리애기", "자랑자랑 웡이자랑", "은자동아 금자동아", "둥둥 둥게야"로 시작하는 경우가 많다.

> 자랑자랑 웡이자랑/ 우리애긴 잘도잔다/ 일가에도 화목동아/ 동네어른 잠제동아/ 나라에는 충성동아/ 비자낭엔 비자동아/옥저낭엔 옥저동아-이하생략-
>
> 「자장요」, 임동권(1582)

> 아가야우리애기 자-장자장/ 놀때에는쥐암쥐암 잘두놀겟지/ 젓꼭지그만놓고 눈을감어라/ 자-장자장해라 어서자거라/ 아가야우리애기 자-장자장/ 샛별눈따악감고 잘두자겠지/어엽분진주꿈과 보배의꿈을/ 아가야꿈꿔라 엄마품안에
>
> 「자장가」, 김태오, 1923년작, 『설강동요집』 1933년

아기야 잠자거라 자-장자장/ 꿈나라 天使들이 별님을 모아/ 금쌀애기 온다고 마지한다네/ 아기야 달빗타고 꿈나라가라

「자장가」, 이성묵, 《조선일보》 1928년 9월 23일

첫 번째 자장가는 제주도에서 전해지는 노래이다. 아이가 잘 자기를 바라면서 중간 중간 유교적인 내용인 효와 충 같은 덕목을 삽입해 아기가 훌륭한 사람으로 성장하기를 바라는 마음을 담고 있다. 김태오의 자장가는 전래동요에서 흔히 볼 수 있는 "우리애기 자장자장"과 "쥐암쥐암"의 표현을 빌려 아기가 잠을 자며 좋은 꿈을 바라기를 노래하고 있다. 이성묵의 자장가 또한 같은 경우다. 한편 1920년대 말에 나온 자장가에는 계급주의적 아동관이 반영되어 유교적 사상이나 꿈의 이야기가 아닌 가난한 계층으로 살아가는 보호자들의 보살핌이 나타나기도 한다.[24]

그밖에도 새쫓기요의 내용을 수용한 "후락 딱딱 후이 후이"(「감나무」, 정지용, 『학조』 1926년) 수요(數謠)의 내용을 수용한 "1234567"(「소금쟁이」, 한정동, 《동아일보》 1925년 3월 9일), 감상요(感傷謠) 또는 비(雨)요의 내용을 수용한 "비가와요 비가와요 / 비야비야 오는비야"(잡지 및 신문 다수 수록) 등 많은 창작동요에서 전통계승의 모습을 볼 수가 있다.

이처럼 1920년대 한국 아동시단은 아동의 발견 이후 성인들의 사상에서 자유로운 어린이들의 시세계를 그리기 위해 동요작법 소개나 현상문예를 통해 소년문예사들을 글쓰기 주체로 부상시킨다. 또한 미숙한 그들에게 새로운 동요를 소개함에 있어 우리 전래동요를 소개함은 물론 그가

---

24 "자-장 우리아가 울지말어라 / 동산에 달이솟지 별도잠자고 / 이웃집 강아지도 잠들은게니 / 어엽븐 우리아기 너도자거라 // 품파리 가시엇든 엄마오시면 / 사발가티 불엇든 젓을주시고 / 공장에 가시엇든 압바오시면 / 맛잇는 과자사다 주신다더라 -이하 생략-".「장자아기」, 송완순, 『신소년』 1929년 1호, 참조.

가지고 있는 형식이나 수사, 내용 등을 수용, 전파함으로써 소년문예사들에게 우리의 전통을 이어나갈 수 있는 발판을 마련해 주었다.

4. 나오며

본고는 근·현대 아동문학사 연구에서 크게 주목받지 못했던 창작동요와 전래동요의 영향관계를 밝혀 1920년대 창작동요에 나타난 전통 수용 양상을 밝히는 데 그 일차적인 목적을 두고 시작하였다. 당시 창작동요는 창가의 공리성 배격, 일본 아동시단의 영향, 소년문예운동 단체의 활약 등 다양한 발생 동인이 있었지만, 동요가 갖고 있는 리듬과 친숙하게 받아들일 수 있는 전통적 세계관을 간과할 수 없다.

성인문단에서 민요의 영향을 받아 '민요시부흥운동'이 일어났던 것처럼 창작동요 또한 1920년대 초 발생 당시 전래동요의 형식 및 내용을 적극 수용한다. 전래동요가 갖고 있는 집단성과 구전성에서 창작동요는 개인의 서정을 노래하며 본격적인 기록문학으로 성장하게 된다.

당시 신문이나 잡지에는 우리의 전통문화를 계승하기 위한 일안으로 전국적으로 산재해 있는 민요 및 전래동요를 모집한다. 특히 《동아일보》의 경우 1923년 8월부터 당해 12월까지 '지방동요란'과 '소년소녀란'을 통해 전래동요를 집중적으로 소개한다. 또한 1923년에 창간한 『어린이』와 『신소년』 또한 초창기 문학적 기반이 취약했던 상황 속에서 전래동요를 통해 동요에 대한 정의 및 기법 등을 소개하며 소년문예사들로 하여금 잡지의 참여 주체로 부상시킨다. 그리고 잡지별 차이는 보이지만, 가령 7·5조가 주가 되었던 『어린이』와 전통 가락인 4·4조의 리듬을 중시했던 『신소년』은 나름 전래동요의 양식을 수용한다. 1925년대 중반까지만 해도 전래동요와 창작동요가 형식이나 내용상 혼란을 보이지만 이후 다양한 동요작법 소개와 기성문단 및 소년문예사들의 참여로 본격적인 아동의 예술성을 노래하는 창작동요로서 자리를 잡아간다.

한편 창작동요는 전래동요의 형식, 수사, 내용 등 다양한 양식들을 적극적으로 수용하는데, 먼저 형식상 가장 두드러지는 부분은 "순아순아 가막순아"처럼 4·4조의 음수율과 2음보의 형태이다. 그리고 전래동요의 반복과 병렬구조에서 보이는 다양한 형태 중 "바람바람 겨울바람"처럼 'AAXA'형태를 가장 많이 취하고 있다. 내용면에서는 술래잡기, 달맞이, 별따기, 그네타기 등 놀이요가 많았다. 그리고 주로 동물을 통해 명령 형식을 취하면서, "---아(야) ---라"의 반복 병렬구조와 '명령-환기'의 반복적인 형태를 취하고 있는 주술동요와 아기들이 잠을 잘 자기를 바라는 "아가야우리애기 자-장자장" 같은 자장요도 있었다. 기타 새쫓기요, 수(數)요, 감상요 등 전래동요에서 볼 수 있었던 다양한 내용들이 수용되었음을 알 수 있었다.

이처럼 1920년대 창작동요는 우리의 전통의식을 바탕으로 탄생했으며, 이는 당시 나라 잃은 시기 글쓰기 주체로 부상하여 살아가던 아동들에게 시대의 아픔을 끌어안는 문학으로서의 기능 외 민족의식을 자각하는 도구로서의 역할을 했다고 볼 수 있다.

제2장

1920년대 『별나라』와 창작동요

1. 들어가며

그동안 『별나라』(1926~1935) 연구는 주로 1930년대에 집중 조명되었다. 본고는 선행연구 성과와 더불어 일제 강점기 『별나라』를 조망하는데 일조하고자 1920년대에 주목한다. 특히 초창기 잡지 발간 취지 및 집필진들의 활동 사항 그리고 작품 경향 등을 분석하고자 한다. 또한 지면 관계상 동요에 논의를 한정하고자 한다.

1923년 방정환의 『어린이』를 시작으로 여러 아동잡지가 탄생하면서 기성문인 및 독자문단을 통해 1930년대 성인문단에 편입한 소년문예사들의 동요 창작은 한국아동문학의 발전과 성장을 가져오는데 일익을 담당했다. 본고에서도 논의하겠지만 특히 다른 잡지에 비해 문학적 기반이 취약했던 『별나라』는 기성작가와 소년문예사들의 참여가 더욱 간절했던 것이 사실이다. 당시 전국에서 우후죽순으로 탄생한 소년운동은 소년문예운동(최명표, 2012)으로 이어졌으며, 이들의 인적네트워크는 1930년대 중반 잡지 폐간까지 연이은 소년문예운동 단체를 결성하는 계기가 되었다. 또한 이들 단체의 다양한 활동은 아동문학의 연구 및 보급을 위한 초석이 되었다.

『별나라』 편집 겸 발행인이었던 안준식(安俊植)도 염근수(廉根守), 최병화(崔炳和) 등과 함께 '현대소년구락부'(경성, 1925)에 소속되어 잡지 발간 및 동화대회, 라디오 방송(동화), 강연회 등에 참여하게 되는데, 이를 통한 여러 문사들과의 교류는 창립 초기 취약했던 『별나라』를 당시 4대 아동잡지(『어린이』(1923~1934), 『신소년』(1923~1934), 『아이생활』(1926~1944))로 자리매김하는 결정적인 역할을 하게 된다. 『별나라』 창간 당시 참여했던 이들은 대부분이 교사나 기자, 유학생들로 20대 초반의 청년들로 구성되어 있었지만, 기성문인들의 포섭과 소년단체 가입 및 창설 등의 조직적 움직임은 당시의 아동문화 운동 분위기에 더욱 편승해 『별나라』가 많은 독자를 확보하고 잡지의 내실을 다지는 계기가 된다.

또한 잡지에 참여했던 이들은 창작 활동뿐만 아니라 '꼿별회'(1927), '별탑회'(1927), '조선아동문예작가협회'(1929) 등의 창립을 통해 서로의 결속력을 다지고 아동문학 연구에 힘을 더한다. 그리고 그들의 활발한 인적 교류는 1920년대 후반에도 계속되어 아동문학 운동을 전개하는가 하면, 『習作時代』(1927), 『白熊』(1928), 『大衆文藝』(1931), 『少年文學』(1932) 등의 잡지 창간 및 발간에 힘을 더하기도 한다.

그동안 『별나라』에 대한 선행 연구자는 이재철(1978)을 필두로 김봉희(2011), 류덕제(2010; 2014), 박영기(2010), 손증상(2013), 신현득(2001; 2006), 원종찬(2001; 2012), 이근화(2012), 황선열(2010) 등이 있다. 박영기와 손증상은 아동극에 황선열은 잡지 검열에 그 외 논자들은 주로 1930년대 계급주의적 성향 작품 및 잡지의 방향 전환 등에 초점을 맞춰 논의를 전개해 나갔다. 이처럼 아직까지 『별나라』 연구가 1930년대에 집중 되었던 이유는 1920년대 실증자료 구입의 어려움 때문이다.

1930년대 『별나라』는 검열이나 불허가 잡지를 제외하고는 대부분의 잡지가 온전히 보존되어 있다. 반면 1920년대는 상황이 여의치 않다. 당시 발간된 《조선 · 동아 · 중외일보》 광고를 통해 『별나라』 발간 상황의 전모는 알 수 있지만, 현재로서는 잡지 전질을 구하기가 힘들다. 그나마 원로 아동문학 작가나 일부 대학 도서관 소장 자료 10여 권 및 기타 잡지 연구자들의 연구물을 통해 1920년대 『별나라』의 성격을 어느 정도 규명할 수 있을 뿐이다. 상황이 이렇다 보니 1920년대 잡지에 대한 연구가 미흡할 수밖에 없다.

최근 1920년대 『별나라』 연구와 관련해 원종찬(2014)의 연구가 주목할 만하다. 완질은 아니지만 그는 1920년대 실증자료를 통해 잡지 편집진들의 활동 양상과 작품들을 실례로 제시하며 『별나라』가 계급주의 잡지라는 선행 연구자들의 잘못된 인식을 바로 잡고 있다.

어느덧 한국 아동문학이 한 세기에 접어들고 있지만, 아직까지 아동문학 연구에 있어 실증적인 자료 발굴을 통한 온전한 복원 작업이 절실한 상황이다. 이를 감안해 필자는 완질의 자료를 구하지 못한 난항과 연구의 한계에도 불구하고 본고에서 1920년대 『별나라』를 살펴보고자 한다. 특히 잡지에 참여했던 기성작가 및 소년문예사들의 활동 사항과 잡지에 실린 동요를 중점적으로 살펴보고자 한다.

2. 1920년대 『별나라』 간행과 집필진

현재 『별나라』 창간호는 자료의 소실로 편집의도 및 잡지에 참여한 작가들을 알 수 없다.[1] 하지만 1926년 7월호인 2호를 통해 발간 취지 및 작가들의 참여 사항을 가늠 할 수 있다. 창간 당시 문학적 기반이 취약했던 『별나라』는 편집 겸 발행인이었던 안준식의 말을 통해 그 취약성이 드러난

---

1 1926년 6월 5일 《시대일보》 '新刊紹介'란을 통해 『별나라』 創刊號 소식을 알 수 있다. "童謠, 小說, 詩 등 一般兒童의 必讀할만한 趣味記事多數(發行所京城府)永樂町一의六五同社, 定價五錢.

다. 첫째가 첫 경험이요, 둘째가 잡지 가격이 오전(五錢)이라는 것이다.[2] 안준식은 창간호 발간 후 나름의 고초를 호소하고 있는데, 먼저 발간된 타 잡지에 비해 내용의 빈약성에 대해 스스로 불편한 마음을 금치 못하고 있다.

또한 "우리 소년동무들에게 시적텬분(詩的天分)을 쎱내게 하랴는 것이 첫째 목적이다. 그리고 거기에는 선진문사(先進文士) 요러 先生님의 가라처 주시기를 바라는 생각이 잇는 것을 말해 둔다. 아! 그러나 적은 돗토리로서 큰 참나무가 되라면 얼마나 만히 자라야 할가!"[3]라며 『별나라』의 발간 취지와 앞으로 잡지가 나아갈 방향에 대해 언급하고 있다. 그러면서 한편으로 비유적인 표현을 통해 편집자로서의 잡지 발간에 대한 걱정스런 입장을 토로하고 있다.

원종찬(2014, 165)의 말처럼 색동회를 기반을 한 『어린이』와 조선어학회를 기반으로 한 『신소년』과 달리 『별나라』는 창간 당시 기성문인보다는 소년문예운동 단체에 활동하던 신진들의 참여로 잡지가 창간되었기에 부득이 소년문예사들의 참여와 김억과 주요한 등 기성문인들의 섭외를 통한 잡지의 내실을 꾀할 수밖에 없었다.[4]

한편 지금도 논란이 되고 있는 잡지 가격 문제이다. 1930년대 『별나라』는 계급주의 이념적 성향이 짙게 물든 상황이었기 때문에 당시 편집부는 1931년 6월호인 잡지 육년 약사에서 그들의 계급적 이념성을 옹호하기 위해 '5전'이라는 가격을 "가난한 동무를 위하여 갑싼 잡지로 나오자. 이것이 처음의 우리들이 부르짖은 막연한 표방이었던 것이다"[5]라고 밝히고 있

---

2 안준식, 「창간호」, 『별나라』 1926년 7월호, 46쪽. 본고는 표기상 원문을 따르되 독자의 이해를 돕기 위해 띄어쓰기는 현대 표기법에 따랐다.

3 상게서.

4 안준식, 「편집후기」, 『별나라』 1926년 7월호, 59쪽.

5 편집부, 「별나라는이러케컷다 별나라 六年略史」, 『별나라』 1931년 6월호, 4쪽.

다. 물론 1928년 『별나라』 두 돌을 맞은 기념사에서 김영일의 말처럼(이념적인 표현이 많아 부분 삭제 됨) '5전'이라는 잡지의 가격대를 이유로 무산소년들의 읽을거리로 탄생했다는 견해도 있다. 또한 안준식이 1925년 무산청년들의 모임인 '동광청년회'[6] 출신임을 감안하면 전혀 근거 없는 말은 아닐 것이다. 하지만 창간 당시 잡지 주간이었던 안준식의 말은 다르다. 안준식은 비록 잡지 창간에 참여했던 이들이 문단에서 주목받지 못한 20대 초반의 교사나 유학생들로 구성 되었지만 그들의 문학적 열정과 노고를 5전이라는 저렴한 가격에 내놓은 것에 불편했던 것이다. 『어린이』도 1923년 창간 당시 5전으로 시작했었다(『별나라』 창간 당시 가격은 『어린이』는 15전, 『신소년』은 5전이었다). 또한 잡지 발간 운영상 김억과 주요한 그리고 신춘문예 출신인 한정동을 포함 기타 작가들의 영입 관련 원고료도 고민을 했을 것이다. 따라서 가격의 저렴성을 가지고 잡지의 성향을 무조건적으로 계급주의로 쪽으로 몰아가는 것은 지나친 해석이 될 수 있다.[7] 한편 동인들의 이념적 이유인지 아니면 개인적인 이유에서인지는 모르겠지만 창간 당시 독서부분을 담당했던 김도현(金道鉉)이 잡지 편집을 맡을 것이라는 말에 유감을 표하기도 한다. 김도현은 이후 잡지에 관여하지 않았기 때문이다.

『별나라』는 5전이라는 싼 가격에도 그들의 입지를 다지기 위해 다양한 활동을 전개한다. 특히 안준식의 활동이 두드러진다. 그는 1925년 창립된 경성 '현대소년구락부'에 적을 두고 잡지 발간 및 아동문학 운동에 힘

6 《동아일보》 1925년 9월 22일.

7 현재 창간호를 구하지 못해 잡지 표어를 알 수 없지만, 윤석중의 회고를 보면 "굶주리고 목마른 우리 조선 소년들아! 당신들의 친한 벗이 되려는 별나라가 나왔다"라는 말을 통해 가난한 소년들을 위한 부분보다는 소년들의 문학적 욕구를 채워 줄 목적이 강함을 알 수 있다. 이는 초창기 잡지가 사회주의 색채 보다는 온건한 잡지였다는 윤석중의 말을 통해서도 어느 정도 신빙성을 갖는다(윤석중, 1985, 60).

을 기울이기 위해 방정환, 이정호, 정홍교 등을 초청하여 동화대회를 개최한다[8]. 그리고 염근수, 이정호 등과 함께 소년문예 단체에서 주최하는 동화대회 연사로 참여한다. 염근수는 창립 초기부터 안준식과 함께 잡지에 참여했던 인물이지만 이정호는 방정환과 함께 『어린이』에서 활동했던 인물이다. 이들의 교류는 원종찬(2014, 178)의 지적대로 1920년대 『별나라』가 서로의 이념을 달리하지 않고 협력체계를 통해 잡지 발간에 힘을 써 나갔음을 시사한다.[9]

> 경성도서관 안에 잇는 현대소년구락부에서는 오난 십사일 밤 일곱시 그 회관 내에서 뎨십오회 특별동화대회를 개최하리라는데 입장은 어린이에게 한하며 연제와 연사는 아레와 갓다고 합니다. - 후란다스의 소년 안준식 선생, - 재미잇는이약이 염근수 씨
>
> 「현대소년동화대회」, 《동아일보》 1926년 11월 13일

> 시외 서강(西江)에 잇는 義和소년회에서는 "별나라"사 安俊植씨와 "어린이"사 李定鎬씨를 청하야 이십이일(土曜) 오후 칠시에 서강례배당에서 菊花大會를 개최한다는데 입 장은 소년소녀에 한하야 무료라더라
>
> 「西江菊花大會」, 《동아일보》 1927년 10월 22일

또한 안준식은 라디오 방송 출연[10]을 통해 동화 구연을 하는가 하면,

---

8 「별나라사 주최 동화회」, 《동아일보》 1926년 10월 14일.

9 1927년 『별나라』 10월호를 보면 '본사에서 집필하신 선생님' 명단에 별나라 동인 외 김기진, 신영철, 윤극영, 진장섭, 최남선 등의 이름이 실려 있다.

10 동화 「만두장수」, 《동아일보》 1927년 11월 9일. 동화 「어린활량」, 《동아일보》 1929년 5월 10일 등.

1920년대 후반에는 송영과 박세영을 영입 한 후 그들과 함께 여러 별나라 지사 소년문예단체에서 개최하는 동화·동요대회[11]에 참석해 어린이들을 위해 동화와 동요를 들려주었다. 그리고 어린이날 행사 참여와 조선소년연합회 발기대회 참여(서무부)[12] 및 창립위원(중앙검사위원)[13] 등의 다양한 활동을 통해 자신의 입지를 다져나간다. 이처럼 안준식의 잡지 편집 발간 외 대외적인 활동으로 인해 『별나라』는 1926년 창간 당시 취약했던 문학적 기반을 다지게 된다.

한편 1920년대 『별나라』는 각 지방으로 지사를 확대해 나간다. 신설된 지사는 매호 잡지에 지사 설립 소개를 통해 지방 독자들에게 잡지 발간 소식을 알리며, 그들을 잡지 애독자로 흡수한다. 그리고 독자들의 참여를 유도하기 위해 '독자사진'란을 게재하기도 한다. "금수강산의 우리의 별님들"이란 제목으로 각지에서 '독자문단'에 적극 참여한 어린이들의 사진을 소개한다. 이들 중 1940년 34세 젊은 나이에 요절한 서덕출과 같은 소년문예사들도 있었다.(다음 사진 가운데 상단)

또한 '별님의 모임'란을 개설하여 『별나라』 애독 소식을 전하는가 하면 문학적 소통 공간을 마련, 이를 공론의 장으로 확산시킨다. 독자들은 이 난(欄)을 통해 편집진들과 『별나라』가 나아갈 방향에 대해 논의하거나, 자신들의 문학적 욕구를 관철시킨다. 또한 그들은 각 지역 독자들 상호간 소년운동 및 문학소식을 전하며 회합의 장으로 만들어 간다. 편집진들 또한

---

11 "楊卄童話會盛況, 수원군 양감면에 잇는 별나라 지사에서는 지난 십일일 동지사 내에서 동화와 동요대회를 개최하고 경성으로부터 安俊植, 宋影, 朴世永 삼씨를 청요해 자미스러운 동화와 아름다운 동요를 일반 어린이들에게 들리어주엇다더라" 《동아일보》 1929년 2월 21일.

12 《동아일보》 1927년 8월 1일.

13 《동아일보》 1927년 10월 19일.

독자들의 의견을 수용해 새로운 난을 만들기도 하며 독자들에게 『별나라』 편집진들의 소식을 전하면서 서로의 결속력을 다져간다.[14]

한편 별나라사는 독자 참여 유도를 통한 잡지 발간의 대중화 방안으로 1주년 기념일인 1927년 6월 천도교성당에서 제1회 "전조선소년소녀작품전람회"를 개최하기도 한다.[15] 당시 출품종목은 도화, 습자, 작문, 동화, 동요, 수공품 등이다. 또한 특집호[16]을 만들어 독자들에게 다양한 읽을거리를 제공하는가 하면 그들이 잡지에 참여할 수 있는 공간을 더욱 넓혀나간다.[17]

〈독자사진〉 1926년 6월호

별나라社主催天道敎堂에陳列된第一回
全朝鮮少年少女作業展覽會

〈전조선소년소녀작품전람회〉 1926년 6월 20일

1920년대 『별나라』가 무탈 없이 성장한 것만은 아니다, 일제의 원고 검열에 삭제나 불허가 압수 등(황선열, 2010) 고난의 길도 있었지만, 동인들

---

14 1928년 『별나라』 2주년 기념호를 보면 당시 독자 수가 2만 명이라 밝히고 있다.

15 《동아일보》 1927년 6월 20일.

16 가령, 『별나라』는 돌맞이 기념호 외에도 '여름특별호'(1926년 8월호), '독자문예호'(1926년 9월호), '농촌소년호'(1927년 4월호), '별나라오월문학특대호'(1929년 5월호), '여름수필호'(1929년 7월호) 등을 만들어 독자들의 참여를 활성화 한다.

17 1928년 『별나라』 2주년기념호(94쪽)를 보면 2만 명의 독자를 확보했음을 알 수 있다.

이 원고를 늦게 써주거나, 원고 출판이 늦거나, 동인들의 개인 사정으로 편집 작업이 늦어 제 날짜에 발간을 하지 못한 경우도 많았다. 편집진은 '사과의 말삼'을 통해 독자들에게 미안한 마음을 전하기도 했다.

> 엇더케 말슴을 하여야할지 말이 안 나옵니다. 그러나 이번 『별나라』가 이와가티 늦게 나오게 된 것은 세가지 사졍때문에 억매엿든 싸닭임니다. 첫재는 原稿를 써주시겟다든 先生님들이 늦게 써 주신 것과 혹은 사졍의 의하야 못써 주신분이 만허서 그것때문에 달포나 걸이여 落望싸지 하엿슴니다. 둘제는 원고가 좀 늦게 나온 것이며 셋제는 同人 멧분이 炳其他事情으로 자조오시들을 못한 싸닭임니다.
>
> 「사과의말삼」, 『별나라』 1928년 6월호

이처럼 『별나라』가 내부적으로 취약한 환경 속에서도 나름의 결속력을 다질 수 있었던 것은 소년운동연합회 출신들의 강한 인적 네트워크가 가능했기 때문이다. 먼저 1926년 6월 잡지 창립 당시 주 회원들을 보면 경성 '현대소년구락부'를 중심으로 활동했던 안준식(雲波), 염근수(樂浪)[18], 최병화(蝶夢) 등이다. 그리고 김도인(可石), 최희명(실버들), 김영희, 서록성, 최규선(靑谷) 등이 참여했다. 인사동 경성도서관 아동실에 있는 '현대소년구락부'는 1925년에 설치되어[19] 안준식, 염근수 이외에 '경성천도교소년부'나 '오월회' 회원들을 초청해 동화대회 및 레코드 대회를 개최하며 다양한 소년문예운동을 전개해 나간다. 대표적인 이들이 방정환, 고장환, 이정호, 장무쇠(명진소년회) 등이다.

---

18 염근수는 1925년 '문화소년회' 소속 당시 '少年少女文藝會를' 조직하여 어린이들에게 작문, 동화, 동요, 음악, 그림 등을 가르쳐 주기도 한다. 《동아일보》 1925년 10월 2일.

19 《조선일보》 1925년 4월 2일.

또한 한정동, 주요한, 유도순(紅初), 진종혁(雨村), 이학인(牛耳洞人), 이정호(微笑), 이강흡(오로라生), 양재응(孤峯), 연성흠(皓堂), 원경묵, 강병주(玉波), 박아지, 윤기항 등의 참여를 통해 나름의 입지를 다져 나아간다. 1927·8년을 전후해서는 송영과 박세영 그리고 소년문예사들 중 추거(推擧)한 통해 등단한 송완순, 신고송, 이정구, 현동렴 등이 1930년대까지 잡지 발간에 참여를 보인다.

『별나라』 발간에 참여했던 이들의 직업 현황을 보면 교사 및 언론·출판인들이 많다. 한정동(진남포 삼숭학교), 유도순(서강군청년회학교), 연성흠[20](배영학교), 최희명(대구사범학교), 박아지(완도중학원), 서록성(보광학당) 등이 교사로 재직했으며, 안준식(별나라사)·최병화(별나라사, 연희전문)·염근수(별나라사), 주요한(동아일보), 진종혁(인천 습작시대사), 이정호(어린이사), 원경묵(동광사) 등이 언론·출판사에 근무했다. 그리고 기타 시인 김영희, 강병주(목사), 유학생 이학인(동경유학), 은행원 최규선(오월회) 등이다.

이들은 본 직업 외 각자 맡은 잡지 원고 부문을 소화해 나아가며 고전분투 한다. 초창기 타 잡지에서 볼 수 있었듯이 한 사람이 필명을 써가며 여러 원고를 써야 했기 때문에 전술한 것처럼 출판이 늦은 일이 비일비재 했다. 그런 와중에도 집필진들은 그들의 결속력을 다지는가 하면 아동문학 창작 및 연구에 심혈을 기울이기 위해 1927년 1월 아동문예연구회인 "꼿별회"를 창립한다.

신년 문예부흥(文藝復興)과 더부러 가장 아동문학에 연구와 취미

20 연성흠은 1927년 자신이 근무하는 연건동 배영학교에 '별탑회'를 창립한다. 《동아일보》 1927년 4얼 23일. 당시 회원은 朴章雲, 朴詳燁 등이다. 연성흠은 별탑회 창립 이후 1928년까지 정기 동화회 개최를 통해 소년문예운동을 활발하게 전개해 나간다. 당시 동화회에서 동화 구연 및 동요 낭송을 했던 이들은 회원들 외 이정호, 장무쇠 등도 참여했다.

가 깁흔 동지들의 회합으로 『꼿별會』가 창립 되엿다는데 중앙사무소는 경성부 관렬동 二五一이라고 하며회원은 다음과 갓다고 합니다.

江西 劉道順 仁川 朴東石 金道仁 韓亨澤 秦宗爀 京城 崔秉和, 安俊植, 姜炳國, 盧壽鉉,朱耀翰, 梁在應, 廉根守 以上[21]

'꼿별회'에 강서의 유도순과 인천의 김도인, 진종혁 그리고 경성의 최병화, 안준식, 강병주, 주요한, 양재응[22], 염근수, 그리고 신문 기사에는 누락 되었지만 한정동이 참여를 하지만 원종찬(2014, 169)의 지적대로 당시 신문 기사를 살펴봐도 특별한 단체 활동은 보이지 않는다. 다만 『習作時代』(1927년 2월)(이태희, 2004)[23] 및 『白熊』(1928년 2월)(조동길, 2001; 2013)[24] 발간에 여러 동인들이 참여해 작품 창작 활동을 이어 나아간다.

한편 1929년에는 김영팔, 안준식, 양재응, 최병화, 염근수 등이 '조선아동예술작가협회'를 창립한다. 이들은 아동예술의 연구와 보급을 위한 일안으로 먼저 잡지 원고료 등의 문제를 논의하기도 했다.

아동예술에 권위인 김영팔(金永八)외 작가 제씨들은 아동예술의 연구와 그 보급을 도모할 목뎍으로 사일밤 시내 중앙유치원에 모이어서 아동예술작가를 망라하야 조선아동예술작가협회(朝鮮兒童藝術

---

21 《동아일보》 1927년 1월 19일.

22 양재응은 1927년 10월 경성에서 '白衣少年會'를 창립하는데 당시 참여했던 이들은 鄭泰平, 徐鶴山, 鄭漢燮, 金聖泰, 沈顯玉 등이다. 강령은 첫째, 나보다 아는 것이 적고 나보다 가진 것이 적은 사람을 친절히 하고 사랑합시다. 둘째, 슯허하고 괴로워하는 사람을 먼저 차즙시다이다.

23 『習作時代』에는 유도순, 한정동, 강병주, 양재응, 한형택, 진종혁, 박아지, 방인근, 홍은성, 엄흥섭 등이 참여했다.

24 『白熊』에는 진우촌, 김도인, 박아지, 양재응, 최병화, 한형택, 염근수, 방인근, 홍은성 등이 참여했다.

作家協會)를 즉석에서 창립하고 강령(綱領)으로 우리는 朝鮮兒童의 藝術을 硏究하며 그 普及을 期함이라고 결명하고 동회 집행위원(執行委員)으로金永八, 安俊植, 梁在應, 崔秉和, 廉根守 등 제씨를 선거하얏스며 동시에 동화(童話) 동요(童謠) 등의 원고료(原稿料) 문뎨도 결정하얏다더라[25]

이처럼 1920년대 『별나라』는 '현대소년구락부' 회원들인 안준식, 최병화, 염근수를 중심으로 창립된 이후 잡지의 취약한 문학적 기반을 넓히기 위한 방안으로 발행인 안준식의 개인 활동 외에 동인들의 소년운동 단체 활동을 통해 잡지의 기반을 다져 나아갔다. 초창기 잡지에 참여했던 이들 대부분이 20대 초·중반의 무명 교사와 신진 언론·출판인들이었지만 아동문학 연구 및 보급을 위한 그들의 연이은 조직적 활동은 1930년대까지 이어져 상호간 문학적 연결고리를 튼튼히 할 수 있었다. 이는 결국 잡지의 내실을 기하며 많은 독자들을 확보할 수 있어 4대 아동잡지로 자리 잡는 계기가 되었다. 또한 당시 독자문단을 통해 등단한 신고송, 송완순, 서덕출, 현동렴 등은 1930년대 기성문단에 편입해 자신의 문학적 기반과 입지를 다지며 아동문학 작가 및 평론가로서 활동을 한다.

3. 1920년대 『별나라』 동요 작가 및 작품 현황

1) 기성작가 참여 및 동요 보급 활동

1926년 『별나라』 발간에 참여했던 편집진들은 잡지의 취약한 상황 속에서도 감상문, 소품, 애도문, 동화, 웃음거리, 상식, 동요, 동화, 독서, 소

25 《중외일보》 1929년 7월 6일.

설, 수수께끼, 만화 등 다양한 부문을 만들어 잡지의 내실을 기한다. 그럼에도 불구하고 창간 초기 전문작가의 부재로 부족한 부문의 원고를 채우기 위해 필명을 사용한 흔적이 역력하다. 편집진들은 그러한 문제를 점진적으로 해결하기 위해 김억, 주요한, 김동환 등의 기성작가 작품을 게재하거나 유도순, 한정동과 같은 신춘문예 출신들을 기용한다. 또한 1920년대 말에는 박세영, 송영, 임화 등을 참여시켜 잡지의 위상을 높여간다.

한편 『별나라』 동요에 있어 주목할 것들은 한정동의 동요작법 소개, 강병주·박세영의 동요 고선 및 선평, 박세영의 세계명작동요 소개, 염근수의 그림동요이다. 창간호부터 동요를 발표했던 이들은 주 집필진이었던 안준식, 최희명, 최병화, 염근수 등이다. 전술한 바 이들은 매호 타 장르를 소화해야 했기에 필명을 사용했는데, 안준식은 '雲波', 최희명은 '실버들', 최병화는 '나븨꿈', 염근수는 '小女星'이다. 본고에서는 지면 관계상 자세히 다루지 않겠지만, 이들은 잡지 외 신문에도 상당수의 동화를 발표하며 1930년대까지 활발한 작품 활동을 전개해 나간다.

그리고 1927년부터 마춘서, 강병주, 박아지, 유도순이 1928년에는 박세영, 송완순, 승응순, 현동렴이 1929년에는 이경손, 엄흥섭, 김병호 등이 참여한다. 1920년대 말로 갈수록 독자문단을 통해 등단한 소년문예사들의 활동을 눈여겨 볼 수 있다. 특히 이들은 1930년대 동요·동시논쟁 및 계급주의 아동문단의 핵심 회원으로 활동을 한다.

현재 1920년대 『별나라』 전질을 구하기 힘든 상황이지만, 본 논의를 위해 나름 구입한 잡지에 게재된 동요 현황은 아래와 같다.

[표1] 1920년대 『별나라』 기성문단 발굴 '동요' 현황

발표연도	권(호)		작품(작가)		비고
1926년	1권	7월호	기성문단	「톡기」(실버들), 「낫잠자던엄마」(雲波), 「별나라」(김순선), 「그립운 少年時代」(이주봉), 「느진봄」(나븨쑨)	「새는」(김안서), 「노래하고싶다」(주요한) 시 두 편 기성동요란 수록
		11월호	기성문단	「금모래」(노원숙), 「쏫별」(小女星), 「크기내기」(한정동),	
1927년	2권	4월호	기성문단	「빨내」·「이른봄」(한정동), 「잠자는 총각」(巴人), 「짝자구리」(실버들), 「쏫노래」(小女星), 「저녁」(春曙)	
		5월호	기성문단	「물레소리」외 1편(한정동), 「노래」(강병주), 「동물원」(구름결), 「어머님생각」(새벽마을), 「봄비」(실버들)	
		6월호 (1주년 기념호)	기성문단	「별나라 萬歲」(한정동), 「우리집 경자나무」(이경손), 「밤길」(강병주), 「밋수리」(실버들), 「가을밤」(박아지)	
		8월호	기성문단	「녀름」(한정동), 「섬에서」(박아지)	
		10월호	기성문단	「저녁강」(유도순), 「여름의자최」·「어머님의魂」(한정동), 「새지개고리」(春曙), 「우지마라」(구름결), 「이슬비」·「그림자」(실버들)	
1928년	3권	3월호	기성문단	「고향생각」(동시 박아지), 「엿장사령감」(한정동), 「대장간」(박세영), 「봄」(自然兒)	

1928년	3권	7월호 (2주년 기념호)	기성 문단	「구름을모으는마음」(박세영), 「새삿기」(최희명), 「산막의늦봄」(한정동), 「병아리와나」·「병아리톄죠」·「할미꼿」(송완순), 「두돌마지노래」(파랑새), 「별나라의두돌」(승응순), 「별하나주시요!」(현동렴)	
1929년	4권	5월호	기성 문단	「봄비」·「색기게」(한정동), 「무지개」(로셋틔, 柳雲卿역), 「하로」·「잔듸우의算術」(쫀손, 박세영역), 「방울소리」(아란포, 박세영역), 「雛菊」(슈어맨, 박세영역), 「教室의時計」(스톤너, 박세영역)	세계명작동요 소개
		6월호	기성 문단	「봄」·「정거장」(이경손), 「소낙비」(한정동), 「갈닙배」(엄흥섭), 「살낭노래」(강병주), 「고향」(송완순), 미정(유도순)	기성문단 동요 3주년 기념호 예상목차
		7월호	기성 문단	「법국새운다」(한정동요, 염근수화), 「우물가」·「移舍」(김병호), 「나와누나」(최인준), 「가는봄」(현동렴)	그림동요
		9월호	기성 문단	「비오는서울」(염근수), 「제비」·「쌔국이」(고장환), 동요2편(한정동), 「하얀달」·「小兵丁」(류운경), 「바다의저녁」(박세영), 「쌕국새의우름」(유도순)	기성문단 동요 7월호 예상목차

먼저 동요 부문에 있어 한정동의 참여가 돋보인다. 그는 1925년 《동아일보》 신춘문예로 등단한 이후 잡지 및 신문에 동요를 발표하면서 아동문단의 명성을 얻게 된다. 아래 회고록을 통해 당시 『별나라』 참여 여부를 가늠할 수 있다.

"그때 나의 기쁨은 말로 형용할 수 없을 정도였지만 그 반면 나는 두려워지기도 하였다. 그것은 두말할 것도 없이 앞으로는 당선작보다 더 훌륭한 작품을 내놓지 않으면 안되겠다는 미묘한 책임감에서였다. 그리하여 나는 수많은 동요를 써서 각 잡지와 신문에고료 없이 게재하였는데 특히 《별나라》에는 매달 한두 편씩 책임을 지고 보냈던 것이다."(한정동, 1963)

회고록을 통해서 알 수 있듯이 한정동은 등단 이후 작가로서의 사명감을 가지고 『어린이』, 『신소년』, 《동아일보》 등에 동요를 연이어 발표하는데, 당시 진남포 삼숭학교 교사로 재직하면서 미발표 작품을 포함해 무려 300여 편이 넘는 동요를 창작했다고 한다. 특히 발표 매체 중 『별나라』에 유독 책임을 지고 매달 한두 편씩 발표했던 이유가 무엇일까? 현재로서는 당시 편집진들과의 연결고리를 명확하게 밝히기는 힘들다. 1920년부터 '진남포삼화청년회'[26] 회원으로 활동한 한정동은 연이은 잡지 발표 이후 편집진들의 권유(당시 동아일보 기자 주요한?)가 있었던 것으로 보인다. 한편 1927년 동요 연구와 실현을 기하고 그 보급을 도모하기 위해 결성된 '조선동요연구협회' 창립[27] 이후 그의 동요 창작 활동은 1930년대까지 이어진다.

『별나라』에 발표했던 한정동의 작품을 보면 고향 및 가족에 대한 그리움, 자연에 대한 애상 및 묘사, 계절에 동화된 화자의 명랑성 등 다양한 주제를 발표하는데 등단 초 1925년 「따오기」의 애상성에서 벗어나 전반적으로 상승적 이미지를 구사한다. 또한 『별나라』 1주년 기념호에 잡지를 찬양하는 「별나라萬歲」를 통해 잡지 주 동요 필진의 소임을 다하기도 한다.

---

26 《동아일보》 1920년 5월 15일, 1922년 6월 23일, 1927년 2월 20일 등 참조.

27 《동아일보》 1927년 9월 3일. 당시 창립 회원은 한정동, 정지용, 신재항, 김태오, 윤극영, 고장환 등이다.

복송아가지에 걸닌빨내 새빩아케 꼿피엿네 -쇱가저고리-// 실버들가지에 걸닌빨내 새팔앗케 닙피엿네 -누나의치마-// 돌담우에 널닌빨내 새-하얀박꼿치만발 -언늬두루막-

「빨내」, 한정동, 1927년 4월호

펄펄쒸는나무닙 활발도하다 푸른그늘꼿보다 훨신죠와요 푸른풀밧한간데 몸을던지면 마음도절노쒸는 첫여름이다// 물차는제비따라 못가로갈가 참새색기짜라서 山으로갈가 下學하고도라오는 모판가에선 올챙이도죠타고 찰싹임니다// 손과발과옷짜지 모다푸르러 하날도내마음도 갓치춤춘다 엄마의흰머리도 푸르럿으면 빌며빌며마중온 엄마맛낫소

「녀름」, 한정동, 1927년 8월호

한정동의 첫 번째 동요 「빨내」는 비유적인 표현이 돋보인다. 빨갛게 핀 복숭아꽃을 저고리에, 새파랗게 핀 버들가지를 치마에, 돌담 위에 하얗게 핀 박꽃을 두루마기에 빗대어 표현하고 있다. 또한 7·5조의 정형성에서 벗어난 율격과 각 연의 결미에 보이는 간결한 명사형 표현은 전체적인 안정성과 간결성을 잘 드려내고 있다. 또한 두 번째 동요 「녀름」에서는 하굣길에 화자의 눈에 비친 첫여름의 정경을 노래하고 있는데, 화자는 자연과 동화되어 모판가의 올챙이처럼 마냥 즐거워 한다. 또한 어머니 흰머리도 여름처럼 푸르렀으면 하는 화자의 바람도 그리고 있다. 한정동의 밝은 이미지는 최희명(실버들)의 작품에서도 잘 드러난다.

놀나고가는건 짝자구리새 저건너枯木에 투드럭짝짝// 사람보고숨는건 짝자구리새 본다고말업시 나무등뒤로// 나는총활도업는 놀

너온사람 왜다라낫는지 그래도목숨!

「딱자구리」, 실버들, 1927년 4월호

최희명은 토끼, 딱따구리, 미꾸라지 등 어린이들이 주변에서 쉽게 볼 수 있는 동물이나 조류, 어류 등의 소재를 차용해 그들의 행동거지를 위트 있게 그려내고 있다. 「딱자구리」에서는 사람을 보고 놀라 나무 뒤로 숨으면서도 벌레를 잡기 위해 나무를 쪼아대는 딱따구리의 행동을 음성 상징어를 통해 재미있게 그려내고 있다.

한편 한정동은 동요보급의 일안으로 '동요작법'을 소개한다.[28] 1927년 『별나라』 4월호 이전 자료를 구하지 못해 1장과 2장의 내용은 알 수 없지만 3장에서 4. 동요에는 엇더한 말이 죠흐냐 5. 동요에는 律調(格)가 必要하냐 6. 동요는 엇더케 써야 잘 쓸 것이냐에 대한 내용을 서술하고 있다. 그 내용을 요약하면 어린이다운 말(정직, 순결, 젓냄새가 물신 나는 어리고도 예술미 가득한 말)과 방언을 사용할 것, 동요의 율격은 7·5, 5·7, 8·8조(혹은 4·4, 5·8조 등)가 보통이지만 율격은 자연스럽게 흘러나오도록 자기가 창조해서 쓸 것, 동요를 잘 쓰기 위해서는 잘 쓴 동요를 읽을 것, 잘 쓴 동요를 되받아 써 볼 것, 자기 힘으로 쓸 것, 자기가 쓴 글을 서로 바꿔 가며 읽고 고쳐 줄 것 등이다.

이미 『어린이』(유지영(버들쇠))[29]와 『신소년』(정열모)[30]에 동요작법이 소개된 바 있지만, 한정동은 이를 좀 더 구체화시켜 『별나라』에 소개함으로써 '독자문단'을 통해 동요를 발표하는 어린이들에게 도움을 주고자 했던

28 한정동, 「童謠作法(三)」, 『별나라』 1927년 4월호, 48~51쪽.

29 「동요지시려는분의」, 『어린이』 1924년 2월호, 「동요짓는법」, 『별나라』 1924년 4월호.

30 「동요작법」, 『신소년』 1925년 10월호 광고.

것이다. 당시 아동잡지에 소개된 동요이론들 대부분이 일본의 사이죠 야소(西條八十)의 『현대동요강화』, 노구치 우죠(野口雨情)의 『동요십강』, 기타하라 하쿠슈(北原白秋)의 『동요론』 등을 참고삼아 그 이론을 소개한 사실을 감안하면(김영순, 2012) 한정동 역시 일본 저서를 근간으로 동요작법을 소개했을 가능성이 크다.

그리고 '독자문단'에 투고한 동요 고선(考選) 및 평(評)을 통해 작가 발굴을 유도했던 『별나라』는 창간 1주년 호부터 시인 강병주(목사)가 1928년부터는 박세영이 담당한다. 강병주가 고선으로 활동하던 1927년 6월호 '독자문단'에는 무려 오백이십삽통의 동요가 투고되었는데, 투고된 작품 중 표절 작품이 많아 "남의 글을 도적하는 것은 무엇보다도 납분일"[31]이라며 독자들에게 스스로 좋은 글을 창작해 달라는 부탁을 하기도 한다.

한편 박세영은 류운경과 함께 동요 창작 및 선평 외 '세계명작동요'를 번역해 소개하기도 한다. 1929년 5월호에는 크리스티나 로제티(영국), 에드거 앨런포(미국) 등의 동시를 소개하는데, 당시 동시가 아동문학 서정장르로 인식되지 않은 상황이었기 때문에 동요로 소개했다. 한국 아동문학은 김제곤(2013)의 지적처럼 초창기에는 '내부의 발화'에 기인하기도 했지만 '외부에 의한 자극'이 중요한 요인으로 작용하기도 했다. 특히나 번역동화 외 번역 동시가 윤석중 동시집(『잃어버린 댕기』 1933)이나 『아이생활』(박용철) 등에 소개되기도 했다.

잡지 창간부터 주요 집필진에 참여해 다양한 활동을 하던 염근수는 1920년대 말까지 잡지 외 《동아일보》, 《조선일보》에 수십 편의 동요, 동화를 발표하며 아동문학가로서 입지를 다져간다(최명표, 2012, 32). 특히 그는

31 『별나라』 1927년 6월호, 81쪽.

잡지 장정 및 삽화, 그리고 만화[32]를 담당하게 되는데, 강병주, 한정동 등과 그림동요를 발표하기도 한다. 그림동요는 1930년대 초 전봉제와 임홍은에 의해 본격적으로 시도 되었으며, 한국 그림책의 인식과 발전을 가져오는 결정적인 역할을 하게 된다(정진헌 · 박혜숙, 2013).

「새파란숨」, 강병주 作, 염근수 畵[33]

「법국새운다」, 한정동 謠, 염근수 畵[34]

1920년대 아동잡지들은 대부분이 글이 중심이 되고 그림은 잡지 중간 중간에 배치되어 삽화로서의 시각적 역할을 했을 뿐이다. 그나마 일부 동요나 동화에 그림을 그려 넣음으로써 오늘날 시 그림책이나 그림동화의 전사 역할을 하게 된다. 1927년 창간 1주년 기념호인 6월호에도 한정동의

32 「허재비와 여호」(1927년 6월호), 「싸개쫌푸 · 쏘쫌푸」(1929년 7월호).

33 《동아일보》 1926년 11월 7일.

34 『별나라』 1929년 7월호, 1쪽.

「별나라 萬歲」[35]에 염근수가 2컷의 그림(공주와 숲속에서 노는 아이들 모습)을 그려 넣음으로써 잡지의 시각화를 꾀하고 있다. 1920년대 후반 잡지나 신문에 소개되었던 그림동요는 1930년대 이후 전문 화가의 참여로 글과 그림이 주종관계가 아닌 대등한 관계를 보이며 운문 그림책의 탄생을 위한 초석을 다지기도 한다.

한편 1920년대 말에는 잡지 추거(推擧)동요를 통해 기성문단에 편입한 이정구, 송완순, 신고송(말찬), 현동렴 등의 작품 활동이 돋보인다. 이들은 1930년대 잡지나 신문에 실린 작품에서 보여주었던 이념적인 색깔은 아직 보이지 않고 있다.

> 구름업시 새맑은 하늘우에는 우슬핀 아츰해가 도라오르네// 바람과 찬비는 어듸로갓나 햇님이 혼자서 심심하겟네
>
> 「아츰하늘」, 이정구, 1927년 10월호

> 할미꼿네할머니 늙긴햇서도 마음은새파라케 젊고젊어서 쪽도리를머리에 달름이쓰고 연지곤직찍어서 모양을냇네// 나무온총각들이 노래불르면 붓그러워고개를 들지못해도 노래에흥겨어서 한들쏘한들 소리업시가만이 춤을추누나
>
> 「할미꼿」, 송완순, 1928년 7월호

> 울밋헤복송아꼿 한닙쏘한닙 냇물에써러져서 흘러나리니 흘우는물우에 봄이갑니다// 새롱속에가처논 어린종다리 엄마품에못감도 설운데다가 봄님조차가냐고 설어움니다
>
> 「가는봄」, 현동렴, 1929년 7월호

---

35 『별나라』 1927년 6월호, 6~7쪽.

이정구의 「아츰하늘」은 바람과 비가 없이 맑은 하늘에 솟아오르는 해를 외로움의 이미지로 그려내고 있고, 송완순의 「할미꼿」은 할미꽃의 생김새를 족두리에 화장을 한 젊은 여자의 얼굴로, 고개를 숙인 모습을 부끄러워하는 모습으로, 바람에 흔들리는 모습을 춤을 추는 모양 등으로 의인화해 표현하고 있다. 현동렴의 「가는봄」은 냇물 위로 흘러가는 복숭아 꽃잎을 보고 가는 봄을 아쉬워하는 화자의 마음을 어린 종달새라는 객관적 상관물로 그려내고 있다.

이처럼 1920년대 『별나라』에 실린 동요들 대부분은 가난, 노동, 공장 등 계급주의적 이념에 물들지 않은 채[36] 자연에 대한 정경 및 묘사, 계절에 따라 느끼는 애상감, 생활의 단상 등 순수한 동심과 서정이 주를 이루고 있다.

2) 독자문단 소년문예사 참여 활동

1922년부터 시행된 제2차 조선교육령은 소년들을 교육의 장으로 호출하면서 그들을 근대적 주체로 성장시킨다. 또한 진학을 통한 식자층의 증가와 더불어 신문, 아동잡지의 보급은 소년들을 문학의 생산 주체로 탄생시키는 계기가 되었다. 특히 1920년 중반을 전후해 전국에서 우후죽순(雨後竹筍)으로 생겨난 소년문예단체 활동이 그 결정적인 역할을 한다. 전국 각 지역에서 창립된 소년문예단체 회원들은 동화회, 동요회, 독서회, 웅변회 등을 개최하며 그들만의 인적네트워크를 형성해 간다(정진헌, 2014). 또

---

36 물론 자료의 전질을 구하지 못한 상황 속에서 1920년대 말에 실린 동요 작품에 계급주의적 성향이 전혀 없다고 단정 지을 수 없다. 또한 1929년 7월호에 김병호의 「음물가」와 「移舍」에 가뭄으로 농사를 망친 농민과 집이 팔려 이사를 가야하는 가난한 이들의 이야기를 다룬 작품도 있다. 하지만 이 작품들도 현실적인 이야기를 다루었을 뿐, 1930년대처럼 아지카프적 성향으로 까지는 나아가지 않았다. 따라서 1920년대 잡지에 실린 동요의 전반적인 성향은 순수한 서정계열로 보는 것이 타당하다.

한 잡지나 신문 구독을 통해 소년활동과 관련된 다양한 소식을 공유하는가 하면, 잡지 '독자문단'이나 신문 '어린이차지'란 등에 작품을 투고해 기성작가로서의 길을 걷기 시작한다. 1920년대 『별나라』 '독자문단'에 투고했던 이들도 대부분이 각 지역에서 창립된 소년문예단체 회원이었으며, 잡지 외 신문에 작품을 투고하면서 1920년대 말부터 기성문단에 편입한다.

『별나라』 발간 초기에는 잡지가 대중화 되지 않은 시기였기에 주로 편집진들이나 기성작가의 작품을 게재했지만, 점진적으로 독자투고 모집을 통해 소년문예사들의 작품을 게재 한다. 그러면서 그들을 별나라 회원으로 확보한다. 그리고 '별님의 모임'란을 만들어 공론의 장을 형성해 나간다. 독자를 대상으로 모집한 부문은 동요, 소품, 동화, 자유시(동시), 감상문, 소년소설 등이다. 특히 여러 번 투고한 독자 중 편집회의를 통해 동인으로 대우를 받은 소년문예사들도 있었는데[37], 그들이 전술한 것처럼 송완순, 신고송, 이정구, 현동렴 등이다.

한편 별나라사는 '별님의 모임'란을 통해 소년문단을 늘려달라는 독자들의 요구를 받아들여 1927년 6월호에는 '讀者文藝寶玉集'에 현상문예 당선 동요 25편을 수록하고, 1927년 8월호부터는 독자문에 '작은 별나라'란을 부록으로 만들기도 한다. 현재 전반적인 논의를 위해 발굴한 '독자문단' 작품 현황은 아래와 같다.

[표2] 1920년대 『별나라』 독자문단 발굴 '동요' 현황

발표연도	권(호)		작품(작가)		비고
1926년	1권	7월호	독자문단	「색동바구니」(南陽培材生 白興烈), 「봄은감니다」(普光學校第四學年 丁奎善)	

37 「투고를 환영합니다」, 『별나라』 1926년 7월호.

1926년	1권	11월호	독자문단	「수양버들」(대구 강윤택), 「별학교」(원산 이정구), 「가을」(고성 강남주), 「가을아침」(의주 明植), 「기럭이」(전주 김두수), 「달빗」(대구 김한태), 「깁흔가을」(濟洞公普 郭涉), 「바다」(임동혁)	독자문단(입선동요) 52~53쪽 낙장
1927년	2권	4월호	독자문단	「困童이와福童이의노래」(인천 이광식), 「종달새」(의주 글벗회 이명식), 「해넘어갈때」(김봉춘), 「봄비」(등대사 윤복진), 「쏫곱노리」(의주 김국환), 「달ㅅ밤」(대전 송완순), 「우리집 생각」(보은 안약한), 「숨박쐭질」·「호도」(이천 김삼재), 「봄이오면」(류수혜)	
		5월호	독자문단	낙장	『한국잡지백년』2(현암사, 최덕교 편)
		6월호(1주년 기념호)	독자문단	「學을그리워하며」(덕원 김경묵), 「동생의눈갓기에」(원산 이엽원), 「단백년을못살고」(구성 누리재), 「바람줄기타고서」(김봉춘), 「은가루바다」(이원 하도윤), 「부른다 부른다」(원산 최태원), 「혼작혼작건네를」(평양 최인준), 「별의아들되려고」(수원 주봉출), 「고박고박모다들」(대구 김홍협), 「누나부르며」(경성 지수룡), 「바다의 밤」(부천 태일), 「어린애보고싶허」·「별나라의노래」(이화 김인숙), 「王子의훈패」(공주 박승순), 「쨍강쨍강」(대동 김영철), 「씻난별이요」(마산 서여송), 「리순신을지문덕」(해주 김은관), 「아버지,어머니,아들」(대구 산양화), 「어레빗타령」(안양 원기순), 「작은좀생이」(고성 홍기찬), 「더고흔고」(원산 최창호),	독자문예 1주년 기념 제일부록 '讀者文藝寶玉集' 김경묵 외 24명 동요 수록

1927년	2권	6월호 (1주년 기념호)	독자문단	「별짜러가자」(김봉춘), 「갓치동모삼어서」(은평학교 박갑순), 「소년회가치」(간도 김용식), 「봄이왓다고」(개성 김영일)	
		8월호	독자문단	독자문예 '작은 별나라' 삽입(낙장)	
		10월호	독자문단	「달밤의소요」(고창 박병길), 「은구슬」(대전 송완순), 「자장노래」(신말찬), 「아츰하늘」(이정구)	독자문예 '推擧시동요'
1928년	3권	3월호	독자문단	낙장	
		7월호 (2주년 기념호)	독자문단	「병아리」(姜順謙), 「우리의날」(평양 새글회, 稀峰), 「버들강아지」(楊露月), 「봄」(마산 金聖福), 「울여봅시다」(동시城津 숨새), 「빈집」(間島 파랑새), 「사벽별」(高興 睦一信), 「밤학교」(安州 崔昌化), 「저녁바다」(楊貞奕), 「그립은고향」(咸興 金俊洪), 「시내ㅅ물」(大邱 李潤守)	독자문예 '동요란' 평 박세영
1929년	4권	5월호	독자문단	「그리운봄」(흰빗社 한해룡), 「언덕넘엇집」(端川 이기원), 「고향을차저서」(莞島 김정곤), 「범나븨」(寧邊 李虎蝶), 「피리부는봄」(博川 최정삼), 「엄마는외못올고」(安岳 오계남), 「봄바람」(平壤 양재옥), 「종달새」(븟춤社 정명걸) 「춤을춤니다」(安邊 서리철), 「제비」(반달文藝社 이기우), 「봄」(京城 최기원), 「금방울소래」(새힘社 정상규)	
		6월호	독자문단	낙장	기성문단 동요 3주년 기념호 예상목차

1929년		7월호	독자문단	「우리집형님들」(新高山 남응손), 「바닷가에우는새」(晋州 이재표), 「봄경치」(星州 이석규), 「이웃집갓난애기」(박응순), 「저녁종」(흰빛社 韓淚星), 「해당花」(晋州 海嵐), 「어느날밤」(반달文藝社 이성전), 「출발」(載寧 김관호), 「초생달」(晋州 차영수)	그림동요
		9월호	독자문단	낙장	기성문단 동요 7월호 예상 목차

먼저 잡지에 참여했던 독자들은 보통학교나 고보에 다니 학생들과 소년문예단체에서 활동하는 회원들이 주를 이루고 있다. 현재 《동아일보》[38] 기사 및 잡지를 통해 확인되고 있는 대표적인 독자의 연령대와 소년문예단체 소속은 다음과 같다.

1926년 이정구 15세(원산부명석동), 이명식 16세(의주 글벗회), 지수용 16세(경성수하동공보 6년), 김한태 16세(대구해성보교, 대구새나라회), 임동혁 14세(마포공보)이다. 그리고 1927년 윤복진 19세(대구가나리아회, 등대사[39]-1926년 9월 이후), 김경묵(덕원복경사), 하도윤(이원공보), 최인준(평양광성고보), 주봉출(화성소년회), 서여송(덕출) 19세(등대사), 김영일(개성소년회), 신고송 19세(등대

38 1926년과 1927년 잡지에 투고한 독자들의 연령 및 소속은 《동아일보》 '어린이차지/폐지'란에 실린 동요에 명기되어 있다. 이정구(1926년 9월 9일), 이명식(1926년 12월 19일), 지수용(1926년 10월 3일), 김한태(1926년 10월 7일), 임동혁(1926년 5월 4일), 김경묵(1926년 6월 20일), 최인준(1927년 10월 23일), 김영일(1928년 12월 31일) 등이다.

39 특히 소년문예단체 중 대구 등대사에 가입해 활동한 이들의 활동이 돋보이는데, 주 회원으로 徐德出, 申孤松, 文仁岩, 朴泰石, 黃種喆, 尹福鎭, 銀淑子(동아 1926년 9월 12일) 등이다. 이들은 잡지 및 신문에 동요를 발표하며 활발한 활동을 보인다. '독자담화실', 『어린이』 1927년 3월호, 62쪽, 참조.

사)이다. 1928년 목일신 16세(순천매산학교 1학년) 그리고 1929년 한해룡(흰빛사, 함청소년부), 정명걸(붓춤사), 이기우 · 이성전(반달문예사), 정상규 16세(새힘사) 등이다.

독자문단에 참여했던 이들은 보통학교 및 고보 재학생들로 15세를 전후한 연령대를 보이고 있다. 또한 의주 글벗회, 대구 등대사, 평양 새글회, 함흥 흰빛사, 평남 붓춤사, 온성 반달문예사, 진주 새힘사 등 소년문예단체 회원 출신들은 10대 후반의 연령대를 보이고 있다. 따라서 『별나라』 독자문단에 참여했던 이들은 15세에서 20세 미만으로 볼 수 있다. 이들은 잡지와 신문에 자신들의 작품을 투고해 나름 문학적 재능을 인정받는다. 최명표(2012, 141)의 지적대로 1920년대 활발했던 소년문예운동은 개인에게는 글쓰기를 통한 등단의 기회였으며, 나아가 식민지의 고단한 일상을 극복하는 계기를 제공해 주었다고 볼 수 있다.

한편 '독자문단'에 투고된 작품들은 일부 자유율이나 4 · 4(3)조의 형태를 보이기도 하지만 대부분이 7 · 5조의 정형률을 보이고 있다. 상황이 그렇다 보니 시적허용이 아닌 자수를 맞추기 위한 억지스러운 모습도 보이기도 한다. 이는 1930년대 동요 · 동시 논쟁 이전까지 잡지나 신문에 실린 동요의 일반적인 형태였다. 특히 성인문단에서 창작한 동요 및 동요작법 이론(동요는 부르는 노래이기 때문에 격조에 맞아야 한다는 통념) 소개는 독자들의 동요 창작에 전범(典範)으로 작용했기에 그러한 현상이 두드러졌다.

'독자문단'에 소개되었던 동요들은 자연에 대한 묘사, 계절에 따라 느끼는 삶의 애상, 고향(가족)에 대한 그리움, 생활 속의 놀이문화 등 다양한 소재를 바탕으로 창작 되었다. 하지만 박세영의 선평을 통해서도 알 수 있듯이 1920년대 『별나라』 동요는 애상성(감상성), 추상성, 기교주의, 표절 등 많은 단점을 보이고 있다. 선고자는 독자문단 동요의 전체 평을 통해 "우리는 實生活에서 題材를 捕捉하는 것이 조켓습니다. 너무 哀想的의 것이나 感想에 흘는 것도 우리의 取할 바가 아니겟습니다. 또 技巧만을 애쓰는 것도 勿論 조치 안흘 것임니다."[40]라며 실생활에서 포착한 명랑한 소재를 바탕으로 동요를 창작하자며 독자들에게 조언을 보내고 있다. 또한 한두 줄의 간단한 개별 작품 평을 통해 동요 창작시 개선해야할 부분들을 지적해 주기도 했다.

건너편푸른쑥에는 니웃집어린동모가 한손에창칼을들고 얼색동바구니끼고 도라지나물캔다고 풀섭을 헛치더니만// 밋그런풀을밥고서 쑥에서딩구럿서요 그래도어린동모는 얼색동바구니든채 방그레북그런드시 이러나웃고감니다

「색동바구니」, 南陽培材生 白興烈, 1926년 7월호

봄은감니다 봄은감니다 우리조선 심삼도에는 벗쏫이피여 만발하더니 어엽분쏫은 가고맘니다// 우리님금님 창덕궁에서 오십삼춘추사실동안에 눈물어리운 슯흠속에서 이세상을 바리심니다// 서산에걸닌 고요한달이 더운눈물을 흘니고잇는대 애닯흔새벽 창경원에는 어엽쁜쏫이 써러짐니다

「봄은감니다」, 普光學校第四學年 丁奎善, 1926년 7월호

1926년 『별나라』 제2호 '독자문단'에는 남양에 사는 배재고보 백흥렬과 보광학교 4학년생인 정규선의 작품이 실렸는데, 각각 8·8조와 5·5조의 정형률을 보이고 있다. 전술한 것처럼 잡지 발간 초창기에는 잡지의 대중화가 이루어지지 않았기 때문에 독자들의 참여가 부족했던 것이 사실이다. 백흥렬의 「색동바구니」는 나물을 캐러가는 아이가 풀밭에 미끄러졌지만 부끄러운 기색을 전혀 하지 않고 가는 모습을 그리고 있으며, 정규선

40 『별나라』 1928년 5월호, 84쪽.

의 「봄은감니다」는 창경원에서 느끼는 벚꽃 지는 봄날의 애상감을 순종의 안타까운 죽음과 교차시켜 표현하고 있다. 또한 '달'은 화자의 슬픔 감정을 이입한 대상으로 볼 수 있다. 두 작품은 상반된 주제를 그리고 있는데, 후자는 1920년대 전형적인 동요의 특징인 감상성(感傷性)의 대표적 사례(김제곤, 2008, 72-74)로 볼 수 있다.

은하수넓은벌판 새벽한울에 반짝반짝별들이 쓴을쓴니다 그립은 언니일흔 외짝별들은 언니생각슯흔쑨 울며쓴니다 반짝반짝새벽한울 빗초인별은 동쪽한울햇님이 솟아오르면 그립은언니쑨을 그만버리고 이슬가티스르르 살아짐니다

「사벽별」, 高興 睦一信, 1928년 7월호

하얀구름수노은 바다저쪽에 슬피울며갈메기 날어감니다 하늘에 는수모를 반짝별들이 비밀잇는눈짓만 쌈빡어려요 客청하는기적소리 요란도한데 바다건너저족엔 배도만쿠나

「저녁바다」, 楊貞奕, 1928년 7월호

독자문단을 통해 아동문단에 첫발을 디딘 목일신은 잡지 외 1928년 8월부터는 《동아일보》 '어린이차지'란에 동요를 발표하며 무려 400여 편이 넘는 작품을 발표한 작가이다.[41] 전주 신흥학교 2학년 때부터 본격적인 작품 활동을 보인 목일신은 양정혁(이원)과 함께 1930년 《동아일보》 신춘

41 현재 목일신에 대한 연구자들(가령, 이동순, 2014, 55)은 1928년 8월 1일 《동아일보》에 발표한 「산시내」를 작가가 발표한 최초의 동요로 보고 있다. 하지만 현재까지 필자가 확인한 바에 의하면 1928년 『별나라』 7월호(2주년기념호)에 실린 「사벽별」이다. 물론 새로운 자료가 발굴되면 이 부분도 수정되어야 할 것이다.

문예 동요 부문 가작에 당선되기도 한다.[42]

목일신의 「사벽별」은 새벽하늘에 떠 있는 외로운 별을 언니를 잃은 동생에 빗대어 그리고 있다. 방정환의 번안 동요 『형제별』을 연상시키는 이 작품은 1920년대 전형적인 애상성을 주제로 하고 있다. 양정혁의 「저녁바다」에서는 저녁 무렵 외로이 나는 갈매기와 항구를 떠나는 배를 통해 시 전반에 흐르는 쓸쓸함을 느낄 수 있다. 박세영의 선평에서도 지적한 것처럼 당시 소년문예사들의 과잉된 감정의 분출은 1930년대 이후 윤석중(1985, 94)처럼 명랑한 동요를 요하게 된다.

누나와두리서 보금이들고 뒷산에나물하러 가든그봄이 무엇보다 더욱이 그립습니다// 언니와두리서 손목을잡고 강변서버들피리 불든그봄이 무엇보다더욱이 그립습니다

「그리운봄」, 흰빛社 韓海龍, 1929년 5월호

보일듯이보일듯 푸른하날에 비비비배배배배 다정한소래 손을대고차자도 보이진안네//보일듯이보일듯 종달새아씨 그노래를부르며 어대로가나 울누가가신나라 에 던두동산

「종달새」, 붓춤社 鄭明杰, 1929년 5월호

종달새종잘종잘 금방울소래 한들한들그종달새 내게만보여 나물캐는소녀들은 처다봄니다// 길가는나그네들 봇짐지고요 이마에손등언고 처다보지만 보려는종달새는 뵈지안코요 금비단줄노래만 들녀옴니다

「금방울소래」, 새힘社 鄭祥奎, 1929년 5월호

42 《동아일보》 1930년 2월 19일.

흰빛사와 함흥청년회소년부[43]에서 활동한 한해룡은 동화회 참여뿐만 아니라 1930년부터 《동아일보》에 동요를 발표하며 본격적인 활동을 시작한다. 평남 진남포 붓춤사 출신인 정명걸도 1929년 《동아일보》 신춘현상문예[44] 동요 부문에 당선 된 이후 연이어 동요를 발표한다. 정상규 또한 1927년 진주 진일공보 시절부터 배달사[45] 및 새힘사에서 활동하며 동요 창작을 시작으로 1930년대에는 동화 및 소설을 발표하기도 한다(최명표, 2012, 87).

한해룡의 「그리운봄」은 봄날 누나와 나물캐던 일과 강변에서 피리를 불던 일을 회상하며 누나를 그리워하고 있다. 한정동의 「두룸이」(당옥이)[46]가 연상되는 정명걸의 「종달새」는 봄날 다정한 소리를 내던 종달새의 부재를 통한 화자의 외로움을 그리고 있다. 정상규의 「금방울소래」는 보이지 않고 저 멀리서만 들려오는 종달새 소리를 통해 한적한 봄날 느끼는 화자의 정서를 그리고 있다. 이처럼 '독자문단'에 실린 동요 중에는 그리운 대상에 대한 부재로 인해 외로워하는 화자의 정서를 자연물에 의탁해 그린 노래가 많다. 이는 나라 잃은 시기 소년들이 느꼈을 정서가 자연물에 감정이입 되어 나타난 사례로 볼 수 있다.

'독자문단'을 통해 작품 활동을 하기 시작한 소년문예사들은 정제되지 않은 감정의 분출로 작품의 한계성을 보이기도 하지만, 그들 나름의 삶

---

43 《동아일보》 1930년 1월 31일. 한해룡이 《동아일보》에 발표한 동요는 1930년 「첫눈오는날」(12월 15일), 「새벽」·「무서운밤」(12월 18일), 1931년 「이사간순이」(1월 14일), 「초생달」(4월 2일), 「우리동생」(4월 4일), 「움물가에서」·「눈섭센다구」(4월 15일), 「대장장이 영감님」(4월 18일), 「이슬비」(8월 29일) 등이다.

44 《동아일보》 1928년 12월 31일. 정명걸이 《동아일보》 발표한 동요는 1928년「논틀」(8월 23일), 「초가을」(8월 25일), 「봉선화」(9월 5일), 1929년 「안개아츰」(1월 3일), 「바다」(1월 17일), 1931년 「봄!」(3월 25일), 「봄의일꾼」(3월 25일) 등이다.

45 《동아일보》 1927년 11월 23일.

46 『어린이』 1925년 5월호, 20~21쪽.

을 글쓰기라는 도구를 통해 시대의 아픔을 끌어안았다고 볼 수 있다. 또한 연이은 투고를 통해 잡지 동인으로서 동등한 대우를 받으며 1930년대 아동문단의 주역으로 성장할 수 있는 발판이 되기도 했다.

4. 나오며

지금까지 실증자료의 한계에도 불구하고 거칠게나마 1920년대 『별나라』 편집진들의 활동 사항과 잡지에 실린 동요 작가 및 작품 현황에 대해 살펴보았다.

창간 당시 20대 초·중반의 무명 교사와 신진 언론·출판인들의 참여를 바탕으로 창간된 『별나라』는 문학적 기반이 취약했다. 그런 『별나라』가 1920년대 4대 아동잡지로 성장할 수 있었던 것은 편집인 겸 발행인이었던 안준식과 잡지 창립 회원인 최희명, 염근수, 최병화 등의 활약 때문이다. '현대소년구락부' 출신인 이들은 작품 창작 활동 및 잡지 편집 외에 소년문예단체에서 주최하는 각종 동화·동요회 등에 참여하며 아동문학가로서의 위치를 확고히 다졌을 뿐만 아니라, 여러 문사들과의 교류를 통해 그들을 잡지 동인에 참여시켜 잡지의 성장 발전을 꾀한다. 또한 '꽃별회'(1927), '별탑회'(1927), '조선아동문예작가협회'(1929) 등의 창립을 통해 서로의 결속력을 다지지도 한다.

한편 『별나라』는 독자들을 확보하기 위해 전국에 지사를 설립, 확장하는가 하면, '별님의 모임'란을 만들어 독자들과 잡지가 나아갈 방향에 대해 논의하거나, 각 지역 소년운동 및 문학소식을 전하며 공론의 장을 만들어 간다. 또한 작품 전람회를 개최하거나 '특집호'를 만들어 독자들이 참여할 수 있는 공간을 열어준다. 이를 통해 동인 대우를 받은 소년문예사들은 1930년대 초 아동문단의 주역으로 활동을 하기도 한다.

1920년대 『별나라』 발간 초창기에는 잡지 주 집필진이었던 안준식(雲波), 최희명(실버들), 최병화(나븨쏨), 염근수(小女星) 등이 필명을 사용하며 동요 창작을 한다. 이후 한정동과 박세영, 그리고 추거(推擧)동요를 통해 동인으로 대우를 받은 신고송, 송완순, 승응순, 현동렴 등이 참여를 보인다. 동요에 있어 주목할 것들은 한정동의 동요작법 소개, 강병주·박세영의 동요 선평, 박세영의 세계명작동요 소개, 염근수의 그림동요 등이다.

그리고 '독자문단'에 동요를 창작했던 이들은 주로 15세를 전후해 20세 미만의 학생들과 소년문예단체 회원들이었다. 이들은 잡지 외에도 당시 발간 된 신문 '어린이차지'란에 동요를 발표하며 신춘문예에 당선되는 영예를 누리기도 했다. 독자문단에 투고된 동요들은 주제 면에서의 '애상성'과 형식면에서의 7·5조라는 '도식주의'의 한계를 보이기도 했다.

이처럼 1920년대 소년문예사들의 과잉된 감정의 분출은 예술성을 상실한 한계점을 보였지만, 개인에게는 글쓰기를 통한 등단의 기회였으며 나아가 식민지의 고단한 일상을 극복하는 계기를 제공해 주었다고 할 수 있다.

제3장

1920년대 『신소년』과 창작동요

1. 들어가며

일제 강점기 한국 아동문학은 최남선이 발행한 잡지나 신문이 그 전사 역할을 한 이후, 1923년 방정환의 『어린이』에 이르러 본격적인 장르 인식을 갖고 많은 작품을 생산하게 된다. 1919년 3·1운동 이후 일제의 무단통치가 막을 내리고, 문화지배 정책이 시행되자 봇물처럼 쏟아져 나온 잡지, 신문 등의 출판물은 아동문학을 더욱 발전시키고, 이를 대중에게 보급하는데 지대한 역할을 했다. 당시 4대 아동잡지인 『어린이』(1923~1934), 『신소년』(1923~1934), 『별나라』(1926~1935), 『아이생활』(1926~1944)과 《조선일보》(1920~1940), 《동아일보》(1920~1940), 《시대·중외일보》(1923~1926~1931) 등의 신문매체에 동요가 집중적으로 실리게 된다. 이는 식민지하 아동문학 서정장르로서 동요의 위치를 확고히 다져 가는 계기가 된다. 여기에는 기성 문인들의 참여와 '독자문단'을 통해 활동한 소년문예사[1]들이 있다.

특히 1920년대 잡지나 신문의 '독자문단'을 통해 등장한 소년문예사들은 1930년대 아동문학계를 계승 발전시키는데 지대한 역할을 한다.

---

1 이재복(2004)은 당시 잡지나 신문을 통해 글을 발표한 소년들을 '소년문예가'라 칭했다. 반면, 최명표(2012)는 그들을 '소년문사'라 칭했다. 본고에서 필자는 소년문예 운동을 통해 글과 그림, 음악 등 다양한 예술 운동을 전개한 당시 소년들을 '소년문예사'라 칭한다.

1921년부터 소년의 인권 보호를 위해 생겨난 소년운동은 이후 소년문예사들을 탄생시켰고, 그들의 문학장(場)으로서의 역할은 잡지나 신문이 담당했다. 1922년 제2차 조선교육령 실시 이후 교육제도에 편입한 보통학교 및 고보 학생들 그리고 야학이나 강습소에 다니는 학생들이 독자투고란을 통해 개인이나 시대의 아픔을 노래했고, 이를 계기로 작가로서의 호칭을 부여 받기도 했다. 그 중 윤석중, 신고송, 승응순, 서덕출, 윤복진, 송완순 등은 1930년대에 기성작가의 반열에 오르기도 했다.

한편 1920년대 창작동요는 재래동요와의 길항 속에서 형식이나 내용적인 면에서 유사성이 많다. 1923년 10월 『신소년』창간호가 발간되기 전, 1923년 3월 『어린이』 창간호를 보면 재래동요 「파랑새」(雨村, 강영호[2])와, 창작동요「봄이오면」(버들쇠, 류지영[3])을 함께 동요로 소개하고 있다. 두 작품 모두 4·4조의 정형률을 고수하고 있다. 현재로서는 『신소년』창간호를 확인할 수 없지만, 1923년 12월호를 통해 창작동요와 재래동요가 함께 실린 것을 보면 초창기 창작동요가 겪는 난항의 문제를 해결하는데, 재래동요의 형식이나, 수사, 내용 등이 그 실마리를 제공해 주었을 것으로 판단된다(박혜숙, 2008). 특히 『신소년』 동요는 7·5조의 음수율보다는 4·4조의 음수율이 더 높은 비중을 차지하고 있다.

그동안 『신소년』에 대한 연구물들을 보면 이재철(1978)과 신현득

---

2 우촌 강영호는 진주소년운동가 출신으로 일본 유학시절 방정환과 연이 되어 '색동회' 회원으로 활동했다. 아직까지 일부 선행연구자들은 강영호의 호를 양촌(兩村)으로 표기하고 있다.

3 당시 동아일보 사회부 기자로 활동했던 류지영은 1924년 『어린이』 2월호를 시작으로 동요작법에 대해 소개를 한 바 있다. 동요작법은 당시 창작동요가 싹튼 시기에 독자들에게 지대한 영향을 미쳤을 것으로 판단된다. 특히 동요를 격조에 맞게 써야한다는 그의 동요선고에서의 지적과 작법은 이후 동요의 정형성이 갖는 도식주의적인 경향으로 흘러 1930년대 동요·동시논쟁을 일으키는 원인이 되기도 한다.

(2001; 2006)의 선행 연구물을 바탕으로 김봉희(2011), 장만호(2012), 최미선(2012), 정진헌(2013), 원종찬(2014) 등이 잡지에 대한 서지정보 및 서사문학 그리고 기성 동요작가인 정지용, 정열모, 권환 등에 관련해 지엽적인 논의를 한 바 있다. 그 외 논의에서도 잡지에 대한 개괄적인 소개가 있었지만, 대부분이 1930년대 계급주의 작가나 그들의 작품에 초점을 맞추고 있다(박태일, 2002). 이처럼 아직까지 1920년대 『신소년』 동요에 대한 집중적인 논의가 미흡한 실정이다.

이에 필자는 본고에서 1920년대 『신소년』 동요에 대한 지엽적인 논의에서 한걸음 더 나아가기 위해, 산일(散逸)해 있는 실증자료를 수집, 이를 바탕으로 그동안 선행연구에서 미흡했던 내용을 보완하고, 당시 『신소년』에서 활동했던 기성작가와 소년문예사들의 활동양상 및 작품 등을 고찰해 볼 것이다.

이는 계급주의 동요로 변모해 버린 1930년대 『신소년』 동요 연구의 선행 작업이자, 일제 강점기 아동문학 서정장르인 동요의 온건한 복원 작업을 위해 반드시 수행해야 할 과제이기 때문이다.

2. 1920년대 『신소년』 동요 현황

1) 기성작가의 창작활동과 동요보급

주지하다시피 『신소년』은 1923년 10월에 창간되어 1934년 2월 통권 제 125호로 종간되었다. 발행인은 이문당(以文堂) 대표인 일본인 다니구치 데이지로(谷口貞次郎)이며, 신소년사에서 발행하였다. 편집은 창간호를 기준으로 김갑제(1923년) → 신명균[4](1925) → 이주홍(1929) 등으로 계승되었다.

4 신명균과 관련된 자세한 활동사항은 원종찬(2014) 참조.

창간 초기에는 한자와 일본어 표기로 된 동화[5]가 실렸으나 신명균 이후 점차 한자 괄호 넣기 사용과 일본어로 된 동화가 삭제되었다. 이는 『신소년』이 『어린이』[6]보다 연령층이나 지적 수준이 높은 소년·소녀들을 대상 독자로 하였기 때문이다. 잡지 표지에 교모(校帽)를 쓴 학생(보통학교)[7]의 이미지나 상급학교 진학시험 문제 등을 통해서도 이 점은 확인된다.

1923년 11월 21일 《동아일보》 광고란에 실린 『신소년』 제2권 제2호 발간 취지를 보면 "少年少女를 위하여 趣味와 實益을 주고자 各 小學校 先生들이 執筆"하였다고 밝히고 있다. 후술하겠지만, 1922년 제2차 조선교육령 실시 이후 보통학교에 입학한 학생들의 교육 수준(한자어나 일본어 능력)을 고려하면 집필진인 학교 교사들이 『신소년』 독자들의 수준을 어느 정도 예상했으리라 본다. 『신소년』에 참여했던 대부분의 독자들도 당시 보통학교나 강습소, 야학에 다니는 학생이었다는 점도 이를 대변해 주는 사실이다.

한편 1923년 10월 『신소년』 창간호는 현재 자료 구입의 난항으로 집필진들을 명확하게 확인할 길이 없다. 11월호도 《동아일보》 신문 기사 '신

---

5 일본어로 된 동화 「樽の王女:たるのおうじよ」(三宅方子)는 1923년 11월호부터 1924년 2월호까지 4회 연재되었다.

6 당시 어린이=소년=아동이라는 용어가 혼용되어 사용 되었다. 방정환에 의해 명명된 어린이는 미성년(20세 이하 정도?)의 개념으로 독자를 수용하지만, 실제 동요를 보면 현재의 유치원이나 초등학교 대상이 주를 이룬다. 한편, 『신소년』에서의 소년의 개념은 현재의 초등학교 고학년 이상으로 봐야할 것이다. 당시 제2차 조선교육령 실시 이후 보통학교 입학 연령은 6세에서 시작해 11세로(4/6년제), 고등보통학교는 12세~16세(5년제)로 규정했지만, 늦은 나이에 입학한 학생들이 부지기수다. 따라서 정확한 소년의 나이를 측정할 수는 없지만, 보통학교 고학년에서 고등보통학교에 다니는 연령대를 계산해 10대 중후반으로 보는 것이 좋을 듯하다.

7 『신소년』 표지를 보면 『어린이』와 달리 교모(校帽)를 쓴 학생들이 중점적으로 드러나고 있다. 이를 통해 『신소년』이 학교에 다니는 학생들을 독자 주체로 규정하고 있음을 알 수 있다. 이와 관련해 자세한 사항은 서유리(2013, 132-140) 참조.

간소개'란에 장르 정도만 간단하게 소개되고 있다. 하지만 1923년 1권 3호인 12월호를 통해 어느 정도 그 윤곽이 드러나고 있다. 이는 지금까지 『신소년』 연구에서 가장 빠른 호인 1924년 2권 1월호 목차를 통해 편집체제와 작가군 그리고 장르명을 밝힌 최미선(2012)과 원종찬(2014)의 논의와 별다른 차이가 없다.

新少年目次
光彩나는王子
靑色의塔
눈보라노래
어머니를차저三萬里에
入學試驗問題解答
懸賞募集
그림만들기

[그림1] 1923년 『신소년』 제1권 3호 12월호 목차

『신소년』 창간 당시 표지와 삽화 그리고 만화는 김석진(金錫振)과 박승좌(朴勝佐)가 맡았고, 동요는 주로 김석진(金錫振) · 심의린(沈宜麟) · 김세연(金世 涓), 동화는 문징명(文徵明) · 진서림(陳瑞林) · 맹주천(孟柱天), 역사담과 소년소설, 지리는 신명균(申明均), 쇠주머니는 이호성(李浩盛), 입학문제해답은 김재희(金載熙)가 담당했다. 이들 중 주로 동요 창작을 담당한 이는 김석진이다. 심의린, 김세연, 문징명, 맹주천 등은 주로 동화를 담당했다.[8]

한편 '현상모집'을 통해 동요나 작문, 그림 등의 작품들이 다음호 '독자문단'에 소개되기도 했다. 이는 전술 한 바 보통학교에 다니면서 소년문

8 1920년대 『신소년』 동화 및 소설 작품 목록은 최미선(2012, 134-136) 참조.

예활동을 벌였던 소년문예사들의 문학장(文學場)으로서의 역할뿐만 아니라, 동요의 대중화를 통해 1930년대 기성문단 반열에 오르는 계기가 되기도 한다. 또한 창작동요 외 재래동요의 수집을 통해 민요와 동요의 장르상 구분이 점점 명확해져 갔으며, 아울러 이는 전통 계승을 위한 민족의식의 발로라 평할 수 있다. 당시 소년문예운동으로부터 출발한 식민지 조선의 동요는 그 자체가 민족의식을 일깨우는 강력한 기제가 될 수 있었기에, 동심을 매개로 어른과 어린이가 한 방향으로 나아갈 수 있었다(원종찬, 2001, 79). 당시 『개벽』이나 『동아일보』에 소개되었던 '지방동요 모집란'을 통해 그 사실은 더욱 더 구체화 된다(박지영, 2010).

그러면 아래 [표1]을 보면서 1920년대 『신소년』 잡지에 동요를 발표했던 주요 작가들을 살펴보기로 하자. 1920년대 동요 창작은 기성작가의 참여에 약간의 변수는 있지만, 김석진 → 정열모 → 김남주 → 정지용 → 송완순 등으로 이어진다.

[표1] 1920년대 『신소년』 기성작가 '동요' 작품 현황

발표연도	권(호)		작품(작가)	비고
1923년	1권	12월호	「솔개」(김석진), 「눈보라노래」(심의린)	
1924년	2권	1월호	「고두름」(김석진), 「아가짤아」(김세연), 「새해노래」(심의린)	
		2월호	「가마귀」(?), 「눈아침」(?)	《동아일보》 2월 9일
		3월호	「물길으세」(?)	《동아일보》 3월 11일
		4월호	「봄바람」(?), 「첫봄」(?)	《동아일보》 4월 11일

1924년	2권	5월호	「나물」(김석진)	
		6월호	「개구리」(?)	《조선일보》 6월 21일
		10월호	「송사리」(?)	《조선일보》 10월 18일
		12월호	「달」(김석진)	《동아일보》 12월 13일
1925년	3권	2월호	「이쁜송아지」(정열모)	
		3월호	「아버지 보고 지고」1,2(정열모)	
		4월호	「봄을」(정열모)	
		7월호	「金붕어」(정열모)	
		8월호	「여름을!」(정열모)	
		9월호	「七夕」(정열모)	
		10월호	「다람쥐」(정열모)	
		11월호	「날대가리무첨지」(정열모)	
		12월호	「가랑닙」(정열모)	
1926년	4권	2월호	「달마중」(정열모)	
		3월호	「버들눈」(정열모)	
		4월호	「개나리」(정열모)	
		5월호	「?」(정열모), 「어머님의눈」(김남주)	
		6월호	「자라는나라」(정열모), 「별」(김남주), 「山골의 힌옷」(김남주)	
		7월호	「길써난동무」(정열모)	
		8·9월호	「어린새와반듸ㅅ불」(김남주), 「백일홍」(정열모)	

1926년	4권	10월호	「단풍」(정열모), 「씨여진부채」(김남주)	
		11월호	「전등」(정열모), 「넘어가는해」(정지용), 「겨울ㅅ밤」(정지용)	
		12월호	「눈먼짤레」(정지용), 「굴뚝새」(정지용), 「三月삼질날」(정지용)	
1927년	5권	1월호	「해ㅅ짜치」(도령)	
		3월호	「종달새」(정지용), 「봄날의선물」(김남주), 「산소」(정지용)	
		4월호	「제비」(김남주)	
		5월호	「산넘어저쪽」(정지용), 「할아버지」(정지용), 「비노래」(준영)	
		6월호	「해바락이씨」(정지용), 「산에서온새」(정지용), 「어더케되엿슬가」(박준영)	
		8월호		소년시
1928년	6권	4월호	「병아리서울구경」(한밧: 송완순), 「밤은새여지도다」(한밧)	
		5월호		소년시
		7월호	「개고리」(한밧), 「어린이의쉼」(쇠내:승응순)	
		8·9월호	「피리」(한밧), 「그리운곳」(긴내:안평원), 「부평초여요」(꼿내)	
		11월호	「병아리경주」(송완순)	
1929년	7권	1월호	「배암」(안평원), 「장자아기」(송완순)	
		7·8월호	「달님」(송완순)	
		12월호	「모래밧」(엄흥섭), 「오누두리잇는집」(안평원)	

1923년 10월 잡지 창간호부터 주로 삽화와 그림, 만화를 그리던 김석

진은 1924년까지 동요를 주로 창작했다. 필자가 확인한 김석진의 동요는 제1권 12월호, 제2권 1월호, 제2권 5월호, 제2권 12월호이다. 나머지 호는 신문기사 '신간소개'란을 통해 제목은 알 수 있지만 작가의 명기가 없고, 자료의 미확보로 정확한 내용은 확인할 길이 없다. 하지만 확인된 호수를 통해 정열모 이전까지 김석진이 주로 동요를 맡아 창작했음을 추측할 수 있다. 아쉽게도 김석진의 생애는 현재 자료가 남아 있지 않아 확인할 수가 없다.

> 순아순아 가막순아/ 네집치장 왼일인가/ 유리기둥 구술채면/ 용궁아씨 되려는가/ 우리 집에 왕고두름/ 한발두발 자라나서/ 세발장대 되거들랑/ 너의매쌈한다드라
>
> 김석진, 「고두름」(『신소년』 1924.01)

> 산에는 산나물/ 들에는 들나물/ 산나물 나풀나풀/ 들나물 나풀나풀/ 양지네 약나물/ 음 지에 음나물/ 약나물 나풀나풀/ 음나물 나풀나풀
>
> 김석진, 「나물」(『신소년』 1924.05)

김석진은 솔개, 까마귀, 봄바람, 개구리, 송사리, 달 등 주로 동물과 자연에 대한 이미지를 4·4조나 3·3조의 전통 가락에 맞춰 동요를 창작했다. 또한 반복과 2음보의 중첩을 통해 대상에 대한 발랄함과 시상을 응집시키고 있다. 「고두름」은 고드름을 유리 기둥과 매(회초리)에 빗댄 표현, 그리고 친구를 놀리는 모습에서 어린이다운 상상력과 천진성을 전래동요의 형식에 맞춰 그려내고 있다. 「나물」에서는 전래동요의 한 형태인 '말만들기요'(전원범, 1992, 116-119)의 특징이 두드러지는데, 전구(前句)의 음을 후구

(後句)에서 반복하거나 두운, 요운, 각운 등의 반복을 통해 흥을 돋우거나 음의 유사성을 이용해 봄날 바람에 흔들리는 '나물'의 생경한 이미지와 시적 흥취를 부각시키고 있다. 이는 노래의 의미보다는 소리로써 즐거움을 느낄 수 있는 동요이다.

한편 1925년이 되면 정열모(살별)가 김석진의 뒤를 이어 1926년까지 잡지 동요 부문을 담당한다. 정열모[9]는 그동안 국어학자로 알려져 있었고, 그가 해방 이후 월북을 한 이후로 아동문학계에서 소외된 부분이 사실이다. 정열모는 와세다대학(早稲田大學) 고등사범부 국어한문학과 유학시절(1921~1925)부터 동요와 동화를 창작 발표했다. 이후 1925년 4월 중동학교 조선어 교원으로 부임하여 1932년까지 김천고등보통학교로 옮길 때까지 아동문학 작품 활동뿐만 아니라 시, 시조, 수필, 외국소설 번역 등 국어학자 외 작가로서 왕성한 작품 활동을 한다(최기영, 2003).

정열모가 1920년대 『신소년』에 아동문학 작품을 발표한 이유는 여러 가지가 있겠지만, 먼저 조선어연구회나 조선어학회 활동을 통해 선배 신명균과 교류가 있었기에 잡지 집필진으로 참여할 수 있었다. 그리고 와세다대학 유학시절 일본 아동문학계의 영향을 받았을 것으로 추측된다. 1918년 7월 スズキ 미에키치(鈴木三重吉)가 창간한 『赤い鳥』(1923년 3월 통권 127권 종간)는 당시 일본 아동문단에 큰 반향을 일으키며 어린이를 위한 동

---

9 정열모와 관련된 생애 및 국어와 아동문학 활동 양상을 가장 상세하게 논의한 이는 최기영(2003), 동요에 대한 간략한 논의는 원종찬(2013) 등이 있다. 한편, 『신소년』 외에 정열모 작품은 『조선아동문학집』(조선일보사, 1938년)에 「날대가리무첨지」와 「개나리」 두 편이 실려 있다. 그리고 류희정 편, 『현대조선문학선집 18: 1920년대 아동문학집(1)』(평양 문학예술종합출판사, 1993)에 「가랑잎」, 「낯선길」, 「달마중」, 「버들눈」, 「나리꽃」, 「전등」, 「자라나는 나라」, 「길 떠난 동무」, 「백일홍」, 「다람쥐」 등 10편이 수록되어 있다. 필자가 『신소년』 원본과 대조한 결과 「다람쥐」(1926.8), 「달마중」(1926.6)은 게재 월호가 잘못 되었고, 「백일홍」(8월호)은 발표호가 잘못 되었다. 또한 「낯선길」(1925.12)는 해당호에 게재된 바 없다. 당시 자료 선집 과정에서 집필자가 오류를 범한 것 같다.

요·동화 창작 운동에 선구자 역할을 했다. 이는 이후 일본에 많은 아동잡지를 탄생시켰고 어린이 독자들을 유도했으며, 수많은 작품들을 생산하게 되었다(가와하라카즈에, 1998).

당시 동요에는 사이조 야소(西條八十), 기타하라 하쿠슈(北原白秋), 노구치 우죠(野口雨情), 미키 로후(三木露風) 등이 활동했다. 잡지의 주도자였던 스즈키 미에키치를 비롯해 츠보타 조지(坪田讓治), 하마다 히로스케(浜田廣介), 아키타 우자크(秋田雨雀) 등은 와세다 출신들로 주로 동화 작가로 활동했다. 또한 기타하라 하쿠슈도 와세다 대학을 중퇴한 사실이 있다(사나다 히로코, 1998). 당시 와세다대학에 유학을 하던 『금성』(1923.11, 창간호) 출신 백기만(「靑개고리」)과 손진태(「별똥」) 등도 그러한 일본 아동문예사조에 영향을 받아 동시를 발표한 적이 있다. 또한 정지용과 김소운도 유학시절 기타하라 하쿠슈의 영향을 받은 사실을 우리는 익히 알고 있다(사나다 히로코, 2002).

이처럼 정열모가 유학하던 시절 일본의 동요창작 운동은 한국 유학생들에게 영향을 끼쳤고, 동요 운동을 주도했던 그들의 이론 또한 함께 번역 소개되었다. 당시 한국에 소개된 동요이론들 대부분이 일본의 사이죠 야소(西條八十)의 「현대동요강화」, 노구치 우죠(野口雨情)의 「동요십강」[10], 기타하라 하쿠슈(北原白秋)의 「동요론」 등을 참고서적으로 삼아 그 이론을 번역 국내에 소개한 것도 사실이다.

정열모 역시 1925년부터 잡지의 동요란을 맡으면서 독자들을 위한 동요이론서를 저술해야겠다는 생각이 강했을 것이다. 그러한 결과물은 1925년 『신소년』 10월호 광고에 소개된 『童謠作法』이다. 당시 『신소년』 두

---

10 1924년 『어린이』 2월호와 4월호에 각각 실린 버들쇠(유지영)의 「동요지시려는분께」와 「동요짓는법」은 노구치 우죠(野口雨情)의 「童謠十講」(金の星出版部, 1923)을 바탕으로 소개하고 있다(김영순, 2012).

돌 기념호를 맞아 이론서를 발간, 잡지 광고란에 소개를 하고 있다. 그 내용은 아래와 같다.

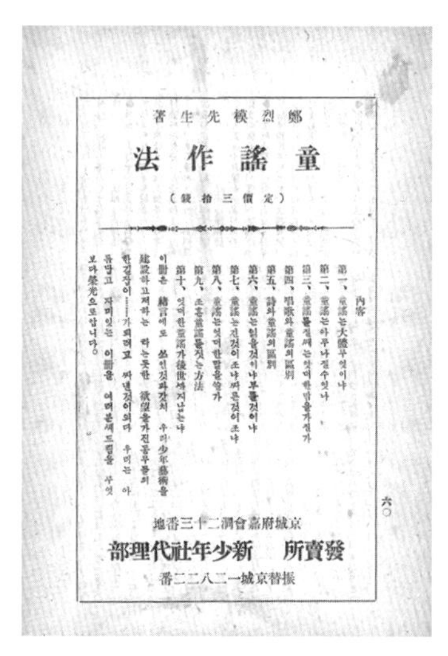

[그림2] 1925년『신소년』제3권 10월호『童謠作法』광고

정열모는 일본 동요작가들의 이론을 나름 살피고, 그동안의 동요창작 과정에서 정리한 생각들을 바탕으로『童謠作法』이론서를 발간한 것으로 보인다.『童謠作法』은 신명균이 운영하던 중앙인서관에서발행하여 정가 30전에 판매되다가 11월호부터는 40전으로 가격을 올린다. 이후 20년대 후반에는 재판을 발행하고 30년에는 3판까지 찍어 잡지에 매회 광고를 했다. 이를 통해 당시 많은 독자들에게 널리 읽힌 동요이론서가 되었을 것이다. 총 10개 항목으로 된 이론서의 목차를 소개하면 다음과 같다. 第一, 童謠는 대체 무엇이냐 第二, 童謠는 아무나 질수 잇나 第三, 童謠를 질때는 엇더한 맘을 가질가 第四, 唱歌와 童謠의 區別 第五, 詩 와 童謠의 구별 第六, 童謠는 읽을 것이냐 부를 것이냐 第七, 童謠는 긴 것이 조냐 짜른 것이

조냐 第八, 童謠는 엇더한 말을 쓸가 第九, 조흔 童謠를 짓는 方法 第十, 엇더한 童謠가 後世까지 남느냐이다. 정열모는 "우리 少年藝術을 建設하고저 하는 타는 듯한 慾望을 가진 동무들의 한 길잡이가 되려고" 이 책을 지었다고 말하고 있다.

정열모의 동요작법과 내용면에서 유사성을 보이는 이론서가 있는데, 1932년 『아이생활』7월호부터 10월호까지 4회 연재했던 김태오의 「現代童謠研究」(1~4)이다. 그는 동요작법 4편에서 참고서적을 밝히고 있는데, 김태영과 정멸모의 「동요작법」, 그리고 사이죠 야소(西條八十)의 「동요의 뜻과 짓는 법」, 노구치 우죠(野口雨情)의 「동요론」, 기타하라 하쿠슈(北原白秋)의 「동요론」 등이다.[11] 김영순(2012, 217-222)도 한·일 상호간 동요이론에 대한 영향 관계를 밝히면서 김태오의 동요작법이 일본 동요작가들의 영향을 받았다는 것을 논의한 바 있다. 정열모 또한 창작동요가 시작되던 초창기에는 전문 작가뿐만 아니라 이론의 부재로 부득이 일본의 영향을 받지 않을 수 없었을 것이다.

정열모가 쓴 동요작법이나 설강 김태오가 쓴 동요작법은 목차를 통해 그 유사성을 확인할 수 있다. 그들이 이론서에서 강조했던 부분은 동요의 정의, 창가나 시와 차별성, 동시와의 구별, 동요 창작시 내용과 형식상 유의점 등이다. 이는 어른들의 관념적 세계를 지양하고 어린이들을 위한 순수한 예술을 지향하기 위한 이론적 토대를 구축하게 되어 많은 독자들에게 소년문예사로서의 꿈을 갖게 해주었다.

한편 정열모는 계절과 관련된 자연의 이미지와 동물을 소재로 20여 편에 이르는 동요를 창작해 『신소년』에 발표를 했다. 그 주요한 특징은 2

11 雪崗學人, 「現代童謠研究」四, 『아이생활』 제7권 10호, 1932, 10면. 동요작법은 1933년 어린이날을 기념해 출판한 『雪崗童謠集』(한성도서주식회사, 1933)부록에도 실려 있다.

음보 형태를 취한 발랄한 4·3(4)조의 재래동요 형식과 동시적 성격이 강한 자유율과 연의 구분이다. 김상욱(2013)의 논의처럼 당시 정형성에서 벗어나 동시로서의 특징을 유감없이 보여주고 있다. 또한 원종찬(2014)의 견해를 보더라도 1920년대 『어린이』에서 보여주었던 7·5조 동요들의 감상주의적인 경향에서 벗어나 '씩씩하고 건강한' 동요로서의 특징을 갖추고 있다. 대표 작품을 소개하면 다음과 같다.

> 알롁알롁 다람쥐/ 초란이방정 조방정/ 들며날며 웬방정/ 갸웃갸웃 고개짓/ 생각생각 하여도/ 갈은벌서 깁헛다// -중략- // 대롱대롱 다람쥐/ 오도방정 네방정/ 도톨도톨 도 톨밤/ 쓰나써나 네분복/ 이제미리 줏어야/ 깁흔겨울 잘살지
>
> 정열모, 「다람쥐」(『신소년』 1925.10)

> 에이그치워 벙거지/ 건너대접 놋대접// 오동오동 치운날/ 밝아숭이 무첨지/ 날대가리 칩고나// 에이그치워 벙거지/ 건너대접 놋대접// 오동오동 치운날/ 포로족족 무첨지/ 알몸둥이 칩고나
>
> 정열모, 「날대가리무첨지」(『신소년』 1925.11)

위 두 작품을 통해 정열모의 동요가 밝고 명랑하다는 것을 확인할 수 있다. 가을날 다람쥐의 귀여운 행동거지나 겨울날 인격화된 무가 추위에 떠는 모습을 2음보의 대응과 반복을 통해 시적 분위기를 더욱 활기차게 하고 있다. 이는 창작동요 초창기 재래동요의 기법적 수용에서 나타난 결과로 볼 수 있다.

1926년부터 『신소년』에 동요·동화를 발표하면서 새롭게 잡지 필진

으로 참여한 김남주는 《동아일보》[12]와 《조선일보》[13]에 시와 동요, 동화, 아동극 등을 발표하며 1928년까지 창작활동을 한다. 현재 김남주의 구체적인 생애에 대한 자료는 확인할 바 없다. 단지 1926년 12월 31일 《동아일보》 '신춘현상당선발표'를 보면 단편소설 부문에 「소작인 김첨지」가 1등으로 당선되는데, 출신지를 삼천포(三千浦)로 적고 있다. 이 작품은 이듬해 1월 4일부터 11일까지 신문에 연재되기도 했다. 또한 《동아일보》 1937년 7월 10일자 기사를 보면 김남주가 동아일보사 사천지국 고문으로 위촉되었다는 기록이 있다. 이를 통해 동아일보 기자 출신이 아닌가 한다. 당시 『신소년』에 참여할 당시 김남주는 22살이었다.[14] 다른 편집진들에 비해 나이는 제일 어렸지만 장르를 넘나들며 왕성한 작품 활동을 했다. 주로 《동아일보》에서 아동문학 작품 활동을 하던 김남주는 조재관(趙在寬), 진우촌(秦

12 《동아일보》에 발표한 작품은 다음과 같다. 1. 詩: 「물결과 발자국」(1926.1.16), 「野火」(1926.1.18), 「춤과 뜀」(1926.1.19), 「마음」(1926.1.26), 「겨울의 哀話」(1926.1.26), 「밤중에 비는者」(1926.2.6), 「겨울의 논ㅅ귀」(1926.2.12), 「봄날의 전갈」(1926.3.6), 「除夕」(1926.7.25), 「초일」(1926.7.27). 시는 이광수가 작품 평을 달았다. 이광수는 1923년 《동아일보》에 입사하여 편집국장을 지낸 바 있다. 2. 童謠: 「개고리」(1926.4.21), 「언홍시」(1926.4.26), 「충충화」·「자국」(1926.4.30), 「일은봄」(1926.6.17), 「봄날의 선물」(1926.6.24), 「바다」(1926.6.29), 「쌔치」(1926.8.15). 3. 童話: 「두가지 선물」 1~4회(1926.1.26~29), 「복이와 대」 1~2회(1926.2.18~19), 「해당화」1~2회(1926.2.20~21), 「여름밤」 1~3회(1926.2.27~3.1), 「바보이반」 1~8회(1926.4.21~25), 「어머니의 마음」 1~3회(1926.5.10~15,17), 「백조의 죽엄」(1928.1.21). 4. 兒童劇: 「마리이의쐬」(1926.2.26)

13 《조선일보》에 발표한 작품은 다음과 같다. 1. 詩: 「바다의 과부」(1926.3.10), 「早春」(1926.3.8), 「황혼의 바다」(1926.3.7). 2. 童話: 「병든 범과 토끼님 의사」 1~2회(1926.2.2~3).

14 『신소년』 1927년 6월호, 37쪽. 당시 잡지 주 필진에 대한 소개가 나오는데, 신명균 41세, 정열모 32세, 맹주천 30세, 이상대 25세, 이병화 26세, 이호성 28세, 김남주 23세, 정지용 25세로 적고 있다. 또한 김남주에 대한 소개 부분에 "살결은 붉으시겟고 좀 통통하실듯하며 는 洋服만 입고 단이시겟고 性質은 新聞記者 模倣으로 좀 사납겟지요"라고 적고 있어 기자 출신이 아닌가 한다.

雨村)과 함께 1929년 문예잡지 『新人』[15]을 발간하기도 한다.

한편 김남주가 『신소년』 및 《동아일보》에 발표한 동요들은 정형률에서 벗어난 자유율 형태를 취하고 있다. 당시 7·5조나 4·4조의 도식주의 형태에 빠졌던 동요보다는 동시의 느낌이 강하다. 연의 구분과 2행의 중첩 그리고 각운의 반복을 통한 시적 간결성 등이 돋보인다. 정지용도 그렇지만 『신소년』에 참여했던 동요작가들은 형식의 자유로움을 통해 어린이들의 발랄한 동심을 그려내려고 했다. 김남주의 동요에서 두드러지는 내용은 가족에 대한 사랑이다. 특히 누이와 어머니에 대한 사랑이 애절하다.

> 소를 쓸고 혼자서/ 山에로 오니/ 흰쏫치 한송이/ 고히 피여잇습니다/-이름도모를쏫치// 이쏫흘짜서/ 누나를 주면/ 깃붜서 춤을 출 것입니다/ 마는/ 두엇다가 레일은 둘이서 와 서/ 갓치보면은/ 훨신 더 깃브겟지요
>
> 김남주, 「山ㅅ골의 힌쏫」(『신소년』 1926.6)

> 거년에 산부채/ 밝안부채가// 찌어저 쩌러저/ 반만남엇다// 못써도 바리기는/ 정말앗가 워// 어머님이 사주시든/ 그때에 깃븜// 헌부채 보고는/ 생각을한다// 못부처도 가지는 / 그리운 내부채
>
> 김남주, 「찌여진 부채」(『신소년』 1926.10)

「山ㅅ골의 힌쏫」에서 산에 핀 꽃을 보며 누이와 함께 꽃구경을 바라는 화자의 마음이나「찌여진 부채」에서 헌 부채를 보며 어머니에 대한 감사한 마음을 갖는 화자의 마음은 김남주의 다른 시 「어머님의 눈」과 「언홍시」에서도 드러난다. 밤에 이불을 덮어주는 어머니와 겨울날 홍시를 주던

---

15 《조선일보》 1928년 11월 5일.

어머님의 따뜻한 이미지가 다른 작품에서도 자연물이나 동물에 대한 연민으로 전이되어 나타나고 있다. 이처럼 김남주의 동요에는 가족에 대한 초상 즉, 유년시절의 그리움이 동요 전반에 걸친 라이트모티브(Leitmotiv)로 작용하고 있다.

1927년이 되면 정열모는 한글학회 활동과 학교의 바쁜 일로 정지용에게 동요부문을 넘긴다. 1926년 『신소년』 12월호에 "東京에 계신 鄭芝溶氏 가 우리 雜誌를 爲하여 每日 童謠를 쓰시게 되엿스므로 얼마동안 또 조흔 긔회가 오기까지 童謠쓰기를 中止하겠습니다"라는 고별의 말을 전한다. 1926년 『신소년』 11월호에 「넘어가는해」와 「겨울ㅅ밤」을 시작으로 현재 확인된 바 1927년 6월호까지 11편의 동요를 게재한다.[16] 정지용의 동요 창작은 이미 유학시절(1923~1929)부터 시작 되었다.

정지용은 1923년 4월 도쿄에 있는 도시샤대학[同志社大學] 영문과에 입학 이후, 『신소년』에 동요를 발표하기 전 1926년 6월 유학생 잡지인 『학조』[17]에 「카페-· 프란스」, 「슬픈印象畵」, 「爬蟲類動物」 등 시 3편과 시조 아홉首 그리고 동요 「서쪽한울」, 「띄」, 「감나무」, 「한울혼자보고」, 「딸레(人形)와 아주머니」 등 5편을 발표한다.

---

16 현재, 류희정 편, 『현대조선문학선집 18: 1920년대 아동문학집(1)』(평양 문학예술종합출판사, 1993)에 정지용의 동요 「굴뚝새」, 「해바라기씨」, 「지는해」, 「별똥」, 「종달새」, 「할아버지」, 「산너머저쪽」, 「홍시」, 「삼월 삼질날」, 「산에서 온 새」, 「바람」 등 11편이 수록되어 있다. 필자가 원본과 대조해 본 결과 「종달새」(1927.1), 「홍시」(1927.5), 「삼월 삼질날」(1926.10), 「산에서 온 새」(1928.11) 등이 잡지 게재월이 잘못 표기되었다. 본고에서 바로 잡는다.

17 京都學友會, 『學潮』 創刊號, 1926년 6월.

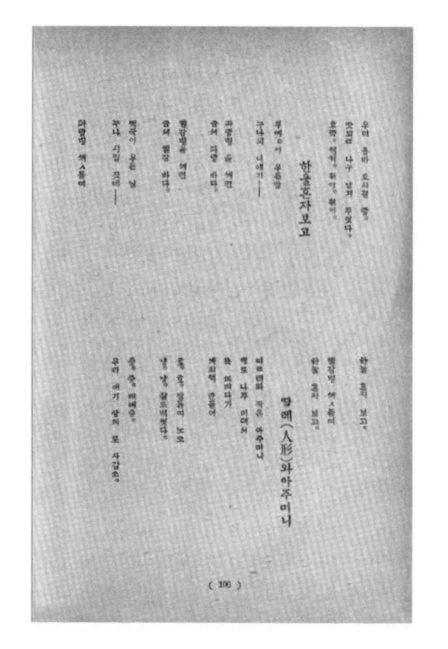

한울혼자보고

말레(人形)와아주머니

(106)

[그림3] 1926년 6월 『학조』

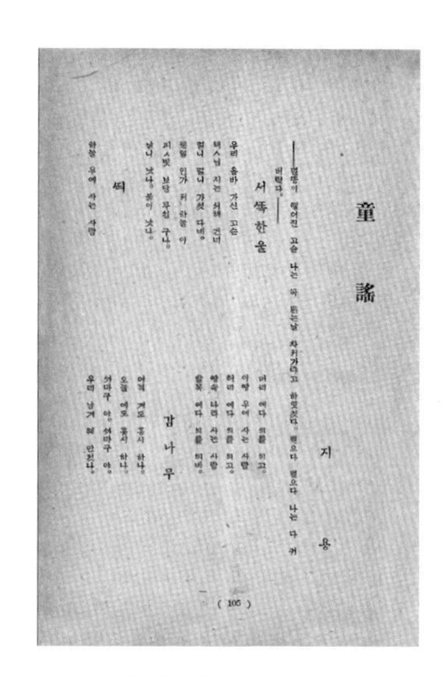

童謠

지용

서쪽한울

씨

감나무

(105)

창간호 정지용 동요 5수

그리고 『신소년』에 발표했던 일부 동요 말미에 창작 날짜를 적고 있는데, 가령 「三月삼질날」(1924년 작), 「산넘어저쪽」(1925년 3월 작), 「해바락이씨」(1925년 3월 작) 등으로 미루어 보아 잡지에 동요를 발표하기 전, 유학 시절 초기에 동요 창작에 많은 관심을 보였다는 것을 알 수 있다. 이는 그의 사숙인 기타하라 하쿠슈(北原白秋)의 동요·동시론에 많은 영향을 받은 듯하다. 정지용 동요가 자유율 형태의 동시적 성향을 많이 보이는 이유도 그렇다.

기타하라 하쿠슈는 1923년 『童謠私觀』에서 "노래하기 위한 이런 童謠 이외에, 조용히 읽게 하고 또는 감상시키기 위한 시-童詩-도 아동에게 주어야할 것이다. 아동 자신도 지금은 自由律의 시를 짓고 있다". 그리고 1926년 『童詩』에서 "童謠는 童心童語의 歌謠이다. 童詩는 童心童語의 詩다. 童謠는 노래하기 위한 것이며, 童詩는 오히려 조용히 읽고 느끼게 하는 것이다"라고 동요와 동시를 구분했다.[18] 하지만 당시 일본에서도 동시의 개념이 일반화 되지 않았다. 정지용은 어린이들을 위해 조용히 읽고 느끼는 동시를 창작했지만, 당시 장르가 동요로 굳어져 잡지 발표에 장르명을 동요라 명기했다. 이는 국내 사정도 만찬가지였다. 1926년 『어린이』 11월호에 실린 「산에서 온 새」도 동요로 실렸다. 하지만 1939년 『아이생활』 5월호에는 「해바라기씨」(표준어로 수정)가 장르명을 동시로 바뀌어 실리게 된다.[19] 1930년대 초반 신고송과 송완순의 동요·동시 논쟁 이후 동시라는 명칭이 잡지나 신문에 간헐적으로 나타나기 시작했지만 여전히 일제 강점기 아동문학 서정장르는 동요였다.

정지용과 기타하라 하쿠슈와의 인연은 시 중심의 문예잡지 『근대풍경』(1926.11~1928.8)에서도 잘 나타난다. 잡지 주간이었던 스승 기타하라 하쿠슈는 정지용의 시적 재능을 발견하고 1926년 1권 2호에 「かっふえ·ふらんす」를 시작으로 1928년 3권 2호 「旅の朝」까지 25편에 달하는 시를 발표하기도 한다(사나다 히로코, 1998, 38-39). 정지용 유학시절 그의 아동문학에 대한 관심은 이후 윤동주나 박목월 등 1930년대 우리 시단을 이끌어간 작가들에게 많은 영향을 미치게 된다. 그리고 정지용은 조선동요의 창작과 보급을 위해 1927년 9월1일 '朝鮮童謠硏究協會'[20]를 창립한다. 당시 참여했던 이들은 한정동, 신재항, 김태오, 윤극영, 고장환 등이다. 이들은 동요의 연구와 보급을 위해 다양한 활동을 벌였다. 연 4회 『童謠』잡지 발간 추진[21]

---

18 사나다 히로코(1998, 46-47). 사나다 히로코의 논의는 하타지마 기쿠오(畑島喜久生), 『北原白秋再發見』(大阪:リトル·ガリヴァ-社, 1997)의 내용을 바탕으로 했다.

19 정지용의 국어의식은 남달랐는데, 1933년 '한글맞춤법통일안' 제정 이후 "시로써 국어를 완성하자"라는 슬로건을 내세우기도 한다.

20 《동아일보》 1927년 9월 3일.

21 《동아일보》 1927년 11월 12일.

과 『조선동요선집』[22](1928) 간행, 동요대회 및 동요론 소개 등이다.

이미 선행 연구자들이 정지용의 동요에 대한 형식과 내용에 대한 분석을 고찰한 바, 본고에서는 생략하기로 한다. 아무튼 김석진을 선두로 정열모, 김남주, 정지용 등으로 이어지는 1920년대 『신소년』의 동요는 7·5조의 감상성을 배제한 점, 형식이나 내용상 전통(민요)을 계승 한 점, 자유로운 리듬 속에 동시적인 상상력을 그려낸 점이 나름 의의라 하겠다. 정지용 이후 1928년부터 잡지의 동요부문을 엮어나간 송완순은 소년문예사 출신들이기에 다음 장에서 다루기로 한다.

2) 독자문단과 소년문예사 활동

1920년대 아동출판물과 신문의 보급, 그리고 학교 진학을 통한 식자층의 형성 등은 소년·소녀들을 문학의 장(場)으로 호출하는 계기가 된다. 그들의 문학 참여는 잡지나 신문의 강제 폐간, 즉 1940년대 초까지 이어져 한국 아동문학이 성장할 수 있는 원동력이 되었다. 소년문예사들이 성인들처럼 근대적 주체로 호명될 수 있었던 것은 1919년 3·1운동 이후 전국 각지에서 일어난 소년회 활동으로 볼 수 있다. 1921년 김기전이 '천도교소년회'를 창간한 이후 오월회(1925) 등 전국 각지에서 수많은 소년회가 조직되었다. 소년운동은 그들의 인권에 대한 일반인의 관심을 환기시키고 소년들의 자각을 고취했다. 이는 소년들이 더 이상 어린이가 아닌 근대적 주체로서 성장하는 계기가 되었던 것이다.

소년들은 소년회에서 주최한 동화·동요회, 독서·토론회, 웅변회 등을 통해 지식의 생산뿐만 아니라 문학작품의 생산 주체로 발전하게 된다.

---

22 선집에는 '조선동요연구협회' 회원들인 고장환, 김태오, 신재항, 윤극영, 정지용, 한정동 등의 동요를 포함해 170여 편이 실렸다.

그들은 등사판 잡지를 발간하기도 하고 전국적으로 문학에 뜻을 함께 하는 이들이 모여 문학단체를 만들기도 한다. 또한 소년들의 문예활동은 전국적인 인적네트워크를 형성해 공론장(公論場)[23]을 형성하기도 한다. 잡지의 '독자소식', '담화실', '통신'란 등을 통해 서로 만나고, 그들의 관심사 및 잡지에 실린 작품 평 그리고 각 지역에서 활동하는 소년들의 다양한 소식을 교환하는 등 하나의 소통공간을 확보하게 된다. 이를 통해 소년문예사들은 한국 문학의 저변을 형성하는 밑바탕이 되었으며, 우리 시문학사에서 소외되었던 영역을 새롭게 조명할 수 있는 단초가 되었다.

한편 소년들이 문학의 장에 참여할 수 있었던 이유는 교육제도의 영향이 크다. 1922년부터 1938년까지 시행된 제2차 조선교육령(강명숙, 2010)은 아동의 연령대 분화를 가져왔으며, 소년들의 문맹을 타파하는데 일조한다. 당시 보통학교(6년/지방은 4년)는 6살에 입학, 11세에 졸업하는 것을 원칙으로 했지만, 20년대 초반에는 입학 졸업 연령이 잘 지켜지지 않았다.[24]입학 연령은 학교마다 차이가 있었지만 보통 최소 13(4)세까지 입학을 한 것으로 나타났다(김경자 · 이경진, 2004). 20년대 중반 이후 입학 연령 차이는 줄어들지만 모든 학교에 적용되지 못했을 것이다.

아무튼 잡지나 신문에 동요를 창작한 소년들이 자신의 소속인 보통학교를 밝히고는 있지만, 명확하게 연령대를 확인하기가 어렵다. 단지 당시 입학 연령대와 전국 각지에서 활동한 소년문예사들의 나이를 통해 보

23 찰스 테일러가 말한 공론장은 "사회 구성원들이 다양한 미디어-인쇄 미디어, 전자 미디어, 면대면 접촉-를 통해 서로 만나고 공통의 이해관계가 걸린 문제들을 토론하며 그에 관해 공통의 의견을 형성할 수 있는 공간으로 여겨지는 하나의 공통 공간"이다.(Charles M. Taylor, 2010)

24 윤석중(1911~2003)의 경우도 10살에 교동보통학교에 입학을 했다(윤석중, 1985, 33). 당시 교동보통학교의 경우 동아일보(1922.3.27) 신문기사의 내용을 보면 '만 6세부터 만 14세 이내로 선발하고 있지만, 10세가 넘으면 자격이 되어도 입학을 시키지 않았다.'고 한다.

통 15세를 전후해 독자문단에 참여 했을 것으로 보인다. 한편 경제난으로 등록금을 내지 못해 퇴학당하는 학생들이 많았다. 그들은 주로 공장일이나 농사일을 하며 야학, 강습소 등을 통해 배움의 길을 가기도 했다(문소정, 1990). 이는 1930년을 전후해 계급주의적 성향으로 흐른 동요의 소재가 되기도 한다.

1920년대 『신소년』 또한 전술한 것처럼 '독자문단'에 소년 · 소녀들이 동요나 작문, 그림 등의 창작 주체로 참여하게 되고, '통신'란이나 '담화실'을 통해 서로의 의사를 교환하는 소통의 장을 마련한다. 편집진들과 독자들의 소통은 잡지의 새로운 편집 체제를 구축해 갔으며, 많은 애독자를 확보하는 계기를 마련한다. 이는 '현상문예'를 통해 더욱 활성화 된다.

소년들의 동요 창작은 동요가 본격적인 문학의 영역에 편입됨을 알려준다(최명표, 2012, 65-66). 그 전까지 동요는 전래동요로서 '부르는 노래'의 집단적 성격이 강했다면, 창작동요의 출현은 '읊는 노래'로 개인의 내면의식을 표출하는 시 형식의 새로운 변화를 의미한다. 또한 소년들은 잡지나 신문에 실린 동요를 읽으며 작가의 내면의식을 엿보는 근대 독자의 자리를 확보하게 된 것이다. 그리고 현상문예와 같은 등단제도(박헌호, 2006)에 참여함으로써 그들은 문학에 대한 열망을 갖게 되고, 전문작가로 탄생하는 계기를 마련할 수 있었다.

> 窓을열고/ 바라보니/ 어제저녁/ 나리던눈/ 어디든지/ 銀世界네// 나뭇가지/ 눈이싸혀/ 오얏꼿과 배꼿갓치/ 희고희게/ 滿發했네// 銀屑갓고/ 玉屑가튼/ 저긔저눈/ 싸혀져서/ 일만사람/ 足跡업네// 나도한번/ 저눈가치/ 내마음이/ 희게되기/ 一平生에 所願이네
>
> 新浦公立普通學校 金昌壽, 「눈」(『신소년』 1924.01)

곤히자던/ 어린아기/ 발자취에/ 놀라깨어/ 울도안코/ 사람보며/ 도화가튼/ 두입술로/ 살고가튼/ 두 주먹을/ 우물주물/ 쪽쪽쪽쪽/ 비단가튼/ 고흔얼골/ 빙긋빙긋/ 웃을적에/ 어머님은 쪼차와서/ 귀여움을/ 못이기어/ 얼사안고/ 하는말슴/ 잇븐젓을/ 내어노코/ 젓 잘먹고/ 잘놀어라/ 얼른커서/ 학교가자/ 사랑사랑/ 내사랑아/ 선생님의/ 교훈바더/ 착 한사람/ 얼른되라

忠州公普(六年) 曺東雲, 「어린아기」(『신소년』 1924.01)

1924년 『신소년』 1월호 독자문단에 실린 위 동요 두 편은 지난호 현상모집 '동요' 부문에서 뽑힌 작품이다. 함경남도 북청군에 있는 신포공보 김창수가 2등, 충주공보 조동운이 3등, 마산공보(5년) 강중규(姜仲圭)의 「어린애기」와 진해공보(4년) 윤수인(尹守仁)의 「겨울을마즘」이 각각 3등에 뽑혀 잡지에 실렸다. 주로 보통학교 고학년들의 작품들이 뽑혀 실렸는데, 이는 작문이나 그림에서도 마찬가지이다.

김창수의 「눈」은 한자어 표기가 많아 현학적인 느낌을 주지만, 눈 내린 겨울날의 모습을 오이와 배꽃, 은과 옥가루 등에 빗대어 표현함으로써 시 전반의 흐르는 깨끗한 이미지를 부각시키고 있다. 또한 눈처럼 염결(廉潔)한 삶을 살겠다는 화자의 의지가 잘 드러난 작품이다. 조동운의 「어린아기」는 잠에서 깬 아기의 귀여운 이미지가 비유나 음성 상징어를 통해 잘 드러나고 있다. 후반부로 갈수록 작위적인 표현이 보이지만 웃는 어린 아기의 모습을 잘 그려내고 있다.

형식과 관련해 전술한 것처럼, 『신소년』 초창기에는 독자들 또한 4·4조의 음수에 맞춰 작품을 창작했다. 그러다 보니 편집자들도 독자들이 보낸 작품이 재래동요인지 창작동요인지 불분명했고, 이는 재래동요를 그대로 자기가 창작한 것 마냥 표절해 투고하는 문제점을 야기하기도 했다.

이에 편집진들은 '현상모집' 동요 부문 광고에 "在來의 것인가 創作인가 쓰시고, 十行以內로 하시오"라는 글귀를 명시하기도 한다. 현상모집에 선외가작으로 뽑힌 이들도 투고자의 이름과 소속을 기재해 줌으로써 독자들의 문학적 욕망을 더욱 촉발시킨다.

> 짯뜻한 봄이오니/ 울긋불긋 꽃봉오리/ 파릇파릇 풀입싸귀// 짯뜻한 봄이오니/ 여긔저 긔 새소리/ 이곳저곳 나븨춤
>
> 京城校洞公立普通學校 尹石重(十四才), 「봄」(『신소년』 1924.05)

> 저기가는 저나븨야/ 너어듸로 날어가니/ 梨花桃花 만발하여/ 너오기를 기다린다// 저기 가는 저나븨야/ 이리와서 나오가치/ 꼿구경하고노자/ 봄은졈졈 느저간다
>
> 全羅北道 茂朱郡 邑內 朴昌敦, 「저긔가는 저나븨」(『신소년』 1924.05)

1924년 『신소년』 5월호 독자문단 동요란에는 윤석중(만13세)이 아동문단에 첫 발을 딛는 작품이 현상모집에 당선되어 실리게 된다. 윤석중의 회고를 통해 알 수 있듯이 봄날의 정경을 간결한 필치로 그린 「봄」은 일본동요 「春はる」[25]에 대항해서 지었다고 한다(윤석중, 1985, 40-41). 당시 음악선생님(이관섭, 해방 후 경기고교장, 6·25때 납북)이 일본 노래를 가르쳐주었는데, 이에 대한 반감으로 동요를 지었다는 것이다. 5월호 현상모집 동요당선작에는 윤석중과 김창돈 외 보령공보 김동근(金銅根)의 「봄」과 진주제이공보 정희옥(鄭熙玉)의 「나븨야날어라」가 실려 있다.

---

25 「하루」의 내용 1절만 번역 소개하면 다음과 같다. "春が来た 春が来た どこに来た 山に来た 里に来た 野にも来た 봄이왔네 봄이왔네 어디서왔나 산에 왔네 마을에 왔네 들에도 왔네"

윤석중은 경성 교동학교 3학년 시절 심재영, 설정식과 함께 '꽃밭사'라는 독서회를 만들었고, 그 이듬해인 1924년에는 소년문예단체인 '기쁨사'를 만들어 『기쁨』이란 등사판 잡지를 1년에 네 차례 내는 한편, 『굴렁쇠』라는 회람 작품집을 엮어 회원들끼리 돌려 보았다. 당시 시골 동인으로 『굴렁쇠』에 붓을 든 이들로 진주 소용수, 마산 이원수, 울산 서덕출, 언양 신고송, 수원 최순애, 대구 윤복진 등이 있었고, 그 외 전국 각지에서 많은 소년문예사들이 참여했다고 밝히고 있다(윤석중, 1985, 38-40). 윤석중은 이후 1920년대 중반을 전후해 소년문예운동의 핵심인물로서 자리를 잡아간다.

윤석중은 『신소년』을 통해 잡지에 이름을 올렸지만, 주로 『어린이』에서 작품 활동을 했다. 그 외 소년문예사들도 『신소년』과 『어린이』를 넘나들며 작품 활동을 하지만, 주된 투고란은 『어린이』였다. 윤석중도 1925년 『어린이』 4월호[26]에 「옷둑이」로 입선한 후 '기쁨사' 동인들과 함께 『어린이』에 작품을 투고하는데, 이는 20년대 『어린이』가 지향하는 '동심', 그리고 방정환과 '색동회' 회원들의 아동문학 참여활동 등이 소년문예사들의 참여와 시심을 자극하기에 충분했다. 반면 『신소년』의 편집진들은 전문 작가군 보다는 교사 출신 작가들로 구성되어 있어 아무래도 『어린이』 보다는 작가군 및 작품 내용에 있어 부족했던 것이 사실이다. 또한 두 잡지에 실린 동요를 보더라도 『어린이』에 실린 소년문예사들의 동요 작품이 형식면에서는 7·5조의 한계를 드러내고는 있지만, 내용면에서는 어린이들의 동심을 잘 부각시켰다.[27]

---

26 당시 입선동요에 서덕출 「봄편지」, 천정철 「팔려가는소」, 최영애 「꼬부랑할머니」 등이 당선 되었는데, 이들은 주로 윤석중과 함께 '기쁨사'에서 활동했던 소년문예사들이었다.

27 이는 윤석중의 작품만 비교해 봐도 알 수 있다. 『신소년』에 실린 「봄」과 『어린이』에 실린 「옷둑이」를 보면 후자가 1920년대 동요론에서 지향하는 '아동성', '예술성', '음악성'에 근접하고 있음을 알 수 있다. "책상우에옷둑이/ 우습고나야// 검은눈은성내여/ 뒤뚝거리

윤석중과 함께 '기쁨사' 동인으로 활동한 신고송(末贊)은 『신소년』 5월호에 작문과 동화가 선외가작으로 자유화(그림부문)는 2등에 당선 되었다.[28] 윤석중 또한 동요 당선 외에 작문 선외가작 그리고 그림은 3등을 차지하기도 한다. 이처럼 소년문예사들 중 글과 음악 미술을 아우르는 예술적 재능을 지닌 이들이 많았다. 특히 이주홍과 윤석중은 1930년대 잡지그림 뿐만 아니라 그림과 동요가 함께 어우러진 혼종텍스인 그림동요를 창작하기도 한다(정진헌, 2013).

한편 1926년 윤복진은 대구에서 '등대사'를 만들어 대전의 송완순과 황해도 금천[29]의 승응순 등을 포섭한다. 승응순은 1928년 경성에 입성해 '글꽃사'를 창간한 이후 경성의 이동규, 구직회, 영천의 안평원, 합천의 이성홍 등을 영입하여 회명을 '조선소년문예협회'로 고친 후 각 지역 소년문예사들과의 교류를 통해 활발한 문예운동을 벌인다.[30] 이들은 잡지나 신문에 동요를 발표하며 기성문단의 반열에 오를 준비를 하고 있었다. 특히 1920년대 중반부터 『신소년』 독자문예란에 꾸준히 동요나 소년시를 발표해 정지용 이후 잡지 동요 부문에 기성작가로 참여한 이가 대전 송완순(한밧)[31]이다.

송완순은 1930년 신고송과의 동요 · 동시 논쟁 당시 '소년시'[32]를 주장

고// 배는불러내민쏠/ 우습고나야 -이하- 생략".

28 당시 신고송(말찬)의 주소를 보면 慶南 蔚山郡 彦陽面 西部里로 되어 있다.

29 아직까지 일부 선행 연구자들은 승응순을 경북 김천(金泉) 출신으로 잘못 표기하고 있다.

30 昇曉灘, 「朝鮮少年文藝團體消長史稿」, 『신소년』 (1932,09), 25-29쪽.

31 당시 송완순은 잡지에 大田 鎭岺面 內洞으로 적고 있다. 대전 출신인 송완순은 1927년부터 동요와 소년시 작명에 출신 지역의 이름을 우리말로 바꿔 '한밧'이라는 이름으로 게재하고 있다. 이는 새벗사에서 활동한 永川의 안평원(긴내, 안준식)과 金川의 승응순(쇠내)도 마찬가지였다(원종찬, 2014, 207).

32 九峰學人(송완순), 「童詩抹殺論」1, 《중외일보》 1930년 4월 26일.

했던 인물이다. 그가 그런 논의를 한 이유는 1926년 6월호부터 『신소년』에 실렸던 '소년시'의 영향 아래에 있었다. 『신소년』은 기성작가나 독자들의 동요를 게재하다가 1926년 6월호부터는 동요와 소년시를 함께 싣는다. 이는 30년대로 이어져 아동의 연령대 분화에 맞는 작품과 새로운 장르를 탄생시킨다. 송완순 또한 1927년 1월호 「조선의 천재여? 나오너라」를 시작으로 동요와 함께 소년시를 창작했다. 승응순, 이정구, 윤복진, 서덕출, 이성홍, 권환, 이원수, 엄흥섭 등 당시 잡지에 참여한 많은 소년문예사들도 『신소년』에 동요와 더불어 소년시를 창작했다.

송완순이 『신소년』의 기성작가 반열에 오를 수 있었던 것은 1926년 소년문예 단체인 '등대사'에서 활동하면서 문우들과 함께 잡지의 독자문단에 '동요'나 '작문' 등을 꾸준하게 투고했기 때문이다. 현재 필자가 확인한 것처럼(미확인 작품 제외) 송완순은 1926년 4월호 독자문단 '동요'란에 「봄편지」가 실린 이후 6월호 선외가작인 「부모님 생각」, 7월호 「강남각시의론」, 1927년 4월호 「봄」, 6월호 「어머니보고지고」가 실렸다. 1927 · 8년에는 잡지 외 《중외일보》[33]와 《조선일보》[34]에 동요를 집중적으로 발표한다. 그리고 1937년 11월부터는 《동아일보》에 유년동요를 싣기도 한다. 그러한 노력으로 송완순은 〈표1〉을 통해 알 수 있듯이 1928년부터 『신소년』 동요

33 당시 《중외일보》에는 김기진을 비롯한 카프출신 기자들이 많았다. 소년운동 출신들이 신문에 작품을 게재할 수 있었던 이유도 그러한 이념적 동질성과 교류가 있었기 때문에 가능했다(박용규, 1996). 신문에 실린 동요를 소개하면 다음과 같다. 「거미줄」(1927.06.09), 「우산꽃」(1927.08.18), 「늦은 여름」(1927.08.19), 「매암이」(1927.08.28), 「인형아기」(1927.08.28), 「밤바람」(1927.08.28), 「밤바람」(1927.12.03), 「댕댕이」(1927.12.24), 「놀애」(1928.01.18), 「시집가는구나」(1928.01.19), 「귀뚤림」(1928.01.24), 「춘곡십사수」(1929.03.09), 「달어나는달님」(1929.03.10), 「진달래」(1929.05.03).

34 1927년부터 1930년까지 《조선일보》에 실린 동요는 다음과 같다. 「자장아기」 · 「나팔꽃」(1927.07.19), 「낫에나온달님」(1927.08.27), 「거미줄」(1927.08.30), 「갈닙」(1929.11.06), 「비행긔」(1930.02.1), 「집보는아희의노래」(1930.02.13), 「공치러가자」(1930.02.16).

부문을 맡아 잡지 편집에 참여함으로써 기성작가의 반열에 오를 수 있었던 것이다. 1927년 카프 2차 방향전환 이후 『신소년』 동요에는 어휘 사용에 있어 경향적인 모습을 보여주기도 하지만, 1930년대 초 계급주의 동요처럼 극단적인 이념적 색깔을 가진 어휘는 사용되지 않았다. 이를 통해 성인문단에 비해 아동문단에 적용된 이념성이 늦음을 알 수 있다.

달ㅅ밤에 물논에서/ 개고리들이/ 쎄져 모혀안저/ 글을 읽는다// 「가갸」는 안 배후고/ 생충 쒸여가/ 「과과궈궈」서부터/ 미리 배훈다// 몃 해를 글 넉자만/ 배훳건 마는/ 알 큰련이 뚱보라/ 읽기만 햇다// 그러하야 해 마다/ 「과과궈궈」만/ 왼때까지 작고만/ 되 읽는다

한밧, 「개고리」(『신소년』 1928.07)

담미테서/ 병아리가/ 경주를 한다/ 오동나무/ 미테까지/ 경주를 한다// 가는길에/ 먹을 모이/ 썰어젓스면/ 마음대로/ 쥐먹으며/ 경주를 한다// 어쎤놈은/ 죽자사자/ 쌀리가건 만/ 어쎤놈은/ 처언천이/ 늘이게간다

송완순, 「병아리경주」(『신소년』 1928.11)

송완순은 1930년대 프로아동문학에 참여했던 작가이다. 하지만 1920 · 30년대 그의 동요 작품에서는 계급에 대한 이념성보다는 아동에 대한 서정성이 더 지배적이다. 물론 위 두 작품에 나타난 어휘 사용의 문제, 즉 「개고리」의 '뚱보'나 「병아리 경주」의 '어떤 놈'을 두고 관점에 따라 이념성이 드러났다고 볼 수도 있다. 하지만 시적 분위기나 주제에 초점을 맞춰 해석해 보면 눈 큰 개구리들이 달밤에 논에서 우는 모습을 한글을 배우는 아이들에 비유한 해학적 표현, 담 밑으로 줄지어가는 귀여운 병아리들

의 모습을 경주에 비유한 어린이다운 상상력 등을 통해 이념성은 제거 될 수 있다.

송완순은 독자문단 투고 시절부터 주로 자연과 아이들의 일상을 동요에 담아냈고, 카프의 영향을 받아 이념적인 색깔을 드러내기 시작한 20년대 말에도 동심을 잃지 않고 있다. 그가 1920년대 잡지나 신문에 발표한 작품들을 보면 대부분이 이념성과는 거리가 멀다. 1934년 『신소년』 폐간 이후 《동아일보》에 발표했던 유년동요 「거름마」(1937.11.14)나 「호도」(1938.02.20)[35] 등에서도 이 점은 드러난다.

그밖에 지면 관계상 본고에서 다루지 못한 소년문예사들이 많다. 그들은 독자문단에 작품을 발표하면서 문학에 대한 꿈과 젊은 날의 감성을 토로했다. 또한 그들이 그렸던 작품들은 『소년동요집』(1928년 『신소년』 4월호 광고)으로 발간되어 당시 소년·소녀 독자뿐만 아니라 어른들에게도 읽혀졌다. 나름 소년문예사들 중 작가로서의 삶을 꿈꾼 이도 있었을 것이다. 하지만 무엇보다 소년·소녀들이 기성작가들과 함께 시대의 아픔을 함께 노래할 수 있는 장(場)을 마련했다는데 의의가 있을 것이다.

3. 나오며

지금까지 1920년대 『신소년』에 나타난 동요에 대해 살펴보았다. 초창기 창작동요는 재래동요의 형식적인 기법이나 내용, 수사 등을 차용할 수밖에 없었다. 하지만 1925년을 전후해 창작동요는 기성작가와 소년문예

35 유년동요 두 편의 1연만 간단히 소개하면 다음과 같다. "거름마 거름마/ 뒷둥뒷둥 두발짝/ 에-잘 걷는다/ 에-참용하다 -이하생략-" 「거름마」, "얽어백이 호도야/ 왈각달각 호도야/ 실과중에 못난이는/ 너밖에는 없드라만/ 톡깨트려 먹으면/ 맛은퍽도 꼬습고나/ 아이구 호호 약약약/ 아이구 맛나 약약약 -이하 생략-" 「호도」.

사들의 참여로 나름의 형식과 내용을 갖추며 아동문학 서정장르로서 자리를 잡아가게 된다.

1920년대 『신소년』 잡지에 동요를 발표했던 주요 기성작가는 김석진, 정열모, 김남주, 정지용, 송완순 등으로 이어진다. 특히 정열모와 정지용은 7·5조의 정형성을 벗어버리고 자유율 형태로 동요를 창작함으로써 재래동요와 창작동요를 구분 짓는 교두보 역할을 한다. 여기에는 정열모가 지은 '동요작법'이 그 한 몫을 한다. 이 둘은 『신소년』 동요계를 연 에폭메이커(epochmaker)로서의 역할을 충실히 수행했다. 7·5조와 4·4조의 정형성을 깬 이들은 20년대 도식주의 형태에 빠진 동요의 한계를 극복하는 전사자로서의 역할을 충실히 보여 주었던 것이다.

김남주 또한 선배들이 추구했던 기법들, 가령 연의 구분과 2행의 중첩 그리고 각운의 반복을 통한 시적 간결성 등을 통해 나름 당시 도식주의에 빠졌던 동요에서 벗어나기 위해 노력한 작가이다. 이처럼『신소년』에 참여했던 기성동요작가들은 『어린이』와 달리 형식의 자유로움을 통해 소년들의 명랑한 동심을 그려내려고 했다.

한편 『신소년』은 '현상모집'을 통해 당선된 동요나 작문, 그림 등의 작품들을 연이어 '독자문단'에 소개한다. 독자문단은 보통학교나 야학에 다니면서 소년문예 활동을 펼쳤던 소년문예사들의 문학장과 공론장으로서의 역할 외, 그들이 1930년대 기성문단의 반열에 오르는 발판이 되기도 했다. 그 중심에는 윤석중을 비롯해 신고송 그리고 본고에서 다루지 못한 서덕출, 윤복진, 승응순, 이정구, 권환, 이성홍, 안평원 등이 있다. 비록 문단의 반열에는 오르지 못했지만, 당시 『신소년』에 참여했던 많은 소년문예사들은 그들의 정제되지 않은 직설적인 토로 속에서도, 기성작가들과 함께 시대의 아픔을 함께 노래할 수 있는 장(場)에 참여하는 기회를 얻었다는데 나름의 문학사적 의의를 함양하게 된다. 또한 소년문예사들의 활동은 한국 문학의 저변을 형성하는 밑바탕이 되었으며, 우리 시문학사에서 소외되었던 영역을 새롭게 조명할 수 있는 단초가 되었다.

제4장
1930년대 전봉제와 그림동요

1. 들어가며

1923년 방정환의 『어린이』 창간 이후 한국 창작동요는 아동 잡지나 신문을 통해 해방 전까지 아동문학의 서정 장르로서 그 위치를 확고히 한다. 또한 당시 창작동요는 음악 작곡가인 윤극영, 정순철, 박태원, 홍난파, 안기영 등에 힘입어 동요에 곡을 붙인 곡보(曲譜)가 잡지나 신문 지상에 실림으로써 동요의 대중화에 지대한 역할을 한다.

이처럼 문학과 음악의 상호 교류를 통해 당시 어린이들은 창가의 계몽·이념성을 벗어나 잃어버린 그들의 동심과 삶의 이야기를 노래로 향유할 수 있는 기회가 되었다. 반면 어린이들을 위한 운문그림책은 1920년대 잡지나 신문 기사 내용을 보더라도 찾을 수가 없었다. 주로 일본이나 외국의 그림책이 국내에 유입되어 읽혀졌다는 내용과 아이들에게 읽힐 그림책 선정에 관한 기사는 종종 보이지만, 아직까지 운문그림책에 대한 실증적인 자료를 찾지 못했다.

그림책의 연구가인 현은자·김세희(2005)도 그들의 저서를 통해 한국에서 그림책에 대한 인식은 1980년대에 들어서 시작되었다고 밝히고 있다. 이를 통해 그동안 일제 강점기 그림책에 대한 연구 성과가 없음을 재확인 시켜주었다. 하지만 최근 들어 일제 강점기 아동문학 작품들이 새롭게 발굴 조명되면서 그림책의 하위 장르인 운문그림책에 대한 논의가 간헐적으로 진행되고 있다. 김세희(2010, 190)는 정병규(2007, 66)의 논의를 바탕으로 우리나라 최초의 그림책을 조선아동문학협회가 발행한 『우리들 노래』[1](을유문화사, 1947년)로 보고 있다. 반면 김상욱(2006, 98)은 임홍은의 『아기네 동산』(아이생활사, 1938년)에 실린, 글 없는 그림책 14편의 「애기 그림책」을 그림책의 효시로 보고 있다.

필자는 그동안 일제 강점기에 발간되었던 실증자료인 아동 잡지나 신문 등의 내용을 검토해 보고, 창작동요의 발생 배경 및 현황, 그리고 창작동요 전개 양상 및 그 특징을 살핌으로써 일제 강점기 창작동요의 의의 및 한계를 규명한 바 있다(2013). 본 연구를 통해 《동아일보》(1920~1940)나 프롤레타리아 동요집 『불별』(중앙인서관, 1931), 『어린이』(개벽사, 1923~1934), 『아이생활』(아이생활사, 1926~1944), 『아기네 동산』(아이생활사, 1938)에 운문그림책에 해당하는 그림동요가 상당 수 실렸음을 확인했다. 그림동요는 그림 텍스트와 문자 텍스트가 동시에 존재하며 상호간 상보성을 지닌 혼종 장르이다. 이는 그동안 아동문학사에서 전무했던 그림책의 역사를 새롭게 쓰는 계기가 될 것이다.

최남선의 『소년』(1908~1913) 이후 여러 신문과 아동 잡지가 창간되면서 삽화가 필요했고, 그에 따른 삽화가의 수요가 생겨났다. 아동 잡지나 전집의 단행본에서도 장정(裝幀)을 위해 화가가 필요하게 되었다. 하지만 당시 삽화는 글과 함께 유기적인 서사를 만들어내지 못한 한계를 지니고 있다.[2] 반면 글 없는 그림책의 효시로 볼 수 있는 '그림본'이 최남선의 『아이

---

1 『우리들 노래』는 제1회 아협당선 동요 10편을 그림과 함께 보여주는 일종의 시화 묶음 책의 형식을 띄고 있다. 김용환, 정현웅, 김규택, 김의환 등의 화가가 참여했다.

2 1920년대 활동한 삽화가들로는 안석주, 이상범, 노수현, 이승만, 김복진, 단곡, 청사생 등이 있다. 이들 대부분은 신문의 도안이나 만화, 소설 삽화를 담당 했던 삽화가이면서 '조

들보이』(신문관, 1913.9~1914.9)에 연재되었다. 그림본에는 곤충, 조류, 양서류, 가축, 갑각류, 기차, 교련, 체육 활동과 관련된 그림들이 실려 있다. 물론 임홍은의 「애기 그림책」에 실린 14점의 그림에 비하면 그 사실성과 표현 전달력이 떨어지지만, 당시 그림책이 전무했던 상황을 고려하면 그림본이 오늘날 글 없는 그림책의 전사 역할을 충분히 했다고 볼 수 있다.

1930년대 들어서면서 그림동화와 함께 그림동요에 화가가 참여하게 된다. 이는 20년대의 잡지나 신문에서 보여주었던 단순한 삽화의 의미를 넘어서 작가와 화가가 만들어낸 새로운 기획물이다. 이는 아동문학사에서 본격적으로 문학과 미술의 상호 교류가 시작되었음을 알리는 출발점이 되었다. 그림동요는 이후 잡지나 신문에 장르 명기(銘記)를 통해 새로운 아동문학 장르로 아동문학사에 자리매김하게 된다.

본고는 그동안 1980년대 이후 연구에 한정되었던 그림책의 역사를 새롭게 규명하는데 목적이 있다. 이를 위해 먼저 일제 강점기 혼종텍스트인 그림동요 장르와 관련된 제반적인 상황을 살핀 후 그림동요가 게재된 잡지나 신문을 중심으로 이야기를 풀어가려 한다. 또한 그림동요 작가로 활발하게 활동했던 전봉제(全鳳濟)를 중심으로 논의를 하고자 한다. 전봉제는 한국 최초로 운문그림책에 해당하는 그림동요를 기획한 작가이다. 본 연구를 통해 새로운 동요 작가 및 작품 발굴뿐만 아니라, 한국 운문그림책의 기원을 1930년대 초까지 소급할 수 있는 계기가 될 것이다.

선미술전람회'를 통해 창작 활동을 했던 화가들이다. 선전은 조선총독부가 1922~44년에 걸쳐 해마다 개최한 대규모 종합전람회이다. 이는 미술가의 등용문으로서 미술가 배출을 촉진하고 양적 성장에 기여했다. 30년대 아동문학에 참여했던 전봉제, 홍은성도 미전에 입선한 화가이다.

2. 삽화의 진화 및 혼종텍스트 그림동요

신문이나 잡지는 미디어의 하나로 근대적 특징이라 할 수 있는 대중이 성립되면서 그들을 대상으로 만들어진 인쇄물이었다. 이들의 기능 중 가장 큰 특징은 대량으로 인쇄되어 다수에게 보급된다는 것이다. 또한 신문이나 잡지에 게재된 삽화나 그림에 나타난 시대적 배경, 근대인의 이미지와 삶의 반영 양상 등은 당시 미술과 문학계가 상호 연관되어 있음을 보여주는 예라 할 수 있다.

근대적 표상시스템인 대중매체 중 신문을 비롯한 잡지류의 정기간행물과 단행본 서적의 기계화된 인쇄술에 의한 대량생산, 더불어 사진·삽화·그림 등의 복제 이미지를 대량 유포할 수 있는 시스템의 등장은 근대적 표상체계의 형성과 전개에 지대한 영향을 미쳤다(홍선표, 2005, 174).

특히 아동문학사에서 미술과 문학의 교류는 그림책이 독립적인 매체로 등장할 수 있는 요건을 마련해 주었다. 1923년 방정환 이후 근대적인 아동관이 형성되면서 어린이 관련 문예물과 함께 어린이 독자층이 형성되었고, 근대적인 학교 교육제도 및 인쇄술의 발달은 일제 강점기 그림책이 형성되는 요인으로 작용한다.

한국은 일찍이 서양으로부터 활판 인쇄술이 도입되어 근대 인쇄술이 발전해 오고 있었던 일본으로부터 근대 인쇄술을 도입하여 발전하였다. 그로 인해 많은 출판사와 인쇄소가 등장했으며 이를 통해 문학과 미술과의 상호 교류가 가능해졌다(오세웅, 2006). 근대 신문이나 잡지에서의 삽화 도입은 오락성의 기능을 부각시키고 상업성을 도모하기 위한 것이기도 하나 근대기에 새롭게 탄생한 인쇄매체에 디자인의 개념을 도입하여 시각적인 효과를 추구하는 데 결정적인 요소로 작용했다(강민성, 2002, 17).

삽화란 신문 잡지에서부터 그것을 필요로 하는 기타 모든 종류의 출판물 속에 끼어져 문학작품을 포함한 각종 읽을거리와 특정 기사의 흥미

또는 이해를 돕게 그려지도록 전제된 기능적인 그림을 말한다. 그림이 문자 텍스트의 보조적 구실을 하는 삽화의 단계에 머물렀던 1920년대에 비해 1930년대 들어서서 신문이나 잡지의 삽화는 한 단계 진화를 보인다. 활자매체의 성장과 변화를 거쳐 타 장르와 새로운 혼종 텍스트인 새로운 텍스트성을 창안해 낸다(조영복, 2012, 259). 언어 매체로 존재했던 문학은 뉴미디어와의 혼종으로 새로운 창조성을 획득해 나가게 된다.

시간성을 지닌 언어 예술은 공간 예술인 회화와 동일 지면에서 만나 혼종적 텍스트를 지향한다. 이 때 화가, 문인들의 공동 작업은 필수적이며, 이것은 학예면 중심의 인적 인프라가 구축됨으로써 가능해진다(박혜숙, 2009, 111). 1930년대 전문적 화가의 출현은 신문 잡지의 대중적 성장, 대중의 탐미적 상승, 잡지 문화의 고급화 및 심미화, 단행본의 고급화 등 서적 문화의 질적 성장으로 이어지는 계기가 되었다(조영복, 2012, 260-261). 이는 시인과 화가가 짝이 돼 문자 텍스트와 그림 텍스트를 혼종함으로써 지면의 시각적 효과를 극대화하고, 독자의 흥미를 유발하는 전략과도 관계가 있다.

글자 텍스트만 있는 창작동요에 비해 그림과 함께 있는 창작동요 텍스트는 읽기의 방법, 즉 독자의 참여도가 다르다. 동요 텍스트만 있는 경우 작품의 내용이나 해석에 주목한다. 그것은 언어 문자의 이해를 기반으로 한다는 점에서 보다 전문적이며 촘촘한 읽기가 된다. 그림 텍스트 역시 한 편의 장면 제시만 있을 경우는 높은 참여도가 요구된다. 하지만 그림 텍스트와 문자 텍스트가 동시에 존재하는 경우, 언어 문자 이해는 그림 텍스트와 문자 텍스트가 동시적으로 진행되거나 그림 텍스트가 문자 텍스트를 보충한다.

문자 및 그림 텍스트가 단독으로 존재할 경우 참여도가 정밀하게 요구되는데 반해, 혼종 텍스트의 경우 문자 텍스트에 대한 참여도가 줄어든다. 이는 그림 텍스트와 문자 텍스트 간에서 상관성과 상보성을 통해 문자 텍스트의 의미를 이해하려는 의욕이 커지기 때문이다. 즉 이 두 매체들은 상호보완적이다(조영복, 2012, 265-266). 따라서 1930년대 혼종텍스트는 문학의 '경계넘기'(borders-crossing)라는 일종의 문학장(文學場)의 제도적 창안에서 비롯되어 각 예술 영역의 독자성, 독립성을 강화하기 보다는 예술 간의 혼종을 지향한다고 볼 수 있다.

1920년대까지만 해도 신문 잡지에 실린 삽화는 묘사력과 사실표현의 역량이 부족했다. 또한 장르 명기가 없거나 전문 화가들의 예술적 참여도가 떨어졌다. 예술가로서의 삶보다는 생존을 위해 삽화를 그린 이들도 많았다. 편집진들도 신문이나 잡지의 시각적 효과를 위해 삽화를 추가하는 경우가 대부분이었다(이구열, 1997, 73).[3]

1930년대 들어서면서 동경미술학교 출신들이나 조선미술전람회를 통해 등단한 화가들이 주로 신문이나 잡지에 삽화나 만화 등을 그리며 미술 활동을 했다. 그 중에서 전봉제(全鳳濟)와 임홍은(林鴻恩)은 조선미술전람회[4] 출신으로 주로 아동문예물에 관심을 갖고 1930년대 초부터 그림동요 작가로 활발하게 활동을 한다. 전봉제는 주로 《동아일보》와 『어린이』에서 작품 활동을 했으며, 임홍은은 『아이생활』에서 작품 활동을 했다.

한편 프롤레타리아 동요집 『불별』에도 그림동요가 실렸는데, 카프 미술분과 위원으로 활동했던 강호, 정하보, 이갑기, 이주홍 등이 참여했

---

3 미술평론가 이구열은 당시 삽화의 한계점을 다음과 같이 지적하고 있다. "여기서 우리는 순수회화 전문의 화가들이 일시적으로 손대는 아르바이트식 삽화의 특별한 의미보다도 직업적인 삽화가들의 더 많은 등장과 그들의 다양하고 전문적인 수법의 발전이 더 바람직하다는 점을 말할 수 있다."

4 전봉제는 1931년(《동아일보》 1931년 6월 2일), 임홍은은 1928년 '소년소녀작품전람회' 圖畵 3등(《동아일보》 1928년 1월 16일), 그리고 1940년에 조선미술전람회에 입선한다.(《동아일보》 1940년 5월 28일)

다.[5] 이 외에도 《동아일보》에 참여한 그림동요 작가로 나경송, 이경래, 홍월촌 등이 있다.

그림동요는 그림과 글이 함께 조화를 이루는 것으로 아동문학 작가와 화가가 협력하여 만든 것이다. 따라서 그림동요는 문학성을 갖춘 간결한 글과 미술성을 갖춘 그림이 조화를 이룬 하나의 예술 작품이다. 1920년대까지만 해도 글이 중심이 되고 중간 중간에 삽화가 삽입되어 그림이 보조적 역할을 하는 경우도 있었지만 이는 그림동요에 포함시키지 않는다.

그림동요는 그림책의 하위 장르 중 운문장르[6]에 해당할 것이다. 그동안의 문학은 4대 장르의 성격에 본질적으로 구속된다고 해도, 문화제도 및 토대와 내·외적 관계를 맺으면서 스스로 진화하고 생성 되었다. 문학의 제도는 역동적이며 그에 따른 장르적 진화도 필연적이다(조영복, 2012, 271). 1930년대 그림동요는 그러한 토대 위에서 생성된 것이며, 그 성격 또한 그 토대 위에서 규명되어야 한다.

그림동요는 작품에 동요작가 및 화가의 이름이 기재되어 있다. 이름이 기재된다는 것은 독창적 문예물로서의 저작권을 갖는 것이다. '장르'는 저작권의 한 가지 판별 기준이며, 그것은 미학적 의미를 부여하는 과정에서도 필수적인 고려가 된다. 작가나 화가 이름의 존재 여부는 그림동요가 장르인가 아닌가를 구분하는 중요한 기준이 된다. 무엇보다 분명한 것은 작가들의 장르 명기(銘記)가 분명하다는 점이다. 이는 그림동요가 삽화와의 차별성을 구분 짓는 결정적인 증거가 되는 것이다.

한편 1930년대 아동을 위한 그림책의 필요성을 증빙하는 자료가 신문이나 잡지를 통해서 간헐적으로 소개되고 있다. 『별나라』(별나라사,

---

5 안막, 「조선 프롤레타리아예술운동 약사(略史)」, 『사상월보』 1932년 10월 참조.

6 김세희(2010)는 그림책의 장르를 이야기(서사) 그림책, 운문 그림책, 정보 그림책으로 분류했다. 그리고 운문 그림책에는 전래동요, 동요, 시(동시)로 다시 세분화 했다.

1926~1935)를 중심으로 펼쳐졌던 계급주의 아동문학에 대한 반성은, 1930년대 들어서면서부터 어린이에 대한 탐구와 동심의 재인식 차원에서 아동의 연령대를 구분해 나이 어린 미취학 연령을 대상으로 한 동요 즉 그림동요나 유년동요를 탄생 시키는 계기가 되었다.[7]

물론 그 이전에 홍은성(효민)은 「소년운동의 이론과 실제」[8]에서 유년과 소년을 구별해 5세~10세까지의 유년에게는 글로 된 문학을 주기보다는 입으로 동요와 동화를 많이 들려주어야 한다고 했다. 그리고 일본처럼 그림책(繪本)과 유년잡지를 만들 것을 주장했다. 1930년대 만해도 그림책은 국내에서 보편화되지 않았다. 이는 다음 기사를 통해 확인할 수 있다.

> 무엇에서나 그렇지만 지금 우리 조선에서는 아가에게 보여줄 좋은 그림책을 가지지 못하고 있는 것은 참으로 부끄럽습니다. 조선 그림 그리는 화가 여러분 중에는 아가의 세상속에서 활동하여 주실 분이 아니 계신지요. 충심으로 그런 분이 나오시기를 기다립니다.[9]

> 이러한 상황에서 당시 조선 어린이들은 주로 일본 그림책을 즐겨 봤다. 1935년까지 아동문학의 황금기를 이끌었던 『어린이』(1923~1934), 『신소년』(1923~1934), 『별나라』(1926~1935) 등이 일제에 의해 강제 폐간되면서 어린이들은 현해탄을 건너온 일본 잡지나 그림책을 구해 읽을 수밖에 없었다.
>
> 그리고 兒童讀物로는 요사이 퍽이나 쓸쓸하고 閑寂한 기분이 떠

---

7 虎人은 「兒童藝術時評」(『신소년』 1932년 9월호, 21쪽)에서 유년 4~7살, 아동 8~13살, 소년 14~17살로 나누어 아동을 연령대별로 구분 짓고 있다.

8 홍은성, 「소년운동의 이론과 실제」, 《중외일보》 1928년 1월 15일~1월 19일.

9 《동아일보》 1933년 10월 29일. 본고에서 인용한 원문은 가급적 현대어 표기법에 따랐다.

돌고 있다. 몇 해 전까지는 「어린이」니 「신소년」이니, 「별나라」이니 하며 여러 가지 좋은 아동독물이 많이 나오더니 요사이에 와서는 이 방면의 서적이라고는 「아이생활」 이외에는 이런 종류의 책들을 찾아 볼 수 없는 현상이다. 그런 관계로 소년들은 서점에 들어오면 으레 玄海灘을 건너 온 그림책들을 뒤지는 현상으로 이 방면에 대한 일반의 관심이 너무 적은 듯하다. 그런 관계로 해서 少年讀物이나 幼年讀物類는 모두, 남의 손으로 된 것이 잘 팔리는 현상이라고 하며, 그 외에도 「キング」, 「主婦之友」, 「講談倶樂部」 등의 月刊雜誌가 잘 팔린다고 한다.[10]

특히 1937년 중일전쟁 이후 출간된 일본 그림책은 전쟁의 잔혹성을 묘사한 그림들이 극에 달하게 되는데, 이는 어린이들에게 정서적으로 악영향을 미치기도 했다.[11] 그림책의 이러한 우를 걱정한 목소리가 1930년대 초부터 《동아일보》나 《조선일보》에 소개가 된다. 대부분의 내용이 아이들에게 보여주어야 할 올바른 그림책 선정 방법이다. 한 예로, 1932년 《동아일보》에는 「예술적이고도 건전한 것이 제일-아이들에게 보여주어야 할 그림책 선택 방법」[12]기사가 실렸다. 그 내용을 요약하면 그림책 선정 시 유의점으로 첫째 예술적(藝術的)이어야 할 것. 둘째 도덕적(道德的)으로 건전해야

10 「書籍市場調査記, 漢圖·以文·博文·永昌等書市에 나타난」, 『삼천리』 제7권 제9호, 1935년 10월 1일(천정환, 2003, 223 재인용).

11 "지나사변은 어린이들의 그림책에 커다란 영향을 가지고 잇습니다. 사변을 반영한 그림책을 어린이의 나라로부터 쪼처내라는 것은 아니라 지금 일반책점이나 노리개점에 나와 있는 것은 살펴보면 너무나한 심한 것이 만습니다. 그저 더퍼 노코 피흘리는 전쟁 장면만을 그려서 어린이들에게 지나친 자극을 주어서 유아에게 밋치는 영향은 어룬들이 상상하기보담 더 심각한 형편에 잇습니다."(〈선택해서 줄 애기들의 애기그림책〉, 《조선일보》 1937년 11월 16일)

12 《동아일보》 1932년 2월 27일.

할 것, 셋째 우의(友誼)적이어야 할 것, 넷째 다방면(多方面)이어야 할 것, 다섯째 위생적(衛生的)이어야 할 것을 제시하고 있다.

또한 전쟁을 소재로 한 일본 그림책의 유행을 걱정해 잔인성이나 공포심, 살벌 등의 내용은 피해야할 사항으로 지적하면서 아이들의 생활과 쾌활한 심성을 길러주고, 우리의 역사와 풍경 및 자연친화적인 내용 등이 담긴 그림책을 아이들에게 보여주자고 말하고 있다.

안타까운 사실은 당시 그림책들이 국내에 소개가 되어 많은 어린이들이 유치원이나 가정에서 읽었을 것으로 추정되는 데 실증 자료의 부족으로 확인할 바가 없다. 아무튼 한국 그림동요는 이러한 시대적 요구 속에서 작가의 새로운 실험과 함께 탄생하기에 이른다.

3. 신문 잡지에 실린 그림동요 특징 및 현황

일제 강점기 그림동요는 동요 한편에 그림 한 점이 신문이나 잡지의 한 프레임 안에 실려 있다. 그림은 글 전체의 내용을 담아야 하기 때문에 정교할 수밖에 없다. 또한 이는 시화를 보는 것처럼 하나의 작품에 몰입하는 시간을 연장시켜주며, 한 번에 작품 전체를 끊지 않고 읽어낼 수 있어 작품을 이해하는데 효과적이다(현은자 · 김세희, 2005, 143). 그리고 동요가 갖는 음악성에 회화성을 강조해 의미성인 주제를 더욱 선명하게 부각시켜 독자로 하여금 강한 여운을 줄 수 있는 것이다.

[그림1] 전봉제 謠·畵, 「곽쟁이질」[13]

[그림2] 이승억 謠 · 전봉제 畵, 「눈」[14]

따라서 그림동요는 반드시 전문 화가의 참여를 유도한다. 앞서 기술한 바, 당시 잡지 신문 에 삽화나 그림을 그렸던 이들 중 상당수가 다방면에 걸쳐 예술적 감각을 지니고 있었다. 그들은 문학 작품 활동뿐만 아니라 그림에도 상당한 재능을 보였다. 성인문학 작가로 활동했던 이상, 권구현, 박태원, 나혜석, 이갑기 등이 대표적인 예다. 그들은 잡지나 신문에 직접 삽화나 만화 등을 그려서 싣거나, 동양화나 서양화를 그려 조선미술전람회에 출품하거나 개인전을 열기도 했다(김미영, 2009, 163).

아동문학을 했던 작가들 중에서도 그림에 상당한 재능을 보이며 작품과 미술활동을 병행했던 이들도 적지 않았다. 그 대표적인 예가 앞서 이야기한 바 전봉제이다. 전봉제의 그림동요를 다루기 전 작가와 화가가 참여해 그림동요의 형태를 갖춘 작품들을 먼저 살펴보기로 하자.

당시 그림동요라는 장르 명칭은 명확하게 작품에 기재하지 않았지만, 카프 작가 8인이 공동으로 참여한 프롤레타리아 동요집 『불별』[15]에 8편

13 《동아일보》 1930년 11월 16일.

14 《동아일보》 1930년 11월 26일.

15 이 잡지는 신소년사 인쇄부에서 인쇄하여 1931년 3월 10일자로 중앙인서관에서 발행되었다. 발행은 신명균이 맡았다. 전체 쪽수는 서문에서 목차까지 8쪽과 그림 목차부터 본문까지 57쪽을 합하여 65쪽이다. 당시 책의 정가는 20전, 송료는 2전으로 되어 있다. 동

의 그림동요[16]가 실렸다. 『불별』은 노동 소년의 전위적인 모습으로 보이는 그림을 담은 표지 아래쪽에 '푸로레타리아童謠集'이라고 명기하고 있다. 이 동요집이 프롤레타리아의 계급주의 이념을 추구한 동요들을 싣고 있음을 분명히 표지에서 밝히고 있는 셈이다. 여기다 속표지 다음에 권환과 윤기정이 쓴 서문을 적고 있는 데, 서문 끝에 각각 '朝鮮푸로레타리아藝術同盟' 소속임을 밝히고 있다.

『불별』은 소재 43곡의 노랫말과 8곡의 악보, 8편의 그림을 통해 투쟁성과 공격성을 강조한 데서 계급주의 이념의 뚜렷한 지향을 살필 수 있다. 개인별 첫 작품에는 모두 그림을 넣었고, 두 번째 작품에는 모두 악보를 넣었다. 그림에 참여한 이들은 이주홍, 이갑기, 강호, 정하보이다. 이주홍이 2편, 이갑기가 3편, 강호가 2편, 정하보가 1편씩 동요에 그림을 그렸다. 당시 강호가 주도한 카프미술부는 인적 네트워크를 통해 여러 부문의 예술가와 교류하면서 지역적인 연대뿐만 아니라, 문학, 음악, 미술 등 다 방면에서 걸쳐 계급주의 이념을 실천하기 다양한 활동을 벌였다.

요집을 낸 8인은 김병호, 양창준(우정), 이석봉(구월), 이주홍, 박세영, 손재봉(풍산), 신말찬(고송), 엄흥섭이다.

16 『불별』에 실린 그림동요는 다음과 같다. 「가을바람」(김병호 謠, 이주홍 畵), 「따로잇다」(양우정 謠, 이갑기 畵), 「게떼」(이구월 謠, 이갑기 畵), 「벌꿀」(이향파 謠, 이갑기 畵), 「길」(박세영 謠, 강호 畵), 「낫」(손풍산 謠, 이주홍 畵), 「우는꼴보기실허」(신고송 謠, 강호 畵), 「어머니」(엄흥섭 謠, 정하보 畵).

[그림3] 김병호 謠·이주홍 畫, 「가을바람」[17]

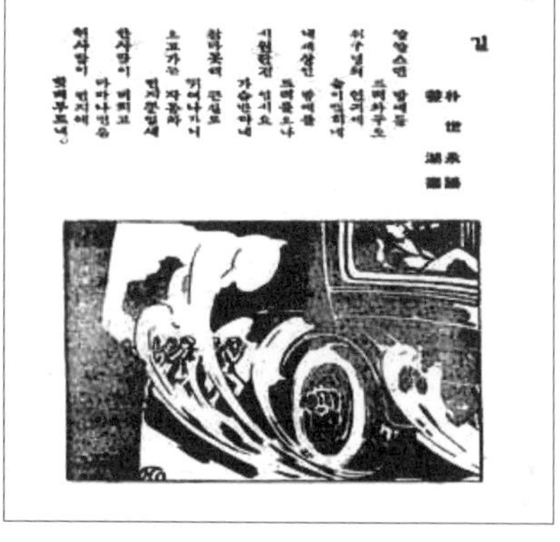

[그림4] 박세영 謠·강호 畫, 「길」[18]

동요집에 실린 그림동요는 글을 그림으로 시각화함으로써 시적 리얼리티를 높여 아이들의 동요 이해를 한층 용이하게 하고자 했다. 이주홍의 작품「가을바람」은 부르주아 영감에 대한 야유와 조롱의 목소리가 그림을 통해 잘 형상화 되어 있다. 가령, 바람이 불어 모자가 벗겨지고, 눈에 먼지가 들어가고, 코피를 쏟는 상황묘사가 사실적이며, 심지어 결말에 가서 물똥을 싸는 부자 영감의 이미지를 부각시켜 작품 전체의 내용뿐만 아니라 주제인 부르주아 계급에 대한 저항의식을 극대화 하고 있다.

강호가 그린 「길」도 사실주의 기법이 돋보인다. 숨 막히는 집을 나와 큰길로 뛰어나가 자신의 답답함을 해소하려는 무산계급인 화자는 부르주아가 탄 자동차 먼지에 답답함을 금치 못한다. 그리고 프롤레타리아 천 사람이 자동차의 먼지 때문에 고통스러워하는 모습이 실감나게 표현되었다.

이처럼 불별에 실린 동요 및 그림은 당대의 빈부 문제와 계급적 갈

17 푸로레타리아 동요집 『불별』, 중앙인서관, 1931, 2쪽.

18 위의 글, 6쪽.

등을 작품의 전면에 내세우면서 계급 동요의 주된 향유 층인 아이들의 의식적 각성을 유도하고, 아동문학에 대한 욕구를 지닌 소년문사들의 계급적 투쟁의식을 이끌어내는 데 주력하고 있었다. 문학이나 음악, 미술 운동이 놓인 '운동'으로서의 문예운동을 적극적으로 표방한 매체라 할 만하다(이순옥, 2004). 그만큼 『불별』은 카프 소장파의 논리를 적극적으로 지지하고 동조하는 입장에서 쇠퇴의 기로에 선 계급주의 문예운동의 역량을 다시 집결하여 대중성을 선취하려는 의도의 산물이다.

한편 1930년 《동아일보》에 본격적인 그림동요의 출발을 알리는 전봉제의 작품이 실리기 전 흥미로운 사실은 윤석중의 「헌신짝」이 '그림노래'라는 명칭으로 실렸다는 것이다. 당시 윤석중은 '동요=노래'라고 인식했던 듯하다. 또한 1930년대 초 동요·동시 논쟁 이후 장르에 대한 명확한 인식 없이 '동요=동시=소년시=유년시=아동시' 등이 혼동해 쓰이는 일이 비일비재했다.

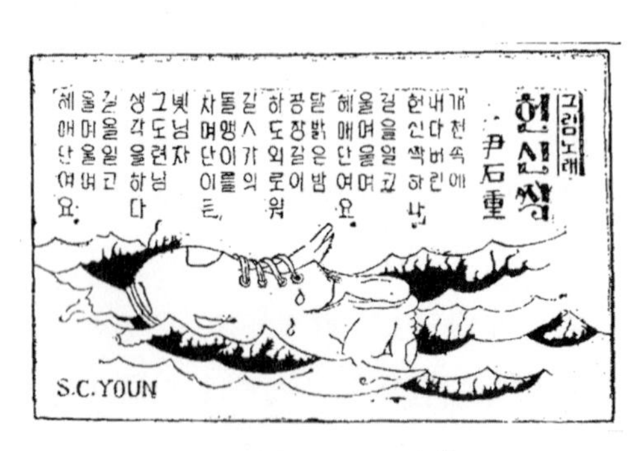

[그림5] 윤석중, 「헌신짝」[19]

윤석중의 「헌신짝」은 자신이 지은 동요에 직접 그림을 그렸다. 작품

19 《동아일보》 1930년 2월 12일.

하단 왼쪽에 영문 표기를 통해 그가 직접 그림을 그렸음을 알 수 있다. 당시 윤석중은 전문 화가는 아니었지만 동요, 작곡, 그림에도 재능을 보였음을 확인할 수 있다. 8·5조의 정형성을 갖춘 위 동요는 개천에 버려진 헌신짝이 옛 주인을 그리워 한다는 내용이다. 그림은 글 전체적인 내용을 담기에는 다소 부족한 면이 있어 그림보다는 삽화로 볼 수 있다. 하지만 동요와 그림이 혼재된 텍스트로서의 새로운 형태를 갖추고 있고, '그림노래'라는 새로운 장르를 시도한 점을 통해 그림동요의 출발점을 알리는 역할을 했다고 볼 수 있을 것이다.

그림동요의 본격적인 출발은 전봉제(全鳳濟)(1909~1996)이다. 그는 그림뿐만 아니라 동요, 시, 소설 창작 등 다방면으로 작품 활동을 했던 작가이다. 1929년부터 《동아일보》와 《조선일보》에 동요를 발표하던 그는, 1930년 3월 7일부터 본격적으로 《동아일보》와 『어린이』에 그림동요를 연재하기 시작한다. 이후 1931년에는 『그림童謠集』을 발간한다.[20] 당시 《동아일보》에 실린 그림동요 현황을 표로 정리하면 다음과 같다.

---

20 필자는 졸고(2013)에서 《동아일보》에 실린 전봉제의 첫 그림동요 작품을 1930년 10월 20일 「디렐빠쳣죠」로 밝혔는데, 1930년 3월 7일 「압바의 생각」으로 바로 잡는다. 또한 새롭게 발견된 작품들이 있어 본문에서 자세히 다루기로 한다. 그리고 현재 『그림동요집』(1931)은 자료를 확보하지 못한 실정이다. 하지만 신문이나 잡지에 실린 그림동요와 1931년부터 작품에 명기한 '그림동요집에서'라는 말을 통해 본고의 논지를 뒷받침하는 근거가 될 것이다. 그리고 전봉제가 숭인학교 시절 조선미술전람회에 「풍경」(1931)이 입선하는데, 당시 인터뷰 기사 내용을 통해서도 이를 확인할 수 있다. "입선은 뜻밖입니다. 작년 여름 어느 날 몹시 더운 날에 목욕을 하러 갔다가 우연히 수채화 하나를 그렸던 것인데 시험으로 내놓은 것이요. 입선될 줄은 몰랐습니다. 이번 일에 충동이 되어 좀 더 힘써 화포를 대해 보겠습니다. 지금은 '그림동요집'을 만드는 중인데 그것이나 마치면 다시 학교를 계속하겠습니다." 《동아일보》 1931년 6월 2일.

[표 1] 《동아일보》 그림동요 현황

순서	제목	발표연도	장르명칭	작요	작화	대주제
1	압바의 생각	1930.03.07	그림동요	전봉제	전봉제	그리움
2	무제	1930.03.15	미기재	전봉제	전봉제	그리움
3	무제	1930.03.29	미기재	전봉제	전봉제	달밤의 정취
4	웃읍지요	1930.09.06	그림동요	전봉제	전봉제	해학
5	디렐빠첫죠	1930.10.20	그림동요	전봉제	전봉제	슬픔
6	바다	1930.11.01	그림동요	전봉제	전봉제	그리움
7	어린 참새	1930.11.06	그림동요	전봉제	전봉제	가족상실
8	곽쟁이질	1930.11.16	그림동요	전봉제	전봉제	삶의 비애
9	쉬어가로마	1930.11.22	그림동요	전봉제	전봉제	연민
10	가을새벽	1930.11.23	그림동요	전봉제	전봉제	애상감
11	가마귀	1930.11.25	그림동요	전봉제	전봉제	연민
12	눈	1930.11.26	그림동요	이승억	전봉제	눈내린 풍경묘사
13	품팔이간 엄마	1930.12.03	그림동요	박승걸	전봉제	그리움
14	설어워질 때	1930.12.04	그림동요	하진호	전봉제	그리움
15	우리집 강아지	1930.12.07	그림동요	금빗새	벽파	가난
16	타작관	1930.12.15	그림동요	힌탈	미상	지주 횡포
17	크리쓰마쓰날 아침	1930.12.25	그림동요	전봉제	전봉제	삶의 비애
18	양양아가양	1931.01.27	그림동요	윤복진	전봉제	아가의 천진성
19	正月명절	1931.02.22	그림동요	전봉제	전봉제	외로움
20	자장가	1931.02.26	그림동요	남궁랑	전봉제	자장노래

21	송아지 팔러가는 집	1931.03.04	그림동요	김수경	전봉제	이별
22	봄길	1931.03.05	그림동요	김청엽	나경송	봄날의 애상
23	엿들사리오	1931.03.07	그림동요	고장환	전봉제	엿장수 묘사
24	봄놀이	1931.03.14	그림동요	한정동	전봉제	봄놀이
25	무슨생각노	1931.03.20	그림동요	만종	전봉제	비애
26	밤길	1931.03.27	그림동요	정상규	전봉제	삶의 애환
27	이사길	1931.04.03	그림동요	전봉제	전봉제	유이민의 애환
28	고향떠나네	1931.04.10	그림동요	PM生	전봉제	유이민의 애환
29	보슬비	1935.05.12	그림동요	강소천	이경래	비오는 날 정경
30	땀사는사람	1935.05.19	그림동요	홍월촌	홍월촌	풀밭의 고마움
31	낮잠자는 엿장사	1935.05.26	그림동요	홍월촌	홍월촌	엿장수 묘사

1931년 조선미술전람회 입선 기사 내용을 보면 전봉제는 보통학교 시절부터 그림에 남다른 재능을 보였다고 한다. 그는 평양 숭의학교 시절인 1929년 12월부터 《동아일보》나 《조선일보》에 동요 작가로 활동하면서 그림동요를 연재하기 시작했다. 그는 당시 삭성회의 미술교육기관인 삭성미술연구소(서양화)에서 최연해, 현리호, 박영선, 윤중식 등과 함께 미술연구생으로 있었다(김복기, 1987, 102).

전봉제가 창작한 그림동요 외 창작동요만 해도 필자가 조사한 바에 의하면 《동아일보》 9편, 《조선일보》 29편, 동요곡 1편 등 39편에 이른다. 그림동요에 실린 그의 창작동요 14편까지 포함하면 총 53편에 이른다. 이는 현재 필자가 조사한 바에 의한 결과물로 그 외 작품이 더 있을 것으로 추정된다. 결코 적지 않은 양으로 1930년대 아동문학사에 동요 작가로 반드시 조명되어야할 가치가 있음을 다시 한번 보여주는 예이다.

위 표를 통해 알 수 있듯이 당시 《동아일보》 그림동요에 참여한 동요 작가로 전봉제, 이승억, 박승걸, 하진호, 금빛새, 힌탈, 윤복진, 남궁랑, 김수경, 김청엽, 고장환, 한정동, 만종, 정상규, PM생, 강소천, 홍월촌 등 17명이 참여했다. 그리고 전봉제의 동요 작품이 14편으로 가장 많았고, 홍월촌이 2편, 나머지 작가의 작품이 각각 1편씩이다.

또한 화가로는 전봉제, 벽파(미상), 나경송, 이경래, 홍월촌, 작자 미상을 포함해 6명이 참여했다. 이 중 전봉제가 25편에 그림을 그렸고 홍월촌[21]이 2편, 벽파, 나경송, 이경래 그리고 작가 미상이 각각 1편씩 그림을 그렸다. 그런데 1932년 이후 전봉제의 그림동요는 보이지 않는다.[22]

---

21 대구 출신 홍월촌(洪月村)의 생애는 확인할 길이 없지만, 1935년 이후 동요 작가로 활동했던 화가이다. 《동아일보》에 실린 동요를 소개하면 「당나귀 방울」(1935.03.24), 「땅땅 나비야」(1935.04.07), 「꽃초롱」(1935.04.21), 「신문」(1935.04.28), 「애기인형」(1935.05.12), 「산토끼」(1935.07.14), 「자장가」(1935.08.04) 등이다. 그리고 《조선중앙일보》 '우리판'에 동요 「별똥」(1935.04.10)이 한편 실렸다. 또한 그는 '中央舞臺'(1937.06~1939.06) 극단에서 김한경과 더불어 미술부에서 활동하기도 한다. 《동아일보》 1938년 6월 20일.

22 1932년 이후 전봉제가 작품 활동을 하지 않은 이유는 가난으로 인한 가정상의 이유로 학교를 휴학한 것도 있지만, 일제 식민지 당시의 심한 차별과 탄압 등 식민지 현실에 대해 일찍 개안했으며, 그런 상황 속에서 그림을 그린다는 것이 현실과 유리된 일이라고 회의를 느꼈기 때문이다. 문학과 예술 등 다방면에 뛰어난 재능을 보인 전봉제는 이후 '인간의 구원'에 뜻을 두고 26세 때 탁발(托鉢)하고 일등원(一燈園)이라는 사회봉사 단체에 들어가 활동했다. 이 단체와의 인연으로 그는 1938년 일본으로 건너갔으며 해방 이후 전화광(全和光)과 전화황(全和凰)으로 두 번에 걸쳐 개명을 한 후 일본에서 화가로 소설가로 활동을 하게 된다. 『광주시립미술관소장작품집』, 광주시립미술관, 1993. 《경향신문》 1982년 4월 29일.

=그림동요=

압바의생각

=金鳳濟=

(가)

출렁출렁바닷물 두네미처는데

×

머—ㄴ저—바다쇠데 시—썸한배

×

검은연긔 토하며 고동을노오

(나)

뛰—뛰—크다란 울영찬소리

×

갈갈갈갈—물우에 갈맥이소리

×

먼—곳의 압바생각눈물이나요

[그림6] 전봉제 謠·畵, 「압바의 생각」[24]

(그림동요)

이사길

金鳳濟

=그림동요集에서=

[그림7] 전봉제 謠·畵, 「이사길」[23]

서양화를 전공한 전봉제의 그림은 삽화에서 보이는 펜화의 속성을 뛰어넘어 이미지 묘사가 정교하다. 이러한 치밀함은 작품 전체의 내용을 그림을 통해 한눈에 이해할 수 있게 해 준다. 이는 삽화의 속성, 즉 그림이 글의 이해를 돕는 종속 관계를 넘어 글과 그림이 대등한 관계에 놓이도록 해준다.

「압바의 생각」은 1930년 3월 7일 《동아일보》에 전봉제가 처음으로 게재한 작품이다. 전봉제 동요에 주로 나타나는 것이 그리움과 상실의식인데, 「압바의 생각」은 먼 바다에 고기 잡으러 나간 아버지를 그리워하며 슬퍼하는 오누이의 모습을 그린 작품이다. 그림을 통해서도 확인되는 바, 출렁이는 바다에 고깃배가 검은 연기를 내품으며 고동을 치고 있다. 그리

23 《동아일보》 1930년 4월 3일.

24 《동아일보》 1930년 3월 7일.

고 물 위에 떠 우는 갈매기와 아버지를 기다리는 오누이의 모습을 볼 수 있다.

두 번째 작품 「이사길」은 당시 일제의 탄압과 수탈로 고향을 떠나는 유이민(流移民)들의 삶의 애환을 그리고 있다. 그림 속 가족은 고향을 등지고, 새로운 삶의 터전을 찾아 산을 넘고 들을 지나고 있다. 여정에 지친 어린 동생은 아버지의 등에 업혀 잠이 들었고, 뒤에 달린 바가지만 적막한 밤길을 깨우고 있다. 그들 앞에는 철길이 보인다. 그 길을 따라가면 고향이 보인다. 하지만 화자는 고향 가는 철길을 보고 있자니 눈물만 앞설 뿐이다.

이처럼 그림동요는 그림을 통해 글의 내용을 이해할 수 있고, 또한 글의 내용을 그림으로 시각화 할 수 있다. 이는 혼종 텍스트인 그림동요가 갖는 효과 즉, 지면의 시각적 효과를 극대화하고 독자의 흥미를 유도할 뿐만 아니라 작품의 주제의식을 드러내기 위한 전략이기도 하다. 일찍이 호라티우스는 "시(詩)는 그림 같은 것"이라고 명명했고, 시모니데스는 "회화(繪畵)는 말하지 않는 시(詩)이며, 시(詩)는 말하는 회화(繪畵)"라고 했다(마리오 프라즈, 1986, 5). 이 말은 글과 그림의 관계가 얼마나 밀접한 지를 단적으로 보여주는 말이다. 동요 또한 시(서정장르)에 해당하는 바 이를 적용시킬 수 있을 것이다.

전봉제는 처음부터 화가로서의 작품 활동보다는 시나 동요에 관심을 보이다가 자신의 재능인 그림을 동요와 접목시켜 새로운 혼종장르인 그림동요를 창작한 듯하다. 당시 그림동요는 일본에서 이미 시도되었던 동화(童畵)형태와 유사성을 보이고 있다(오오타케 키요미, 2005). 일본 잡지의 영향을 받았던 그렇지 않던 간에 전봉제가 시도한 그림동요는 한국 운문 그림책의 출발을 알리는 중요한 의미가 될 것이다.

한편 1930년부터 신문에 연재되던 전봉제의 그림동요가 『어린이』에도 15편 실렸는데, 작품을 목록화하면 다음과 같다.

[표2] 『어린이』 그림동요 현황

순서	제목	발표연도	장르명칭	작요	작화	대주제
1	월사금	1931년 9권 3호	그림동요	유도순	전봉제	가난
2	봄의 노래	1931년 9권 4호	그림동요	한정동	전봉제	봄날 정경 묘사
3	봄비	1931년 9권 4호	그림동요	박로아	전봉제	봄비 예찬
4	봄바람	1931년 9권 4호	그림동요	이원수	전봉제	봄바람 부는 날 정경 묘사
5	바다저편	1931년 9권 4호	그림동요	김안서	전봉제	이상세계 동경
6	해변의 봄	1931년 9권 5호	그림동요	이정구	전봉제	봄날 정취
7	고향 그리워	1931년 9권 5호	그림동요	한정동	전봉제	그리움
8	잠자는 나븨	1931년 9권 5호	그림동요	무명초	전봉제	묘사
9	빨내하는 색씨	1931년 9권 5호	그림동요	박노아	전봉제	애환
10	녀름바다	1931년 9권 6호	그림동요	이원수	전봉제	여름바다 묘사
11	락수	1931년 9권 6호	그림동요	한정동	전봉제	여름비 내리는 정경 묘사
12	별당가	1931년 9권 7호	그림동요	한정동	전봉제	천진성
13	장터가는 날	1931년 9권 7호	그림동요	이원수	전봉제	애상
14	됫아리	1931년 9권 8호	그림동요	한정동	전봉제	놀이
15	비오는 날	1931년 9권 8호	그림동요	김영수	전봉제	애환

1931년 전반기는 30년에 이어 전봉제가 활발하게 그림동요를 창작할 시기이며, 그림동요집을 낸 시기이기도 하다. 1931년 4월까지 《동아일보》에 연재하던 그는 1931년 『어린이』 3호부터 8호까지 그림동요를 연재하기 시작했다. 『어린이』에서 삽화를 담당했던 안석영(석주)과 김규택도 그

림동요에 참여하기도 했는데, 신영철이 편집진으로 참여한 '시월혁신특집호'인 9호부터는 전봉제가 참여하지 않자, 김규택이 김동환의 「추석날」과 한정동의 「제비와복남」 동요에 그림을 그렸다. 이후 10호 춘원(이광수)의 「알른아기」, 주요한의 「엿드면」과 11호 주향두의 「야학노래」도 김규택이 그린 것으로 추정된다. 1932년에 들어서 그림동요는 찾아보기 힘들고, 동요란에 삽화를 그려 잡지의 이미지화만 추구하게 된다. 11호에는 김규택이 윤석중의 동시 「변덕쟁이마나님」과 12호 허삼봉의 동요 「겨울」에 삽화를 그려 그림동요의 형태를 보여주기도 했다. 윤석중과 안석주가 활동한 1933년 이후부터 잡지 폐간까지 장귀봉의 「바람에눈이잇네」(1934년 5호), 「개고리」(1934년 6호)처럼 그림동요 형태를 보이기도 했지만, 대부분 동요는 정교한 그림보다는 간단한 삽화로 장식했다.

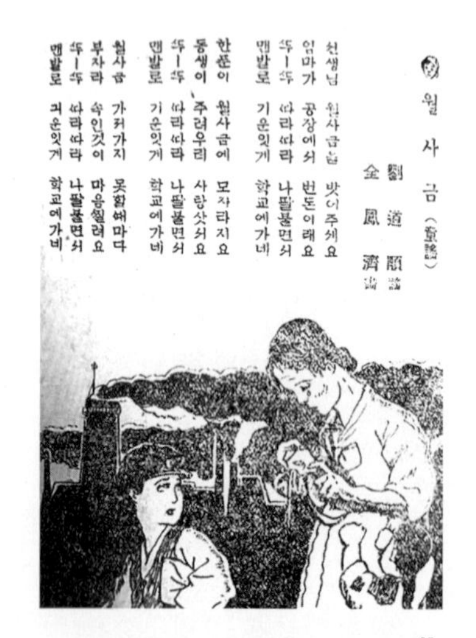
월사금 (童謠)
劉道順 謠
全鳳濟 畵
선생님 월사금을 밧어주세요
엄마가 공장에서 번돈이래요
뚜ㅡ뚜 따라따라 나팔불면서
맨발로 기운잇게 학교에가네
한푼이 월사금에 모자라지요
동생이 주려우리 사랑삿서요
뚜ㅡ뚜 따라따라 나팔불면서
맨발로 기운잇게 학교에가네
월사금 가저가지 못할쌔마다
부자라 속인것이 마음쓸려요
뚜ㅡ뚜 따라따라 나팔불면서
맨발로 긔운잇게 학교에가네

[그림8] 유도순 謠·전봉제 畵, 「월사금」[25]

童謠
봄바람
李元壽
보들보들 봄바람이 부러옵니다
어린보리 머리만지며
봄바람엔 제비들도 안겨오고요
나무꾼의 봄노래도
×
복사꼿핀 건너말에
버들숩엔 피리소리 흔들립니다
全鳳濟

[그림9] 이원수 謠·전봉제 畵, 「봄바람」[26]

25 『어린이』, 9권 3호(1931년), 3쪽.

26 『어린이』, 9권 4호(1931년), 13쪽.

이처럼 전봉제는 문학과 미술의 상호교류를 통해 혼종 텍스트인 그림동요의 새로운 장르를 개척하는데 지대한 역할을 한다. 하지만 일제 강점기 일제의 수탈과 탄압에 환멸을 느낀 그는 더 이상 그림동요를 창작하지 않고 문학과 미술에 손을 놓게 된다.

이후 그는 방 하나를 비워 '여명사(黎明社)'라 하고 자신이 읽은 책을 시골의 젊은 청년들에게 무료로 대여해주어 청년들에게 도서를 권장하기도 하고, 신의주로 가서 고아원 일을 돕는 등 남을 위한 봉사활동을 한다.[27] 1938년 도일(渡日)이후 전화황(全和凰)으로 개명한 그는 화가와 소설가로 활발한 활동을 통해 일본문단이나 화단(畵壇)에서 주목을 받기도 한다. 전봉제 이후 그림동요는 공백기를 맞게 된다. 그러나 다행히 1933년부터 임홍은(林鴻恩)이 이를 계승, 『아이생활』에 작품을 연재한다.

4. 나오며

본 연구는 일제 강점기 혼종 텍스트인 그림동요에 대한 발굴과 이를 통해 한국 그림책의 역사를 새롭게 조명하는데 목적을 두고 시작하였다. 시간성을 지닌 언어 예술은 공간 예술인 회화와 동일 지면에서 만나 혼종 텍스트성을 지향한다. 그림동요는 그림과 글이 함께 조화를 이룬 것으로 아동문학가와 화가가 협력하여 만든 기획물이다. 그림동요는 화가가 창작한 동요에 직접 그림을 그리기도 했으며, 다른 작가의 동요에 그림을 그려 넣기도 했다. 이는 당시 작가와 화가의 인적 네트워크가 문단 내에 형성되었기에 가능했다.

1920년대 아동문예물에 실린 삽화가 '문주화종(文主畵從)'의 성격을

27 『광주시립미술관소장작품집』, 앞의 글, 참조.

갖고 있었다면, 1930년대의 그림동요는 글과 삽화가 주종의 관계가 아닌 대등한 관계로 상호보완성을 띄게 된다. 그림동요는 그림책의 하위 장르인 운문 그림책으로서의 가치를 인정받게 되는데, 작가의 참여와 장르 명기 그리고 저서물의 출간 등을 이유로 들 수 있다.

한편 일제 강점기 그림동요의 개척자는 전봉제이다. 물론 윤석중의 그림노래가 그 이전에 한편 소개되기는 했지만, 본격적으로 장르 인식을 갖고 꾸준히 작품 활동을 한 이는 단연 전봉제이다. 그리고 프롤레타리아 동요집 『불별』에 카프 미술부 회원들이 잠시 그림에 참여를 하지만 그 이후의 활동은 보이지 않는다.

서양화를 전공한 전봉제는 1931년 조선미술전람회 입선 전부터 《동아일보》에 25편의 그림동요를 연재한다. 또한 이와 더불어 《조선일보》와 《동아일보》에 창작동요 40여 편을 발표한다. 게다가 1931년 후반기에 들어서면서부터는 『어린이』에 그림동요 15편을 발표하기도 한다.

그림동요는 동요 한편에 그림 한 점이 컷 안에 실려 있다. 그림은 글 전체의 내용을 담아야하기 때문에 삽화에 비해 정교함을 필요로 한다. 이러한 실험 장르의 시도는 당시 한국 그림책이 전무했던 시대에 어린이들에게 그림책의 전사로서의 역할을 충분히 했으리라 본다. 어린이들은 혼종 텍스트인 그림동요를 통해 흥미유발 뿐만 아니라 작품의 내용을 쉽게 이해할 수 있었을 것이다. 또한 그림을 통해 느낄 수 있는 분위기(Aura)는 곡보를 통해 부르던 동요와 달리 새로운 형태로 어린이들에게 다가가 그들에게 신선함을 주고 문학적 상상력을 높이는데 일조했다. 아쉽게도 일제의 탄압과 수탈에 회의를 느낀 전봉제가 1932년 이후부터는 작품 활동을 중단했지만, 그가 새롭게 개척한 그림동요는 한국 그림책의 역사를 새롭게 쓰는 초석이 되었다.

제2부

아동시

제1장

1920년대 『신소년』과 소년시

1. 들어가며

본 연구는 그동안 한국아동문학사에서 주목받지 못했던 일제 강점기 소년시(少年詩)의 전모를 밝히는데 목적을 둔다. 특히 이를 위한 선행 작업으로 1920년대 소년시에 주목한다.

소년시란 소년이나 성인들이 소년시절 그들의 사상과 정서를 형식에 구애받지 않고 자유롭게 표현한 시를 말한다. 소년시는 아직까지 아동문학에서 서정장르의 하위 범주로 인정받지 못하고 있다. 또한 일제 강점기 많은 소년 독자 및 청년, 기성문인들이 소년시를 창작했음에도 불구하고, 아직까지 우리 문학사 연구에서 소외되었던 것이 사실이다. 1920년대 한국 아동문학계를 이끈 이들은 문단의 무명들인 소년문예사들이었다. 또한 1930년대 기성문인으로 성장한 이들도 소년시절부터 문학적 향수를 꿈꾸며 작가로서의 꿈을 키워왔다. 그러한 사실을 우리는 결코 간과해서는 안 된다.

1920년대 중반 창작동요가 아동문학 서정장르로 자리를 잡아가는 중에도 소년들은 그들의 아픔과 역사의 질곡을 시로써 그려냈다. 특히 그 중심에 『신소년』이 있다. 1926년 『신소년』 4권 6월호에는 동요와 함께 소년시가 실리게 된다. 그리고 이듬해 5권 5호부터는 독자 '동요'란과 함께 독자 '소년시'란이 따로 개설되어 창작동요와 함께 잡지 폐간인 1934년까지 그 명맥을 이어간다. 이는 1930년대 초 동요·동시논쟁 이후 연령에 따라 작품을 창작하자는 주장이 제기된 이후 더욱 촉발하는데, 1931년부터는 『신소년』 외 기타 아동잡지 『어린이』, 『별나라』, 『아이생활』 그리고 《조선일보》와 《동아일보》 같은 신문매체에 소년시가 집중적으로 실리게 되는 계기가 되었다.

현재 한국 아동문학계에서 소년소설에 대한 연구(오세란, 2012; 최미선, 2012; 최배은, 2013)는 적지 않게 진행되고 있지만, 소년시에 대한 본격적인 논의는 없다. 신현득(2002)은 그의 논저에서 동시의 다양한 갈래와 관련해 소년시에 대해 간단히 언급한 바 있다. 1926년 처음으로 『신소년』에 소개되었고, 그 이후 소년시는 그 이름을 『신소년』에서 많이 사용하게 되었는데, 이 잡지가 카프화되면서 노동청소년 독자를 흡수하려하였기 때문이라고만 밝히고 있다. 하지만 1926년부터 잡지의 '독자참여'란에 실린 작품과 1927년 이후 본격적으로 잡지 권두시 및 속지 그리고 '독자소년시'란에 실린 작품들을 면밀히 검토하지 않은 채, 마치 소년시가 계급주의적 성향을 띈 것처럼 단정하고 있다.

이후 소년시 장르와 관련해 박영기(2009)는 1930년 송완순이 《중외일보》에 발표한 「동시말살론」이후 『별나라』나 『신소년』에 차츰 '시'나 '소년시'라는 용어가 등장하였다고 보았다. 또한 소년시가 동시보다 높은 연령대를 포괄하는 용어였으며, 동시와의 차별성을 통해 아동들에게 프롤레타리아적 품성을 전달해줄 수 있다는 의도로 소년시가 창작되었다고 밝히고 있다. 하지만 연구자 또한 1920년대 소년시를 간과하고 있다.[1]

---

1 필자가 1920년대 소년시를 대략적으로(소실된 잡지는 제외하더라도) 살펴본 바 100편이 넘는다.

1920년대 소년시는 자연에 대한 감흥 및 묘사, 가족해체에 따른 그리움, 계절에 따라 느끼는 삶의 애수, 근면한 삶 추구, 소년들의 진취적 기상 등 나라 잃은 시기 소년들이 느꼈던 삶의 모습을 다양한 주제를 통해 그려내고 있기 때문이다. 또한 시적 의장이 뒤떨어지지도 않는다. 성인시와 견주어 볼만한 작품들, 특히나 자연과의 동일화를 통해 시대의 아픔을 끌어안는 작품들도 있다.

한편 원종찬(2011)은 1930년대 초반부터 화두가 되었던 동요 · 동시논쟁을 당시 신문에 발표된 실증자료를 통해 상세히 밝히면서 선행연구자들이 간과했던 소년운동이론, 소년의 연령층 구분, 소년시의 명칭 및 창작배경 등에 대해서 논하고 있다. 하지만 아쉽게도 1920년대 소년시에 대한 언급은 없다.

그렇다면 그동안 소년시가 주로 실렸던 『신소년』에 대한 연구물(신현득, 2006; 김봉희, 2011; 장만호, 2012; 최미선, 2012; 원종찬, 2014)에는 1920년대 소년시에 대한 언급이 없었을까? 필자가 살펴본 바 이와 관련된 연구는 없다. 잡지에 대한 전반적인 내용이나 편집체계 그리고 서사물이나 극 장르 연구뿐이다. 또한 서정장르 연구물에서도 1930년대 계급주의 작가나 그들의 대표적인 작품 중 동요(시)만 언급하고 있는 실정이다. 이처럼 본 연구와 관련해 선행연구를 검토한 결과 소년시 연구와 관련된 내용은 지엽적인 부분뿐이었다. 이 또한 엉성한 부분이 많아 바로 잡을 필요가 있다.

아직까지 미개척 분야인 소년시 연구를 위해 실증적인 자료 분석이 요구되는 바, 본고에서 당시 발간된 『신소년』(1923~1934)을 중심으로 한 아동잡지와 신문, 그리고 각종 인쇄매체에 실린 소년담론 및 소년문예운동과 관련된 논의를 중점적으로 살펴 볼 것이다. 이를 살피다보면 1920년대 아동 연령대 분화 과정, 소년문예사들의 활동양상, 그리고 소년시의 탄생배경 및 작품에 나타난 형식 및 내용 등 소년시와 관련된 다양한 면모를 알 수 있을 것이다.

이는 일제 강점기 소년시가 우리 아동문학사, 아니 한국시문학사에서 차지하는 위상을 밝힐 수 있는 단초가 될 것이다. 따라서 본 연구는 한국시문학사의 온전한 복원을 위한 작업뿐만 아니라 일제 강점기 소년시의 전모를 밝히기 위한 선행 작업이 될 것이다.

2. 아동 연령대 분화와 소년문예사 활동

1) 아동 연령대 분화

소년시가 탄생하게 된 배경에는 1920년부터 활발하게 일어난 소년운동과 1922년부터 학교교육에 참여함으로써 형성된 식자층의 증가를 그 이유로 들 수 있다. 전국 각지에서 일어난 소년운동은 소년문예운동으로 이어져 그들 나름의 문학의 장을 형성해 나갔다. 또한 학교교육의 편입은 더 이상 미성년기를 통칭하는 추상적인 어린 사람이 아닌 청년과 유년 사이의 근대적 소년이라는 지위와 정체성을 형성하게 된다(최배은, 2013).

1910년대 최남선의 경우 소년은 미래를 짊어질 세대로서의 의미가 강하다. 당시 소년운동은 나라 찾기를 위한 사회운동의 일환으로 전개되었으며, 소년으로서의 위상보다는 노년과 대비되는 미성년기를 통칭하는 추상적 의미로 쓰였다. 또한 청년과 혼용되어 소년으로서의 정체성이 불분명했다. 1920년대 초 전국 각지에서 일어난 소년운동은 소년과 청년을 분리하는 계기가 되었다. 소년운동의 배후에는 지식 청년단체가 그 중심에 있었다. 청년단체들은 문화 사업으로 독서회, 야학, 강습, 동요·동화 낭송회 등을 계획했다. 특히 그 대상층은 자신들보다 어린 소년들이었다. 이는 1920년대 초반 전국 각지에서 발생한 '소년회'가 청년회의 산하에서 조직되거나 그들의 지원을 받으면서 출현했다는 점을 통해 알 수 있다(조은숙, 2009).

1920년대 초반 신문이나 잡지를 보면 각 지역의 소년회 창립과 활동을 전하는 한편, 소년들의 인권이나 운동에 대한 다양한 이론을 싣고 있다. 특히 소년의 연령대와 관련해 1921년 7월 묘향산인의 「천도교 소년회의 설립과 기 파문」[2]에는 소년들의 나이를 만 7세~만 16세로 정하고 있으며, 그 해 12월에 이돈화[3]가 발표한 논설을 보면 비교적 큰 아동을 소년이라 명하고 있다. 당시 1920년 개정 조선교육령을 보면 보통학교 입학 연령은 8세 고등보통학교는 17세로 정하고 있는데, 이들은 소년의 연령대를 보통학교 연령에 맞추고 있다. 이는 20년대 후반보다 소년의 연령대가 낮다. 당시의 낮은 교육열로 인해 아동의 연령대가 분화되지 않아, 아직까지 소년=아동=어린이를 같은 의미로 혼용해 사용하고 있는 것을 볼 수 있다.

한편, 1922년부터 1938년까지 시행된 제2차 조선교육령은 아동의 연령대 분화를 가져오는 계기가 된다. 1910년대 만해도 보통학교에 대한 거부감이 심했다. 일제가 주도하는 공교육에 대한 거부는 주로 서당교육을 통해 이루어졌다. 많은 학생들이 서당 교육 이후 강제로 보통학교에 입학하는 일이 많다보니 입학연령이 높을 수밖에 없었다. 일제의 문화정치 이후 사회적 상승 욕구와 더불어 학문=출세라는 관념이 결합되면서 교육열 현상을 강화시켰다(이기훈, 2007).

1922년 보통학교 설립 현황을 보면 6년제 345개교, 4년제가 528개교로 확인된다. 1929년에는 6년제 1,139개교, 4년제는 445개교로 2배가량 증설된다. 고등보통학교 또한 1921년 남녀학교 포함 24개교에서 1929년이 되면 24학교가 증설되어 48개교에 이른다(강명숙, 2010). 제2차 조선교육령

2 묘향산인, 「천도교 소년회의 설립과 기 파문」, 『천도교회월보』 제131호, 1921년 7월 15일.

3 이돈화, 「신조선의 건설과 아동문제」, 『개벽』제18호, 1921년 12월 1일.

학교제도를 보면 보통학교 연령을 6~11세, 고등보통학교는 12~16세로 총 교육연한을 11년으로 확장하고, 입학연령을 6세로 하향 조정했다. 그리고 고등학교를 설치하지 않고 대학예과(17~18세)를 설치했다. 하지만 여전히 입학연령이 지켜지지 않아 입학하는 학생들의 연령이 높았다.[4] 아무튼 이러한 교육제도의 편입으로 1920년대 후반부터는 소년의 연령대가 조금 더 상향되어 문학 주체 및 향유층을 위한 연령대를 구분하자는 논의가 전개된다.

대표적인 이들이 홍은성[5], 송완순[6], 이주홍[7] 등이다. 홍은성은 10~18(20)세로, 송완순은 15~20세로 소년의 나이를 설정했고, 이주홍은 소년시의 창작 및 독자들을 연장소년(年長少年)이라 칭하며 10대 후반으로 보았다. 이들은 소년의 연령대를 10세 이후 또는 15세 이후부터 20세 내외로 설정하자고 했지만, 명확하게 소년의 연령대를 규명하지 못했다. 소년과 유년을 구분 짓자는 논의는 1930년 이후에도 이어진다. 호인은 소년을 만14세~17세로[8], 전식은 소년을 12(3)~17(8)세로 규정지었다.[9] 이를 통해 소년은 대략 고등보통학교에서 대학예과 나이인 12세에서 18세정도의 연령

---

4 1926년 『신소년』 2월호 소년신문 소식란을 보면 청주 부용면에 사는 한백순이란 소년이 보통학교 1학년에 재학 중인데 11살이라고 밝히고 있다.

5 홍은성, 「소년운동의 이론과 실제 1~5」, 《중외일보》 1928년 1월 15일~19일.

6 송완순, 「비판자를 비판-자기변해와 신군동요관평」, 《조선일보》 1930년 2월 19일~3월 19일. 소년문예사 출신인 송완순(한밧)은 1926년 대전군진령면내동리소년주일회를 창립한 인물이다(1926년 『신소년』 8·9월호 소년신문 참조). 1920년 중반부터 『신소년』 독자로 동요와 소년시를 투고하던 그는 1928년부터 『신소년』 주편집진으로 활동하며 1930년대 기성문단의 반열에 오른 작가이다.

7 이주홍, 「兒童文學運動 一年間(六) 今後運動의 具體的 立案」, 《조선일보》 1931년 2월 18일.

8 虎人, 「兒童藝術詩評」, 『신소년』 제10권 8호(1932.9).

9 田植, 〈童謠童詩論小考1〉, 《조선일보》 1934년 1월 25일.

으로 자리를 잡게 된다. 이러한 논쟁 결과 아동문단에서는 1920년대 후반부터 유년과 소년을 구분해 아동문학 작품을 생산하는 계기가 된다. 이는 1930년 송완순과 신고송의 동요·동시논쟁 이후 아동의 연령대에 따라 창작활동을 하자는 주장에 속도를 더해 어린이 잡지나 신문 지상에 '소년시'와 '유년시'가 구분되어 실리게 된다.

2) 소년문예사 활동

1920년대 소년시 창작 주체들의 연령대는 어떻게 될까? 먼저 소년시의 창작 주체를 보면 보통학교(고보) 재학생들이나 소년문예단체에서 활동하고 있는 소년문예사들(주로 보통학교 재학)이 주를 이룬다. 물론 청년들[10], 그리고 권환(24)이나 김남주(23) 등 잡지의 편집 활동에 참여 했던 기성시인들도 소년시를 창작했다.[11] 『신소년』 독자투고란에 소년시를 투고한 이들 중 학교를 밝히고 있는 이들로 금천공보 승응순, 이원공보 양정혁, 합천공보 정기주, 합천공보 이성홍, 의주공보 문시황, 여수공보 정안필, 정주고읍공보 최천구, 광성보고 차순창, 보성고보 김영휘 등이다. 전술한 것처럼 이들의 정확한 입학 연령을 모두 확인할 수 없지만, 현재 확인 가능한 이들은 정기주와 이성홍(이주홍 동생)이다. 이들은 1927년 기준 만 15세(1911년생)이다. 또한 1927년 기준 주요 소년문예단체 회원들의 나이를 보면 서덕출

---

10 당시 『신소년』 독자문단에 청년들도 소년시를 투고했는데, 주된 독자층인 소년들은 그들에 대해 반감을 갖고 있었다. 청년들의 한자 사용문제나 관념적인 목소리가 소년들과의 정서적 거리감을 좁히는데 한계가 있었던 것으로 보인다. 소년들의 불만은 '담화실' 내용에서 발견된다. 대표적인 사례를 들면 다음과 같다. "新少年讀者文壇에 靑年은 投稿치 마시요 만일 투고하는 靑年이 잇으면 그 대가리에 철퇴갓흔 우리소년의 주먹이 나릴터입니다 大邱一警告生"(1928년 7월호 '담화실'). * 본고는 당시 원문 표기를 따른다.

11 기성시인들의 나이는 1927년 기준임.

만 20세(1906), 신고송 만 19세(1907), 윤복진 만 19세(1907), 승응순 만 18세(1908), 이원수 만 15세(1911), 이동규 만 15세(1911), 엄흥섭 만 20세 등으로 나타났다. 이를 통해 주로 만 15세~20세까지가 소년시 창작 주체의 연령임을 확인할 수 있었다.

이는 공교롭게도 1928년부터 『신소년』 편집진에 참여했던 송완순이 제기했던 유년과 소년연령대를 구분하자는 논의와 맞닿아 있다. 신고송과의 동요·동시 논쟁에서 송완순은 "소년과 유년을 통틀어 아동이라 하여 동시(요)와 소년시를 혼동했는데 이는 부당하다."라며 15세 이상 20세 내외까지를 소년기라하며 그들을 위한 소년시를 쓰자고 밝힌 바 있다.[12]

이처럼 소년시 창작 주체가 높은 아동의 연령대를 보이고 있는데, 이주홍[13]은 "소년시는 동화에 비하여서 극히 소수의 독자를 가지고 있다. 대중적이 아니라 일부의 인테리에 속하는 특별한 문학적 소질을 가진 장년 소년들이 이 독자이다."라고 말하면서 "동요와 가튼 저절로 노래와 동작이 짜러 나올 만한 보담 단적인 정형률의 리듬이 아니라 유원한 상징적 비유적 암시적이기 째문에 그 감각적 효과성으로 보아서 동요보다는 훨씬 거리를 멀리해서 특별한 문학적 소질이 잇는 독자가 아니면 잘 이해하고 소화할 수 없다."라고 했다. 이는 소년시가 동요에 비해 성인시처럼 고도의 비유나 상징 등 나름의 시적 의장이 필요함을 역설한 바이다.

한편 소년시를 발표했던 이들은 각 지역에서 조직한 소년문예단체에서 활발한 활동을 하며 문학과 소통의 공론장을 마련한다. 이들은 각 지역에서 조직적인 소년운동 및 문예활동을 통해 독서회, 동화회, 음악회 등의 운동을 벌였고, 회람지나 등사판지를 만들어 문예창작활동을 꾸준히

12 송완순, 전게서, 참조.

13 이주홍, 전게서, 참조.

해 나갔다.[14] 또한 『신소년』 '담화실'을 통해 각 지역에서 활동하는 소년회 소식과 편집진들에 대한 소식, 그리고 잡지의 편집에 대한 그들의 의견을 서로 교환하며 소년문예사의 꿈을 키워갔다. 이들의 활동은 개인적으로 1930년대 아동문단을 이끌어가는 주역의 길을 걷게 되는 계기가 되었을 뿐만 아니라, 한국 문학의 저변을 형성하는 밑바탕이 되었으며, 우리 시 문학사를 새롭게 조명할 수 있는 단초가 되었다.

각 지역에서 활동한 소년문예사[15]들 중 소년시를 창작했던 주 인물들을 보면 먼저 1924년 윤석중이 창립한 '기쁨사'(경성) 동인들이다. '기쁨사'에는 서덕출, 최순애, 신고송, 최성화, 윤복진 등이 참여했다. 이 중 서덕출은 1925년부터 『신소년』 독자투고란에 서추성, 서심덕 등의 필명으로 소년시뿐만 아니라 동요·동시 등 1940년 작고할 때까지 신체적 장애를 문학적 삶으로 극복하며 100편이 넘는 작품을 생산해 냈다(한정호, 2010).

1926년 윤복진이 창립한 '등대사'(대구) 동인인 승응순(효탄)은 1925년부터 독자투고란에 동요 및 소년시를 투고해 문학적 역량을 인정받아 1928년에는 『신소년』 기성작가로 인정을 받은 인물이다. 승응순은 1927년 최봉하와 함께 '글꽃사'를 만들고 1929년에는 '조선소년문예협회'로 변경 이동규, 구직회, 안평원, 이성홍 등과 함께 소년문예운동을 펼친다. 경남 협천 '달빛사' 동인인 이성홍과 정기주 또한 협천공보 시절부터 『신소년』에 동요 및 소년시를 투고하며 기성문단의 반열에 오른 작가이다. 그 외 1920년대 후반 조선소년문예협회 출신인 안평원, 이동규, 엄흥섭, 채규

---

14 『신소년』 소년신문(1926년)과 독자담화실에는 각 지역에서 활동하는 소년회 소식들을 매회마다 전하고 있다. 각 지역 소년회 회원들은 주말마다 토론, 연설, 습자, 작문, 동화, 동극, 동요회 등을 통해 소년문예사로서의 꿈을 키워간다(최명표, 2012).

15 당시 소년문예단체 활동 약사는 승효탄(응순), 「조선소년문예단체소장사고」, 『신소년』 1932년 9월호, 27~28쪽.

삼 등이 소년시를 창작했다.

이처럼 일제의 교육제도에 편입한 이들은 1920년대 아동의 연령대 분화 과정 속에서 소년문예운동을 통해 문사로서의 꿈을 키웠다. 또한 잡지의 독자투고란 및 담화실을 통해 문학의 장과 소통의 장을 마련함으로써 1920년대 소년문예사에서 1930년대 기성작가로의 발판을 마련해 갈 수 있었던 것이다.

3. 소년시의 형식 및 내용

1) 소년시의 형식

소년시는 1926년 6월 『신소년』에 게재되기 전부터 각 지방의 소년문예사들에 의해 창작되고 있었다. 4·4조나 7·5조의 정형률을 지닌 동요가 아닌 자유율 형태의 시를 창작했지만[16], 당시 서정장르로 굳어진 동요의 영향 아래 장르를 동요라 발표했던 것이다.[17] 일본의 경우는 국내와 달랐다. 1918년 7월 스즈키 미에키치(鈴木三重吉)가 창간한 『赤い鳥』에 기타하라 하쿠슈(北原白秋)가 운문 부문에 참여하게 되는데, 1921년경부터는 기성작가가 창작한 동요(창작동요)와 아동들이 창작한 아동자유시(자유시)를 구

---

16 1927년 『신소년』 5월호부터 독자투고란은 '동요'란과 '소년시'란이 구분 된다. 이전까지 동요란에 소년시가 함께 게재가 되었는데, 간혹 7·5조 형식의 작품들이 여전히 보이기는 하지만 장르 구분 이후 소년시는 자유율 형태로 굳어진다. 7·5조 형식의 작품들로는 「강변에서」(승응순), 「釣魚老翁」(문시황), 「將軍島」(정안필), 「종달새와 호접」(조강운), 「들국화」(강중규), 「별과 반듸불」(지수용) 등이다(*연도와 게재호는 〈표1〉 참조).

17 1926년 『신소년』 3월호 소년신문에 실린 동요를 그 예로 들 수가 있다. "나는외로워요/ 가을물에혼자나는/ 오리처럼/ 나는외로워요/ 놉흔山쏙댁이에선/ 외솔쌔처럼/ 나는외로워요/ 깁흔산바위틈에핀/란초쏫처럼/ 나는외워워요/ 저바다하날가에/ 혼자나는물새처럼/ 나는 워로워요/ 자옥한안개속에/쌈박이는등대처럼/ 아! 이청춘의가슴/외로워라", 永川支社 許元祚, 「나는워로워요」.

분했다(원종찬, 2011, 74). 하지만 당시 국내에서는 기성작가와 아동들이 창작한 작품을 구분하지 않았다. 단지 '독자투고란'을 만들어 아동들의 작품을 실었던 것이다. 또한 동시라는 장르명이 정착되지 않은 상황에서 자유율 형태의 시를 창작했어도 여전히 잡지에는 동요로 게재가 되었다.

반면, 소년문예사들은 기성작가와 달리 동요의 정형성에서 탈피한 자유시도 창작했다. 그들은 소년회 활동을 하면서 문예운동을 벌였는데, 그 일안으로 문예작품공모전을 통해 작품 전시회를 개최하기도 했다. 당시 응모부문을 보면 동화, 동요, 자유시, 감상문, 도화 부문이다.[18] 특히 이 5개 부문은(자유시는 소년시로 개정) 『신소년』 독자문단에 실린 장르와 같다. 소년문예사들이 동요와 자유시를 구분했던 이유는 동요가 갖고 있는 정형률에 그들의 사상과 정서를 담기에는 한계가 있었던 것으로 보인다. 훗날 일이지만 소년문예사 출신인 윤석중도 1920년대 동요를 "수염난 동요, 분바른 동요"라고 했다. 동요의 정형률이 오히려 동심을 상실케 했다며(윤석중, 1985, 142), 1932년 자유율 형태로 쓴 동시집 『잃어버린 댕기』를 발간하기도 한다.

소년문예사들이 각 지역에서 발표한 자유시가 『신소년』에 응모되면서 자연스럽게 소년들이 쓴 시 즉 '소년시'라는 명칭이 사용되었다. 이후 동요와의 차별화된 전략 가령 자유율, 시적 의장(비유나 상징 등), 장시 등의 특징을 보이며 1930년대 타 아동 잡지나 신문 지상에 연이어 게재가 된다.

> 銀구슬 싸로가자/ 우리아기 채워주거로/ 바그미들고/ 이슬맺친/
> 아츰 풀밧으로/ 누랑내랑 두리서가자/ 金구슬 싸로가자/ 우리아기

---

18 1926년 『신소년』 4월호 소년신문란에 실린 '소년소식'을 보면 北青少年聯合會에서 全朝鮮少年男女에게 文藝作品募集 광고를 내는데, 出品種目을 보면 童話, 童謠, 自由詩, 感想文, 圖畵 부문이다.

채워주거로/ 긴장ㅅ대 들고/ 별쪄오는/ 져녁거리우로/ 누랑 내랑 두리서가자

「銀구슬」, 金在洪(『신소년』 1926년 6월호)

사랑하시는 어머님의/ 무릅에 올라안져/ 젓곡지만지며자롱부릴때/ 아아그때가그립습니다// 섣달에도 금음날반/ 오날밤자면눈섭이센다고/ 누님과서로말다틈할때/아아그때가그립습니다

「그리운어릴때」, 昇應順(『신소년』 1926년 6월호)

김재홍의 「銀구슬」과 승응순의 「그리운어릴때」는 1926년 6월호『신소년』 '동요'란에 동요와 함께 구분해 처음으로 실린 소년시들이다. 1923년 10월에 발간된 『신소년』은 『어린이』처럼 7·5조의 형태인 동요를 싣기도 했지만, 4·4조의 재래동요 형식이 우세했다. 반면 소년시는 초기의 그런 형태를 일부 보이기는 하지만, 위 두 작품처럼 형식에 구애받지 않고 자유로운 형태로 창작되었다. 그렇다고 『신소년』에 실린 동요나 동시들이 정형률만 고수하고 있었던 것은 아니다. 『어린이』와 기타 신문과는 달리 『신소년』에 참여했던 기성문인들은 동요 창작에 있어 형식에 구애받지 않고 자유로웠다. 정열모, 김남주, 정지용, 송완순 등이 그러하다. 소년문예사들은 소년시나 동요 창작에 있어 그들의 영향을 일정 부분 받았을 것으로 추정된다.

한편 소년시에는 한문이 자주 등장한다. 교육을 통한 식자층의 증가와 더불어 창작 주체로 참여했던 청년들의 의도적인 사용여부는 명확하게 알 수 없지만, 당시 『신소년』 독자층과 편집진들은 한자 사용에 불만을 갖고 있었다. 소년시의 창작 주체들이 10대 중·후반대로 상향되었지만, 여전히 10대 초반과 학교를 다니지 못한 독자층들도 있어 그들의 불만 섞인

목소리가 '담화실'이나 '투고주의' 사항에 연이어 소개되었다. 이는 동요나 작문 등에서도 마찬가지였다.

- 우리 新少年의 少年詩와 作文에 투고하시는 형님들이여! 제발 청국글(漢文)좀 만히 석지말어주세요

- 동무들이여 作文을 넘어 길게쓰지말으세요 어려운 漢文을 쓰지말아주세요 少年文壇에 발서 늙은냄새가 남니다

談話室(『신소년』 1928년 4월호)

一. 作文과 少年詩에 어려운漢文을 석지말으세요.

投稿注意(『신소년』 1928년 4월호)

소년 독자들은 작품에 청나라 글자인 한문 사용의 자제와 함께 지나친 한자 사용으로 인해 소년문학에 늙은이 냄새가 난다고 했다. 그러한 독자들의 항의를 편집진들이 받아들여 '투고주의'란에 어려운 한자를 사용하지 말라는 당부를 한다. 심지어 청년들의 독자참여로 내용의 난해성과 어려운 한자 사용으로 작품의 이해가 어려운 일부 독자는 "新少年讀者文壇에 靑年은 投稿치 마시요 만일 투고하는 靑年이 잇으면 그 대가리에 철퇴갓흔 우리소년의 주먹이 나릴터입니다"라는 거친 표현을 하기도 한다. 이후 한자 사용은 어느 정도 자제가 되었지만 여전히 1930년대까지 계속되었다.

2) 소년시의 내용

1926년 5월호까지만 해도 독자투고란에는 동요, 작문, 도화가 소년문

예사들이 참여할 수 있는 부문이었다. 1926년 6월호부터 '소년시'란이 생겨난 이후 소년문예사들은 동요와 소년시 두 장르를 넘나들며 작품을 투고한다. 현재까지 정리한 작품 현황은 [표 1]과 같다.

[표 1]『신소년』에서 발굴한 '소년시' 작품 현황(미발굴 잡지 외)

발간 연도	권/호		작품 및 작가	편수
1926년	4권	6월호	「은구슬」(김재홍), 「紫雲」(금잔듸), 「봄비」(송무익), 「그리운어릴쌔」(승응순), 「쉼」(허수만), 「月光」(문인암)	6편
		7월호	「어머님생각」(김명건), 「구름」(승응순), 「느진봄비」(윤복진), 「점으는 바다」(강수장), 「失題」(박영식), 「沈黙」(김연숙), 「일은아침」(문상우)	7편
		8·9월호	「강변에서」(승응순), 「쏫닙배」(양정혁), 「낙시질」(김영일), 「釣魚老翁」(문시황), 「별나라로」(강중규), 「수양버들」(이명식), 「將軍島」(정안필), 「종달새와 호접」(조강운), 「이슬비」(김백인), 「별하나」(이정구), 「첫녀름」(김명건), 「밤중의 하늘나라」(류시재), 「써러지는쏫(권장이), 「細雨」(김소룡), 「어머니」(최천구), 「점은날의 감회」(한점복)	16편
		10월호	「農村少年歌」(박병욱), 「살구나무」(은숙자), 「봄비」(윤복진), 「아츰」(윤복진), 「지는쏫아」(금잔듸), 「미운時計」(최일천)	6편
		11월호	「몬저간兄님」(모기윤), 「여름은더워」(강화범), 「송애」(조활용), 「명상」(승응순)	4편
1927년	5권	1월호	「새해」(김남주), 「들국화」(강중규), 「夕陽」(오인석), 「저녁길」(이원수), 「별과 반듸불」(지수용), 「가을은 왓도다」(김재홍), 「矗石樓」(윤성도), 「새벽에 叢石」(김연수), 「조선의 천재여? 나오너라」(송완순), 「가을밤비」(문상우), 「못가에서」(양정혁), 「손님」(금잔듸), 「코쓰모쓰」(승응순)	13편

1927년	5권	3월호	「새보기」(정기주), 「伽倻山 聾山亭에서」(우종기)	2편
		5월호	「씨를 ᄲᅮ리자」(서덕출), 「나그네」(오윤석), 「만주장사」(곽수범), 「봄비」(윤성도), 「어러죽은 지러이 두 마리」(김덕환), 「우리의 책임」(김부향), 「어린ᄶᅡ막이」(김도철), 「잠을ᄭᅢ자 일하자」(심승유), 「아름다운 진주」(박호원), 「시골아침」(정진필)	10편
		6월호	「봄은왓도다」(조도성), 「가야산농산성에서」(이성홍), 「봄은왓도다」(농주먹), 「동무를보내며」(문시황), 「농에갓친어린새」(맹무기), 「벗을생각함」(조도성), 「넓다란들판」(안평원), 「놀」(작자미상)	8편
		8월호	「여름밤」(긴내), 「농소년」(긴내), 「시드른무궁화」(한밧), 「어린동무여」(한밧), 「행진곡」(쇠내), 「지도에업는아버지」(경완), 「웨어른이안되어요」(경완), 「안무서워요?」(경완), 「해ㅅ님」(성파), 「소리개보기」(김선홍), 「쑴」(외배), 「외로운신세」(서덕출), 「게굴에뱀」(김국환), 「석류ᄭᅩᆺ」(이영희), 「버들피리」(하도윤), 「새벽」(하도윤), 「달빗츨ᄶᅡ라」(박영호)	17편
1928년	6권	4월호	「가을ㅅ밤」(孤舟), 「세월」(박연), 「낙시질」(하도윤), 「해ㅅ빗」(박영명), 「나그네의 황혼」(이성홍), 「봄이오면」(山兒), 「유랑의 나그네」(山兒), 「바람」(차순창), 「나는 청년이 입니다」(이효관)	9편
		5월호	「어린용사」(권두시), 「어린이날」(안평원), 「기도」(白帆), 「어머니차즈려」(星波), 「내가 업는 곳에서」(이경옥), 「거지」(서심덕), 「선죽교」(최종록)	7편
		7월호	「여름의 갈 곳」(안평원), 「간주쳐보자」(정기주), 「去春」(서추성), 「엄마」(채규삼), 「모종」(이성홍), 「기차」(이제환), 「태양을 보고」(서심덕), 「쌍동이」(박영식), 「旅人」(윤용순), 「봄의 소식」(정병택), 「봄날의 점심ᄶᅢ」(이원수), 「장사배」(원정희)	12편
		8·9월호	「기차」(김영휘), 「細雨의 不望」(서심덕), 「로동군」(백망기), 「새날」(강임), 「종소리」(양정혁)	5편

1929년	7권	1월호	「잠못일운밤」(작자미상), 「가을의 황혼」(차홍이)	2편
		7·8월호	「소년행진곡」(엄홍섭), 「벗을 생각함」(박기룡), 「아츰」(백지섭), 「작은 풀」(이동규)	4편
		12월호	「길손의 가라침」(채규철), 「달성공원」(이성홍), 「나그내의 저녁」(차홍이)	3편

소년문예사들은 시를 통해 가족과 친구에 대한 그리움, 자연에 대한 감흥 및 묘사, 계절에 따라 느끼는 애수, 대상에 대한 연민, 근면한 삶과 면학, 소년들의 진취적 기상 등 나라 잃은 시기 그들이 느꼈던 다양한 삶의 모습을 보여주고 있다.[19]

먼저 소년시에서 가장 많이 다룬 내용은 자연에 대한 감흥 및 묘사이다. 시간이나 계절에 따라 느끼는 자연물에 대한 소년들의 감회라든지, 강과 산에서 느끼는 자연과 인간에 대한 묘사가 주를 이룬다. 시간과 관련해 아침과 저녁 소재가 자주 등장하는데 일출, 일몰, 달의 이미지가 대표적이며, 이들을 통해 소년들은 해맞이의 경이로움, 저녁놀 지는 광경 묘사, 달밤에 느끼는 정취 등을 노래하고 있다. 또한 계절과 관련해 봄과 여름이 자주 등장한다. 봄을 맞이하는 설렘과 봄비 내리는 날의 정경, 그리고 여름을 맞는 기쁨 등이다. 그밖에 늙은 낚시꾼과 꽃에 대한 이미지 묘사도 간혹 보인다.

> 어머님이 오십니다/ 저기서 어머님이오십니다/ 아버지는 우리를 안고/ 춤을추며 노래합니다/ 어머니는 젓을주시고/ 아버지는 안어주시니/ 그의恩惠 은보에싸서/ 저-푸른하늘로올입시다
>
> 「봄비」, 宋茂翼(『신소년』 1926년 6월호)

19 본고에서는 소년시의 분량 및 지면을 고려해 주제별로 대표적인 작품을 통해 논의를 전개해 나가고자 한다.

銀물결나빗기는/ 禮成江가에서/ 오늘도갈막한雙/ 나라왓다가/ 낫시대들고섯는/ 漁夫째놀내/ 쏫모를별나라로/ 쏫겨가지요// 갈막이나라간뒤 禮成江엔/ 앗가섯든漁夫도/ 간곳이업고/ 수양버들가지만/ 한가도하게/ 바람에흥겨워서/ 흔작입니다

「江邊에서」, 金川郡葛峴 昇應順(『신소년』 1926년 8·9월호)

짜리야쏫그림자 춤추는/ 련못 가엔/ 분홍빗 저녁놀이/ 자취업시 사라지고/ 水晶빗 고흔달이/ 못가에 빗최니/ 어어엽븐 짜리야쏫 그림자는/ 물밋해잠겻서라

「못가에서」, 利原公普 楊貞奕 (『신소년』 1927년 1월호)

송무익의 「봄비」는 비유를 통해 봄비 내리는 날의 정경을 노래하고 있다. '어머니=봄비', '아버지=바람', '우리=초목'에 빗댄 표현이 참신하다 하겠다. 또한 이 시에는 대자연의 경이로운 은혜에 감사하는 화자의 마음이 잘 드러나 있다. 승응순의 「강변에서」는 예성강가의 한가로운 풍경을 노래하고 있다. 은빛 물결 가볍게 이는 강가에서 낚시를 하는 어부와 갈매기 그리고 바람에 가볍게 흔들리는 수양버들의 한가로운 이미지를 그리고 있는 것이다. 양정혁의 「못가에서」는 연못가에 핀 다리아 꽃의 이미지를 묘사하고 있다. 저녁 무렵 바람에 흔들리는 다리아 꽃 그림자와 달빛 비치는 연못에 잠긴 다리아 꽃의 생경한 이미지를 그려내고 있다.

소년들이 지은 자연에 대한 감흥 및 묘사와 관련된 작품들은 대부분이 선경에서 마무리되고 있다. 또한 감정이입보다는 대상을 묘사한데 그치고 있다. 수사면에서도 특별한 의장은 없고 의인화 정도이다. 창작 주체들이 기성문인이 아닌 소년들이다 보니 그러한 한계가 드러날 수밖에 없다. 그렇다고 대상에 대한 생경한 이미지를 그리려 했던 그들의 시심을 가볍게 여겨서는 안 될 일이다.

다음으로 작품에서 다룬 내용은 삶 속에서 느끼는 애환이다. 나라 잃은 시기 어른들뿐만 아니라 소년 세대도 나름의 고뇌가 있었을 것이다. 그러한 그들의 아픔은 계절에 따라 느끼는 애수, 대상에 대한 연민(동병상련), 외로움, 설움, 인생무상 등으로 구체화되어 시 속에 그려지고 있다.

> 집웅우에보슬보슬/ 봄날의찬비가내립니다/ 나무가지우에선/ 배곱흔참새색시가/ 찬비에함복저저/ 포도독쩔며슬피움니다// 보슬보슬내리는비가/ 끈칠줄모르고내리드니/ 빗고흔아름다운쏫흘/ 악김도업시쪄러치니/ 나의맘은비마즌참새와갓치/ 쏫젓다고웨쳐웁니다
>
> 「느진봄비」, 尹福鎭 (『신소년』 1926년 7월호)

> 덧업시지는쏫아/ 우슴웃는그날이/ 약속한쑴이라고/ 네가서러우느냐/ 아-나도운다/ 너와갓치영원히/ 쑴속에서쪄남을/ 애처러워나도운다
>
> 「지는쏫아」, 靈光吉龍里 금잔듸 (『신소년』 1926년 10월호)

> 갈길은멀고 헤조차지고/ 어두운한울에 히미한별몃개/ 쓰기는햇서도 어두운길을/ 언제나갈가? 언제나다갈까?/ 저편山넘어 우리집에를……/ 자주빗한울만 식어가는대
>
> 「저녁길」, 馬山午東洞 李元壽 (『신소년』 1927년 1월호)

윤복진의 「느진봄비」는 하강적 이미지가 지배적이다. 봄날 내리는 비에 젖은 참새와 낙화에 대한 애수는 화자의 마음을 더욱 슬프게 한다. 슬피 우는 참새는 감정이입 대상으로 화자의 슬픈 처지를 잘 대변해 주고 있다. 금잔듸의 「지는쏫아」도 마찬가지이다. 낙화 즉 대상에 대한 소멸에 서러워하는 화자의 마음이 시 속에 동병상련으로 그려지고 있다. 성인시에서 볼

수 있는 것처럼, 자연 현상에서 느끼는 삶의 이치나 섭리를 발견하지 못한 한계는 보이지만 의인화를 통해 대상의 아픔을 끌어 앉으려는 시작 태도는 긍정적으로 평가할 만하다. 이원수의 「저녁길」은 늦은 저녁에 집에 가지 못하는 화자의 근심이 잘 드러나 있다. 해가 진 밤하늘에 별들이 떠 있지만, 화자는 산 너머 집에 갈 걱정에 안타까운 마음을 금치 못하고 있다.

계절에 따라 느끼는 삶의 애수를 주제로 한 작품들은 하강적 이미지와 대상에 대한 연민 그리고 화자의 안타까움 등으로 나타나고 있다. 화자가 연민을 느끼는 대상은 꽃, 새, 나그네, 거지 등이다.

한편, 소년시에는 대상의 부재로 인한 삶의 애환을 서정적으로 극복한 작품들이 있다. 작품에 나타난 주된 상실의 대상은 가족과 친구이다. 가족과 관련된 작품에는 간혹 동생이나 아버지가 그리움의 대상으로 나타나기도 하지만 어머니와 누이가 주를 이룬다. 시적 화자는 주로 가족의 죽음이나 가출, 이별, 이민 등으로 슬퍼한다. 또한 친구들과의 옛 추억을 떠올리며 그들을 그리워하기도 한다. 나라 잃은 시기 가족해체에 따른 상실의식은 결국 조국 상실에서 기인한 것으로 볼 수 있다.

> 어머니 어머니/ 당신의무릅은부드러웟습니다/ 봄동산에잔듸풀보다도/ 羊의털보다도/ 비단광석보다도// 어머니 어머니/ 부드러운 그무릅에서/ 제가놀앗섯지요// 어머니 어머니/ 당신의가슴은廣闊하엿습니다/ 널따란저벌판보담도/ 양양한저바다보담도/ 씃업는한울보담도// 어머니어머니/ 넓으신그가슴에/ 제가안기엿지요// 어머니 어머니/ 지금은어듸게십닛가/ 웨저를두고멀니가셧서요/ 부드러운그무릅!/ 넓으신그가슴!/ 아아 그리워요보구파요// 어머니어머니/ 당신은제가생각나지안습닛가
>
> 「어머님생각」, 宣川 金明健(『신소년』 1926년 7월호)

아? 그리운벗이여?/ 싸뜻한그대의손을놋코/ 보드러운그대의 소리를듯지못하고/ 아? 只今은그대와나사이에/ 산이막히고물이막아?/ 그래도그생각만은/사라지지안어?

「벗을생각함」, 英陽郡 日月面 趙道成(『신소년』 1927년 6월호)

아! 아름답게핀石榴쏫츤/ 생각난다 작년의여름!/ 石榴쏫피여 열매맷칠째에/ 써러진쏫닙 과함씌/ 어버지는 영원히 써나섯다/ 작년에써러진그쏫츤/ 쏘다시 여름오닛가/ 아름답게 피것만/ 아! 아버지여/ 웨 못오시는고!

「石榴쏫」, 宣寧 李泳熙(『신소년』 1927년 8월호)

가을달 깁흔밤에/ 사늘한 숩풀속에서/ 풀버레의 우는소래는/ 맑은바람을 타고옵니다// 앗질한 저한울엔/ 푸른별이 우슴치고/ 귀쓰람이우는소래조차/ 끈허저 갈째// 아닌먼곳에서 들니난/ 다듬이소래!/ 고향의 누나생각을/ 더욱 자어낸다

「가을ㅅ밤」, 大邱 孤舟(『신소년』 1928년 4월호)

김명건의 「어머님생각」은 유년시절 어머니 품에 안겨 정겹게 지냈던 지난날들을 회상하고 있다. 화자는 현재 어머니의 부재로 몹시 힘들어하고 있다. 어머니가 죽었는지 아니면 돈을 벌기 위해 타향으로 갔는지는 알 수 없지만, 어머니에 대한 그리움은 화자 가슴 속에서 사무쳐 간절한 절규 형태로 나타난다. 최천구의 「어머니」, 성파의 「어머니차즈러」, 채규삼의 「어머니」, 차홍이의 「가을의 황혼」 등 어머니의 부재를 다룬 다른 작품 대부분이 이처럼 어머니의 부재로 인해 화자가 겪는 안타까움과 그리움을 주제로 하고 있다.

조도성의 「벗을생각함」은 친구와의 이별을 다루고 있다. 산과 물로

표상되는 친구와의 장벽은 더욱더 화자의 간절한 그리움을 부각시킨다. 학교 진학을 위해 타지로 갔는지, 공장 노동자 일을 하러 갔는지는 알 수는 없지만, 화자는 현재 멀리 떠난 친구에 대한 그리움으로 가득하다. 작가미상의 「잠못일운밤」이나 박기룡의 「벗을생각함」등의 작품에서는 유년시절 함께 뛰놀던 친구와의 추억을 생각하며 잠을 이루지 못하거나, 친구의 죽음으로 슬퍼하는 화자의 마음을 객관적 상관물로 그려내고 있다.

이영희의 「石榴꿋」은 아버지의 죽음에 대한 화자의 안타까움을 노래하고 있다. 이 작품은 비유가 돋보인다. 아버지를 석류꽃에 비유하고 있다. 꽃이 지던 날 아버지는 돌아가셨다. 계절이 바뀌어 꽃은 다시 폈지만 더 이상 아버지는 볼 수 없다. 아름답게 핀 꽃을 보고 있는 화자의 마음은 더욱 안쓰럽다. 아버지에 대한 그리움을 그린 또 다른 작품에 권환(경완)의 「地圖에업는아버지」가 있다. 화자는 세계지도를 보며 나라와 지명을 읽어낸다. 하지만 아무리 찾아 봐도 아버지가 계신 곳은 없다. 화자는 아비부재 상황에 절규하며 돌아오지 못하는 아버지에 대한 원망 섞인 목소리를 시에서 토로하고 있다.

고주의 「가을ㅅ밤」은 고향에 계신 누님에 대한 그리움을 노래하고 있다. 가을밤 풀벌레 소리 잦아들 무렵 어디선가 들리는 다듬이 소리는 타지에서 생활하는 화자의 외로움을 부각시키고, 이는 누님에 대한 보고픔으로 이어진다. 다른 작품에서는 소년들이 유년시절 누님과 함께 했던 추억을 회상하거나 타향으로 떠난 누님을 그리워하는 내용들이 대부분이다.

마지막으로 살펴볼 소년시의 주제는 소년들의 진취적 기상과 근면한 삶의 추구이다. 소년들은 나라 찾기 일안으로 근면과 독서를 강조한다. 또한 자신의 길 찾기를 위해 새로운 각오와 힘을 다지거나, 두려움 없는 진취적 삶을 살겠노라고 다짐한다. 그러한 주제의식을 구현하기 위해 시에서 선택한 이미지는 주로 아침, 새해, 봄이다.

農村의自然속에서자란少年들/ 깁히든잠얼는깨고精神채려서/ 하나둘셋넷식모도일어나/ 어린마음굿게먹고나아갑시다// 조선에도 곳곳마다흐터저잇는/ 곱게곱게자라나는우리少年들/ 農村에生長햇다落心말고서/ 배호고배호면서나아갑세다// 낫에는호미쥐고김을매고/ 밤에는책펴고글을배와서/ 우리도남과갓치智識을닥가/ 二十世紀活舞臺에뛰여봅세다

「農村少年歌」, 晨日少年會 朴秉郁(『신소년』 1926년 10월호)

동모야 이불을차고서/ 뛰어나가자/ 동편하늘이 불에타도록/ ㅡ새해가 쓰노라고// 동모야 가슴에붓는/ 바램의불을/ 보느냐 듯느냐/ 오오 그불을ㅡ// 설 설 새해의이아츰에/ 새힘과새바램으로/ 나가자나가 모도다갓치/ ㅡ우리의길 새조선세우는 우리의길로// -중략-/ 나서자일ㅅ군아 모도다갓치/ 새조선세우는 첫거름나서자/오늘이새아츰에/ 갓치나서자

「새해」, 金南柱(『신소년』 1927년 1월호)

싀골의여름밤은쓸쓸합니다/ 파-란種油燈불은/ 말업시깜박어립니다/ 그러나 내맘은뛰놉니다/ 혼자서 읽는책이나마/ 장장에 희망이가득합니다/ 파-란種油燈불은꺼저가지만/ 희망의끌는피는 뜨거웁습니다/ 오즉 거룩한사람이되려고/ 이여름의 짜른밤을/ 나혼자분주히지납니다

「여름밤」, 긴내(『신소년』 1927년 8월호)

박병욱의 「農村少年歌」는 농촌 소년들의 근면과 배움을 강조한다. 화자는 농촌 소년들에게 농촌에서 자랐다고 낙심하지 말고 주경야독하며 다가올 20세기에 새로운 일꾼의 주역이 되자고 한다. 1928년도까지 학령

아동의 보통학교 취학률은 불과 17%대에 머무르고 있었으며, 농촌 지역으로 한정할 경우 취학률은 더욱 낮았다(이기훈, 2000, 271). 농촌 소년들에게 보통학교의 교육은 극소수에게 열려 있었고, 겨우 입학한 학생들도 비싼 월사금을 내지 못해 중도에 퇴학당한 학생들이 부지기수였다. 또한 교육 주기와 농업 노동 주기와의 중첩은 농촌 소년들의 교육 기회를 더욱 어렵게 했다. 이러한 상황 속에서 농촌 소년들은 낮에는 노동을 하고 밤에는 야학을 통해 배움의 길을 걸어갔다(문소정, 1990).

김남주의 「새해」는 새해를 맞는 설날 아침, 소년들에게 새로운 힘과 다짐으로 한해를 맞기를 바라고 있다. 새 나라를 세우는 일에 앞장서자는 화자의 권유는 결국 소년들이 나라 잃은 조선의 미래를 짊어질 세대라는 것을 강조하는 것이다. 나라 찾기를 위해 소년들이 힘을 모아 굳세게 걸어나가기를 바라는 것이다.

긴내(안평원)의 「여름밤」은 면학의 내용을 다루고 있다. 화자는 시골의 쓸쓸한 여름밤 종유등 아래 책을 읽으며, 거룩한 사람이 되고 싶은 소망을 마음속에 새겨 본다. 배움을 통해 자신의 길을 찾을 수 있다는 희망으로 화자는 밤을 지새울 수 있는 것이다.

기타 윤복진의 「아츰」, 서덕출의 「씨를뿌리자」, 심승유의 「잠을깨자 일하자」 등에서도 독서를 하며 맞는 건강한 아침 이미지와 부지런한 농촌 소년들의 이미지를 읽을 수 있다. 그리고 소년들의 진취적 기상과 두려움을 모르는 언니(청년)가 되고 싶은 소년들의 바람을 그린 작품들로 송완순의 「어린동무여」, 승응순의 「행진곡」, 권환의 「안무서워요?」 등이 있다.

소년들은 나라 잃은 시기 그들이 느꼈던 삶의 애환과 정서를 자유로운 형식의 글쓰기를 통해 보여 주었다. 성인들처럼 소년들도 시대를 살아가는 주체로서 다양한 삶의 이야기를 시 속에 담으려 했던 것이다. 아쉽게도 1920년대 소년시가 가지고 있던 서정성은 1930년대가 되면 이념성을 지닌 아지 카프적 성향으로 흐르게 된다.

4. 나오며

본고는 한국아동문학사에서 주목받지 못했던 일제 강점기 소년시의 전모를 밝히기 위한 선행 작업으로 1920년대 소년시에 주목했다. 이를 위해 실증적인 자료 분석이 요구되는 바, 당시 발간된 『신소년』(1923~1934)을 중심으로 한 아동잡지와 신문, 그리고 각종 인쇄매체에 실린 소년담론 및 소년문예운동과 관련된 논의를 중심으로 살펴보았다.

1920년부터 전국 각지에서 일어난 소년운동은 소년문예운동으로 이어져 소년들을 문학의 장으로 호출하는 계기가 된다. 또한 1922년 제2차 조선교육령 이후 학교 교육에 편입한 소년들은 청년과 유년 사이의 근대적 소년이라는 지위와 정체성을 형성하게 된다.

소년들은 각 지역에서 문예단체를 조직해 활발한 창작 활동을 하며, 잡지나 신문에 작품을 투고하게 된다. 소년시는 1920년대 중반부터 각 지방의 소년문예사들에 의해 자유시라는 명칭으로 창작되고 있었다. 이후 1926년 6월 『신소년』에 본격적으로 게재되면서 소년시가 탄생하게 되었다. 소년문예사들은 『신소년』 독자투고란에 동요와 소년시 두 장르를 넘나들며 작품을 투고한다. 이를 통해 그들은 작가로서의 꿈을 키워갔다. 그들 중 승응순, 이원수, 이동규, 안평원, 이성홍, 송완순, 신고송 등은 1930년대 기성작가의 반열에 오르며 아동문단을 이끌어 가는 주역으로 성장한다.

소년시 창작 초기, 일부 작품에서 동요처럼 7·5조나 4·4조의 정형률 형태를 보이기도 했지만, 대부분이 자유율 형태의 형식적 특징을 고수한다. 또한 시적 장치와 기법, 어휘사용에 있어 청년층과 기성문인들의 참여로 성인시화 된 작품들도 있었다. 그리고 소년시에 한자어 사용이 많았는데, 이는 어린 소년 독자들이나 교육에서 배제된 독자들의 원성을 사기도 했다.

소년시의 내용은 자연에 대한 감흥 및 묘사, 계절에 따라 느끼는 애수, 가족과 친구에 대한 그리움, 대상에 대한 연민, 근면한 삶과 면학, 소년들의 진취적 기상 등 다양하다. 시가 어떤 내용을 지니고 있을 때 그 내용은 시인이 겪은 경험의 재생이다. 나라 잃은 시기 소년들은 시대고와 그들의 다양한 삶의 이야기를 시로 형상화하기 위해 노력했다.

비록 정제되지 않은 표현과 평범한 수사 그리고 직설적인 토로가 한계로 지적될 수 있지만, 소년문예운동을 통해 문학의 장에 편입한 그들이 아동문학 시장의 생산과 유통을 활성화 하는데 지대한 공헌을 했다는 것을 우리는 결코 부인할 수 없다. 그리고 1920년대 소년문예사들의 등장과 그들의 주체적인 작품 활동은 한국 아동문단을 풍요롭게 했다. 특히 소년시의 등장은 동요가 가지고 있는 형식적 한계를 뛰어넘어 소년들의 사상과 정서를 자유롭게 표현하는 기제가 되었다.

제2장

1930년대 소년시의 성장과 발전

1. 들어가며

본고는 1920년대 소년시 후속 연구로 1930년대 소년시의 성장 과정과 아동 잡지 및 신문에 게재된 소년시의 특징을 밝히는데 목적이 있다.[1] 20년대 중반을 전후해 소년문사로 활동하던 이들이 30년대 기성문단에 편입한 이후 잡지 편집 및 동인지 그리고 작품 활동에 활발하게 참여함으로써 아동문단은 한층 더 풍성한 결과물들을 생산해 낸다. 특히 아동문단 내 프로문학이 절정에 달하는 30년대는 20년대에 비해 계급주의 이념이 강한 작품이 주를 이루게 된다. 20년대 소년시가 가족에 대한 그리움, 생활 속에서 느끼는 애수, 자연물 묘사 등 주로 서정시를 그린 반면(정진헌 · 김승덕, 2015), 30년대에는 계급주의 의식을 가진 작가들이 대거 참여해 프롤레타리아 계급의 비참한 생활상과 이를 타계해 나갈 소년들의 야망찬 목소리를 담아냈다. 노동, 가난, 야학, 사회주의 국가 건설 등의 내용이 그러하다. 물론 『아이생활』과 같은 순수문학 진영에서는 서정성이 강한 작품을 생산하기도 한다.

소년시는 동요가 갖고 있는 정형성을 벗어나 자유롭게 시대의 아픔

1 필자가 본 연구를 위해 인용한 작품 원문은 당시 표기를 따르되 가독성 및 의미 파악을 위해 일부 현대문법에 맞게 띄어쓰기를 사용했다.

을 노래했고, 동요나 동시에 비해 작가의 연령층이 높았다. 또한 성인문단에서 보였던 장시와 서간체 형식의 특징을 찾아 볼 수 있다. 20년대 후반에는 소년시를 창작했던 이들이 10대 중후반이었지만, 이들이 성장한 30년대에는 20대 전후의 작가 층이 주를 이루었다. 소년시의 성장은 카프의 기관지 역할을 했던 『신소년』이나 『별나라』에 집중되고 있는데, 이는 잡지에 참여한 송영, 신고송, 박세영, 이동규, 엄흥섭, 이구월 등 대부분의 작가들이 카프의 회원으로 활동했기 때문이다. 아동 잡지 중 1926년부터 소년시를 모집해 게재했던 『신소년』의 경우 30년대 들어 '독자담화실'이나 '현상문예공모'를 통해 소년시 모집에 관한 광고는 확대되어 동요와 함께 소년시의 성장은 거듭 발전해 나감을 볼 수 있다.

그동안 1930년대 소년시 연구와 관련해 주목할 연구자는 서희경(2015)과 진선희(2018)이다. 서희경은 『어린이』에 발표한 소년시 5편 분석을 통해 동시보다 선동적인 문체와 관념적이고 추상적인 의미가 강하며, 소년 화자의 특성상 현실 참여의식이 강함을 밝혔다. 진선희는 『별나라』에 발표한 소년시를 동시에 포함시켜 30년대 동시의 내용적 특성을 미움과 분노의 표출, 고통스러운 현실과 서러움의 직시, 투쟁의 노래, 가난과 착취로 무너지는 가족과 사회 등으로 나누어 고찰하였다. 그 밖에 한정호(2014)처럼 작가 연구에 소년시에 관한 지엽적인 내용이 소개되기도 했다.

하지만 선행연구에도 불구하고 아직까지 1930년대 소년시를 가장 많이 게재한 『신소년』을 비롯한 신문에 실린 소년시에 대한 연구 부족과 아동잡지 미발굴 작품에 대한 자료 조사의 한계로 소년시에 대한 전모를 살피지 못했다. 이에 필자는 30년대 발간된 실증자료 조사를 바탕으로 소년시에 대한 성장 과정과 형식 및 내용에 대한 고찰을 통해 문학사적 의의를 규명하고자 한다.

2. 소년시의 성장과 작가군

1922년부터 시행된 제2차 조선교육령은 아동의 연령대를 구분하는 계기가 되었다. 이는 아동문단에도 영향을 받아 1928년부터 소년운동과 문예운동이론을 펼친 홍은성(순준)을 시작으로 30년대에 들어 신고송, 송완순, 이주홍, 호인(김우철), 전식까지 유년과 소년을 구분하자는 논의가 이어졌다(정진헌, 2017). 이들의 논의는 아동이 분화되지 않은 20년대 초에 비해 아동 명칭에 대한 반성과 유년, 아동=어린이, 소년의 연령대를 구분해 그에 맞는 작품을 생산해 내는 계기를 마련하기도 한다.

1930년대 들어 송완순(구봉학인)은 〈푸로레童謠論〉(《조선일보》 1930년 7월 05일)에서 러시아의 아동 연령을 참고해 "八歲에서 十四歲까지를 幼年的 兒童, 十四歲부터 十八歲까지를 少年的 兒童(青年期에 直面한)"이라 했다. 당시 일반적 아동의 연령을 18(19 · 20)세로 인식한 구분이었다. 1931년 호인(김우철)은 〈兒童藝術時評〉(『신소년』 1932년 제10권 9월 임시호)에서 아동의 연령대를 3기로 세분화시켜 "幼年(兒童一般의 第一期) 滿四歲-七歲, 兒童(兒童一般의 第二期) 滿八歲-十三歲, 少年(兒童一般의 第三期) 滿十四歲-十七歲"로 각각 구분했다. 이에 한걸음 더 나아가 1934년 전식은 〈童謠童詩論小考〉(《조선일보》 1934년 1월 25일)에서 "少年을 十二三歲로부터 十七八歲의 어린이"로 보았다. 또한 소년시를 창작 주체에 따라 아동 소년시와 성인 소년시로 구분했다.

이처럼 1930년대 들어 소년운동 및 문예운동에서 거론된 아동에 대한 논쟁은 유년과 소년을 구분하자는 문단 내 자성적인 목소리에 힘입어 유년문학과 소년문학의 성장을 가져오게 된다. 하지만 아동=어린이(만8세~14정도) 문학에 비해 유년과 소년문학은 열악한 상황이었다. 소년시의 경우 아동에 비해 내용이나 형식면에서 나름의 시적 의장이 필요했던 것이다. 그로 인해 실제로 소년시를 창작한 작가들은 전술한 것처럼 아동보다는 20년대 소년문사에서 기성작가로 성장한 20대 이후 작가들이 대부분이었다. 이주홍도 〈兒童文學運動一年間(六), 今後運動의 具體的立案 – 少年詩 〉(《조선일보》 1931년 2월 18일)에서 "少年詩는 童話(謠?)에 比하여서 極히 小數의 讀者를 가지고 잇다. 大衆的이 아니라 一部의 인테리에 속하는 特別한 文學的 素質을 가진 年長少年들이 이 讀者이다."라고 언급하며 소년시가 童話(謠?)에 비해 창작 주체나 독자의 확보가 열악함을 거론하기도 했다.

한편 1920년대 소년시의 창작 주체들이 15세~20세 정도의 소년들이었지만 30년대는 연령대가 높아진다.[2] 소년시가 많이 실린 『신소년』과 『별나라』의 경우 김병호(1904), 이구월(1904), 김태오(1903), 엄흥섭(1906), 이주홍(1906), 신고송(1907), 박세영(1907), 이성홍(1910), 이동규(1911), 이원수(1911), 오경호(1911) 등의 나이를 계산해 보면 1930년 기준 20~26세가 주된 작가층임을 알 수 있다. 『아이생활』에 소년시를 발표한 황석우의 경우 1895년생으로 40대 중반의 나이이다. 32년 『어린이』에 소년시를 발표한 황순원(1915)의 경우처럼 10대 중반 및 이후의 작가들도 간혹 보이지만 전술한 것처럼 20년대 중후반부터 활동한 소년문예운동 출신들이 30년대 성인작가군에 합류함으로써 소년시 작가의 연령대가 높아짐을 알 수 있었다. 이성홍, 이동규, 엄흥섭, 이원수 등은 이미 1927년부터 『신소년』에 소년시를 발표했던 인물들이다.

송영, 박세영, 신고송을 비롯해 『신소년』과 『별나라』에 참여했던 주요 작가들은 작품 활동 및 프로아동문학운동을 펼치며 30년대 아동문단의 주역으로 떠오른 인물들이다. 당시 카프 기관지 역할을 했던 두 잡지는 20년대 방정환의 동심천사주의 이론을 비판하고 현실주의 계급이념을 작품

2　드물기는 하지만 《동아일보》 1937년 11월 21일 '어린이 일요란'에 발표한 「황혼」(金必男, 啓星普校六年), 「우리식구」(安炳俊, 甕津公普四年) 두 편의 소년시 창작 주체는 보통학교 재학생이다.

에 구현하기 위해 다양한 활동을 전개한다. 그들의 이념적 목소리는 잡지에 소개된 소년문학과 관련한 논의에서 찾아 볼 수 있다.

> 우리 勞動者들의 ××의 부르짓는 소리 이것이 즉 우리들의 詩다. 이 ××주의 사회에서는 우리 소년들도 마찬가지로 착취를 當하고 잇지 안는가 그러면 우리 소년들도 이 勞動大衆의 한 사람이라고 할 수 잇다 -중략- 무산계급 운동의 현실적인 문제만이 우리들의 詩(卽童謠)의 전체이여야할 것이며 더욱이 우리들의 나아갈 唯一한 길이라고 斷言할 수가 잇다. 센티멘탈한 감정에서 벗어나 현실적 具體적인 詩를 불너야 할 것이다 -하략-
>
> 조형식, 〈우리들의 童謠詩에 대하야〉(『별나라』1932년 2·3월호)

> 소년문학은 문학이 무엇이냐라는 것을 알엇슴으로 더욱 쉽게 되엿다 즉 소년(少年)을 대상(對象) 또는 주제(主題)로 하는 문학이 소년문학일 것이다 그러나 우리가 말하는 소년문학이라는 것은 부자집 소년들의 문학이 아니라 물론 가난한 소년들의 문학인 것을 잘 알어야 된다 -하략-
>
> 박승극, 〈少年文學에 대하야〉(『별나라』1933년 12월호)

조형식의 〈우리들의 童謠詩에 대하야〉와 박승극의〈少年文學에 대하야〉에서는 소년문학이란 감상적인 감정을 노래하거나 부르주아를 대상으로 한 것이 아닌 가난한 무산계급 소년들의 현실적인 이야기를 진정한 프롤레타리아 문학으로 규정하고 있다. 실제로 30년대 『신소년』과 『별나라』에 발표한 소년시들을 보면 낭만성이나 감상적인 내용보다 무산계급 소년들의 고달픈 현실주의를 지향하고 있어 한편으로는 소재의 도식성을 벗어나지 못한 한계를 보이기도 했다.

한편 두 잡지에 참여했던 작가들은 1932년 12월 "건전 프로아동문학의 建設普及과 근로 소년작가의 指導養成을 임무로 월간잡지 少年文學을 발행"하기도 했다(《조선일보》 1932년 12월 07일). 당시에 송영, 박세영, 박태양, 한철염, 홍구, 이동규, 이주홍, 김상철, 현송, 홍북원, 승응순, 이찬, 김소엽, 성경린, 송완순 등 많은 카프 작가들이 참여를 해 1934(5)년 두 잡지 폐간까지 일제의 검열 속에서 프로 아동문학의 전성기를 이어갔다.

『어린이』의 경우 1931년 방정환 사후 1932년에 소년시가 본격적으로 실리게 되는데 김태오, 김예지, 윤재창, 정흥필, 김중곤, 이상인, 황순원, 허종, 정인혁, 전우한, 정대위 등이 작품을 발표하기도 했다. 『신소년』과 『별나라』가 일제의 검열로 많은 작품이 삭제가 된 것처럼 1932년 9월호의 경우도 선동성과 계급 이념적인 이유로 이원수의 「낫과낫을노피들고」를 비롯해 6편의 작품이 검열로 삭제가 되었다. 이후 『어린이』는 더 이상 소년시가 실리지 않고 동요와 동시만 발표된다. 기독교 잡지였던 『아이생활』의 경우도 동요가 주를 이루었고 소년시는 드물다. 1932년 4월호부터 7월호까지 황석우가 발표한 「手笛부는봄바람」, 「人事단니는나븨들」, 「三葉草」, 「별의등불」, 「두어린꽃」, 「오랑캐꽃」 등 5편 정도이다.

《조선일보》의 경우도 1932년 '독자문단'에 간헐적으로 소년시가 보이는데 鄕苑의 「구름을치여다보며」(6월 23일), 李月岩 「네!어머니!」(7월 1일), 一浪의 「벗생각」(7월 1일), 광현의 「고향」(7월 1일), 極光의「님」(7월 1일), 金仁의 「헐리는집」(7월 6일), 金月岩의 「나팔을불어라」(7월 7일), 金振會의 「옛집을지날째」(7월 7일) 등이다. 이들은 대부분 필명을 쓰고 있어 작가에 대한 정보를 확인하기 어렵다. 《동아일보》도 동요가 주를 이루고 있어 소년시를 찾아보기 어렵다. 1937년 '어린이 일요란'에 발표된 보통학교 재학생인 김필남의 「황혼」(11월 21일)과 안병준의 「우리식구」(11월 21일)정도이다.

이처럼 1930년대 소년시는 프로소년문예동과 연계된 상황 속에서

『신소년』과 『별나라』에 집중 발표되었으며, 작가들 또한 20년대 소년문사들이 성장해 성인문단에 편입한 이들이 주가 되었다. 특히 1930년대 들어 프로문학이 절정에 달한 상황 속에서 두 잡지의 영향력은 소년시를 통해 그들의 이념을 구현하기 위한 도구 역할을 했다고 볼 수 있다.

3. 1930년대 소년시 형식 및 내용

1) 소년시의 형식적 특성

1926년 『신소년』에 자유시를 발표하던 독자들은 6월호부터 자연스럽게 소년들이 창작한 시(성인작가 작품 포함)를 '소년시'라 명명하며 정형률의 동요와 차별성을 갖고 자유율 형태로 시를 창작 발표하게 된다. 동요에 비해 작품 편수는 적지만 30년대 들어 소년시는 매호마다 3~4편 정도의 작품이 꾸준히 실리게 된다. 소년시에 대한 모집은 '독자담화실'에서 쉽게 찾아 볼 수 있으며, 1930년 8월호에는 잡지 창간 7주년 기념을 맞아 '현상문예모집' 공지를 통해 동요 · 소년시를 30편 모집하기도 한다.

> ● 先生님- 作品을 每月 十日內로 보내지 안으면 發表치안슴닛가 新少年은 讀者證은 永久히 업도록 해 주십시오. 少年詩는 모집치 안슴닛가.(海州 高文洙)
>
> ○ 作品은 되도록 일즉 보내주시면 조켓습니다. 特別한 必要가 업슬때에는 독자증은 넛치안습니다. 少年詩도 만히 보내주십시오.(긔)
>
> 독자담화실(『신소년』 1935년 5월호)

해주에 사는 고문수 독자는 담화실을 통해 소년시의 투고 여부를 묻는다. 이에 편집진은 소년시도 모집을 하니 많이 보내달라고 한다. 독자들이 투고한 동요의 경우 ‘동요란’을 통해 작품이 많이 게재 되었지만, 소년시는 독자의 작품보다는 잡지에 주로 활동했던 성인작가의 작품이 주를 이루었기 때문이다. 20년대처럼 30년대 소년시도 자유율의 형태를 띠었으며, 동요와의 차별성이 확연히 드러난다.

지나간 一年동안에 이짱의 거리 우에/ 만흔 나젊은 일꾼이 나왓슴을/ 나는 부르루썰면서 깃붜한다.// 그러나 아즉도 아즉도/ 冷突우에 病 들어누우신 어머니/ 혼자 不平을 일우시는 아버지/ 수만흔 나무숩이 兄弟가 잇슴을/ 이것을 엇저려는가?// -이하 생략-

안평원, 「이짱의 새벽」(『신소년』 1930년 1월호)

먼마을에참새가/ 잭잘거린다/ 나무나무가지로/ 수양버들느러진/ 맑은못가에/ 버들피리라라라/그슯흐대요// 먼산골에시냇물/ 졸졸거린다/ 돌사이를감돌며/ 졸졸거린다/ 양지언덕할미쏫/ 쌩긋웃지요/ 종달아씨종달달/ 노래한대요

이화룡, 「春」(『신소년』 1930년 1월호)

1930년 『신소년』 1월호에 발표한 소년시와 동요의 형식을 비교해 보면 안평원의 「이짱의 새벽」은 새해를 맞는 기쁨과 가난으로 힘들어하는 무산계급의 삶의 의지를 형식의 제약을 받지 않고 권유적인 어조로 자유롭게 노래하고 있다. 반면 ‘동요란’에 실린 이화룡의 「春」은 7 · 5조의 형식에 맞춰 봄날의 애상과 정경을 그리고 있다. 20년대이어 30년대에도 대부분의 동요는 4 · 4조나 7 · 5조의 형식을 취하고 있다. 소년시는 그러한 형식

을 깨고 자유롭게 개인과 시대의 목소리를 낼 수 있었다

또한 1930년대 소년시의 형식적 특징으로 편지 형식의 서간체를 볼 수 있다. 서간체시는 서간의 요소를 차용하여 특정한 사람에게 사상과 정서를 전달하는 시이다. 서간체시에는 화자와 청자가 모두 시의 표면에 나타나 친밀감을 형성해 전달하고자 하는 메시지를 극대화해 효과적으로 전달할 수 있다(조두섭, 1991). 서간체시는 1929년 임화의 「네거리 순이」와 「우리 옵바와 화로」를 비롯해 김해강 등 프로문학 작가들이 시를 통해 대중들에게 문학적 이념을 전달하기 위해 사용했다. 독자들의 낭독성을 강조하면서 그들을 끌어들이려는 대중화 의도의 산물로 볼 수 있다(김성수, 2014). 30년대는 성인문단뿐만 아니라 아동문단에도 카프의 영향력이 컸기에 카프 기관지 역할을 했던 『신소년』에서도 서간체 소년시를 쉽게 찾아볼 수 있다.

> 어머니!/ 참으로 이 고생을 못하겠습니다./ 뜨거운 햇빗 나려쪼이는 녀름!/ 아침 여섯시붙어 밤열시까지 열네시간을/ 프른불길 일어나는 물무 옆에서/ 식그러운 발동기소리 망치소리를/ 드리며 하로하로 지날 때/ 지나치는 勞動과 쇠독에/ 여위는 몸! 쪼려드는 피!/ 일 잘 못한다고 몃번이나 독살스러운 감독에게/ 이 연한 뺨이 부르텃나이다/ 어머니! 어머니!
>
> -하략-
>
> 임춘봉, 「어머니와 아들」(『신소년』 1931년 8·9월호)

> 옵바!/ 옵바가 가신지도 벌서 잇해 짱녹는 봄철이 두 번 왓세요/ 아버지께서는 장기를 맛추고 어머니와 저와는 씨앗을 골는답니다/ 밧가리 하는 첫봄이에요/ -중략- / 옵바가 가신 뒤 두햇동안 아버지 어머닌 퍽 밥밧서요/ 옵바가 잇서도 늘 밥부든 것을 글세 둘이서만

엇덧케 해요/ 저는요 학교도 그만 뒷서요/ 아버지 어머닌 말리는 것을 제가요 욱이고 고만두엇서요/ 오빠!/ 그리면 엇지는냐고요 밤이면 ×××에 다닌답니다/ 추웁든 더웁든 바람이 부든 아모리 곤하고 괴롭드라도 우리는 모힐 것을 맹세햇서요/ 우리는 ××것을 맹세햇서요

-하략-

김월봉, 「옵바에게 부치는 편지」(『신소년』1932년 4월호)

임춘봉의 「어머니와 아들」은 2연으로 구성되어 있다. 1연에서는 아들이 어머니에게 공장에서 14시간 동안 일하는 고달픈 상황 전달을 통해 자신의 힘겨움을 전하고 있다. 2연에서 어머니는 그런 아들에게 "참어다고 이 넓은 世上에는 너 같은 가련한 少年輩이 수없이 잇는 것이다."라며 언젠가는 평화와 승리의 날이 올 것이라며 격려의 말을 전한다. 김월봉의 「옵바에게 부치는 편지」는 어린 동생이 오빠에게 가정의 열악한 환경을 전하며 돈을 벌러 집을 나간 오빠가 빨리 돌아와 주기를 바라는 내용의 글이다. 시적 화자인 동생은 가난 때문에 학교를 그만두고 야학을 다니며 계급투쟁의 의지를 다진다.

서간체 형식의 소년시는 이처럼 화자와 청자 간의 사적인 교감 및 소통을 통해 내면의 목소리를 효과적으로 전달하는 효과가 있다. 편지 형식을 갖춘 소년시는 비유나 상징과 같은 시적 의장 없이 평이한 시어 전달을 통해 독자에게 간절한 마음을 전할 수 있기 때문이다. 또한 당시 일제의 검열 상황 속에서도 계급 이념을 간접적으로 전달할 수 있는 도구이기도 하다. 두 작품 외에도 김예지의 「산에서 보내는 편지」(1932년 1월호), 김우철의 「北國에서 보내는 편지-고향동무들에게」(1932년 10월호), 안우삼의 「이곧에도」(1932년 12월호) 등과 같은 작품도 서간체 형식을 통해 타향살이에서 겪

는 고달픈 삶과 친구들에 대한 그리움을 투쟁의지로 극복하고자 하는 내용을 담고 있다. 『어린이』의 경우 노동소년들의 희망찬 미래를 노래한 윤재창의 「압길을 바라보고」(1932년 1월호)와 황혼 무렵 가족이 돌아오기를 바라는 마음을 담은 전우한의 「황혼」(1932년 7월호)도 편지 형식을 통해 그들의 희망과 그리움을 노래한 작품이다.

마지막으로 30년대 소년시에서 주목할 형식적 특징으로 장시(長詩)의 경향을 볼 수 있다. 소년시는 동요와 동시에 비해 작가 연령층이 상향 되었고, 그들이 처한 현실적 모순과 이념적인 목소리를 내기 위한 전략으로 판단된다. 정형률의 틀에 갇힌 동요보다는 자유율 형태의 소년시는 나름의 서사적 장치를 동원해 프롤레타리아 아동들의 가난한 삶과 투쟁의지를 적나라하게 보여 줄 수 있었다.

> 강아지를 팔엇서요 내 강아지를 어제 장날에 아버지가 내 검둥강아지를 팔엇어요// -중략- 그적게 아버지는 면소를 끌여갓지요 결복세금이 느젓다고 왼종일 주지람을 들엇지요// -중략- // 아버지-기왕이면 다만 한푼이나마 이 굴네 안장ᄭᅡ지 팔앗드면요. 그리고 강아지를 안고 얼거노흔 이 쉼ᄭᅡ지도 팔엇드면요
>
> 이성홍, 「팔여간강아지」(『신소년』 1930년 3월호)

> 녹앗다 또 어른 얏튼 눈을 사박사박 밟으며 햇놀보아 지붕이 �빨가케 물드러진 십자거리를 ᄲᅢ져 오늘밤 일곱시! 모여 의론할 철의 집을 향한단다// -중략- // 이자썻 전선에 안저 재재 거리는 제비 한마리 바람을 량쪽에 가르며 내 귀엽흘 래레게 지나친다 아아 삼월이라 남쪽에서 북극의 첫봄 차저든 제비! 날개 포동거리며 사러치는 쌈안 몸둥 보고 잇다 문득 저 쌍 봄 생각 나드구나// -중략- 피오닐 회관에서 늬들과 팔씨름 겨누며 안지겟다 쌈흘리든 즐거운 시절 생각

나다야// -중략-// 여게와 직장서 일곱애쓰러 소년부 만든지두 이무 다섯달하구 보름날 -하략-

안용만, 「제비를 보고」(『신소년』 1933년 5월호)

줄기차게 내리는 비ㅅ발에 하로밤 잇흘밤이 지내엇사외다// 것 넛山 이 그림자조차 사라저버리게 다-허무러진 초가집 지붕을 쫄고 아-비는 어지럽게도 쏘다젓나이다//-중략-// 놉흔 성 가티 싸어논 수리조합의 뚝 돌쇠아버지가 싸와가며 품팔든 이 뚝 바라보면 큰 호수와 가튼 이 貯水池도 터지고 마럿사외다 그래서 집을 삼키고 엄마 언니누나를 휩쓸어 갓사외다// -중략- // 동쇠야 우지마라 너는 얼른 커서 늬 아버지 보다두 억센 사나이가 되자 / -하략-

박세영, 「洛東江은 터젓사외다」(『별나라』 1933년 8월호)

이성홍의 「팔여간강아지」는 잡지 편집 상 8연 54행(줄)으로 되어 있다. 이성홍이 연이어 발표한 「말궁둥이를싸르며」(1930년 5월호), 「暴風雨넘어로」(1930년 7월호) 등 다른 소년시들 또한 40행 전후의 장시 경향을 보이고 있다. 화자가 애지중지하는 강아지를 아버지는 지주의 건강을 위해 면사무소에 결복(토지세)을 내기위해 장에 내다판다. 친한 벗을 잃은 화자는 남은 굴레 안장마저 팔아 가난한 살림에 보탬이 되기를 바란다. 또한 어린 꿈(추억)마저 팔았으면 하는 서운한 마음을 전한다. 이야기의 구성은 아버지가 강아지를 장에 팜 → 강아지를 팔게 된 연유 → 끌려가지 않으려고 생떼 쓰는 강아지의 모습과 이를 지켜보는 화자의 안타까움 → 강아지를 팔자는 아버지의 권유 → 화자의 반대 및 결국 팔려간 강아지 → 강아지와의 추억 → 가난한 현실에 대한 한탄 순이다.

안용만의 「제비를 보고」는 10연 82행(줄, 10행 생략)으로 되어 있다. 이 시는 봄날 저녁 철의 집으로 소년회 모임을 가던 화자는 제비를 보고 피오닐 회관에서 친구들과 함께 했던 옛 봄날의 추억을 회상하다는 이야기이다. 이야기의 구성은 철의 집을 가기 전 저녁 배경 묘사 → 날아다니는 제비 모습 묘사 → 피오닐 회관에서의 추억 회상 → 제비와 놀던 추억 회상 → 소년회 활동 이력 소개 → 소년회 회원들에게 추억을 전하고 싶은 화자의 다짐 순이다.

박세영의「洛東江은 터젓사외다」는 9연 43행(중간 생략)으로 되어 있다. 이 시는 수해를 입은 낙동강 주변 농촌 마을의 폐허 현장과 가족을 잃은 돌쇠를 위로하는 내용이다. 이야기의 구성은 연일 세차게 내리는 비 → 빗물이 불어 굽이치는 장면 묘사 → 폐허가 된 마을 모습 → 삶의 터전을 잃은 마을 사람들 → 가족을 잃은 돌쇠의 슬픈 상황 → 슬픔을 이겨내라고 돌쇠를 위로함 순이다.

소년시가 동요나 동시에 비해 길어진 이유는 성인문단의 단편서사시처럼 시에 서사적 요소를 실험적으로 차용했기 때문이다. 무산계급의 가난한 삶과 계급투쟁의지 등을 담담하고 리얼하게 묘사하고 대중에게 그들의 이념적 목소리를 진정성 있게 보여주기 위한 시도로 볼 수 있다. 이처럼 1930년대 소년시는 자유율, 서간체, 장시 등의 형식적 특징을 보이고 있음을 확인할 수 있었다.

2) 소년시의 내용적 특성

1920년대 중반부터 창작된 소년시는 30년대에 들어 150여 편에 달하고 있다. 검열로 삭제된 작품과 소실된 잡지를 고려하면 더 많은 작품이 발표되었을 것으로 추정된다. 프로문학이 아동문단에 영향을 미치기 전 20년 중후반의 소년시들은 가족과 친구에 대한 그리움, 계절에 따라 느끼는 삶의 애수, 자연에 대한 감흥과 묘사, 소년들의 근면한 삶과 진취적 기상 등이 주된 내용들이었다. 반면 30년대 들어 『아이생활』을 제외한 대부분의 잡지와 신문에 실린 소년시들은 계급주의 이념적 투쟁의지를 강하게 보여주고 있다. 특히 가족을 비롯한 그리운 대상의 부재, 부르주아에 대한 적개심, 가난한 무산계급의 비참한 실상을 리얼하게 그려내고 있다. 이러한 힘든 현실 속에서도 소년들의 진취적 기상과 근면 건강한 삶의 의지를 그리기도 한다. 대표 작품을 중심으로 내용적 특징을 살펴보면 다음과 같다.

어머님! 아버지는 웨? 오시지 안으신답닛가 그째가 발서 언제기에 여태것 안오신답닛가. 아버지를 다리고가던 그는 양복닙고 날마다 이 압길을 다니든데// -중략- // 말 잘 듯고 일 잘하면 *秋夕*지나고는 *夜學校*에라도 보내주시겟다더니 더럭더럭 *秋夕*은 압흐로 갓가히 닥처오는데 왜? 우리 아버지는 무엇을 하신다고 오시지 안으신답닛가. 난 아버지가 보고 십허서 못견듸겟는데 *夜學校*라도 보내주시겟다고 하시던 우리 아버지…// -중략- // 어머니째서는 우리 아버지가 보고 십지도 안어 그러서십닛가. 난 어써케라도 해서 아버지 게신 데만 알게되면 썩 차저보고야 말것이랍니다!

늘샘, 「어머님! 아버지는 웨?」(『신소년』 1930년 8월호)

진달래꼿치 간밤에 픠엿다 아저씨들이 가신지도 벌서 일년!// 아저씨들의 얼골이 보구 십허서 눈마즈며 칠십리ㅅ길을 거러갓든 지난 겨울을 생각하면! 주먹이 쥐여진다 「어린애」라고 들여보내지 안는 것을 울며불며 졸으다 못해 눈ㅅ길을 밟으며 돌아오든 생각을 하면!//아저씨들 몸들은 튼튼한지! 아저씨들 남겨 놋코 간 일은 뒤에 남은 아저씨와 어린 우리들의 손으로 차근차근하게 되어나가지만두// 진달래꼿치 몃변 피엿다 슬어지면 우리들의 용감한 아젓씨들은 우리들의 눈 마즈며 쏫겨오든 그 길로 돌아오시려누!

김우철, 「진달래꼿」(『별나라』 1932년 4월호)

첫째, 대상에 대한 부재는 어린 소년들의 간절한 그리움과 탄식으로 그려지고 있다. 소년시에 등장하는 그리움의 대상은 주로 징용이나 옥살이 또는 돈을 벌기 위해 타향에 간 아버지, 오빠, 누이 등이다. 늘샘의 「어머님! 아버지는 웨?」는 징용에 끌려간 아버지를 그리워하고 있다. 돈을 벌어 돌아와 야학에 보내주겠다는 아버지는 추석이 다가오는데도 아무 소식도 없다. 어린 화자는 아버지가 보고 싶지만 어머니를 비롯해 아무도 아버지에 대한 소식을 알려 주는 이가 없다. 이에 어떻게 해서라도 아버지의 행방을 찾아 만나고 싶어 한다. 김우철의 「진달래꼿」은 감옥에 간 아저씨들을 그리워하는 내용이다. 어린 화자는 사회주의 활동을 하다 감옥에 갇힌 아저씨들을 그리워한다. 진달래는 아저씨를 그리워하는 회상 의 매개물이다. 몇 해가 지나도 돌아오지 않는 아저씨들에 대한 간절함은 진달래꽃을 통해 심화되고 있다.

그밖에 그리운 대상에 대한 부재를 노래한 소년시는 한백곤의 「아버지를생각함」(『신소년』 1930년 1월호: 아버지), 靜波의 「쪽배-원산항에서」(『신소년』 1931년 2월호: 누이), 이성홍의 「아버지를기다림」(『신소년』 1931년 3월호: 아버지), 조탄향의 「눈오시는밤」(『신소년』 1931년 3월호: 오빠), 김월봉의 「옵바에부치는편지」(『신소년』 1932년 4월호: 오빠), 박고경의 「暴風 · 暴風 · 저暴風」(『신소년』 1932년 8월호: 아버지), 이원수의 「누이와기차」(『신소년』 1934년 4 · 5월호: 누이), 鄕苑의 「구름을치여다보며」(《조선일보》 1932년 6월 23일: 아버지), 김진회의 「옛집을지날때」(《조선일보》 1932년 6월 23일: 가족) 등이 있다.

오날 아침을 일즉 먹고 산골노 나무하러 가섯지 몹시도 치운날이라 열손싸락이 꽁꽁얼어서 골자구니에 불을 놋코 午前내 놀아 버렷네// 점심때 양지쪽 비탈에서 落葉을 끌다가 무서운 山主에게 붓들여 끌여가서 손발을 지개끈리로 묫키여 소남게 매달녓다네// 니가 갈리고 가슴 속에 불이 일건만 것흐론 잘못햇다고 손이발이 되도록 빌어서 夕陽때 어른(凍) 몸이 겨우 풀려젓다네// 山主가 점잔은채 어정어정 돌아서 갈 째 우리들은 작지로 총을삼어 견양하엿지 『래일이 잇으니 잇으니』하고 주먹쥐고 별넛네

안평원, 「나무끈이우리」(『신소년』 1930년 2월호)

만석아? 내가 뭐라고 말을하던? 우리들의 동무는 싸로 잇으니 그 애들과 놀지 말나구// 그애들의 면상에는 상처가 나고 너의 옷자락에는 코피가 무든 것을 보니 오늘도 함께 놀다 기어코 싸홈을 하고야 말엇구나// 그러케싸워야 무슨 소용이 잇늬? 너의 주먹만 압펏지? 그애들의 상처에는 약을 붓처도 너는 피무든 옷자락을 그래도 입고 다니는 것을

桂樹, 「내가뭐라고말하든?」(『별나라』 1933년 8월호)

둘째, 부르주아에 대한 적개심의 표현은 원망과 복수심으로 또는 부르주아 친구들을 부러워하지 말고 그들과 함께 어울리지 말자는 내용으로 그려지고 있다. 안평원의 「나무끈이우리」는 산에 낙엽을 모으러 갔다가 산주에게 들켜 고초를 당하는 무산계급 화자의 모습과 어린 나이기에 산주에게 저항을 하지는 못하지만 산주의 뒷모습을 향해 언젠가는 오늘 당한 치욕에 대한 앙갚음을 하겠다고 다짐하는 화자의 모습을 볼 수 있다. 桂樹의 「내가뭐라고말하든?」은 부르주아 친구와 싸운 만석이에게 그들과 싸워봤자 약도 못 바르고 피가 묻은 옷도 제대로 갈아입지 못하는 무산계급의 현실을 말함으로써 진정한 친구는 무산계급밖에 없다는 말을 전하고 있다.

그밖에 가을날 수확을 해도 소득이 없는 농부 아들의 지주에 대한 원망과 복수심을 노래한 오경호의 「우리가지은곡식」(『신소년』 1931년 10월호), 소작농 아버지를 괴롭히는 지주에게 앙갚음을 하겠다고 다짐하는 이동규의 「나어린일꾼」(『신소년』 1932년 4월호), 볼이 야윈 소년의 부르주아에 대한 적개심을 표출한 안평원의 「우리들의볼」(『신소년』 1933년 5월호), 물총을 만들어 부르주아 아들을 향해 쏘는 이야기인 이용만의 「참대물총」(『신소년』 1933년 2월호), 가난한 누이동생이 부잣집 딸을 부러워하자 이를 안타까워하는 소년의 모습을 노래한 김종대의 「울지마라」(『신소년』 1931년 4월호), 부잣집과 모던걸을 따라하는 누이들에 대한 한탄과 참된 노동자의 길을 걷자고 당부하는 이동규의 「누의들은 왜?-직녀공들에게」(『어린이』 1931년 12월호) 등을 볼 수 있다.

> 地獄가튼 굴ㅅ속 숨이 콱콱 막히는 내음새 이것이 우리의 일터 일은 아츰 동트기 전부터 어두어 볏이 눈뜰쌔까지 쌈투성이 되어 가지고 일해야 먹고사는 우리의 팔짜라오// -중략- // 왼몸이 솜가티 피곤하여질쌔 멀리서 들녀오는 종ㅅ소리를 듯고야 비로소 어- 살앗다- 하고 쌈배인 곡팡이 자루를 놋코 실마리 아득한 狂亂의 일터로부터 억매인 몸이 노힌배 되어 다만 하나인 이곳 나의 오막집을 차저옵니다// 일은 쌔가 울도록 하고 먹는 것이라고는 쌩조밥 소금 한가지에 입는 것도 업건만 -하략-
>
> 차홍이, 「採鑛夫」(『신소년』 1930년 7월호)

> -상략- // 동생은 반년동안이나 알타가 가고야 말엇다 ᄭᅳᆺ가지도 어머님의 젓과 나의 잔등이를 써러지지 안흐러든 동생은 눈을 감지도 못한 채 여-ㅇ 여-ㅇ 가버리고야 말엇다 안가겠다고 발버둥 치는 것을 보내고야 말엇다 약과 주사를 몟십원어치 쓰면 낫는다는 동

생의 병이건만 어머님의 타는 마음이 커갈째 병도 놉하 가고야 말엇
다// 동생이 애틋스러워 병원의 문을 붓잡고 울고잇든 혹시 약이되
지 안흘가 하야 풀뿌리를 캐여다 쪼리여주든 어머님은 동생이 가기
가 밧부게 김참사ㅅ집 유모가 되어 버렷다 -하략-

양가빈, 「무엇이어머님을乳母까지만들엇나」(『신소년』 1933년 8월호)

셋째, 가난한 무산계급의 비참한 실상은 기름 없이 공부도 못하고 밤을 지새우는 무산계급 소년, 탄광이나 공장에서 일하는 무산계급 소년·소녀들의 고달픈 삶, 수확을 해도 지주의 횡포로 또 다시 빚을 지는 소작인의 현실, 가난으로 엄마 젖이 안 나와 배고파하는 아이의 우는 모습 등을 그리고 있다. 차홍이의 「採鑛夫」는 탄광의 이미지나 화자의 고달픈 심경을 나름 시적의장(비유)을 사용하고 있어 무산계급의 현실을 적나라하게 보여준다. 탄광이 무너져 죽은 형을 대신해 어린 소년은 지옥같이 숨이 막히는 굴속에서 등불 하나에 의지해 죽음을 담보로 석탄을 캔다. 하지만 그에게 돌아오는 것은 고된 노동으로 지친 몸과 아버지가 죽을 때 남긴 빚뿐이다. 양가빈의 「무엇이어머님을乳母까지만들엇나」는 어린 동생이 아프지만 가난으로 제대로 치료조차 하지 못해 결국 죽게 된다. 어린 동생의 죽음도 잠시 어머니는 생존을 위해 지주집의 유모가 되어 버린다.

그밖에 기름 없이 밤을 지새우는 부자의 고달픈 삶을 노래한 이성홍의 「먹방속의父子」(『신소년』 1930년 6월호), 등불이 꺼져 밤늦게까지 공부를 못하는 무산계급 소년의 안타까움을 노래한 임노현의 「등잔아래서」(『신소년』 1933년 3월호), 집에서나 공장에서나 꾸중을 듣는 누나의 고달픈 삶을 그린 조종현의 「어린누나가안입니까?」(『신소년』 1931년 1월호), 월급날인데도 빚을 갚지 못하는 소년의 한탄과 걱정을 노래한 김명순의 「월급날-어느소년직공의일기」(『신소년』 1933년 7월호), 제사공장 소녀의 고달픈 기숙사 및

공장생활을 그린 김중곤의 「옵바에게」(『어린이』 1932년 4월호), 학교 소사(고쓰가이)의 고달픈 삶을 그린 이상인의 「못할것은?」(『어린이』 1932년 5월호), 가난해서 모유를 먹지 못하는 아기의 안타까움을 그린 김첨의 「밭에애기」(『신소년』 1932년 10월호) 및 윤지월의 「어머니콩밥은안먹겟수」(『신소년』 1932년 10월호) 등에서 가난한 무산계급의 비참한 실상을 찾아 볼 수 있다.

> 풀풀피는 불떵이 싯벌건 太陽이 왼 江山을 태우고 녹이려는 듯 홧-홧- 드려쪼이거나 말거나 가느단 팔다리를 거더부치고 호미질 낫질을 시려안코 게을리안는 우리는 勇敢한 農少年이외다// -중략- // 그런데 이러케 貴重한 일을하는 우리를 세상은 웨 멸시하나 밥까지 굼기나! 살이 푸둥푸둥 오른 어른×들이 亭子각 아래 낫잠만 자고 료리집서 춤만추는데… 아-어굴하다 분하다 세상아- 무러보자 대답해다고!// 응! 왼 세상의 農少年 우리는 강철가치 구더진 팔을 모다 서로 엇겨고 나간다 타는 太陽밋헤 땅파는 勇姿를 모아 맹호가치 사자가치 突進하는 그 아페는 반드시 빛나는 새 세상이 버러진다네 모다 모여라 나가자 동무여!
>
> 오경호, 「農少年」(『신소년』 1931년 8·9월호)

> 한여름을 더위와 싸호며 논밧헤서 지내고 나면 내 몸이 강철가치 구더지오// 무쇠골격 돌근육 이팔뚝 이다리를 내둘으는 곳에 태산도 문허트리고 바위ㅅ돌도 깨여지오// 내몸이 이리도 튼튼하고 단단커든 싸홈터에 나간대도 무섭고 겁날 것 하나업소.
>
> 양근이, 「勇士」(『신소년』 1931년 10월호)

넷째, 소년들의 진취적 기상과 건강성은 가난한 현실과 공장 및 농촌의 힘겨운 현장에서도 이를 굳센 의지로 이겨내겠다는 다짐과 무산소년들의 동지애와 건강성이 주를 이룬다. 또한 새해나 아침을 맞아 희망찬 시작과 함께 새로운 일꾼으로 소년으로 거듭나기를 바라고 있다. 오경호의 「農少年」은 일은 안하고 정자에 모여 놀고먹는 지주에 대한 비난과 현실은 고달프지만 내일의 희망을 위해 다짐을 굳히는 농촌소년들의 희망찬 목소리를 노래하고 있다. 양근이의 「勇士」는 한 여름날 더위와 싸우며 일하는 삶이 힘들지만 오히려 건강한 몸 자랑을 통해 싸움터에 나간다 해도 두려울 것이 없다고 현실을 긍정적으로 인식하고 있다.

그밖에 소년들의 진취적 기상과 건강성은 새해를 맞아 새벽처럼 새로운 일꾼이 되자고 다짐한 안평원의 「이짱의새벽」(『신소년』 1930년 1월호), 봄을 맞이하는 농군들의 희망찬 모습을 그린 강용률의 「봄이왓다」(『신소년』 1931년 2월호), 아침을 맞아 희망차게 일터로 나가자를 노래한 목은성의 「아츰이라네」(『신소년』 1931년 6월호), 공장에 일을 하러 나가는 노동소년들의 굳은 다짐을 노래한 송해광의 「우리들하로의시작」(『신소년』 1933년 5월호), 여름날 더위와 싸우며 일하는 농촌 소년들의 기상을 노래한 정대위의 「해와싸우는우리들」(『어린이』 1932년 8월호), 소년들의 진취적 기상과 신념 다짐 당부를 노래한 金月岩의 「나팔을불어라」(《조선일보》 1933년 7월 7일) 등에서 찾아 볼 수 있다.

> 뒤ㅅ동산의 잔디밭가에 싹돋힌 조그만 귀여운 三葉草// 그는 어린봄이 별속에서 받고 내려온 새파란 洋傘// 뒤ㅅ동산의 잔디밭가에 싹돋힌 조그만 귀여운 三葉草// 그는 어린봄을 땅속에서 앉히고나온 조고만 蓮닙
>
> 황석우, 「三葉草」(『아이생활』 1932년 5월호)

저편 西山에 해는 방금 저믈고, 희미한 가을밤이 山腹에서 마을

로, 마을에서 눈 앞으로 물결같치 밀려온다// 紅柿로 물들인 山마루로 때묻은 가마귀 洛陽을 잡을 듯이 훨훨 날러간다// 개나리 봇짐에 검은갓 잿겨쓰고 등진 黃昏을 돌아다보며 힘업는 발길을 옴겨놋는 나그네의 애닯음을 실은 저녁의 黃昏이여!

김필남, 「黃昏」(《동아일보》 1937년 11월 21일)

다섯째, 자연에 대한 이미지 묘사 및 감흥은 계절과 시간에 따라 화자의 눈에 비친 꽃, 풀, 별, 석양 등을 비유적으로 그려내고 있다. 황석우의 「三葉草」는 봄날 싹튼 토끼풀을 새파란 양산과 조그만 연잎에 비유하고 있으며, 김필남의 「黃昏」은 가을날 황혼 무렵 마을 산마루의 이미지 묘사와 나그네의 애수를 노래하고 있다. 자연에 대한 이미지 묘사 및 감흥을 노래한 소년시들은 앞서 살펴 본 무산계급의 투쟁의지와 가난한 현실을 그린 이념적 성격과는 달리 개인의 서정을 주로 노래했다. 이는 황석우의 봄바람이 풀숲의 꽃을 깨우는 「手笛부는봄바람」과 봄날 날아다니는 나비와 꽃의 이미지를 묘사한 「人事단니는나븨들」(『아이생활』 1932년 4월호), 옛집을 지나며 느끼는 향수와 가족에 대한 그리움을 노래한 김진회의 「옛집을 지날째」(《조선일보》 1932년 7월 7일) 등에서 찾아 볼 수 있다.

1930년대 소년시는 앞서 살펴본 것처럼 그리운 대상에 대한 부재, 부르주아에 대한 적개심, 가난한 무산계급의 비참한 실상, 소년들의 진취적 기상과 건강성, 자연에 대한 이미지 묘사 및 감흥 등을 노래하고 있다. 물론 간헐적이나마 이별을 하게 된 소년들과의 만남을 바라거나(이성홍, 「약속」, 『신소년』 1930년 8월호), 서울로 공부를 하러간 친구에게 우정을 잃지 말자고 권하거나(박맹이, 「동무여!」, 『신소년』 1931년 4월호), 변심한 친구에 대한 원망(오경호, 「새벗」, 『신소년』 1931년 5월호), 야학을 가기 전의 설렘(안용민, 「휘파람」, 『신소년』 1934년 4·5월호)을 노래한 작품들도 간혹 보이기도 한다.

4. 나오며

본고는 1920년대 소년시 후속 연구로 1930년대 소년시의 성장 과정과 아동 잡지 및 신문에 게재된 소년시의 형식과 내용적 특징을 밝히는데 목적을 두었다. 연구의 원활한 수행을 위해 실증적인 자료가 요구되는 바, 1930년대 아동잡지 및 신문에 수록된 작품을 정리하고, 당시 소년문사 및 성인작가들의 활동 및 소년시와 관련된 여러 담론을 살펴보았다.

소년시는 1920년대 중반부터 1930년대 말까지 거의 15년여 동안 적지 않은 시기에 작가와 양적 결과물을 생산해 냈다. 당시 소년시를 창작했던 이들은 주로 보통학교 출신이 많았지만, 1920년 중반부터 동요를 투고했던 이들이 성장해 고보나 대학에 진학하면서 1930년대 창작 층의 연령대가 20대 이후로 상향된다. 또한 1930년대 소년시가 카프 기관지 역할을 했던 『신소년』과 『별나라』에 집중되면서 두 잡지에 참여했던 기성작가들의 참여가 두드러진다.

1930년대 소년시의 형식적 특징은 동요의 정형성을 탈피한 자유로운 형식을 취했다. 또한 가족을 호명하며 현실적 삶을 한탄하는 서간체 형식을 취한 시들이 많았다. 그리고 시의 길이가 장시화되는 경향을 보였다. 서간체와 장시화 경향은 당시 소년들의 문학적 이념을 구체적이고 효과적으로 전달하기 위한 전략으로 보인다. 또한 낭독성을 강조하면서 대중을 끌어들이려는 의도의 산물로 볼 수 있다.

한편 1930년대 소년시의 내용은 20년대와 달리 계급의식과 부조리한 현실에 대한 투쟁 및 개혁의지가 주를 이룬다. 특히 30년대 『신소년』, 『별나라』, 『어린이』 잡지의 경우 프로문학의 경향이 절정에 이르면서 그리운 대상에 대한 부재, 부르주아에 대한 적개심, 가난한 무산계급의 비참한 실상, 소년들의 진취적 기상과 건강성 등이 주된 노래 내용이었다. 반면 기독교 잡지인 『아이생활』에 소년시를 발표한 황석우의 경우 이념적인 내용보다는 자연에 대한 묘사나 비유를 통해 서정성이 강한 시를 발표했다. 신문의 경우도 계급의식 보다는 고향이나 벗에 대한 그리움을 노래한 작품이 대부분이다.

1930년대 소년시는 동요와의 길항 속에서도 그들의 목소리를 자유분방하게 표현했던 서정장르이다. 또한 형식에 구애받지 않고 나라 잃은 그들의 아픔을 진솔하게 그려냈던 시대의 호소물들이다. 물론 1930년대 직설적인 토로와 아지 카프적인 성향, 소재의 도식성 등을 단점으로 지적하지 않을 수는 없지만, 시대의 목소리를 내며 일제의 폭력에 맞서는 도구로서의 역할을 다했음을 부인할 수 없다.

제3장
서사의 재화와 시적 변용 동화시

1. 들어가며

일제 강점기 한국 아동문학은 다양한 갈래와 분화 속에서 많은 작가와 작품을 생산해 냈다. 특히 아동문학 서정 장르인 창작동요는 1930년대 초 동시와의 논쟁 속에서도 그 위치를 확고히 하며 해방 전까지 아동문학이 성장·발전하는데 기여한다. 최남선이 발행한 잡지나 신문이 그 전사 역할을 한 이후, 방정환에 이르러 창작동요는 본격적인 장르 인식을 갖고 작품을 생산하게 된다. 3·1운동 이후 일제의 무단통치가 막을 내리고 1920년대부터 문화 지배정책이 시행되자 봇물처럼 쏟아져 나온 신문, 잡지 등의 출판물은 창작동요를 발전시키고, 이를 대중에게 보급하는데 지대한 역할을 했다.

이러한 가운데 창작동요는 1930년을 전후해 7·5조의 정형성 탈피, 성인들의 관념적 사고 지양, 어린이들의 동요참여 유도, 아동의 연령대를 고려한 동요 창작 등, 동심의 재인식과 더불어 다양한 갈래로 분화되어 '동시', '소년시', '동화시', '유년동요', '그림동요' 등의 명칭이 생겨나게 된다(정진헌, 2013). 이 중 특이한 장르로 혼종 장르(hybrid genre)인 동화시가 있다.

동화시란 형식면에서 시적인 짜임새를 가지고 있으면서 거기에 동화적인 내용을 담은 시를 말한다. 다시 말하면 시의 형식인 운율과 동화의 내용인 서사를 한데 아우른 것이라고 말할 수 있다(이재철, 1998, 128). 유종호 또한 동화시를 운문이나 시로 된 동화, 혹은 어린이를 위한 이야기시로 장르를 규정한 바 있다(유종호, 2002, 311).

일제 강점기 혼종 장르인 동화시에 대한 연구는 아동문학 작가·작품론(김제곤, 2009; 최명표, 2010; 권혁준, 2011), 그리고 동요·동시 장르론(이재철, 1978; 신현득, 2000; 박영기, 2011)에서 작품 편수 및 간략한 소개 정도만 되었을 뿐 아직까지 본격적인 논의가 없다. 또한 해방 이후 북한에서 아동문학, 특히 동화의 발전을 위해 노력했던 백석(백기행)이 지은 동화시집 『집게네 네 형제』(1957년)만이 집중적으로 논의가 되고 있는 실정이다.

그리고 최남선이 신문관에서 발행한 아동신문 《붉은져고리》(1913년 1월~1913년 6월)와 아동잡지 『아이들보이』(1913년 9월~1914년 9월)에 동화시의 전사 역할을 했던 작품들이 소개되고 있는데, 이 또한 1920년대 이후 창작되기 시작한 동화시와의 관련성을 갖고 있어 비교 검토해 볼 필요가 있다. 두 매체에는 민담이나 고전소설을 7·5조의 정형률에 맞춰 싣고 있다.[1] 박혜숙(2008, 212)은 당시 발표되었던 대부분의 창작동요가 전래동요와 같이 정격 리듬을 취하거나, 민담을 7·5조 리듬으로 소개한 것은 아동문학의 원천을 민담을 비롯한 옛이야기 서사와 전래동요로 생각했던 당시의 장르인식 때문이라고 본다. 서사의 내용과 시의 형식이 혼재된 이 텍스트들은 이후 동화시가 탄생하는데 영향을 주었으리라 추측된다(원종찬, 2008, 84).

일제 강점기 동화시는 1927년부터 《중외일보》에 집중적으로 실려 있다. 그리고 30년대 이후 자유율 형태를 취하고 있는 동화시와 달리 대부분이 7·5조나 4·4조의 정형률을 고수하고 있다. 특히나 7·5조의 형태를 취

---

1 당시 최남선은 장르를 명기하지 않았지만, 이재철을 필두로 신현득, 박영기 등 대부분 선행연구자들은 신문관에서 발행한 신문이나 잡지에 실린 작품 중 옛이야기를 7·5조의 율문으로 재화한 작품을 동화요(童話謠)라 지칭했다.

한 작품이 많은데, 이는 당시 창작동요가 7·5조의 정형률을 취하고 있었기 때문에 이와 유사한 율문 형식을 자연스럽게 선택했을 것으로 보인다. 내용 또한 개인 창작물도 보이지만 대부분이 민담이나 전래동화 그리고 이솝우화 등을 재화한 것들이다.

《중외일보》에 실린 동화시는 당시 소년운동 출신 작가들의 작품이 1927년과 1928년에 집중적으로 게재가 되고 있다. 이는 당시 《중외일보》 편집진과 기자 대부분이 카프 출신이었기 때문에 그들과의 인적교류가 형성되었기에 가능했던 것으로 보인다.

본고에서는 이러한 형편을 토대로 아동문학 미개척 분야인 일제 강점기 동화시를 살펴, 동화시가 한국 아동문학사에서 자치하는 위상과 의의를 밝히고자 한다. 이를 위해 동화시의 기원 및 장르 명칭의 문제, 작품의 내용 및 작가군 그리고 작품의 재화 양상과 시적 특징 등을 살펴볼 것이다. 그리고 본 논의의 성실함을 위해 실증적인 자료 조사 및 분석이 요구되는바 당시 동화시가 실린 다양한 인쇄매체인 아동 잡지나 신문, 동요(시)집 등을 살필 것이다. 일제 강점기 아동문학에 대한 연구를 시작한 지 얼마 되지 않은 상황에서 이러한 작업은 아동문학의 온건한 복원을 위해 반드시 선행되어야할 과제이기 때문이다.

2. 동화시의 기원 및 창작 배경

아동문학 연구의 미개척지 중 동화시는 아직까지도 하나의 장르로 인정받지 못하고 있다. 또한 일제 강점기 몇 명의 작가와 얼마 되지 않은 짧은 역사에 소외 된 채 문학사에서 사장되었던 것이 사실이다. 이석현은 이러한 현실을 안타까워하며 우리 아동문단에 '동화시'의 붐을 일으켜, 하나의 뚜렷한 분야를 개척해 동화가 시를 이탈하여 사건과 줄거리 위주로 소설화 되어가는 악폐를 지양하고, 동화를 시에 근접시켜 어린이들에게 동시 · 동요로 친근감을 안겨주기를 바란다고 회고한 바 있다(이석현, 2009, 162-164).

동화시는 일상적인 소재나 일상적인 산문 기법으로 전달하려 하지 않고 상상력과 고도의 판타지에 의해 세상사를 은유적으로 표현하는 것이다(제해만, 1986, 147-148. 따라서 동화시는 동화적인 환상성을 지니고 있어야 한다. 또한 시적 예술성을 갖추어 동화를 보다 시적인 경지로 끌어 올리는 격조와 이미지가 있어야 한다. 결국 한 작품 전체가 시여야 한다는 것. 시로서의 향취와 요소를 지니고 있어야 한다는 것이다(이석현, 2009, 163).

그러면 동화와 시의 혼종 장르인 동화시의 출발은 언제부터일까? 실증자료를 통해 현재 확인되는 바 동화시로 장르가 명기된 최초의 작품은 1926년 『신소년』에 실린 색동회 회원 정인섭이 지은 〈幸福의 꼿노래〉[2]이다. 이 작품은 20년대 동화시가 주로 7 · 5조의 정형율을 취하고 있는데 비해 유일하게 30년대 이후 동화시처럼 자유율 형태를 취하고 있다.

이후 20년대 동화시의 전형적인 특징을 보이는 작품은 그해 11월 《동아일보》에 게재된 신고송(말찬)의 〈오빠를 찾아서〉[3]이다. 이 작품은 결

2 정인섭, 〈幸福의 꼿노래〉, 『신소년』 4권 4호(1926), 46~49쪽. 이 작품은 줄거리는 꽃이 피어 아름답고 향기로운 나라를 시기한 이웃나라 악마가 햇빛을 구름으로 가려 꽃이 피지 못하게 해 나라를 불행하게 만든다. 이후 새로 태어난 왕자와 공주가 하늘에서 내려온 용마를 타고 악마를 물리친다는 이야기이다.

3 《동아일보》 1926년 11월 3일. 〈오빠를 찾아서〉는 전처소생인 순이와 계모의 갈등 그리고 순이와 정대룡과의 사랑을 그린 작품이다. 추운 겨울날 계모는 풋나물을 캐오라며 순이를 집에서 내 쫓는다. 순이는 정대룡의 도움을 받아 풋나물을 캐 가지만 의심이 많은 계모가 나중에 쥐로 변신해 순이를 미행하게 된다. 이후 계모는 풋나물의 출처를 알게 되어 혼자서 풋나물을 캐러 정대룡을 찾아가지만 정대룡은 순이가 아님을 알고 흰말을 타고 멀리 달아나 버린다. 이후 계모의 학대를 못 이겨 정대룡을 찾아간 순이는 정대룡이 없음을 알고 그를 찾아 여러 날을 헤매고 다니다 결국 아이들의 도움을 받아 정대룡을 만나 기쁨의 눈물을 흘린다는 이야기이다.

미에서 '舊作 末贊 童劇集'[4]에서라는 출처를 밝히고 있어 신고송이 동극을 동화시로 개작한 작품임을 알 수 있다. 이 작품이 동화시로서 인정받을 수 있는 이유는 전처소생인 순이와 계모와의 갈등 양상을 그린 동화적 서사 구조와 시적 율격인 7·5조의 정형률[5]이다. 그밖에 겨울날 풋나물을 채취한다는 비현실성, 계모가 쥐로 변한다는 변신모티프 등이 동화적인 요소에 해당한다.

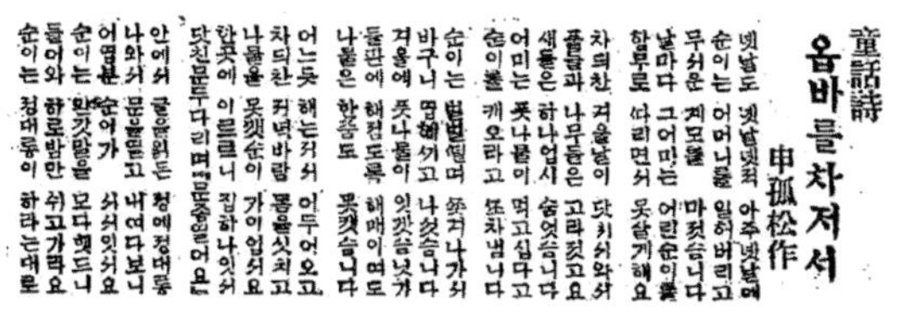

童話詩
옵바를차저서
申孤松作

녜날도 녜날녯적 아주녯날에
순이는 어머니를 일허버리고
무서운 계모를 마젓슴니다
날마다 그어미는 어린순이를
함부로 따리면서 못살게해요
차듸찬 겨울날이 닥치워와서
풀들과 나무들은 고라젓고요
새들은 하나업시 숨엇슴니다
어미는 풋나물이 먹고십다고
순이를 캐오라고 또차냄니다
순이는 [illegible] 나가서
바구니 [illegible] 나섯슴니다
겨울에 풋나물이 잇겟슴닛가
들판에 해저도록 헤매이며도
나물은 한줌도 못캣슴니다
어느듯 해는저서 어두어오고
차듸찬 저녁바람 몸을싯치고
나물을 못캣순이 가이업서요
한곳에 이르르니 집하나잇서
닷친문 두다리며 [illegible]
안에서 [illegible]
나와서 문을열고 내여다보니
어여뿐 순어가 서서잇서요
순이는 [illegible] 모다햇드니
들어와 하로밤만 쉬고가라요
순이는 청대롭이 하라는대로

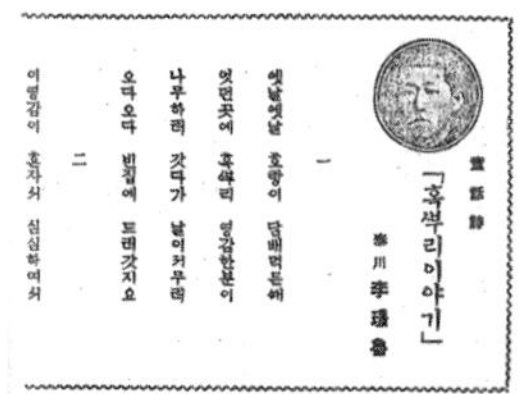

童話詩
「혹ᄲᅮ리이야기」
春川 李璟魯

一
옛날옛날 호랑이 담배먹든때
엇던곳에 혹ᄲᅮ리 영감한분이
나무하려 갓다가 날이저무러
오다오다 빈집에 드러갓지요
二
이령감이 혼자서 심심하여서

[자료1] 〈오빠를 찾아서〉, 신고송　　[자료2] 〈혹ᄲᅮ리이야기〉, 이경로

이 작품 외 동극을 동화시로 개작한 작품이 한 편 더 보이는데, 1930년 『어린이』에 실린 이경로의 〈혹ᄲᅮ리이야기〉[6]이다. 그는 작품 결미에서 『어린이』창간호에 실렸던 방정환의 동화극 〈노래주머니〉를 읽고 노래로 고친 것이라 밝히고 있다. 당시 동극은 1920년대 후반까지 동화극이라는 장르 용어와 함께 섞어 쓰고 있는데, 이를 통해 간접적으로나마 동화(전래/

4　1923년 2월 14일 『어린이』 창간 기념 가극대회가 열렸는데, 1921년 11월 '동화가극대회' 무대에 올렸던 '소녀 비극' 〈언니를 찾아서〉가 공연되었다(《매일신보》 1923년 2월 20일). 신고송이 재화한 동화시 〈오빠를 찾아서〉는 이 작품으로 보인다.

5　이석현(2009)은 동화시의 형태와 관련해 저학년들에게는 정형률을 위주로 한 '이야기 동요'가, 고학년(초등 4년 이상 중학생까지)들에게는 형식에 구애받지 않는 자유로운 산문시형, 즉 내재율로 엮는 동화시가 좋다고 했다.

6　『어린이』 8권 5호(1930년), 38~41쪽. 신현득(2001)은 이 작품에 대해 최남선의 〈옷나거라 뚝딱〉(『아이들보이』 9호(1914년)과 내용이 같다며 7·5조 4행, 1절의 창가투 정형시여서 동화시가 아닌 동화요였다고 밝히고 있다.

외국동화)를 아동극으로 재화해 읽을거리로 창작하거나 공연을 위한 대본으로 만들었음을 알 수 있다(임지연, 2009).

그렇다면 동화시의 연원은 어디에서 찾을 수 있을까? 이재철(1978, 54)은 최남선의 〈남잡이가 저잡이〉(『아이들보이』 12호)를 최초의 근대적 동화요(시)[7]로 보고 있다. 이 작품은 총 14절 5~6행으로 된 7·5조 형식으로 남을 잡으려다가 자기가 잡히고 만다는 내용이다. 이미 권혁준(2012, 29)에 의해 밝혀진 바, 이 작품은 최남선의 작품이 아니라 독자 최승환이 보낸 내용을 개작한 작품이다. 하지만 이 작품에 앞서 아동신문 《붉은져고리》에도 옛이야기를 7·5조 형식으로 실은 작품이 있다. 가령 '금도끼 은도끼' 이야기를 7·5조 율문으로 만든 〈고든 마음의 갑흠〉[8]이 해당된다. 따라서 이재철의 논의는 재고할 필요가 있다(진선희, 2012).

고든 마음의 갑흠

[자료3] 〈고든 마음의 갑흠〉 《붉은져고리》

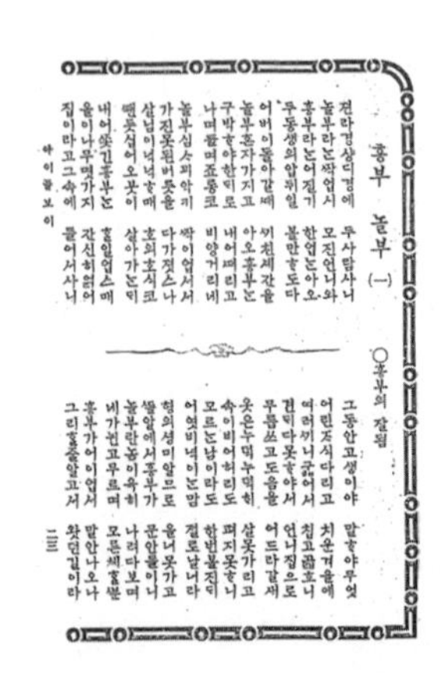
흥부 놀부 (一)

[자료4] 〈흥부 놀부〉(一) 『아이들보이』

---

7 이재철(1978)은 옛이야기를 7·5조 율문 형식으로 창작한 것들을 '시'라는 말 대신 '요'라는 의미를 부여해 '동화요'라 명명하고 있다. 이는 일제 강점기 7·5조 형식의 '동요'를 의식한 듯하다.

8 《붉은져고리》 제10호, 1913년 5월 15일.

한편, 『아이들보이』에 수록된 작품 중 동화시와 유사성이 많은 작품들이 보이는데, 이들은 민담이나 고전소설을 7·5조 형식으로 재화해 잡지에 게재한 작품으로 〈자라영감 토끼생원〉(1호, 1913.9), 〈흥부 놀부〉(2~3호, 1913.11), 〈심청〉(4~5호, 1913.12~1914.1), 〈세 선비〉 (6~8호, 1914.2~4), 〈옷나거라 뚝딱〉(9호, 1914. 5), 〈나무군으로 신션〉(10~11호, 1914.7) 등이다. 대부분의 작품이 7·5조 형식의 율문으로 재구성되어 있다.

일부 선행 연구자들은 이들을 동화요로 보고 있다.[9] 당시 동시라는 용어가 잘 쓰이지 않았으며 인식도 없었던 상황에서 동요 형식의 7·5조 리듬을 가진 작품들을 동화요로 보는 것은 다소 일리는 있지만, 이는 논란의 여지가 있다. 왜냐하면 잡지에는 민담이나 고전소설 외 다른 글들도 7·5조 형식으로 되어 있기 때문이다. 그리고 윤석중이 자유율 형태의 동화시를 발표하기 이전, 1920년대 동화시 대부분이 7·5조나 4·4조와 같은 정형률을 보이고 있는데, 그러한 주장대로라면 이들을 전부 동화요로 봐야하기 때문이다. 동화시는 동화와 시의 합성어로 시가 가지고 있는 형식적인 특징은 리듬 외 행과 연, 비유, 상징 등 다양하다. 따라서 당시 동요의 형식적인 특징인 7·5조의 특징만을 가지고 동화요라 칭하는 것은 문제가 있다. 문학의 장르는 고정 불변하는 것이 아니다. 이는 역사적 산물이며 문화적, 사회적 합의와 관습에 의해 형성되는 것이다(최인자, 2001). 동화시가 탄생한 배경도 그러한 이유에서이다. 물론 1920년대 동화시가 1910년대 최남선이나 이광수의 작품과 내용이나 형식적인 유사성을 가지고 있지만, 실증적 자료를 통해서도 확인되는 것처럼 당시 작가들은 동화에 시적 리듬을 취한 형태를 동화시라 인식하고 작품 활동을 했을 뿐만 아니라, 장르

---

9 이재철, 신현득 외 『아이들보이』에 실린 7·5 형식의 옛이야기나 고대소설을 동화요로 보는 이들로 박영기(2011, 80)와 원종찬(2008, 84)이 있다.

를 명확하게 잡지나 신문지상에 표기하고 있다.

한편 권혁준(2011, 26)은 최남선이 우리의 옛이야기를 서술하는데 7·5조를 사용한 것은 우리의 옛이야기가 판소리로 가창되었던 사정과 문헌으로 기록될 때 4·4조로 기록되었던 사정과 관련이 있다고 본다. 즉 심청전, 춘향전 등의 고대소설은 판소리로 불릴 때도 율문의 형식을 취했고, 육전소설이라는 형태의 인쇄물로 보급될 때도 4·4조로 기록되었기 때문에 이와 유사한 7·5조의 율문 형식이 자연스럽게 채택되었다는 것이다.

당시 최남선은 잡지 편집에 있어 '줄글'과 '귀글'을 병행하고 있다.[10] '아이들 신문'란을 보면 산문은 이야기로, 7·5조의 운문은 귀글이라는 용어를 사용하고 있다. 민담이나 고전소설뿐만 아니라 창가, 그리고 시형식의 작품에도 '귀글' 형태인 7·5조 형식 취하고 있는데, '귀글'이란 두 마디가 한 덩이씩 되게 지은 글을 말한다. 이는 한시에서 주로 사용되었던 말이다. 문학 장르가 정착되지 않은 당시 상황을 고려하면 최남선은 문학을 크게 산문과 율문[11]인 2분법으로 구분해 사용한 듯하다. 2분법은 율격의 유무에 따른 분류 방식이다. 옛사람들은 이를 '줄글'과 '귀글'이라는 말로 사용했다. 최남선 또한 이를 계승 율문 대신 귀글이란 말을 사용했던 것으로 보인다.

최남선은 1908년 인쇄소 겸 출판사인 신문관을 창립하고, 잡지 간행 사업뿐만 아니라 조선광문회를 설립하여 한국 고전을 수집, 번역, 편찬하는 일에 주력하였으며 통속적인 고전소설을 정리하여 새로이 간행했다. 이

10 「샹급잇는 글꼬느기」 규칙 란에 "글은 줄글 귀글 아모것도 다 조흐나 아모조록 죠선말로 지으며 이미 죠선말 뒤 한문말은 얼마 석거도 관계치 안습니다"라고 적고 있다.

11 현재 문학의 갈래를 2분법으로 논할 때 '율문'보다는 '운문'이 더욱 보편적인 용어로 사용되고 있다. 그러나 '운'보다는 '율'이 더욱 기본적인 것이므로 '운문'을 '율문'으로 보는 것이 타당하다(조동일, 1992, 286).

는 음란한 대중소설을 정리하고 조선어를 정비하여 소년들의 고상한 취미를 진작하기 위한 의도로 볼 수 있다(최남선, 1973, 422). 그러면 율문의 성격을 가진 '귀글'을 시 외에 다른 작품까지 사용한 의도는 무엇일까? 임상석(2009, 52)은 귀글이 단순히 구절을 맞춘다는 한정된 의미로 사용된 것인지 아니면 시 장르 전반을 규정하려는 의식이었는지 판명하기 어렵다고 밝히고 있다. 반면, 김윤식은 최남선이 7·5조의 율문 형태를 취한 이유는 지식양의 확대와 개화기 지식 보급을 위한 리듬의 공리적 측면에 있다고 밝히고 있다. 장르 개념보다는 개화지식의 보급을 위해 노래가 본질적으로 갖고 있는 반복성을 의식적이든 아니든 이용했다는 것이다(김윤식, 1990, 74).

여러 정황으로 보아 최남선이 민담이나 고전소설을 재화한 전래동화를 귀글 형태인 7·5조 율문 형식을 취한 이유는 계몽의 기획 하에 아이들 스스로 전래동화를 리듬에 맞춰 자연스럽게 읽고, 그 내용을 좀 더 쉽게 이해할 수 있도록 하기 위한 방편으로 볼 수 있다.

이광수 또한 『새별』 16호[12]에서 『아이들보이』에 실었던 고전소설 〈허생전〉을 4·4조의 율문으로 재화해 수록한 바 있다.[13] 그는 작품 말미에서 "이 許生의 事蹟은 일즉 「아이들보이」때에 散文으로 한번 揭載한 일이 잇으나 이번에는 韻文으로 다시지어 여러분의 새 感興을 닐히키고져 하얏노라"라고 밝히고 있다. 여기서 새 '감흥'을 일으킨다는 것은 산문 형식의 이야기보다는 시로서 느끼는 리듬감 즉, 낯설게 하기 형식의 체험을 통해 독자들의 정서를 환기하려는 의도가 내포되어 있음을 알 수 있다.

이처럼 최남선과 이광수에 의해 시도되었던 율문 형식의 이야기 재화 작업은 1920년대 중반 이후 탄생한 동화시에 일정 부분 영향을 주었을

---

12 1914년 9월 최남선은 이광수에게 위촉(委囑)하여 『새별』을 창간한다.

13 이광수, 〈허생전〉, 『새별』16호, 1915.

것으로 본다. 아래 자료 통해 알 수 있듯이 7·5조의 형식적인 부분과 민담을 바탕으로 재화한 내용면에서 유사성이 강하기 때문이다.

童話詩

이상한구슬

金英熹

[자료5] 〈옷나거라 뚝딱〉 《아이들보이》

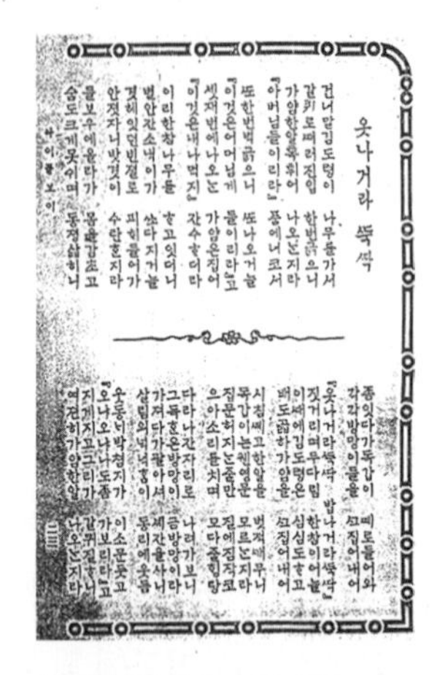

옷나거라 뚝딱

[자료6] 〈이상한 구슬〉 《중외일보》

그러면 당시 작가들은 '동화시'라는 장르명을 어떻게 인식하고 작품 활동을 했을까? 현재로서는 1920년대 중반 이후부터 김영희[14]를 필두로 《중외일보》에 작품 활동을 했던 작가들의 창작동기를 찾기가 어렵다. 다만 최명표(2010, 128-129)는 1928년 7월 8일에 발표한 곽복산의 동화시 〈빨간 조희〉를 논의하면서 그 창작 동기를 당시 카프 문단 내에서 등장한 단편서사

14 김영희(金英熹)는 동화시를 발표했던 김계담(〈사철저고리〉)과 함께 1927년 11월 21일 《중외일보》에 동요 〈문허진탑〉을 발표한 작가이다. 현재 김영희에 대한 자세한 활동사항은 알 수 없다. 현재 그와 관련된 사항은 조선동요연구협회에 참여했다는 내용(이동순, 2011, 82)과 용인 출신(박경수, 2004, 11)이라는 내용이다. 박경수는 1928년 8월 10일 《동아일보》에 발표된 동시 〈반듸불〉에 김영희의 소속이 '용인'으로 나와 있다고 밝히고 있는데, 필자 조사에 의하면 이전 1928년 7월 28일자에 동일한 인물의 작품, 동요 〈우리아버지〉를 포함해 두 작품 모두 김영희(金英姬)로 표기되어 있다. 《중외일보》에는 동화시와 동요 모두 김영희(金英熹)로 표기되고 있어 동일한 인물인지 재고할 필요가 있다.

시의 영향으로 보고 있다. 하지만 동화시가 단편서사시의 영향을 받았다는 논의는 다소 문제가 있다. 왜냐하면 김기진에 의해 단편서사시[15] 이론이 전개된 것은 1929년 5월이다. 당시 임화가 〈우리 옵바와 화로〉[16]를 발표하자 김기진이 이를 옹호하면서 이른바 '단편서사시론'을 제출하였다. 시기적으로 보면 동화시의 시작이 단편서사시보다 앞서 있다. 1926년 『신소년』과 《동아일보》에 각각 게재된 정인섭의 〈幸福의 쏫노래〉와 신고송의 〈옵바를 차저서〉를 제외하더라도 《중외일보》에 동화시가 실린 것은 1927년 5월부터이다. 그리고 계급주의 색채가 강한 작품도 극히 드물어 그들의 현실적인 목소리를 내기 위해 장형화된 동화시를 택했다고 보기도 어렵다.

필자는 1920년대 후반에 집중적으로 동화시가 발표된 이유에 대해 당시 '동화회'와의 관련 개연성을 조심스럽게 제기한다. 1922년부터 '소년회'나 '청년회' 등의 단체가 주축이 되어 시작된 동화회 운동은 1927년이 되면 전국 대규모로 확대가 되어 절정에 달한다. 동화대회는 오월회, 신우회, 별탑회, 가나다회 등의 단체나 아이생활사, 별나라사, 새벗사 등의 잡지사가 주로 개최를 했으며, 《동아일보》나 《조선일보》를 비롯한 신문사들의 적극적인 후원을 받았다(조은숙, 2006). 그들은 전국적으로 순회공연을 다니면서 어린이들에게 동화를 보급하고, 각 지방의 전설을 채집하기도 했다. 1927 · 8년 《중외일보》에 동화시를 쓴 김영희, 이동찬, 송완순, 김계담, 박두언, 곽복산, 이구월 등은 소년운동 출신인 동요 · 동화 작가들이다. 이 중 곽복산과 박두언은 당시 조선소년총연맹 김제소년동맹원으로 활동하면서 동화대회에 적극 참여를 한다.[17] 박두언은 1927년 김제에서 개최된

---

15 김기진, 「단편서사시로의 길로」, 『조선문예』 1929년 5월.

16 임화, 〈우리 옵바와 화로〉, 『조선지광』 1929년 2월.

17 《동아일보》 1929년 1월 29일.

'김제현상동화대회'에서 3등을 차지하기도 한다.[18]

방정환의 전국순회 동화회 활동과 동화집 『사랑의 선물』(개벽사, 1922) 출판은 동화라는 새로운 장르가 국내에 자리 잡는 구심점 역할을 했다. 이후 1920년 중반을 전후해 전국 각지에서 소년회와 청년회를 중심으로 개최 되었던 '현상동화대회'는 초창기 한국 문학의 재생산 제도와 문단의 형성에 크게 기여하였다. 현상문예는 문학을 공적 영역으로 끌어들여서 담론 차원으로 승격시켰고, 투고자들은 자신의 작품이 활자화되는 과정을 통해서 사상적 자유가 제한되던 식민지 사회로부터 일정한 사유 공간을 확보할 수 있었다. 또한 투고자들은 현상문예 제도를 통과하는 동시에 문단으로 편입되었고, 현상금이라는 물질적 부와 작가라는 소년문사의 명예를 얻기도 했다. 비록 현상동화대회가 단일한 장르에 국한된 발표 기회였을지라도 소년들은 기존 작품의 구연 과정에서 문학적 형식을 습득할 수 있었고, 새로운 작품을 창작하는 과정에서 소정의 글쓰기 훈련을 받을 수 있었다(최명표, 2010, 72-73).

이러한 제반 사항을 고려해 보면 소년운동 출신들이 당시 전국적으로 성행했던 동화회의 영향을 받아 그 일환으로 동화시를 창작했으리라 본다. 동요작가로서 당시 어린이들에게 동화를 보급하기 위한 새로운 실험정신을 갖고, 전래동화를 7·5조나 4·4조의 율문형식에 맞춰 창작하고 이를 신문에 게재했을 것이다.

한편 1930년대에 들어서면 윤석중과 남석종을 통해 동화시에 대한 내막을 어느 정도 알 수 있다. 윤석중의 첫 동시집 『잃어버린 댕기』(1933년)에는 동화시 5편이 실려 있다. 그는 회고록(1978, 144)에서 다음과 같이 밝히고 있다.

---

18 《동아일보》 1927년 11월 23일.

> 나는 「잃어버린 댕기」에서 동화 밑바닥에 리듬을 깐 '옥수수 하모니카', '짝짜이 신발', '오줌싸개 시간표' 등 다섯 편의 동화시를 시도해 보았는데, 이것들은 책이 나온 뒤,오케레코드 회사에서 만담가 신불출(월북)의 낭독으로 레코드판이 되어 나왔다.

당시 윤석중은 1920년대 동요의 정형률을 탈피해 자유율 형태의 동시를 주창했던 작가이다. 이와 더불어 동화시 또한 1920년대의 정형률을 탈피해 자유율 형식으로 창작되는데, 그의 말대로 동화에 시적 리듬을 넣은 새로운 실험시를 만든 것이다. 당시 이광수는 윤석중의 동화시를 '산문시동화'라 칭했다.[19] 이를 통해 윤석중의 동화시는 이재철이 말한 동화요에서 본격적인 동화시로의 이행을 시사한다.

또한 남석종은 「朝鮮과 兒童詩-兒童詩의 認識과 그 普及을 爲하야」[20]라는 글을 통해 당시 동화시에 대해 다음과 같이 말하고 있다.

> 이것은 童話를 아이들에게 리듬을 주어서 시인이 그 스스로의 奔放한 想像의 産物로서긴 이야기를 아니면 짧은 이야기를 童謠로 만들어서 이야기하야 주는 것이다. 朝鮮에서도 이 童話詩를 郭福山, 李東贊, 尹石重 筆者其他가 시도하야 世上에 發表하였다. 저- 西條八十씨의 「琉璃의 山」, 藤森秀夫씨의 「三人姬」 등이 세상에 有名한 것이라 하겠다.

남석종은 동화시에 대한 정의를 윤석중처럼 동화에 리듬을 준 것이라 말하고 있다. 즉 내용면에서 동화의 서사를 담고 있지만, 형식면에서는

19 《동아일보》 1933년 5월 11일.

20 《조선일보》 1934년 5월 26일.

동요의 운율인 7·5조나 4·4조를 취하고 있다는 것이다. 그리고 동화시는 곽복산, 이동찬, 윤석중 같은 국내 작가뿐만 아니라 사이조 야소(西條八十)나 후지모리 히데오(藤森秀夫)와 같이 일본 작가들도 동화시를 창작했다고 밝히고 있다. 이를 통해 한·일 상호간의 영향 관계를 밝히기는 어렵지만, 당시 일본에서도 동화시가 창작되었음을 간접적으로나마 확인할 수 있다. 이후 1940년대에 들어서면서 노양근, 임인수, 이종성 등에 의해 간헐적으로나마 동화시가 창작되지만 지속적인 발표는 없다. 1950년대 후반에 들어 백석이 이를 계승 창작하게 된다.

이처럼 일제 강점기 동화시는 동화 밑그림에 시의 리듬을 단 일종의 실험정신이 강한 혼종 장르로 볼 수 있다. 동화시는 비록 장르명은 밝히지 않았으나 최남선에 의해 시도되었던, 아이들의 정서를 고려해 민담이나 고전소설을 재화한 전래동화에 7·5조의 리듬을 단 귀글 형태와 유사성을 보이고 있어 그 영향 관계를 결코 부인할 수 없다. 또한 7·5조 외 4·4조의 형태를 취하고 있는 작품들도 있어 민요와 판소리의 특성을 계승했다고도 볼 수 있다. 1920년대까지 정형성을 보이던 동화시는 1930년대 윤석중 이후 정형성이 파괴되며 40년대까지 자유로운 형태를 띠게 된다.

3. 동화시 작품 및 작가 현황

현재 필자가 조사한 바, 동화시라는 장르가 명기된 작품은 25편으로 확인되고 있다.[21] 재수록 작품을 포함해 《동아일보》에 4편, 《중외일보》에

21 당시 장르 명기는 하지 않았지만 동화시와 유사성을 가지고 있는, 1910~30년대 작품들은 차후 자세한 논의를 하기로 한다. 또한 새로운 동화시 작품이 발견되면 작품 편수 또한 수정되어야 할 것이다.

10편[22], 개인 동요(시)집에 7편, 잡지에 8편이 실렸다. 이들 중 《중외일보》에 연작으로 게재된 작품은 〈사냥꾼〉(1회~5회), 〈세 개의 상자〉(1회~3회), 〈영애의 죽음〉(1회~2회), 〈맘씨 좋은 信福〉(1회~3회), 〈동무를 싸러〉(1회~4회) 등 5편이다. 작가와 작품 수는 아래 〈표1〉에서 알 수 있듯이 윤석중 5편, 김영희 3편, 이동찬, 이동규(동우), 김태오가 각각 2편, 그리고 정인섭, 신고송, 송완순, 김계담, 박두언, 곽복산, 이구월, 이경로, 노양근, 임인수, 이종성 등이 각각 1편씩 발표를 했다. 당시 발표된 동화시 작품 및 작가 현황은 다음과 같다.

[표1] 일제 강점기 동화시 작품 현황

순서	제목	발표연도	발표지	작가	비고
1	행복의 쏫노래	1926년 4월 1일	『신소년』 4권 4호	정인섭	
2	옵바를 차저서	1926년 11월 3일	《동아일보》	신고송	동극집
3	이상한 구술	1927년 5월 22일	《중외일보》	김영희	
4	룡왕국에 간 복동이	1927년 6월 12일	《중외일보》	김영희	
5	사냥꾼	1927년 8월 21일 ~8월 28일	《중외일보》	김영희	
6	세 개의 상자	1927년 12월 11일 ~12월 14일	《중외일보》	이동찬	

22 최명표는 앞의 글에서 《시대일보》에 실린 동화시가 8편이라고 밝히고 있는데, 필자의 조사에 의하면 2편이 더 실렸다. 김영희의 〈룡왕국에 간 복동이〉(1927년 6월 12일)와 박두언의 〈동무를 싸러〉1~4회(1928년 4월 27일~5월 1일)이다.

7	영애의 죽음	1927년 2월 9일 ~2월 10일	《중외일보》	송완순	
8	맘씨 좋은 信福	1928년 3월 17일 ~3월 20일	《중외일보》	이동찬	
9	쌕새 울거든	1928년 3월 30일	《중외일보》	김계담	
10	동무를 짜러	1928년 4월 27일 ~5월 1일	《중외일보》	박두언	
11	빨간 조희	1928년 7월 8일	《중외일보》	곽복산	
12	늑대와 어린양	1928년 7월 15일 ~7월 18일	《중외일보》	이구월	이솝우화
13	혹쌔리이야기	1930년 5월 20일	『어린이』 8권 5호	이경로	동화극
14	애보는법	1933년 3월 1일	『신소년』 11권 3호	이동규	
15	도깨비 열두 형제	1933년 4월 25일	『잃어버린 댕기』	윤석중	『동광』39호 1932년 11월 1일
16	옥수수 하-모니카				《동아일보》 1932년 11월 1일
17	빈대떡 한조각				
18	짝제기 신발				
19	오줌싸개 시간표				《동아일보》 1932년 11월 5일
20	눈서방과 고드름각시	1933년 5월 18일	『설강동요집』	김태오	『어린이』호 1930년 12월
21	고아의 승천				
22	무쪽싸움	1934년 4월 4일	『신소년』 12권 4·5호	이동규	

23	갑동이와 빨간연필	1940년 7월 14일	《동아일보》	노양근	
24	별이야기	1943년 2월 1일	『아이생활』 18권 2호	임인수	
25	산밑에집	1943년 11월 1일	『아이생활』 18권 9호	이종성	

1920년대 후반 동화시가 가장 많이 실린 매체는 《중외일보》(1926년~1931년)이다. 특히 동화시가 《중외일보》에 집중적으로 실린 이유가 뭘까? 당시《중외일보》에는 카프 출신 기자가 많았다.[23] 동화시 작가 김영희, 이동찬, 송완순, 김계담, 박두언, 곽복산, 이구월 등 대부분이 소년운동가 출신으로 당시 카프 문단과의 인적네트워크가 있었기에 작품을 신문에 게재 했으리라 본다. 또한 이들은 동화시 발표 전후로 꾸준히 동요나 동화를 《중외일보》에 발표하기도 했다.

1925년 4월 홍명희, 한기악, 이승복 등이 《중외일보》의 전신인 《시대일보》(1924년 3월~1926년)를 인수하면서 이 신문에는 다수의 사회주의적 성향을 지닌 기자들이 들어와 활동하게 되었다. 홍명희가 사장이 된 이후의 기자들을 보면 1·2차 조선공산당(1925년 4월) 결성에 참여했던 사람들로 홍남표, 조이환, 구연흠, 유연화, 어수갑, 박순병 등이다. 또한 김기진, 안석주, 김동환, 조명희 등 카프 계열로서 사회주의적 성향을 가졌던 문인 기자들이 대거 활동을 했다. 이후 《중외일보》로 바뀌면서 대부분《시대일보》 기자들을 다시 채용하게 된다(박용규, 1996, 119). 김기진, 황신덕, 최성우, 김동환, 이건혁, 서승효, 신상우, 서범석 등이다. 또한 《중외일보》를 통해 언

23 당시 《중외일보》 기자 중 카프에서 활동했던 인물로 김기진, 김동환, 최학송, 권경완 등이 있다. 이와 관련해 자세한 사항은 박용규(1996) 참조.

론계에 첫발을 내디뎠던 이들로 민태원, 김형원, 유광열, 정인익, 이윤종, 노수현, 최상덕, 최학송, 김남주 등이 있다. 이 외에 김말봉, 이태준, 이하윤, 이종명, 임인식, 권경완 등이 기자로 새로이 입사하게 된다(박용규, 1994, 280-289).

당시 카프 중앙위원회[24]에서 활동했던 《중외일보》 기자 김기진[25]과 그와 함께 카프 회원으로 활동하면서 『별나라』에서 아동문학 운동 및 작품 활동을 했던 박세영, 권환, 엄흥섭, 박아지, 권환 등과의 인적 교류를 묵인 할 수 없다. 1927년 카프 2차 방향전환 이후 『별나라』는 카프 계열의 필진들이 편집에 참여하면서 계급주의적 성향이 강해졌던 것으로 보인다. 1930년대 프로동요·동시 작가로 활동했던 이들은 박세영, 신고송, 손풍산, 박아지, 이구월, 이주홍, 정청산, 김우철, 이동규, 박고경 등이다. 이들은 1925년 카프 결성을 전후해 각 지방에서 소년운동 및 문예동아리 조직 활동을 바탕으로 사회주의 계급이념을 받아들이는 한편, 서울의 매체인 『별나라』나 『신소년』그리고 일간 신문 투고란을 통해 그들의 시적 역량을 키워 나갔다. 이후 1928년을 전후해 계급시인으로 성장하게 된 그들은 중앙에서 활발하게 활동하게 된 것이다(박태일, 2003, 319).

경남 출신인 신고송(말찬)은 1924년 이후부터 『어린이』, 『별나라』, 『신소년』 외 각 신문에 꾸준히 동시, 아동극, 아동문학평론 등을 발표해 왔던 작가이며, 이구월(석봉) 또한 경남 출신으로 잡지 및 신문에 동요와 동화를 꾸준히 발표하던 작가이다.[26]

그리고 전북에서 활발하게 소년운동을 벌였던 이들로 박두언(만경),

---

24 카프 조직도는 안막, 「조선 프롤레타리아예술운동 약사」, 『사상월보』, 1932년 10월, 참조.

25 당시 카프의 핵심인물인 팔봉(八峯) 김기진(金基鎭, 1903~1985)은 시대일보를 거쳐 중외일보의 사회부장으로 있으며 학예란을 담당하고 있었다.

26 신고송 생애 및 작품 관련 제반 사항은 김봉희(2009), 이구월은 박경수(2004) 참조.

곽복산(김제), 이동찬(완주 고산)이 있다. 박두언[27]은 1928년 7월 김제청년동맹 만경지맹에 노동야학을 설치하고 교사로 활동하였으며, 8월에는 서울의 유학생들과 만경독서구락부를 창립하고, 9월 만경소년회의 위원장으로 선출되었다. 1929년 5월에는 조선청년총동맹 집행위원으로[28], 1930년부터는 상임위원으로 활동하기도 한다.[29] 박두언은 소년운동을 하면서 1926년 5월 27일 《동아일보》에 〈가루씻〉을 시작으로 《조선일보》와 더불어 10여 편이 넘는 동요를 발표하기도 한다. 곽복산[30] 또한 박두언과 함께 전라북도 아동문단의 발판을 마련한 작가이다. 그는 1927년 10월 김제소년독서회를 조직했으며, 김제소년회장, 김제소년동맹 위원장, 조선소년총연맹의 간부로 활동하면서 여러 신문에 동요와 동화 등을 발표한다. 이동찬[31] 또한 전북 완주 고산 출신으로 1927년 11월부터 《중외일보》에 동요를 발표했던 작가이다.

송완순은 충남 논산 출신으로 1930년대 신고송과 동요·동시 논쟁을 하며 '동시말살론'을 주창했던 인물이다. 동요와 동시의 구분은 시대착오적인 발상이라며 어린이보다 높은 연령대를 고려해 '소년시'를 창작하자고 주장했던 인물이다.[32] 이후 카프 계열 잡지나 신문에 소년시가 실리게 되는 계기가 된다. 송완순 또한 여러 잡지나 신문에 동요를 발표했던 인물

27 박두언에 관한 자세한 사항은 최명표(2012) 참조.

28 《동아일보》 1929년 5월 1일.

29 《중외일보》 1930년 5월 21일.

30 곽복산에 대한 자세한 사항은 최명표(2012) 참조.

31 현재 이동찬(李東贊)에 대한 자세한 이력은 확인할 바가 없다. 1927년 11월부터 12월까지 《중외일보》에 발표한 동요 4편과 동화시에 그가 밝힌 고산(高山)출신이라는 것이 전부이다.

32 송완순, 「비판자를 비판-자기 변해와 신군 동요관 평」, 《조선일보》, 1930년 2월 19일~3월 19일.

이다. 김계담[33]은 함북 경성 나남(羅南) 출신으로 《중외일보》에 동요를 《조선일보》에는 시를 투고하며 작품 활동을 했다.

이처럼 《중외일보》는 1920년대 후반부터 계급주의의 이념을 가진 아동문학 작가들의 글과 작품들이 대다수의 비중을 차지하고 있음을 알 수 있었다. 이는 중외일보가 일제의 식민지 정책을 강하게 비판하는 입장에 있었고, 이념의 공감대 형성과 연고주의가 작용했기에 소년운동 출신들이 동화시를 발표할 수 있는 장(場)이 되었다.[34] 또한 《중외일보》를 통해 함께 동요나 동화 등의 작품 활동을 했던 각 지역 소년운동 출신들은 각자 지역에서 소년운동 활동을 하며 사회주의 노선을 걸으면서 자연스럽게 서울의 오월회 등과 긴밀히 공조 할 수 있게 되었다. 이는 이들이 중앙문단과의 인적네트워크를 형성해 전문 작가로 성장하게 되는 계기가 되었다.

1930년대 들어서면서 동화시를 창작했던 이들로 이동규, 윤석중, 김태오를 들 수 있다. 이동규는 『신소년』에 참여해 주로 동요나 동화를 창작했다. 동화시 두 편 모두 필명 동우(東友)로 발표했는데 1933년 『신소년』11권 3호 〈애보는법〉과 1934년 『신소년』12권 4·5호 〈무쪽싸움〉이다.

윤석중은 1932년 첫 동요집 『윤석중동요집』(신구서림) 이후 이듬해 『잃어버린 댕기』(계수나무회)를 발간한다. 시집에는 곡보 4편, 동시 20편, 번역시〔譯謠詩〕10편, 동화시 5편이 수록되어 있다. 그는 '수염난 동요·분바른 동요'를 지양하기 위해 7·5나 4·4조에서 벗어나 아이들의 자유로운 생각을 시처럼 지은 동시를 창작했다고 밝히고 있다. 또한 "시처럼 지은 노

---

33 김계담(金桂淡)과 관련해 자세한 내용은 찾을 수 없지만, 1928년 1월 12일에 《조선일보》에 발표한 시 〈그리워라〉에 출신지를 나남(羅南)으로 적고 있다.

34 박경수는 특히 《중외일보》에 경남·부산지역 출신들이 많은 이유를 경남 의령 출신이면서 부산에 터를 두고 있었던 안희제 사장과 카프의 핵심 인물인 김기진(팔봉)이 사회부장과 학예란을 담당하고 있음을 근거로 제시하고 있다(박경수, 2004, 20).

래가 동시"라고 말하고 있다(윤석중, 1978, 142). 이는 20년대 정형률을 고수하던 동화시가 자유율 형태로 바뀌게 되는 계기가 된다. 윤석중의 동화시는 단행본으로 발간하기 전 이미 잡지나 신문에 게재가 되기도 했다. 〈도깨비 열두 형제〉는 『동광』 39호 (1932년 11월 1일)에, 〈옥수수 하-모니카〉(1932년 11월 1일)와 〈오줌싸개 시간표〉(1932년 11월 5일)는 각각 《동아일보》에 게재가 된다.

한편 김태오는 1933년 5월 어린이날 기념을 맞아 동요집 『雪崗童謠集』(한성도서주식회사)을 발간한다. 이는 당시 윤석중 이후 두 번째로 출판된 동요집이다. 동요집에는 곡보 3편, 동요 66편과 자유동시 9편 총 75편이 수록되어 있다. 또한 부록에는 '동요작법'이 실려 있다. 김태오는 동요 창작뿐만 아니라 동요운동, 동요 평론과 이론 연구 등에서 활발하게 활동한 우리나라 아동문학의 선각자이다. 1926년 『아이생활』의 주요 집필진으로 활동을 했고, 1927년에는 '조선동요연구협회'를 창립하여 이를 무대로 활발한 아동예술운동을 전개한 동요작가이다.

동요집에는 동화시라 명한 작품이 2편 보이는데, 7·5조의 정형률을 보이는 〈눈서방님과 고드름각씨〉와 자유율 형태로 지은 〈고아의 승천〉이다. 눈 서방과 고드름 각시의 대화 형식으로 된 〈눈서방님과 고드름각씨〉는 『어린이』 8권 10호(1930년 12월)에 실렸던 작품이다. 그리고 장르 명기는 하지 않았지만 동화시로 볼 수 있는 작품으로 「쥐들의 회의」[35]가 있다. 이 작품은 쥐들이 생존을 위해 고양이 꼬리에 방울을 달자는 회의 안건을 내용으로 4연 7(6)·5조로 구성되어 있다. 신현득(2001, 122)은 이 작품을 '우화요'라 칭한 바 있다. 〈쥐들의 회의〉는 김태오가 이솝우화의 내용을 바탕

35 이 작품은 『아이생활』 6권 12호(1931년 12월)에는 동요로, 『사해공론』 제2권 제1호(1936년 1월) 동화로 표기되어 있다.

으로 재화한 작품이다. 이솝우화에서는 마지막 부분에 고양이에게 방울을 달 사람이 나오지 않는다는 내용을 바탕으로 '어려움을 당했을 때 말(충고/조언)만 앞선 사람보다는 실제 행동을 하는 사람이 되자'는 주제의식을 암시하고 있지만(조동화, 1977, 41-42), 김태오의 작품 결말에서는 고양이에게 방울을 달자는 안건에 찬성하면서 다 같이 힘을 모아 고양이에게 대항하자는 이야기로 원본과 다소 차이점을 보이고 있다.

이 작품처럼 이솝우화를 바탕으로 동화시로 개작한 작품이 있는데, 이구월이 1928년 《중외일보》에 발표한 〈늑대와 어린양〉이다. 이 작품은 줄글 형식의 이솝우화를 연체로 바꾼 작품이다. 그리고 우화의 주제를 마지막 5연으로 처리하고 있다. 전체적인 내용은 우화와 비슷하다. 늑대가 어린양을 잡아먹기 위해 어린양이 물을 흐렸다는 것과 욕을 했다는 억지 주장을 하지만 어린양은 늑대의 어리석은 말에 합당한 말로 대응을 한다. 하지만 결국 어린양은 늑대에게 잡혀먹고 만다. 5연에서 작가가 말하듯이 '나쁜 일을 하려고 마음먹은 사람에게는 아무리 좋은 말도 통하지 않는다'는 주제 역시 같다. 이처럼 이구월과 김태오는 이솝우화를 차용해 연을 나누고 내재율을 느낄 수 있도록 시 형식으로 재구성해 동화시라는 작품으로 만들었다.

이솝우화는 1896년 『신정심상소학』에 수용 된 후, 『신문계』에 수십 편이 소개되는 1914년까지 18년 동안 국내 아동문학의 자리에서 확고한 치를 차지한 후, 1921년 배위충(裵緯沖) 번역의 『이솝우언』이 나올 때까지 지속된다(박혜숙, 2005, 180). 이후 이솝우화는 아동 잡지나 교과서를 통해 연이어 소개되는바 당시 어린이를 위한 동화시 창작 소재가 되기에 충분했다.

1940년대에 와서 동화시를 창작한 이는 노양근과 임인수 그리고 이종성이다. 노양근(황해도 금천[36])은 1925년 3월 《동아일보》에 시 〈거짓말슴〉이 선외작으로 뽑힌 이후, 1930년 《중외일보》 신춘문예 전설부문에 〈의마〉가 당선 되었다. 그리고 1931년 《동아일보》에 동요 〈단풍〉이 가작으로 뽑힌 동시에 동화 〈의좋은 동무〉가 2등으로 당선 되었다. 이후 동아일보 신춘문예에 연이어 동화를 투고해, 1934년 〈눈 오는 날〉은 가작, 1935년 〈참새와 구렁이〉는 선외가작, 1936년 〈날아다니는 사람〉은 당선이라는 명예를 얻는다. 1937년에는 《매일신보》 신년현상문예에 동요 〈학교길〉을 응모해 병에 당선되었다.[37] 문단 등단에 화려한 경력을 갖고 있는 그는 1930년대 후반까지 《동아일보》나 《조선일보》에 작품을 발표하다가 1940년 신문폐간 이후 주로 『아이생활』에서 작품 활동을 한다.

이처럼 다양한 부문에서 작품 활동을 한 노양근은 비오는 날 도랑물에 떠내려가는 빨간 연필과 갑동이의 안타까운 헤어짐을 내용으로 한 창작동화 「갑동이와 빨간 연필」을 3음보와 연의 형태로 바꿔 동화시라는 장르로 발표하게 된다.

한편 1940년대 임인수(김포)와 이종성(경성)은 『아이생활』을 통해 각각 동화시를 발표한다. 1943년 『아이생활』은 1944년 1월 폐간까지 교파의 분열과 일제의 한글말살정책 등으로 재정위기를 겪는다. 당시 조선신학대학에 재학 중인 임인수와 김창훈은 잡지 편집 책임자인 한석원 목사를 도와 『아이생활』편집에 관여를 하는데, 김창훈은 김영일과 함께 동화고선(考選)

---

36 1935년 1월 8일 《동아일보》 '현상당선자 소개'란을 보면 原籍: 金川君 白馬面 明城里, 現住: 鐵原邑 中里 一四八 年 二十九로 되어 있다. 노양근(盧良根)은 1907년 황해도 금천군 백마면 명성리에서 태어나 개성 송도고보를 졸업하고 금천, 개성, 철원 등지에서 교원으로 재직하며 작품 활동을 한다. 1935년에는 《동아일보》에서 주최한 가요공모전에 〈조선학생의 노래〉가 당선이 되었으나, 가사 내용이 문제되어 교직에서 물러나게 된다.

37 노양근과 관련한 자세한 사항은 최명표(2013) 참조.

을 임인수는 동요, 동시고선을 맡아 보았다. 임인수와 김창훈은 신학교에 재학 중이라 이종성을 견습기자로 영입한다(김경, 1985, 27-29). 이종성은 이후 편집 및 작품 활동을 하다 아이생활사에 정식으로 입사를 하게 된다.[38]

임인수의 〈별이야기〉와 이종성의 〈산 밑의 집〉 또한 1930년대 동화시처럼 자유율 형태를 취하고 있다. 〈별이야기〉는 9연 113행으로 구성되어 있고, 어린 영희가 수수밭에서 별을 찾는 것과 영희가 사는 마을에 떠 있는 별에 대한 묘사가 주된 내용이다. 〈산 밑에 집〉은 당시 군수공장에서 일하는 오빠 욱이가 휴가를 나와 가족과 함께 있다가 서울로 간다는 내용이다. 이 작품은 〈별이야기〉에 비해 환성성은 보이지 않는다. 아무튼 두 작품 모두 동요·동시 작가다운 면모를 볼 수 있듯이 시적 서정성과 자연에 대한 이미지 묘사가 뛰어나다.[39]

이처럼 1920년대 중반 이후부터 해방 전까지 신문이나 잡지에 발표되었던 동화시는 소년운동출신부터 기성작가에 이르기까지 다양하다. 그리고 1920년대가 주로 민담이나 전래동화, 우화를 바탕으로 한 서사에 정형률을 입혔다면, 1930년대에 들어서면서부터는 개인 창작 서사에 자유율을 입힌 형식을 취하고 있다.

4. 서사의 재화와 시적 변용

동화시는 1920년대와 1930년대 이후 내용상 차별성이 강하다. 앞서

38 『아이생활』 제18권 12월호(1943년 12월 1일), 19쪽.

39 특히 이종성은 김영일의 추천으로 등단하게 된다. 김영일은 등단 평에서 자유시형과 단시 형태인 그 대표작 〈풀밭에서〉를 두고 "시인이 아니고서는 지을 수 없는 작품이다"라며 극찬한 바 있다. 전문을 소개하면 다음과 같다. "빨리가는 구름/ 고향은 멀 - 다.// 나는 「동요집」을 덮고/ 풀냄새를 맡았다." 「소국민문단」, 『아이생활』 제18권 7호(1943년 9월 1일), 37쪽.

잠시 거론한 것처럼 1920년대는 주로 전래동화를 바탕으로 서사를 구성해 간 반면, 1930년대 이후부터는 생활 속의 이야기인 창작동화를 바탕으로 서사가 구성된다. 전래동화는 전승되는 민담의 내용과 달리 어린이의 정서와 시대상황을 고려해 원전을 재화한 것이 대부분이다.

최남선과 이광수의 민담이나 고전소설 재화 작업 이후, 전래동화가 정착되기 전에는 주로 외국동화가 번역·번안되어 소개되고 있었다. 1915년 《매일신보》에 이서방(李書房)을 통해 세계동화가 연재된 이후 '동화'라는 말이 신문이나 잡지에 등장했고[40], 1920년대 초에는 동화집 오천석의 『금방울』(광익서관, 1921년)과 한석원의 『눈꽃』(?) 등이 출간 되어 안데르센과 같은 외국 동화작가의 작품이 소개 되었다.

1910년대 중반부터 일부 작가들에 의해 동화가 소개되었지만, 근대 아동물로서 동화의 개념을 처음 정착시킨 이는 소파 방정환(1899~1931)이다. 특히나 1922년 그의 번안동화집 『사랑의 선물』(개벽사)은 전국 독자들에게 뜨거운 반향을 불러일으키기도 했다.[41] 이듬해 그는 「새로 開拓되는 「童話」에 關하야, 特히 少年 以外의 一般 큰 이에게」라는 글을 통해 "동화라는 것은 아동의 설화 또는 아동을 위한 설화이다"라고 하여 동화는 어른들을 위한 이야기가 아니라 어린 아이들의 정서에 맞게 설화를 재화한 것임을 강조했다.

> 童話의 童은 兒童이란 童이요 話는 說話이니 童話라는 것은 兒童의 說話 또는 兒童을 爲하야의 說話이다. 從來에 우리 民間에서

---

40 당시 《매일신보》에 연재된 세계동화는 〈알식시 리약기〉, 〈효행의 덕택〉, 〈진주 소져〉, 〈공주의 눈물〉, 〈긔의 말〉, 〈벌벌 떠는 법〉, 〈세 가지 소원〉, 〈뉘우쳐 고쳐라〉, 〈산 중의 알 사람〉 등이 있다. 동화 관련 내용은 김경희(2010) 참조.

41 당시 『사랑의 선물』 광고 및 판매 실적관련 내용은 최윤정(2013) 참조.

> 는 흔히 兒童에게 들려주는 이약이를 「옛날이약이」라 하나 그것은 童話는 特히 時代와 處所 의 拘束을 밧지 아니하고 大槪 그 初頭가 「옛날옛적에」으로 始作되는 故로 童話라면 「옛날이약이」로 알기 쉽게 된 까닭이나 決코 옛날이야기만이 童話 가 아닌 즉 다만 「이약이」라고 하는 것이 加合할 것이다.[42]

이를 통해 전래동화는 방정환에 의해 근대에 새로 등장한 장르이고[43], 근대 아동문학 작가와 아동을 위한 문학작품의 필요성에 의해 재구성된 서사물이라 할 수 있다. 이는 이미 재화된 전래동화가 작가의 성향과 시대의식에 따라 얼마든지 다양한 형태로 또 다른 재화물로 탄생할 수 있음을 시사한다.

방정환은 동화 작품을 설명하면서 동화라는 것은 누구나 아는 바 〈해와 달〉, 〈흥부와 놀부〉, 〈콩쥐 팥쥐〉, 〈별주부〉 등과 같은 것이라고 말하고 있다. 방정환이 동화의 예로 든 작품들은 대부분이 1910년대 유행했던 활자본 육전 고전소설이다. 당시 동화작가의 부재와 동화의 소재가 부족한 가운데 고전소설이 전래동화의 창작 모티프가 된 것은 자연스런 일이었을 것이다. 그는 동화의 속성을 지닌 고전소설이 영리를 목적으로 한 책장사의 의도에 의해 통속적으로 변한 것을 개탄하며, 성인 위주의 소설보다는 아동을 위한 고래동화(古來童話: 전래동화)로 읽혀져야 한다고 주장했다. 또한 동화의 요건으로 아동이 흥미를 느낄 수 있을 것, 아동에게 유열

---

42 방정환, 「새로 開拓되는 「童話」에 關하야, 特히 少年 以外의 一般 큰 이에게」, 『개벽』 제31호, 1923년, 19쪽.

43 염희경(2004, 71)은 민담을 순우리말로 고쳐 부르는 것이 '옛이야기'라면, 근대적 의식의 산물이자 문자로 기록된 것을 '전래동화'로 보았다. 즉 어린이를 위해 옛이야기를 재화한 것이 '전래동화'이다.

(愉悅)을 줄 것, 교육적 의미를 지닐 것을 주장했다.[44] 그리고 조선에 부재한 고래동화를 발굴하고 외국동화를 수입하여 동화의 세계를 넓히자고 제안하고 있다.

방정환의 조선동화의 개척 사업은 이미 1922년부터 외국동화의 번안 및 재화 작업과 개벽사를 통한 '조선고래동화모집' 현상광고[45]를 통해 구체화되기 시작했다. 이듬해 1월 1일 '고래동화현상모집당선' 발표 내용을 보면, 전국 각지에서 무려 150편에 달하는 전래동화가 응모된 것으로 나타났다. 당선작을 보면 〈숫닭의 내력〉, 〈고양이와 개〉, 〈톡기의 재판〉, 〈해와 달〉 등 익숙한 이야기뿐만 아니라 각 지방에서 전해오는 생소한 내용도 많았다. 또한 중국이나 일본 등에서 보내온 작품들도 많았다.[46]

한편 1924년 오다 쇼고(小田省吾)를 중심으로 조선총독부가 발행한 『조선동화집』[47]이후 1926년 나카무라 료헤이(中村亮平)의 『조선동화집』(東京)과 한글학자이자 교육학자인 심의린의 『조선전래동화대집』[48](한성도서)이 발간되면서 고전소설이나 민담 등이 재화되어 어린이들을 위한 문학 작품인 전래동화로 재탄생하게 된다. 이는 1920년대 소년운동 출신 동화시 작가들에게도 외국동화와 함께 일정부분 영향을 주었을 것이다. 당시 소년회나 청년회 회원들은 '동화회'나 '독서회'를 통해 강연 및 작품 감상

44 《동아일보》 1925년 1월 1일.

45 방정환은 '조선고래동화모집' 현상광고를 통해 '민족사상의 원천인 동화문학의 부흥을 위해 각지에서 전해오는 고래의 동화를 보내줄 것'을 촉구하고 있다. 懸賞募集, 「朝鮮古來童話募集」, 『개벽』 제26호, 1922년, 광고 참조.

46 「古來童話懸賞募集當選發表」, 『개벽』 제31호, 1923년, 100-101쪽.

47 『조선동화집』에는 총 25편의 작품이 실렸다. 주로 전설이나 민담 고전소설을 재화한 작품들이다. 권혁래(2003) 참조.

48 『조선전래동화대집』에는 총 66편의 작품이 실렸다. 이중 22편은 조선총독부에서 편찬한 『조선동화집』 내용과 같다. 또한 외국동화의 번안과 笑話 작품이 많은 것이 특징이다.

그리고 독서토론회를 자주 개최하며 그들의 문학적 역량을 키워 나갔다. 특히나 독서회 활동은 회원들의 활동 의욕을 고취시켜 문단에 등장하는 견인차 역할을 했다.

1920년대 동화시 내용을 살펴보면 전래동화(외국동화 포함)의 재화 흔적이 많이 보인다. 원전과 거의 비슷한 경우도 있지만, 재화자에 의해 새로운 내용이 추가되거나 주제가 바뀐 경우도 있다.[49] 일예로 《동아일보》에 발표한 신고송의 〈오빠를 차저서〉를 통해 확인할 수 있다. 이 작품은 박영만의 『조선전래동화집』에 〈예쁜이와 버들이〉로 수록되어 있다(박영만, 1940, 467-476). 이미 1921년 '동화가극대회'에서 공연되었던 작품이었지만, 이를 다시 신고송이 7·5조 형식에 맞춰 동화시로 재화한 작품이다. 경기도 김포에 전해지는 전설을 수록한 박영만의 작품과 신고송의 작품에는 주인공 이름 및 내용상 약간의 차이는 있지만 전반적인 서사는 같다. 신고송의 작품에는 당시 아동들의 정서를 고려해 박영만이 수집한 조선전래동화에서 보이는 잔혹성, 예를 들어 남자 주인공을 불태워 죽이는 계모의 행동과 결말 부분에서 보이는, 계모가 무서워 하늘나라로 가는 주인공들의 모습은 삭제되어 있다. 같은 이야기가 이처럼 다양한 변형을 보이는 것은 그들이 서로서로에게 일종의 셰마타(schemata)로 작용하기 때문이다. 전래동화는 똑같은 플롯이 다양한 변종을 가지고 있으며, 변종은 작가나 시대에 따라 서로 다른 가치관을 담아내고 있다(페리노들먼, 2005, 490). 독자들은 이런 셰마타 경험을 통해 낯익은 패턴을 발견하고, 그런 다음 거기서 갈라져 나온 이야기의 의미를 받아들이고 이해하게 되는 것이다.

1920년대에는 전래동화가 정착되어 가는 과정이므로, 당시 아동문

---

49 현재로서는 재화자들이 어떤 원전을 바탕으로 이야기를 재화했는지 명확하게 밝히기는 불가능하다. 다만 일제 강점기 발간된 동화집이나 신문, 잡지에 발표된 전래동화 그리고 번안, 번역동화와 우화집을 통해 내용의 유사성을 확인할 수 있을 뿐이다.

학 작가들의 전래동화 재화 작업은 서정오(2002, 52-55)가 말한 '다시쓰기'와 '고쳐쓰기'에 해당할 것이다. 그는 '다시쓰기'의 특징으로 옛이야기를 읽기 쉽게 말을 다듬고 화소 일부분을 빼거나 바꾸거나 보탤 수 있지만, 기본 줄거리와 주제는 같다고 했다. 그리고 '고쳐쓰기'의 특징은 줄거리를 상당 부분 고치고, 중요한 화소가 첨삭될 수 있고 주제가 바뀔 수도 있다고 했다. 굳이 신고송의 「오빠를 차저서」를 서정오식에 대입하면 '다시쓰기'로 볼 수 있지만, 동화시 내용을 '다시쓰기'와 '고쳐쓰기'로 명확하게 구분 지을 수는 없다. 원전 자체가 구비전승 되었던 내용이고, 시대나 지역에 따라 첨삭되었기 때문에 정확한 원전을 찾을 수가 없다. 또한 그림형제나 안데르센 등의 작품과 비슷한 내용도 많아 정확하게 우리 설화를 근간으로 했는지도 의문이다. 설령 1920년대 초·중반에 문자로 기록된 조선(전래)동화집을 읽고 이를 바탕으로 이야기를 재화 했어도, 재화자의 창작의도에 따라 여러 이야기가 복합적으로 맞물려 있어 정확하게 어떤 이야기를 모티프로 했는지도 어렵다. 따라서 둘을 명확하게 구분 지을 수도 없다. 이는 오직 재화자만이 알 뿐이다.

한편 서정오는 소재와 분위기만 빌려와 새로운 이야기를 지어내는 '새로쓰기'라는 명칭도 사용하고 있는데, 이는 1930년대 창작동화를 바탕으로 한 윤석중의 동화시 〈도깨비 열두 형제〉와 같은 작품이 해당 될 것이다. 새집으로 이사 온 날 밤, 비가 세차게 퍼붓고, 천둥 번개가 치더니 무엇인가가 지붕위로 떨어진다. 마을사람들은 이를 도깨비의 행위로 보고 밤새 두려움에 떤다. 다음 날 아침 어린 화자는 그 소리가 복숭아나무에 달린 썩은 열매가 비바람에 떨어지는 소리라는 것을 알고, 열매 열두 개를 주어다가 마을 사람들에게 보여준다. 마을 사람들은 더 이상 도깨비가 없다고 믿는다. 이 작품은 민담이나 전래동화에 등장하는 '도깨비'를 소재로 윤석중 나름의 '새로쓰기'를 하고 있는 것이다.

1920년대 《중외일보》에 발표된 동화시를 주제별로 살펴보면 보은, 용기, 지혜, 계모의 학대, 우정, 그리움, 욕심에 대한 경계 등 다양하다. 이들은 전반적으로 아동에 대한 교훈담과 권선징악적인 내용이 많다.

첫째, 보은담에 해당하는 이야기는 〈이상한 구슬〉(김영희), 〈세 개의 상자〉(이동찬), 〈맘씨 좋은 신복〉(이동찬)이다. 〈이상한 구슬〉은 사환(使喚)일을 하며 늙은 엄마와 가난하게 살고 있는 수남이가 연못 밖에 나온 잉어를 구해주고, 구슬을 얻어 돌아오는 길에 눈 없는 토끼를 만나 토끼의 눈에 구슬을 넣어주자 토끼는 임금님 따님으로 변한다. 이후 수남이는 공주와 함께 성으로 간다는 내용이다. 〈세 개의 상자〉는 부잣집 딸의 혼사를 위해 아버지가 세 개의 상자를 만든 후 딸의 사진이 있는 상자를 고르는 이에게 자신의 딸을 주겠다고 한다. 이 소식을 들은 길복이와 복동이는 부잣집으로 향하게 된다. 길복이는 부잣집으로 가는 도중에 뱀에게 잡혀 구해달라는 비둘기를 보고 그냥 지나친다. 결국 딸의 사진이 있는 상자를 택하지 못한다. 반면 복동이는 비둘기를 도와주고 비둘기의 보은으로 딸의 사진을 골라 부잣집 딸과 결혼을 한다는 이야기이다. 〈맘씨 좋은 신복〉은 엄마의 심부름을 가던 가난한 신복이가 아이들에게 괴롭힘을 당하는 고양이를 도와주고 고양이의 보은으로 논두렁에 파 묻혀있는 황금을 얻게 되어 부자가 된다는 이야기이다.

세 작품은 전래동화에서 흔히 볼 수 있는 모티프들이다. '종을 친 까치 혹은 꿩'이나 '은혜 갚은 두꺼비', 그리고 '용왕의 아들 또는 딸인 물고기를 구해줘 보물을 얻거나 용왕의 딸과 결혼한다'는 등의 보은담은 당시 발간된 『조선동화집』이나 『조선동화대집』그리고 1940년에 발간된 박영만의『조선전래동화집』에도 수록되어 있다.

둘째, 신고송의 〈오빠를 차저서〉처럼 계모와 전처소생과의 갈등을 그린 〈영애의 죽음〉(송완순)이다. 전처소생인 영애는 새엄마의 학대를 받는다. 새엄마는 바구니에 물 긷기, 돌로 불 때기 등의 불가능한 일을 시키며 영애를 괴롭힌다. 영애는 중과 기름장수에게 도움을 받아 새엄마의 심부름을 해내지만, 결국 새엄마와 그 친딸 영숙은 영애를 펄펄 끓는 가마솥에 넣고 죽인다. 서울로 장사를 간 아버지는 꿈속에서 영애의 목소리를 듣고 집에 돌아오지만 영애는 보이지 않는다. 이를 추궁해 영애를 죽인 모녀를 내 쫓는다. 둘은 결국 천벌을 받아 죽는다. 이 작품은 〈콩쥐팥쥐〉나 〈신데렐라〉처럼 전형적인 계모학대 모티프를 바탕으로 하고 있다. 계모학대 이야기는 두 작품 이전에도 이미 간행되어 독자들에게 소개가 된 바 있다. 1919년 고전소설 〈大鼠豆鼠〉(대창서원)와 1922년 페로의 〈산드룡의 류리구두〉(방정환, 『사랑의 선물』) 그리고 1926년 〈콩쥐팥쥐〉(심의린, 『조선동화대집』) 등이다. 특이한 점은 당시 아동들의 정서를 고려한다면 영애가 펄펄 끓는 가마솥에 들어가 죽는 장면은 삭제되었어야 하는데 잔인한 장면이 그대로 실렸다는 점이다.

반면 〈빨간 조희〉(곽복산)에서는 학대를 당한 주인공의 강한 의지가 부각되고 있다. 주인공인 12살 소녀(아가씨)는 늙은 엄마에게 밥을 해드리기 위해 나무를 하러 산에 갔다가 심술궂은 사내아이(도련님)에게 나무를 빼앗기고, 다시 땔감을 줍다가 산주인에게 몰매를 맞아 혼절한다. 혼절한 딸을 발견한 어머니는 딸을 집으로 데리고 온다. 꿈속에서 아버지가 나타나 옳은 일을 위해 싸우라는 글씨가 새겨진 빨간 종이를 준다. 이후 소녀는 아버지의 말처럼 용기를 내어 정의를 위해 싸웠다는 내용으로 끝난다. 이 작품에는 당시 계급주의 이념이 반영되어 있는데, 곽복산은 주로 동요나 동화에서 무산계급 아이들의 열악한 환경을 고발하거나 유산계급에 대한 그들의 저항의지를 그린 작품을 많이 발표했다.

셋째, 그리움을 주제로 한 작품으로 〈뻐꾹새 울거든〉(김계담)과 〈동무를 싸러〉(박두언)가 있다. 〈뻐꾹새 울거든〉은 어머니를 잃은 남매가 살고 있었는데, 어느 날 누이가 어린 동생 복동이를 남겨두고 시집을 가게 된다. 누이는 12년 뒤 뻐꾹새가 울면 집에 온다는 말을 남기고 복동이를 위해 밤나무를 심어 놓고 떠난다. 11년이 되던 해 아버지마저 죽고 복동이는 홀로 남아 외롭게 살아간다. 그해 누나에게 편지가 도착하고, 복동이는 집에 돌아올 누나를 위해 화병과 꽃을 준비하고 집안 구석구석 청소를 한다. 복동이는 내년에 뻐꾹새가 울면 누나가 반드시 올 것이라 믿으며 이야기는 끝난다. 〈동무를 싸러〉는 가난한 집 창희와 부자집 순희의 비극적 우정을 그린 작품이다. 부자인 순희 아버지는 순희에게 가난한 집 아들 창희와 놀지 말라고 훈계하고 집에 가두지만, 순희는 아버지 몰래 창희를 만난다. 병에 걸린 아버지 약값을 벌기 위해 창희(13살)는 나무를 하러 다닌다. 그런 창희가 안쓰러웠는지 순희는 자기 아버지 돈을 몰래 갔다가 주며 약값에 보태라고 하지만, 결국 창희 아버지는 죽고 만다. 아버지가 죽은 뒤 창희는 더욱 가난해져 힘들게 나무를 하다가 그만 병에 걸려 죽고 만다. 창희의 죽음을 슬퍼하던 순희도 죽은 창희 옆에서 죽는다. 순희 아버지는 자신의 잘못을 뉘우치며 처량하게 울면서 이야기는 끝난다.

넷째, 주인공의 용기담으로 〈룡왕국에 간 복동이〉(김영희)는 동쪽바다 모래밭에 아이들과 함께 놀던 용이 어느 날부터 아이들이 사라지자 바위 뒤에 숨어 무슨 일인지 지켜본다. 밤이 되자 백두산 지네가 나타나 아이들을 잡아간 것이다. 용은 여자로 변해 전국을 돌아다니며 아이를 구해줄 사람을 찾는다. 이때 두꺼비와 함께 살던 복동이가 아이들의 원수를 갚겠다며 두꺼비와 함께 활을 가지고 여자를 따라 간다. 지네가 나타나자 복동이와 두꺼비는 힘을 합쳐 지네를 물리친다. 이후 용색씨는 복동이를 데리고 용왕국으로 가 행복하게 살게 된다.

마지막으로 은혜를 모르는 인간에 대한 풍자를 그린 〈사냥꾼〉(김영희)이다. 명포수 사냥꾼은 어느 날 사냥을 하다 밤이 깊어 길을 잃게 된다.

마침 불빛이 보이는 동굴을 발견하고 그곳으로 갔는데, 귀신이 살고 있는 집이었다. 술에 취한 귀신들이 잠시 나가자 사냥꾼은 날아가는 배 한척을 발견한다. 무사히 그 배를 타고 날아가다 성에 도착하게 된다. 이때 공주가 배를 보고 놀러가자고 한다. 사냥꾼은 공주와 함께 능금섬에 도착하게 된다. 능금섬에는 좋은 능금을 먹으면 예뻐지고, 나쁜 능금을 먹으면 못난 얼굴이 된다는 사과가 있다. 잠에서 깬 사냥꾼은 공주가 배를 타고 혼자 성으로 간 것을 알고 어찌할 바를 모른다. 다행히 지나가는 배가 있어 선원들의 도움으로 공주가 있는 성까지 오게 된다. 사냥꾼은 섬에서 나올 때 좋은 능금과 나쁜 능금을 각각 20개씩 가지고 나와 성문 앞에 능금점을 차린다. 늙은 성문지기가 좋은 능금을 먹고 젊어지자 공주도 예뻐지기 위해 능금을 사 먹는다. 하지만 나쁜 능금을 먹어 못생긴 얼굴이 된다. 임금은 공주의 병을 고쳐주면 사위를 삼겠다고 광고를 한다. 사냥꾼은 좋은 능금을 가지고 임금을 찾아간다. 사냥꾼은 공주의 병을 고쳐주고 지난날을 이야기하자 공주는 부끄러워하며 용서를 빈다. 임금은 사냥꾼을 사위로 삼겠다고 하지만 사냥꾼은 더럽다며 이를 거절하고 배를 타고 구름나라 달나라로 날아간다.

이처럼 1920년대 《중외일보》에 실린 동화시의 내용을 보면 민담이나 전래동화 그리고 외국동화와 내용상 유사성이 많은데, 이를 통해 간접적으로나마 동화시 작가들이 선행 작품을 읽고 이를 재화했다고 볼 수 있다.

한편 동화시의 시공간을 보면 '옛날도옛날옛적 아주옛날에'나 '적적한깊은산속 오막살이에' 등처럼 우리가 생각하는 경험 너머에 있다. 그리고 사건의 전개가 흥미성과 환상성을 고려해 비약이 심하고 내용 또한 단순하다. 등장인물 또한 선과 악의 대립이 뚜렷한데, 주인공들은 대체로 불쌍하고 가난하고 외롭게 살아가는 이들이다. 그러나 그들은 사건의 비약으로 횡재를 하거나 부자가 되거나 임금이나 용왕의 딸과 결혼을 하게 되는 등 대부분이 행복한 결말로 끝난다. 물론 〈영애의 죽음〉이나 〈동무를 짜러〉처럼 주인공이 죽는 비극적인 이야기와 〈빨간조희〉처럼 당시 시대적인 계급의식을 반영하려고 한 흔적도 보이지만, 전반적으로 보면 1920년대 동화시의 내용은 전형적인 민담이나 전래동화와 많은 유사성을 보이고 있다. 또한 동화시의 대상이 아동인 만큼 교육적인 내용을 배재할 수 없다. 보은, 용기, 지혜, 우정, 의지 등 아동의 계몽을 위한 도덕적인 주제의식도 강하다.

1930년대 이후 동화시 내용을 보면 1920년대와 달리 대부분이 생활소재를 다룬 창작동화 형식을 취하고 있다. 특히 윤석중의 작품을 통해 그 차별성을 뚜렷하게 확인할 수 있다. 옥수수 하모니카를 만들어준다는 벅쇠에게 속아 옥수수를 빼앗긴 어린 화자가 다 먹고 난 옥수수를 이용해 할머니 등을 긁어 주며 하모니카를 사달라고 조르는 이야기인 〈옥수수 하모니카〉, 밤에 오줌을 싼 어린 화자가 누나가 붙여 놓은 오줌싸게 시간표를 보고 그 뒤로 오줌을 싸지 않았다는 〈오줌싸게 시간표〉, 비오는 날 빈대떡을 부치는 할머니를 도와 빈대떡을 한 조각 얻은 화자가 집에 와 우는 동생과 불쌍한 고양이에게 엄마 몰래 한 조각씩 나누어 먹었다는 〈빈대떡 한 조각〉등이 그렇다. 또한 『신소년』에 발표한 이동우(동규)의 작품도 생활 속의 이야기를 다루고 있다. 〈애보는 법〉은 주인 애기를 보느라 소년부 토론회에 참석하지 못할까봐 주인 애기를 괴롭히는 난복이의 심술궂은 행동을 그렸고, 〈무쪽싸움〉은 저녁에 매녀와 함께 집을 보던 막동이가 무를 뽑아 칼로 썰어 토막 낸 무에 나라 이름을 지어 맛을 비교하며 먹는 이야기이다. 앞서 살핀 것처럼 1940년대 노양근과 임인수, 이종성의 작품도 마찬가지이다.

반면 외국동화를 모티프로 한 작품이 한편 있는데, 김태오의 〈고아의 승천〉이다. 〈고아의 승천〉은 주인공을 소년으로 설정한 것과 성냥불 속에 비친 환상 장면이 다르지만, 전반적인 서사구조는 안데르센의 〈성냥팔이 소녀〉[50]와 유사하다. 크리스마스 날 밤 가난한 거지 소년은 배고픔과 추위를 견디며 골목길 한 구석에 앉아 잠을 자게 된다. 꿈속에서 천사를 만난 소년은 현실에서 받지 못한 사랑을 받게 된다. 하지만 다음날, 소년은 얼굴에 환한 웃음을 머금고 동사하고 만다. 이후 죽은 소년의 무덤에서 하얀 꽃이 피어나 죽은 어린 영을 지키고 있다는 이야기이다.

다음으로 동화시의 시적 형식을 보면 가장 눈에 띄는 특징이 리듬의 변화이다. 시를 질서의 체험화라고 할 때 이 질서화는 말할 필요 없이 리듬에 있는 것이다. 리듬은 작품에 통일성과 연속성 그리고 동일성의 감각을 준다(김준오, 2002, 135). 또한 시의 구조적 안정감을 준다. 1920년대 동화시는 음수율의 부각으로 전체적인 통일성과 동일성의 느낌을 주고 있다. 먼저 7·5조에 해당하는 작품으로 〈옵바를 차저서〉, 〈이상한 구술〉, 〈룡왕국에 간 복동이〉, 〈세 개의 상자〉, 〈영애의 죽음〉, 〈맘씨 좋은 信福〉, 〈뻑꾹새 울거든〉, 〈혹뿌리이야기〉, 〈눈서방과 고드름각시〉 등으로 총 9편이다. 다음으로 4·4조 형식의 〈사냥꾼〉과 6·6조 형식의 〈동무를 싸러〉, 8·5조 형식의 〈빨간 조희〉가 각각 1편씩이다. 또한 화자의 신세 한탄에 해당하는 사설(辭說)이나 노래 부분을 4·4조로 변화를 준 〈뻑꾹새 울거든〉과 〈빨간 조희〉가 특이할 만한하다. 한편 음수를 맞추기 위해 작가가 의도적으로 시적허용을 하거나 잉여적 표현, 기호 표기 등을 한 흔적이 역력한데, 이는 당시 7·5조나 4·4조 형태의 정형성을 띄었던 창작동요와 마찬가지로 1920년대 동화시에도 나타날 수밖에 없는 한계점이기도 하다.

---

50 안데르센의 〈성냥팔이 소녀〉는 『새별』 16호(1915)에 〈성냥팔이 처녀〉로 실렸다. 1910년대 이후 신문이나 잡지에 외국번역·번안동화가 국내에 소개된 이후 김태오처럼 동화를 창작할 때 이야기의 모티프로 삼아 창작한 작품들이 많이 있다. 일제 강점기 번역·번안동화는 정혜원(2008), 염희경(2012) 참조.

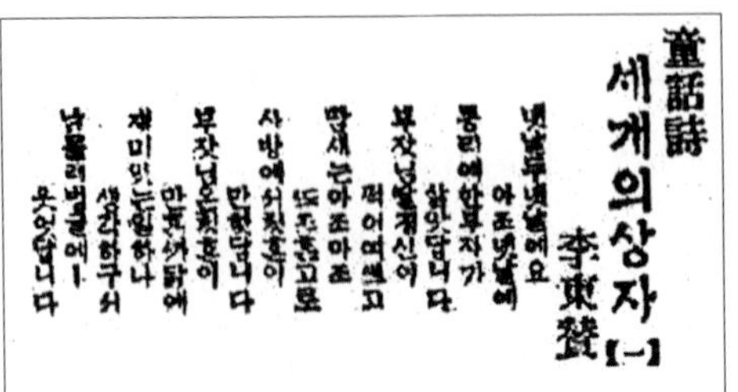

童話詩
세 개의 상자 【一】
李東贊

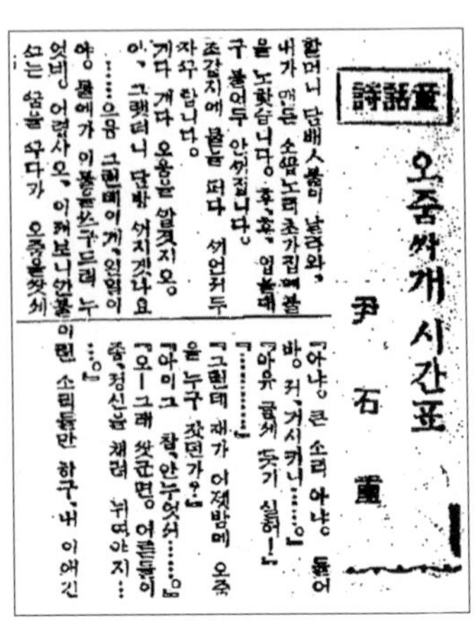

童話詩
오줌싸개 시간표 (一)
尹石重

[자료7] 「세 개의 상자」, 《중외일보》

[자료8] 〈이상한 구슬〉, 《중외일보》

그리고 1920년대 동화시에는 음보율이 부각 되고 있는데, 음보란 휴지(休止)에 의해서 구성된 율격적 단위로 가변적이다. 우리말의 어휘는 보통 2음절이나 3음절이 많다. 이 어휘에 조사나 어미가 첨가되어 실제로 시에서 운용되는 어절은 3음절이나 4음절이 많다. 따라서 시에서도 보통 3음절이나 4음절이 리듬의 기본 단위가 된다.

1920년대 동화시는 2음보나 3음보 형태를 취하고 있다. 4·4조는 2음보 율격을 취하고 있지만, 7·5조는 음수를 7음절과 5음절로 나누어 2음보 율격을 취하거나 7을 3(4)음절과 4(3)음절로 나누어 3음보 율격으로 재분배시켜 율격 기능을 수행하는 작품도 있다. 8·5조 또한 음수를 4음절과 4음절 그리고 5음절로 나누어 3음보 율격으로 재분배 해 놓았다. 1920년대 동화시가 지나치게 도식화한 점은 면치 못하겠지만 전통 율격의 계승이라는 점에서는 나름 의의가 있겠다.

1930년대 들어서면 동화시는 자유율 형태를 보인다. 정형률이 파괴된 작품은 〈늑대와 어린양〉, 〈애보는 법〉, 〈도깨비 열두 형제〉, 〈옥수수 하-

모니카〉, 〈빈대떡 한 조각〉, 〈짝제기 신발〉, 〈오줌싸개 시간표〉, 〈고아의 승천〉, 〈무쪽싸움〉, 〈갑동이와 빨간 연필〉, 〈별이야기〉, 〈산밑에집〉등 총 12편이다. 김제곤(2009, 53)은 윤석중의 동화시 중 〈도깨비 열두 형제〉를 제외하고는 시가 가지는 리듬보다 동화가 가지는 서사성이 강하다 하여 유년동화에 가깝다고 말한 바 있다. 이는 이광수가 지적한 것처럼 시가 산문화 경향을 보이다 보니 짧은 이야기 형태인 유년동화와 유사성을 보이고 있기 때문이다. 유아들은 반복적인 리듬을 좋아하고 음성 상징어인 의태어나 의성어에 많은 흥미를 느낀다. 하지만 유년동화와 시는 반복이나 의인법, 음성상징어 등을 사용하는 공통된 속성을 갖고 있기 때문에 윤석중의 작품을 유년동화로만 볼 수는 없다. 무엇보다도 산문시라고 해서 율격적 요소가 전혀 없는 것은 아니다. 엄격한 언어선택, 비유나 상징적인 언어사용 그리고 극적 수단과 표현의 밀도 등을 갖춘 점에서 시의 정통성에 닿아 있기 때문이다(김준오, 2002, 155). 또한 앞서 밝힌 바 윤석중 본인도 '동화 밑바닥에 리듬을 깐' 동화시를 창작했다고 분명히 창작의도를 밝혔고, 작품에도 반복이나 휴지(내재율) 그리고 음성상징어나 다양한 시적 수사를 활용하고 있기 때문에도 그렇다.

1930년대는 정형률에 얽매인 동요가 형식에 구애받지 않는 동시나 소년시 등으로 이행하는 시기였기 때문에 동화시 또한 내재율 형태를 취한 것은 자연스런 아동문단사적 흐름이었을 것이다. 물론 이와는 반대인 경우도 있었는데, 동화는 아니지만 아동소설을 동요체 형식인 7·5조로 변화를 주어 새로운 실험을 하고 있는 경우도 있다. 대표적인 작품이 강순겸의 소녀소설 〈기쁜날 슬픈날〉이다.[51]

그밖에 대부분의 동화시들은 객관적인 3인칭 화자가 이야기를 풀어

---

51 강순겸, 〈기쁜날 슬픈날〉, 『아이생활』 제6권 10호(1931년), 37~41쪽.

나가는 구연의 속성을 지닌 반면, 윤석중의 작품 〈도깨비 열두 형제〉, 〈옥수수 하-모니카〉, 〈오줌싸개 시간표〉 등에는 1인칭 화자가 작품 속에 등장하여 이야기를 풀어가는 형식으로 되어 있어 대조적이다. 이는 어른을 화자로 설정해 이야기를 풀어가는 것이 아니라, 아동 화자가 작품 속에 등장해 자신이 경험한 이야기를 독자에게 들려주는 형식을 취하고 있는 것이다.

또한 작가가 의도적으로 화소 단위로 연을 구분하기도 하는데, 숫자나 기호 아니면 띄어쓰기 방법을 사용하고 있다. 행의 구분도 작가가 쉼표를 찍어 휴지를 주거나, 대화나 음성상징어(의성어나 의태어)들을 한 행으로 처리하고 있어 시의 느낌을 주고 있다. 산문형식의 동화를 시처럼 분행으로 처리를 하면 자연스레 내재율이 생겨나고 이 내재율이 시로서의 완성도를 높여주는 역할을 한다. 임인수의 동화시 〈별이야기〉(『아이생활』 1943년)의 일부분을 예로 들어보자.

> ㉠ 노래하는 가을 버레들이 은방울을 흔들며 은피리를 불면서 아름다운 곡조로 쟁쟁거립니다. 참으로 기차, 전차소리 시끄러운 서울같은데서는 생각도 못해볼 훌륭한 합창대입니다.

> ㉡ 노래하는 가을 버레들이
> 은방울을 흔들며 은피리를 불면서
> 아름다운 곡조로 쟁쟁거립니다.
> 참으로 기차, 전차소리 시끄러운
> 서울같은데서는 생각도 못해볼
> 훌륭한 합창대입니다.

㉠과 ㉡은 문법적 구문상으로는 두 개의 문장으로 되어 있어 의미상

큰 차이가 없다. 하지만 산문 형식인 ㉠을 운문 형식인 ㉡처럼 분행으로 처리하면 억양이나 휴지 등으로 의미 차이가 발생하는 것이다. 즉 작가는 ㉠을 ㉡처럼 6행으로 분행해 시구의 느낌을 주어 내재율을 창조해 내면서 동화시가 갖는 형식적 특징인 시의 완성도를 높이고 있는 것이다. 또한 서사 중간 중간에 의인법이나 은유법 등의 시적 수사나 각운의 반복적인 표현도 시적 요소에 해당할 수 있을 것이다.

이처럼 동화시는 전래동화 내용을 근간으로 고정된 틀에 짜인 형태를 추구했던 1920년대와 달리 1930년대 이후에는 생활 소재를 바탕으로 한 서사에 자유로운 리듬을 지향하게 되었다. 또한 다양한 시적 의장도 가미되어 작품의 완성도를 높이고 있음을 알 수 있다.

5. 나오며

일제 강점기 동화시는 동화의 서사와 시의 리듬을 한데 아우른 일종의 실험정신이 강한 혼종 장르로 볼 수 있다. 1910년대 최남선과 이광수에 의해 시도되었던 민담과 고전소설 재화 작업의 연속선상에서 해방 전까지 소수의 작가군으로 그 명맥을 유지하며 아동문학의 서정장르로 그 자리를 지켜 왔지만, 짧은 역사 속에 소외 된 채 미개척지로 남고 말았다.

1920년대 초 방정환의 고래동화(古來童話) 모집 활동은 당시 조선에 부재한 동화와 동화 작가를 생산하는데 일조했다. 외국동화가 유입되어 번역·번안되어 소개되는 과정 속에서 민담의 재화 작업은 전래동화를 탄생시켰으며, 전래동화는 또다시 작가의식이나 아동의 정서에 맞게 새로운 창작물인 동화시로 탄생하게 된다.

주요 동화시 작가를 살펴보면 1920년대는 김영희를 필두로 소년운동 출신들이 《중외일보》를 근거지로 작품 활동을 했다. 그들은 각 지방에서 독서토론회나 동화회 등을 통해 문학적 소양을 키워갔으며, 중앙 문단에 있는 카프 작가들과의 인적교류를 통해 문단 활동을 할 수 있게 되었다. 1930년대에는 이동규, 윤석중, 김태오가 1940년대에는 노양근, 임인수 그리고 이종성이 그 명맥을 이어간다.

일제 강점기 동화시는 1920년대와 1930년대 이후 내용과 형식상 차별성이 강하다. 1920년대는 주로 전래동화나 우화 등을 근간으로 재화하고, 거기에 7·5조나 4·4조의 정형률을 입혔다. 특히나 7·5조가 많은데, 이는 당시 7·5조 형식의 창작동요 리듬과 맥을 같이 한다. 동화시가 정형률에 치중하다보니 음수를 맞추기 위해 의도적으로 시적허용을 하거나 잉여적 표현을 사용한 흔적도 보여 한계점으로 남는다. 반면 재화시 아동들의 정서를 고려해 원전의 잔인한 부분을 생략한 것과 시대의식을 반영한 부분은 긍정적으로 평가할 수 있다.

반면 1930년대 이후 동화시는 생활 속의 이야기인 창작동화를 차용한다. 또한 정형률을 탈피해 자유율 형태를 취하게 된다. 그 중심에는 윤석중이 있다. 당시 윤석중은 동시집 발간뿐만 아니라 동화시의 내용과 형식 모두 변화주기를 통해 1920년대와 명확한 선을 긋는다. 또한 동화시는 1940년대로 가면서 비유나 이미지 등 시적구성 요소의 차용으로 작품의 완성도를 높이기도 한다. 아쉽게도 동화시는 동요나 동화처럼 아동문학의 중심에 서지 못하고 말았다. 그렇지만 새로운 실험 정신을 통해 아동문학의 새로운 분야를 개척한 점과 아동들에게 재미와 더불어 교육적 역할을 담당했던 부분을 간과해서는 안 될 것이다.

제3부

유년문학

제1장

1930년대 장르 분화와 유년문학

1. 들어가며

본 연구는 한국 근·현대 아동문학사 연구에서 소외되었던 일제 강점기 유년문학의 전모를 살피기 위해 계획되었으며, 『어린이』(1923~1934)를 비롯해 『소년』(1937~1940)에 이르기까지 유년문학 작품이 게재된 주요 아동 잡지를 대상으로 했다. 당시 발간된 아동 잡지의 실증적인 고찰을 통해 유년문학에 대한 인식 및 잡지별 기획 의도, 유년문학 작가군 및 특징 그리고 문학사적 의의 등을 도출해 낼 수 있을 것이다.

주지하다시피 제2차 조선교육령(1922~1938) 시행 이후 아동의 연령 구분과 학제 체제는 1930년대 들어 아동문학을 소년과 유년문학으로 나누는 계기가 되었다. 이는 1928년 홍은성을 필두로 이광수(1930), 신고송(1930), 송완순(구봉학인, 1930), 김우철(호인, 1932), 김태오(1934), 전식(1934) 등의 논의를 통해 확인할 수 있다. 문단 내 아동(문학)에 대한 담론과 자성의 목소리는 이후 유년문학의 탄생으로 이어지고, 소년 및 어린이와 차별화된 유년을 위한 작품을 생산하는 계기를 마련한다. 특히 1935년을 전후해 이념성이 강했던 『신소년』(1923~1934), 『별나라』(1926~1935)가 폐간되면서 새로 발간된 아동 잡지나 신문에 유년문학 생산이 본격화됨에 따라 작품들은 순수(동심)지향성을 띠게 된다.

한편 유년에 대한 발견과 작품 생산은 유치원의 증가와 더불어 가속화된다. 윤석중, 김태오, 염근수, 이태준 등의 기성작가들은 유치원 원아를 대상으로 한 노래(동요), 동화(소설), 동극 등을 발표했다. 보육학교를 졸업한 보모들 중 일부는 잡지 및 신문에 유치원 원아들을 대상으로 한 창작물을 발표하기도 했으며, 어린이 라디오 프로그램에 참여해 동요 및 동화(유년) 구연 등의 활동을 하기도 했다. 그리고 색동회(1923) 회원이나 조선동요연구협회(1927), 신흥아동예술연구회(1931) 회원들도 보육교사 양성 과정 교육 참여뿐만 아니라 유치원 동요·동화·연극회 및 원유회를 주간하는 등 유치원 교육과 더불어 유아들을 위한 작품 창작에 이바지한 바가 크다.

그동안 유년문학에 대한 연구를 살펴보면 먼저 장르와 관련해 유년동화와 유년소설 용어의 개념을 살핀 조은숙(2009)과 안미영(2009)을 들 수 있다. 그리고 1920·30년대 아동 잡지나 신문 등의 실증자료를 통해 아동의 분화와 유년(문학)에 대한 인식을 살핀 원종찬(2011)과 정진헌(2015)의 논의가 있다. 또한 유년문학 작품 연구와 관련해 김제곤(2009)은 윤석중의 유년동시를, 김윤희(2012)는 일제 강점기 유년동요·동시(《동아일보》)를, 정진헌(2016)은 1930년대 유년동화(《동아일보》)를, 이미정(2017)은 1930년대 이태준, 박태원, 현덕의 유년생활 동화에 나타난 시선을 논의 했다. 기타 1930년대 유년문학에 대한 소고(원종찬, 2016)와 이태준(심은경, 2005), 신고송(김봉희, 2007) 등의 작가론이나 작품을 논하면서 유년문학에 대한 지엽적인 거론을 한 연구 등이 있다.

하지만 아직까지 1930년 유년문학의 등장 이후 아동잡지에 실린 유년문학 작품의 전모를 살핀 연구는 없다. 유년의 인식은 그들을 더 이상 보호 대상이 아닌 문학 향연의 주체로서의 삶으로 편입시키는 계기가 되었고, 이미지와 함께 그들의 생활 단상을 그린 다양한 작품 생산은 아동문단을 풍성하게 하였다. 또한 유년문학 기획은 한국 그림책의 발전을 꾀하는 밑거름이 되었다.

1930년대 중반을 전후해 3대 아동잡지가 폐간 된 후 연이어 여러 잡지가 발간되었다. 하지만 본 연구의 원활한 목표 달성을 위해 소실되거나 유년문학 텍스트가 없는 잡지는 제외하고자 한다. 본고에서 필자가 주 대상으로 삼은 아동 잡지는 『어린이』(1923~1934), 『신소년』(1923~1934), 『별나라』(1926~1935), 『동화』(1936~1937), 『소년』(1937~1940) 등이다.[1] 이들 잡지를 통해 유년문학에 참여했던 작가군, 작품 내용 및 특징 등을 통해 소년이나 어린이 문학과의 차별화된 전략들을 살필 수 있을 것이다.

2. 유년문학에 대한 인식 및 기획

1922년부터 시행된 제2차 조선교육령은 1930년대 들어 아동의 전 연령층을 포함한 아동문학 형태가 연령층에 적합한 양식으로 적응해 나갔다. 특히 독자문단을 통해 성장한 소년문학과 더불어 유년문학의 등장은 유년기의 특수성을 고려한 작가들의 의도를 통해 문해력이 약한 유년들에게 문학적 감수성의 함양과 교육 자료로서의 역할을 수행하는 계기가 되었다.[2] 그리고 유년에 대한 다양한 담론들을 통해 유년들은 더 이상 어른들의 '재롱거리'가 아닌 사회적 주체로서의 지위를 확립하게 된다.

유년문학에 대한 관심과 목소리는 주로 소년(문예)운동 이론과 관련해 논의 되었다. 1928년 1월 홍은성(홍순준)은 1927년 12월 "少年運動과 그

---

1 일제 강점기 최장수 아동잡지인 『아이생활』(1926~1941)의 경우 1920년대 김동길부터 1930·40년대 임홍은과 그의 동생 임동은에 이르기까지 이야기, 그림동요, 동화 등 유년 기획물이 대거 기획되어 연재가 되었다. 『아이생활』은 분량을 고려해 차후 별도로 논의하기로 하고 본고에서는 논의 전개상 필요한 사항만 인용하기로 한다.

2 〈幼稚園保育座談會記〉, 《조선일보》 1934.01.02.

의 文藝運動의 理論 確立[3]"에 이어 "少年運動의 理論과 實際(一)[4]"를 통해 소년과 유년의 구별과 함께 유년잡지나 그림책(繪本) 발간의 필요성을 주장했다.

> 二. 少年과 幼年의 區分 이 小題目 -少年과 幼年-은 조금 뒤지고 날근 듯한 늣김이 들지만은 우리의 少年運動에 잇서서 -在來의 少年運動- 늘 少年과 幼年을 混同해 너엇다. 그리하야 少年도 幼年으로 取扱밧을 때도 잇섯다. 말하자면 뒤죽박죽 범벅이라고 할만치 混亂狀態에 잇섯다. -〈중략〉-
>
> 우리는 무엇보다 核心問題가 年齡에 잇다. 이 年齡을 區別 整理하지 안코는 少年運動이, 如何히 힘을 들일지라도 아무런 效果를 내일 수 업는 것은 贅論을 不待할 것이다. 그러면 우리는 如何히 하여야 우리 少年運動의 核心問題인 年齡問題를 解決할가 論議되지 안흘 수 업다. -〈중략〉- 그리고 넘우들 少年雜誌 云云하고 少年雜誌만을 經營하지 말고 幼年雜誌-繪本 가튼 것-를 發行하고 그 다음 現在 少年雜誌 編輯者는 幼年 닑기에 갓가운 것은 실지 안는 것이 조켓다.

1920년대 중반부터 시작된 소년(문예)운동은 아동의 연령 구분 없이 아동 전체를 대상으로 전개되었다. 홍은성은 아동문학 잡지 및 작품 생산과 관련해 소년문학에 치우친 문단의 폐단을 지적하며 유년들이 읽을 만한 동요나 동화 등의 작품 생산, 그리고 일본처럼 그림책과 유년잡지 발간의 필요성을 주장했다. 또한 유년의 연령을 5세에서 10세까지로 정해 소년

---

3 《중외일보》 1927. 12. 12~15. 전4회 발표.

4 《중외일보》 1928. 01. 16.

과 구분 짓도록 했다. 홍은성의 이론은 이후 송완순과의 논쟁으로 이어진다. 송완순은 일본 그림책(繪本)이 조선 아동들의 정서에 맞지 않음과 유년 잡지 발간에 있어 경제적인 문제 등을 거론하며 그 대안으로 소년잡지에 '幼年欄'을 개설하자고 주장했다.[5]

이후 1930년대 들어 아동문단 내에서는 유년문학 작품의 필요성과 연령 구분에 대한 논의가 전개 된다. 이를 요약하면 다음과 같다. 먼저 이광수[6]는 '새예술' 게재의 필요성을 강조하며 특히 세-네 살 말 배우는 아기네들(유년)에게 들려줄 이야기를 창작하자고 주장했다. 그리고 김태오는 유치원에서 가르치고 있는 동요나 동화가 유년들의 생활과 연령에 적합하지 못함을 지적하며 그들에게 맞는 작품 생산의 필요성을 강조하기도 했다.[7] 또한 유년의 연령과 관련해 신고송[8]은 7, 8세, 송완순[9]은 8~14세, 김우철(호인)[10]은 만4~7세, 전식[11]은 4~12세로 설정 한 후 유년요(시), 유년동화(소설) 등의 장르 명칭을 운운하며 유년을 위한 작품 생산을 주장했다. 당시 유치원 입학 연령이 4세에서 7세였지만 입학 연령이 잘 지켜지지 않은 상황과 유년동화(소설)의 주인공의 연령대를 통해 보통학교 저학년까지를 유

5　宋完淳, 〈空想的 理論의 克服-洪銀星氏에게 與함(二)〉, 《중외일보》 1928.01.30.

6　이광수, 「七周年을 맞는 『어린이』 雜誌에의 선물」, 『어린이』 1930년 3월호, 4면.

7　김태오, 〈朝鮮童謠와 鄕土藝術(上)〉, 《동아일보》 1934.07.09. 김태오는 유년을 대상으로 한 동요 창작에도 많은 관심을 보였는데 그가 발표한 유년(유치원) 동요는 「군악대」(《동아일보》 1934.07.08.), 「미끄름타기」(《동아일보》 1934.07.11.), 「껑청 꺼엉청」(《동아일보》 1934.07.17.), 「봉사꽃」 (《동아일보》 1934.07.18.), 「쨍아쨍아」(《동아일보》 1934.07.20.), 「호박꽃 초롱」(《동아일보》 1938.08.28.) 등이 있다.

8　신고송, 〈새해의 童謠運動-童心純化와 作家誘導〉, 《조선일보》 1930.01.01~03.

9　송완순, 〈「푸로레」 童謠論1〉, 《조선일보》 1930.07.05.

10　虎人, 「兒童藝術時評」, 『신소년』 1932년 8월호, 21쪽.

11　田植, 〈童謠童詩論小考1〉, 《조선일보》 1934.01.25.

년으로 인식했음을 알 수 있다.

하지만 이러한 유년에 대한 인식과 논쟁에도 불구하고 그림책 발간이나 유년잡지 발간은 여의치 않았다. 송완순의 논의처럼 아동잡지 대부분이 유년란(아기들차지, 유년페이지, 유년독본)을 만들어 작품을 게재했다. 이는 당시 잡지 발간에 있어 경제적인 이유가 크게 작용했을 것으로 추정된다.

유년잡지의 열악한 상황 속에서도 잡지 발간에 열의를 보였던 이는 윤석중이다. 1930년대부터 윤석중은 신문에 유치원동요(노래)[12] 등을 발표하며 유년문학 창작에 관심을 보였다. 1937년 조선일보사에서 『소년』(1937~1940) 편집 주간으로 근무하던 시절에는 『소년』(1937년 6월호)에 '유치원동화특집호'를 발간하기도 한다.[13] 그리고 그해 9월 우리나라 최초의 유년 그림잡지인 『幼年』을 발간한다.

『소년』 유치원동화특집호(1937년 6월호)

『유년』 표지(1937년 9월 제1권 1호)

12 윤석중이 발표한 유치원노래(동요)는 「양산유치원놀애」(《동아일보》 1930.11.11.), 「갈ㅅ대마나님」(《동아일보》 1932.02.15.), 「우리들세상」(《조선일보》 1933.05.26.), 「우리유치원」(《조선일보》 1940.01.21.) 등이 있다.

13 "즐거운 유치원 원유회도 끗나고 이제는 『소년』 잡지 류월호의 『유치원동화』를 읽을 차례입니다. 유치원 선생님들의 재미나는 옛날얘기 외에 『백가면』(白假面)이라는 아슬아슬하고 무시무시한 탐정소설이 이번 유월호부터 나기 시작했습니다." 《조선일보》 1937.05.16.

당시 조선일보 출판부에서는 성인 대상의 잡지인 『朝光』(1935~1944)과 『女性』(1936~1940), 소년 대상의 잡지인 『小年』을 발행하고 있었다. 따라서 『幼年』의 발행 기획은 전 연령층의 독자를 확보할 수 있는 계기가 되었다. 하지만 아쉽게도 재정난 등의 이유로 업무국이 반대해 창간호가 종간호가 되고 말았다.[14]

> 사백만 전조선의 가정에서 움트는 어린이(幼年)들을 위해서 자미잇고 이익되는 유년(幼年)이란 그림잡지 책을 내이게 되엿습니다. 크기는 사륙배판(四六倍版) 종히는 포스타일 백오십근지인데 가지각색 그림을 오색이 영농하게 나열하여 어린이들의 정서를 고웁게 북도다 주게 하는 이 그림잡지는 집집이 어린이들을 위해서 누구나 한권씩 비치해두기를 바랍니다. 더구나 그림은 권위 잇는 화가들이 모-도 붓을 가다듬엇고 또 거기 적힌 글도 아동문학 연구가들의 글인 만큼 이 책이야말노 유치원에 가는 애기나 집에 잇는 애기나 다 자미잇게 볼 수 잇슬 것입니다.[15]

『幼年』은 유년들의 정서와 지적 수준 등을 고려해 여타 아동잡지에 비해 컬러 이미지가 부각된 그림잡지이다. 분량은 16쪽 내외이다. 잡지에는 이헌구, 이은상, 윤석중, 이승만, 정현웅, 홍우백, 김규택 등 기성작가와 전문화가가 참여했다. 잡지에는 「가을달」(이헌구, 이승만), 「가재새끼: 역사이야기」(이은상, 홍우백), 「콩죽팥죽: 시-소-」(정현웅), 「전에 타고 다니던 것

---

14 윤석중은 회고에서 사장에게 양해를 구한 후 출판부에서 단독으로 냈다가 업무국의 반대로 다음호를 내지 못한 것에 대해 큰 실수라며 아쉬움을 밝히고 있다(윤석중, 1985, 168~169).

15 《조선일보》 1937.08.27.

지금타고 다니는 것」(김규택), 「새그림」, 「기러기」(윤석중, 정현웅), 「電車를 맨듭시다」 등 유년들의 슬기를 길러주는 글과 그림으로 구성되어 있다.

한편 유년문학은 기성작가의 작품 생산 활동 외 유치원 보모 출신들의 참여를 통해 발전하게 된다. 보육학교를 졸업한 이들 중 글쓰기에 재능을 보인 이들은 신문이나 잡지 참여를 통해 유년문학 작품을 발표한다. 또한 경성방송국 '어린이 시간' 프로그램에 참여해 동요 독창이나 동화 구연 활동을 한다. 대표적인 이들이 경성보육 출신인 이순이(조양유치원), 장효준(혜화유치원), 염귀레(수원 진명유치원), 백화선[16](경성방송국) 등이다.[17]

1936년 경성보육학교 졸업사진 右上: 이순이, 右下: 장효준[18]

1936년 《동아일보》 경성보육학교 졸업생 소개란을 보면 이순이(李順伊)와 장효준(長孝準)에 대한 소개가 나온다. 특히 이순이는 '散文 잘 쓰기로 유명'한 학생으로 이론과 율동 그리고 말하기에 뛰어난 재능을 보이고 있다고 소개하고 있다. 이순이는 경성보육 졸업 후 조양유치원에서 근무

16 백화선은 해방 후 조선아동예술연구회(고려문화사)를 조직하게 되는데, 홍은순, 조성녀와 함께 동화부 대표위원직을 맡았다(《동아일보》 1946.07.26).

17 보모들의 소속은 당시 발간된 신문 자료와 이상금(1995) 참조.

18 《동아일보》 1936.02.11.

를 하며 '어린이 시간' 라디오 프로그램에 참여해 「왕비된영애」(1938.01.12), 「꼬부라진 새우등」(1938.06.08), 「황금새」(1938.07.06) 등 동화 구연 활동을 하기도 한다.

경성보육 출신 보모들이 신문이나 어린이 라디오 프로그램 참여를 통해 다양한 활동을 한 연유는 색동회 회원들과의 조우를 통해 확인할 수 있다. 1931년 방정환 사후 『어린이』 경영난과 어린이 운동의 계급의식 고취 등으로 색동회 회원들은 보모교육에 관심을 갖기 시작한다. 특히 1932년 경영난에 허덕이던 경성보육학교(유일선)를 인수해 어린이들의 교양을 책임지는 보모교육에 열을 올린다. 경성보육학교에는 교장 최진순, 교감 이헌구, 전임교원 최영주, 시간강사로는 조재호, 정순철, 정인섭, 이태준, 유형목 등이 재직하고 있었다(정인섭, 1981). 경성보육학교는 보모강습회, 학예회, 유아작품전 개최 등을 통해 어린이 운동에 심혈을 기울인다. 주목할 것은 이들의 관심 대상은 유아라는 사실이다. 당시 학예회에 발표된 동요, 동화, 동극 등의 작품들은 원아들의 연령대를 고려해 평이하고 간결한 내용으로 창작되었다.[19] 정인섭, 정순철(작곡) 등에 의해 창작된 작품들은 '동요 · 동극의 밤' 행사를 통해 유년들의 공연 행사로 진행되기도 했다.

1927년 2월 16일 개국한 경성방송국(JODK) 라디오 방송은 유년문학 보급에 큰 역할을 한다. 경성방송은 1933년 4월 일본어 방송을 제1방송으로, 한국어 방송을 제2방송으로 재편한다(나까무라 오사무, 2013). 이로써 '어린이 시간' 프로그램은 제2방송을 통해 보통학교 어린이뿐만 아니라 유치

19 경성보육학교에서 주최한 학예회는 유치원 원아들과 그들을 교육할 보모들을 주 대상으로 삼았다. 따라서 작품들은 유아들에게 적합한 형식과 명랑한 내용들이 주를 이루고 있다. 대표적인 작품을 소개하면 다음과 같다. "안녕하세요/ 아가씨 자붕에/ 집을 짓고요/ 아침에도 짹짹/ 저녁에도 짹짹(동요극 「허수아비」 앞부분), 코끼리 코는 낚시대/ 비스케트 낚는다/ 코 바람 불고 뚜루루/ 한꺼번에 낚였다(동요 「코끼리 코」), 흰 눈/흰 종이/ 할아버지/ 흰 수염(동요 「그림」 일부)".

원 원아들을 대상으로 한 다양한 프로그램을 진행할 수 있게 되었다. 라디오 방송에 참여한 이들은 방정환, 정홍교, 이정호, 최인화, 진장섭, 고한승, 연성흠 등의 기성작가와 유치원 보모 출신인 김복진, 백화선, 이순이, 장효준 등 다양하다. 당시 아동문단 및 유치원에서 활동하고 있었던 이들은 라디오 프로그램 '어린이 시간' 에 참여해 동요, 동화, 동화극, 이야기 등을 들려주며 유년문학의 보급에 기여를 했다.

이처럼 1920년대 말부터 시작된 유년에 대한 인식 및 발견은 1930년대 아동의 연령대 구분과 더불어 유년문학에 대한 관심과 기획으로 이어졌음을 알 수 있었다. 기성작가와 유치원 보모들의 참여로 유년들을 위한 잡지 기획과 근대적 미디어인 라디오 방송을 통한 유년문학의 보급은 그들에게 문학적 향수를 불어넣어 준 계기가 되었다고 볼 수 있다.

3. 잡지별 유년문학 현황 및 내용

전술한 것처럼 1930년대 유년잡지 기획은 시대적인 상황과 출판사 및 신문사의 경영난 등의 이유로 여유롭지 못했다. 당시 발간된 아동잡지에 '유년란'을 만들어 작품을 게재하는 것이 일반적이었다. 주요 잡지별 유년문학의 현황 및 내용 등을 살펴보면 다음과 같다.

『어린이』(1923~1934)

발간연도	권/호	작품 및 작가	장르명
1930년	8권 6호	「눈쓰고 잠자는 붕어」·「훌륭한 어른」(염근수)	유치원동화
1930년	8권 7호	「박쥐이야기」(양재응)	유치원동화
1931년	9권 2호	「몰라쟁이 엄마」(이태준)	유치원소설

1931년	9권 11호	「풀ㅅ대장」(주향두), 「흙장난」(이재문)	유년동요
1932년	10권 7호	「슬퍼하는 나무」(이태준)	유년동화
1933년	11권 7호	「한길이와 참새」(김동길), 「고아원종소리」(최병화)	아기소설/유년소설
1933년	11권 12호	「고양이」(김복진)	애기동화
1934년	12권 5호	「거울」·「누나생각」·「꿈」·「안될 일이 없다」(정우해)	아기소설

『어린이』는 1930년 3호 개벽사 창립 10주년 기념호에서 이광수가 제언한 '아기네들에게 들려줄 이야기'를 싣자는 주장 이후 6호부터 간헐적으로 유년문학 작품들이 게재가 된다. 동요보다는 서사장르인 동화(소설)가 주를 이루고 있다. 신문처럼 잡지에도 장르명과 관련해 유치원, 유년, 아기(애기) 등을 혼용해 사용하고 있지만, 대상에 대한 명칭과 작품 속 주인공의 나이 등을 통해 보통학교 어린이 보다는 낮은 연령층을 대상으로 하고 있음을 알 수 있다. 또한 동화와 소설의 구분도 작가마다 달리 사용하고 있어 명확한 장르 구분은 어렵지만, 이태준처럼 소설의 경우 인간인 아이가 주인공이 되어 생활 속에서 파생되는 문제를 다루고 있고, 동화의 경우는 자연물(동물, 나무, 새 등)이 아이와 동일한 인격체로 의인화한 이야기가 주를 이루고 있다.

유년동화(소설)는 유년의 특수성을 고려해 활자가 크고, 그림의 비중이 중요하다(이재철, 2003, 154-155). 하지만 당시 잡지의 경제난과 편집체제상 『어린이』에 게재된 유년 서사에는 이미지는 없고 글이 주를 이루고 있다. 대신 활자 크기를 확대해 기타 어린이, 소년들의 읽을거리와 구분하고 있다. 또한 간결한 서사와 의인화를 통해 유년들의 일상성과 교훈성을 보여주고 있다. 먼저 동요 작품 내용을 살펴보면 다음과 같다.

풀 풀 풀ㅅ대장/ 나물먹고 풀ㅅ대장/ 한데모히는 우리동무/ 긔운이 난다 풀 풀/ 네손내손 모혀쥐고// 쌜눅이대가리오두독/ 쌜 쌜 쌜눅이/ 과자먹고 쌜눅이/ 설사만하는 쌜눅이/ 어리바리 쌜 쌜/ 뒷간싸지도 못가서/ 개대가리다 쎄르룩

-「풀ㅅ대장」(주향두)

담밋흙을 박박파선/ 물을졸졸 부어석거/ 진독진독 이기여서/ 쪽쪽세여 떡개됏네// 동굴동굴 빗난 것은/ 우리아바 잡술떡개/ 둥글둥글 빗난 것은/ 우리엄마 잡술떡개// 솟과가티 빗난 것은/ 우리아가 먹을떡개/ 밤알가티 비저서는/ 내가남남 먹어보세

- 「흙장난」(이재문)

주향두의 유년동요 「풀ㅅ대장」은 유산계급 유년에 대한 조소와 비하의 목소리가 직설적으로 표출되고 있다. 반변 무산계급 유년은 가난으로 풀을 먹고 살지만 건강미가 넘치는 삶을 살고 있다. 부르주아 계층에 대한 풍자는 1930년대 들어 계급주의 성향으로 변한 아동잡지에서 흔히 볼 수 있는 주제이다. 이재문의 「흙장난」은 4·4조 율의 반복과 운의 반복을 통해 흙 놀이 하는 유년의 명랑성을 그리고 있다. 이념성이 강조된 전 작품과 대조적인 모습을 볼 수 있다.

'아기들차지'란에 게재한 염근수의 유치원 동화 「눈쓰고 잠자는 붕어」는 눈뜨고 자는 붕어가 바로 앞에 무엇이 지나가는지도 모르지만, 두 눈을 번쩍 뜬 모습이 순사와 같고 순사가 가지고 다니는 수갑도 붕어눈 같다고 비유하고 있다. 「훌륭한 어른」은 전등, 유성기, 사진기를 발명한 에디슨에 관한 이야기이다. 1925년부터 소년문예운동을 시작으로 1930년대 중반까지 신문 및 아동잡지에서 100여 편이 넘는 작품 활동을 한 염근수는

자연과학이야기와 과학 동화[20]에 관심을 갖고 창작활동을 한다. 두 작품은 동화보다는 자연과학 이야기에 가깝다.

양재응의 「박쥐이야기」는 새 나라와 쥐 나라에서 신하 노릇을 하다 들통이나 쫓겨난 영악한 박쥐이야기이다. 유년들에게 거짓된 삶을 살지 말라는 교훈적인 내용을 담고 있다. 이태준의 「몰라쟁이 엄마」는 노마의 질문과 엄마의 대답 형식을 통해 유년의 지적 호기심과 질문에 답변하지 못한 엄마에게 왜떡을 사달라고 떼를 쓰는 아이의 천진스러운 이야기이다. 「슬퍼하는 나무」는 자신의 가지에 둥지를 튼 새와 친한 동무로 지내던 나무가, 새의 알과 새끼를 꺼내가려던 아이 때문에 헤어지게 되자 자신은 진정한 친구를 잃었다고 아이를 질책하는 이야기이다. 유년을 대상으로 한 이태준의 작품들은 그들이 삶 속에서 느낄 수 있는 감수성과 자연에 대한 애정을 다루고 있다. 이를 통해 작가는 유년들에게 인간과 자연 또는 인간과 인간의 상생 관계를 조명하고 있다.

김동길은 『아이생활』에서 유년들을 대상으로 작품 활동을 했던 작가이다. 「한길이와 참새」는 한길이가 낮잠을 자면서 꿈꾼 이야기이다. 하늘을 나는 참새가 부러웠던 한길이가 겨드랑이에 날개가 생기자 참새와 함께 여기저기 구경을 한다. 날이 저물고 저녁이 되어 집에 돌아온 한길이는 어머니를 불러도 대답이 없자 울기만 한다. 그때 어머니가 한길이를 깨우며 점심을 먹으라고 한다. 한길이는 꿈에서 깨어나며 아주 섭섭한 꿈을 꾸었다고 한다. 이 작품은 꿈을 통해 유년의 상상력을 하늘을 나는 행위로 보여주고 있다.

최병화의 「고아원종소리」는 고아원에 사는 사라의 이야기를 다루고 있다. 부모님과 함께 살고 있는 나와 달리 사라는 세 살 때 부모님을 잃고

---

20 염근수는 1930년 10월 20일 소년소녀 과학잡지 『백두산』을 발간하기도 했다.

고아원에서 여러 아이들과 함께 단체생활을 하면서 학교에 다닌다. 사라는 고아원에서 울리는 종소리에 맞춰 생활을 하고 있다. 고아원 근처에 살고 있는 나 또한 종소리에 맞춰 하루 일과를 보낸다. 이 작품은 1인칭 주인공 시점에서 사라에 대한 주인공의 연민과 그들의 우정을 담담한 어조로 그리고 있다.

김복진의 「고양이」는 배가 고픈 고양이가 쥐를 잡아먹기 위해 꾀를 낸다. 고양이는 쥐와 대화를 하며 점점 거리를 좁혀간다. 하지만 이를 파악한 쥐는 쥐구멍으로 도망가 버린다. 고양이는 화가가 돌아간다. 이 작품은 동물들의 대화 형식으로 된 의인동화이다.

정우해(순철)의 연작소설은 유년들의 생활 단상을 간결한 서사로 구조를 통해 보여주고 있다. 밭에 나간 엄마가 보고 싶어 우는 동생 정옥에게 거울을 보여 주었더니 울음을 그치고 웃는다는 이야기 「거울」, 덕룡이와 동생 혜숙이가 누가 더 깨끗이 씻는지 내기를 하며 다정하게 세수를 하던 중 어릴 때 죽은 누나가 그리워 눈물짓는 덕룡이 이야기 「누나생각」, 꿈에서 친구와 타투다 깬 문식이가 왜 자꾸 싸우는 꿈을 꾸는지 누나에게 묻자 키가 크느라고 답한 누나의 말에 좋아하는 문식이 이야기 「꿈」, 수학 문제를 풀다 어려워 포기하던 철이가 끊기 있게 장작을 패는 할아버지를 보고 노력 끝에 문제를 푼「안 될 일이 없다」 등의 이야기는 유년들이 성장해 가면서 자양분이 되는 가족애, 우애, 문제 해결 능력 등을 주제로 하고 있다.

『신소년』(1923~1934)

발간연도	권/호	작품 및 작가	장르명
1930년	8권 6호	「녀름밤」(엄흥섭 글, 이주홍 화)	유년동요
1930년	8권 7호	「앵도두개」(엄흥섭 글, 이주홍 화)	유년동요
1931년	9권 3호	「오누」(편집실)	유년독본

1931년	9권 4호	「줄다리기」(편집실)	유년독본
1931년	9권 5호	「별과 꽃」(편집실)	유년독본
1932년	10권 4호	「일하고 먹어라」(엄흥섭)	유년독본
1932년	10권 6호	「제1, 양옥집 문 앞에서 당한 일」(이동규)	유년독본
1932년	10권 7호	「제2, 언니가 왜 낫붐닛가?」(이동규)	유년독본
1932년	10권 9호	「제3, 민길이가 가진 것」(이동규)	유년독본
1932년	10권 11호	「제4, 거짓말」(이동규)	유년독본
1933년	11권 2호	「비행긔」(이동규, 낙장)	유년독본
1933년	12권 2호	「나락」(윤점문), 「참봉」(이대홍), 「동지」(윤도봉), 「목화」(이순악), 「수수」(이순악), 「광솔불」(이산악), 「어머니」(손일등)	유년동요란 (낙장)

『신소년』의 경우 1931년 9권 3호부터 '유년독본'란을 개설해 유년들이 읽을거리를 제공한다. 유년동요를 제외하고 유년독본에 게재된 작품들은 『어린이』처럼 이미지는 없고, 대상을 고려해 활자를 크게 해 소년, 어린이 문학과 구분했다. 1931년에는 주로 유년들에게 교훈성을 강조한 글이 주를 이루는 반면, 1932년 카프 맹원 이동규가 참여한 이후부터는 유년독본의 내용이 계급주의적 성향을 띄게 된다.

> 언니 맹공맹공 저소리 무슨소리?/ 개고리 나라에서 창가하는 소리// 언니 저긔 번적번적 저것은 무엇?/ 숨박곡질하는 반듸ㅅ불// 저긔저 연긔는 무슨연긔/ 아저씨집 모깃불 풀타는 연긔// 아이 하늘에 무엇이 저러케 번적해/ 그것은 별들이 쏭누는 거다// 언니 우리도 창가해 맹공이처름/ 그리자 맹공 맹공 맹공……
>
> 「녀름밤」, 엄흥섭 요, 이주홍 화

빨간앵두 앵두남게/ 앵두두개 써러젓네// 언니하나 나하나/ 주어다가 솟굽질해// 손등우에 굴궁닐가/ 귀에박어 엄마뵐가// 접시담어 니고갈가/ 밧파러간 옵바뵐가// 안이안이 마못쓴다/ 써러진남게 부처주자

「앵도두개」, 엄흥섭 요, 이주홍 화

엄흥섭의 「녀름밤」은 언니와 동생의 문답 형식을 취하고 있다. 어린 동생은 여름밤의 정경을 보면서 언니에게 자연 현상에 대해 질문을 던진다. 언니의 답변에 지적 호기심을 채운 동생은 언니와 함께 창가를 부른다. 「앵도두개」는 앵두나무에서 떨어진 앵두 두 개를 어떻게 할지 고민하던 어린 화자가 앵두나무에 붙여주자고 다짐한다. 엄흥섭의 유년동요 2편은 친근한 대화체와 경쾌한 4·4조의 리듬을 통해 유년들의 호기심과 놀이를 그리고 있다. 그리고 엄흥섭의 유년동요는 이주홍[21]이 참여해 그림동요 형태를 취하고 있다.

한편 1931년 9권 3호부터 개설한 '유년독본'의 내용은 교육성과 이념성이 두드러진다. 「오누」는 동생의 잘못을 덮어준 누이 이야기, 「줄다리기」는 서로 힘이 세다고 자랑하던 코끼리와 고래가 줄다리기를 하다 서로 나자빠진 이야기, 「벌과 꽃」은 꿀만 가져다는 벌에게 꽃이 이 꽃 저 꽃으로 날아다니며 수정을 해야 많은 꿀을 얻을 수 있다는 말을 통해 세상에는 공짜가 없다는 교훈을 주는 이야기, 「일하고 먹어라」는 나락껍질을 벗기는데 도와주지 않은 병아리와 토끼에게 쌀 한 톨도 주지 않은 쥐 이야기이다.

---

21 1928년 『신소년』에 「배암새끼의 무도」(동화)를 발표하면서 작품 활동을 한 이주홍은 아동문학 외에도 소설, 시, 희곡, 시나리오, 수필, 번역, 만문만화 등 거의 모든 장르를 아우르며 활동했던 작가이다. '조선프롤레타리아 문학동맹'뿐만 아니라 '조선프롤레타리아 미술동맹' 위원장직과 '조선프롤레타리아 예술동맹' 미술 부문의 상임위원과 중앙위원직을 맡았던 이력을 통해서 그의 미술적 재능을 재확인할 수 있다.

이들은 교육성과 관련해 선행, 겸손, 노력, 협동 등의 주제를 다루고 있다.

이동규의 연작 이야기인 「제1, 양옥집 문 앞에서 당한 일」은 일곱 살인 가난한 막노동꾼의 아들 노남이와 수동이가 더운 여름날 어느 부자가 지은 별장 근처에서 노래를 부르다가 주인에게 혼이 나자 도망치며 욕을 하는 이야기이다. 「제2, 언니가 왜 낫붐닛가?」는 일곱 살인 금순이 누나는 집안이 가난해 은행원 집에서 식모살이를 하며 살아간다. 어느 날 금순이가 언니가 보고 싶어 은행원 집에 갔는데, 주인집 여자가 장조림을 훔쳐 먹었다고 언니의 뺨을 때리는 것을 보고 분을 참지 못하는 금순이 이야기이다.

「제3, 민길이가 가진 것」은 부자집 아들 부식이와 가난한 집 아들 민길이가 공을 차고 놀다가 공이 개천에 빠지자 부식이가 민길이에게 공을 더럽혔다고 화를 내며 가난한 집 자식이라고 놀리자, 화가 난 민길이가 부식이의 턱을 주먹으로 날린다. 「제4, 거짓말」 과자를 준다는 수만이의 말에 예배당에 따라간 영식이가 "배고픈 사람에게 밥을 주어라. 저고리를 달라고 하면 아랫바지까지 주어라"라는 목사님의 설교를 듣고, 설교 후 목사님 앞으로 가 웃옷 호주머니에 있는 만년필을 달라고 한다. 그러자 목사님은 "기도드릴 시간이라"라고 큰소리를 치며 내려가 있으라 한다.

1932년 7월 투쟁기에 접어든 계급주의 아동문학은 계급의식이 한층 강화 되었다(류덕제, 2014). 목적의식기(1927~1932)까지만 해도 무산계급 아동의 가난, 노동, 야학, 계급 갈등 문제를 다루는데 있어 어느 정도 정제되었던 표현들이 극단적인 행동의 표출로 나타나기 시작했다. 이동규는 유년독본을 통해 무산계급 유년들의 현실인식과 저항의식을 그리고 있다. 노남이와 수동이, 민길이처럼 유산계급의 횡포에 저항을 하기도 하며, 금순이처럼 유산계급에 분노를 표출하기도 한다. 그리고 영식이처럼 기독교 허위의식에 대한 비판의식을 보여주기도 한다.

『별나라』(1926~1935)

발간연도	권/호	작품 및 작가	장르명
1931년	1·2월호(통권47호)	「두더쥐와 아가씨」(신고송/김규택畵)	유년동화(유년페-지)
1931년	3월호(통권48호)	「욕심쟁이할멈」(스틔분손)	유년극(번역)
1931년	4월호(통권49호)	「모기와 미륵」(신고송)	유년동화(유년란)
1931년	6월호(통권51호)	「잉어」(신고송)	유년동화(유년페-지)
1931년	12월호(통권55호)	「원숭이와 곰」(신고송)	유년동화(유년페-지)
1932년	2·3월호(통권57호)	「겨울밤」(오철영)	유년동요
1933년	12월호(통권73호)	「이사가는 다람쥐」(안운파)	유년동화
1934년	4월호(통권76호)	「어든돈」(박노일)	유년동화
1934년	10·11월호(78호)	「호랑이 산양」(박노일)	유년동화(유년페-지)

『별나라』는 1931년부터 '유년페-지'란을 만들어 유년문학 작품을 게재한다. 『어린이』와 『신소년』처럼 유년문학 작품은 활자 크기를 확대해 게재했다. 그리고 잡지에는 주로 유년동화를 게재했고, 신고송, 안운파(준식), 박노일(세영) 등이 참여했다.

신고송의 「두더쥐와 아가씨」는 부잣집 마당에 있는 꽃밭을 파던 두더지가 못생긴 외모 때문에 아가씨의 놀림을 받자 화를 내며 꽃밭을 파헤친다는 이야기이다. 이 작품은 일은 하지 않고 놀기만 하는 유산계급을 비판하는 내용을 담고 있다. 그리고 김규택 화가가 참여해 작품 중간에 이미지를 넣었다. 「모기와 미륵」은 가난한 농부의 피를 빨아먹고 사는 시골모기가 서울 사람들의 맛있는 피를 빨아 먹고 사는 서울모기를 부러워한다. 서울모기를 따라 도시에 있는 절에 간 시골모기는 미륵의 피를 빨아댄다. 하지만 아무리 빨아도 피가 나오지 않자 서울사람들은 참 힘센 사람들이라며 어리석음을 드러낸다. 작가는 서두에서 노동자와 농민의 피를 빨아 먹는 유산계급을 모기에 비유하며 미륵처럼 그들에게 착취를 당하지 말자고 당부하고 있다.

그리고 「잉어」는 폭우로 강물이 불어나자 물고기들이 냇가로 올라온다. 물이 줄어들자 놀란 물고기들은 다시 강으로 돌아간다. 하지만 논까지 올라와 송사리와 올챙이를 잡아먹으며 자신의 힘을 과시하던 잉어는 물이 빠지자 농부에게 잡히고 만다. 이 작품 역시 잉어는 유산계급을 상징하고 송사리와 올챙이는 무산계급인 농민과 노동자를 상징한다. 이 작품은 알레고리 형식으로 투쟁을 통해 세상을 바꾸려는 무산계급의 이념을 보여주고 있다. 「원숭이와 곰」은 사냥꾼에 쫓겨 산중으로 도망치던 원숭이와 곰은 호랑이를 만나게 된다. 곰을 도망치게 하고 나무 위에 올라 호랑이를 놀리던 원숭이는 포수가 호랑이를 총으로 쏘자마자 도망을 친다. 며칠 후 사냥꾼들의 함정에 빠진 원숭이를 구해 도망치던 곰이 총에 맞아 죽자 나무 위로 도망친 원숭이가 은혜를 갚은 곰을 생각하며 슬퍼한다.

19세기 스코틀랜드 작가 스티븐슨의 번역 작품인 「욕심쟁이할멈」은 배고픈 거지가 욕심쟁이 할머니에게 과자를 달라고 청한다. 할머니는 작은 과자를 준다고 해놓고 이도 아까워 빵 껍데기를 준다. 이에 거지는 요술쟁이로 변신해 욕심쟁이 할머니가 맛을 구분 못하게 주문을 건다. 욕심쟁이 할머니는 자신의 잘못을 후회하고 반성한다.

> 겨울바람 앵-앵/ 풀닙삭을 비여버린다// 그러나 풀닙들은/ 미테서 작고작고 자란다// 겨울바람 붕-붕/ 우리들의 뺨을 친다// 그러

나 우리들 어린이는/ 무서안코 자라간다

오철영의 유년동요 「겨울밤」은 추운 겨울에도 자라나는 풀처럼 유년들도 시대의 아픔에 굴하지 않고 강인하게 자라나는 유년의 이미지를 그리고 있다. 안운파(준식) 「이사가는 다람쥐」는 가을날 사람들이 산속에 들어와 다람쥐의 먹이인 도토리와 상수리 열매를 모두 주워가 먹을 것이 없어진 다람쥐들이 산속으로 이사를 간다는 내용이다. 이 작품 또한 「잉어」처럼 유산계급(사람들)의 착취를 당한 무산계급(다람쥐)의 이야기를 알레고리화한 작품이다.

박노일(세영)의 「어든돈」은 학교 가는 길에 십전짜리 은전을 주은 동화와 철수 그리고 은순이가 과자를 사먹을지, 잡지를 살지, 순사에게 가져다줄지 하며 서로 싸우는 이야기이다. 작가는 결미에서 누구의 말이 옳은지 독자들에게 질문을 던지며 유년들에게 도덕적 행동의 실천을 상황 제시를 통해 보여주고 있다. 그리고 「호랑이산양」은 인도에 사는 토인들이 호랑이를 잡는 방법에 대한 이야기이다. 토인들은 호랑이가 다는 길에 나뭇잎을 모아 놓고 거기에 꿀처럼 끈끈한 것을 발라 놓으면 호랑이가 지나가다가 발에 달라붙고, 달라붙은 나뭇잎을 떼려고 하다 얼굴에 몸에 더 붙게 되는 나뭇잎 때문에 정신이 없는 호랑이를 토인들이 활을 쏴 잡는다는 것이다. 박노일(세영)의 유년동화는 동화의 서사구조를 갖추지 않은 짧은 이야기이다.

이처럼 『신소년』에 게재된 유년문학은 보은, 욕심에 대한 경계, 선행 등의 내용도 있지만 1930년대 초반 계급주의 문학이 팽배했던 시대적 상황 속에서 유산계급의 횡포와 착취로 인해 고통 받는 무산계급의 삶을 다룬 이야기가 주를 이루고 있다.

『동화』(1936~1937)

발간연도	권/호	작품 및 작가	장르명
1936년	2월호(1호)	「고놈맹랑하거던요」(김동길)	유년동화
1936년	3월호(2호)	「핑구와 연필」(김동길)	유년동화
1936년	4월호(3호)	「참새새끼」(임원호)	유년동화
1936년	5월호(4호)	「봄편지」(김동길)	유년동화
1936년	7·8월호(6호)	「새보금자리」(임원호)	애기동화
1936년	9월호(7호)	「만년필」(김동길)	유년동화
1936년	10월호(8호)	「편지」(정우해), 「게집애소 「알룩이」」(김동길)	유년소설/ 유년동화
1937년	1·2월호(11호)	「쇠까감닙사귀」(정우해), 「아기참새와 옥순이」(김동길)	아기소설/ 유년동화
1937년	3월호(12호)	「병난시계」(정우해)	유년동화

1935년을 전후해 주요 아동잡지인 『어린이』, 『신소년』, 『별나라』가 폐간된 이후 1936년 2월 최인화가 창간한 『동화』는 그간의 계급주의 이념성이 주도했던 아동문단에 큰 변화를 가져왔다. 창간 취지에서 밝힌 것처럼 『동화』는 어린이를 순진무구한 존재로 인식하고, 그들이 이념이나 어른들의 속박에서 벗어나 자유로운 환경 속에서 읽을거리를 제공 받을 수 있도록 하겠다는 목적의식이 강했다. 『동화』는 아동들이 읽을 다양한 장르를 게재했지만 아동서사가 많은 지면을 차지하고 있다(정혜원, 2012). 유년문학 또한 동화나 소설이 주를 이루고 있다. 유년동요(소설) 작가로는 최인화와 함께 『아이생활』에서 주로 활동했던 김동길, 임원호, 정우해(순철)가 참여했다.

김동길의 「고놈맹랑하거던요」는 용돈을 받아 가난한 귀돌이에게 미루꾸(밀크카라멜)를 사준 영호의 선행에 대한 이야기이다. 「핑구와 연필」은 연필을 입으로 자꾸 깨무는 기성이를 놀려주기 위해 팽이와 연필이 장난을 쳐 수업 시간에 기성이가 곤경에 처한 이야기이다. 이 작품은 인과응보의 주제를 통해 남에게 해를 끼치지 말아야 한다는 교훈을 전하고 있다. 「봄편지」는 꿈속에서 요정과 함께 꽃 나라를 여행한 송희가 다음날 마당에 날아온 꽃잎의 향기를 맡으며 엄마에게 요정들이 보낸 봄 편지라고 자랑하는 이야기이다. 이 작품은 환상적 요소를 통해 자연과 인간의 합일을 그리고 있다.

그리고 「만년필」은 중학교에 다니는 형의 만년필이 갖고 싶었던 한수가 아침에 몰래 만년필을 숨기자 형과 다투게 된다. 결국 동생을 울린다고 엄마에게 혼이 난 형은 학교로 가고, 한수는 만년필을 가지고 학교에가 친구들에게 자랑을 한다. 형제간의 싸움은 자라면서 흔히 볼 수 있는 일이다. 이 작품은 자라면서 형제간 겪는 갈등의 양상을 그들의 행동과 심리를 통해 재미있게 보여주고 있다. 「게집애소 「알룩이」」는 심심한 알룩이가 대장장이, 고양이, 봉근 애기, 소금장수를 차례로 만나 놀아 달라고 하지만 모두 거절당한다. 그러던 중 노랑 아이소가 얼룩이에게 와서 함께 놀자고 하자 얼룩이가 좋아한다는 이야기이다. 「아기참새와 옥순이」는 겨울날 먹을 것이 없어 배고픈 참새에게 먹이를 주는 옥순이의 선행에 대한 이야기이다.

이처럼 김동길의 유년동화는 유년들의 심리와 성장 과정에서 겪는 다양한 일화를 소재로 선행과 우정 그리고 자연과 인간의 합일을 간결한 서사와 인물의 심리 및 행동 묘사를 통해 보여 주고 있다.

임원호의 「참새새끼」는 유치원에 가던 남이가 아빠 몰래 참새 새끼를 잡아 모자 속에 숨기고 유치원으로 향한다. 유치원 앞에 도착한 남이가 선생님께 모자를 쓰고 인사를 하자 아빠는 모자를 벗고 인사를 하라며 남이의 모자를 벗긴다. 그때 참새 새끼가 바닥으로 떨어진다. 이 모습을 본 아빠와 선생님은 남이를 놀리며 웃는다. 남이는 어쩔 줄 몰라 하며 유치원 교실로 향한다. 이 작품은 남이의 행동을 통해 유년들의 사물이나 동식물에 대한 호기심과 탐구를 잘 보여주는 작품이다.「새보금자리」는 머리 자르기를 싫어하던 남이가 어느 날 소꿉놀이를 하던 중 참새들이 자신의 머리 위에 집 검불로 집을 지으려하자, 이발소에 가서 머리를 자르고 온다는 이야기이다. 이 작품은 유년의 발달 과정에서 겪는 일화를 재미있게 그리고 있을 뿐만 아니라 성장 과정에서 유년이 행하는 잘못된 습관을 개선하려는 교육성이 강하다.

정우해(순철)의 유년소설「편지」에서 명환이는 장사일로 서울에 간 아버지의 편지를 받고 어떻게 답장을 보낼지 고민을 한다. 그러던 중 동생 선희가 편지를 가지고 온다. 그 편지는 아버지 편지를 기다리며 놀아주지 않는다고 서운해 하던 귀성이의 편지였다. 어머니와 명환이는 귀성이의 편지를 읽고 한바탕 웃는다. 이 작품은 편지에 대한 예절과 가족에 대한 사랑을 그리고 있다.

「꼬까감닙사귀」는 붉게 물든 감잎을 지푸라기 실에 꿰던 순이는 감잎이 너무 많이 떨어지자 걱정을 한다. 그런 순이에게 엄마는 갈퀴로 긁어모아 삼태기에 담아오라고 한다. 순이는 삼태기에 담아온 감잎으로 불을 때 동부(콩)밥을 짓는다. 저녁 식사 시간 아버지에게 자신이 감잎으로 불을 때 지은 동부밥이 맛있다고 자랑을 한다. 가족들은 순이의 순수한 행동에 웃으며 함께 식사를 한다.「병난시계」는 시계가 멈추자 오포가 약을 주면 낳을 것 같아 환약 두 개를 시계 꼭지 구멍에 넣는다. 약을 넣어도 시계 바늘이 움직이지 않자 친구 귀순이와 함께 놀다가 저녁 무렵 집에 돌아온다. 저녁에 집에 온 오포는 시계 소리가 나자 반가워하며 환약을 먹고 시계가 병이 낳았냐고 어머니에게 묻는다. 어머니는 엉뚱하게 시계병원 의사 선생님이 고쳐주었다고 한다.

정우해(순철)는 이처럼 물활론적 사고를 지는 유년들(순이, 오포)의 심리와 행동을 재치 있게 그리며 독자들에게 재미를 주고 있다. 1935년 카프 해산 이후 『동화』를 시작으로 아동문학은 연령대에 맞는 작품 생산을 통해, 그들의 발달 심리와 특성을 잘 살려 작품으로 형상화했음을 알 수 있다.

『소년』(1937~1940)

발간연도	권/호	작품 및 작가	장르명
1938년	2권 3호	「군밤장수」(정순철)	유년소설
1939년	3권 4호	「전화」(김기팔)	유년동화
1939년	3권 7호	「층층대」(김기팔)	유년동화
1939년	3권 12호	「인력거」(김기팔)	유년동화
1940년	4권 2호	「웃음」(노양근)	유년동화
1940년	4권 9호	「오좀싸개」(염귀례)	애기동화
1940년	4권 10호	「세발자전거」(백화선), 「빨간양복」(장효준), 「이상한 선물」(김정숙), 「세나라」(이순이)	유치원동화
1940년	4권 11호	「꾀 많은 쥐」(이주훈), 「할멈과 암탉」(김상수)	유년동화

1937년 4월 조선일보사에서 창간한 『소년』은 윤석중이 편집 주간을 맡았다. 유년문학은 1938년 3호부터 게재가 되었지만, 기타 장르에 비해 작품 비중은 약했다. 잡지 성격상 소년을 대상으로 한 작품들이나 읽을거리가 주가 되었다(정혜영, 2009). 유년문학에 참여한 작가는 정순철(우해), 김기팔, 노양근, 이주훈, 김상수 그리고 보육학교 출신인 염귀례, 백화선, 장효준, 김정숙, 이순이 등이다. 그리고 유년들을 고려해 글 작품 제목이나

글 중간에 삽화를 넣기도 했으며, 활자를 확대하는 등의 편집 체제를 갖추기도 했다.

정순철의 「군밤장수」는 군밤을 먹고 싶어 하던 옥이가 정순이에게 오빠가 파는 군밤은 맛이 없으니 다른 곳에 가서 군밤을 사라고 한다. 이유인즉 팔다 남은 군밤이 먹고 싶어서 거짓말을 한 것이다. 하지만 정순이는 동생이 자꾸 군밤을 사달라고 조르자 맛없는 군밤을 사가면 더 이상 사달라고 하지 않을 것 같아 옥이 오빠한테 군밤을 사간다. 군밤이 먹고 싶었던 옥이는 잠을 자지 않고 오빠를 기다리다가 군밤을 다 판 사실을 알고 서운해 한다. 눈치를 챈 엄마는 오빠가 군밤을 다 팔아야 옷도 사주고 학교도 보내준다는 말을 듣고 앞으로는 거짓말을 하지 않기로 다짐한다. 이 작품은 자신의 욕구를 채우기 위해 선택한 행동이 잘못되었음을 옥이의 자성을 통해 보여줌으로써 유년들에게 교육적인 메시지를 주고 있다.

김기팔의 「전화」는 종이전화 놀이 이야기이다. 병수와 일남이는 종이를 둥글게 말아 실로 연결한 후 잘 들리지는 않지만, 재미있게 서로 말을 주고받는다. 전화놀이를 구경하던 창일이가 자기도 하고 싶다고 조르자 병수가 전화통을 건네준다. 창일이와 일남이는 들리지도 않는 전화 놀이를 하며 즐거워한다. 「층층대」는 숫자세기 이야기이다. 누나에게 열까지 숫자를 배운 일구가 손가락을 굽으며 열한계단을 센다. 하지만 매일 같이 계단을 세어도 손가락 하나가 모자라 계단 하나를 세지 못한다. 결국 일구는 계단 하나를 없애든지 손가락 하나가 더 생기든지 하며 엉뚱한 생각을 한다. 「인력거」는 중병에 걸린 석환이를 인력거가 싣고 가자 남석이는 인력거를 미워한다. 매일 같이 석환이가 보고 싶어 친구 집을 찾아가지만 석환이는 돌아오지 않는다. 그럴수록 인력거에 대한 미움은 커져만 간다. 일주일 뒤 병이 호전된 석환이가 돌아와 남석이를 찾아온다. 남석이는 인력거를 어루만지며 그동안 자신이 미워했던 일에 반성한다. 김기팔의 작품들은 유년들이 성장 과정에서 겪는 놀이 문화, 숫자세기, 우정 등을 소재로 그들의 성장 과정 속에서 경험한 내용을 주인공들의 심리 및 행동 묘사를 통해 형상화하고 있다.

노양근의 「웃음」은 서울경험 이야기 도중 친구들끼리 다투는 이야기이다. 서울 구경을 하고 온 수돌이는 갓난이와 갑쇠 그리고 은순이에게 전차, 고층빌딩, 엘리베이터 이야기를 해준다. 자랑만하는 수돌이가 아니꼽던 갑쇠는 수돌이의 말이 거짓말이라고 한다. 이에 수돌이는 화가 나서 갑쇠의 빰을 때린다. 갑쇠와 수돌이가 서로 엉켜 싸우 던 중 화로에 떨어진 밤이 터지자 둘은 머리에 재를 뒤집어쓴다. 이 모습을 본 친구들은 서로의 얼굴을 쳐다보며 웃는다. 이 작품은 소소한 다툼으로 벌어진 상황을 해학적 화해로 마무리를 지으면서 친구 간 우정의 중요성을 보여주고 있다.

염귀례의 「오좀싸개」는 일곱 살 상철이가 꿈속에서 소꼽놀이로 만든 초가집에 할머니의 담뱃재가 떨어져 불이나자 오줌을 누어 불을 끈다. 꿈에서 깬 상철이가 오줌을 싼 것을 알고 할머니와 아버지, 그리고 누나는 꾸중을 한다. 상철이는 할머니 담뱃불 때문에 오줌을 싼 것이라고 핑계를 대지만 오히려 꾸중만 듣는다. 상철이 누나는 '오줌 싸게 시간표'를 만들어 상철이 잠자리 위에 부쳐 놓으며, 잠자기 전에 시간표를 보고 오줌을 싸고 자라고 한다. 그 뒤 상철이는 잠을 자기 전 시간표를 보고 오줌을 싸고 자 더 이상 옷에 오줌을 싸지 않는다.

백화선의 「세발자전거」는 일곱 살 석이는 아버지에게 생일날 세발자전거를 선물 받는다. 기분이 좋은 석이는 옆집 영이와 함께 자전거 시합을 한다. 시합 도중 옆집 사는 네 살 먹은 영옥이가 걸어오다 자전거 앞에서 넘어진다. 석이는 넘어져 우는 영옥이를 일으켜 세우며 달래준다. 이 모습을 보고 영옥이 엄마가 다가와 석이의 머리를 쓰다듬으며 과자를 준다. 석이는 영이와 과자를 나누어 먹으며 재미있게 자전거를 탄다.

장효준의 「빨간양복」은 넓은 들판 빨간 지붕 집에 오리를 키우며 살던 경순이는 어느 날 아주머니 생일날 빨간 옷을 입고 빨간 양산을 쓰고 아주머니 집으로 향한다. 아주머니 집에서 맛있는 음식을 먹고 집으로 오던 경순이는 숲을 지나던 중 오리들을 만나 숲 속으로 들어간다. 숲속에서 수수경단을 먹는 토끼를 본 경순이는 수수경단이 먹고 싶어 아기 토끼를 돌보며 수수경단을 얻어먹는다. 아기 토끼들이 경순이가 가지고 있는 빨간 양산을 타고 하늘을 날고 싶다고 하자, 경순이는 토끼의 손을 잡고 우산을 타고 하늘을 날아간다. 하늘로 오를수록 양산은 자꾸 접혀져 연못으로 떨어진다. 잠에서 깬 경순이는 꿈을 꾼 것을 알고 집으로 돌아와 엄마에게 그간 있었던 이야기를 한다. 엄마는 그런 경순이를 보며 머리를 쓰다듬는다.

김정숙의 「이상한 선물」은 마음씨 착한 유순이(7살)와 욕심이 많은 옥순이(9살)가 홀어머니를 모시고 살았다. 유순이를 미워한 어머니는 집안일을 모두 유순이에게만 시켰다. 어느 날 물동이를 이고 샘에 물을 길러간 유순이는 가난한 여자의 부탁을 받고 물을 건네준다. 물을 마신 가난한 여자는 천사였다. 천사는 마음씨 착한 유순이에게 말을 할 때 마다 입에서 장미꽃과 진주가 나오는 선물을 주었다. 이 사실을 안 어머니는 언니인 옥순이에게 샘에 가서 물을 길어오라고 한다. 하지만 옥순이는 화를 내며 보기 좋은 은병을 가지고 샘으로 간다. 천사가 물을 달라하자 옥순이는 당신이 떠먹으라고 화를 낸다. 천사는 그런 옥순이가 미워 말할 때마다 입에서 미꾸라지와 같은 징그러운 것이 나오게 한다. 어머니는 유순이가 꾸민 짓이라고 생각하여 유순이를 집에서 쫓아낸다. 하지만 착한 유순이는 왕자를 만나 궁궐에서 행복하게 살고 욕심이 많은 옥순이는 결국 집에서 쫓겨난다.

이순이의 「세나라」는 모든 것이 빨간색인 빨간나라 홍서방과 모든 것이 노란색인 노란나라 황서방, 그리고 모든 것이 파란색인 파란나라 청서방의 이야기이다. 어느 날 바다에 나간 홍서방과 황서방 그리고 청서방은 풍랑을 만나 표류하던 중 바다 가운데서 만나게 된다. 처음 보는 색깔에 서로 놀란 세 사람은 먼저 빨간나라로 간다. 옷이며 음식이며 집이 모두 빨간 것을 보고 황서방과 청서방은 놀란다. 빨간나라 사람들도 생전 처음 보는 황색과 청색을 보고 놀라기는 마찬가지이다. 자초지종을 들은 빨간나라 임금은 황서방과 청서방에게 빨간방망이를 선물로 준다. 각자 집으로 돌아온 황서방과 청서방은 임금에게 그간의 사정을 이야기하자 빨간나라에 각자의 방망이를 선물로 보낸다. 그 뒤로 세 나라에 사는 박사들이 방망이를 사용해 다양한 색깔을 만든다.

염귀례, 백화선, 장효준, 김정숙, 이순이는 보육교사 출신으로 유치원 교사 재직 시절 유년들을 위한 동화를 창작해 신문이나 아동잡지에 발표한 작가이다. 이들은 장르명도 유치원 동화로 명기했으며, 주인공도 유치원 연령대인 일곱 살 유년을 설정했다. 작품 또한 유년들의 생활습관, 놀이문화, 교육성을 포함한 선행, 환상성을 기조로 한 유래담 등의 내용을 통해 그들에게 재미와 교훈을 주고 있다.

이주훈[22]의 「꾀 많은 쥐」는 고양이에게 잡힌 쥐가 위기를 모면하기 위해 꾀를 낸다. 고양이에게 자기를 잡아먹기 전에 얼굴을 깨끗이 씻고 잡아먹으라고 하자 고양이는 쥐의 말을 듣고 세수를 하려고 잡은 쥐를 놓자 쥐는 달아난다. 김상수[23]의 「할멈과 암탉」은 욕심쟁이 할머니가 모이를 많

---

22 이주훈은 《조선일보》에 「집 보기」(1940.08.10), 「팔씨름」(1940.08.04) 등의 유년동화를 발표하며 창작 활동을 이어가다 1949년 5월 3일 '아동문학가협회'를 결성해 이사로 활동하기도 한다. 당시 최고위원은 박영종(목월), 김동리, 임원호이였으며, 성인문단 외 아동문단에서 윤석중, 김태오, 윤복진, 최병화, 임인수 등이 참여했다.

23 김상수는 1930년대 후반부터 《조선일보》를 주 무대로 동화 및 만화 작가로 활동을 한 작가이다. 먼저 《조선일보》에 발표한 동화에는 「나비와 쓰르래미」(1938.07.03), 「게와 조개」·「원숭이」(1938.10.02), 「곰의집」(1938.12.25), 「여우와 닭」·「게와 뱀」·「주인할머니와 하인」(1939.03.05), 「인절미」(1939.03.12), 「공작과 학」(1939.05.21), 「보리밥과 백

이 주면 암탉이 알을 많이 낳을 것이라고 생각해 매일 매일 암탉에게 많은 모이를 준다. 결국 암탉은 체해서 죽고 만다. 두 작품은 우화 형식의 짧은 이야기로 유년들에게 지혜와 과욕에 대한 경계심을 일깨우고 있다.

이처럼 『소년』에 게재된 유년동화(소설)는 카프 해산 이후 이념성이 배재되었다. 기성작가뿐만 아니라 보모들의 참여가 두드러진 유년 작품들은 유년들의 일상과 환상성, 우화 등을 통해 그들의 심리와 행동을 잘 보여주고 있으며, 교육성을 내포한 주제가 주를 이루고 있음을 알 수 있다.

4. 나오며

본고는 1930 · 40년대 아동잡지인 『어린이』(1923~1934)를 비롯해 『소년』(1937~1940)에 이르기까지 실증적인 고찰을 통해 유년문학에 대한 인식 및 잡지별 기획 의도, 유년문학 작가 및 특징 그리고 내용 등을 살펴보았다.

1930년대 초를 전후해 시작된 아동의 연령 분화는 아동문학의 분화로 이어져 유년문학의 탄생과 성장으로 이어진다. 그 중심에 홍은성을 비롯해 전식에 이르기까지 여러 작가들의 논의와 참여가 있었다. 하지만 송완순의 논의처럼 그림책 발간이나 유년잡지 발간은 여의치 않아 아동잡지 내 '유년란'을 만들어 작품을 게재했다.

경영난과 작가 섭외 등의 열악한 상황 속에서도 유년문학에 열의를 보인 이는 윤석중이다. 그는 1937년 조선일보사에서 『소년』 편집 주간으로 근무하던 시절 1937년 6월호에 '유치원동화특집호'를 발간하기도 한다.

미밥」(1939.07.09), 「까마귀고기」(1939.10.15)가 있다. 그리고 만화에는 「도깨비 수박」(1940.04.21), 「호랑이가 된 더퍼리」(1940.05.12.), 「고무풍선」(1940.06.02.), 「깜동이와 풍선」(1940.06.23), 「공덕심」(1940.07.07) 등이다. 그리고 《동아일보》에 동화 「할미꽃 상·하」(1940.05.05/12), 만화 「낙시질」(1940.04.14)을 발표하기도 했다.

그리고 그해 9월 우리나라 최초의 유년 그림잡지인 『유년』을 발간한다.

한편 유년문학은 기성작가의 작품 생산 활동 외 유치원 보모 출신들의 참여를 통해 발전한다. 보육학교를 졸업한 이들 중 글쓰기에 재능을 보인 이들은 신문이나 잡지 참여를 통해 유년문학 작품을 발표한다. 또한 경성방송국 '어린이 시간' 프로그램에 참여해 동요 독창이나 동화 구연 활동을 한다. 대표적인 이들이 이순이(조양유치원), 장효준(혜화유치원), 염귀례(수원 진명유치원), 백화선(경성방송국) 등이다.

아동잡지에 게재된 유년문학의 특징을 보면 유년의 특수성을 고려해 활자가 크고, 제목이나 작품 중간에 삽화를 넣기도 했다. 유년문학의 내용은 1935년 카프 해산을 전후해 차이점을 보인다. 카프 해산 전 『어린이』, 『신소년』, 『별나라』에서 보였던 유산계급의 횡포와 착취로 인해 고통 받는 무산계급 유년들의 삶의 이미지는 1936년 이후 발간된 『동화』와 『소년』에 이르면 유년의 발달 심리와 특성에 맞는 순수한 작품으로 바뀐다. 유년들의 생활단상, 놀이문화, 생활습관 개선, 환상성, 우화 등을 통해 재미와 교육적인 메시지를 주고 있다.

1930년 이후 유년문학의 등장은 그들을 더 이상 보호 대상이 아닌 문학 향연의 주체로서의 삶으로 편입시키는 계기가 되었다. 그리고 이미지와 함께 그들의 생활 단상을 그린 다양한 작품 생산은 아동문단을 풍성하게 하였다. 더불어 유년문학 기획은 한국 그림책의 발전을 꾀하는 밑거름이 되었다고 볼 수 있다.

제2장
1930년대 《동아일보》 유년동화

1. 들어가며

본고는 한국아동문학 연구에서 소외되었던 일제 강점기 유년(幼年)문학의 전모를 밝히는데 목적을 두고, 아동잡지에 이어 두 번째 작업으로 1930대 유년문학 작품이 상당수 게재된 《동아일보》에 주목한다. 그리고 연구 대상은 유년동화에 한정한다.

한국아동문학이 걸어온 길이 어느덧 한 세기에 접어들고 있지만, 아직까지 일제 강점기 유년문학에 대한 연구는 지엽적이다. 실증자료 구입의 난항으로 인해 그러한 현상을 보이는 것은 자명한 일이다. 유년문학에 대한 발굴 작업의 더딤은 결국 후속 연구 과제의 지연을 초래할 수밖에 없다. 본격적인 아동문학 연구가 10여 년밖에 되지 않은 열악한 상황 속에서도 그동안 본 연구와 관련해 미흡하나마 선행 연구물로 주목할 만한 논의는 첫째 유년문학 장르론 연구, 둘째 유년(문학)에 대한 인식 논의, 셋째 유년동요에 대한 논의 등이다.

먼저 아동문학 서사 장르를 논의하면서 본 연구의 발판을 마련해준 연구자는 조은숙(2009), 안미영(2009)이다. 이들은 논의에서 아동 서사 장르인 유년동화와 유년소설 용어의 개념을 고찰해 본 연구의 선행 자료로 활용할 수 있는 발판을 마련해 주었다. 둘째 유년(문학)에 대한 인식 논의로 원종찬(2011)과 정진헌(2015)의 논의가 주목할 만하다. 이들은 1920·30년대 아동 잡지나 신문 자료 발굴을 통해 당시 아동문학 이론가들이 주장했던 유년의 용어와 문학범주를 설정해 논의를 전개해 나갔다. 셋째 김제곤(2009)과 김윤희(2012)의 유년동요(동시) 연구이다. 김제곤은 윤석중의 유년동시를, 김윤희는 일제 강점기 유년동요(시)에 나타난 '유년상'을 중심으로 논의를 전개해 본격적인 유년동요 작품 연구의 물꼬를 텄다. 하지만 선행연구자의 노고에도 일제 강점기 유년문학 전모를 밝히는데, 나름의 한계가 있었다. 먼저 실증적인 자료 발굴의 문제다. 일제 강점기 유년문학 작품은 필자가 자료 발굴을 통해 확인한 것처럼 200여 편에 이르고 있다. 작품 분량을 고민하더라도 당시 유년문학에 대한 이론 및 총체적인 작품 발굴 그리고 이를 바탕으로 한 정리 작업과 같은 1차 작업이 절실한 상황이다.

1922년 제2차 조선교육령 공표 이후 교육의 장으로 호출된 아동들은 이후 1930년에 이르면 연령과 학제에 따라 아동의 분화가 생기고, 이는 곧 아동문학을 연령대에 맞게 창작하자는 논의로 확산된다. 특히 유년층을 고려하지 않은 작품 생산은 새로운 예술을 창작하는 기폭제가 된다. 홍은성, 이광수, 신고송, 송완순, 김우철, 전식, 이구조 등으로 이어지는 유년문학 관련 논의들은 이를 가속화한다. 아동문단 내 자성의 목소리는 이후 유년의 발견으로 이어지고, 그들을 위한 작품을 본격적으로 생산하기에 이른다. 이와 더불어 작품의 특징을 보면 서사가 간결해지고 이미지가 삽입되게 된다. 이는 문해력이 부족한 유년층을 배려한 고민이었을 것이다. 특히 외국동화, 이솝우화, 전래동화 등을 재화한 작품도 간혹 보이지만 유년동화의 주축은 사실동화가 주를 이룬다. 이는 유년과 친숙한 현장성을 소재로 그들의 성장 발달에 필요한 교육적 의도를 함의하고 있다고 볼 수 있다.

한편 전국 각지에서 생겨난 유치원은 유아들을 교육현장에 호출해 그들을 더 이상 보호대상이 아닌 주체로서의 삶을 살게 해준다. 특히 유치원에서 교육 자료로 활용했던 동요와 동화는 유년들에게 문학적 향수를 느끼게 해주었다.[1] 또한 1930년대 중반 이후 전국 각지에서 성행한(주일학교 유년부 주최) 유치원 동요, 동화대회 및 라디오 방송(윤석중, 김태오 등)을 통해 전파된 유년동화 낭송은 유년문학의 성장을 꾀하는 계기가 되기도 했다. 그 외 유아교육 사상의 도입과 신여성들의 자녀 교육관도 일정 부분 유년문학의 성장을 꾀하는 동인으로 볼 수도 있다.

이러한 당시 상황에도 현재 1930년대 유년에 대한 발견 이후 생산된 많은 작품들이 사장된 채 아동문학사에서 소외되고 있다. 따라서 필자는 전술한 것처럼 일제 강점기 유년문학 연구의 후속 작업으로 1930년대 《동아일보》에 게재된 유년동화를 아동문학연구의 장에 들추어내고자 한다. 이를 통해 유년문학 후속연구의 발판을 마련할 수 있을 것으로 기대된다.

2. 아동의 분화와 유년문학의 등장

아동문학은 작가가 일차적으로 아동들에게 읽힐 것을 목적으로 창작한 특수문학으로 동요, 동시, 동화, 아동소설, 아동극 등의 장르를 총칭한 개념이다(이재철, 2003, 9). 이러한 정의 속에는 유년문학이 포함되어 있음을 알 수 있다. 아동문학이 유년기부터 소년기에 있는 아동들을 주대상으로 하여 창작된 문학이라고 할 때, 유년기의 특수성을 고려하여 유년들을

---

1 1930년대 유년문학과 관련해 유치원 원아를 대상으로 생산된 유치원동요 및 동화가 상당수 아동잡지나 신문에 게재가 되었다. 특히 1929년 《조선일보》의 경우 유치원 보모(1人 1話 유치원동화)들이 현장에서 아이들에게 들려주었던 동화를 연재하기도 한다. 현재 유아교육사 연구에서는 당시 설립된 유치원 현황 정도만 논의가 된 상황이다(이상금, 1995). 따라서 본 논의와 별도로 1930년대 유치원 원아 대상 동요·동화 활용 방안, 유치원 보모대상 아동문학 교육, 유치원 동요·동화·동극대회 개최 현황 등과 관련한 논의가 필수적이다.

대상으로 한 문학을 유년문학이라 정의 할 수 있다(이상금 외, 1997, 13). 일반적으로 연령에 따른 유년의 기준은 모리슨(Morrison)은 출생부터 8세까지, 캐츠(Katz)와 스포텍(Spodek)은 출생부터 초등학교 저학년까지로 보고 있다(이기숙, 1982, 69-70). 그리고 이재철(2003, 153)은 초등학교 2학년 정도 아래의 아동, 이상현(1987, 71)은 유치원 입학 전후부터 초등학교 1~2학년까지를 그 대상으로 하고 있다. 이들의 이론을 종합해 볼 때 유년문학은 출생부터 초등학교 저학년을 대상으로 그들의 발달적 특성을 고려한 내용 및 형식을 갖춘 문학으로 볼 수 있다.

아동문학은 외부적 조건에 크게 영향을 받는 장르이다. 특히 아동은 아동문학의 내부에 작용하는 외적 조건으로서 장르 체계를 구성하는데 중요한 기준으로 작용한다. 독자의 연령이나 학제 체제가 바로 그 것이다. 특히 1930년대는 오늘날처럼 유치원, 초등·중·고등학제 체제가 틀을 잡은 시기로, 1920년대 아동의 전 연령층을 포함한 아동문학 형태가 유년과 소년으로 구분되어 장르별 각각 연령층에 적합한 양식으로 적응해 나감을 볼 수 있다(조은숙, 2009, 88). 유년의 경우 유년동요, 아기동요, 유년동화, 유년소설, 아기네소설 등이 그러한 예에 해당한다.

1922년부터 1938년까지 시행된 제2차 조선교육령 학제를 보면 유치원 입학연령은 만3세~취학 전, 보통학교 연령은 6~11세, 고등보통학교는 12~16세로 그 연령대를 구분하였다. 이러한 교육제도의 편입으로 1920년대 후반부터 아동문단에서는 문학 주체 및 향유층을 위한 연령대를 구분하자는 논의가 전개된다. 특히 소년문학에 비해 취약했던 유년문학에 대한 관심이 아동문단 내에서 자성의 목소리를 내기 시작했다.

> 나의게 생각으로는 五歲로부터 十歲까지를 幼年期로 하야 이들로 하야 文學上보다도 입으로 童謠이라든가 童話를 만히 들녀줄 必

要가 잇다 아니 꼭 그래야할 것이다

-「소년운동의 이론과 실제 2」(홍은성)[2]

『어린이』읽는 잡지 중에『어린이』가 가장 공이 만습니다.『어린이』에게 감사합니다. 그런데『어린이』가 세살-네살 말 배호는 아기네에게 들려줄 이야기도 좀 실어주엇스면 합니다. 이것은 다른 나라에서도 별로 업는 일이지만은 반드시 생겨나야 할 것인 줄 압니다. 읽기는 어른이 하고 그것을 말배호는 이에게 들녀즐만한 그러한 이야기(일종의 새예술)을 실어 주엇스면 합니다.

-「七周年을 맛는『어린이』雜誌에의 선물(이광수)[3]

홍은성은 소년운동의 이론과 관련해 5~10세까지를 유년기로 정하고 그들을 위한 동요와 동화를 창작하자고 주장하고 있다. 이는 유치원부터 보통학교 저학년들을 대상으로 설정한 구분이다. 당시 발간된 아동잡지에 실린 작품들이 유년부터 소년층까지 독자의 구분이 없음을 인식하고 연령대에 맞게 잡지를 발간해야함을 주장하고 있다. 이광수 또한 3~4살 유년들을 위한 작품 생산의 필요성을 거듭 강조하고 있다. '새예술' 즉 유년들을 대상으로 하는 작품을 생산하자고 한 말을 통해, 1920년대 아동문학 독자층은 주로 보통학교 이상의 연령들이었음을 재확인 할 수 있다(정진헌, 2015).

한편 논자들마다 유년기에 대한 인식에 약간의 차이가 있었다. 1930년대 초 동요·동시논쟁을 벌였던 신고송은「새해의 童謠運動-童心純化와

2 《중외일보》 1928년 1월 16일.

3 『어린이』 1930년 3월호, 4쪽.

作家誘導」[4]에서 7, 8세가량으로, 송완순[5]은 「「푸로레」童謠論 1」에서 좀 더 높은 연령대인 8~14세로 유년의 나이를 설정했다. 그리고 유년작가의 유도(誘導)나 소년시의 창작 등을 운운하며 아동의 연령대에 맞는 작품을 창작하자고 주장했다.

> 우리는 매일 「少年少女」라고 하야 相對者의 둘레를 좁게 잡앗다. 아마도 兒童全體를다 少年少女로 보아 그러케한듯하나 決코 兒童全體가 少年少女라는 일홈에 該當할 수는없다. 어릴유(幼)字나 아희아(兒)字나 젊을소(少)字는 決코 同一한 意味의 글字가 않이다. 그것이 서로 聯關은 잇는 것이지만 똑같은 意味의 것은 않이다.
>
> -「兒童藝術時評」(虎人)[6]

> 그런데 어린이라 하면 幼年도 어린이요 少年도 어린이라할 것입니다. 유년을 四五歲로부터 十一二歲의 어린이라 하고 소년을 十二三歲로부터 十七八歲의 어린이라하면 유년보다 소년은 한 층 더 생각이 널버저 自己의 將來를 생각하고 사회의 여러 가지를 알게 될 때입니다. 그러니까 유년과 소년은 갓흔 어린이라할지라도 생각은 判異할 것입니다.
>
> -「童謠童詩論小考 1」(田植)[7]

이후 김우철(호인)과 전식은 아동의 연령대를 좀 더 구체적으로 나누

---

4 《조선일보》 1930년 1월 1일~3일.

5 《조선일보》 1930년 7월 5일.

6 『신소년』 1932년 8월호, 21쪽.

7 《조선일보》 1934년 1월 25일.

어 살피고 있다. 먼저 김우철은 1932년 「兒童藝術時評」에서 아동 전체를 소년소녀라 지칭하기 무리가 있다며 '幼', '兒', '少'의 자의적 의미를 거론하며 아동의 연령대를 幼年(만4~7세), 兒童(만8~13세), 少年(만14~17세)으로 구분했다. 이는 당시 학령기에 따른 연령대 구분으로 볼 수 있다. 그리고 전식(田植)은 1934년 「童謠童詩論小考 1」에서 유년을 4~5세로부터 11~2세의 어린이로, 소년을 12~3세로부터 17~8세의 어린이로 규정지은 후 각 연령 대상에 맞는 작품을 창작해야한다고 주장했다.

이처럼 1930년대 들어서면서 논자에 따라 약간의 차이는 있지만, 유년의 범위는 대체로 만4세부터 초등학교 저학년을 대상으로 하고 있다. 하지만 이광수의 지적처럼 만4세 이하의 乳兒에 대한 논의는 없어 아쉬움으로 남는다. 당시 작품들을 보면 乳兒를 대상으로 한 아기동요나 아기네소설 등이 창작된 점으로 보아 유년문학은 乳兒들까지 포함하고 있음을 알 수 있다.[8]

1922년 제2차 조선교육령의 보통학교령에 유치원규정이 포함되어 공포된 이후, 유치원은 신교육기관으로 부각되어 신교육을 갈망하는 한국인들에 의해 급속도로 발전하게 된다. 특히 1930년대에 이르면 1920년대 부유층 자녀들로 제한되었던 유치원 원아들이 교육열의 확장과 함께 빈곤층 아동의 교육에 대한 관심이 형성되어 도시 빈민 아동들에게 무료로 유치원을 개방하거나, 농촌 아동들에게는 보육료를 인하하는 등 유치원의 취원 계층이 확대가 된다. 실제로 당시 유치원 수와 원아수(조선인)를 보면 1920년에 30개, 671명이던 유치원(수)은 1935년이 되면 299개, 13,522명에 달하고 1940년에는 358개 유치원에 원아수가 20,024명으로 조사 되었다

8 아기동요는 주로 윤복진이 아기소설은 김동길, 정우해, 이무영, 정순철, 박흥민 등이 각각 아동잡지와 신문에 유년동요 및 유년소설과 구분해 게재했다.

(이상금, 1987, 115-116). 당시 유치원에는 유희, 창가, 동화, 담화 등의 교육프로그램을 시행했는데, 이때 동요와 동화가 교육 자료로 활용되었다. 이는 1930년대 아동 잡지나 신문을 통해서도 확인되는 것처럼 유치원 원아들을 대상으로 한 문학작품을 생산하는 계기가 된다. 유치원동요(노래)나 유치원동화 등이 그러한 예이다.[9] 그리고 유치원의 증가에 따라 유치원 보모교육을 실시했는데, 이때 동화나 아동문학 교육을 담당했던 이들이 윤석중과 김태오 같은 아동문학가들이었다(김형목, 2010).

한편 유치원 보모들은 교육현장에서 원아를 대상으로 동화교육을 실시했는데, 당시 그림형제나 안데르센 등의 외국작품뿐만 아니라 이솝우화나 전래동화를 교육 자료로 활용하기도 했다. 이는 전술한 것처럼 1929년 7월 6일부터 24일까지 《조선일보》에 기획 연재된 "1人 1話 유치원동화"를 통해 알 수 있다.

> 동화중에는 여러 가지 구분이 잇슬터이니 열대여섯살 먹은 분들이 읽기 조흔 글과 읽어서 유익을 어들글들이 짜로 잇슬 것이요 일구여덜살 먹거나 그러치 안흐면 고만 나희도 못먹은 어린 사람들에게 들릴 동화가 짜로 잇슬 것입니다 이 아레 실는 동화는 전부가 유치원에서 실험한 동화로써 가장 성적이 량호한 것을 출 모흔 것이니 참고가 될가하야 련재합니다
>
> - "1人 1話 유치원동화" 서문[10]

염근수가 그림을 맡고 각 유치원 대표 보모들이 참여한 "1人 1話 유

9 유치원동요는 윤석중, 김태오가 유치원동화는 염근수, 양재응, 정홍교 등이 주로 창작했다.

10 《조선일보》 1929년 7월 6일.

치원동화" 연재는 회양 유치원보모 이동숙(《도야지세마리》)을 시작으로 근화유치원 전영숙(《참새 삼봉이》), 안국유치원 현순희(《개고리 왕자》), 대자유치원 김한득(《참사랑》), 수송유치원 전영은(《달나라에서 온 톡기》), 대자유치원 하영옥(《어머니 업는 남매이야기》), 갑자유치원 박정자(《적은 쇠상자》) 외 다수의 유치원 보모들이 참여를 했다. 또한 색동회 회원이나 조선동요연구협회(1927), 신흥아동예술연구회(1931)[11] 회원들도 보육교사 양성과정에 참여하기도 했으며, 유치원 동요·동화·연극회 및 원유회를 주간하는 등 유치원 교육과 더불어 유아들을 위한 작품 창작에 이바지한 바가 크다(정인섭, 1981).

그 외 유년문학이 성장할 수 있었던 것은 1930년대 모성 역할의 강화로 볼 수 있다. 서구에서 유입된 유아교육론과 아동중심주의 교육이론은 교육을 받은 신여성들에게 유년들의 양육과 가정교육에 많은 영향을 준다(김혜경, 1997). 이는 여성잡지나 신문 지상의 '가정란' 등을 통해 소개된 자녀양육관련 이론이나 기사를 통해서도 쉽게 접할 수 있다. 특히 유년문학 교육과 관련해 문식력이 부족한 유년들과 어머니가 함께 하는 문예물들이 주부들을 대상으로 했던 잡지에도 소개되는데, 1933년에 창간된 『신가정』의 경우 매호마다 엄마와 유년들이 함께하는 동요, 동화, 동화극 등이 게재되기도 했다. 이를 통해 당시 어머니가 어린 자녀들에게 문학 작품을 읽어주며 문학적 상상력을 키워 주었을 것으로 판단된다.

이처럼 1920년대 학제 도입 이후 분화되기 시작한 아동의 연령은

11 1931년 9월에 조직된 '신흥아동예술연구회'는 1931년 7월 전문적인 보모 자질 향상을 위한 교육단체인 '조선보육협회'가 조직된 이후 이에 자극을 받아 활동영역을 확대한다. 그들은 아동예술 연구, 교재제작, 보급 등에 중점을 두고 '동화의 밤' 개최 및 '조선아동극연구협회'를 조직하는 등 활발한 움직임을 보인다. 당시 참여했던 발기인은 신고송, 소용수, 이정구, 전봉제, 이원수, 박을송, 김영수, 승응순, 윤석중, 최경화 등이다.

1930년대 들어 독자의 연령에 맞는 문학작품 생산에 이르게 되고 이는 또한 아동문단의 풍성한 작품을 생산해내는 결과를 가져오게 되었다. 특히 문식력이 약한 유년들도 부모와 함께 문학적 감수성을 키울 수 있는 계기가 되었다고 볼 수 있다.

3. 《동아일보》에 게재된 유년동화 현황 및 내용

1920년대 초반 동화를 중심으로 아동문학 서사 장르의 개척이 이루어진 이후 중반부터는 아동소설이 아동 서사의 한축을 담당하기 시작한다. 이후 1930년대에 이르면 동화와 아동소설이 아동 서사의 양축을 이룬다. 유년문학 역시 1930년대 유년이라는 연령에 의한 장르 구분 이후 유년동화와 유년소설로 이분화 되어 1940년 아동잡지 및 신문 폐간까지 그 명맥을 이어간다.

유년동화는 유년문학의 하위 범주로 통념상 유치원 입학 전후부터 초등학교 저학년까지를 대상으로 창작된 동화라 정의할 수 있다. 그리고 유년동화는 유년 독자들의 특수성을 고려해 사건이 중시되고, 구성이 단순하고 명쾌하며, 간결한 문체와 율동성, 감각적 용어사용 등 나름의 문학적 기법과 장치가 필요하다(이재철, 2003, 153-154). 동화가 낭만주의적 문학관을 바탕으로 한, 시적 공상과 상징적 특질이 강한 장르라면, 아동소설은 보다 본격적인 산문문학으로써 리얼리티가 강조된 문학의 한 형식이다(최미선, 2012, 23). 이러한 논의 잣대에 1930년대 유년동화와 유년소설을 적용시켜보면 동화와 소설의 구분이 명확하지 않았다. 유년동화 작품 내용을 통해 확인해 본 결과 역시 낭만성보다는 사실성이 강조되고 있다. 이는 당시 이구조의 말을 통해 재확인할 수 있다.

近間에 發表되는 創作童話를 通讀해보면 어떤 形質의 作品을 "童話"라 하며 "少年(女)小說"이라 하는지, 또 "幼年小說"과 "童話"의 異同點이 何如한 것인지 알 수가 없다. 區分의 標準이 年齡이라면, 區分되는 各部 卽 區分肢는 그 範圍內에서 서로 排斥 되어야하는 것이니까 幼年小說과 少年(女)小說도 二分될 것이다. 그러리고 보면 恒用 쓰이는 童話라는 장르가 介在하지 안케된다. 그러므로 童話(廣義)를 幼年小說 童話 少年小說 옛날이야기로 四大分하는 從來의 見解는 槪念의 混同으로 因한 區分原理의 把握이 誤謬엿다는 것을 指摘해 낼 수가 잇다.

- 어린이文學論議 (1) 童話의 基礎工事[12]

이구조는 유년동화와 유년소설의 차이점과 동일점을 구분하기 어렵다고 하면서 종래 광의의 동화 구분 즉, 유년소설, 동화, 소년소설, 옛이야기로 나눈 장르 구분에 대해 오류를 지적했다. 이에 콰스트(?)의 이론을 바탕으로 한 아동의 문학적 흥미를 고려해 동화를 狹義로 구분해 멜헨시기(7~9세)는 유년동화, 순수수용시기(남:10~13세, 여:10~11세)는 동화, 과도적반사시기(남:13~17세, 여12~15세)는 소년(녀)소설로 구분했다. 그의 이러한 구분은 유년의 연령을 보통학교 저학년을 대상으로 하고 있어 유치원과 그 이전의 유년들을 배제한 문제점을 안고 있다.

이처럼 1930년대 유년동화와 유년소설의 구분이 모호했던 상황 속에 유년들을 대상으로 한 작품들은 작가의 창작의식과 독자 대상의 특수성에 따라 장르명이 다양하게 등장했다고 볼 수 있다.

한편 유년동화는 1930년대 초반부터 『어린이』, 『별나라』 등의 잡지에 유치원동화 및 유년소설과 함께 소개되기 시작하면서 중반에 이르면

12 《동아일보》 1940년 5월 26일.

『동화』나 『소년』 잡지를 비롯해 신문에 이르기까지 다수의 작품이 게재가 된다.[13] 특히 1930년대 중반에 이르면 유년동화가 《동아일보》에 집중적으로 게재가 된다. 주로 '어린이 日曜'란에 게재가 되었지만 평일에는 생활문 화면에 게재를 했다. '어린이 日曜'란에는 유년동화 외 동요, 동화, 아동소설, 과학이야기, 아동만화 등이 소개되어 어린이들에게 다양한 읽을거리를 제공했다. 현재 필자가 정리한 유년동화 작품은 다음과 같다.

《동아일보》 유년동화 작품 현황[14]

발간연도	게재일	작품 및 작가	장르명
1935년	12월 22일	〈늑대〉(임원호)	유년동화
1936년	1월 26일	〈눈사람〉(김태오)	유년동화
1936년	3월 1일	〈귤〉(이주홍)	유년동화
1936년	3월 8일	〈고양이 이름〉(임원호)	유년동화
1936년	4월 14일	〈능금나무〉(임원호)	유년동화
1936년	4월 19일	〈아저씨의 이야기〉(손영석)	유년동화
1936년	5월 10, 21, 23, 24일	〈은숭이와 까치알〉1~5회(노양근)	유년동화
1936년	5월 31일	〈농부와 차미〉(이영철)	유년동화
1936년	6월 7, 9일	〈꽃쟁이〉上·下(정우해)	유년동화

13 아동 잡지에 유년동화를 발표한 작가를 보면 『어린이』에는 염근수, 『별나라』에는 신고송, 『동화』에는 김동길, 『소년』에는 정순철과 김기팔 등이 참여했다.

14 《동아일보》에는 유년 서사 장르인 유년소설(아기네소설)과 유치원 보모들이 게재한 동화, 그리고 동화로 게재되었지만 유년동화로 볼 수 있는 작품들이 상당수 있다. 하지만 본고에서는 논의의 원활한 진행을 위해 장르명이 표기된 유년동화를 주 논의 대상으로 했다.

1936년	6월 13일	〈수영이의 편지〉(강승한)	유년동화
1937년	7월 1일	〈그림작난〉(정순철)	유년동화
1937년	7월 7일	〈눈물〉(임원호)	유년동화
1937년	7월 8일	〈복숭아〉(이무영)	유년동화
1937년	7월 9일	〈체조시간〉(이구조)	유년동화
1937년	7월 2일	〈나무열매〉(정순철)	유년동화
1937년	7월 25일	〈몰래피는 꽃〉(최석숭)	유년동화
1937년	8월 1일	〈똘감〉(정순철)	유년동화
1937년	8월 8일	〈대학생〉(임원호)	유년동화
1937년	8월 28, 29, 31일	〈알 낫는 할머니〉上·中·下(이주홍)	유년동화
1937년	9월 1일	〈잠자리〉(임원호)	유년동화
1937년	9월 2일	〈어머니〉(이구조)	유년동화
1937년	9월 3일	〈쇠죽〉(정순철)	유년동화
1937년	9월 9일	〈손작난〉(이구조)	유년동화
1937년	9월 10일	〈맨발동무〉(정순철)	유년동화
1937년	9월 11일	〈하라버지〉(윤종구)	유년동화
1937년	9월 14, 15일	〈꿩의 꾀〉上·下(유일천)	유년동화
1937년	9월 16일	〈애기와 개〉(김광호)	유년동화
1937년	9월 19일	〈까마귀〉(김은하)	유년동화
1937년	9월 29, 30일	〈새끼 도야지〉上·下(김은하)	유년동화
1937년	10월 3, 9일	〈서울구경〉一·二(김은하)	유년동화
1937년	10월 10일	〈달팽이 춤〉(김광호)	유년동화
1937년	10월 16일	〈동무를 위하여〉(김은하)	유년동화

1937년	10월 17일	〈생일날〉(정순철)	유년동화
1937년	10월 26일	〈감나무〉(정순철)	유년동화
1937년	11월 7일	〈혼나는 구경〉(임원호)	유년동화
1937년	12월 12일	〈눈사람〉(정순철)	유년동화
1938년	9월 16일	〈소꼽작난〉(이구조)	유년동화
1940년	3월 31일	〈꽃잎아리〉(김응주)	유년동화
1940년	6월 2일	〈심술쟁이 햇님〉(박금중)	유년동화

먼저 유년동화를 창작한 작가를 살펴보면 정우해, 임원호, 이구조, 김은하를 비롯해 김태오, 이주홍, 노양근, 이무영, 손영석, 이영철, 강승한, 최석숭, 윤종구, 유일천, 김광호, 김응중, 박금중 등이다. 1930년대 중·후반을 전후해 동화 및 아동소설 창작에 활발한 활동을 보인 이는 노양근, 강소천, 최병화, 이구조, 정우해, 김기팔, 김응주 등이다.[15] 특히 순창[16] 출신인 정우해(丁友海, ?)는 정순철(丁淳哲, 丁淳喆, 丁純鐵)의 이름으로 유년동화를 가장 많이 창작한 작가이다. 1932년 『어린이』 7월호에 야학을 반대하는 면장을 풍자한 동요〈面長나리〉[17]가 입선되면서 작품 활동을 시작한 정우해는 《동아일보》 외 『어린이』, 『동화』, 『소년』 잡지 등에 동요, 동화, 유년소

15 宋昌一, 〈童話文學과 作家(一)〉, 《동아일보》 1939년 10월 17일.

16 정우해는 1933년 9월 19일 《동아일보》에 게재된 동요 〈골목길〉란에 자신을 순창(淳昌) 출신으로 밝히고 있다.

17 현재 출판된 유년동화 선집에 정우해에 대한 간단한 작가 소개를 보면 〈면장나리〉가 8월호에 게재 되어 있다고 소개하고 있는데, 필자가 확인해 본 결과 7월호(62면)에 실렸다. “스데끼를 휘저으며 네활개치고/ 면장나리 길거르며 하옵는말슴/ 길치어라 나무쓴아 보기흉하다/ 경례해라 학생들아 나를모르냐/ 심술궂고 거만하기 어렷습니다// 동리야학 생친이는 면장이라지/ 올겨울도 야학교를 못열게하면/ 면장나리 뚱뚱보를 짬내주자고/ 동무들과 산에올나 의논하얏소”.

설 등을 꾸준히 발표한다. 《동아일보》와의 연은 1932년 10월 4일 동요 〈연기〉를 발표하면서부터이다. 이후 1939년 5월 13일 동화 〈서울 간 오빠〉까지 유년들을 위해 동화와 소설을 꾸준히 발표했다.

그리고 아산 출신인 임원호(任元鎬, ?)는 1934년 3월 10일 《동아일보》에 동요 〈애기별〉을 시작으로 1940년 신문 폐간까지 다수의 동요와 동화를 발표한다. 특히 그는 1936년 동아일보신춘문예 동화부문에 〈새빨간 능금〉이 가작으로 당선[18]된 이후 『동화』와 『아이생활』을 포함해 주로 유년층을 대상으로 한 작품을 생산해 낸다. 1949년에는 박영종, 김동리와 함께 아동문학가협회 최고위원으로 활동하다가 6·25 전쟁 당시 월북하였다.

한편 1933년 '조선아동예술연구회' 회원으로도 활동한 평안남도 강동 출신인 이구조(李龜祚, 1911~1942)는 1934년 7월 25일 《동아일보》에 동화극 「쥐와 고양이」를 시작으로 35년에는 동요(시)를 37년부터는 동화 및 아동문학이론[19] 등을 발표하며 작품 활동을 전개한 인물이다(박병준, 1994). 그 외 기성작가인 김태오, 이주홍, 노양근, 이무영[20] 등의 참여와 김은하를 비롯한 여러 작가들의 이름을 살펴 볼 수 있었다.

유년동화는 유년들의 특수성을 고려해 소재 및 내용에 있어 유아기 경험과 관련해야 하고 형식 또한 유아의 이해 수준과 관련해 단순 명료해야 한다(노운서, 2010). 특히 유년동화의 내용을 보면 그들의 사고 의식과 관련해 물활론적 사고의 특성과 생활에 관한 이야기가 주를 이루고 있는데,

---

18 《동아일보》 1935년 12월 28일.

19 이구조가 《동아일보》에 발표한 어린이文學論議 1~3은 다음과 같다. 1. 童話의 基礎工事(1940년 5월 26일). 2. 兒童時調의 提唱(1940년 5월 29일). 3. 寫實童話와 教育童話(1940년 5월 30일).

20 농민소설가로 잘 알려진 이무영의 경우 아동 잡지나 신문에 참여해 다양한 아동문화 활동을 펼친다. 특히 그가 1935년 5월 26일 〈이뿌던 닭〉을 시작으로 그해 12월 22일 〈둘다-미워〉까지 《동아일보》 에 집중 발표한 '애기네소설'은 20여 편에 이르고 있다.

이를 통해 유년들에게 도덕성 함양과 흥미성을 부여해 주고 있다.

피아제는 『어린이의 도덕적 판단』(1932)에서 유아들은 타율적 단계에 머물러 있다고 보았다. 즉 유아들은 규칙에 대한 맹목적인 복종의식을 가지며 이 규칙이 유아들의 행동에 영향을 준다는 것이다. 어른들은 문학 작품을 유년들에게 읽어줌으로써 그들에게 간접적으로 잘못된 습관 개선, 인간과 인간의 원만한 관계 형성, 사회 구성원으로의 올바른 성장 등을 키워 나갈 수 있게 해준다(이상금, 1997, 89-90).

귤을 많이 먹어 옷에 변을 본 성노의 버릇을 고쳐주기 위해 귤 상자에 글을 써 놓은 아주머니 이야기(이주홍, 〈귤〉), 아저씨의 이야기가 재미있다고 학교에 가지 않는 수돌이의 고집을 우회적인 이야기를 통해 고친다는 이야기(손영석, 〈아저씨의 이야기〉), 꽃을 너무 좋아해 다른 사람들이 꽃을 볼 수 없게 자기만 꺾으려는 돌이를 훈계하는 누나 이야기(정우해, 〈꽃쟁이〉), 울기쟁이 순길이의 버릇을 고치기 위해 금붕어가 담긴 물동이에 순길이의 울음을 넣어야 한다며 순길이의 버릇을 고친 누나 이야기(임원호, 〈눈물〉), 어릴 적 엄마 몰래 복숭아를 먹으려다 어머니에게 들킨 이후 잘못된 버릇을 고친 아저씨 이야기(이무영, 〈복숭아〉), 침을 흘리며 울기를 잘하는 애기의 버릇을 고치기 위해 재치를 발휘하는 언니 이야기(김광호, 〈애기와 개〉) 등이 이에 해당한다. 작품 속에 등장하는 성노, 수돌, 돌이, 순길, 유년 시절 아저씨, 애기 등과 연령대가 비슷한 유년 독자들은 작품을 통해 그들과 동일시하며, 자신의 잘못된 행동 숙지를 통해 은연 중 많은 것을 깨닫게 된다.

유년기는 발달 특성상 물활론적 사고, 애니미즘 사상이 지배되는 시기이므로 상상력이 풍부해지는 시기이다(이은경, 2007, 17). 따라서 유년들은 전래동화나 환상동화의 그림책 등을 좋아하게 된다. 이는 또한 유년들과 친숙한 소재인 동물과 식물들의 이야기를 통해 문학적 상상력을 키워 줄

뿐만 아니라 교육적인 관점에서도 유아들에게 효과적이다.

엄마가 큰집에 간 사이 늑대가 철이를 잡아 먹으려하자 기지를 발휘한 철이가 늑대 손에 뜨거운 숯불을 부어 위기를 모면한 지혜로운 이야기(임원호, 〈늑대〉), 부모를 잃은 새끼꿩이 먹이를 찾다가 호랑이에게 잡혔지만 지혜를 발휘해 살아난 이야기(유일천, 〈꿩의 꾀〉), 고운 날개와 목소리를 가진 까마귀가 고양이, 금붕어, 부엉이, 참새 등의 친구들을 괴롭히다가 결국 부엉이에게 앙갚음을 당해 검은색과 까욱까욱 목소리를 내게 되었다는 이야기(김은하, 〈까마귀〉), 새끼돼지 삼형제가 집을 이었는데, 첫째와 둘째는 각각 지푸라기와 나무로 지어 늑대에게 잡혀 먹혔지만, 셋째는 돌로 집을 지어 늑대에게 잡혀먹지 않고 지혜를 발휘해 형들을 잡아먹은 욕심쟁이 늑대를 죽였다는 이야기(김은하, 〈새끼 도야지〉), 시골쥐가 서울쥐 집에 놀러 가서 좋은 집도 구경하고 맛있는 음식을 먹었지만, 결국 죽을 고비를 넘기고 다시 시골로 내려와 살았다는 이야기(김은하, 〈서울구경〉), 비 개인 맑은 날 달팽이 부부가 매미 노래 소리에 너무 흥에 겨워 춤을 추다가 그만 나뭇잎 아래로 떨어지고, 매미는 아이들에게 잡혀갔다는 이야기(김광호, 〈달팽이 춤〉) 등이 이에 해당한다.

이처럼 유년동화에는 전래동화나 이솝우화 그리고 외국작품(조셉 제이콥스(영국)) 등의 재화(서정오식 다시쓰기/고쳐쓰기/새로쓰기 병행)(서정오, 1995)를 통해 유년들에게 지혜로운 삶, 친구와의 우정, 분수에 맞는 생활, 지나친 행동에 대한 경계 등의 메시지를 전하고 있다. 특히 이솝우화는 유년들에게 짧은 이야기를 통해 전하고자 하는 교훈적인 내용을 그리기에 적합한 양식이었으므로 당시 유년문학에 자주 인용되었다.

생활에 관한 이야기는 유년들에게 흥미를 줄 뿐만 아니라 이해력을 높일 수 있는 효과가 있다. 유아들의 이해 범주는 유아 자신들의 생활경험에 근거할 때 가장 커질 수 있기 때문이다(노운서, 2010, 34). 친구들에게 따돌림을 당한 8살 웅이가 밤에 엄마와 함께 집으로 돌아오는 중에 자기는 대장이 되고 도둑을 잡을 거라고 큰소리를 쳐놓고는 집 앞의 눈사람을 보고 놀라서 멈칫한다는 이야기(김태오, 〈눈사람〉), 나무타기를 잘하는 은숭이가 까치알을 꺼내다 그만 우란이의 옷을 더럽혀 선생님한테 꾸중을 듣고, 며칠 후 다시 까치알을 꺼내려다가 뱀을 만져 놀라 내려오다가 바지가 벗겨져 친구들에게 놀림을 당하자 나무에서 뛰어내렸는데 그만 똥 위에 앉아 아이들에게 웃음거리가 된 이야기(노양근, 〈은숭이와 까치〉), 남이와 찬이가 아저씨가 외출한 사이 아저씨 방에 먹물로 그림을 그렸지만, 아저씨가 너그러운 마음으로 용서해 준 이야기(정순철, 〈그림작난〉), 체조시간에 체조하기가 싫어 창고에 숨어 있다가 선생님한테 혼난 용호 이야기(이구조, 〈체조시간〉), 방학을 맞아 집에 온 대학생 언니의 큰 옷을 입고, 모자를 쓰면서 대학생 놀이를 하는 어린 동생 철이와 남이 이야기(임원호, 〈대학생〉), 학교 가던 길에 잠자리를 잡다가 지각한 순길이 이야기(임원호, 〈잠자리〉), 복도에서 앞서가는 창수의 귀 밑을 손으로 찌르던 진남이와 준승이가 창수와 서로 말다툼을 하다 선생님한테 들켜 교무실에서 벌을 받은 이야기(이구조, 〈손작난〉), 엄마에게 혼나는 노마의 모습을 몰래 본 이웃집 친구 꽃쇠가 노마를 놀려주다 서로 웃으며 화해한다는 이야기(임원호, 〈혼나는 구경〉), 추운 겨울날 밤 오빠가 만들어 놓은 눈사람이 추울까봐 오빠 두루마기를 몰래 가져다가 눈사람을 덮어 준 옥이 이야기(정순철, 〈눈사람〉), 어른 흉내를 내며 음식 만들기 소꿉놀이를 하는 창순이와 갓난이 이야기(이구조, 〈소꼽작난〉) 등이 이에 해당한다.

유년들은 유치원(학교), 가정, 마을에서 있었던 일, 친구들과 어울리면서 발생하는 일들, 일상생활에서 사용하는 도구나 사물 등에 관심을 갖는다. 유년동화에 나타난 이러한 생활성은 결국 유년들에게 인간의 따뜻한 사랑, 일상의 간접 놀이 경험, 갈등의 극복 및 문제해결 등을 통해 인간과 인간세계에 대한 깊은 이해를 돕고 그 의미를 확장시켜 준다.

그리고 유년동화에는 정길이 생일날 동부떡을 얻어먹은 옥이가 빈 쟁반을 주기가 미안했는지 똘감(돌감)을 주어 쟁반에 담아 정길이 엄마에게 드린 이야기(정순철, 〈똘감〉), 덕수궁 담 벽에 삐루(맥주)병을 깨고 간 학생을 원망하던 내(거지)가 깨진 유리조각을 줍다가 그 학생이 와 반성하며 유리조각을 함께 줍자 스스로를 반성했다는 이야기(정순철, 〈맨발동무〉), 어머니의 병시중과 만주로 돈 벌러 간 아버지 걱정에 학교에 오지 않는 영희를 도와준 옥남이의 선행 이야기(김은하, 〈동무를 위하여〉)가 친구 간의 우정을 그리고 있다.

그리고 병에 걸려 절에 계신 아버지에게 위로의 편지를 쓴 이야기(강승한, 〈수영이의 편지-까치집〉), 놀기를 좋아하는 창해가 늦은 밤까지 공부를 하지만 변변한 간식조차 없어 냉수와 부채질, 그리고 모깃불로 아들을 위하는 어머니 이야기(이구조, 〈어머니〉), 부지런한 삶을 살아가는 할아버지를 흉보는 마을사람들에게 당당하게 살아가는 할아버지의 삶을 이야기하는 손자 이야기(윤종구, 〈하라버지〉), 아침마다 어린 남이의 얼굴을 씻겨주던 누나가 시집가자 늘 누나를 그리워하며 세수를 하지 않겠다고 고집피우는 남이 이야기(정순철, 〈생일날〉) 등이 가족 간의 사랑(그리움)을 그린 작품들에 해당한다.

그밖에 자연현상에 대한 유년들의 호기심을 그린 최석숭의 〈몰래피는 꽃〉과 정순철의 〈감나무〉, 그리고 어리석은 농부와 거짓말쟁이 할머니를 풍자한 이영철의 〈농부와 차미〉, 이주홍의 〈알 낫는 할머니〉가 있다.

이처럼 1935년부터 1940년 신문 폐간까지 《동아일보》에 게재된 유년동화에는 기성작가뿐만 아니라 신진작가들의 참여 가운데 정우해, 임원호, 이구조 등의 활약이 두드러졌음을 알 수 있었다. 또한 내용적인 측면에서는 유년들의 특수성과 성장발달 과정을 고려해 유년들의 생활 습관 개선,

도덕성 함양, 지혜로운 삶, 생활 속의 이야기, 친구와의 우정, 가족 간의 사랑, 자연현상에 대한 호기심 등을 다루고 있음을 확인할 수 있었다.

4. 나오며

지금까지 본고는 거칠게나마 1930년대 아동의 분화와 유년문학의 등장, 그리고 《동아일보》에 게재된 유년동화 작가 현황과 그 내용을 살펴보았다.

먼저 1920년대 아동문학은 전반적으로 보면 아동의 연령을 고민하지 않은 채 유년부터 소년까지 전 대상을 아동의 범주로 인식한 경향이 강하다. 1922년 제2차 조선교육령 공표 이후 학제가 생겨난다. 초기에는 학년에 따른 연령 구분이 모호했지만, 교육제도가 자리 잡힌 1920년대 중·후반부터는 학제에 맞는 연령대를 갖추게 된다. 이를 계기로 1929년 홍은성을 필두로 1940년 이구조에 이르기까지 여러 이론가들에 의해 아동의 연령대를 구분해 그들에게 맞는 문학 작품을 생산하자는 논의가 전개된다.

이러한 문단의 상황은 아동을 연령대별로 나누어 유년, 아동, 소년으로 구분 짓는다. 그리고 문학 또한 그들의 특성에 맞게 유년문학, 아동문학, 소년문학 등의 명칭을 사용하게 된다. 유년문학은 논자들마다 다소 차이는 있었지만 주로 보통학교 저학년 이하의 연령대를 지칭했다고 볼 수 있다. 또한 유년문학은 아기네동요, 유년동요, 유년동화, 유년소설, 아기네소설 등으로 장르가 분화되면서 그들의 연령과 성장 발달에 맞는 작품들이 잡지나 신문 지상에 1940년대 초까지 지속 게재된다. 그리고 1930년대 유치원 원아의 증가와 유치원에서 실시한 각종 문화행사, 신여성들의 자녀교육관 정립 등은 유년에 대한 새로운 인식 및 유년문학의 성장을 꾀하는데, 특히 유치원 원아들을 대상으로 한 유치원동요(노래)나 유치원동화가 그 예로 볼 수 있다.

한편 《동아일보》에 참여했던 유년동화 작가는 기성작가부터 신진작가에 이르기까지 다양했지만, 주로 1930년대 중·후반 활발한 작품 활동을 했던 정우해, 임원호, 이구조가 유년동화에 많은 관심을 가지고 있었다. 그리고 유년동화는 유년소설과 구분점이 모호한 채 작가의 창작 의식에 따라 그 장르 명칭이 부여되었는데, 일반적으로 동화가 가지고 있는 낭만성에 비해 유년동화의 경우 사실성이 주를 이루고 있다. 작품 내용을 보면 유년들에게 흥미를 주고 이해력을 높일 수 있는 생활 속의 이야기가 가장 많았다. 이는 유년들의 특수성과 성장 발달 과정을 고려한 교육적 의미를 함의하고 있다고 볼 수 있다.

또한 유년동화의 내용을 보면 유년들의 생활 습관 개선, 도덕성 함양, 지혜로운 삶, 생활 속의 이야기, 친구와의 우정, 가족 간의 사랑, 자연현상에 대한 호기심 등을 다루고 있음을 확인할 수 있었다.

제3장

한국의 그림책 인식과 형성 과정

1. 들어가며

한국에 그림책이 생성된 배경에는 인쇄술의 발달을 들 수 있다. 근대 인쇄술의 발달에 힘입어 구활자본이 국내에 유입되면서 1910년대 초 출판 시장의 큰 변화를 가져온다. 독자층의 대중화뿐만 아니라 편집상에도 컬러가 도입되기 시작한 것이다. 이는 아동잡지 출판 시 장정이나 그림 등의 시각적 효과를 높이는 계기가 되었다. 1930년대는 '그림책'이라는 용어가 사용되고, 실제로 그림책 출간을 위한 노력들을 찾아 볼 수 있다. 본 연구는 이런 일련의 과정을 통해 개화기 이후 출판물에서 글과 그림이 어떤 모습을 보였는지 살펴보고 당시 그림책에 대한 인식을 추정해 볼 예정이다. 또한 오늘날의 그림책과 비교하여 어떤 면에서 같고, 다른지 분석할 예정이다.

1913년 육당 최남선이 설립한 신문관에서 발행한 『아이들보이』도 컬러플한 장정을 선보이며 어린이들을 위해 출간되었다. 또한 이 잡지는 아동 신문 《붉은져고리》처럼 글과 함께 그림이 혼재된 양상을 보이는데, 글 없는 그림이나 만화 형식의 그림들이 매회 연재가 되었다. 이 두 발행물은 당시 조선에 아직 그림책은 없었으나 출판물의 편집 과정에서 그림의 기능이 중요하다는 것을 인지했기 때문에 그 후 그림책이 나올 수 있는 첫 단추가 되었다고 본다. 이후 1920년대까지 아동 잡지나 신문을 살펴보면 그림이 작품과 함께 실리지만, 대부분 그림 자체가 편집상 단조로움을 벗어나기 위한 장치인 삽화의 성격이 강해 오늘날 그림책과 같은 장르로서의 정교한 모습을 찾아보기 힘들다. 1930년대 들어서면서부터 화가나 작가 그리고 학부모들이 조선의 어린이들을 위한 그림책이 없음을 각성하고, 그림책에 대한 필요성을 인식하게 되었다. 이후 일본 유학파나 조선미술전람회 출신인 전문 화가들의 참여로 본격적인 그림책이 탄생하기에 이른다.

현재 일제 강점기 그림책에 대한 연구는 미흡한 실정이다. 당시 여러 잡지에 발표된 내용을 보면 그림책에 대한 이야기가 상당 수 실려 있다. 또한 신문 기사 내용을 통해 그림책에 대한 다양한 기사가 보도되고 있는데, 이러한 것들을 종합해 보면 분명 그림책들이 일제 강점기에도 유행했을 것으로 보인다. 하지만 실증적인 자료의 부족으로 그동안 그림책 연구가 부진할 수밖에 없었다.

그림책에 대한 연구가 부진한 가운데도, 한국 그림책의 역사에 대해 처음으로 언급한 현은자·김세희(2005, 182)[1]는 그의 저서에서 한국 그림책의 역사와 관련해, 1980년대에 들어 비로소 그림책에 대한 인식을 하게 되었다고 말하고 있고, 조은숙(2006, 114-115)[2]은 개화기부터 1960년대 이전까지를 그림책 맹아기로 보고, 이 시기에는 본격적인 현대 그림책을 엿볼 수 있는 사례가 발견되어 있지 않다고 밝히고 있다. 정병규(2007, 66)는 「삽화 시대에서 옛이야기 그림책 탄생까지」라는 글에서 『소년』, 『어린이』 등에

---

1 연구자들은 한국 그림책의 역사를 1980년 이전까지의 전(前) 그림책 시기, 1980년대부터 1990년대 초까지의 그림책에 대한 인식기, 1990년대 중반부터 현재에 이르는 본격 창작 그림책의 출간과 번역 그림책의 정리기로 나누고 있다.

2 연구자는 한국 그림책의 역사를 근대 이전 한국 그림책, 개화기~1960년대 이전: 그림책 맹아기, 1960년~1978년: 그림책 도입기, 1979년~1980년대 말: 그림책 형성기, 1990년대~현재: 창작 그림책 정착기 등 5시기로 구분해 설명하고 있다.

삽화를 사용했다고 간단히 언급할 정도로 해방 이전, 한국의 그림책 역사는 심층적으로 논의되지 못했다.

하지만 근대 초기 신문·잡지 등의 출판물에 편집된 그림을 통해 그림책의 토대가 이미 시작되었고, 1930년대 들어서면서부터는 전문 화가의 참여로 아동문학 작품에 삽입되었던 삽화가 정교한 그림으로 변화를 보인다(정진헌, 161-165).[3] 이는 1920년대까지 글의 보조적 역할을 했던 삽화가 30년대에 들어서면서 글과 그림이 대등한 관계를 지향하면서 하나의 그림책 장르로 자리매김할 수 있는 계기가 된다. 당시 그림책 작가들은 작품에 장르 명기를 분명하게 하고 있고, 그림책 창작동기 등을 밝히고 있어 그림책에 대한 필요성을 강하게 인식하고 있었음을 확인할 수 있다.

선행 연구자들은 오늘날 그림책의 전사 역할을 했던 그림동요와 그림동화, 글 없는 그림책 등이 1930년대 초반부터 잡지나 신문을 통해 발표되고, 이를 묶어 단행본으로 발간되었다는 사실을 간과하고 있다.[4]

본고에서는 이러한 문제의식을 갖고, 개화기 이후 출판물의 그림들과 1930년대 그림책 작가와 신문이나 잡지에 실린 작품들 그리고 그림책 관련 기사 내용을 토대로 당시 그림책에 대한 인식 및 발달 과정을 논의하고자 한다. 이를 통해 일제 강점기 혼종 텍스트인 그림동요 및 그림동화 그리고 글 없는 그림책 등, 1930년대 그림책이 생성 발전하는 과정을 새롭게 조명할 수 있을 것이다. 그리고 1930년대 이전, 그리고 이후의 작품과 혼재된 그림들도 살펴보면서 그림책이 어떤 변모를 보이고 있는지도 비교 검토해 보고자 한다.

---

3 필자는 졸고에서 오늘날 운문그림책의 전사 역할을 했던 그림동요에 대해 간략하게 언급한 바 있다.

4 현은자·김세희는 그림책 하위 장르를 옛이야기그림책, 정보그림책, 운문그림책, 영아그림책, 성경그림책, 알파벳그림책 등으로 구분했다.

2. 개화기 이후 그림책 인식과 형성

개화기 후 출판의 활성화를 통해서 출판물에 다양한 그림들이 편집되어 있었다. 따라서 우리나라의 그림책에 대하여 논의할만한 게 없다는 글들은 자료 수집이 안 된 상황에서 언급한 것이라고 본다. 이를테면 조은숙(2006)의 논문에서는 이오덕, 홍성찬 등의 회고를 통해 이 무렵까지지도 그림책에 대한 어떤 개념조차 성립되지 않았던 당시 상황을 말하고 있지만,[5] 그림책 · 그림동요 · 삽화 · 만화 등의 장르별 용어들이 이미 사용되고 있었다는 점은 1910년대에도 신문이나 잡지 등을 통해서 확인할 수 있다(현영이, 2004, 14).[6] 아직 한국의 그림책이 어떤 과정을 겪으며 성장해 왔는지에 대한 본격적인 연구가 진행되지 않은 가운데 한국 그림책의 역사에 대하여 논의한 몇 편의 논문이 눈에 띄어도 그 내용도 깊게 이루어졌다고 볼 수는 없다. 이 부분의 연구 역사가 짧기 때문일 것이다.

그림책의 발전은 출판문화의 향상과 밀접한 관계에 있다. 그러므로 개화기의 근대적 인쇄기 유입과 신문 · 잡지 발행은 편집 기술상 글 중심에서 삽화를 도입하게 되었고, 그것은 후에 그림책으로 발전할 수 있는 동력이 되었다고 본다. 아무튼 1910년대 구활자본 출판물을 매개로 근대적 출판 산업이 빠르게 발전하고 독자가 크게 늘어났다. 이전 방각본에 비해 장정이나 그림에 서구적인 회화 기법이 도입되면서 성인문예물뿐만 아니라 아동문예물에도 다양한 시각적 요소가 도입되기 시작한 것이다(천정환, 2003). 이러한 상황 속에서 아동을 위한 그림책이 탄생하는 데에 지대한 공

---

5 이 연구는 우리나라 그림책 역사를 한 시대의 환경과 역사의식 등 다양한 맥락 안에서 이루어진 것으로 언급하면서, 앞의 글 보다는 좀 더 시대적으로 거슬러 올라가 『삼강행실도』 등으로 한국 그림책의 시원으로 본 점이 인상적이다.

6 근대 인쇄 미술과 함께 시작된 우리나라 최초의 삽화는 1910년 이동영이 『대한민보』에 연재했던 시사만평화인데, 이동영은 신문에서뿐만 아니라 도화 교과서와 교과서 삽화, 그리고 소설책 표지화와 삽화 등 다양한 매체에서 활동한 것으로 알려져 있다.

헌을 한 이가 바로 최남선이다.

최남선이 신문관에서 발행한 《붉은져고리》(1913년 1월~191년 6월)와 『아이들보이』(1913년 9월~1914년 9월)에는 많은 그림들이 실려 있다. 물론 그림이 1930년대에 비해 그림의 우수성이 뛰어나다고는 볼 수 없지만, 당시 아동들에게 그림책의 역할만은 어느 정도 수행했다고 평가할 수 있다. 오늘날처럼 단행본으로 출간하지는 않았지만, 잡지에 실린 그림들을 떼어내면 한권의 그림책이 될 만한 충분한 가치가 있기 때문이다.

《붉은져고리》에는 재미있고 교훈되는 이야기 속에 그림들이 많이 실렸다. 또한 그림놀이(그림ᄌ 그림, 한ᄉ긋 그림), 만화(다음 엇지), 그림(그림 공부 도움) 등이 실려 당시 아이들을 위한 계몽과 더불어 흥미를 극대화하고 있다(진선희, 2012). 그림 공부에 도움이 될 만한 그림들도 가족이나 생활 살림, 가축 등 어린이들에게 친숙한 소재를 보여주고 있어 유년층을 배려한 의도로도 볼 수 있다.

[그림1] 1913년 6호, 「담배 먹는 소」[7]

[그림2] 1913년 10호, 「고든마음의갑흠」[8]

7 《붉은져고리》 1913년 3월 15일.

8 위의 글, 1913년 5월 15일.

『아이들보이』(권혁준, 2012)에도 민담이나 서양 동화의 번역물 등에 그림이 글과 함께 실려 있고, 《붉은져고리》에 연재되었던 만화 '다음 엇지'가 연이어 실리게 된다. 그림란에 실린 그림본은 20회가 넘게 연재되고 있는데, 이는 오늘날 글 없는 그림책의 전사 역할을 했다고 볼 수 있다. 그림본에는 곤충, 조류, 양서류, 가축, 채소, 갑각류, 교통수단 등의 그림이 실려 있다. 이는 글을 모르는 어린 아이들에게 교육적 효과뿐만 아니라 상상력을 키워주는 역할도 함께 했다고 볼 수 있다.

[그림3] 1913년 2호, 「그림본 4」[9]　　[그림4] 1913년 11호, 「그림본 21」[10]

한편, 조선왕조실록 순종 편, 1915년 4월 29일 기사 내용을 보면, "二十九日. 臨于宙合樓, 王妃同臨, 召見私立京城幼稚園兒童, 仍下賜會本, 文房具及菓子"[11]라는 내용이 실려 있다. 이를 통해 1910년대에도 아이들을 위

9 『아이들보이』 1913년 10월 5일.

10 위의 글, 1914년 7월 7일.

11 조선왕조실록 순종 편, 순부 6권, 8년(1915 을묘/대정 4년) 4월 29일. 번역하면 다음과 같다. 29일 왕비와 함께 주합루에 나가 사립경성유치원의 아동을 소견하고 회본(그림책), 문방구, 과자를 하사했다.

한 그림책이 있었을 것으로 추정된다. 물론 會本이 일본 그림책일 가능성이 높지만 정확한 것은 확인 할 바가 없다. 그리고 1920년대 잡지에 발표되었던 소설 작품들을 보면 그림책에 관한 내용이 나오고 있다. 이를 통해서도 간접적으로 당시 그림책들이 국내에 유입되어 읽혀졌음을 알 수 있다. 1920년대 발표되었던 대표작에 실린 그림책 관련 내용은 다음과 같다.

> 옵바는 어머니와 함께 정애의 겨테 안저서 잇다금 정애의 입에 숭눙과 약물을 떠넛는다. 정애의 벼개가에는 다 시드른 국화너가지(필자주: 네가지)와 공과 **그림책**이 잇다. - 중략 - 정애의 어머니와, 옵바와, 정애까지 세사람이 들어 안저서 제각금 바누질을 하며 글을 읽으며 **그림책**을 보던 마루칸은 기름이 돈다 십히 윤채잇고 즐거웟더니 정애가 병석에 누으매 그 마루칸에는 먼지가 부여케 덥히고 마당과 화단에는 구석구석이 나무닙과 틔끌이 싸여서 쓸쓸한 것은 더 말할 것도 업시 되엇다.
>
> - 표랑소년, 「전조」, 『개벽』제30호

> 성호는 서뎜으로 드러가서 잡지를 서네 권 삿다. 안해는 남편이 책을 사는 동안에 문환이를 더리고 **그림책**을 구경하고 섯다. 성호는 책을 싸서 들고 안해더러 가자고 하엿다. 안해는 어린 것의 손을 잡고 나오랴 하엿스나 문환은 나오지 안코 책을 사달라고 칭얼거린다. 성호는 아들더러 마음에 드는 책을 골르라 햇다. 한참 동안을 두고 골는 것이 면차 그림이엿다. 그것을 손에 쥐고 나온 문환은 행길에서 책을 펴들고 보래고 한다.
>
> -이익상, 「그믐날」, 『별건곤』제3호

1920년대 조선총독부의 조선어 출판물에 대한 허가 건수를 살펴보면, 당시 아동에 대한 관심이 폭발적으로 증가했음을 확인할 수 있다. 1920

년부터 10년간 족보가 총 1358건, 신소설 959건으로 발행 건수 1~2위를 차지하고 있으며, 아동물은 574건으로 4위를 차지하고 있다(천정환, 2003, 488). 이 자료는 1920년 10건이던 아동출판물이 매년 증가하여 10년 후인 1929년에는 91건으로 늘었음을 보여준다. 이 모든 자료는 현재 남아 있는 것들도 있고 멸실된 것도 많아 모두 확인할 수 없지만, 아동도서의 인기만은 상상할 수 있는 자료라 할 수 있다.

도서 출판의 증가만 있었던 것이 아니라, 《조선일보》는 1920년대 중반부터,[12] 문예면에 '어린이난'을 개설하여 동요 · 동시를 많이 게재하고 있다. 《동아일보》도 마찬가지로 아동문학 작품들을 게재하고 있는데 당시 어린이 운동의 여파가 작용했으리라고 본다. 《동아일보》에는 그림과 글이 섞인 동화를 연재했는데, 오늘날의 그림책과 유사하다. 뒤에 언급하겠지만 「이복형제」가 그것이다.[13] 이 작품은 5월 8일부터 20일까지 총 13회 연재를 했는데, 매회 서사의 진행을 그림과 같이 엮어놓았다. 글과 그림이 상호작용을 보이면서 오늘날 그림책과 같은 모습을 보여주고 있다. 이는 오늘날처럼 따로 책을 만든다면 그림책과 다를 바 없을 정도이다.

1930년대 이전에도 그림책과 관련된 작품들이 창작되었지만, 여전히 조선 아이들이 볼만한 것들이 없었다. 당시 일본어 서적 수입은 1920년대부터 폭발적으로 증가하여 1930년대에 이르러서는 일본어 서적이 수입된 책의 99%를 차지하게 된다(천정환, 2003, 228). 이를 통해 당시 아이들은 주로 현해탄을 건너온 일본 그림책들을 즐겨봤을 것으로 추측된다. 따라서 왕이 유치원생들에게 하사했던 그림책이나 당시 소설 속의 이런 그림책이

12 창간은 1920년 3월 05일임.

13 참고로 1930년 3월 05일부터 06일까지 남궁인의 그림동화 「코끼리의 눈」이 2회 연재되기도 했다. 이 작품에는 글과 함께 그림이 두 컷 삽입되었다. 이는 임홍은이 그린 그림동화와 유사성을 보인다.

우리나라 간행 그림책이라기보다는 일본에서 건너왔을 가능성이 높다. 다음 기고 내용은 이를 뒷받침해주고 있는데, 일부 발췌하면 다음과 같다.

> 멧해 전까지는 「어린이」니 「신소년」이니, 「별나라」이니 하며 여러 가지 조흔 아동독물이 만히 나오드니 요사히에 와서는 이 방면의 서적이라고는 「아이생활」 이외에는이런 종류의 책들을 차저볼 수 조차 업는 현상이다. 그런 관게로 소년들은 서점에 들어오면 으레히 현해탄을 건너 온 **그림책**들을 뒤지는 현상으로 이 방면에 대한 일반의 관심이너무 적은 듯하다.
>
> 그런 관게로 해서 소년독물이나 유년독물류는 모다, 남의 손으로 된 것이 잘 팔니 는 현상이라고 하며, 그 외에도 「キング」, 「主婦之友」 「講談俱樂部」, 등의 월간잡지가 잘 팔닌다고 한다.
>
> -「書籍市場調査記, 漢圖·以文·博文·永昌等書市에 나타난」,
> 『삼천리』 제7권 제9호

또한, 당시 그림책이 전무했던 조선의 실정에 대해, 문단 내에서 아동문예를 위하여 노력하자는 자성적 목소리와 부모들의 그림책 발간 요구[14]가 신문 지상에 종종 실린다. 그 중 변영로(樹州)는 「제창아동문예」란을 통해 조선의 아동에 대한 가엾음을 한탄하며, 문단 내에서 아동을 위한 문예물 창작을 위해 심혈을 기우릴 것을 거듭 당부했다.

> "외국아동은 행복스럽다. 조선아동은 불행하다. 외국아동은 그림책으로 이야기책으로 노래로 시로 어린 심계는 가을 시내의 붕어같이 살이 오르나 우리 아동에게야 벤벤한 **그림책** 하나이 잇느냐? 읽

14 《동아일보》 1933년 10월 29일.

혀주고 읽으라할(아니 할만한) 이야기책 한권이 잇느냐? 그리고 시나 노래면 무엇잇고? 슬픈 일이다! 못먹이어 불상하며 험벗기어 애처루랴. 그림 대신에 귀퉁이 이야기 대신에 핀잔 한마디 시나 노래 대신에 그 무엇? 욕악담이라고나 할는지! 하여간 가엾은 것은 조선의 아동이다."

-「提唱兒童文藝」, 《동아일보》(1933년 11월 11일)

변영로의 이 글은 조선의 아동들을 가엽게 여겨, 어린이를 위한 그림책이 절실히 필요하다는 것을 강조한 글이다. 이처럼 당시 조선에는 없던 그림책의 실정을 잘 알고 창작활동을 한 이가 전봉제(全鳳濟)이다. 1931년 조선미술전람회[15] 출신인 전봉제는 한국 운문그림책의 선구자 역할을 했다. 그는 《동아일보》(1930년~1931년)와 『어린이』(1931년)를 통해 그림동요 작가로 활발하게 활동했던 작가이다. 그가 창작한 그림동요는 30여 편이 넘는다. 한편, 전봉제와 함께 《동아일보》에 참여한 그림동요 작가로는 나경송, 이경래, 홍월촌 등이 있다(정진헌, 2013, 161-162).

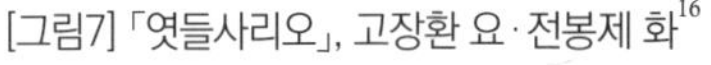
[그림7] 「엿들사리오」, 고장환 요 · 전봉제 화[16]

[그림8] 「무제」, 왕방울 요[17]

15 《동아일보》 1931년 6월 2일.

16 《동아일보》 1931년 3월 7일.

17 《조선일보》 1934년 4월 26일.

그림동요는 그림과 글이 함께 유기적인 조화를 이루는 것으로 동요 작가와 화가가 협력하여 만든 것이다. 따라서 그림동요는 문학성을 갖춘 간결한 글과 미술성을 갖춘 그림이 상호작용하는 그림책으로서 충분한 가치가 있다. 위 두 작품을 비교해 보면 그림동요와 일반 동요에 그린 삽화를 명확하게 구분해 볼 수가 있다. 그림동요의 그림은 삽화의 그림보다 예술성이 뛰어나다. 인물들의 치밀한 이미지 묘사나 글의 내용을 함축하고 있는 상황들이 더욱 정교하다. 이는 글과 그림의 관계가 서로 대등한 양상을 보인다는 특징이 있다.

전봉제는 다른 작가의 작품에 그림을 그리기도 했지만, 주로 자신이 직접 창작한 동요에 그림을 그려 넣었다. 필자가 조사한 바에 의하면 그림동요 외 창작동요만 40여 편이 넘는다. 그동안 조선에 전무했던 그림동요의 새로운 획을 그은 그는, 미전초입선 소감문에서 그동안 자신이 발표한 그림동요를 모은 『그림동요집』(1931년)[18] 발간 계획을 밝히기도 했다.

전봉제 이후 그림동요에 대한 인식과 관심이 잠시 중단되는 듯싶더니, 1933년 임홍은(林鴻恩)이 이를 계승했다. 임홍은은 1928년 '소년소녀작품전람회' 도화 부문 3등을 차지한다.[19] 이후 계속된 작품 활동을 하던 그는 1940년에 조선미술전람회에 입선했다.[20] 그는 일본 유학 이후 아이생활사에 재입사해, 1937년까지 『아이생활』 편집 활동을 하면서 꾸준히 그림

---

18 "입선은 뜻박깁니다 작년 여름 어느날 몹시 더운 날에 목욕을 하러 갓다가 우연히 수채화 하나를 그렷든 것인대 시험으로 내 노흔 것이오 입선될 줄은 몰랏습니다 이번 일에 충동이 되어 좀 더 힘써 화포를 대해 보겟습니다 지금은 그림동요집(童謠集)을 맨드는 중인데 그것이나 마치면서 학교를 계속하려 합니다 그러나 가세가 극히 빈한하여 지금은 서양선교부인(西洋宣教婦人) "라빈쓰"씨의 보조를 밧고 잇습니다마는 고학으로 성공이 될는지 생각하면 압길이 막연합니다" 《동아일보》 1931년 6월 2일.

19 《동아일보》 1928년 1월 16일.

20 《동아일보》 1940년 5월 28일.

동요·동화, 삽화, 만화, 장정 등의 활동을 했다. 당시『아이생활』에는 임홍은 외 다수의 화가가 그림동요·동화 및 만화, 삽화 제작에 참여를 했다. 김동길, 김진수, 이보경, 김상욱, 임동은[21] 등이다. 그들은 1935년 임홍은이 일본으로 유학을 간 뒤에도 그 빈자리를 대신해『아이생활』의 그림 관련 활동을 도맡아 했다. 임홍은 그림과 관련해 다양한 활동을 했는데, 그 중 그림동요에 많은 애착을 갖고 있었다. 그는『아이생활』에 무려 50여 편이 넘는 그림동요를 창작했다. 이런 사실들로 볼 때, 1930년대는 출판물에 삽화 등의 그림을 그려 시각문화의 대중화를 꾀할 수 있는 인재 풀이 형성되었던 시기였다고 본다.

경래, 홍월촌 등이 있다(정진헌, 2013, 161-162).

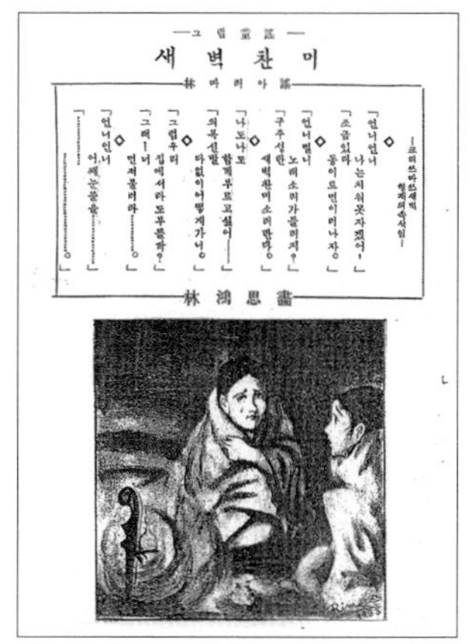

[그림9]「새벽찬미」, 임마리아 요·임홍은 화[22]

[그림10]「아가의잠」, 박영종 요·임홍은 화[23]

---

21 임동은(林同恩)은 임홍은의 동생이다. 임홍은이 1938년 5월 아이생활사를 퇴사(1940년 7월 복귀)하자 형을 대신해『아이생활』폐간까지 삽화 및 만화, 그림동요 등을 담당한다.

22 『아이생활』1933년 8권 12월호, 35쪽.

23 『아기네 동산』, 아이생활사, 1938년, 69쪽.

이와 같은 임홍은의 적극적인 활동은 조선 어린이들을 위해 그동안 『아이생활』에 실었던 그림과 작품들을 모아 『아기네 동산』(아이생활사, 1938년 3월 30일)이라는 그림책을 발간하므로 해서 우리나라 그림책 역사의 새로운 획을 긋게 된다. 전봉제가 그림동요만을 묶어 단행본으로 만들었다면(출간?), 임홍은은 글 없는 그림, 그림곡보, 그림동요, 그림동화 등 그림책의 하위 장르들을 묶어 단행본으로 발간한 것이다. 그는 조선에 아동을 위한 그림책이 없음을 늘 가슴 아파하면서, 자기가 가지고 있는 재능을 조선 아이들에게 돌려주고자 많은 노력을 기울였던 것이다.[24]

[그림11] 「애기그림책」, 임홍은 화[25]

[그림12] 「곡보」, 윤석중 요 · 박태준 곡, 임홍은 화[26]

이처럼 한국 근대 그림책은 신문관에서 발행한 아동물부터 신문, 잡지에 이르기까지 다양한 그림들이 글과 함께 유기적인 서사를 만들어내며 창작되었다. 1930년대에는 그 이전과 달리 그림책에 대한 장르인식을 갖

---

24 "우리 조선에는 어린이들이 부를만한 노래책도 얼마 되지 않고 어린이들이 읽을 만한 자미있는 이야기책도 몇 권 되지 않습니다. 더구나 아이들이 볼만한 그림책이라곤 한권도 없었습니다. 그래서 나는 벌-서부터 어떻게 해스면 우리조선 아이들에게 좋은 그림책을 만들어 줄까 하고 이리저리 많이 운동해 보았습니다만은 모-든 것이 그리 쉬 되여지지 않어 혼자 밤을 새우다가 마음 먹은지 三, 四, 年만에 오늘에야 겨우 한권의 책으로 내여 놓게 되었습니다." 『아이생활』 1937년 12권 4월호, 63쪽.

25 『아기네 동산』, 아이생활사, 1938년, 20-21쪽.

26 위의 글, 36-37쪽.

고 전봉제와 임홍은을 중심으로 여러 화가가 참여했음을 알 수 있었다. 전문 화가들의 참여는 그림책의 예술적 가치를 높이는 계기가 되었다. 또한 정교해진 그림과 글의 만남은 그림책이 하나의 장르로 자리매김할 수 있게 해주었다.

물론 대부분 창작물들이 하나의 독립적인 그림책의 면모를 갖고 있지는 않았지만, 따로 책을 만든다면 오늘날 그림책과 다름이 없을 것이다. 또한 전봉제의 『그림동요집』과 임홍은의 『아기네 동산』은 1930년대에 본격적인 한국 그림책이 시작되었음을 알리는 역할을 했으며, 1940년대 이후 아동물의 시각적 효과를 높이는 편집 체제의 변화와 그림책들이 발간되는 선구자 역할을 수행했음을 알 수 있다. 이처럼 활판 인쇄의 유입으로 인한 출판의 활성화, 아동물에 대한 폭발적 증가, 편집상 필요했던 그림, 그림책 발간에 대한 각계의 염원 등은 후에 그림책 발간의 원동력이 되었다고 본다.

3. 현대 그림책 이론으로 비추어 본 그림책

1930년대 우리나라에서는 전봉제와 임홍은에 의해 그림책, 그림동요라는 명칭으로 오늘날의 그림책과 같은 개념의 책이 출간되었는데, 그렇다면 오늘날 일반적으로 정의할 수 있는 그림책이란 무엇일가? 사실 우리보다 앞선 서양 그림책의 역사는 중세 기독교 교리를 알기 쉽게 전파하기 위해서 그림을 활용한 데서부터 시작했지만, 학문적인 연구가 활발히 진행된 것은 그리 오래 되지 않았다.

> 그림책은 20세기 후반에 와서야 학문적인 연구대상으로 진지하게 받아들이기 시작했다. 그림책의 형식과 특징을 다루고 있는 영국

의 초기 주요 저작들, 예를 들어 조셉 슈와츠Joseph Schwarcz의 『삽화의 양식Ways of the Illustrator』과 페리노들먼의 『그림에 관하여Words About Pictures』가 1980년대에 출판되었고(슈와츠, 1982; 노들먼, 1988) 그 이후그림책에 대한 연구나 비평, 분석을 목적으로 하는 논문의 양과 관련서적에서 차지하는 비중이 꾸준히 증가해왔다.(데이비드 루이스, 2008, 70)

위의 내용으로 보았을 때 그림책에 대한 본격적 연구는 그리 오래되지 않았다는 것을 알 수 있다. 그러나 서구의 그림책은 우리보다 한참 앞서 있으며 그림책의 고전으로 불릴만한 좋은 그림책도 많이 나와 있는 것은 사실이다. 그림책 이론에서도 위에 소개한 학자들 외에도 마리아 니콜라예바, 옌스 틸레, 데이비드 루이스 등, 그림책 이론가들의 글은 많이 나와 있고 우리나라에도 최근 번역하여 소개된 것도 많다.

그렇다면 1930년대 한국의 그림책은 오늘날 그림책과 비교해 볼 때, 그림책에 대한 어느 정도의 인식 수준을 지니고 있었을까? 앞에서 서술한 것처럼 1930년대 우리나라에서 그림책에 대한 인식과 그 수준을 『아이생활』 잡지나 임홍은의 저서 『아기네 동산』 등에서 짐작할 수 있으며, 《동아일보》나 《조선일보》와 같은 일간지를 통해서도 살펴볼 수 있었다. 또한 1931년 《동아일보》에 기사화 된 바 있는 전봉제의 『그림동요집』은 최초의 단행본 그림책이라고 할 수 있을 것이다.[27] 그 후 임홍은이 아희생활사에서 1939년 간행한 『아기네 동산』이 그림책이라는 장르를 염두에 두고, 다양

27 다만 이 그림책은 현재 실물이 없기 때문에 단정 짓기는 어려우나 《동아일보》 신문기사에 실린, 전봉제가 '그림동요집'을 만들고 있다는 내용과 작품에 '그림동요집에서'라는 출처를 명기한 점 등을 유추해 볼 때, 전혀 근거 없는 내용은 아닐 듯하다.

한 종류를 종합적으로 담은 최초의 그림책이라고 할 수 있다.[28] 그러나 이미 잡지류나 신문 등을 통해서는 그림책 역할을 대용할 수 있는 내용들이 편집되었음을 확인할 수가 있다. 이러한 시도들은 이미 1910~1920년대 잡지에서도 찾아볼 수 있다. 이것은 근대 잡지나 신문의 편집 방법으로서 게재한 내용을 알기 쉽게, 혹은 흥미를 유발할 수 있는 방법으로서 그림을 활용했던 것으로 보인다. 하나의 독립적인 그림책 면모를 갖고 있지 않다 해도 이런 그림들은 그림책이 탄생할 수 있는 전 단계의 현상이라고 볼 수 있을 것이다.

1913년의 《붉은져고리》, 1914년의 『아이들보이』 등에 이미 서사적 이야기를 보완하는 그림(삽화)들이 자주 활용되었고, 시간적 순차에 따라 진행되는 서사를 그림으로 보여주는 지면을 많이 할애하고 있었다. 1920년대 《동아일보》나 《조선일보》와 같은 신문에는 전봉제의 『그림동요집』이 밑바탕이 되는 '그림동요'[29]가 게재되었고, 어린이난에 '동화'라는 장르 구분 아래 서사와 그림들이 함께 엮인 편집이 시도된 것도 그림책의 전단계였음을 시사한다.

이러한 1930년대 우리 그림책은 오늘날 현대 그림책 이론에서 말하는 그림책과 어떤 공통점과 상이점을 갖고 있을까? 물론 근대 그림책의 새로운 시도를 보여주었던 영국의 챕북도 엄밀한 의미에서는 오늘날의 단행본으로 장정이 된 그림책의 형태와는 다른 것이었다. 그것은 인쇄된 종이를 접은 일종의 팸플릿 같은 것으로 1700년대에서 1980년대 중반까지 유행했던 싼 가격의 책이었다(현은자, 2008, 22, 신명호, 2009, 26).[30] 이런 의미에서

---

28 이 그림책엔 다양한 그림책의 종류를 함께 묶었는데 글 없는 그림책, 그림곡보, 그림동요, 그림동화 등이다.

29 《동아일보》는 장르호칭을 '그림동요'라고 명기하고 있다.

30 어린이를 위한 최초의 그림책은 18×12센티미터의 『세계의 그림』(1658)으로 알려져 있다.

본다면 신문관에서 1913부터 간행되었던 국수 한 그릇 값의 싼 책이란 의미로 육전소설이라는 별칭이 붙었던 문고판의 발행은 영국 초기 그림책의 챕북과 발간 의도가 흡사하다. 또한 이 시기 어린 아이들이 딱지로 접어 쓸 만한 화려한 표지 그림이 돋보였기 때문에 붙은 구활자본의 별칭인 딱지본은 출판에서 보여주는 시각 이미지의 대중성을 인식하기 시작했던 문화 현상의 한 모습이었다. 이에 대하여 한 연구자는 "딱지본소설의 표지와 텍스트 조직, 딱지본 표지와 본문의 편집체제는 가히 혁명적이었다. 일러스트를 도입한 울긋불긋한 표지, 읽기 쉬운 4호 활자의 도입 등은 이전의 책에서는 찾아볼 수 없는 새로운 시도였다."(천정환, 2003, 69)라고 평가한다.

이처럼 20세기 초 신식 활판 인쇄기의 도입 후, 인쇄에서 차지하는 그림의 역할이 눈에 띌 정도로 활발했다는 것을 알 수 있다. 이런 시각문화에 대한 대중의 호응은 3·1운동 이후 일제의 문화정치에 힘입어 수많은 출판 인쇄물이 쇄도했고, 점차 출판물에 삽화, 만화와 같은 그림을 활용한 것이 많아지게 되었다. 어린이 그림책에 대한 인식은 앞서 살펴본 바와 같이 어린이 잡지나 신문 등에 나타나지만 실제 '그림책'이라는 장르 용어를 사용하면서 실제 작품을 내놓기 시작한 것은 1930년대에 들어온 후였다.

이 시대의 그림책 인식은 오늘날 우리가 일반적으로 칭하는 그림책과 어떤 차이를 보이는지 살펴보겠다. 그림책 연구자들은 현대 그림책의 탄생을 19세기 말 랜돌프 칼데콧으로 보고 있다. 칼데콧이 그림과 글을 배치했던 독창적인 방법은 그 이전에는 없었던 소위 대위법counterpoint으로, 글이 빠지면 그림이 대신 말하고 그림이 없으면 글이 대신 말해주는 새로운 발명이었다(마틴 솔즈베리 외, 2012, 16). 다시 말해서 대위법 그림책이란 "글과 그림이 상호 의존하는 두 개의 서사"(마리아 니콜라예바 외, 2011, 35)라고 할 수 있으며 둘 다 메시지를 해석하는데 필수적으로 그림책의 기본적인 표현 양식이라고 할 수 있을 것이다. 삽화가 글 위주의 내용에 그림을 통해 이해를 돕는 것이라면, 그림책은 글과 그림의 내용이 비슷하게 차지하거나, 아니면 글보다 그림 위주이거나, 글은 빠지고 그림만으로 만들어지는 경우도 있다.(Maria Nikolajeva, 2005, 226)[31] 우리나라에서 삽화는 1900년도 초 신문 잡지 간행과 더불어 활용되었던 편집 방법 중의 하나였기 때문에 근대 출간물과 함께 선을 보였다. 그러나 오늘날의 그림책과 같은 용도로 인식될 만한 그림은 1930년대에 와서 전봉제, 임홍은과 같은 인물에 의해서이다.

그러나 글과 그림의 상호 작용은 그림책의 기본이지만 그림책은 다양한 내용과 방법으로 만들어진 것이 많다. 어떤 경우에는 서사적인 내용이지만 글은 없고 그림으로만 만들어진 것이 있듯이[32] 아예 아무런 설명도 없이 정보적인 그림만 그려져 있는 그림책도 있다. 독립적인 그림책 출간이 아니라 해도 신문이나 잡지를 통해서 비슷한 모습을 갖춘 것들이 1910년대나 1930년대에도 등장했다는 것은 앞의 자료들을 통해서 언급했다. 이 가운데서 몇 가지만 예로 들어 보겠다.《붉은져고리》 1913년 3호와 4호에는 '차돌이 집안사람'이라는 제목으로 할아버지, 할머니, 아버지 등의 얼굴을 그림으로 소개하고 있는데, 가족 인물도라고 할 수 있다. 일종의 유아 및 어린이들을 위한 정보 그림책이 될 수 있는 것이다.《붉은 저고리》 1913년 6호와 7호에 실린 차돌이 집의 짐승 그림들과 세간살이 그림들도 이와 같은 정보성의 그림이다. 여기에는 글 없이 서사가 들어 있는 그림만 있는

---

31 Maria Nikolajeva는 그림책에서 글과 그림의 상호작용에 대하여 다음과 같이 몇 가지 유형으로 분류하고 있다. 대칭의(Symmetrical), 상보성의(Complementary), 강화의(Enhancing), 대위법의(Counterpointing), 모순의(Contradictory).

32 이런 그림책 가운데 하나인, 최근 류재수의 『노란 우산』(보림, 2007)같은 그림책은 많은 독자들로부터 호응을 받고 있다.

것도 있다.[33] 오늘날 점점 그림 중심의 형태로 발달하는 그림책 경향을 생각할 때 앞선 의도라고 볼 수 있다(신명호, 2009, 293). '힘 안들이고 고기 낚기'는 각 그림마다 글을 붙여 놓았는데 글만 소개하면 다음과 같다.

> ㈠ 한 낚시꾼이 한 기이한 꾀를 내어 낚싯대를 걸어놓고 잡니다.
> ㈡ 고기가 미끼를 물고 잡아당기니까 낚싯대 뒤에 감추었던 뼈다귀가 나왔습니다.
> ㈢ 뒤에 안 잤던 개가 뼈다귀를 보기가 무섭게 달려들어 물고 잡아 당겼기 때문에 고기가 곧 물려 나왔습니다.
>
> -《붉은져고리》 1913년 4호

1913년『붉은져고리』 4호에 실린 그림과 함께 붙여진 이 이야기는 낱권으로 만들어진 것은 아니지만 기승전결의 구성을 지닌 그림책이나 다름없을 정도이다. 여기에서 ㈢번은 두 가지 이야기다. 즉, 개가 뼈다귀를 물어 잡아당겼고, 그 때문에 물고기가 잡혔다는 내용이기 때문이다.

이밖에 동아일보에 13회에 걸쳐 연재된 「이복형제」(1927년 5월 08일~5월 20일)는 세 칸은 글과 그림으로 되어 있고, 맨 위와 맨 아래는 글만 갖고 내용을 보충하는데, 이는 대위적(counterpointing) 그림책으로 논의할 만하다.[34]

---

33 어찌 보면 만화라고도 할 수 있는 것도 있고, 글 없는 그림책으로 볼 수 있을 것이다. '토끼 사냥의 따끔한 맛, 닭 못살게 군 갚음, 대길이네 개와 밭 담비(약간의 설명이 있음)' 등이 그것이다.

34 「이복형제」외 대위적 그림책에 해당하는 작품으로 그림동화「이상한 등잔」(《동아일보》 1927년 5월 25일~6월 7일)이 있다. 이 작품은 총 14회에 걸쳐 글과 그림이 함께 신문에 연재되었다. 이들은 주로 외국 동화를 재화한 것들이다.

[그림13] 「이복형제」 마지막 회[35]

[그림14]「꽃동리」 마지막 회[36]

매회 연재마다 네 칸의 그림에 이야기(글)가 적혀 있고, 맨 위와 맨 아래 부분엔 좀 더 긴 문장의 해설이 씌어져 있다. 이를테면 다음과 같은 방식이다. 네모 칸의 그림은 글을 보완하고 맨 위와 맨 아래 부분의 긴 글은 연재되는 그 회(回)의 전체 내용을 포괄하며 그림이 미처 보여주지 못했던 것을 알려주는 방식이다.

이밖에도 아희생활사에서 발간한 『아기네 동산』의 그림책은 단행본으로 된 그림책이다. 이 책은 오늘날 정형화 된 그림책의 형태와는 다른 다양한 그림책을 한 책에 장정한 종합 형태를 보이고 있다. 책의 구성은 그림과 화제(畵題)만 있는 14편의 그림과, 동요와 동화 속의 삽화다. 동화에 그려진 삽화는 대부분 책을 펼치면 그림이 나와 글 위주라라고 말하기 어려울 정도이다. 또한 동요 한 편마다 그림이 그려져 있어서 편집도 따로 떼어

35 《동아일보》 1927년 5월 20일.

36 『아기네 동산』, 앞의 책, 150쪽.

놓으면 그림 동요집으로 손색이 없다.

'그림얘기'라는 타이틀로 편집한 「꽃동리」는 글을 14편의 그림과 함께 배치하여 각 글과 그림에 번호를 붙여놓았다. 14번까지의 번호가 붙은 글과 그림을 단행본 그림책으로 출판한다 해도 충분한 그림책이라고 말할 수 있을 것이다. 이미 임홍은은 『아이생활』 1937년 7·8월호에 「무쇠의 옛날이야기」라는 제목으로 네모 틀 안의 그림과 틀 밖에 내용(서사)을 배치하고, 그리고 각 그림과 서사에 일련번호까지 붙인 잡지 안의 그림책을 발표했다.[37] 연재만화라는 장르 표기가 있었지만 글 내용이 간단한 말풍선으로 이어진 것이 아니라 보다 긴 내용으로 된 그림책이라고 할만하다. 그 다음 호부터는 「무쇠의 모험」이라고 제목을 바꾸어 연재되었다. 『아기네 동산』의 '그림얘기'인 「꽃동리」와 같은 형식이라고 할 수 있다.

이런 그림책은 오늘날의 그림책 이론으로 말한다면 상보성(complementary)의 그림책이다. 글과 그림이 서로를 보완하는 이런 종류의 그림책이 많이 있지만 더러는 강화적(enhancing) 방법도 쓰였다. 이를테면 박영종[38]의 동요 「봄바람」엔 바람을 그려 넣을 수 없기 때문에 나물 캐는 아이와 풀피리 부는 아이를 그려서 봄의 정경을 연상케 하는 방식이다.

페리 노들먼은 그림책의 글과 그림은 서로를 제한함으로써 서로 상대가 없이는 담아낼 수 없는 의미를 표현한다고 했다(페리 노들먼, 2011, 398). 당시의 그림책이 페리 노들먼과 같은 인식을 통해서 그림과 글이 서로 작용했는가는 차치하더라도, 확실한 것은 글에 그림을 입혀 상호간 이해의 맥락을 얻고자 했음은 분명하다. 그렇게 볼 때 1930년대 그림책이 형성되기까지 개화기 이후 출판에서 보여주는 글과 그림의 상호 작용은 충분히

37 『아이생활』, 1937년 7·8월호, 54쪽.

38 박목월 시인, 동요 시인으로는 이름을 박영종으로 사용했다. 『아기네 동산』, 아이생활사, 1938, 40쪽.

그림책이라는 한 장르를 정착시킬 만한 인식으로 발전하는데 기여했다고 말할 수 있을 것이다.

4. 나오며

본 연구는 개화기 이후 1945년 해방 전까지 출판물의 그림들과 그림책 작가, 신문이나 잡지에 실린 작품들, 그리고 그림책 관련 기사 내용을 토대로 일제 강점기 그림책에 대한 인식 및 발달 과정을 논의했다. 그리고 오늘날 그림책과 비교하여 어떤 면에서 같고, 다른지 도 분석해 보았다.

개화기 이후 구활자본 출판물을 매개로 아동문예물에도 다양한 시각적 요소가 도입되기 시작한다. 이러한 상황 속에서 아동을 위한 그림책이 탄생하는 데에 지대한 공헌을 한 이가 바로 최남선이다. 최남선이 1913년에 발간한 《붉은져고리》와 『아이들보이』에는 서사적 이야기를 보완하는 그림(삽화)들이 자주 활용되었고, 시간적 순차에 따라 진행되는 서사를 그림으로 보여주는 지면을 많이 할애하고 있었다. 또한 만화나 글 없는 그림들이 실려 아이들에게 재미와 상상력을 더하고, 교육적 효과를 높이는데 일조했다.

1920년대 들어서면서 삽화는 편집상의 시각적 효과를 높이기 위해 신문이나 잡지에 실리게 된다. 이 중 오늘날 그림책과 유사한 작품이 있는데, 1927년 5월 8일부터 20일까지 연재된 「이복형제」이다. 이 그림동화는 13회에 걸쳐 세 칸은 글과 그림 맨 위와 맨 아래는 글만 갖고 내용 보충하는 대위적(counterpointing) 그림책이다. 매회 연재마다 네 칸의 그림에 이야기(글)가 적혀 있고, 맨 위와 맨 아래 부분엔 좀 더 긴 문장의 해설이 씌어져 있다.

1930년대에는 조선에 어린이들을 위한 그림책이 부재함을 한탄하는 목소리가 문단 내뿐만 아니라 학부모들까지 이어진다. 이러한 와중에 조선의 어린이들을 위해 그림책 창작을 시도한 이가 전봉제와 임홍은이다. 둘은 조선미술전람회 출신으로 오늘날 운문그림책으로 볼 수 있는 그림동요를 집중적으로 창작했다. 그림동요는 글과 그림이 상호작용을 하며 전대의 삽화와는 다른 형태를 취하고 있다. 전봉제는 《동아일보》에 임홍은은 『아이생활』에 그림동요를 집중 발표하면서 1930년대 그림책 작가로 거듭나게 된다. 전봉제와 임홍은은 그들이 신문이나 잡지에 발표했던 작품들을 모아 각각 단행본인 『그림동요집』(1931)과 『아기네 동산』(1938)을 발간한다. 특히 그들의 작품은 단순한 삽화가 아닌 글에 정교한 그림을 그림으로써 그림책의 역사를 새롭게 쓰는 계기가 되었다. 임홍은의 『아기네 동산』마지막에 실린 그림동화 「꽃동리」는 글을 14편의 그림과 함께 배치하여 각 글과 그림에 번호를 붙여놓았다. 이런 그림책은 오늘날의 그림책 이론으로 말한다면 상보성(complementary)의 그림책에 해당할 것이다.

이처럼 한국 근대 그림책은 신문관에서 발행한 아동물부터 신문, 잡지에 이르기까지 다양한 그림들이 글과 함께 유기적인 서사를 만들어내며 창작되었다. 본 연구에서는 이 시기 그림책에 대한 인식이 싹트고 형성될 수 있었던 것을 다음과 같은 원인 때문이라고 분석했다. 즉, 활판인쇄의 유입으로 인한 출판의 활성화, 어린이 운동 등의 영향으로 인한 아동출판물의 폭발적 증가, 그림책 발간에 대한 각계의 염원 등이 그림책 발간의 원동력이 되었다고 본 것이다.

제4장
1930년대 유년의 발견과 '애기그림책'

1. 들어가며

본 연구는 그동안 아동문학사에서 주목받지 못한 일제 강점기 그림책에 대한 전모를 살피기 위한 선행 작업으로, 유년의 발견과 함께 그림책에 대한 인식이 싹튼 1930년대를 주목한다. 이를 위해 일제 강점기 최장수 잡지인 『아이생활』(1926.3~1944.1)을 주 텍스트로 삼았다. 이 잡지에는 타 아동 잡지나 신문에 비해 화가와 작가의 공동 참여물이 많고 그림책과 관련된 내용이 많기 때문이다. 물론 오늘날처럼 단행본으로 출간되기보다는 잡지 속에 삽입된 형태로 존재했지만 한국 그림책의 역사를 밝히는데 일조할 수 있다고 본다.

한국의 그림책은 1920년대 아동의 발견 이후 줄곧 성장해온 타 장르에 비하면 그 빈약성을 실로 체감하지 않을 수 없다. 물론 그림책에 대한 연구가 본격적으로 논의된 지 얼마 되지 않은 시점에서 보다 많은 실증자료의 발굴과 연구가 필요하겠지만, 현재까지 한국의 그림책 발전을 논의했던 현은자 · 김세희(2005, 182)는 1980년대 이전까지를 전(前) 그림책 시기, 조은숙(2006, 114)은 개화기~1960년대 이전을 그림책의 맹아기라 지칭할 만큼 그림책 연구의 발전은 더딤을 보여 왔던 것이 사실이다.

1920년대 초부터 전국 각지에서 일어난 소년운동은 그들을 문학의 생산 주체로 호출하며 한국 아동문학의 성장 발전을 가져왔다. 특히 소년 문예사들은 각 지역에서 소년회 활동을 하며 동요, 소년시, 작문, 도화 등 많은 문예 작품을 생산해 냈다. 그리고 이를 잡지나 신문에 투고해 소통 및 공론화하며 아동문단을 성장 발전시키는데 일조한다. 윤석중을 비롯해 1920년대 활동한 소년문예사들은 30년대를 거쳐 해방 이후 한국 아동문단을 이끈 주역들이다.

이광수, 전영택, 주요한, 정지용, 권환 등을 비롯해 기성문인들 또한 아동문단에 관심을 가지고 잡지나 신문에 동요·동화 창작 이론과 아동문학 작품을 발표하며 그 힘을 더한다. 여기에 방정환과 함께 색동회 회원으로 활동했던 윤극영, 정순철 그리고 박태원, 홍난파 등 음악가들이 아동문단에 참여해 동요의 대중화와 유치원 동요 보급에 일익을 담당한다.

하지만 1920년대 화단(畵壇)에서의 아동문학 참여활동은 일부 화가들의 장정이나 삽화 정도의 소극적인 참여뿐이었다. 화가들이 신문이나 잡지의 장정(서유리, 2013), 삽화 외 그림책 발간에 소홀했던 이유는 예술가로서의 사명, 경제적인 문제, 일제의 전쟁으로 인한 인쇄업계의 불황 등 여러 가지 이유가 있겠다.[1] 다행히 1930년대에 이르러 전봉제, 임홍은, 정현웅, 임동은 등과 같은 화가들의 아동문학 참여는 잡지의 이미지화를 꾀하고 아동을 위한 그림책 인식을 갖게 되는 계기가 된다.

최남선이 신문관에서 발간한 《붉은저고리》(1913.1~1913.6)와 『아이들보이』(1913.9~1914.9)에는 '삽화', '만화', '그림본' 등 그림과 관련된 이미지가 실려 있다. 이를 통해 유년층을 고려한 잡지 편집의 의도를 어느 정도 읽어낼 수 있다. 하지만 1920년대 발간한 주 아동잡지 『어린이』(1923~1934),

---

1 안석주 외, 「신문소설과 삽화가」, 『삼천리』 제6권 8호, 1934. 정현웅, 「삽화기」, 『인문평론』 제6호, 1940.3, 참조.

『신소년』(1923~1934), 『별나라』(1926~1935) 등을 보면 잡지 내 그림을 발견하기가 어렵다. 이는 잡지의 연령 독자층을 유년층 보다는 주로 보통학교나 고등보통학교 학생들을 대상으로 했기 때문이다. 그나마 그림책 관련 단서를 엿볼 수 있는 자료로 『어린이』(1923년 1권 11호)에 실린 '그림이야기' 「호랑이의 등」[2]과 '그림동요'(1931년 9권 5호~8호)뿐이다. 기타 잡지도 마찬가지로 동화나 동요에 간헐적으로나마 삽화 정도의 그림은 보이나 글과 그림이 유기적인 서사를 만들어내지 못해 그림책과 관련해 논의하기에는 부족하다.

1922년 제2차 조선교육령 실시 이후 1920년대 후반에 들어서면 아동의 연령대가 분화를 보이기 시작한다. 이는 1920년대 후반 아동의 연령층에 따른 작품을 생산하자는 주장 이후 소년과 유년을 위한 문학 작품들이 생겨나는 계기가 된다. 특히 1930년대 이르면 유년동요(노래), 유년동화(이야기), 유치원동요·동화, 그림동요, 그림책 등 유년 대상층에 따른 장르 용어가 생겨나기 시작한다. 이는 또한 아동문단에 화가들이 참여하는 계기가 되었다. 문해력이 부족한 유년층을 대상으로 하다 보니 그들을 유도하기 위해서는 그림이 필요했던 것이다. 또한 당시 기성문인이나 독자층들의 그림책에 대한 새로운 인식을 가져오는 계기가 된다.

제2차 조선교육령 이후 유년에 대한 인식은 유년교육 운동으로 이어져 전국적으로 많은 유치원이 설립된다. 이는 보육교사들을 양성하는 계기가 되었으며 당시 색동회 회원들이 그들의 교육을 맡아 교사로 활동하기도 했다(정인섭, 1981). 1920년대 초만 해도 국내 한국 유치원은 일본 유치원에 비해 상대적으로 부족했다. 하지만, 1925년 94개원(4,461명)이던 유치원이 1935년이 되면 299개원(13,522명)에 이른다(김희정, 2010). 유치원 아이

2 그림이야기 「호랑이의 등」에는 여섯 컷의 서사와 그림이 있다.

들은 일제의 언어말살정책으로부터 자유로웠기 때문에 우리말로 동요를 부르고, 율동을 배우며 유치원을 다녔다. 당시 유치원 자료와 설비항목(이상금, 1995, 29)에 그네, 은물, 인형, 공, 완구, 모래상자 외 그림책이 있는 것으로 봐서 선교사들이 서양의 그림책을 국내로 유입해 교육 자료로 활용했을 가능성이 높다.

한편 기독교 잡지인 『아이생활』은 1930년부터 잡지에 유년층을 대상으로 한 '아가차지'란을 만들어 짧은 동요(노래)와 동화(이야기)에 그림을 그려 넣음으로써 타 잡지와는 달리 잡지의 시각화를 꽤한다. 또한 유년층들이 보기 편하게 활자를 확대한다. 1933년에는 임홍은이 잡지에 참여하면서부터 '그림동요'가 본격적으로 실리게 된다. 이후 화가들의 잡지 참여를 통해 『아이생활』은 '그림동요' 및 '만화', '삽화'가 어우러진 '그림잡지' 형태로 변모를 보인다.

일본 유학 후 1936년에 아이생활사에 재입사한 임홍은은 본격적으로 그림책을 발간하기 위한 일안으로 '애기그림책' 란을 꾸려가며 1937년까지 그 명맥을 이어간다(정진헌, 2013). 그림책의 발간을 꿈꾸던 그는 『아이생활』(1933~1937)에 발표했던 삽화와 악보, 그림동요(노래), 그림동화(이야기)등을 모아 『아기네동산』(1938.3.30, 아이생활사)[3]을 발간한다.

정선혜(2012, 14)는 근대적 의미의 그림책이 형성되지 못했던 시기 화가와 작가의 참여로 발간된 『아기네동산』을 근대적 의미의 그림책 효시로 평가하고 있다. 김상욱(2006, 98) 또한 『아기네동산』에 실린 '애기그림책'을 그림이 있는 시화 혹은 폭넓은 의미에서의 그림책이란 점을 들어 우리나라 최초의 그림책으로 평가하고 있다.

이처럼 임홍은의 노력은 해방 이후 임동은, 홍우백, 조병덕, 김의환,

3 『아기네동산』 마지막에 실린 그림동화 「꽃동리」는 1937년『소년』 5월호에 실렸다.

김용환, 정현웅 등 전문 화가들의 참여를 통해 정보그림책(한글책), 운문그림책(동요·동시), 이야기그림책(동화, 우화, 설화, 역사, 생활이야기 등) 등[4] 다양한 그림책을 탄생시키는 단초 역할을 하게 되었다.

지금까지 기술한 것처럼 현재 일제 강점기 그림책과 관련된 구체적인 논의가 절실한 상황이다. 이를 위해 실증적인 자료의 발굴이 무엇보다 선행되어야 한다. 필자는 본고의 논의를 위해 일제 강점기 발간된 신문, 잡지, 단행본 등을 통해 그림책과 관련된 사료를 점검하고 이를 바탕으로 1930년대 그림책에 대한 전반적인 논의를 펼치고자 한다. 또한 그림책에 대한 논의에 앞서 당시 유년 독자층에 대한 발견과 한국 그림책이 부재했던 상황 속에서 그림책에 대한 인식은 어떠했는지 살펴볼 것이다.

2. 유년의 발견과 그림책 인식

1920년~30년대 전국에서 활발하게 전개된 소년운동은 소년문예운동으로 확산되어 동요와 동화의 대중화를 꾀한다. 그리고 1923년에 창립한 소년문학회 '깃븜사'(윤석중)를 시작으로 1930년대까지 전국 각지에서 생겨난 소년문학회는 아동문단을 풍성하게 했다.[5] 소년문예사들은 1920년대부터 잡지나 신문에 작품을 투고하며 1930년대 기성작가 반열에 오르기도 한다. 또한 잡지나 신문 폐간까지 아동문단을 이끌어 가며 소년운동과 관련해 다양한 이론을 제시한다. 대표적인 이들이 홍은성, 신고송, 송완순, 전식 등이다. 특히 이들이 관심을 가졌던 것은 아동의 연령 구분에 따른 작품 창작. 즉 유년(幼年)문학과 소년(少年)문학을 구분하자는 것이다. 그 이유

4 그림책은 옛이야기그림책, 정보그림책, 운문그림책, 영아그림책, 성경그림책, 알파벳그림책 등으로 구분해 볼 수 있다(현은자·김세희, 2005).

5 승효탄(응순), 「조선소년문예단체소장사고」, 『신소년』 1932년 9월호, 27~28쪽.

로 교육을 통한 아동의 연령대 분화와 식자층의 증가를 들 수 있겠다.

1922년부터 1938년까지 시행된 제2차 조선교육령은 아동의 연령대 분화를 가져오는 계기가 된다.[6] 제2차 조선교육령 학제를 보면 보통학교 연령을 6~11세, 고등보통학교는 12~16세로 총 교육연한을 11년으로 확장하였다. 그리고 고등학교를 설치하지 않고 대학예과(17~18세)를 설치했다. 이러한 교육제도의 편입으로 1920년대 후반부터 아동문단에서는 문학 주체 및 향유층을 위한 연령대를 구분하자는 논의가 전개된다. 당시 자료를 통해 확인되는 것처럼 아동잡지의 '독자참여란'에 동요, 동시, 소년시, 작문, 도화 등의 작품을 투고한 이들은 보통학교 학생들이 대부분이었으며, 일부 소년시에 고보생이나 청년들이 참여 하기도 한다. 기성작가가 창작했던 작품들도 그 대상을 유년 이상으로 보았다. 그러다보니 아동문학에서 소외되고 있는 유년문학에 대한 관심을 갖지 않을 수 없었다. 대표적인 주장들을 인용하면 다음과 같다.

> 나의게 생각으로는 五歲로부터 十歲까지를 幼年期로 하야 이들로 하야 文學上보다도 입으로 童謠이라든가 童話를 만히 들녀줄 必要가 잇다 아니 꼭 그래야할 것이다 그리고 日本의 그것과 가티(꼭 그것과 가티 하라는 말이다 그것보다 나어도 좃코 그것 비스름하여도 좃타) 繪本을 맨드러서 보히는 것이 반드시 잇서야하겠다
>
> -「소년운동의 이론과 실제 2」(홍은성)[7]

---

6 1922년 보통학교 설립 현황을 보면 6년제 345개교, 4년제가 528개교로 확인된다. 1929년에는 6년제 1139개교, 4년제는 445개교로 2배가량 증설된다. 고등보통학교 또한 1921년 남녀학교 포함 24개교에서 1929년이 되면 24학교가 증설되어 48개교에 이른다(강명숙, 2010).

7 《중외일보》 1928년 1월 16일. 본고에서는 당시 원문표기를 우선 원칙으로 하되, 글의 이해를 돕기 위해 일부 띄어쓰기를 사용했다.

> 『어린이』이란 말은 개벽사의 발명입니다. 『어린이』운동은 개벽사가 시작하엿슴니다. 『어린이』읽는 잡지 중에 『어린이』가 가장 공이 만습니다. 『어린이』에게 감사합니다. 그런데 『어린이』가 세살-네살 말 배호는 아기네에게 들려줄 이야기도 좀 실어 주엇스면 합니다. 이것은 다른 나라에서도 별로 업는 일이지만은 반드시 생겨나야할 것인줄 압니다. 읽기는 어른이 하고 그것을 말배호는 이에게 들녀즐 만한 그러한 이야기(일종의 새예술)을 실어 주엇스면 합니다.
>
> -「七周年을 맛는 『어린이』 雜誌에의 선물(이광수)[8]

홍은성은 소년운동의 이론과 관련해 5~10세까지를 유년기로 정하고 그들을 위한 동요와 동화 그리고 회본(그림책)을 창작하자고 주장 하고 있다. 이는 유치원부터 보통학교 저학년들을 대상으로 설정한 구분이다. 당시 발간된 아동잡지에 실린 작품들이 유년부터 소년층까지 독자의 구분이 없음을 한탄하며 연령대에 맞게 잡지를 발간해야함을 역설하고 있는 것이다. 이광수 또한 『어린이』 7주년 기념호에서 유년들을 위한 작품이 없음을 아쉬워하며, 그들을 위한 작품 생산의 필요성을 거듭 강조하고 있다. '새예술' 즉 유년들을 대상으로 하는 작품을 생산하자고 한 말을 통해, 1920년대 아동문학 독자층은 주로 보통학교 이상의 연령들이었음을 재확인 할 수 있다.

한편 논자들마다 유년기에 대한 인식에 약간의 차이가 있었다. 1930년대 초 동요·동시논쟁(원종찬, 2011)을 벌였던 신고송은 「새해의 童謠運動-童心純化와 作家誘導」[9]에서 7, 8세가량으로, 송완순(구봉학인)[10]은 「푸로

---

8 『어린이』, 1930년 3월호, 4쪽.

9 《조선일보》 1930년 1월 1일~3일.

10 《조선일보》 1930년 7월 5일.

례」童謠論 1」에서 8~14세로 유년의 나이를 설정했다. 그리고 유년작가의 유도(誘導)나 동시 및 소년시의 창작 등을 운운하며 아동의 연령대에 맞는 작품을 창작하자고 주장했다.

이들과 달리 아동의 연령대를 좀 더 구체적으로 나누어 살핀 이들로 호인과 전식이 있다. 먼저 호인(虎人)은 1932년 「兒童藝術時評」에서 아동전체를 소년소녀라 지칭하기 무리가 있다며 '幼', '兒', '少'의 자의적 의미를 거론하며 아동의 연령대를 幼年(만4~7세), 兒童(만8~13세), 少年(만14~17세)으로 구분했다.[11] 이는 1920년 개정 조선교육령에서의 학교제도 연령대와 같다(강명숙, 2010, 6). 당시 보통학교는 8~13세, 고등보통학교는 14~17세였다.

그리고 전식(田植)은 1934년 「童謠童詩論小考 1」에서 유년을 4·5세로부터 11·2세의 어린이로, 소년을 12·3세로부터 17·8세의 어린이로 규정지은 후 각 연령 대상에 맞는 동요, 동시를 창작해야한다고 주장했다. 그리고 유년을 대상으로 한 동요를 幼年謠, 유년을 대상으로한 동시를 幼年詩라 칭했다.

이처럼 1920년대 후반부터 1930년대 초 아동문단에서 제기된 유년에 대한 인식은 이후 신문이나 잡지에 대상 연령에 따른 장르 용어가 생겨나는 계기가 된다. 유년동요[12], 애기동요, 애기동화, 유년동화, 유년소설, 소년소설, 애기소설, 소년시[13] 등이 그러하다. 또한 유년층을 대상으로 한 작

---

11 『신소년』 1932년 8월호, 21쪽.

12 1934년부터 《조선일보》, 《동아일보》, 《조선중앙일보》 등에 유년동요가 실리게 되는데, '아기동요', '애기동요', '유년동요', '유치원노래(동요)', '동요' 등으로 제목이 기재가 된다. 여기에는 유년 대상층을 고려해 글과 그림이 함께 배치된 그림동요 형태를 취하고 있다. 이와 관련해 자세한 논의는 김윤희(2012) 논의 참조.

13 소년시는 1920년대 유일하게 『신소년』에만 실렸다. 1926년 6월 『신소년』 '동요란'에 동요와 함께 실리다가, 1927년 『신소년』 5월호부터 독자투고란은 '동요'란과 '소년시'란으로 구분된다. 1930년대에 이르면 타 아동 잡지나 신문지상에 많이 실린다. 기성작가와 청

품에는 화가가 참여해 그림을 넣기 시작한다. 글과 그림을 함께 배치함으로써 유년에게 문학을 좀 더 재미있고 친숙하게 접할 수 있게 해주었다.

한편 유년에 대한 발견과 인식은 유치원의 증가와 더불어 유년에 대한 문예물 창작으로 이어진다. 본고에서는 지면상 상세히 다루지 않겠지만, 1927년 7월부터 《조선일보》 아동폐지 '우리차지'란에는 1933년까지 30여 편에 이르는 유치원동화가 연재되었다.[14] 그리고 유년동요에 삽화를 넣어 그림동요의 형태를 보여주기도 했다. 기타 신문이나 잡지에도 유치원동요 및 동화가 소개되기도 했다. 색동회 회원이나 조선동요연구협회(1927), 신흥아동예술연구회(1931) 회원들도 보육교사 양성과정에 참여하기도 했으며, 유치원 동요 · 동화 · 연극회 및 원유회를 주간하는 등 유치원 교육과 더불어 유아들을 위한 작품 창작에 이바지한 바가 크다(정인섭, 1981, 122-174). 당시 유치원 입학 연령은 만 4세에서 7세였다. 하지만 보통학교처럼 입학 연령이 잘 지켜지지 않았다. 10살이 넘어도 유치원에 다닌 학생들도 많았다.

1923년 5월 1일 어린이날을 맞아 부모들이 어린이들을 위해 장난감이나 그림책 등을 선물하라는 기사가 소개되었다.[15] 하지만 국내 사정은 그리 여의치 않았다. 1930년대에 들어서도 유아교육과 관련해 아이들에게 줄 그림책 선정 방법[16]이나 1937년 중일전쟁 이후 전쟁과 관련된 그림책들

년들도 소년시를 발표했지만, 주로 보통학교(고등)에 다니면서 소년문예사 활동을 한 15세~20세의 소년들이다. 이는 소년시 창작을 주창하며 송완순이 제기했던 소년의 연령 구분 나이와 같다. 그는 15세~20세를 소년이라 칭했다.

14 일제 강점기 유아에 대한 인식과 유치원 발전 과정은 백혜리(2006), 김희정(2010), 김형목(2010) 참조.

15 「實行은 家庭으로 始 할 것」, 《동아일보》 1923년 4월 29일.

16 「아이에게 줄 그림책은 어떤 것이 조흘가」, 《동아일보》 1930년 11월 27일. 「예술적이고도 건전한 것이 제일 아이들에게 보여주어야 할 그림책 선택 방법」, 《동아일보》 1932년 2

이 아이들에게 미치는 악영향[17] 등이 소개되고 있지만, 신문 기사를 통해 한국 그림책에 대한 발간 소식은 찾아볼 길이 없다. 다음 기사를 통해 당시 한국 그림책의 열악한 상황을 알 수 있다.

> 유치원시대, 動的인 그림 律動的인 그림을 특히 조하합니다. 물론 글자는 읽지 못하지만 읽어 들려주어 알어드를 만한 쉬운말로된 동요 가튼 것에 그림과 어울리어 노흔 것에는 재미를 붓칩니다. 현대 고명한 童話家와 童謠家의 작픔을 어울려 노흔 그림책 가튼 것이 조흡니다 마는 조선에는 아즉 흔치 안흔 것이 유감입니다
>
> -「서늘하고 밤이긴 가을철은 아이들도 독서할때다(上)[18]

> 우리 朝鮮을 보면 우리들의 어린이들을 爲하야 무슨 변변한 읽어리가 잇으며 繪本이 잇으며 完具가 잇드냐. 放學이 되어도 乾燥無味한 教科書以外에는 아모 것도 내여 줄것이 없으니 家庭으로 도라온 어린이에게 興味잇는 아모 것도 줄 수 없는 것이 事實이다.
>
> -「兒童의 읽어리와 畵本의 必要」[19]

첫 번째 인용문은 가을날 학년에 따른 독서지도 방법을 소개하는 기사의 일부 내용이다. 유치원 아이들은 문해력이 부족하기 때문에 쉬운 말로 된 동요나 동화에 그림이 있는 책에 관심과 흥미를 갖지만, 현 조선에는 그

월 27일. 「아가의 그림은 표현보다는 관념 (六) 조흔그림책을 선택해 주시요」, 《조선일보》 1933년 10월 29일.

17 「생각한 일입니다 그림책 선택 어린이들에게 무서운 영향」, 《조선일보》 1936년 12월 18일. 「애기들의 사변인식 선택해서줄 애기들 그림책」, 《조선일보》 1937년 11월 16일.

18 《동아일보》 1931년 9월 16일.

19 《조선일보》 1936년 7월 23일.

러한 그림책이 없어 유년들의 독서 지도에 많은 문제를 야기한다는 것이다.

두 번째 인용문은 조선 어린이 문화의 빈곤을 거론하면서 방학을 맞은 어린이들이 교과서 외 읽을 만한 잡지와 그림책이 없음을 한탄하며, 그들을 위한 독서물과 그림책 발간을 촉구하고 있다. 또한 서두에서 서양에는 아동의 발달 과정에 따라 다양한 읽을거리와 완구, 그림책 등이 많다며 당시 조선 아동문단의 열악한 상황에 한탄하고 있다. 1930년 중반을 전후해 대부분의 아동잡지가 폐간되었던 사실을 감안하면 나름 설득력 있는 발언이다.

그러면 당시 국내에는 어떤 그림책들이 유입되어 소개되었는지, 왜 서양에 비해 그림책의 발견이 없었는지 좀 더 알아보자.

> 兒童讀物로는 요사이 퍽이나 쓸쓸하고 閑寂한 기분이 떠돌고 있다. 몇 해 전까지는 「어린이」니 「신소년」이니, 「별나라」이니 하며 여러 가지 좋은 아동독물이 많이 나오더니 요사이에 와서는 이 방면의 서적이라고는 「아이생활」이외에는 이런 종류의 책들을 찾아 볼 수 없는 현상이다. 그런 관계로 소년들은 서점에 들어오면 으레 玄海灘을 건너 온 그림책들을 뒤지는 현상으로 이 방면에 대한 일반의 관심이 너무 적은듯하다. 그런 관계로 해서 少年讀物이나 幼年讀物類는 모두, 남의 손으로 된 것이 잘팔리는 현상이라고 하며, 그 외에도 「キング」, 「主婦之友」,「講談俱樂部」 등의 月刊雜誌가 잘 팔린다고 한다.
>
> -「書籍市場調査記, 漢圖·以文·博文·永昌等書市에 나타난」[20]

위 기사는 1935년 『삼천리』에 실린 경성 내 서적시장 조사 내용이다. 당시 서울에는 안국동, 관훈동, 종로사거리, 창덕궁 돈화문 앞에 서점들이

20 『삼천리』 1935년 제7권 9호, 139쪽.

즐비하고 있었다. 그 중 대표적인 서점이 한성도서주식회사, 이문당, 박문서관, 영창서관이다. 당시 시장조사 내용을 보면 각 서점에서 주로 판매되는 책들은 史話, 歷史小說, 辭典, 古代小說, 그리고 기성작가들의 창작물인 小說이었다. 그나마 아동물과 관련해 沈宜麟의 「朝鮮童話大集」(1926)이 출판 이래 5,000부를 돌파하여 재판에서 3판을 준비하고 있다는 내용뿐이다. 1934년 『어린이』와 『신소년』이, 이듬해에는 『별나라』가 폐간된 이후 어린들이 볼 만한 책이 없었던 관계로 그들이 찾은 것은 현해탄에서 건너온 그림책이나 일본 잡지였다.[21] 하지만 이 讀物들은 전쟁, 살인, 살벌, 공포 등의 내용을 담고 있어 어린이들에게 부정적인 영향을 미칠 것을 염려해 신문을 통해 사회적 문제로 거론되기도 한다.

한편 이주홍은 한국 그림책이 발전하지 못함을 「兒童文學運動一年間(七)今後運動의 具體的立案」'그림'편에서 밝히고 있다. 내용은 다음과 같다.

> 童謠와 한가지로 아니 보담 兒童을 제일 깁버하게 하는 것이요 가장 密接한 關係를 가지고 잇는 것이 그림이다. 아직 노래를 부를줄 모르는 어린애가 그림을 보고는 아는 것으로 보아서 童謠보담 더 距離가 갓가운 것이다 올된 아희로는 발서 돌만 지내도 새그림만 보면 잭잭 소그림만 보면 엄마-한다 그럼으로 그림은 少年兒童 文盲兒童들에게까지 消化된다 그리고 直覺的인 까닭에 視覺을 통해서 理解로나 時間을 통해서의 便宜도나 第一 아지性이 잇고 第一 普及性이 잇고 大衆的이다 우리에게는 그림專門雜誌가 업섯고 特別한 經濟的條件(銅版, 亞鉛版, 石版 等)을 가지는 挿畵等類에서도 차저보지 못

21 일본에서 유입된 그림책 외 선교사들이 유치원에 보급한 그림책들도 있을 것으로 추정되나 현재로서는 그 史料를 확인할 길이 없다.

한다 구태여 찻난다면 僅少의 갓튼 表識 挿畵等에서쁜이다[22]

이주홍은 동요에 비해 아동들이 더 가깝게 인식하는 것이 그림이라 말하고 있다. 소년뿐만 아니라 유년들까지 그림이라는 시각성과 글이라는 시간성(서사성)의 결합은 그들에게 이해와 편이를 제공하기 때문에 대중성을 지닌다고 했다. 하지만 당시 1931년 상황은 '그림잡지'뿐만 아니라 경제적인 조건 즉 인쇄업계의 여의치 않은 상황으로 '그림잡지'[23]나 그림책이 발전하지 못했다.

1920년대 일제의 문화정치 이후 국내 인쇄술은 거듭 발전한다. 전국에서 인쇄소가 생겨났고, 인쇄 시설이 증대되어 모노타이프, 그라비어 등이 처음 소개되었으며, 오프셋 인쇄와 자동화 시설 등의 보급도 활발하게 이루어졌던 시기이다. 하지만 한국의 인쇄업계는 1931년 만주사변을 기점으로 점점 침체기를 겪다가 1937년 중일전쟁이 발발하면서부터는 전국을 전시 동원체제로 개편한 탓에 계속 침체기를 맞는다. 1940년대에 들어서는 조선어 폐지, 창씨개명 강요 등에 따른 우리말 말살정책으로 인쇄업계는 도산에 이르게 된다(오세웅, 2006, 155).

1930년대 들어서면서 동경미술학교 출신들이나 조선미술전람회를

---

22 《조선일보》 1931년 2월 19일.

23 그림책과의 관련성을 검토해 봐야겠지만, 우리나라 최초의 '그림잡지'는 1937년 8월 윤석중 주관 조선일보사에서 발행한 『幼年』(관련기사: 《조선일보》1937년 7월 2일, 8월27일)이다. 이 잡지는 당시 全조선 5만여 명의 유치원 원아와 유치원의 혜택을 받지 못한 유년들까지 그 대상으로 하고 있다. 크기는 사륙배판 종이는 포스터 용지에 전권을 오색으로 석판 인쇄하였다. 당시 가격은 이십전이었으며, 잡지 발간을 위해 경성 내 40여 처 유치원 관계자들이 회합을 하기도 했다. 윤석중의 회고에 따르면 작가로는 윤석중, 이헌구, 이은상 등이, 화가로는 이승만, 정현웅, 홍우백 등이 참여했다. 아쉽게도 이 잡지는 창간호가 종간호가 되었는데, 사장의 양해를 얻어 출판부에서 단독으로 발간했다가 업무국의 반대로 더 이상 발간하지 못했다고 한다.(윤석중, 1985, 168~169)

통해 등단한 화가들이 주로 신문이나 잡지에 소설 삽화나 만화 등을 그리며 미술 활동을 했다. 일부 화가들은 문단의 인적네트워크를 형성해 성인과 아동문단을 아우르며 삽화 활동을 하기도 한다(정진헌, 2013). 하지만 대부분의 순수미술을 전공한 이들은 삽화 일에 회의적이었다. 화가들은 장정이나 삽화를 생활 수단 즉, 일시적으로 손대는 아르바이트 정도로 인식하고 있었다. 가난한 예술가들에게 학예면보다 비싼 원고료는 경제적인 문제를 해결해 줄 수 있었기 때문이다. 또한 전공 화법의 다양한 기회 활용으로 여겼다(이구열, 1997, 73).

당시 삽화가로 활발한 활동을 했던 정현웅도 순수예술을 포기하고 삽화가로서의 삶을 살아가는 자신에 대해 회의를 느낀 바 있다. 글이 늦게 도착한 경우가 많아 원고 마감 시간을 급하게 맞추다보면 작품의 내용과 다른 그림을 그리는 경우도 많았는데 그럴 때마다 자괴감을 느꼈다고 한다. 그나마 보티첼리의 『신곡』, 드레의 『실락원』, 들라크로아의 『파우스트』의 삽화를 설명화가 아닌 예술로서 가치를 인정받은 바 있다며, 삽화가로서 살아가는 자신을 위로하기도 했다(정현웅, 1940).

1930년대 아동잡지에 삽화나 만화가로 참여했던 이들은 무명화가부터 전문화가에 이르기까지 다양하다. 당시 아동잡지를 살펴본 결과 『어린이』에는 전봉제, 이승만, 구본웅, 이병현, 안석주, 김규택 등이 『신소년』에는 이종우, 고희동, 김석진, 손일봉, 신배균, 이주홍 등이, 『별나라』에는 이주홍, 강호, 이갑기 등이, 『소년』에는 홍우백, 최계순, 이윤호, 현재덕, 남궁현, 정현웅, 김규택, 김상욱, 임홍은 등이, 『아이생활』에는 김동길, 김진수, 이보경, 김상욱, 권우택, 임홍은, 임동은 등이 참여했다.

이처럼 1930년대에 들어서 화가들의 아동문학 참여 활동이 두드러졌는데도 그림책에 대한 인식이 없었던 것일까? 대부분의 화가들은 그림책에 대한 인식보다는 서론에서 기술한 것처럼 생존문제를 해결하기 위한 수단으로서의 활동으로 삽화를 그렸다.『아이생활』에서 조선에 부재한 그림책에 대한 인식과 실천에 앞장선 이들은 김동규와 임홍은 그리고 1938년부터 임홍은 뒤를 이어 활동한 그의 동생 임동은이다. 그 외 김진수, 이보경, 김상욱, 권우택 등이『아이생활』 시절 임홍은의 권유(그림동요특집)와 그 빈자리(유학)를 채우기 위해 잠시 동안 그림동요나 만화, 삽화 등 그림과 관련된 일에 참여 하기도 했다.

한편 해방이 되면서 일부 화가들이 그림책 발간에 적극 참여하게 된다. 홍우백, 정현웅, 김규택은 조병덕, 김의환, 김용환, 김기욱, 김용준, 작은돌(?)과 함께 윤석중 주간 朝鮮兒童文化協會(아협, 1945)에서 그림책을 발간한다.[24] 그 외 김용필과 석주명 등이 金龍圖書文化株式會社에서 그림책을

24 1946년부터 1950년 6·25전까지 아협에서 발행한 그림책은 을유문화사에서 출판, 문장각에서 발매했다. 아협에서는 그림동산 시리즈와 그림얘기책 시리즈를 발간했는데 현재 신문(동아, 자유, 경향)이나 잡지(주간소학생→소학생)에서 확인한 내용은 다음과 같다. 아협 그림동산 제1집『어린이한글책』(윤석중 글, 홍우백 그림), 제2집『이소프얘기』(조풍연 글, 김의환 그림), 제3집『우리마을』(조지훈 글, 조병덕 그림), 제5집『우리들노래』(김용준, 정현웅, 김규택, 김기욱, 김의환, 조병덕 그림), 아협 그림얘기책 제1집『흥부와 놀부』(김용환 그림), 제2집『손오공』(김용환 그림), 제4집『보물섬』(스티븐슨 글, 김용환 그림), 제5집『어린예술가』(김의환 그림), 제6집『걸리버여행기』(스위프트 글, 김의환 그림), 제7집『토끼전』(김용환 그림), 기타 호 확인불가 그림얘기책『꿈나라의 아리쓰』(정현웅),『로빈손·쿠루소』(정현웅),『피터어펜』(김의환),『린큰』(아협꾸밈) 등이다. 기타 출판사에서 발간된 그림책을 소개하면 다음과 같다. 1945년 고려문화사에서 발간된 그림책은『그림한글책』(정현웅),『그림역사책』이 있고, 1947년부터 김용도서문구주식회사에서 발행한 그림책으로『안중근의사』(김용필),『거북선 달나라 편』(김용필),『조선동물 그림책』(조복성) 등이 있다. 1948년 동문사에서 발행한 그림책으로 먼저 4~7세를 위해 발간한 어린이 나라 그림책 시리즈 1권『아기꿀벌』, 2권『봄, 여름, 가을, 겨울』, 3권『알아맞추기』와 8~9세 초등학교 상급생들을 위한 그림책인 그림동산 시리즈 1권『허생전』(정태병 글, 김기창 그림), 2권『옛날 옛적 고렛적』(이종성 글, 기웅 그림), 3권『깐듸』(이장환 글, 정종여 그림)가 있다. 또한 그림 위인전 조선편(김의환)에 1. 전 녹두장군, 2, 김유신장군, 3. 문익점선생, 4. 세종대왕, 5. 을지문덕장군, 6. 세화담선생, 7. 유길준선생, 8. 이 충무공 등이 있으며, 정현웅이 그린『수허지』 그림책이 있다. 그밖에도 많은 이야기그림책들이 발간된 것으로 추정된다.

발간하기도 한다. 특이한 점은 해방 이후 아이들에게 한글을 빠르게 깨우치기 위한 방편으로 정보그림책에 해당하는 '한글그림책'을 가장 먼저 발간했다는 것이다. 윤석중도 그림동산 제1집 『어린이 한글책』(윤석중 글, 홍우백 그림)과 더불어 '아협 어린이 벽도(壁圖)' 제1호인 『우리 한글』(윤석중 꾸밈, 조병덕 그림)을 4·6판 전지 크기로 발간해 전국에 유포하기도 했다(윤석중, 1985, 198).

특별히 전봉제(1909~1996)와 임홍은(1914~?재북)이 그림책에 대한 인식을 가졌던 계기는 삽화를 그렸던 다른 화가들과 달리 아동문학 잡지나 신문에 동요와 동화를 발표했기 때문이다. 이들은 아동문단 내에서 작품 활동을 하며 아동을 위한 그림책이 없음을 늘 안타까워했다. 이를 위해 각자가 가진 그림 재능을 발휘하게 된다. 그 첫 시도가 바로 그림동요이다. 그림동요는 그림에 글 전체의 내용을 담아야하기 때문에 정교성을 요한다. 따라서 전문 화가의 참여를 요한다. 문자와 그림의 혼종성은 지면의 시각적 효과를 극대화하며, 유년들의 흥미를 유발하는 전략을 갖는다. 또한 작가와 화가의 공동 작업은 그림책으로서의 가치를 인정받으며 동요그림책[25]의 한 형태를 취한다.

물론 책처럼 단행본으로 출간되지 않아 그림책으로 보기 어렵지만, 이들을 엮으면 오늘날 운문그림책의 하위 분야인 동요그림책으로 인정받을 수 있다.[26] 당시 여의치 않은 개인의 경제적 사정과 인쇄업계의 경영난

---

25 운문그림책은 전래동요, 창작동요, 동시, 동화시 등을 소재로 하여 만든 그림책이다. 운문그림책을 좀 더 세분화시키면 전래동요 그림책, 동요 그림책, 시 그림책 등으로 나눌 수가 있다(현은자·김세희, 2005, 142). 최근에는 시그림책이라는 용어로 쓰이고 있지만, 당시에는 그림동요가 동요를 소재로 만든 그림책 형태를 취하고 있기 때문에 본고에서는 동요그림책이란 용어를 사용한다.

26 현재 임홍은의 『아기네동산』(1938)은 자료가 공개되어 그림책으로서의 가치를 인정받고 있다. 하지만 전봉제의 『그림동요집』(1931)은 자료가 발굴되지 못한 상황이다. 하지만

등을 고려하면 더욱 그렇다. 이후 둘은 조선미술전람회에 입선하게 되는데, 전봉제는 1931년, 임홍은[27]은 1940년이다.

전봉제는 1930년 3월 7일부터 1935년 5월 26일까지 《동아일보》와 『어린이』에 그림동요 40여 편을 발표한다. 그런데 전봉제가 그림동요를 발표하기 전 그림동요와 같은 작품이 일본 아동문단에서 성행했다. 이는 조선총독부 조선교육회에서 발간한 보통학교 『兒童文庫』(1928~1930)에서도 그 근거를 찾아 볼 수 있다(오오타케 키요미, 2005). 당시 보통학교에 다니는 조선 아동을 위한 과외독물로 이 책에는 1920년대 일본에서 발간된 讀本이나 아동잡지 그리고 『朝鮮童話集』 등에 실린 아동물과 동화(童畵)[28] 등 문예물과 그림이 많이 실려 있다. 특히 전봉제가 창작한 그림동요는 [그림 1]에서 확인되는 것처럼 일본 동화(童畵)와 유사성이 강하다. 상호영향관계는 확인할 길 없지만 당시 46만 명의 한국인 아동이『兒童文庫』의 독자였다는 사실을 통해 아동문단에 도 영향을 주었을 것으로 추정된다.

1931년 6월 2일 《동아일보》 기사 내용과 신문에 발표했던 그림동요의 출처를 '그림童謠集에서'라고 밝히고 있는 것으로 보아 동요그림책의 전사로서 가치를 인정받을 수 있다.

27 임홍은은 1940년 동생 임동은과 함께 조전 서양화 부문에 입선을 한다.(《동아일보》 1940년 5월 28일) 그 이전 1928년에는 소년소녀작품전람회에서 圖畵 부문 3등을 차지하기도 한다(《동아일보》 1928년 1월 16일).

28 일본에서 그림책이라는 호칭이 일반적으로 사용되기 시작한 시기는 다이쇼(大正) 시대 말기부터 쇼와(昭和)시대 초기인 1920년대이다. 1912년 무렵 가정교육이 높아지면서 50종 이상의 그림잡지가 창간되었고, 1922년 東京社에서 창간한 그림책 잡지 『コドモのクニ』는 어린이를 위한 그림책의 한 영역으로서 '童畵'라는 개념을 확립하는 계기가 된다. 1926년 쇼와시대에 들어서면 옛이야기그림책이나 영웅호걸의 그림책과 더불어 전쟁과 관련된 그림책이 대거 등장한다. 1931년 만주사변, 1937년 중일전쟁 이후 그림책의 소재는 주로 전쟁과 관련된 내용들이다(정대련, 2007, 99).

[그림1] 童畵와 그림동요 사례(『아동문고』 1928년, 《동아일보》 1930년)

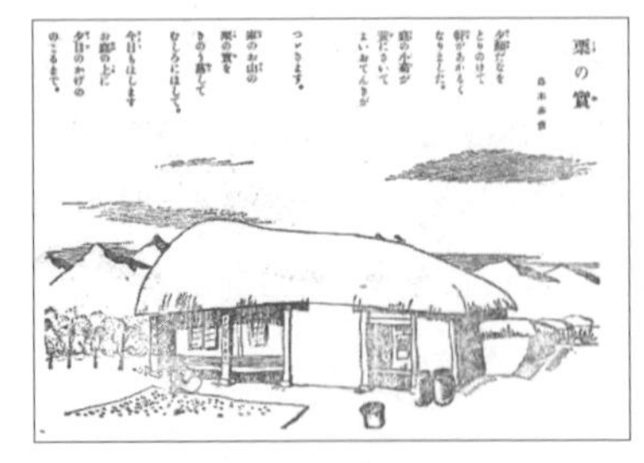

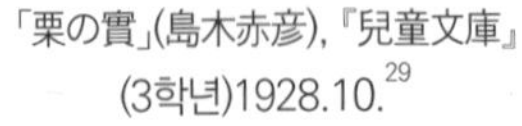

「栗の實」(島木赤彦), 『兒童文庫』 (3학년)1928.10.[29]

「곽쟁이질」(全鳳濟), 《동아일보》 1930.11.31.

오늘날 운문그림책(시그림책)은 윤석중의 『넉점반』(이영경 화, 창비, 2004)처럼 동요나 동시 한 편을 여러 장으로 분할해 그림책으로 만든 것도 있고(최윤정, 2013), 아기그림책 시리즈로 『별하나 콩콩 별둘 쌕쌕』(삼성출판사, 2005)처럼 여러 동요 작품을 모은 그림책도 있다. 1920 · 30년대 일본에서는 오늘날과 같은 형태의 그림책을 발간했지만, 당시 조선의 사정은 여의치 않았다. 전봉제의 동요그림책 『그림童謠集』(1931)과 임홍은의 애기그림책 『아기네동산』(1938)이 유일하다. 그렇다고 잡지나 신문에 실렸던 그림동요를 단순한 삽화로 인정해서는 안 된다. 이미 일본에서는 동요와 함께 실린 그림을 童畵 즉, 그림책으로 인정했다. 또한 다음 장에서 다루겠지만 임홍은 같은 경우 조선에 부재한 그림책의 상황을 안타까워하며 그림책 발간을 위한 노력을 아끼지 않았다. 그 선행과정이 잡지나 신문에 그림동요나 그림동화를 그리는 것이었다.

1930년대 성인문단에서는 시와 그림이 혼종, 병렬적으로 제시된 혼종텍스트인 詩畵가 작가와 화가들의 공동 참여로 활발하게 전개된 바가

29 오오타케 키요미, 전게서, 131쪽.

있다. 글자 텍스트만 있는 시에 비해 그림과 함께 있는 시 텍스트는 독자의 참여도가 다르다. 시 텍스트만 있는 경우 시의 해석이나 의미에 주목한다. 그림 텍스트만 있는 경우도 마찬가지이다. 하지만 그림 텍스트와 문자 텍스트가 동시에 존재하는 경우 문자의 이해는 그림 텍스트와 동시적으로 진행되거나 그림 텍스트가 문자 텍스트를 보충한다(조영복, 2012, 264).

아동문단의 그림동요도 상황은 같다. 그림동요는 글과 그림이 대응관계를 이룬다. 물론 완벽하게 일치할 수는 없다. 슈바르츠(Schwarzc) 그림책 이론을 잠시 빌리면 그림동요는 '정교화'(elaboration)에 해당한다. 그는 그림책을 '정교화'(elaboration)와 '축소'(reduction)로 나누어 설명한다. 글과 그림이 내용면에서 일치하는 가운데, 그림이 배경이나 활동을 상세하게 묘사하는 것을 '정교화'라 했다(Schwarcz,j.h., 1982).

[그림1][30] 첫 번째 童畵의 경우 그림을 보면 화가는 박꽃 넝쿨이 없는 지붕, 맑은 가을 하늘, 마당 멍석 위에서 밤을 말리는 모습 등을 시각화함으로써 글의 내용을 정교하게 그려내고 있다. 두 번째 그림동요의 경우도 마찬가지이다. 가을날 갈고리로 낙엽을 모으는 동생과 동생이 모아놓은 낙엽을 바구니에 담는 누나의 모습을 섬세하게 그려내고 있다. 화가는 밤을 말리거나 낙엽을 모으는 시적화자의 행동거지나 가을날의 배경을 상세하게 묘사함으로써 독자들의 참여와 이해를 높이고 있다. 이는 유년층을 대상으로 했을 때 그들을 유도하는데 효과적인 전략인 셈이다.

1930년대 아동의 분화에 따른 유년의 발견과 그들을 위한 그림책 발

30 童畵와 그림동요의 내용은 다음과 같다. "박꽃 넝쿨을/ 치워서/ 처마가 밝아졌습니다.// 마당의 소국이/ 노랗게 피어/ 좋은 날씨가 이어집니다.// 집 동산의/ 밤을/ 어제 떨어뜨려/ 멍석 위에서 말려// 오늘도 말립니다/ 오늘도 말립니다/ 마다위에/ 석양이 질때까지", "곽쟁이질로 버삭버삭 잎을뫄놓면/ 우리누난 광주에다 모아넣지요// 둥글닢도 깔쭉닢도 모다뫄놓면/ 우리누난 바구니다 꽁꽁넣지요// 곽쟁이가 너무커서 팔이아플땐/ 벌서오늘 하로끼는 땔건모앗지".

간 인식은 동요나 동화에 비해 아주 부진했지만, 화가들의 참여로 잡지나 작품의 시각화를 꾀하며 유년 독자들을 유도했다는데 나름 의미가 있다. 비록 오늘날 그림책처럼 단행본으로 엮은 책이 두 편 남짓 하지만, 잡지나 신문 속에 독립된 개체로 생산된 그림동요는 해방 이후 그림책이 본격적으로 탄생하는데 일조했다고 볼 수 있다.

3. 『아이생활』과 '애기그림책'

『아이생활』은 1926년 3월 10일 창간호를 시작으로 1941년 1월 제19권 1월호로 종간한 기독교계 소년소녀 아동잡지이다. 창간호부터 1930년 10월호까지 잡지명을 『아희생활』로 사용하다 11월호부터는 『아이생활』로 바뀌었다. 1920년대 발간된 잡지가 1930년 중반을 전후해 폐간되고, 1930년대 중후반에 나온 『동화』(1936~1937), 『가톨릭소년』(1936~1940), 『소년』(1937~1940) 등도 1940년을 전후해 《조선 · 동아일보》(1920~1940)와 함께 폐간되었다. 따라서 『아이생활』은 1940년대 친일 아동잡지로 변질되는 불명예를 갖고 있지만, 일제 강점기 가장 오랫동안 시대의 질곡과 함께 걸어온 잡지로 아동문학의 역사를 살펴볼 수 있는 중요한 자료가 된다. 최근 일부 선행연구자들에 의해 잡지에 대한 연구가 진행되고 있지만, 아직까지 원전 확보에 어려움이 많아 집중적인 논의가 부족한 상황이다.[31]

『아이생활』이 타 아동잡지와 차별화된 장점은 연이은 호 발간, 소년잡지 중 제일 먼저 한글을 통일한 점(이윤재), 선명한 인쇄, '아기차지란'을

---

31 현재까지 『아이생활』에 대한 논의를 펼친 이들은 정선혜(2006)와 최명표(2013)이다. 정선혜는 논고를 통해 잡지의 탄생배경, 서지적 고찰, 잡지의 내용적 특징과 변모과정, 문학사적 의의 등을 논의하면서 잡지 연구의 초석을 다졌다. 또한 최명표는 기독교적 성향이 강한 잡지의 한계점인 국자의식의 부족 문제를 논의했다. 그러면서도 창작동요의 발전에 공헌을 한 점은 높이 평가했다.

통한 유년독자 참여(김동길)[32] 그리고 1930년 중반을 전후 해 '만화'[33], '그림동요', '애기그림책' 등 유년물의 증가와 잡지의 시각화이다.

[그림2] '아가차지'란 그림 사례(『아이생활』 1931년 1월호)

「나비야 나비야」(그림동요)

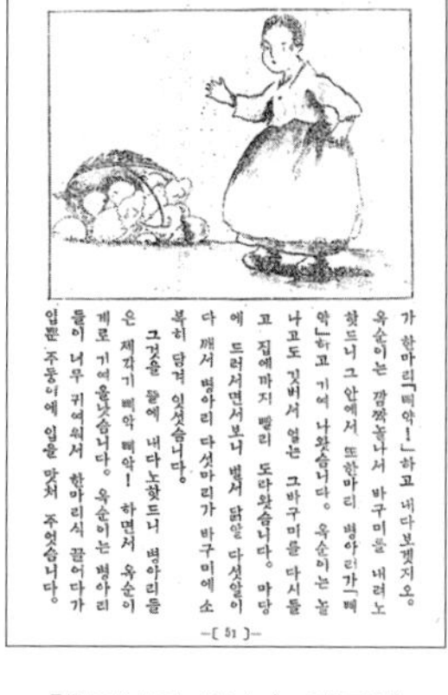

「할머니의 선사」(그림동화)

「토끼산양」(만화)

창간호부터 그림과 삽화를 담당했던 김동길[34]은 유년들을 위한 기획물로 '아가차지'란을 신설한다. '아가차지'란은 유년층을 고려해 활자를 확대했고, 동요나 동화(이야기)에 그림을 넣었다. 또한 만화 형식을 갖추어 단위별 이야기에 번호를 붙여 가며 그림을 그렸다. 당시 아동문학 장르 명에 수식어처럼 붙은 '아가'나 '애기'라는 말은 생물학적 연령인 영아(嬰兒), 유아(乳兒)를 포함한 보통학교 이하 연령 즉 8세 이하의 연령을 지칭한다. 하

32 김태오, 「본지 창간 만 십주년기」, 『아이생활』 1936년 3월호, 33쪽.

33 잡지에 만화를 그린 이들은 임홍은 외 김진수, 김상욱, 임동은 등이다. 특히 임홍은은 만화에 대한 애정이 남달랐다. 그는 1394년 1월호에 「우리들을 웃겨주는 만화에 대하야」라는 글을 통해 만화의 정의, 목적, 가치, 역사 등을 소개하기도 했다.

34 현재 잡지나 신문지상에서 김동길에 대한 생애를 확인할 만한 자료가 없다.

지만 유년(幼年)문학은 주로 유치원에 다니는 만 4세~7세가량의 아이들을 주 대상으로 했다. 『아이생활』은 기독교계열 잡지였기 때문에 이 계열인 이화유치원, 중앙유치원 그리고 사립 경성유치원 등에 다니는 유아들의 활동사진과 보육교사들이 유치원 아이들을 위해 지은 동요나 동화를 '누나차지'란을 통해 소개하기도 한다.

김동길이 맡은 '아가차지'란의 그림은, 1930년대 중반을 전후해 본격적인 장르 인식을 갖고 활동한 임홍은 및 여러 화가들이 그린 그림동요나 그림동화 그리고 만화의 전신으로 볼 수 있다. 그림의 정교화나 만화의 형식이 다소 미흡하지만, 김동길이 시도한 그림의 삽입은 잡지의 대중화[35] 뿐만 아니라 그림책의 인식 및 발전에 영향을 준 사실을 결코 부인할 수는 없을 것이다.

'아가차지'란에 함께 활동한 이들로 날파람, 은방울, 금잔듸 등이 있는데, 이들이 김동길의 가명인지 타인인지는 명확하게 확인하기가 어렵다. 하지만 김동길이 가명을 사용했을 가능성이 높다. 당시에는 『어린이』 방정환을 비롯해 각 잡지마다 책 발간을 위해 한 인물이 가명을 사용해 여러 작품을 발표하기도 했다.

1932년부터 동요를 투고하면서 잡지 독자로 참여했던 임홍은이 잡지 편집에 참여하게 되는 계기도[36] 그림 재능과 아동문학에 대한 열정을 인정받은 1933년부터이다. 그는 1933년 5월호를 시작으로 11월호와 12월호에 당시 동요작가로 활동한 임마리아의 동요에 그림을 넣은 그림동요를 게재

---

35 1937년 『아이생활』 9월호 편집실 후기 중 최봉측(崔鳳則)이 "6월호와 7·8호가 그달 하순경에 절판의 영광을 보게 되었다"라는 내용을 전하고 있다.

36 "先生님 우리 讀者들도 表紙와 挿畵와 漫畵와 그림童謠 가튼 것을 投稿할 수 있는지요? 八月호도 그와가티 先生님들 내내 安寧하시기를 주님께. 『아이생활』 1932년 8월호, 34쪽.

하기 시작했다.[37] 김동길의 '아가차지'란은 별도로 잡지란에 연이어 실렸다. 1935년 명신중학교를 졸업하고 일본 유학을 가기 전까지, 그리고 유학 후 1936년 4월에 아이생활사에 재입사한 후 7월까지 임홍은은 만화, 삽화, '그림동요'란을 맡아 잡지 편집에 참여한다. 특히나 임홍은이 그린 그림동요는 김동길이 '아가차지'란에서 보여준 그림에 비해 배경묘사나 인물묘사가 정교하다.

니콜라예바와 스콧(2011)이 말할 것처럼 당시는 글을 중심으로 이야기가 서술되는 '삽화가 있는 책'(lilustrated book)에서 그림이 이야기를 서술하는 '그림이 이야기하는 책'(picture narrative book)으로 넘어가는 과도기 단계로 볼 수 있다. 그림책의 발달 과정은 처음에 삽화가 있는 책이 생겨나고 그 후 차츰 책에서 그림의 역할이 커지면서 오늘날 형태의 그림책이 탄생하게 되는 것이다. 전술한 것처럼 비록 그림동요가 그림책처럼 단행본으로 발간되지 않고 잡지 속에 발표 되었지만, 이들을 따로 묶으면 오늘날 운문 그림책으로서의 가치를 인정받을 수가 있다.

---

37 임홍은이 아이생활과 인연을 맺게 된 사연은 11컷으로 그린 만문만화 「나의 아이생활」을 통해 알 수 있다. 1927년 그림책 대신 아버지가 사다 준 잡지와 인연이 되어 학창시절부터 잡지에 심취 되어있던 임홍은은 1931년 동화대회에서 '호랑이이야기'를 처음으로 발표하고, 1932년부터는 동요와 그림을 그리기 시작했지만 낙선을 한다. 1933년 「엄마생각」(윤선호 글, 임홍은 그림)이 잡지에 실린 이후 1934년부터 만화 「무쇠의 모험」과 그림동요를 그리기 시작했다고 한다. 『아이생활』 1936년 3월호, 74~77쪽.

[그림3] 임홍은 그림동요 사례(『아이생활』 1931년 5·11월호)

「눈물납니다」 5월호(林마리아 謠, 林野影 畵) 「잠자리」 11월호(林마리아 謠, 林鴻恩 畵)

한편 가난한 유학생활의 경제적인 문제를 해결하기 위해 일본 신문에 만화를 그리며 학비를 조달하던 임홍은은 건강상 문제로 귀국길에 오른다.[38] 1936년 4월 아이생활사에 재입사한 임홍은은 이보경, 김진수, 김상욱 등과 함께 '그림동요집' 특집란 만들기도 했으며, 잡지에 삽화를 더하며 연이은 그림책 발간에 대한 열정을 보여준다. 특히나 김동길이 맡아 오던 '아가차지'란을 '애기그림책'란으로 바꾸어 유년들을 위한 그림책 발간에 심혈을 기울인다. 또한 1937년까지 잡지 편집의 실무를 담당하게 된다. 남달리 그가 그림책에 열정을 보였던 사실과 그 결과물은 다음 내용을 통해 확인할 수 있다.

38 『아이생활』 1936년 4월호, 8~9쪽.

[그림4] 임홍은 '애기그림책'과 『아기네동산』 광고(『아이생활』 1937년 4월호)

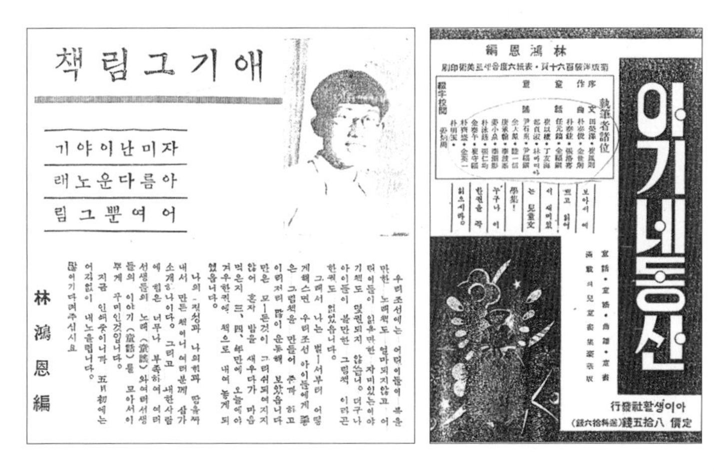

임홍은은 1937년 4월호에 '애기그림책' 발간 계획을 광고를 통해 소개한다. 그는 글에서 "우리 조선에는 어린이들이 부를만한 노래책도 얼마 되지 않고 어린이들이 읽을 만한 자미있는 이야기책도 몇 권 되지 않습니다. 더구나 아이들이 볼만한 그림책이라곤 한권도 없었습니다."라며 1933년부터 자신이 잡지에 그렸던 그림들을 모아 다음 달 5월에 한 권의 책으로 내놓겠다는 계획을 밝히고 있다.[39] 하지만 그의 계획대로 책은 출간되지 못하고 이듬해인 1938년 3월 30일(아이생활사, 정가 85전)에 『아기네동산』이란 제목으로 출간되었다.

『아기네동산』에 실린 작품들은 대부분이 『아이생활』 잡지에 실린 그림동요와 '애기그림책'란에 실린 것들이다. 1936년 8월호부터 1937년 12월호까지 '애기그림책'란에 실린 작품 현황은 다음과 같다.

39 『아이생활』 1937년 4월호, 63쪽.

[표1] 『아이생활』 '애기그림책'란 작품 현황[40]

발간 연도	권/호			유년동요·동화 작품 및 작가	화가
1936년	11권	8월호	동요	「아가의잠」(影童: 박영종), 「떨어진장화」(임원호), 「통통통」(박영하), 「칠석날」(김삼엽), 「당안이」·「골녁꽉」(김수철), 「산새」(임원호)	이보경 임홍은
			동화	「떨어진장화」(임원호), 「복딴지」(노양근)	
		9·10월호	동요	「비행사」(임원호), 「옥토끼」(임원호), 『조선전래동요집』(一)동요 3편(김삼엽), 「산길」(유경손), 「빩안우체통」(影童:박영종)	임홍은
			동화	「고은뿔미운다리」(임원호), 「매달린인형」(김복진)	
		11월호	동요	「애기주머니」(임원호), 『조선전래동요집』(二)동요 2편(김삼엽)	임홍은
			동화	「샘고직이」(임원호), 「개팔자」(임규빈), 「개미와비둘기」(임원호)	
		12월호	동요	「다람쥐」(임원호), 조선전래동요집』(三)동요 2편(김삼엽)	임홍은
			동화	「달이우스며」(임원호), 「손님대접」(임원호), 「나무닢」(임마리아)	
1937년	12권	1월호	동요	「소」(장인균), 「내일모래열두살」(박영종), 『조선전래동요집』(四)동요 3편, 「누나야-버선한켜레」(강승한)	김동길 임홍은
			동화	「토끼눈」(임원호), 「용이할아버지」(김동길), 「거북이」(임원호), 「연은날아가고」	

40 '애기그림책'란에는 최정옥(大邱恩寵託兒所)의 아동訓(성경 말씀 전함)과 임마리아의 새해나 명절을 맞는 인사말 등도 있다.

1937년	12권	2월호	동요	「겨울꽃밭」(임원호), 「늘뛰기」(임원호)	임홍은
			동화	「뜬뜬쟁이」(임원호), 「할미꽃」(임마리아), 「참말하라버지」(임원호)	
		3월호	동요	「새애기」(임원호), 「누가오나보」(엄달호), 「기차노리」(이파봉)	임홍은
			동화	「몀둘레꽃」(임원호), 「개울」(정명남), 「노새와귀뜨라미」(이문행)	
		4월호	동요	「봄소식」(임원호), 「자전거」(박제성), 「안개포장」(임원호)	임홍은
			동화	「누나가지마」(임원호), 「천치호랑이」(임원호)	
		5월호	동요	「병아리」(임원호), 「개나리꽃」(임규빈), 「어린이」(류인준)	임홍은
			동화	「난쟁이대궐」(임원호), 「참새꿈」(김수향), 「세꽃송이」(임원호)	
		6월호	동요	「바둑이동무」(임원호), 「이슬비」(임규빈), 「새ㅅ길굴」(엄호동·엄달호)	임홍은
			동화	「작은새무덤」(임원호), 「슬기있는少年」(이호영), 「짧어진막대기」(임원호)	
		7·8월호	동요	「보름달」(임원호), 「나박머리종종머리」(윤복진), 「所願한가지」(박영종)	임홍은
			동화	「발가숭이임금님」(임원호), 「첫어름」(정명남), 「흰나비」(도정숙)	
		9월호	동요	「연닢배」(임원호), 「반듸불」(목일신)	임홍은
			동화	「춤추는피리」(임원호), 「어린나비를」(최이권), 「조고만딸기꽃」(김환태)	

1937년	12권	10월호	동요	「달팽이」(임원호)	임홍은
			동화	「의좋은동무」(최이권), 「매미」(김복진), 「나뭇잎하나」(임원호), 「누가이겼나?」(차명식)	
		11월호	동요	「궤아저씨」(임원호)	임홍은
			동화	「새집꽃밭」(임원호), 「담요우장」(김복진), 「착한하라버지」(차명식)	
		12월호	동요	「살어름」(임원호), 「꼬아리」(김영일)	임홍은
			동화	「돌에박힌화살」(임원호), 「노랑나비」(서은숙), 「여러형제」(이은자), 「황금새」(최인화)	

'애기그림책'란 동요에 박영종, 임마리아, 강승한, 윤복진, 목일신, 김영일 동화에 노양근, 김복진, 최인화 등 여러 작가들의 참여가 보이지만, 글은 주로 임원호[41]가 맡았다. 임원호는 1930년대 중반을 전후해 잡지나 신문[42]에서 유년층을 대상으로 왕성한 활동을 한 작가이다. 임원호가 관심

41 임원호(任元鎬)는 1919년 충남 아산 출생으로 동요(시)·동화 작가이다. 호는 영란(鈴蘭)으로 1930년대 전반기에 문단활동을 시작하였다. 1936년 《동아일보》 신춘문예 동화부문 가작(당시 당선은 노양근 「날아다니는 사람」) 「새빨간 능금」이 당선 되었으며, 이후 신문에 유년동화와 동화를 발표한다. 1930년대 중반을 전후해 『아이생활』에 동요와 동화를 발표하던 그는 1937년 『아이생활』의 편집 기자를 지내면서 임홍은과 함께 '애기그림책'란을 맡는다. 1938년 5월 임홍은의 사임 이후 그의 동생인 임동은과 함께 잡지 내 '아기네차지'란을 맡으며 잡지 편집에 참여하다가 1940년 7월에 사임한다. 8·15 해방 직후 조선문학가동맹에 가담, 활동하였다. 1949년에는 박영종, 김동리와 함께 아동문학가협회 최고위원으로 활동하다가 6·25 전쟁 당시 월북하였다.

42 임원호가 《동아일보》에 발표한 작품은 다음과 같다. 1. 동화: 「두 도적」(1935.6.9), 「거북이경주」上·下(1935.7.14.,21), 「미련한 가마귀」(1935.7.28), 「땅속의 보배」(1935.9.1), 「버레우는 가을밤」(1935.9.8), 「꾀이야기」(1935.11.3), 「늑대」(1935.12.22), 「새빨간 능금」一·二(1936.1.5,9), 「두 동무」(1936.2.9), 「고양이 이름」(1936.3.8), 「능금나무」(1936.4.14), 「눈물」(1937.7.7), 「대학생」(1937.8.8), 「혼나는 구경」(1937.11.7). 2. 동요: 「애기별」(1934.3.16), 「구름」(1935.3.31), 「비」(1935.7.7), 「꼬부랑반달」(1935.12.1), 「금빛유리창」(1936.2.2).

을 둔 부문은 유년동요와 동화인데, 단시 형태와 짧은 서사가 그 특징이다.

특히 임원호는 유년들을 위한 이야기 소재로 이솝우화를 많이 차용하고 있다. 《동아일보》에 발표한 「거북이경주」, 「미련한 가마귀」, 「땅속의 보배」, 「버레우는 가을밤」, 「꾀이야기」, 「늑대」 등의 유년동화뿐만 아니라 잡지에 실린 「고은뿔미운다리」, 「개미와비둘기」, 「손님대접」, 「노새와귀뜨라미」, 「천치호랑이」등이 그렇다. 임원호가 이솝우화를 선택했던 이유는 매회 발간마다 창작해야 하는 부담을 줄일 수 있고, 유년들을 대상으로 한 짧은 서사에 재미와 교훈을 줄 수 있었기 때문이다. 또한 전래동화나 외국동화를 짧게 압축시켜 재화한다든지, 생활 속의 간단한 이야기를 소재로 한 창작동화도 분량을 고려해 두 쪽 정도로 제한했다.

[그림5] '애기그림책'란 그림동요 사례(『아이생활』 1937년 2·4월호)

위 그림동요는 1937년 2월호에 실린 「겨울꽃밭」(임원호 글, 임홍은 화)과 4월호에 실린 「봄소식」(임원호 글, 임동은 화)이다. 임원호는 '애기그림책'란에 실린 동요를 '노래'로 표기하고 있다. 보통학교 아이들을 대상으로 한

동요와 차별화를 두기 위한 전략으로 보인다. 또한 문해력이 약한 유년들을 고려해 동요는 단순하면서도 길이가 짧은 短詩 형태를 취하고 있다. 하지만 시적 표현에 있어 비유나 음성상징어, 압축된 상황 및 인물제시가 돋보이는 작품들도 있다. 임홍은 그림 또한 글의 내용과 일치하면서 배경이나 인물들의 행동거지를 상세하게 묘사하고 있다. [그림5]을 통해 확인되는 것처럼, 눈 내린 길 위를 개가 다녀 매화꽃 그림이 되었다는 내용과 봄날 양지 모래밭에서 흙장난을 하는 아이들 모습을 섬세한 필치로 그려내고 있는 것이다.

한편 1936년 8월호 '애기그림책'란에는 기성작가 외 재령서부유치원에 다니는 아이가 쓴 동요 2편 「당안이」[43]와 「골녁꽉」[44]이 아이들 사진과 함께 소개되기도 한다. 작품 투고 사연을 보면 "이 두 편 동요는 올에 여섯 살 난 수철이가 당안이(거위)를 바라보며 하나는 작난 하다가 혼자 중얼거리는 것을 옆에서 우연히 듣고 자미있는 듯하야 적어보냅니다"라는 아이 모친의 글이 실렸다. 그리고 9·10월호부터 1937년 1월호까지 김삼엽이 조선전래동요 9편을 소개한다. 「달두밝다」, 「파랑새야」, 「비야비야」, 「타박네야」, 「아가아가」, 「기럭아」, 「개강구야」, 「가지밭에」, 「무얼짜니」이다. 유년들을 고려해 선별 과정에 있어 그들과 친숙한 조류요, 자장가요, 자연요 등을 선택했고, 긴 노래는 1연 정도로 줄여 실었다. 특히 「파랑새야」는 1923년 『어린이』 창간호부터 일제 강점기 '동요란 무엇인가'와 관련한 논의에 이르기까지 연이어 소개가 되었다.

---

43 "당안아 당안아/ 너는 웨 깨물기를/ 좋아하니?//당안아 당안아/ 너 나깨물지 않으면/ 내 밥짱지 주지"

44 "꿈에 보던/ 골녁꽉 어데갔나/ 나비하고 꽃그린/ 예쁜 골녁꽉// 꿈에 보던/ 골녁꽉 어데갔나/ 딱지 담아 둘라던 골녁꽉"

[그림6] '애기그림책'란 그림동화 사례(『아이생활』 1937년 4·6월호)

위 그림동화는 1937년 4월호에 실린 「천치호랑이」와 당해 6월호 실린 「작은새무덤」이다. '애기그림책'란에 실린 그림동화는 1쪽이나 2쪽 분량의 짧은 서사와 이야기의 핵심 내용을 그림으로 그려 넣었다. 그림동화는 생활동화, 전래동화, 소설, 우화 등 다양한 장르를 다루고 있지만, 목차에서 동요를 노래로 명기했던 것처럼 이들을 포괄해 이야기라는 명칭을 주로 사용하고 있다. 물론 작가의 주관에 따라 잡지 속에는 수식어처럼 장르명 앞에 애기/유년소설, 유년동화 등 '애기' 또는 '유년'이라는 말을 사용하기도 했다. 이는 전술한 것처럼 당시에는 취학 전 아동을 위한 대상층의 구분을 위해 사용한 말이다. 그림동화의 소재는 가정이나 학교, 또는 생활 터전 속에서 일어나는 일들로 유년들에게 친숙한 것들이다. 그리고 내용은 교훈성을 지닌 이야기들로 보은, 욕심에 대한 경계, 근면, 배려, 연민 등의 주제를 다루고 있다.

그림 또한 이야기가 짧기 때문에 보통 1~2컷 정도이다. 3장이 넘어가는 동화나 소설은 3컷 이상의 그림도 있다. 첫 번째 그림동화는 2장의 분량으로 되어 있다. 나무장사꾼에게 속은 바보 호랑이에 대한 이야기로, 이빨과 발톱을 뽑으면 자기 딸 순이를 주겠다는 나무장사꾼의 말에 속은 호랑이가 결국 붙잡혀 동아줄에 꽁꽁 묶여 살려달라고 울었다는 내용이다. 그림을 통해서도 알 수 있듯이 이야기의 결말 부분을 그림으로 그렸다. 두 번째 그림동화도 2장 분량의 내용으로 사냥꾼 아들 남돌이가 처음으로 새총을 만들어 어린 새를 잡았지만, 어린 새의 죽음을 보고 자책감을 느낀다는 내용이다. 이도 역시 마지막 장면을 그림으로 그렸다.

'애기그림책'란에 실린 동화에 임홍은 주로 이야기의 진행에 있어 가장 핵심적인 부분을 찾아 그림으로 그렸다. 그림동요처럼 그림 한 컷으로 이야기의 내용을 충분히 지원해 주는 데는 한계가 있지만, 당시 그림책이 전무했던 시기 그림동화를 통해 그림책에 대한 인식은 물론 유년들에게 시각적 상상력과 회화적 이해력을 높여주었음은 인정할 부분이다. 그렇다고 임홍은의 그림동화가 오늘날처럼 그림이 글의 보조적 장치가 아니라 독자적인 풍부함과 구체성을 지니고 서사를 진행하거나 장면을 제시하는 기능에 뒤떨어진 것은 아니다. 그 사례가 1937년 『소년』 5월호에 실린 그림동화 「꽃동리」[45]이다. 『아기네동산』(1938) 마지막에도 실렸지만 이 작품은 오늘날 그림책처럼 단행본으로 묶어도 손색이 없다. 이야기를 14부분으로 나누어 각각 그림을 14컷 넣었다. 그림을 통한 배경과 상황제시뿐만 아니라 인물묘사도 치밀하다(정진헌 · 박혜숙, 2013, 306-307). 따라서 임홍은이 한국 그림책 역사에 있어 그 중요성과 관심을 갖지 않을 수가 없다. 그의 그림책에 대한 열정은 한국 그림책의 인식과 더불어 해방 이후 본격적인 탄생에 영향을 주었다는데 나름 의의를 함의하는 것이다.

1938년 5월 임홍은 퇴사 이후 『아이생활』은 '애기그림책'란에서 함께 활동한 임원호가 뒤를 이어 편집 실무를 담당한다. 또한 '애기그림책'란

---

45 『소년』 1937년 5월호, 68~72쪽.

은 '아기네차지'란으로 바뀌고 그의 동생인 임동은(林同恩)이 형을 대신해 삽화, 만화, 그림동요 및 동화 등을 계승하며 1940년대로 이어진다.

4. 나오며

지금까지 일제 강점기 발간된 신문이나 잡지에 실린 자료를 통해 그림책과 관련된 사료를 점검하고, 이를 바탕으로 1930년대 그림책에 대한 인식이 어떠했는지 살펴보았다. 이를 위해 먼저 그림책의 주 독자층인 유년에 대한 발견과 화가들 중 특히 아동문학 참여를 통해 그림책에 대한 인식을 갖은 임홍은을 중심으로 살펴보았다. 그리고 일제 강점기 타 잡지에 비해 화가들의 참여와 잡지의 이미지가 부각된 『아이생활』(1926~1944)을 통해 삽화에서 그림책 인식에 이르기까지의 과정을 거칠게나마 살펴보았다.

먼저 1922년부터 시행된 제2차 조선교육령 실시 이후 학제가 편성되면서 아동의 발견 및 인식이 본격화된다. 이는 소년운동과 궤를 같이한다. 당시 소년운동에 참여했던 보통학교 학생들은 소년문예운동을 벌이며 문학의 창작 주체로서 참여를 하게 된다. 전국 각지에서 소년문예단체를 만들었던 소년문예사들은 1923년 『어린이』를 시작으로 발간된 아동잡지 '독자투고'란을 통해 소통과 공론의 장을 형성하며 아동문학의 성장·발전에 기여한다.

이후 잡지나 신문에 발표되었던 아동문예물들은 1920년 후반이 되면 아동의 연령대에 맞는 작품을 생산하자는 주장이 제기되면서 장르상 변화를 보인다. 홍은성, 송완순, 신고송, 전식 등의 이론은 1930년대에 들어서 유년과 소년의 문학을 탄생시키는 계기가 된다. 특히 유년들을 위한 동요와 동화의 창작은 유치원생뿐만 아니라 교육제도에 편입하지 못한 유년들까지 포용한 '새예술'로서 인정을 받게 되었다. 또한 유년들을 위한 작품에 화가가 참여함으로써 잡지의 시각화를 더한다. 당시 아동문학에서는 영아(嬰兒), 유아(乳兒)를 포함해 보통학교 이전 연령들을 유년이라 지칭했지만, 유년문학의 주 대상은 유치원 아이들인 만 4~7세 정도였다.

하지만 화가들의 그림책에 대한 인식은 미흡했다. 당시 아동문학에 참여했던 화가들은 주로 생계 수단이나 배움의 다양한 활용 기회로 인식했다. 따라서 유년들을 위한 문예물에 실린 그림은 단순한 삽화 정도였다. 그림책의 부재 속에 유년들을 위한 그림책 발간에 대한 필요성이 신문이나 잡지를 통해 소개되고 있지만, 일제의 전쟁으로 인한 인쇄업계의 위축과 화가들의 무관심은 결국 조선 내 그림책의 탄생을 저해하는 결과를 가져왔다.

한편 일본에서 유입된 그림책에는 전쟁, 살인, 공포 등 어린이들에게 부정적인 영향을 미치는 내용들이 많아 사회적인 목소리가 신문 지상에 실리기도 한다. 이는 1930년대 중반을 전후해 한국 아동잡지가 폐간된 이후 심해졌고, 1937년 중일전쟁 이후에는 그 심각성이 극에 달한다.

그러한 와중에 『아이생활』에 참여했던 임홍은은 그림책에 대한 인식을 갖고 1933년부터 본격적인 그림책 발간의 일안으로 그림동요, 삽화, 그림동화, 만화 등을 그린다. 이는 여러 화가들의 참여를 부추기며 『아이생활』은 타 아동잡지와 달리 '그림잡지'로서의 형태를 갖추게 된다. 1936년 일본 유학을 마친 임홍은은 아이생활사에 재입사해 김동길이 유년들을 대상으로 구성했던 '아가차지'란을 '애기그림책'란으로 바꾸어 1937년까지 그림책의 형태를 갖추게 된다. 오늘날처럼 책이라는 단행본의 형태를 취하지는 않고 잡지 속 한란으로 실렸지만, 그림동요나 그림동화를 따로 떼어 책으로 묶으면 충분히 그림책으로서의 가치를 인정받을 수 있다.

'애기그림책'란에는 유년 독자층을 고려해 단시(短詩) 형태의 동요와 이솝우화 그리고 설화, 생활동화, 소설 등이 그림과 함께 실렸다. 특히 이야기들은 분량을 고려해 대부분이 두 쪽 정도였으며, 긴 이야기들은 작가의 재화를 통해 압축 시켰다. 또한 이솝우화가 그림동화의 소재로 많이 차용되었던 이유는 짧은 서사와 교훈성으로 인해 유년들에게 흥미와 지혜를 줄 수 있었기 때문이다. 물론 매회 발간을 위한 원고의 고민도 이에 해당할 수 있다. 그림 또한 이전의 삽화에 비해 그 배경 묘사나 인물 묘사에 있어 정교화되었으며, 그림이 글의 보조적 기능을 넘어 서사를 진행하거나 장면을 제시하는 기능으로서 변화를 보이기도 한다.

임홍은의 그림책에 대한 인식과 열정은 1938년 애기그림책 『아기네 동산』을 발간하는 계기가 되었으며, 1931년 전봉제의 『그림童謠集』과 함께 한국 그림책의 역사를 논의하는데 중요한 사료가 되었다. 1938년 임홍은 사임 이후 『아이생활』은 임원호와 그의 동생 임동은이 '아기네차지'란으로 바꾸어 1940년대까지 그림동요, 만화, 그림동화, 다양한 삽화 등을 계승하며 '그림잡지'로서의 형태를 유지한다. 이는 해방 이후 아동문화협회를 비롯해 여러 출판사에서 아동을 위한 그림책을 발간하는 교두보 역할을 한다. 따라서 1930년대를 아동을 위한 한국 그림책 인식기로 평가할 수 있는 것이다.

제4장

아동문학 작가의 재발견

제1장

과학동화와 『백두산』 염근수

1. 들어가며

본 연구는 그동안 한국 아동문학사 연구에서 소외되었던 일제강점기 염근수(廉根守, 1907~2003)의 아동문학 관련 활동 및 작품 발굴을 통해 문학사적으로 재조명하고자 한다. 특히 연구와 관련해 작가가 주로 활동했던 1920·30년대를 주목한다. 또한 연구의 성실한 수행을 위해 당시 발간된 잡지, 신문 등을 실증적으로 고찰하고자 한다.

1920년대 방정환을 비롯한 색동회 회원과 한글어학회 회원, 성인문단 작가들, 소년문예사들은 한국 아동문단을 이끈 주역들이다. 한국 아동문학이 걸어온 길이 어느덧 한 세기에 접어들고 있는 상황에서 아동문학에 대한 연구는 연이은 성과를 보이고 있다. 이를 통해 성인작가의 작품 활동 영역을 넓혀가고 있으며, 아동문학 작가론, 아동문학 작품론, 아동문학 장르론 등 아동문학사의 온전한 복원 작업이 연이어 수행되고 있다. 하지만 본 연구와 관련해 염근수에 대한 논의는 지엽적이다.

이재철(1978)과 최명표(2012)을 비롯한 선행 연구자들은 아동문학사나 잡지(『별나라』) 연구(원종찬, 2012; 정진헌, 2015)에 있어 이름, 소년문학단체 가입 정도만 거론하고 있다. 또한 1937년 염근수가 동아일보 강릉지국장으로 발령(10월 17일)이 난 이후 1990년 전후로 발표했던 작품(동요)에 대한 논의만 정원석(1992), 김현숙(1997), 남진원(2014)에 의해 진행된 상황이다.

1907년 황해도 백천에서 태어난 염근수는 양정고보 2학년 시절 《동아일보》(1921 ?)에 「피쏫」을 발표한다.[1] 이후 1925년부터 본격적으로 소년회 조직, 동화회 연사, 『새벗』, 『별나라』, 『백두산』 잡지 발간 및 편집 주간, 동요·동화(그림) 창작, 만화, 삽화 등 아동문단의 전역을 아우르며 다양한 활동을 한다. 특히 1930년을 전후해 염근수가 관심을 갖고 창작한 장르는 과학동화이다. 이는 1930년 소년소녀 과학잡지인 『백두산』(10월 20일)을 발간하는 토대가 된다.

염근수는 윤석중(1911~2003)과 더불어 한 세기 동안 한국 아동문학사의 길을 걸어온 작가이다. 하지만 그가 한국 아동문학사에 남긴 발자취는 여전히 지워진 채 사장되어 있다. 이에 필자는 일제 강점기 발간된 실증자료를 바탕으로 작가의 삶과 활동을 아동문학사에 들추어내고자 한다. 이는 한국 아동문학사 연구의 온전한 복원 작업뿐만 아니라, 후학들에게 2차 연구 자료로 활용할 수 있는 기회를 줄 수 있을 것이라 판단된다.

---

1 현재 선행 연구자들의 논의를 토대로 「피쏫」에 대한 자료를 찾았으나 확인할 바가 없다. 또한 첫 작품과 관련해 김현숙은 1921(2)년으로, 남진원은 16세 양정학교 2학년으로, 1991년 10월 22일 《동아일보》 기사에는 양정고보 2학년 1921년으로 기록하고 있다. 지금까지 필자가 발굴한 첫 작품은 1923년 7월 15일 《동아일보》에 발표한 「쌈말고잘노라라」이다. 이 작품에는 염근수의 나이가 16세로 표기되어 있다. 한편, 필자는 1926년 2월 1일 발간된 『신사회』(서울대 도서관 소장, 67쪽)에서 염근수의 작품 「피쏫」(血花)이 게재되어 있음을 확인했다. 당시 발표된 작품에는 1925년 10월 2일로 표기되어 있다. 포은 정몽주의 비운을 노래한 「피쏫」 전문은 다음과 같다. "압밧헤 뒷밧헤// 蔘밧헤 쏫은/ 여섯해만에야/ 곱-게 피엿고// 고려의 서울짱/ 경포은 쏫은/ 선죽교 돌우에/ 새빨감니다".

2. 소년회 및 동화회 활동

1920년대 잡지나 신문의 '독자문단'을 통해 등장한 소년문예사들은 1930년대 아동문학계를 계승 발전시키는데 중추적 역할을 한다. 1921년부터 소년의 인권 보호를 위해 생겨난 소년운동은 이후 소년문예사들을 탄생시켰고, 그들의 문학장(場)으로서의 역할은 잡지나 신문이 담당했다. 1922년 제2차 조선교육령 실시 이후 교육제도에 편입한 보통학교 및 고보 학생들 그리고 야학이나 강습소에 다니는 학생들이 '독자투고란'을 통해 개인이나 시대의 아픔을 노래했고, 이를 계기로 작가로서의 호칭을 부여받기도 했다(정진헌, 2015).

한편 소년운동과 관련해 각 단체들은 동화·동요대회를 개최해 조직 간 결의를 다지고, 소년운동의 전개를 활성화한다. 특히 동화회는 소년운동이 가장 활발하던 1920년 중반부터 1930년에 집중되고 있다. 소년단체들은 동화회를 통해 어린이들에게 동화를 널리 보급하고 각 지방의 전설을 채집하곤 했다. 그리고 연사들은 자신들의 잡지를 홍보하고 독자들과의 유대를 강화하려는 목적을 갖기도 했다(조은숙, 2006).

소년회 및 동화회 관련 활동 현황

순서	연도	활동내용	신문	비고
1	1925.10.02	소년소녀문예회 조직	동아일보	문화소년회(관훈동) 소속
2	1925.11.28	중앙일요학교 특별동화대회	시대일보	염근수: 고전동화
3	1925.12.12	어머니대회 개최	동아일보	소년소녀문예회 주최 방정환, 염근수 연사
4	1926.01.03	어머니와소년회 개최	시대일보	염근수 강연(문화소년회 소속)

5	1926.01.04	어머니소녀회 개최	동아일보	문화소년회 주최/ 조선여성동우회 후원 연사: 방정환, 백신애, 염근수
6	1926.03.05	어머니대회 개최	동아일보	연안소년회 주최/ 동아일보연안지국 후원 연사: 염근수(잘사는법)
7	1926.08.25	반드시가라칠어린이유희	동아일보	칼럼
8	1926.09.17	동화회 개최	동아일보	시천교소년회/ 무궁화사 연합 주최 정홍교: 산중의 썈오리아 염근수: 에물내鍾
9	1926.09.23	현대소년구락부위원 선정	동아일보	염근수, 이정우, 한상건, 김영권, 최흥섭, 한광석
10	1926.09.27	현대소년주최동화회	동아일보	현대소년구락부 주최 연사: 방정환, 염근수
11	1926.10.03	어머니대회 개최	동아일보	현대소년구락부 주최 연사: 방정환, 염근수
12	1926.11.13	현대소년동화대회	동아일보	안준식: 후란다스의소년 염근수: 재미잇는이약이
13	1927.01.19	꼿별회창립(아동문제연구회)	동아일보	유도순, 최병화, 안준식, 주요한 등
14	1927.07.24	취운소년동화대회	중외일보	연사: 염근수
15	1929.07.06	조선예술아동작가협회 창립	중외일보	김영팔, 안준식, 양재응, 최병화, 염근수
16	1929.10.26	백의소년회동화대회	중외일보	연사: 양재응, 염근수, 유인경, 신수옥

염근수 역시 '독자문단'을 통해 아동문단에 참여한 소년문예사 출신이다. 염근수는 1925년부터 '문화소년회[2]', '현대소년구락부[3]' 등에서 활동하면서 '동화대회' 및 '어머니대회' 등을 개최한다.

1925년 11월 28일에는 청진동 중앙일요학교에서 '고전동화'를, 1926년 9월 17일 시천교소년회 및 무궁화사 연합 주최 동화회에서는 '에물내鐘'을, 1926년 11월 13일 현대소년동화대회에서는 '재미잇는이약이' 등을 들려주며 1929년 말까지 동화 구연 행사에 적극적인 참여를 보인다. 또한 1925년 12월부터 1926년 10월까지 '어머니대회' 개최 및 참여를 통해 '잘사는 법', '반드시 가라칠 어린이 유희[4]' 등의 강연을 한다. 이를 통해 부모들의 자녀 교양교육에 있어 필요한 지식을 소개하기도 했다. 당시 염근수는 백신애, 정홍교, 안준식 등과도 어린이 문화운동을 벌였지만 주로 방정환과 함께 행사에 참여를 했다. 이를 통해 염근수는 1920년대 중후반 소년소녀 문예운동 및 부모 교육에 일익을 담당했다고 볼 수 있다.

한편 염근수는 『별나라』사 시절인 1927년 1월 아동문학 창작 및 연구에 심혈을 기울이기 위해 유도순, 최병화, 안준식, 주요한, 양재응 등과 함께 아동문예연구회인 '꼿별회'를 창립한다.

---

2 "시내 관훈동(寬勳洞) 일이삼번디 백합사(百合社)에 림시사무소를 둔 문화소년회(文化少年會)에서는 작문, 동화, 동요, 음악, 그림갓흔 것을 어린이들께 알으키기 위하야 소년소녀 문예회를 창립한다는데 발기인은 전기 주소의 염근수(廉根守) 씨라 하며 선생님은 여러 문사와 미술가 음악가를 청하여 올터이라합니다"(《동아일보》 1925.10.02).

3 "시내 종로(鐘路) 경성도서관 종로분관 안에 잇는 현대(現代)소년구락부에서는 지난 이십일 오후 팔시에 총회를 열고 그 회의 및 그 교육긔관인 현대학원의 위원을 다음과 가치 선명하엿답니다 구락부위원 廉根守, 李湞雨 학원위원 韓相建, 金寧權, 崔興燮, 韓光錫"(《동아일보》 1926.09.23).

4 염근수는 어린이 유희와 관련해 세수를 할 것, 이를 닦을 것, 옷을 똑바로 입을 것, 학교에 일찍 올 것, 선생님을 따를 것, 동무를 사랑할 것 등을 놀이 가사에 넣고 있다(《동아일보》 1926.08.25).

신년 문예부흥(文藝復興)과 더부러 가장 아동문학에 연구와 취미가 깁흔 동지들의 회합으로 『꼿별會』가 창립 되엿다는데 중앙사무소는 경성부 관렬동 二五一이라고 하며 회원은 다음과 갓다고 함니다. 江西 劉道順 仁川 朴東石 金道仁 韓亨澤 秦宗爀 京城 崔秉 和, 安俊植, 姜炳國, 盧壽鉉, 朱耀翰, 梁在應, 廉根守 以上[5]

그리고 1929년에는 김영팔, 안준식, 양재응, 최병화와 함께 '조선아동예술작가협회'를 창립한다. 이들은 아동예술의 연구와 보급을 위한 일안으로 먼저 잡지 원고료 등의 문제를 논의하기도 했다.

아동예술에 권위인 김영팔(金永八)외 작가 제씨들은 아동예술의 연구와 그 보급을 도모할 목뎍으로 사일밤 시내 중앙유치원에 모이어서 아동예술작가를 망라하야 조선아동예술작가협회(朝鮮兒童藝術作家協會)를 즉석에서 창립하고 강령(綱領)으로 우리는 朝鮮兒童의 藝術을 硏究하며 그 普及을 期함이라고 결명하고 동회 집행위원(執行委員)으로 金永八, 安俊植, 梁在應, 崔秉和, 廉根守 등 제씨를 선거하얏스며 동시에 동화(童話) 동요(童謠) 등의 원고료(原稿料) 문뎨도 결정하얏다더라[6]

염근수는 '꼿별회' 및 '조선예술아동작가협회' 활동 중에도 여러 회원들과 함께 1927년 취운소년동화대회, 1929년 백의소년동화대회 등에 연사로 참여하며 방정환, 정홍교 등과 함께 아동문학가로서의 위치를 다져나갔다.

---

5 《동아일보》 1927. 01. 19.

6 《중외일보》 1929. 07. 06.

3. 동요·동화 창작 작품 활동

1) 아동잡지 작품 활동 현황

주지하다시피 1919년 3·1운동 이후 일제의 무단통치가 막을 내리고, 1920년대 문화지배 정책이 시행되자 봇물처럼 쏟아져 나온 잡지, 신문 등의 출판물은 아동문학을 더욱 발전시키고, 이를 대중에게 보급하는데 지대한 역할을 했다. 당시 발간된 『어린이』(1923~1934), 『신소년』(1923~1934), 『새벗』(1925~1933), 『별나라』(1926~1935), 『아이생활』(1926~1944) 등에는 어린이들이 읽을 다양한 이야기가 실려 한국 아동문학의 성장 발전을 다져 가는 계기가 된다.

염근수는 주로 『새벗』[7], 『별나라』, 『어린이』, 『백두산』을 중심으로 편집 및 작품 활동을 하며 위인전, 동요, 동화, 과학이야기, 만화 등 다양한 장르의 작품을 발표한다.

『별나라』(1926~1935)

순서	발간연도	작품명	장르명	비고
1	1926년 제1권 11월호	「소공자」		표지삽화
2	1926년 제1권 11월호	「샛별」	동요	小女星
3	1926년 제1권 11월호	「어밀내鐘2」	장편동화	

7 염근수는 『새벗』에도 여러 작품을 발표한 것으로 확인된다. 현재 자료 구입의 난항으로 작품에 대한 전모를 알 수 없지만, 당시 발간된 서지 정보를 통해 확인 한 결과 다음과 같다. 이는 추후 연구 과제로 남겨두고자 한다. 제1권 2호(1925년 12월), 제2권 2호(1926년 2월), 제2권 7호(1926년 7월), 제2권 8호(1926년 8월), 제3권 1호(1927년 1월), 제3권 10호(1927년 11월), 제4권 1월호(1928년 1월), 제4권 11월호(1928년 11월), 제5권 3호(1929년 3월호), 제6권 제1호(1930년 5월).

4	1927년 제2권 4월호	「쏫노래」	동요	小女星
5	1927년 제2권 4월호	「쏫피는 봄이 올 때」	농촌미담	樂浪
6	1927년 제2권 4월호	「어밀내鍾」	동화	장편
7	1927년 제2권 5월호	「백의동자전」	동화	
8	1927년 제2권 6월호	「책 속에서 피는」	삽화	
9	1927년 제2권 6월호	「허재비와 여호」	만화	
10	1927년 제2권 6월호	「제一ロ병여섯개」	만화	
11	1927년 제2권 6월호	「月姬와 金烏」	이야기	고전비화
12	1927년 제2권 8월호	「사공의 아들」	동요	낙장
13	1928년 제3권 7월호	「떡백개먹구」	동화	
14	1929년 제4권 7월호	「법국새 운다」	그림동요	한정동 요, 염근수 화
15	1929년 제4권 7월호	「싸개뽐푸또뽐푸」	만화	
16	1929년 제4권 9월호	「비 오는 서울」	동요	

염근수는 안준식과 함께 『별나라』창립 초기부터 1920년대 말까지 잡지에 참여를 했다. 전술한 것처럼 염근수는 잡지 참여 동인들과 함께 '현대소년구락부'에 소속되어 잡지 발간 및 동화대회, 라디오 방송(동화), 강연회 등에 참여하게 되는데, 이를 통한 여러 문사들과의 교류는 창립 초기 취약했던 『별나라』를 당시 4대 아동잡지로 자리매김하는 결정적인 역할을 하게 된다.[8]

8 1927년 잡지 2권 6월호 "별나라를 위한 피·눈물·짬!! 수무방울"(짤랑애비)에 잡지에 참여한 20명의 작가를 소개하고 있다. 염근수에 대한 소개를 보면 "셩생님은 별나라社에서 제일 혼나시는 분임니다. 안선생님과 함께 밤을 득득 새시는데 이번에는 사진까지 낫스니

한편 1920년대 초 아동잡지 발간을 위해 참여한 집필진들이 필명(류덕제, 2016)을 사용한 것처럼 염근수도 '小女星', '樂浪' 등의 필명을 사용하며, 다양한 장르의 작품을 발표한다. 삽화 및 만화는 후술하기로 하고 대표적인 동요, 동화 작품을 살펴보면 다음과 같다.

> 별은별은 금은쏫/ 달은달은 쏫장수/ 하날쏫을 색거다/ 짜우에다 피우고/ 아참마다 보면은/ 한송이도 업다네/ 樂浪童謠集속에서
>
> (「쏫별」, 『별나라』 1926년 11월호)

> 쏫쏫쏫/ 무슨쏫이피엿나/ 복사쏫이피엿네// 쏫쏫쏫/ 무슨쏫이피엿나/ 외지쏫이피엿네// 쏫쏫쏫/ 무슨쏫이피엿나/ 살구쏫이피엿네// 쏫쏫쏫/ 무슨쏫이피엿나/ 앵두쏫이피엿네// 쏫쏫쏫/ 무슨쏫이피엿나/ 동백쏫이피엿네// 쏫쏫쏫/ 무슨쏫이피엿나/ 복사쏫이피엿네// 쏫쏫쏫/ 무슨쏫이피엿나/ 벗지쏫이피엿네// 쏫쏫쏫/ 무슨쏫이피엿나/ 개나리가피엿네// 쏫쏫쏫/ 무슨쏫이피엿나/ 진달래가피엿네// 白川南山 진달네는 벌과 나뷔 친정일세
>
> (「쏫노래」, 『별나라』 1927년 4월호)

1920년대 『별나라』에 게재된 동요들은 계급주의적 성향의 작품이 드물다. 창립 멤버였던 염근수 작품 또한 자연에 대한 서정을 노래한 작품이 주를 이룬다. 4·4조 형식의 「쏫별」은 별을 꽃에, 달을 꽃장수에 비유해 아침에 사라지는 별과 달에 대한 화자의 아쉬운 마음을 전하고 있다. 「쏫노래」는 반복과 문답 형식을 통해 봄날 지천에 핀 꽃들을 하나하나 나열하며

실컷 들여다 보아 주십시오." 이 글을 통해 당시 염근수가 잡지 발간을 위해 얼마나 노고가 많았는지를 알 수 있다.

고향 백천의 풍경을 묘사하고 있다.

그리고 염근수는 「어밀내鍾」과 「月姬와 金烏」등의 동화(이야기)를 게재한다. 장편 창작동화 「어밀내鍾」은 1929년 7월 28일부터 《조선일보》에 8회까지 연재된 작품이기도 하다. 잡지 소실로 전모를 살피기는 어렵지만 탐관오리 김판서와 주인공 돌쇠 및 천재와의 갈등을 그린 작품으로 추측된다.

「月姬와 金烏」는 신라시대 역사적 사건을 다루고 있다. 금오 아버지는 고아인 월희를 금오와 혼인시키기 위해 집으로 데리고 온다. 둘은 성장하면서 친남매 이상으로 가깝게 지내자 금오 아버지는 월희의 신분을 비밀로 한다. 백제가 신라와의 전쟁에서 이기자 백제의 요구에 따라 월희는 백제 궁녀로 끌려간다. 이후 나당연합군은 백제를 공격해 왕과 궁녀들을 죽인다. 한편 월희를 구하기 위해 백제에 갔던 금오는 백제군에게 붙잡혀 인도에 유배된다. 이후 금오는 10년 만에 신라에 돌아온다. 월희의 죽음과 신분을 알게 금오는 산에 들어가 부처를 만든다. 이 부처가 오늘날 경주 토암산 석굴암이 되었다고 한다.

『어린이』(1923~1934)

순서	발간연도	작품명	장르명	비고
1	1929년 제7권 제6호	「위인『쏘크라데스』이약이」	위인전	
2	1930년 제8권 제5호	「讀本업시工夫하는法」	자연과학	
3	1930년 제8권 제6호	「눈뜨고잠자는금붕어」	유치원동화	아기들 차지란
4	1930년 제8권 제6호	「훌륭한어른」	유치원동화	아기들 차지란

5	1930년 제8권 제7호	「초가을」	동시	
6	1931년 제9권 제3호	「조선과여덜팔자」	『어린이』8주년 기념예사	백두산사

염근수는 1929년 제6호부터 『어린이』에 참여를 하며 위인전, 동화, 동시 등을 창작한다. 「위인『쏘크라데스』이약이」는 소크라테스의 전기를 통해 어린이들에게 인내, 정직, 지행합일 등 삶의 교훈적인 내용을 소개하고 있다. 「讀本업시工夫하는法」은 미국과 독일의 자연관찰 교육을 사례로 어린이들에게 독본이 아닌 현장학습을 통해 식물, 동물, 별 등의 자연과학을 가르칠 것을 강조하고 있다.

그리고 '아기들차지'란에 발표한 유치원동화 「눈뜨고잠자는금붕어」와 「훌륭한어른」은 유년 독자를 고려해 단편적인 서사와 활자를 키웠다. 전자는 매, 참새와 달리 바로 앞에 있는 사물도 못 보는 금붕어 이야기이고, 후자는 전등, 유성기, 활동사진을 발명한 에디슨에 관한 이야기이다. 동시 「초가을」은 거미를 안테나에, 귀뚜라미를 악사에, 분꽃을 나팔에, 나팔꽃을 나팔에, 꽈리를 레코드에 비유하며 초가을 날 느끼는 화자의 정경을 묘사하고 있다.

한편 염근수는 1931년 어린이 8주년 기념 예사(禮辭) 「조선과여덜팔자」를 통해 조선팔도, 팔경에 대한 유래를 소개하면서 어린이들에게 자연과학에 관심을 가져주기를 바라고 있다. 염근수가 자연과학에 관심을 갖게 된 것은 다음 장에서도 후술하겠지만, 20년대 말부터 《조선일보》에 발표한 짐승이야기 및 과학동화와 무관하지 않다. 그의 과학에 대한 관심과 열정은 1930년 10월 20일 소년소녀 과학잡지인 『백두산』(서울대학교 도서관 소장) 창간으로 이어진다.

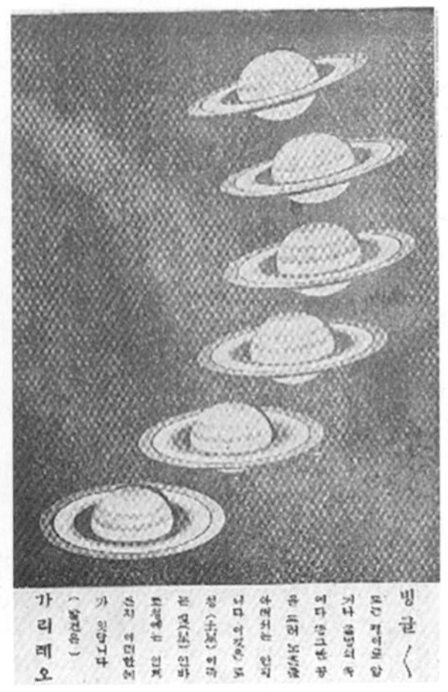

〈『백두산』 창간호 표지〉 〈창간호에 실린 토성 사진〉

『백두산』 창간은 '백두산이학회'가 주관했으며, 편집 겸 발행인은 한경석, 편집주간 염근수, 발행소는 백두산사, 인쇄소는 곡강인쇄소, A5판 70여 면, 정가 20전이었다. 창간호 표지는 석기시대 사람들이 벌거벗은 채로 고기를 구워먹는 장면이 실렸고, 화보에는 백두산 풍경, 토성이 움직이는 모양, 해가 서쪽으로 지는 모양, 아인슈타인 사진 등이 실려 있다. 당시 잡지 창간 취지문은 다음과 같다.

> "어렸을 때 1년 동안 공부하는 것이 자라서 몇 10년 동안 하는 것보다 좋다는 것은 학자의 바른 말씀입니다. 그런데 여러 가지 공부하는 기관이 많은 가운데 가장 요긴하고 필요한 이과(理科)연구의 기관이 없다는 것은 대단히 섭섭한 일입니다. 이에 우리는 느낀 바 있어 최신과학을 주로 하여 절대로 쉽고 재미있고 유익한 잡지 《백두산》을 발행하는 동시에 백두산이학회를 창설하였습니다. …… 희망하시는 분은 언제든지 입회하도록 하여 놓았습니다."

취지문을 보면 당시 어린이들에게 과학지식을 제공할 기관 및 잡지가 없음을 확인 할 수 있다. 이를 안타깝게 여긴 회원들은 '백두산이학회'를 창설하고 이어 잡지를 발간하게 된다. 학회는 주로 어린이들에게 이학을 지도하기 위해 야외관찰, 공장견학, 전람회, 과학동화, 실험회 등을 주요 사업으로 삼았다. 창간 당시 이하윤, 류성호, 김소운, 윤성상, 서원출, 신용우 등이 참여했으며, 공학사, 교수, 의사, 기자, 문학인, 철도국 직원, 박사, 등대수 등 58명의 많은 이들이 잡지 발간에 힘을 도왔다.

창간호에 염근수는 과학동화 「말을알라듯는개고리가잇다」를 발표한다. 이 동화는 전반부에 개구리가 동면하는 이유와 봄에 알을 낳는 개구리에 대한 과학상식을 자세하게 기술하고 있다. 이를 통해 아이들에게 개구리의 생태 및 한 살이에 대한 지식을 제공하고 있다. 또한 후반부에는 미국에 사는 개구리 '돔미' 이야기를 통해 개구리도 사람 말을 알아들으니 함부로 개구리를 죽이지 말고 동물을 사랑하라는 교훈적 메시지를 전하고 있다. 당시 과학동화는 환상성보다는 오늘날 어린이가 접하는 과학백과처럼 동식물에 대한 생태 소개를 다룬 이야기가 주를 이루고 있다.

2) 《동아·조선일보》 작품 활동 현황

1920년대는 전술한 잡지 외 《조선일보》(1920~1940), 《동아일보》(1920~1940), 《시대 · 중외일보》(1923~1926~1931) 등의 신문 매체도 아동문학의 성장을 이끄는 구심점 역할을 한다. 여기에는 기성문인들의 참여와 '독자문단'을 통해 활동한 소년문예사들이 있다. 각 신문사마다 '독자참여란', '어린이차지란', '부인란' 등에 어린이들이 읽을 다양한 이야기를 게재한다.

염근수 또한 《동아일보》(학예부장 허정숙과의 조우)와 《조선일보》(문

화부: 염상섭, 심훈)근무 시절 동요, 동화, 과학이야기, 만화 등의 창작 활동을 한다.

《동아일보》(1920~1940)

순서	발표연도	제목	장르명	비고
1	1923.07.15	「쌈말고잘노라라」	동요	
2	1925.09.07	「꼿별」	동요	『별나라』
3	1925.10.02	「잔채구경」	동요	
4	1925.12.10	「시집가는누님」	동요	
5	1926.09.03	「맷골」	동요	전래동요
6	1926.09.12	「새끼노루」	동요	전래동요
7	1926.09.01	「착한복동이」	동화	
8	1926.10.03	「이런법이잇소?」, 「꾀고리꾀」	동화	이솝동화
9	1926.10.04	「쌀이냐금이냐」, 「말똥게수작」	동화	이솝동화
10	1926.10.06	「서로원수」	동화	이솝동화
11	1926.10.08	「대드리싸움」, 「미련이곰동지」	동화	이솝동화
12	1926.10.09	「은혜를 모르고가?」	동화	이솝동화
13	1926.10.11	「내가 제일이다」	동화	이솝동화
14	1926.10.17	「사발통문」	동화	
15	1926.10.20~24	「엽전한푼」(1~3회)	동화	
16	1926.10.28	「민숭이바보」, 「제물안장」, 「엉-엉-운다」	동화	이솝동화
17	1926.10.31	「달도적질	동화	

18	1926.11.02	「병고치기, 「활쏘기」	동화	
19	1926.11.04	「두더지신세」, 「개와이리」, 「하로강아지」, 「박쥐」	동화	
20	1926.11.07	「새파란꿈」	그림동요	강병주작, 염근수화
21	1926.11.08	「개승량이」, 「참새와토끼」	동화	
22	1926.11.11	「농사군, 「독수리」	동화	
23	1926.11.14	「하얀새」, 「발기발기찌저서」	동화	
24	1926.11.28	「꼭보십시요」	동화	
25	1926.12.02	「이러케하여서」	동화	
26	1926.12.12	「이게왼일이냐」	동화	
27	1926.12.16	「아!또보는깃붐」	동화	
28	1926.12.19	「큰일낫구나」	동화	
29	1927.01.16~20	「눈 속에 토끼노리」(1~4회)	동화	

먼저 염근수가 《동아일보》에 발표한 동요는 전통 율격인 4·4조의 율격을 보이고 있다. 또한 산중에서 아이들이 부르는 전래동요인 「멧골」, 「새끼노루」 등을 소개하기도 한다. 염근수가 1923년 16세 때 《동아일보》 '소년소녀란'에 발표한 「쌈말고잘노라라」는 아이들에게 싸우지 말고 사이좋게 지내라는 교훈적인 내용을 담고 있다. 그리고 「잔채구경」은 초 가을날 꽃 잔치 구경을 간 어머니를 그리워하는 아이의 심정과 가을날 피어난 꽃 이미지들을 감각적인 묘사를 통해 그리고 있다. 「시집가는누님」에서는 정들었던 누이가 시집을 가게 되자 슬퍼하는 아이의 슬픔을 노래하고 있다.

아해들아우리들아/싸옴말고잘들노자/너희무슨죄가잇니/내가무슨죄가잇니/공연이서쌈만허면/무슨존일잇겟는야 /-중략-/ 너는아와이편되고/너는재와저편돼라/그리하고그네들은/알수업는장난들을/자미잇게놀고잇다

-「쌈말고잘노라라」

엄마엄마 내엄마야/ 나를두고 어데갓나/ 진달네꼿 피여나고/ 쌕국새는 울고나고/ 맨드래미 봉선화는/ 피눈물을 흘렷습네/ 아가짤아 우지마라/ 꼿잔채에 구경가자/ -중략- / 초가을에 연적하고/ 방싯방싯 웃는얼굴/ 백설과꼿 도령이요/ 분홍과꼿 색시라네/ 나뷔가마 쌍가마에/ 오고가고 잔채한다/ 채송화라 일만꼿은/ 잔채구경 손님이요/ 이리종종 붉은열매

-「잔채구경」

밤에밤에 깁흔밤에/ 별아기를 보앗더니/ 검정숫개 짓는소리/ 무서워서 잠을자고/ 새벽새벽 첫새벽에/ 잠을깨어 내다보니/ 옌주곤주 우리누님/ 가마바리 웬일인가/ 안어주고 업어주고/ 입마즞고 쪄나건만/ 나는나는 쪼차가며/ 울고불고 쎄를썻네

-「시집가는누님」

염근수는 1926년 9월부터 동화를 주로 발표하게 된다. 특히 이솝우화를 재화한 작품을 연재하는데, 이솝우화는 신문 폐간까지 염근수뿐만 아니라 임홍은, 김태오, 임원호 등 동화 작가들이 아이들에게 교훈을 주기 위해 주로 인용했던 장르이다. 특히 1930년대 아동의 분화와 유년의 등장은 이를 가속화하는데, 이솝우화의 간결한 서사와 교훈성을 그 이유로 볼 수 있다.

「이런법이잇소?」는 잘난 척하던 당나귀가 말꾼에게 혼이 나는 이야기이다. 「꾀꼬리꾀」는 꾀를 부리던 꾀꼬리가 독수리에게 잡혀 먹는다는 이야기이다. 「쌀이냐 금이냐」는 닭에게 보석이 필요 없다는 이야기를 통해 자기에게 쓸모없는 물건은 억만금을 주어도 소용없다는 이야기이다. 기타 「말똥게수작」은 실천의 중요성을, 「서로원수」는 친구 간 의리 있는 삶을, 「제물안장」과 「엉-엉-운다」는 분수에 맞는 삶을, 「농사군」은 부지런한 삶의 중요성 등을 다루고 있다. 염근수가 재화한 이솝우화는 대부분 어린이들에게 우화(알레고리)를 통해 삶의 교훈적 메시지를 전하고 있다.

그리고 전래동화를 통해 재미와 교훈을 주고 있는데, 「꼭보십시오」는 거짓말 내기에서 이긴 곱쟁이 이야기, 「이러케하여서」는 황익성의 올바른 정치 이야기, 「이게왼일이냐」는 아버지가 아들에게 진정한 우정을 깨우쳐준 이야기 등이 그러하다. 또한 부잣집 친구들처럼 방학 때 여행을 못가고 어린 동생을 돌본 복동이의 선행을 그린 「착한복동이」, 원숭이의 거짓 행동을 일깨워준 「눈 속에 토끼노리」 등의 창작동화에서도 교훈적인 내용을 확인할 수 있다.

《조선일보》(1920~1940)

순서	발표연도	제목	장르명	비고
1	1927.10.05	「비상한재조」	동화	
2	1927.10.09~15	「큰풍년」(1~4회)	동화	
3	1928.04.19	「진달래일기」	일기	4월 8일 /9일
4	1929.04.14	「자장노래」	동요	
5	1929.06.09	「꽁지치고귀치고」	동화	

6	1929.06.15	「장작업는부자집」	동화	염근수 화
7	1929.06.16~25	「孝俊의冒險」(1~6회)	동화	이정호 작 염근수 화
8	1929.06.21	「첫사랑」	시	
9	1929.06.28	「잠자리」	동요	
10	1929.06.30~07.04	「落花巖에피는꼿」(1~4회)	동화	최병화 작 염근수 화
11	1929.07.04	「무제」	시	
12	1929.07.28~08.08	「어밀내종」(1~8회)	동화	
13	1929.08.20~22	「늑대나무」(1~2회)	동화	삽화
14	1929.08.27~29	「玉順이」(1~3회)	동화	
15	1929.08.30	「한머니편지」	동요	
16	1929.10.11~13	「무되인옥사쟁이」(1~3회)	동화	
17	1929.10.22~24	「사투리잘쓰는『쑤괭이』새 (1~2회)	즘생이야기 (전14회)	
18	1929.10.25~30	「제마다장긔잇는 여러 가지궤 들」(3~6회)	즘생이야기	
19	1929.10.31~11.02	「쌔만소용되는즘생」(7~9회)	즘생이야기	
20	1929.11.03~08	「강가루이야기」(10~11회)	즘생이야기	
21	1929.11.09~12	「물속에사는말」(12~14회)	즘생이야기	
22	1929.11.13	「세계에서제일크고적은꼿이야 기」	꽃이야기	
23	1929.11.14	「세계에서제일큰닙파리이야기」	잎이야기	
24	1929.11.25~12.06	「싀집가는곰」(인도이야기 전9회)	동화	인도 이야기

25	1929.12.19~21	「길버-드의최후」(1~3회)	동화	염근수 역
26	1930.01.01~03	「봉구의손가락」(1~2회)	어린 이이야기	
27	1930.01.01~17	「북극탐험」(1~8회)	만화	
28	1930.01.26~2.12	「산의아들」(1~11회)	어린 이이야기	
29	1930.06.03~06.21	「世界서第一이상야릇한 것」(1~12회)	과학동화	
30	1930.06.29	「鄭圃隱先生이 보신 고래가 아직도 世上에 살아잇다」	과학동화	
31	1930.07.01	「『개똥이』, 『쇠똥이』가 第一조흔 일홈: 아이누 種族의 일홈조사」	과학동화	
32	1930.07.02~03	「꿈에도못보든童話國 發見:一年이 二日박게 업는나라」(1~2회)	과학동화	
33	1930.07.04	「처녀가 시집을 가면 첫날밤에 신랑을 잡아먹는다」	과학동화	
34	1930.07.05	「담배한갑으로二千圓짜리羊다섯마리 사는 法」	과학동화	
35	1930.07.09	「일년열두달오좀통속에서만사는 곳」	과학동화	
36	1930.07.10	「고흔나비중에는범보다더무서운 호랑납비가 잇다」	과학동화	
37	1930.07.11	「술먹고쌀먹고주정하는나무춤추는 나무」	과학동화	시형식
38	1930.07.12	「六·七月건들장마에아러둘상식」	과학동화	
39	1930.08.07	「문자보급창가」	창가	

염근수는 1927년 10월부터 《조선일보》에 동요(시), 동화 및 자연이야기, 과학동화 등을 발표하며 다양한 활동을 한다. 특히 주목할 부분은 자연이야기와 과학동화가 주를 이루고 있다는 것이다. 아이들에게 과학 상식과 정보를 한편의 이야기로 유머러스하고 재치 있는 이야기 형식으로 그리고 있다. 이는 전술한 바 1930년 염근수가 소년소녀 과학잡지인 『백두산』을 창간하는 토대가 된다.

먼저 1929년 10월 21일부터 11월 11일까지 연재한 「즘생이야기」(전 14회)는 다음과 같다. 앵무새와 비슷하며 까치와 까마귀와도 유사한 아메리카 새를 소개한 「사투리잘쓰는뚜괭이새」(1~2회), 소라게를 소개한 「제마다장기있는여러가지궤들」(3~6회), 고기도 가죽도 쓰지 않고 오로지 뼈만 사용하는 까마중이를 소개한 「뼈만소용되는즘생」(7~9회), 캥거루의 생태를 소개한 「강가루이야기」(10~11회), 해마의 생태를 소개한 「물속에사는말」(12~14회) 등이 동물과 관련된 이야기이다. 그리고 세상에서 가장 큰 꽃인 '매팡석꼿'(라플레시아)을 소개한 「세계에서제일크고적은꼿이야기」와 세상에서 가장 큰 잎을 가진 '멍석입파리'(빅토리아아마조니카)를 소개한 「세계에서제일큰닙파리이야기」는 식물과 관련된 이야기이다.

1930년 6월 3일부터 12회에 걸쳐 연재한 과학동화 「世界서第一이상야릇한 것」(1~12회)은 어린이들에게 자국에서는 볼 수 없는 신기한 동물들의 습성 및 자연현상, 그리고 다른 나라 부족들의 독특한 생활상을 재미있게 소개하고 있다. 새의 왕인 독수리도 포수가 총을 쏘면 죽은 척하며 땅에 떨어졌다가 포수가 가까이 오면 다시 하늘로 도망간다는 이야기인 「입내쟁이땜쟁이내숭스런독수리」, 미국에 사는 큰 거미가 새를 잡아먹는다는 이야기인 「새잡아먹는거미도잇다」, 사람이 짐승을 기르듯이 개미도 진딧물을 기른다는 이야기인 「오좀도못누는진데물을길러」, 갈매기들이 소리를 내어 물고기를 잡는 이야기인 「기특한물새지독한사람」, 자식을 끔찍이 사랑하는 고래의 모성애 이야기인 「고래(鯨)는멍텅구리인가?」, 조개를 잡아먹는 낙지 이야기인 「한번안흐면죽어도못놔」 등이 동물들의 신기한 생태에 관한 이야기이다.

그리고 우리나라와 달리 이집트에서는 처녀들이 시집을 갈 때 얼굴에 검은 먹칠을 하고 코를 꿴다는 이야기인 「굴둑거맹이로먹칠을하고코를꾀어야시집을간다」, 항상 담배를 피우며 생활하는 북아메리카 부족 이야기인 「담배가아니면못사는나라」, 소똥과 말똥으로 밥을 지어 먹는 몽고 사람 이야기인 「쇠똥말똥으로밥을지어」, 사람이 바다에 빠져도 염도가 높아 물 위에 떠오른다는 사해(死海) 이야기인 「빠저죽으러도안빠지는바다」 등이 세계 각국의 독특한 생활문화를 그린 이야기에 해당한다.

또한 염근수는 연이은 과학동화 연재를 통해 고래, 야자수, 거미, 알래스카 및 아프리카 원주민이야기, 기상이야기 등 어린이들이 호기심을 갖고 과학에 관심을 줄 희귀하고 다양한 상식과 이야기를 소개한다. 「鄭圃隱先生이 보신 고래가 아직도 世上에 살아잇다」에서는 정몽주가 살던 고려시대를 넘어 천년을 산다는, 세상에서 가장 오래 사는 고래뿐만 아니라 서울 동물원에 살고 있는 코끼리, 사자, 말, 앵무새 등의 수명에 대해 소개하고 있다. 「개똥이, 쇠똥이가 第一조흔 일홈: 아이누 種族의 일홈조사」는 북해도 화태라는 작은 섬에 사는 아이누족의 이름 짓기에 관한 이야기이다. 우리나라에서는 어린이들을 부를 때 개똥이, 소똥이이라는 애칭을 사용하지만 좋은 이름이 아니다. 하지만 아이누족은 어린이가 죽은 사람과 이름이 같으면 귀신이 몸에 들어온다고 하여 그들의 행동과 습성에 따라 다양한 이름을 짓는다고 한다. 가령 아들이나 딸이 개똥이나 소똥에 미끄러지면 개똥이, 소똥이라고 이름을 짓는데 종족 구성원들의 이름이 특이해 그들이 모이면 여간 우습지가 않다고 한다.

「꿈에도 못보든 童話國 發見: 一年이 二日박게 업는나라」는 전래동화 「선녀와 나무꾼」 이야기를 재화해 알래스카의 자연 환경을 이야기하고 있다. 사냥꾼에게 쫓기던 사슴을 나무꾼이 도와주자 사슴은 은혜를 갚기 위해 그를 자기 나라로 데려간다. 그곳에서 이틀 동안 신기한 곳을 구경하고 맛있는 음식을 먹은 나무꾼은 집으로 돌아온다. 하지만 아버지는 돌아가시고 어머니만 살아계셨다. 어머니는 1년 동안 무소식에 죽은 줄만 알았던 자식이 돌아오자 기뻐한다. 사냥꾼이 간 곳은 일 년 중 반은 눈이 오는 나라, 그리고 반은 눈이 안 오는 일 년이 이틀밖에 없는 알래스카였던 것이다. 이처럼 염근수는 어린이들에게 과학 상식 및 지식을 쉽게 전하기 위해 동화를 차용해 재화하는 방법을 자주 사용했다.

「처녀가 시집을 가면 첫날밤에 신랑을 잡아먹는다」는 일본에 사는 희귀한 거미이야기이다. 사람처럼 동식물도 암컷과 수컷이 만나 결혼을 하는데, 일본 류쿠(琉球)에 사는 암컷거미는 결혼 후 짝짓기가 끝나면 수컷거미와 행복하게 사는 것이 아니라 바로 수컷 거미를 잡아먹는다고 한다. 「담배한갑으로 二千圓짜리羊 다섯마리 사는 法」은 담배를 좋아하는 아프리카 원주민 이야기이다. 그들은 셈을 할 줄 모르기 때문에 담배 두 개비를 주면서 양한 마리와 교환하다 보면 담배 한 갑으로 다섯 마리의 양을 살 수 있다고 한다. 「일년열두달 오좀통속에서만 사는 곳」은 알래스카에 사는 원주민들의 집에 관한 이야기이다. 우리나라에서 어린이들이 돼지 오줌보를 가지고 북을 만들거나 놀이로 사용하지만, 추운 지역에 사는 알래스카 원주민은 집을 지을 때 고래 오줌보를 사용해 창을 낸다고 한다. 이를 통해 어두운 집안이 밝아 생활을 편리하게 할 수 있다고 한다.

「고흔 나비중에는 범보다 더 무서운 호랑납비가 잇다」는 아마존에 사는 헬리코니드 나비에 대한 이야기이다. 이 나비는 화려한 색깔로 치장을 하고 날개를 펄럭이며 유유자적 날아다닌다. 그 이유는 몸에서 강한 냄새를 풍기는데, 이 냄새를 풍기는 체액에는 독소가 있어 몸에 닿으면 염증을 일으킨다고 한다. 따라서 포식자나 사람들이 나비를 잘못 만지면 죽을 수 있다고 한다. 「술먹고쑬먹고 주정하는나무: 춤추는나무」는 인도네시아 남양군도에 있는 야자수 이야기이다. 염근수는 자연과학 이야기를 앞서 제시한 동화 형식의 이야기와 달리 10연의 시 형식을 통해 원주민들이 야자수 액을 통해 술과 꿀과 초(酢)를 얻는다는 내용을 전하고 있다. 마지막으로 「六·七月 건들장마에 아러둘 상식」은 여름 날씨는 신문 일기예보가 맞지 않으니 민간에서 경험한 이야기를 통해 기상을 예측하자는 이야기를 전하고 있다. 가령 고양이가 안방을 왔다 갔다 하면 맑은 날 비가오거나, 비가 오는 날 저녁에는 맑아진다. 아침에 맑으면 저녁에 비가오고 달무리가 지면 비가 온다. 6월 7월에는 건들장마라 툭하면 비가오고 비가 오면 장마가 진다는 내용이다.

당시에는 오늘날처럼 자연과학 지식에 흥미를 줄만한 백과나 그림책이 부재한 상황이었다. 염근수는 동화와 시 형식을 토대로 어린이들에게 다양한 과학 상식과 호기심을 줄 수 있는 읽을거리를 제공해 주었다. 이는 염근수가 아동문학가로서의 활동을 넘어 어린이들에게 과학을 사랑하는 마음을 갖게 해주는 과학자의 소임을 다했음을 우리는 부인할 수 없을 것이다.

그 외 작은 나라의 선득이가 큰 나라가 낸 문제를 풀어 나라를 구한 「비상한 재조」, 가뭄에 자신의 우물을 마을 사람들에게 주어 선행을 베푼 봉구 이야기인 「큰풍년」, 배고픔을 참지 못하고 서쪽 산으로 가기 전 다리 위에서 주문 때문에 귀신과 해프닝을 겪는 소(牛) 가족 이야기인 「꽁지치고 귀치고」, 「해와 달이 된 오누이」를 재화한 「늑대나무」, 곡마단 생활 속에서 단장과 구성원들 간의 갈등을 그린 「봉구의 손가락」등의 동화와 아기를 잠재울 때 부르는 「자장가」, 첫사랑에 대한 애절함을 노해한 시 「첫사랑」, 가족에 대한 그리움을 노래한 동요 「잠자리」, 할머니의 사랑을 노래한 「한머니편지」, 어린이들에게 한글을 쉽게 배우고 가르쳐주기 위해 지은 「문자보급창가」에 이르기까지 어린이들을 위해 염근수는 다양한 장르를 넘나들며 아동문학가로서 활동을 멈추지 않았다.

4. 삽화·만화가 활동

일제 강점기 아동 잡지나 신문에 삽화가로 참여했던 이들은 무명 화가부터 전문 화가에 이르기까지 다양하다. 당시 아동잡지의 경우 『어린이』에는 전봉제, 이승만, 구본웅 등이 『신소년』에는 이종우, 고희동, 김석진, 손일봉, 신배균, 이주홍 등이, 『별나라』에는 이주홍, 강호, 이갑기 등이, 『소년』에는 홍우백, 최계순, 이윤호, 현재덕, 남궁현, 정현웅, 김규택, 김상욱, 임홍은 등이, 『아이생활』에는 김동길, 김진수, 이보경, 김상욱, 권우택, 임홍은, 임동은 등이 참여했다. 또한 신문에는 안석영, 정현웅을 비롯해 아동잡지에 참여했던 화가들이 삽화나 만화를 그렸다(정진헌, 2015).

염근수는 앞서 정리한 자료를 통해 확인한 것처럼 장정, 삽화, 그림동요, 그림동화, 만화 등을 그렸는데, 당시 아동문학가 중 윤석중, 이원수, 전봉제, 임홍은, 임동은 등이 창작과 그림 작가로 활동을 병행한 대표적인 사례이다.

『별나라』창간부터 주요 집필진으로 활동한 염근수는 잡지 외 《동아일보》, 《조선일보》에 장정, 삽화, 그림동요, 만화를 담당하며 전봉제, 임홍은과 더불어 한국 그림책의 인식과 발전을 가져오는 결정적인 역할을 한다. 1920년대 중반까지만 해도 아동 잡지나 신문에 실린 작품들은 그림보다는 글이 중심이 되었다. 염근수 또한 동요나 동화에 그림을 넣음으로써 잡지 편집의 시각적 효과뿐만 아니라 어린이들에게 글의 이해를 높이는 역할을 했다.

《동아일보》 1926.11.07.(그림동요)

새파란싹
강병주 作
염근수 畵
울고잇는 동생이
잡을드니까

《조선일보》 1929.06.26.
(동화 삽화)

또한 염근수는 어린이 만화를 잡지나 신문에 수록하면서 어린이들에게 재미와 흥미를 주기도 했다. 「허재비와 여호」(『별나라』 1927년 6월호), 「제一口병여섯개」(『별나라』 1927년 6월호), 「싸개뽐푸또뽐푸」(『별나라』 1929년 7월호), 「북극탐험1~8회」(《조선일보》 1930.01.01.~17) 등이다. 염근수가 잡지에 발표한 만화는 어린이들에게 재미와 웃음을 주는 해학성이 강하다. 「허재비와 여호」는 호박서리를 하러 온 여우가 허수아비를 보고 놀라지만 가짜인 것을 알고 허수아비를 망가뜨린다. 며칠 후 주인인 쌀랑아비가 허수아비로 변장해 지키고 있는 것을 모른 여우는 친구를 데리고 호박서리를 하러 온다. 결국 여우는 주인에게 붙잡혀 두들겨 맞는다. 「제一口병여섯개」는 특이한 별명을 가진 6명의 아이들이 그린 그림에 관한 내용이다. 그림에서 아이들의 얼굴은 별명을 그대로 표현했다. 가령 코가 커서 별명이 '주먹코'인 미련이는 코를 엄청 크게 그렸으며, 서양에 다녀 온 싱검쟁이는 눈, 코, 입이 O, P, Q, R로 되어 있으며, '왕눈이'인 멀둥이는 눈을 크게 그려 놓았다. 「싸개뽐푸또뽐푸」는 오줌싸개 이야기이다. 꿈에 불이나자 소방관이 불을 껐다. 불이 잘 꺼지지 않자 자신의 오줌으로 불을 끈다. 하지만 벌거숭이로 돌아다니다 경찰에게 잡힌다. 깜짝 놀라며 꿈에서 깼는데, 알고 보니 그 것이 이불에 싼 오줌이었다. 엄마는 또 오줌을 쌌다며 혼을 내킨다.

북극탐험
燮浪 畵

북극탐험
燮浪 畵

1930년 《조선일보》에 발표한 연재만화 「북극탐험」은 32컷으로 미완성 만화이다. 조선 어린이들이 발명한 비행기를 타고 북극으로 가는 여정을 그리고 있다. 북극에 도착하는 과정에서 곰을 만나 위기를 맞지만 지혜롭게 도망친다. 그리고 고립된 미국 탐험가를 구해주고 북극에 도착한다. 북극에 도착한 어린이들은 꼬맹이 나라 여왕의 대접을 받는 중 적들의 침입을 받는다. 이후 연재가 되지 않아 결말은 알 수 없지만 과학에 관심을 갖고 있던 염근수가 이 만화를 통해 당시 어린이들에게 발명과 모험심을 길러주기 위해 과학 소재를 만화로 차용했음을 알 수 있다.

일제 강점기 아동의 분화에 따른 유년의 발견과 그들을 위한 그림책 및 만화에 인식은 동요나 동화에 비해 부진했지만, 전문화가나 아동작가들의 참여로 잡지나 작품의 시각화를 꾀하며 유년 독자들을 유도했다는

데 나름 의미가 있다. 비록 오늘날 그림책처럼 단행본으로 엮은 책이 두 편(전봉제, 임홍은) 남짓하지만, 잡지나 신문 속에 독립된 개체로 생산된 그림동요나 그림동화는 해방 이후 그림책이 본격적으로 탄생하는데 일조했다. 염근수 또한 여기에 한 몫을 했다고 볼 수 있다

5. 나오며

본고에서는 일제 강점기 아동문학가로 다양한 활동을 했던 염근수에 대해 살펴보았다. 염근수는 1925년 이후 소년회 및 동화회 활동뿐만 아니라 잡지 및 신문에 동요(시), 동화, 만화, 과학이야기 등을 발표하며 아동문학가로서의 위치를 다져나갔다.

염근수는 1925년부터 '문화소년회', '현대소년구락부'에서 활동을 하면서 '동화대회' 및 '어머니대회' 연사로 참여한다. 이를 통해 어린이들을 위한 동화구연뿐만 아니라 소년소녀 문예운동 및 부모 교육에 일익을 담당한다. 그리고 『별나라』사 시절 아동문예연구회인 '꽃별회'(1927)와 아동예술의 연구와 보급을 위한 단체인 '조선아동예술작가협회'(1929)를 창립한다. 염근수는 여러 회원들과 함께 아동문예단체 활동을 하면서 잡지 발간 및 창작을 통해 아동문학의 보급과 발전에 기여한다.

한편 염근수는 주로 『새벗』, 『별나라』, 『어린이』, 『백두산』을 중심으로 편집 및 작품 활동을 하며 위인전, 동요, 동화, 과학이야기, 만화 등 다양한 장르의 작품을 발표한다.

특히 염근수가 1930년대 들어 관심을 갖은 장르는 과학동화이다. 1920년대 말부터 신문에 소개한 과학이야기는 소년소녀 과학잡지인 『백두산』(1930)을 창간하는 토대가 된다. 염근수는 잡지 발간을 통해 어린이들에게 과학에 대한 호기심과 다양한 과학상식을 전해주었다.

염근수는 잡지 외 《동아일보》와 《조선일보》에도 동요, 동화, 과학 이야기, 만화 등을 발표한다. 당시 신문사마다 '독자참여란', '어린이차지란', '부인란' 등에 어린이들이 읽을 다양한 이야기를 게재했다. 신문에 발표한 작품 중에 주목할 부분은 이솝우화와 과학동화이다. 염근수가 《동아일보》에 발표했던 이솝우화는 간결한 서사와 함께 알레고리를 통해 어린이들에게 삶의 교훈적 메시지를 전하고 있다. 《조선일보》에 발표한 「즘생이야기」와 과학동화는 세계 각 나라에 서식하는 동물이나 식물들의 희귀한 생태를 재미있는 이야기 형식을 통해 전하고 있다. 또한 동식물 외 세계 각국의 독특한 생활문화도 이야기를 통해 소개하고 있다. 당시에는 오늘날처럼 자연과학 지식에 흥미를 줄만한 백과나 그림책이 부재한 상황이었다. 염근수는 동화와 시 형식을 토대로 어린이들에게 다양한 과학 상식과 호기심을 줄 수 있는 읽을거리를 제공해 주었다.

『별나라』창간부터 주요 집필진으로 활동한 염근수는 잡지 외 《동아일보》, 《조선일보》에 장정, 삽화, 그림동요, 만화를 담당하며 전봉제, 임홍은과 더불어 한국 그림책의 인식과 발전을 가져오는 결정적인 역할을 한다. 1920년대 중반까지만 해도 아동 잡지나 신문에 실린 작품들은 그림보다는 글이 주가 되었다. 염근수 또한 동요나 동화에 그림을 넣음으로써 잡지 편집의 시각적 효과뿐만 아니라 어린이들에게 글의 이해를 높이는 역할을 했다.

염근수는 1931년 결혼 이후 강릉으로 요양을 떠난다. 건강상의 이유로 작품 활동을 잠시 중단하지만, 그가 1920 · 30년대 한국아동문학사에 남긴 족적을 우리는 간과해서는 안 될 것이다.

제2장
『아이생활』과 그림책 임홍은

1. 들어가며

소파 방정환 이후 한국 아동문학이 걸어온 길은 어느덧 한 세기에 접어들고 있다. 한국에 근대문학이 성립한 이후 지금에 이르기까지 문학연구는 다양한 영역에서 발전과 성과물을 이룩해 왔다. 2000년대 이후 한국 아동문학도 성인문학의 그늘에 가려 소외되었던 자리를 되찾으며, 연구자들에 의해 아동문학에 대한 온전한 복원 작업이 꾸준히 진행되고 있다.

특히 일제 강점기 발간되었던 신문이나 아동잡지 그리고 작품집들이 연구자들에게 공개가 되면서 동요(시)나 동화에 대한 연구 성과가 나날이 높아가고 있다. 하지만 신문이나 잡지에 삽화나 그림을 그리면서 아동문학 작품을 발표했던 화가들에 대한 연구가 여전히 미흡한 실정이다. 개화기 인쇄술의 도입과 더불어 신문이나 아동잡지에는 편집상 문자텍스트 중심에서 그림이나 사진 등의 시각적 요소가 등장하게 된다. 이는 화가들의 아동문학 활동 참여를 유도하는 한편, 1930년대 이전까지 생존을 위한 삽화가로서의 활동을 넘어 꾸준한 작품 활동을 통해 아동문학 작가가 탄생하는 기회가 되기도 했다.

대부분의 화가들은 잡지나 신문에 장정이나 삽화 정도의 참여를 보였고, 직접적인 아동문학작품 활동은 하지 않았다. 하지만 남달리 아동문학에 열정을 갖고 아이생활사에서 작품 활동을 한 이가 바로 임홍은(林鴻恩)이다. 그는 장정(裝幀)이나 삽화가로서의 활동 외 창작동요, 동화, 만화, 그림책 등 다 방면에서 아동들을 위한 창작 활동에 전념한 작가이다. 특히 그의 업적 중 '그림동요'와 유년들을 위한 '애기 그림책', '그림동화' 등의 창작활동은 한국 그림책의 역사를 새롭게 조명하는 단초를 제공해 주고 있다.

필자는 선행 연구를 통해 임홍은에 대해 간략하게나마 언급한 바 있다(정진헌, 2013). 일제 강점기 그림동요는 동요와 그림이 혼재된 혼종 텍스트이며 화가와 작가의 상호 교류를 통해 하나의 아동문학 장르로 자리를 잡게 되었다. 그림동요는 운문 그림책의 하위 범주로 볼 수 있으며(현은자·김세희, 2005), 일제 강점기 아동문학의 서정 장르로 자리매김한 동요에 편집상의 시각적 효과를 높이기 위한 삽화가 아닌 정교한 그림을 그림으로써 문자텍스트의 보조적 구실을 벗어나 상호간의 대등한 의미 관계를 지향하게 된다(John Rowe Townsend, 2004:193). 이는 오늘날 시화 텍스트로서의 성격을 지니기도 하는데, 시 한편을 분할해 여러 그림을 그린 시 그림책과 달리 한 프레임 안에 시와 그림이 공존하기 때문이다.

한편 1930년대에 들어서면서 시대의 요구[1]와 개인의 바람[2]에 따라 그

---

1 당시 그림책이 전무했던 조선의 실정에 대해, 문단 내에서 아동문예를 위하여 노력하자는 자성적 목소리와 부모들의 그림책 발간 요구가 신문 지상에 종종 실린다. 그 중 변영로는 「제창아동문예」(문예야화13)란을 통해 조선의 아동에 대한 가엾음을 개탄하며, 문단 내에서 아동을 위한 문예물 창작을 위해 심혈을 기우릴 것을 거듭 촉구했다. "외국아동은 행복스럽다. 조선아동은 불행하다. 외국아동은 그림책으로 이야기책으로 노래로 시로 어린 심계는 가을 시내의 부어같이 살이 오르나 우리 아동에게야 벤벤한 그림책 하나이 잇느냐? 읽혀주고 읽으라할(아니 할만한) 이야기책 한권이 잇느냐? -중략- 하여간 가엾은 것은 조선의 아동이다."《동아일보》 1933년 11월 11일.

2 임홍은은 「삽화와 만화자의 心琴」(『아이생활』 1936년 3월호, 69~70쪽)에서 그림책의 창작 동기를 밝히고 있는 데, 내용은 다음과 같다. "아이들은 글보다도 그림을 좋아하고 자미있

림책 작가가 탄생하게 된다. 그 시발점은 《동아일보》(1930년-1931년)와 『어린이』(1931년)를 통해 그림동요 작가로 활발하게 활동했던 전봉제(全鳳濟)이다(정진헌, 2013). 전봉제 이후 『아이생활』(정선혜, 2006; 최명표, 2013)[3]에서 그림동요의 계보를 이은 이가 임홍은이다. 그는 아이생활사에서 1930년대 후반까지 잡지 편집 및 삽화, 그림동요(동화), 만화 등을 창작한다. 또한 1938년 『아이생활』(1933년-1937년)에 게재했던 그림동요와 '애기그림책'란에 소개되었던 작품들을 모아 『아기네동산』(아이생활사, 1938년)이라는 전집 형태의 그림책을 발간하기에 이른다. 이는 전봉제의 『그림동요집』(1931년)에 이어 30년대 그림책 연구에 중요한 시사적 위치를 차지한다.

주지하다시피 1930년대 이후 전봉제, 김동길, 정현웅, 이보경, 김진수, 김상욱, 김규택, 안석주 등을 비롯해 화가들의 아동문학 참여활동은 잡지나 신문의 시각화를 통해 편집상의 효과를 높이는 한편 독자층의 참여 유도와 새로운 장르가 탄생 발전하는데 공헌을 했다. 특히나 여타 화가들에 비해 일제 강점기 최장수 어린이 잡지인 『아이생활』에서 활동한 임홍은의 아동문학사적 역량은 지대하다고 볼 수 있다. 하지만 아직까지 그에 대한 연구는 미흡한 실정이다.

본고에서는 이러한 형편을 고려해 전봉제에 이어 일제 강점기 아동문학 작가로 활동했던 화가 임홍은에 대해 살펴보려고 한다. 임홍은이 주로 작품 활동을 했던 『아이생활』을 살펴봄으로써 생애뿐만 아니라, 당시

어 합니다. 그래서 몇 번 아이생활에 발표하여 보았으나 아직 부족하여 좀 더 연구해야겠다고 느꼈습니다. 발표하면서도 부끄럽고 나의 미숙한 그림을 볼 때 내가 '웨 이러한 것을 발표하였나'하고 후회한 적도 있습니다."

3 『아이생활』은 조선주일학교 연합회에서 발행한 어린이를 위한 월간교양잡지로 1926년 3월 12일에 창간되어 1944년 1월까지 총 19권 1호를 낸 잡지다. 일제하 18년간 최장수 잡지로 기독교적 배경에서 발간되었다. 창간 당시 제호는 『아희생활』이었다. 1930년 11월호부터는 제호가 『아이생활』로 바뀐다.

그림동요 작가로 활동했던 화가들과 잡지의 편집체제 변화, 그리고 그림책에 대한 시대인식 및 발간 과정 등을 두루 살필 수 있을 것이다. 또한 이를 통해 새로운 아동문학 작가 발굴뿐만 아니라 1930년대 그림책의 역사를 새롭게 조명할 수 있는 계기가 될 것이다.

2. 작가 생애 및 작품 활동

임홍은은 1937년 《동아일보》에 연재되었던 동화 「동무동무」[4]가 원종찬을 중심으로 한 '겨레아동문학회' 회원들(겨레아동문학회, 1999)에 의해 발간 소개되면서 일반 독자들에게 잠시 소개된 바 있다. 그밖에 그에 대한 업적 소개는 매체를 통해 간단하게나마 확인되고 있다. 하지만 일제 강점기 미술가로 만화가로 활동하다 해방 후에는 북한에서 화가, 그림책 작가, 영화 미술 담당 등의 활동을 했다는 지엽적인 내용뿐이다. 이처럼 그에 대한 생애나 자세한 아동문학 활동은 아직까지 정리가 되지 않은 실정이다. 필자도 자료를 조사하는 과정에서 생애에 대한 자료 부족으로 작가에 대한 정확한 연보를 정리하지 못했다. 하지만 당시 임홍은이 활동했던 신문이나 『아이생활』그리고 기타 아동잡지 등을 통해 대략적이나마 그 전모를 밝힐 수 있었다.

임홍은은 1914년 황해도 재령에서 태어났다. 어려서부터 그림 그리기를 몹시 좋아했던 그는 1928년 '소년소녀작품전람회'에서 도화(圖畵)부분 삼등을 차지한다.[5] 또한 그는 동요를 창작하기도 하는데, 8(7) · 5조 형식

---

4 임홍은의 동화 「동무동무」는 인도 우화를 바탕으로 쓴 작품으로 산 속의 친구들인 비둘기, 까마귀, 생쥐, 사슴, 거북이가 어려움을 함께 풀어가면서 친구가 되어가는 과정을 그리고 있다. 이 동화는 1937년 10월 18일부터 10월 25일까지 총 8회 연재되었다.

5 《동아일보》 1928년 1월 06일.

의 고향에 대한 그리움을 노래한 그의 처녀작 「그리운 고향」은 그가 『아이생활』과 연을 맺는 시초가 되었다.[6] 이후 그는 1932년 『아이생활』 8월호 '글월'란에 독자들도 표지와 만화 그리고 그림동요 등을 투고할 수 있는지를 묻는 글을 보낸다.[7] 당시 『아이생활』 장정 및 삽화 그림 등은 김동길이 맡고 있었다. 편집진들은 일반 독자들의 재미있는 만화와 잘 그린 그림동요를 받는다고 답변을 한다. 이를 계기로 임홍은은 자신의 화가적 재능을 인정받게 되어 1933년 『아이생활』 5월호 그림동요 「눈물납니다」(林마리아 謠, 林野影畵)를 시작으로 삽화, 그림, 만화 등을 그리며 잡지 편집에 참여를 하게 된다.

아이생활사에서 작품 활동하던 그는 1935년에 재령 명신중학을 졸업하고 미술공부를 위해 일본 유학길에 오른다. 동경에 있는 니혼대학(日本大學) 미술과에 입학한 그는 학비조달을 위해 평일(平一)이라는 이름으로 《동경조일》, 《일일》, 《독매》 신문 등에 만화를 투고한다.[8] 또한 신문 배달, 헌책 장사 등 고학의 유학길을 걷게 된다. 하지만 그는 건강상의 문제로 병에 걸려 2년을 넘기지 못하고 귀국길에 오른다.

1936년 3월 귀국한 임홍은은 일본 유학 전 그림동요 작가 및 만화가로 활동했던 아이생활사에서 그해 4월부터 다시 근무를 하게 된다. 아이생활사에서 발행한 어린이 잡지 『아이생활』의 편집을 맡으며 본격적으로 그림, 만화, 삽화, 장정 등의 일을 시작한다. 또한 1937년 이후에는 《동아일

---

6 「그리운 고향」, 『아이생활』1932년 7월호, 42쪽. "멀리멀리 구름미테 그리운고향/ 사랑하는 보모형제 게시는 고향/ 이즐내야 잇지못할 그리운고향/ 바라보다 못하야 울고맙니다.// 멀리멀리 나의고향 그리운고향/ 오막사리 초개와집 잇는내고향/ 자나깨나 잇지못할 그리운고향/ 생각하다 못하야 울고맙니다."

7 「무엇보다 몬저」, 『아이생활』 1932년 8월호, 34쪽.

8 「만화 잘 그리는 임홍은씨가 왔어요」, 『아이생활』 1936년 4월호, 8쪽.

보》, 《조선일보》, 어린이 잡지 『소년』(1937~1940, 조선일보사) 등에 동화 및 만화를 발표하며 아동문학가로서의 위치를 확고히 다져나간다. 그러던 중 1938년부터 『아이생활』 편집 주간이 임원호로 교체되면서 그의 작품 활동은 현저히 줄어들었다. 간간이 잡지나 신문에 삽화나 만화가 소개되기는 했지만, 전만큼의 활발한 작품 활동은 보이지 않는다. 이후 그는 이곳저곳으로 일자리를 옮겨 다니며 도안이나 광고 그림을 그리며 어렵게 생계를 꾸려나간 것으로 보인다(전영선, 1997). 1940년에는 동생 임동은(林同恩)[9]과 함께 형제가 나란히 '조선미술전람회' 서양화 부문에 입선을 하게 된다.[10]

해방 이후 고향 재령으로 돌아간 그는 그곳에서 교편을 잡으면서 다시 그림 공부를 시작한다. 재북 이후 그는 선전화, 아동화, 영화미술, 역대 의상 도안 등의 활동을 하며 북한문화예술인으로서의 위치를 확고히 한다(전영선, 1997).

일제 강점기 임홍은의 작품 활동은 창작동요, 그림동요, 동화, 만화, 삽화, 그림책, 장정 등 다양하다. 이 중 본고에서 자세히 다룰 그림동요와 그림책에 대한 내용은 다음 장에서 논의하기로 하고 본 장에서는 기타 작품 활동에 대한 개괄적인 소개만 하기로 한다.

임홍은은 1933년 5월부터 1936년까지 『아이생활』에서 주로 그림동

---

9 동생인 임동은은 1938년부터 형의 뒤를 이어 『아이생활』잡지의 삽화 및 동요, 동화 부분의 그림을 맡게 된다. 해방 이후 임동은은 《자유신문》(1945), 『새동무』(1946-1947), 『소학생문예독본』(1946-1950), 『소년소설특집』(1949), 『어린이나라』(1949-1950) 등의 매체에서 만화, 장정, 그림, 삽화가 등의 활동을 한다. 그는 동란시 피난을 못가고 서울에 남았다가 9·28수복 후 부역혐의로 참살 당한다(사망 관련 사항은 http://blog.naver.com/zhtutu/150044932570 참조).

10 《동아일보》 1940년 5월 28일. 당시 조전 입선 기사 내용을 보면 부자와 형제간의 입선이 눈길을 끌고 있는데, 임홍은과 임동은 외 허림과 허건 두 형제가 나란히 입선하여 보도의 이채로움을 띄었다.

요에 심혈을 기울이다 1937년에 들어서면서 동화를 창작하게 된다. 신문에 발표한 동화는 모두 6편이다. 《동아일보》에 1편[11], 《조선일보》에 5편[12]을 게재했다. 발표 동화마다 그림동요처럼 작품 중간 중간에 직접 그림을 그려 넣어 편집상 시각적 효과를 극대화하고, 작품 내용의 이해도도 높이고 있다.

童話 동무동무 林鴻恩

[그림1] 「동무동무」 완결편, 《동아일보》

童話 빈주머니 林鴻恩 文畵

[그림2] 「빈주머니」, 《조선일보》

《동아일보》에 실린 연작 우화동화 「동무동무」는 어려운 일에 닥친 친구들을 돕는 우정을 그리고 있다. 이미 출간이 되어 독자들에게 널리 알려졌고, 앞서 간략한 소개를 한 바 생략하기로 하고 《조선일보》에 실린 동화 작품들의 내용을 간단히 살펴보기로 한다.

먼저, 「토끼 천 마리」는 가난한 주인공인 양수가 욕심 많은 부자 영감 박첨지 집에서 고용사리를 살면서 겪게 되는 고난을 그리고 있다. 아버지가 병에 걸리자 양수는 집에 가려고 하지만 욕심 많은 박첨지는 집안일을 하지 않고 가면 손해가 크다며 토끼 천 마리를 잡아다 놓고 가라고 한다. 양수는 토끼를 잡으려고 산속을 헤매지만 결국 토끼를 잡지 못한다. 그때 한 노인이 효자인 양수의 사연을 듣고 피리를 불어 토끼 천 마리를 모

---

11 「동무동무」(1937년 10월 18일-10월 25일).

12 「토끼 천 마리」(1937년 4월 4일), 「신입생」(1937년 4월 18일), 「별 이야기」(1937년 5월 9일), 「빈주머니」(1937년 5월 30일). 「우리 더퍼리」(1939년 6월 13일).

이게 한다. 또한 양수에게 피리를 주며 토끼를 데리고 가라 한다. 천 마리의 토끼들은 박첨지 집에 오자마자 집안을 쑥대밭으로 만들어 놓는다. 결국 박첨지가 자신의 잘못을 빌고 양수에게 용서를 구한다. 양수는 피리를 불며 토끼 천 마리를 데리고 아버지가 계신 집으로 향한다.

이 작품은 욕심에 대한 경계를 주제로 하고 있는데, 비슷한 주제를 다룬 작품이 「빈 주머니」이다. 가난한 목동 초동이는 소를 키우면서 조밥에 고추장으로 끼니를 때우며 살고 있었다. 그는 늘 부자가 되면 불쌍한 아이들을 위해 인절미와 송편과 같은 맛있는 음식을 만들어 주겠다고 결심을 한다. 어느 날 소 풀을 베다가 빈 주머니를 발견하게 되는데, 이상하게 빈 주머니 안에 손을 넣으면 맛있는 인절미와 송편이 계속 나왔다. 그때부터 초동이는 일은 하지 않고 먹고 놀기만 한다. 또한 불쌍한 아이들에게 선행을 베풀겠다는 생각도 잊어버렸다. 그러던 어느 가을날 빈 주머니에서 떡 대신 개구리만 나오게 된다. 개구리는 초동이가 제일 무서워하던 것이다. 남을 도울 줄 모르는 초동이가 결국 벌을 받게 된 것이다.

「별 이야기」는 엄마와 아들이 별이 되었다는 유래담이다. 고약하고 못생긴 요술쟁이가 얼굴이 예쁜 엄마를 시기하여 큰 곰으로 만들어 버린다. 엄마를 찾으러 산속을 헤매던 아들은 큰 곰을 보고 활을 쏘려고 하지만 마음씨 좋은 산신령의 도움으로 위기를 모면하게 된다. 산신령은 요술쟁이가 또 어떤 흉계를 꾸밀까 걱정이 되어 두 모자를 각각 북두칠성과 북극성이 되게 한다. 엄마와 아들은 밤마다 서로를 보며 행복하게 산다.

자전적 이야기를 모티프로 한 동화 「신입생」은 보통학교 입학을 앞두고 설렘과 두려움으로 걱정하는 막내 정은이에 대한 이야기를 그리고 있다. 오빠 동은이는 그런 동생을 달래기는커녕 오히려 겁을 준다. 누나는 동은이를 나무라며 막내 정은이를 달래 학교에 보낸다. 이처럼 임홍은의 동화는 주로 우화동화를 바탕으로 한 우정이나 욕심에 대한 경계 등 교훈적인 내용이 주를 이루고 있으며, 생활 속의 이야기를 소재로 한 생활동화도 창작하기도 했다.

한편, 임홍은은 만화에 많은 관심을 가지고 신문이나 잡지에 발표한다. 만화는 이미 1910년대 신문관에서 간행한 《붉은저고리》(1913.1), 『아이들보이』(1913.9), 『새별』(1913.9)에 '다음엇지'라 하여 2컷 이상으로 된 만화가 실린 이후, 1920년대 들어서면서부터 본격적으로 신문이나 잡지 등에 게재가 되기 시작했다(서영은, 2012). 그가 만화에 대한 관심이 깊었다는 사실은 1934년 『아이생활』 1월호에 발표한 글을 통해서 알 수 있다. 그는 「우리들을 웃겨주는 만화에 대하야」[13]라는 글을 통해 만화의 정의, 목적, 가치, 역사 등 만화에 대한 전반적인 내용을 소개했다. 그리고 결미에서 "만화를 사랑하며 만화에 대하여 연구해 달라. 조선 아이들의 손으로 그려 내인 그림이야 우리 조선 아이들에게 만족을 주며 힘을 줄 것이다."라며 만화 창작의 중요성을 촉구했다.

그가 창작한 대표적인 만화로는 「싼타크러-쓰」(『아이생활』 1933년 12월호), 연재만화 「무쇠의 모험」(『아이생활』 1934년-1937년), 「숨박국질」(《조선일보》 1937년 4월 3일), 「남의걱정」(《조선일보》 1937년 5월 9일), 「곰동지와 송첨

---

13 임홍은, 「우리들을 웃겨주는 만화에 대하야」, 『아이생활』, 1934년 9권 1월호, 30-36쪽. 글의 목차는 다음과 같다. 1. 서론 2. 만화란 무엇인가? 3. 만화는 웨? 웃어운가 4. 만화의 목적 5. 만화의 권리 6. 만화의 유익 7. 만화의 역사 8. 만화와 조선아이 9. 만화를 보시려는 동무들에게 10. 결론. 이 중 임홍은은 만화의 유익에 대해 11가지로 정리 소개하고 있다. "1. 인격을 훌륭하게 양성시키며 천성을 펴게 합니다. 2. 우리들의 생활을 즐겁고 맑게 해 줍니다. 3. 거짓말 하지 않게 하며 언제나 기쁜 낯을 가지게 합니다. 4. 어떠한 것이든지 똑똑이 살피어 보는 힘을 길러 줍니다. 5. 우리들의 취미를 고상하게 가라처 줍니다. 6. 공부에 연구심을 길러 줍니다. 7. 우리들에게 기억력과 주의력을 길러 줍니다. 8. 모험심을 길러주며 쾌활하게 만들어 줍니다. 9. 마음을 합하여 주며 뜻을 같이 세우게 됩니다. 10. 옛것을 버리고 새것을 취하게 되며 나쁜 작난을 하지 않게 됩니다. 11. 부자유로운 우리 마음과 정신을 자유롭고 깨끗하게 만들어 줍니다."

지」(『소년』 1940년 3월호), 연재만화 「모험소년」(『소년』 1940년 7월호-12월호) 등이다.[14]

그리고 『아이생활』에 실린 「그리운 고향」 외 창작동요가 2편 더 보이는데, 고향 하늘에 대한 그리움을 노래한 「고향하늘」[15]과 달밤 물레방아 도는 정경을 노래한 「햇쌀씻는물방아」[16]이다. 그밖에 40년대 이후 임홍은은 책의 장정(裝幀)을 맡기도 한다. 대표적인 장정물은 이광수의 『이차돈의 死』(1941년 10월 1일, 한성도서주식회사 발행), 김해상덕의 『조선고전물어』(1944년 6월 6일) 등이다.

앞서 밝힌 것처럼 자세한 내막은 알 수 없으나, 임홍은은 1938년 『아이생활』 편집을 그만 둔 이후 생계 문제로 잠시 작품 활동을 중단한 것으로 추정된다. 1940년 7월에 잠시 『아이생활』에 참여를 보이기도 하지만 일제의 잡지 검열로 활동이 미흡했고, 그의 동생 임동은이 잡지 장정, 표지, 삽화 등을 주로 담당했다. 휴전 이후 그는 김일성의 초상화 및 대중들의 정치선동을 위한 선전화를 그리면서 북한 내에서 화가로서의 자리를 잡기 시작한다. 또한 그는 중앙미술제작소에 배치되어 그림책 『백두산』을 비롯

---

14 임홍은과 함께 『아이생활』에서 그림동요 및 삽화에 참여했던 김진수와 김상욱 또한 만화를 많이 그렸다. 특히 김상욱은 1936년 1월부터 신문 폐간까지 《조선일보》에 20여 편에 달하는 만화를 발표한다. 현재 아동 잡지나 신문에 실린 아동만화에 대한 논의가 진행되지 않고 있는데, 이는 차후 연구과제로 남겨둔다.

15 "복숭아꽃 피여올때 우리고향 하눌은 젓빗하늘/ 버드나무 욱어질때 우리고향 하눌은 새파란 하눌// 단풍닙 물들을때 우리고향 하눌은 새빨간 하눌/ 장독우에 힌눈샐때 우리고향 하눌은 하-얀 하눌// 어나때에 바라봐도 우리고향 하눌은 그리운 하눌" 「고향하늘」, 《조선일보》 1934년 1월 20일.

16 "버드나무 숩풀우로/ 둥근달은 솟앗고/ 햇쌀씻는 물방아는/ 소리마처 도누나/ 쿵당쿵 쿵당쿵/ 쿵당쿵 쿵당쿵/ 햇쌀씻는 물방아 요란하게 잘돈다// 달도지는 하날놉히/ 어린별들 잠들고/ 햇쌀씻는 방아간에/ 등잔불도 조누나/ 쿵당쿵 쿵당쿵/ 쿵당쿵 쿵당쿵/ 햇쌀씻는 방아도/ 고요하게 쏫첫다" 「햇쌀씻는물방아」, 『동화』 1936년 9월호.

하여 아동화 창작에 몰두하기도 한다. 아동화는 순수하게 자라나야할 어린이들에게 공산주의 혁명가로 양성시키는 도구로 사용되었다. 그리고 아동영화의 미술을 담당하면서 영화미술가로 활동하기도 한다(전영선, 1999).

생애를 통해 살펴본 것처럼 해방 전까지 임홍은의 아동문학 작가로서의 삶은 5년여밖에 되지 않지만, 그가 우리 아동문학사에 남긴 족적을 간과해서는 안 될 것이다. 1930년대 일본 그림책들이 국내에서 판을 치던 시대, 어린이들을 위해 젊은 날을 아끼지 않고 그림 그리기에 심혈을 기울였기 때문이다. 이는 그림책이 하나의 문학 장르로 정착하는 계기가 되었고, 1940년대 이후 많은 화가들과 편집인들이 신문이나 잡지의 시각적 효과를 극대화하는데 결정적인 역할을 했기 때문이다.

3. 『아이생활』 그림동요 현황 및 특징

임홍은은 다양한 영역의 활동을 하며, 1930년대 아동문학가로 자리매김한다. 그 중 주목할 만한 그의 문학적 성과는 그림동요이다. 그는 당시 국내에 아동을 위한 그림책이 없음을 늘 가슴 아파하면서, 자기가 가지고 있는 재능을 아이들에게 돌려주고자 많은 노력을 기울였다. 전술 한 바와 같이 그 일안으로 동요 및 동화에 그림을 그리기 시작했다.

그림동요는 한 프레임 안에 문학성을 갖춘 글자 텍스트와 미술성을 갖춘 그림 텍스트가 만나 상호작용하고 있다. 이는 문학과 삽화의 교류에서 한 단계 진보한 새로운 텍스트로 볼 수 있다. 또한 작가와 화가의 상호협력을 통해 진화 생성된 새로운 장르이다. 1930년대 전문적 화가의 출현은 신문 잡지의 대중적 성장, 대중의 탐미적 상승, 잡지 문화의 고급화 및 심미화, 단행본의 고급화 등 서적 문화의 질적 성장으로 이어지는 계기가 되었다(조영복, 2012, 260-261). 이는 작가와 화가가 짝이 돼 문자 텍스트와 그림 텍스트를 혼종함으로써 지면의 시각적 효과를 극대화 하고, 독자의 흥미를 유발하는 전략과도 관계가 있다.

임홍은이 활동하기 전까지만 해도 『아이생활』은 기타 아동잡지와 마찬가지로 문자 중심으로 구성되어 있었다. 간혹 사진이나 작품에 그림을 그린 단순한 삽화 정도가 실렸을 뿐이다. 그나마 김동길이 맡은 '아가차지'란 만이 유년들을 고려해 동요나 동화에 그림을 그려 넣어 애기 그림책의 형태를 갖추는 정도였다. 하지만 길동길의 그림은 임홍은의 그림에 비해 정교화가 부족했다.

그림책에서는 글이 이야기하는 내용과 그림이 이야기하는 내용이 일치할 경우, 대응관계를 이룬다. 그러나 상호간 일치한다고 하더라도 완벽하게 거울에 투영된 모습처럼 일치 할 수 없으며, 때로는 어느 한쪽이 더 자세하게 묘사될 수밖에 없다. 슈바르츠(Schwarzc, 1982; 현은자, 2013 재인용)는 글과 그림이 내용면에서 일치하는 가운데, 그림이 배경이나 활동을 상세하게 묘사하는 것을 '정교화'(elaboration)라 칭했다. 그리고 그림이 글보다 단순화되어 있는 경우를 '축소'(reduction)라 명한 바 있다. 임홍은이 『아이생활』에 참여하기 전, 잡지에 활동했던 화가들이 동요나 동화에 그렸던 그림들은 '축소'로 볼 수 있다. 또한 니콜라에바와 스콧(Nikolajeva & Scott, 2011)이 말할 것처럼 당시는 글을 중심으로 이야기가 서술되는 '삽화가 있는 책'(lilustrated book)에서 그림이 이야기를 서술하는 '그림이 이야기하는 책'(picture narrative book)으로 넘어가는 과도기 단계로 볼 수 있다.

그림책의 발달과정은 처음에 삽화가 있는 책이 생겨나고 그 후 차츰 책에서 그림의 역할이 커지면서 오늘날 형태의 그림책이 탄생하게 되는 것이다. 아래 김동길과 임홍은의 그림을 통해 이는 확연히 드러난다. 서양화를 전공한 임홍은의 그림은 전 시대의 그림보다 글에 나타난 배경 묘사나 인물묘사가 치밀하다. [그림4]그림동요에서 볼 수 있듯이 글에 나타나지 않은 달밤의 이미지나 기다림에 지친 화자의 슬픈 감정을 선이나 공간 활용을 통해 보다 섬세하게 묘사하는 등의 '정교화'를 보이고 있다. 이는 오늘날 그림책과 비교해 봐도 손색이 없을 정도이다. 그 만큼 임홍은은 그림책 발간에 대한 열정이 남달리 강했음을 알 수 있다.

[그림3] 「정신없는 봉길이」, 金東吉畵[17]

[그림4] 「눈물납니다」, 林野影畵[18]

1930년대 초 그림동요 작가 전봉제가 동요 창작과 그림그리기를 병행했다면, 임홍은은 아동문학 작가들의 작품에 그림을 그려 넣는 일을 주로 하였다. 임홍은이 그림동요를 처음 연재하기 시작한 시기는 1933년 『아이생활』 제8권 5월호부터이다. 처음에는 야영(野影)이라는 이름으로 작품을 발표하다가 그해 11월호부터는 본명을 사용한다. 잡지에 실린 그림동요 현황을 정리하면 다음과 같다.

17 『아이생활』 1931년 6권 8월호, 62쪽.

18 『아이생활』 1933년 8권 5월호, 28쪽.

[표1] 『아이생활』 그림동요 현황[19]

순서	제목	발표연도	장르호칭	작요	작화	비고
1	눈물납니다	1933년 8권 5월호	그림동요	임마리아	林野影 (홍은)	
2	잠자리	1933년 8권 11월호	그림동요	임마리아	임홍은	
3	벼이삭	1933년 8권 12월호	그림동요	윤선호	임홍은	
4	새벽찬미	1933년 8권 12월호	그림동요	임마리아	임홍은	
5	무쇠의 노래	1934년 9권 4월호	그림동요	무쇠	임홍은	
6	고기잡이	1934년 9권 8월호	그림동요	김명선	임홍은	
7	*왕자별	1934년 9권 9월호	그림동요	故방정환	임홍은	
8	노랑새	1934년 9권 9월호	그림동요	김명선	임홍은	
9	가을밤 생각	1934년 9권 11월호	그림동요	강승한	임홍은	
10	조선 어린이 노래	1935년 10권 6월호	미기재	강승한	김진수	
11	*산으로 바다로	1935년 10권 8월호	미기재	이광수	박두환	
12	어머니	1935년 10권 8월호	그림동요	강승한	김진수	
13	*갈닢배	1935년 10권 9월호	그림동요	김태오	박두환	
14	금바람 은바람	1935년 10권 9월호	그림동요	배선권	김영선	
15	구주성탄일	1935년 10권 12월호	그림동요	현영해	김진수	
16	하모니카	1935년 10권 12월호	그림동요	목일신	김진수	

19 본고에서는 그림동요 장르가 명기된, 1936년까지 『아이생활』에 게재된 작품만 소개하기로 한다.

17	눈(雪)	1935년 10권 12월호	그림동요	동인(소人)	김진수	
18	새해새날	1936년 11권 1월호	그림동요	강승한	김진수	
19	사람	1936년 11권 1월호	그림동요	윤석중	김동길	
20	싸홈	1936년 11권 1월호	그림동요	박영하	이보경	
21	자장노래	1936년 11권 2월호	그림동요	박만향	이보경	
22	연아 연아 올러라	1936년 11권 3월호	그림동요	한상진	이보경	
23	옥토끼	1936년 11권 4월호	그림동요	한상진	이보경	
24	등대불	1936년 11권 4월호	그림동요	강승한	김진수	
25	제비	1936년 11권 5월호	그림동요	임원호	임홍은	
26	*비누방울	1936년 11권 6월호	그림동요	목일신	임홍은	
27	여기는 땡빛나고	1936년 11권 6월호	그림동요	윤복진	임홍은	
28	봄	1936년 11권 6월호	그림동요	김옥분	왕삼복	
29	비오는 저녁	1936년 11권 6월호	그림동요	박영하	이보경	
30	엿장사	1936년 11권 6월호	그림동요	한상진	김진수	
31	언니야 울지마러	1936년 11권 6월호	그림동요	유경손	김상욱	
32	*보리피리	1936년 11권 7월호	그림동요	김대봉	임홍은	
33	우리언니	1936년 11권 7월호	그림동요	유경손	김상욱	
34	소낙비	1936년 11권 7월호	그림동요	김태오	野影(홍은)	
35	*산으로 바다로	1936년 11권 8월호	그림동요	이광수	박두환	'애기 그림 책'란 수록

36	아가의 잠	1936년 11권 8월호	그림동요	영동(影童)	임홍은	‘애기 그림 책’란 수록
37	통통통	1936년 11권 8월호	그림동요	박영하	이보경	
38	칠석날	1936년 11권 8월호	그림동요	김삼엽	野影 (홍은)	
39	산새	1936년 11권 8월호	그림동요	임원호	임홍은	
40	비행사	1936년 11권 9·10월호	그림동요	임원호	임홍은	
41	산길	1936년 11권 9·10월호	그림동요	유경손	김상욱	
42	빗방울	1936년 11권 9·10월호	그림동요	목일신	임홍은	
43	기다려저요	1936년 11권 9·10월호	그림동요	배선권	김영선	
44	가을	1936년 11권 9·10월호	그림동요	영은(永恩)	임홍은	
45	애기주머니	1936년 11권 11월호	그림동요	임원호	임홍은	
46	달밤	1936년 11권 11월호	그림동요	김태오	임홍은	
47	다람쥐	1936년 11권 12월호	그림동요	임원호	임홍은	

* 그림동요는 곡보와 함께 실림.

위 표를 통해 알 수 있듯이 『아이생활』에는 임홍은 외 다수의 화가가 그림동요 창작에 참여했음을 알 수 있다. 임홍은이 유학을 가기 전까지 『아이생활』의 편집체제를 보면 김동길의 ‘아가차지’란에 여전히 아기들을 위한 그림이 실린 가운데, 임홍은 ‘그림동요’란을 별도로 마련해 잡지 중간 중간에 싣게 된다. 이는 '아가차지'란에 실린 그림과 그림동요의 차별성을 두고자 했던 전략으로 볼 수 있다. 임홍은은 조선에 부재한 그림책 발간을 목적으로 그림동요를 창작했기 때문에 오늘날 그림책처럼 그가 그린 정교화된 그림은 글과 대응을 이루는데 충분했다.

[그림5] -「호박꽃」, 조민경畵[20]

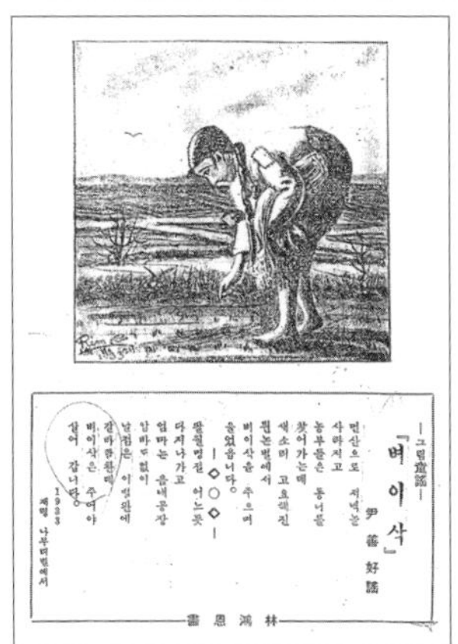

—그림童謠—

「벼 이 삭」 尹善好謠

먼산으로 저녁놀
사라지고
농부들은 동니를
찾어가는때
새소리 고요해진
뷘논벌에서
벼이삭을 주으며
울었읍니다。

—◇○◇—

팔월명절 어느덧
다지나가고
엄마는 읍내공장
압바두 없이
남접은 이빙관에
갈바람찬때
벼이삭은 주어야
살어 갑니다。

1933 재령 나무며벌에서

林鴻恩畫

[그림6] -「벼이삭」, 尹善好謠, 林鴻恩畫[21]

현재에도 전래동요나 창작동요(시)를 그림동요 형태와 유사하게 한 프레임 안에 그림과 글이 실린 운문 그림책들이 소개된 바 있다. 대표적인 그림책은 삼성출판사에서 펴낸 곧은나무 아기 그림책 시리즈이다. 반면,

---

20 『두껍아 두껍아』, 곧은나무 아기 그림책7, 삼성출판사, 2005.

21 『아이생활』 1933년 8권 12월호, 34쪽.

윤석중의 『넉 점 반』(이영경畵, 창작과비평사, 2004)처럼 작품 한편을 가지고 내용을 분할해 동시 그림책 형태로 출간 된 작품들도 있다.[22]

위 [그림5]은 강소천의 「호박꽃 초롱」을 조민경이 그린 작품이다. 출판사에서는 전래동요를 선별해 아기 그림책으로 출간했지만, 그림책에는 창작동요(시)인 강소천의 작품 외 윤석중의 「어깨동무」까지 전래동요로 선정해 그림으로 그렸다. 아무튼 임홍은의 그림동요도 오늘날 운문 그림책 중 동요 그림책과 유사한 형태를 보이는데, 이들은 동요와 그림이 서로 대등한 관계를 이룬다. 니콜라예바와 스콧(Nikolajeva & Scott, 2011, 35-38)은 이처럼 글과 그림이 서로 중복되는 두 개의 서사를 '대응그림책(symmetrical picturebook)'이라 일컫는다. 그림에서 읽을 수 있는 이야기와 글에서 읽는 이야기가 똑같다 보니 독자는 일단 글에 이끌려 세부 그림에 주의를 기울여 보지만, 글에서 읽은 이상의 읽을거리를 그림에서 찾지 못한다. 혹시 찾는다 하더라도 상상할 여지가 있는 읽을거리는 아니다.

최근에는 문자 텍스트와 그림 텍스트가 서로 모순되는 가운데 하나의 서사를 지향하는 '대위법그림책(counterpoint picturebook)'들이 많이 소개되고 있지만, 일제 강점기 그림동요는 그림책이 탄생하는 초창기였고, 주로 유년층을 대상으로 했기 때문에 대부분이 그림과 글이 일치하는 대응그림책 형태를 취할 수밖에 없었다. 유아들은 그들의 능력으로 이해하기 어려운 동요의 형식과 함축성을 그림을 통해 이해하게 된다. 이를 위해 화가들 역시 글 텍스트를 훼손하지 않는 범위 내에서 그림 텍스트를 완성해 나갔던 것이다. 비록 오늘날처럼 그림동요가 운문 그림책의 단행본 형태로 출간되지 않고 잡지 내 '그림동요'란이나 '애기 그림책'란에 실렸더라도 이들을 따로 그림책으로 낸다면 오늘날처럼 충분히 애기들을 위한 그림책의

22 현재 국내에 출간된 운문그림책 목록은 현은자·김세희(2005, 192-193) 참조.

역할을 할 수 있을 것이다.

또한 그림동요는 당시 성인문단에서 발표한 시화(詩畵) 텍스트의 성격이 강하다. 그림 한 장면에 한 수의 운문이 기존의 형태로 쓰여 있고, 그림이 글과 대응을 이루는 경우는 시화를 보는 것처럼 하나의 운문에 몰입하는 시간을 연장시킨다. 또한 운문을 읽는 방식도 한 번에 운문 전체를 끊지 않고 읽어내는 기존의 방식을 유지할 수 있다(현은자 · 김세희, 2005, 143). 1930년대 『조광』(1931, 조선일보사)이나 『여성』(1936, 조선일보사)에 시와 그림이 혼재된 텍스트인 시화가 많이 실려 있다. 시인으로는 김안서, 김광섭, 김기림, 이상, 이은상, 노천명, 박용철, 정지용 등이 화가로는 정현웅, 안석영, 김규택, 최근배 등이 참여를 했다(조용복, 2012). 이를 통해 아동문단뿐만 아니라 성인문단에서도 1930년대에 접어들면 신문이나 잡지에 화문이나 시화 등 문자 텍스트와 그림 텍스트가 혼종 양상을 보임을 알 수 있다.

임홍은이 1935년 일본 유학길에 오르자 김동길, 김진수, 이보경, 김상욱 등이 뒤를 이어 그림동요를 창작했다. 김동길은 여전히 '아가차지'란에서 동요와 동화에 그림을 그렸고, 김진수와 김상욱 등은 만화와 삽화, 그림동요에 힘을 기울였다. 이 외 잡지 그림에 이화고보 권우택 화백이 참여하기도 했다.[23]

1936년 4월부터 본격적으로 아이생활사에 합류한 임홍은은 잡지 편집뿐만 아니라 삽화, 그림에 심혈을 기울인다. 특히 1936년 6월호에는 '그림동요특집'[24]란을 마련해 그동안 아이생활사에서 미술 담당을 맡았던 이보경, 김진수, 김상욱 등과 함께 그림동요를 게재하기도 한다. 그 만큼 임

23 『아이생활』 1936년 11권 1월호 목차 참조.

24 6월호 특집란에 실린 그림동요 현황은 다음과 같다. 「비누방울」(목일신 요, 임홍은 화), 「여기는 땡빛나고」(윤복진 요, 임홍은 화), 「봄」(김옥분 요, 왕삼복 화), 「비오는 저녁」(박영하 요, 이보경 화), 「엿장사」(한상진 요, 김진수 화), 「언니야 울지마러」(유경손 요, 김상욱 화)

홍은이 그림동요에 대한 열정이 남달랐음을 다시 한 번 확인하는 부분이다.

한편 1936년 8월호부터 잡지의 편집체제가 변화를 보이는데, 임원호[25]의 참여로 그림동요는 '애기 그림책'란을 따로 만들어 게재 된다. 그동안 김동길이 유아들을 위해 마련한 '아기차지'란이 없어지고 새롭게 '애기그림책'란이 개설된 것이다. 이는 잡지의 시각적 요소가 증가하는 요인뿐만 아니라 유년층을 대상으로 한 그림책이 탄생하는 계기가 되었다. 8월호는 임홍은의 그림동요「아가의 잠」을 비롯해 유년동화 「떨어진 장화」(임원호), 「복단지」와 유년동요 「통통통」(박영하), 「칠석날」(김삼엽), 「당안이 골년곽」(김수철), 「산새」(임원호)가 실렸고, 동화와 동요의 그림은 이보경과 임홍은이 그렸다. 이후 9·10월호에도 12편에 해당하는 동요와 동화가 그림과 함께 실려 그림책다운 면모를 갖추게 되었다.

'애기그림책'란에는 주로 곡보와 유년동요, 유년동화가 그림과 함께 실렸다. 1936년 12월호부터는 장르명칭의 혼란을 보이기도 하나 장르 명칭이 노래(동요), 이야기(동화), 그림으로 변화를 보인다. 이는 유년독자의 연령층을 고려한 의도로 볼 수 있다.

---

25 임원호(任元鎬)는 1919년 충난 아산 출생으로 동요(시)·동화작가이다. 호는 영란(鈴蘭)으로 1930년대 전반기에 문단활동을 시작하였다. 초기 작품인 「보리풍년」, 「달 따러 가자, 별 따러 가자」, 「뻐국새」, 「울 엄마 가신 곳」 등에서는 하층사회의 생활상이 표현되는 등 계급주의적 색채가 강한 작품경향을 보였다. 1935년 이후 프로문학이 쇠퇴하면서 그의 작품경향도 「토끼눈」, 「겨을꽃밭」, 「병아리」 등에서 볼 수 있듯이 비교적 밝은 정조를 담은 순수문학적 경향으로 바뀌었다. 1937년 『아이생활』의 편집 기자를 지내면서 이 잡지를 통해 「세 꽃송이」, 「고양이 이름」 등 주로 어린이 교화를 목적으로 하는 작품들을 발표하였다. 8·15 해방 직후 조선문학가동맹에 가담, 활동하였고 6·25 전쟁 당시 월북하였다.

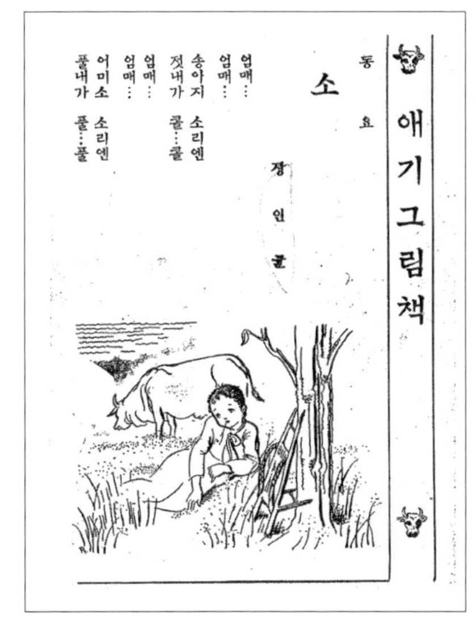

[그림7] 「소」, 장인균[26]

[그림8] 「늘뛰기」, 임원호[27]

1930년대 벽두부터 시작된 '동요·동시 논쟁'(원종찬, 2012) 이후 연령대가 낮은 어린이 특히, 유년에 대한 탐구와 동심의 재인식이 이루어진다. 창작동요에 어른들의 공리적 또는 도학(道學)적인 이념보다는 어린이의 순수한 정서를 제일로 여기고 동요를 창작하기 시작한 것이다. 1930년대 중반을 전후로 논의된 어린이에 대한 탐구와 동심의 강조는 지나치게 나이가 어린 유년들을 대상으로 했지만, 유년 아동문학이라는 새로운 영역 속에서 유년동요, 유년동화, 그림동요가 성행하는 계기를 마련해 주었다(정진헌, 2013, 157-168).

이후 1937년 2월호부터 '애기 그림책'란의 글은 주로 임원호가 그림은 임홍은이 도맡았다. 임원호는 임홍은에 이어 1938년부터 『아이생활』의

26 『아이생활』 1937년 12권 1월호, 25쪽.

27 『아이생활』 1937년 12권 2월호, 30쪽.

편집을 맡는다. 임홍은은 1936년까지 작품에 그림동요라는 장르를 명기하다가 1937년부터는 장르 명기를 하지 않고 '애기 그림책'란 및 동요란에 싣게 된다. 또한 화가명도 밝히지 않는다. 대신 임홍은은 자신이 그린 그림이나 삽화 좌우 하단에 영문으로 'R'과 작품 창작 연도를 기재했다. 잡지 편집을 통해 이미 대중들에게 널리 알려졌기 때문에 굳이 자신의 이름을 명기하지 않은 듯하다. 한편, 1937년 1월호에는 연이어 잡지의 편집 및 그림을 그려주기로 했다는 본사의 내용과 함께 임홍은 사진이 실리기도 한다.[28]

1930년대 초 전봉제가 30여 편의 그림동요를 창작했는데 반해, 임홍은은 본고에서 소개하지 않은 작품까지 포함하면 두 배 이상의 그림동요를 창작했다. 이는 그가 조선 어린이들을 위해 얼마나 그림책 발간에 대한 심혈을 기울였는지 새삼 느끼게 해준다.

4. 엔솔로지 『아기네 동산』 발간 및 의의

임홍은은 1937년까지 『아이생활』 잡지의 편집 주간을 맡으면서 그 동안 자신이 그려왔던 그림을 모아 전집 형태를 갖춘 애기 그림책 『아기네 동산』을 발간하기에 이른다. 그 이전 잡지나 신문에서의 그림 관련 활동은 그림책을 발간하기 위한 전사로 볼 수 있다. 그 창작 동기 및 발간 소식은 다음 글을 통해 알 수 있다.

> "우리 조선에는 어린이들이 부를만한 노래책도 얼마 되지 않고 어린이들이 읽을 만한 자미있는 이야기책도 몇 권 되지 않습니다. 더구나 아이들이 볼만한 그림책이라곤 한권도 없었습니다. 그래서 나

---

28 "아름다운 이야기를 더 이쁘게 꾸미기 위하여 本社에서 일보시는 林鴻恩君이 곱고도 묘한 그림을 다달이 그려 주시로 했습니다." (『아이생활』 1937년 12권 1월호, 49쪽)

는 벌-서부터 어떻게 해스면 우리조선 아이들에게 좋은 그림책을 만들어 줄까 하고 이리저리 많이 운동해 보았습니다만은 모-든 것이 그리쉬되여 지지 않어 혼자 밤을 새우다가 마음 먹은지 三, 四, 年만에 오늘에야 겨우 한권의 책으로 내여 놓게 되었습니다. 나의 정성과 나의 힘과 땀을 짜내서 만든 책이니 여러분께 삼가 소개하나이다. 그리고 내 한사람에 힘은 너무나 부족하여 여러 선생들의 노래(童謠)와 여러 선생들의 이야기(童話)를 모아서 이뿌게 꾸미인 것입니다. 지금 인쇄중이니까 五月初에는 어김없이 내노을렵니다. 많이 기다려주십시오.[29]"

위 글을 통해 그가 말한 것처럼 당시 조선에는 어린이들이 볼만한 그림책이 전무하다는 것을 알 수 있다. 물론 당시 신문기사를 통해 확인 되는 바, 그림책이 전혀 없었던 것은 아니다. 현재로서는 자료의 소실로 어떤 그림책들이 소개 유통되었는지는 정확히 알 수는 없지만, 당시 일본이나 서구에서 유입된 그림책들이 국내에 소개된 것으로 보인다. 이는 신문기사에 실린 그림책 선정 시 유의점이나 전쟁과 관련된 그림책이 어린이들에게 미치는 부정적인 영향 등의 기사 내용을 통해 간접적으로 확인할 수 있다.[30]

임홍은이 조선에 어린이들이 볼 만한 그림책이 없다고 했던 이유는 예컨대 당시 조선에 주로 소개되었던 일본 그림책들이 대부분 전쟁과 관련된 내용의 잔혹성을 소재로 했기 때문에 어린이들의 정서에 악영향을

---

29 『아이생활』 1937년 12권 4월호, 63쪽.

30 이와 관련해 참고할 기사는 〈아이들에게 줄 그림책은 어떤 것이 조흘가〉(《동아일보》 1930년 11월 27일), 〈예술적이고도 건전한 것이 제일-아이들에게 보여주어야 할, 그림책 선택 방법〉(《동아일보》 1932년 2월 27일), 〈생각한 일입니다. 그림책 선택-어린이들에게 무서운 영향〉(《조선일보》 1936년 12월 18일), 〈선택해서줄 애기들의 애기그림책〉(《동아일보》 1937년 11월 16일) 등이다.

주었을 것으로 보인다. 이러한 것들은 어린이들을 위한 그림책으로 볼 수 없다고 여긴 것으로 보인다. 또한 당시 그림책 전문 작가의 부재 등이 그러한 이유를 뒷받침해줄 수 있을 것이다. 1930년대 말까지 창작동요 및 동화가 일제의 탄압 속에서 연이은 발전을 보이는 반면, 작가들의 그림책에 대한 창작 및 관심은 부족했던 것이 사실이다.

한편 임홍은은 그의 바람대로 어린이들을 위한 그림책 『아기네 동산』을 1937년 5월에 출간하지 못했다. 하지만 임홍은은 『아이생활』 '애기그림책'란에 실린 노래(동요)와 이야기(동화)에 그림을 그리며 작품 활동을 이어간다. 이듬해인 1938년 3월, 드디어 5년간의 그의 노고가 담긴 그림책 『아기네 동산』(아이생활사, 1938년 3월 30일 발행, 정가 85전)이 발간된다. 임홍은이 그림책을 발간하기 전 1937년 6월경 『동요곡집』[31]을 낸 바 있다. 이 책에는 그림과 동요, 곡보가 실려 있다.

『아기네 동산』[32]은 『아이생활』에서 편집진으로 활동했던 전영택(田榮澤)[33]과 최봉측(崔鳳則)[34]이 서문을 적었다. 전영택은 1926년 3월 『아이생활』

31 『아이생활』 1937년 12권 7·8월호, 4쪽. 광고내용 참조.

32 그림책 『아기네 동산』에 대한 서지 정보 소개는 신현득이 처음이다. 그는 연구물에서 그림책에 실린 동요작가와 작품 현황을 간략하게나마 소개하고 있다. 하지만, 정작 중요한 그림책과 관련된 사항은 배재하고 있다. 이는 임홍은의 중요한 업적을 간과한 결과이다(신현득, 2001, 143-145).

33 그는 노래를 짓고 부르기만 잘 할뿐 아니라 그 마음 그 정을 가지고 그림을 그리기도 잘한다. 일즉 『아이생활』에 연재된 만화 『무쇠의 모험』은 얼마나 많은 어리니들을 웃기고 아이생활의 페지페지를 단장한 예쁜 그림은 얼마나 저들을 기쁘게 하였는고. 그는 노래를 짓고 부르고 그림을 그릴뿐 아니라 이야기도 잘 쓰고 잘한다. 그는 스스로 어리니가 되어가지고 어리니를 위하여 노래를 짓고 부르고 그림을 그리고 이야기를 쓰고 하고 모으고 해서 어리니들의 가장 반가운 동무가 되기를 힘쓴다. 「서문1」, 전영택

34 조선의 어리니들은 그 상상세계를 만족히 할 만한 아모런 서적이 없는 아주 숱 밭과 같은 이때에 어리니들의 정조를 가장 잘 살필 뿐만 아니라 노래(童謠)로, 애틋한 말로, 기기 묘묘한 그림 솜씨로 우리 어리니들의 벗이 되는 林鴻恩君이 그러한 책을 만들어 놓은 것이

창간호부터 편집 실무진으로 참여했다. 1929년에는 『아이생활』 3대 편집 주간을 맡으며, 동화 및 아동 극본을 창작 발표한다. 최봉측 또한 『아이생활』 6대 편집 주간을 맡으며, 임홍은과 함께 1930년대 중후반 잡지 발간을 위한 노력과 연재물(위인전) 창작 활동을 꾸준히 했던 인물이다. 특히나 최봉측은 책 서두 감사의 말씀에서 밝히고 있듯이 임홍은이 그림책을 발간하는데 임원호와 함께 많은 도움을 주었다. 서문의 내용을 통해 확인되는 것처럼, 당시 조선인이 그린 그림책이 부재한 상황 속에서 임홍은은 당시 어린이들에게 그림을 통해 상상의 세계를 펼칠 수 있도록 새로운 길을 열어 주었던 것이다.

그림책 『아기네 동산』은 크게 글 없는 그림책, 그림동요, 그림동화, 그림곡보로 되어 있다. 그림책에 참여한 이들로 먼저 작곡에 박태준, 김세형, 박태현, 장락희가, 동화에는 임원호, 김복진, 최이권, 정우해, 도정숙이, 동요에는 윤석중, 윤복진, 박영종, 장인균, 김대봉, 목일신, 김태오, 김영일, 강승한, 이은봉, 박제성, 최수복, 강소천, 이호영, 박명옥이 참여를 했다. 그리고 철자 교정은 조선어학회의 유일한 목사회원으로서 한글보급운동에 활동했던 강병주가 맡았다.

이처럼 『아기네 동산』은 임홍은이 『아이생활』에 실린 자신의 글을 포함한 여러 작가·작곡가의 동화·동요·곡보 등을 모아 놓은 전집(anthology) 형태를 띠고 있다. 이는 개인과 지금까지 화가들의 업적을 갈무리하려는 의도도 있겠지만, 조선의 어린이들을 위한 그림책 단행본을 발간하기 위한 취지가 강하다. 『아이생활』에서는 편집상 그림동요나 동화가 따로따로 실려 오늘날처럼 그림책 하위 장르 형태의 단행본으로 그 기능을 수행 하는데 나름 부족한 면이 있었다. 『아기네 동산』은 이후 한국에 본

바로 『아기네동산』이란 책입니다. 「서문2」, 최봉측

격적인 그림책이 탄생하는 교량적 역할을 하게 된다. 해방 이후 운문 그림책 그림동산 제5집 『우리들 노래』(을유문화사, 1947)가 조선아동문화협회 발간으로 출간이 된다. 제목 아래 '제1회 아협(兒協)당선 동요집'이라는 부제가 달린 이 책은 모두 10편의 창작 동요와 동시가 실렸는데, 그림동요처럼 작가와 화가가 함께 참여한 운문 그림책이다. 『아기네 동산』이 그림책의 다양한 장르를 모아 놓은 전집 형태를 띤 반면, 『우리들 노래』는 하나의 장르를 단행본으로 묶은 최초의 현대적 운문 그림책으로 평가할 수 있을 것이다(조은숙, 2006).[35]

[그림9] 『아기네 동산』(아이생활사)

[그림10] 『우리들 노래』(을유문화사)

한편 『아기네 동산』은 『우리들 노래』 못지않은 컬러플한 장정으로 꾸며져 있다. 표지그림은 애기 그림책답게 꽃과 나비, 잠자리 등을 의인화한 것으로, 다채로운 색을 통해 밝고 경쾌한 이미지를 주고 있다. 속지 또한 다양한 삽화·문양·타이포그래피로 정성을 들였다. 주로 펜으로 그린

35 1930년 3월부터 그림동요를 그린 화가 및 동요작가 전봉제는 1931년 신문이나 잡지에 작품을 발표할 때 '그림동요집에서'라는 표기를 하고 있는데, 현재 그가 1931년에 발간한 『그림동요집』을 확인할 수 없다.(자세한 내용은《동아일보》, 1931년 6월 2일 참조) 따라서 현재로서는 오늘날 그림책 형태를 취한 최초의 단행본은 『우리들 노래』로 볼 수도 있다.

선화(線畵)나 수채물감으로 엷게 채색한 그림들로, 작품과 분위기에 어울리는 그림이 아흔아홉 컷에 이르는 매우 아름답게 만들어진 그림책이다(정병규, 2007).

편집 체계를 보면 그림, 곡보, 노래, 이야기를 4계절 별로 나누어 소제목을 달고 있는데, '파릇파릇 새싹이'(봄), '햇빛은 쨍쨍'(여름), '단풍잎 우수수'(가을), '새벽바람 찬바람에'(겨울), 그리고 '오너라 동무야'(기타)이다. 이는 윤석중의 동요집 이후 우리나라에서 두 번째로 출간된 동요집인 김태오의 『雪崗童謠集』[36]과 편집체제의 유사성을 보이기도 한다.

그림책 『아기네 동산』에서 주목할 것이 있는데, 바로 '애기 그림책'란에 실린 글 없는 그림들이다. 「봄바람」, 「모래성 쌓으러」, 「하라버지」, 「꽃핀 벌판」, 「노를 저어라」, 「꽃노리」, 「빨간 잠자리」, 「널뛰기」, 「개고리 사공」, 「울아기 자장자장」, 「학교길」, 「내말 들어봐」, 「저녁바람」, 「참새야 참새야」 총 14편의 그림이 제목과 함께 실려 있다.

[그림11] 「빨간 잠자리」[37]

[그림12] 「울아기 자장자장」[38]

---

36 김태오, 『설강동요집』, 한성도서주식회사, 1932년 5월 18일. 김태오 동요에 관한 자세한 사항은 권혁준(2011) 참조.

37 「빨간 잠자리」, 『아기네 동산』, 아이생활사, 1938년, 24쪽.

38 「울아기 자장자장」, 『아기네 동산』, 아이생활사, 1938년, 27쪽.

글 없는 그림책(Wordless picture book)이란 글 없이 그림만으로 이야기가 구성된 책을 말한다(Lea M. McGee, Donald J. Richgels, 2000, 284). 최근 들어 글 없는 그림책들이 많이 소개되고 있는데, 주로 유아들을 대상으로 하고 있다. 이는 글을 모르는 유아들에게 그림을 보여줌으로써 사물을 인지하고, 부모와 함께 다양한 방식으로 이야기를 만들어 갈 수 있기 때문이다. 따라서 글 없는 그림책은 사물의 시각적 이미지를 부각시키는 데 효과가 크다(현은자 · 김세희, 2005, 225-226).

임홍은은 어린이의 연령대를 고려해 애기들을 위한 그림책을 시도했던 것으로 보인다. 그 대안으로 글 없는 그림책을 구상했던 것이다. '애기 그림책'에 등장하는 소재들은 자연현상, 놀이, 친구, 동물, 사람 등이다. 아직 글을 모르는 애기들에게 자연이나 생활 속에서 접하게 되는 현상이나 모습 등을 그림으로 그려 보여주고자 했던 것이다. 이를 통해 당시 조선 유아들의 상상력과 창의력 향상에 어느 정도 일조했으리라 본다.

글 없는 그림책은 유아들을 대상으로 하기 때문에 그림이 실제와 비슷하거나 사진처럼 사실적으로 그려내야 한다. 또한 문장이나 서사가 많이 있는 이야기는 부적절하다. 그림도 크고 선명해야 하며, 유아들과 친숙한 소재를 대상으로 그려야 한다(이대균 외, 2006, 112). 임홍은은 이런 점들을 고려해 글 없는 서사에 선과 공간, 모양, 구도 등을 고민해 예술성을 접목시켰다. 또한 대상이나 상황 묘사를 사실적으로 그려내고 있어 유아들에게 추론, 상상, 창조적인 상상력의 기회를 제공하면서 그림책의 기능을 다하고 있다.

임홍은이 『아이생활』 편집 당시에도 잡지 속지 및 '애기 그림책'란에 종종 그림을 그려 넣었는데, 이는 유년층 즉, 전술한 것처럼 아기들의 문자능력 부재를 고민한 흔적으로 볼 수 있다.

그림동요나 그림곡보는 한 프레임 안에 한 점의 그림을 삽입해 오늘날과 같은 운문 그림책의 형태를 취하지만, 그림동화는 그렇지 않다. 아무래도 서사가 주를 이루다 보니 그림의 양이 적을 수밖에 없다. 이는 그림책(picture book)보다는 삽화가 이야기에 더해져 있는 그림이야기책(illustrated book)의 성격이 강하다(현은자 외, 2013, 14). 그렇다고 동화에 실린 그림을 간과해서는 안 된다. 니콜라예바와 스콧(Nikolajeva & Scott, 2011, 34-36)은 그림책이 반드시 양쪽 펼침 면에 글과 그림이 하나씩 있는 책이 그림책이라는 정의에 반기를 든다. 그는 그림책을 범주화해 설명함에 있어 펼침 면마다 '적어도 그림 하나가 있지만 그림에 의존하지 않는 서사 텍스트'와 '글 없는 그림책' 등을 설명하면서 글과 그림이 반드시 대응, 보완, 강화, 대위 등의 관계를 보이지 않아도 그림책으로서의 역할을 충분히 할 수 있다고 설명하고 있다. 그리고 임홍은은 주로 유년층을 대상으로 그림책을 발간하려고 했기 때문에 서사가 짧은 것들이 주를 이루고 있다.

[그림11] 「제비」, 임원호[39]

[그림12] 「나무잎」, 林마리아[40]

첫 번째 그림동화 「제비」는 주인공인 옥이가 집안을 괴롭힌다는 이유로 제비를 나무라는 가족들을 달래고 정성스럽게 제비가 살 수 있는 보

39 『아기네 동산』, 아이생활사, 1938년, 53쪽.

40 위의 책, 120-121쪽.

금자리를 마련해 준다는 이야기이다. 옥이는 꿈속에서 제비들 도움으로 꽃수레를 타고 하늘나라를 여행하는 꿈을 꾼다. 꿈에서 깨어난 옥이는 제비들에 대한 애정을 갖고 그들에게 한층 더 가까이 다가간다. 이야기에는 꽃가마를 타고 가는 옥이의 모습과 제비들에게 먹이를 주는 옥이의 모습을 사실적으로 표현했다.

두 번째 이야기 나뭇잎은 겨울바람에 쫓겨 이리저리 굴러다니는 나뭇잎이 불쌍해 수동이와 순이가 나뭇잎을 붙잡는 과정에서 벌어지는 해프닝을 그리고 있다. 개와 마을 사람들은 나뭇잎을 쫓아가는 수동이와 순이를 보고 큰일이나 난 듯 그 둘을 쫓아가며 이야기는 끝난다. 이 이야기에서는 해프닝으로 벌어진 상황 묘사를 치밀하게 그리고 있다.

앞서 살핀 글 없는 그림책은 그림만으로도 쉽게 이해가 되는 플롯의 그림책이다. 그림동화 역시 그림보다는 서사가 주를 이루고 있지만, 서사의 중요한 부분을 그림이 지원해 주고 있다. 동화에는 인물 간의 대화가 많기 때문에 그것을 바로 그림으로 그리는 데는 한계가 있을 수밖에 없다. 따라서 유년을 대상으로 한 짧은 그림동화는 그림동요처럼 그림 한 점이나, 아니면 두세 점 정도로도 서사의 내용을 충분히 지원해줄 수 있기 때문에 그림책으로서의 가치를 인정해야 한다. 임홍은은 플롯 중 가장 핵심적인 부분을 찾아 그림을 그렸고, 상황 및 인물 묘사가 치밀해 이야기의 내용을 그림을 통해 유추 할 수 있다.

한편 『아기네 동산』 마지막에 실린 작품 이탈리아 동화 「꽃동리」는 오늘날 그림책과 유사성을 많이 보이고 있다. 먼저 서사를 만화처럼 14부분으로 나누어 각 이야기에 그림을 넣었다. 앞서 이야기한 짧은 서사에는 한 점이나 두 점의 그림이 실린 반면, 이 작품에는 14점의 그림이 실렸다. 이는 누가 봐도 오늘날 그림책의 형식과 유사성을 보이고 있음을 알 수 있다.

임홍은의 섬세한 그림 묘사가 돋보이는 이 작품은 글 없는 그림책처럼 스토리텔링 형식과는 또 다른 즐거움을 준다(Perry Nodelman, 2005, 426). 어린이들에게 시각적 상상력과 회화적 이해력을 높여 주며, 언어와 인지 발달은 물론 예술적 심미안을 길러준다. 또한 그림동화에서 그림은 글의 보조적 장치가 아니라 독자적인 풍부함과 구체성을 지니고 서사를 진행하거나 장면을 제시하는 기능을 하고 있는데(신헌재 외, 2009, 220-223), 임홍은은 그러한 그림의 역할을 작품 속에서 여실히 보여주었다.

이처럼 임홍은은 당시 조선에 부재한 어린이들을 위한 그림책을 발간하기 위해 노고를 아끼지 않았다. 그는 1938년 아이생활사 퇴사 이후 1940년 7월호부터 잠시 참여를 보이지만 아쉽게도 해방 후 북한에 머무르면서 남한에서의 아동문학 참여 활동은 찾아볼 수가 없다. 임홍은의 뒤를 이어 그의 동생인 임동은과 정현웅, 김규택, 김용환, 김의환 등 기타 화가들이 해방 이후 아동 잡지나 신문 등에 그림동요나 그림동화 그리고 만화 등을 창작하며 그 명맥을 이어간다.

5. 나오며

본고는 1930년대 일제 강점기 그림책 작가로 활동했던 임홍은의 생애와 작품 활동에 주목했다. 이를 통해 당시 그림책이 전무했던 상황 속에서 그림책 발간의 필요성 인식과 생성과정 등을 알 수 있었다. 임홍은은 자신이 가진 재능 기부를 통해 조선 어린이들에게 문학적 상상력과 예술적 감수성을 높여 주었으며, 그림책의 발전을 위한 선구자 역할을 했다.

1930년대 초 전봉제가 운문그림책의 전사로 볼 수 있는 그림동요를 주로 창작했다면, 임홍은은 이를 계승 그림동요를 더욱 발전시켰으며, 그림동화, 만화 등 어린이들을 위한 창작물들을 만들기 위해 헌신을 다했다.

임홍은이 아동문학가로 활동한 시기는 1933년부터 1937년까지이다. 그의 주 활동 무대는 아이생활사에서 발간한 어린이 기독교 잡지 『아이생활』이었다. 그밖에 신문을 통해 동요나 동화를 발표하기도 하지만, 그의 문학적 성과는 단연 『아이생활』에 있다. 1935년 잠시 일본 유학길에 올라 그의 국내 작품 활동이 중단되지만, 일본에서 신문 등에 만화를 투고 하며 자신의 재능을 키워 나갔다. 1년 후 국내에 돌아온 그는 다시 아이생활사에서 편집 및 그림활동을 하며 아동문학가로서의 위치를 확고히 다져나간다.

그가 창작한 그림동요는 오늘날 대응그림책과 시화 텍스트의 형태를 취하고 있다. 글 텍스트와 정교화된 그림 텍스트의 대응은 오늘날 그의 작품을 운문그림책으로 발간하기에 손색이 없을 정도이다. 또한 그가 창작한 그림동요는 50여 편이 넘으며, 단조로운 이야기에 얹은 삽화까지 포함하면 그 수를 헤아리기 어려울 정도이다. 그리고 그림동요는 임홍은 외에 아이생활사에서 삽화나 만화를 담당했던 화가들이 공동으로 참여하기도 했다. 이는 훗날 어린이 잡지가 편집상 시각적 이미지를 부각시키는데 기여를 했고, 해방 이후 다양한 그림책들이 출간되는 발판을 마련해 주었다.

한편 5년간 그의 노고가 집약된 것이 1938년에 출간된 애기 그림책 『아기네 동산』이다. 이 책에는 그동안 『아이생활』 잡지에 실었던 작품들을 모아 놓았다. 목차는 4계절별로 나누어 편집을 했고, 작품은 그림, 곡보, 노래(동요), 이야기(동화) 순으로 실었다. 이 책은 그림책의 다양한 종류를 모아놓은 엔솔로지 형태의 모습을 취하고 있는데, 특히 주목할 것은 어린 유아들을 고려한 글 없는 그림들이다. '애기 그림책'이라는 제목으로 14점의 그림을 싣고 있는데, 글을 모르는 유아들에게 사실적으로 그린 생활 소재의 그림을 보여줌으로써 그들이 사물을 인지하고, 상상력을 키우는데 도움을 주었다. 그림동화도 섬세한 상황 및 인물 묘사를 통해 서사의 내용을 충분히 보여주며, 어린이들이 문학적 상상력을 키워가는 데 일조하고 있다.

아쉽게도 북으로 간 이후 임홍은의 작품 활동은 찾아볼 수 없게 되었지만, 일제 강점기 그가 아동문학사에 남긴 족적을 결코 간과해서는 안 될 부분이다. 본격적인 한국 그림책의 역사를 1930년대로 끌어내릴 수 있는 단서가 되기 때문이다.

제3장
충주 소년문예사 한백곤

1. 들어가며

본고는 중원 지역 미발굴 작가 연구와 관련해 그동안 한국 아동문학사에서 소외되었던 한백곤(韓百坤, ?)의 문학적 궤적을 살피고자 이를 논의의 대상으로 삼았다. 충주 출신인 그가 그동안 아동문학사나 지역 작가 연구에서 미흡했던 이유는 자료 발굴의 한계점도 있지만 비교육 제도권에서 작품 활동을 했던 연유가 크다.

1922년부터 시행된 제2차 조선교육령은 소년들을 교육의 장으로 호출하면서 그들을 근대적 주체로 성장시킨다. 또한 진학을 통한 식자층의 증가와 더불어 신문, 잡지의 보급은 소년들이 문학의 생산 주체로 탄생하는 계기가 되었다. 특히 1920년 중반을 전후해 전국 각지에서 생겨난 소년문예단체 활동이 그 결정적인 역할을 한다. 전국 각 지역에서 창립된 소년문예단체 회원들은 동화회, 동요회, 독서회, 웅변회 등을 개최하며 그들만의 인적네트워크를 형성해 간다(정진헌, 2014, 159-160).

한편 교육 제도권에서 밀려난 무산계급 소년들은 야학이나 강습소를 통해 그들 나름의 소년문예단체를 조직해 문학의 생산 주체로 성장한다. 계급주의 문학이 확산되었던 1930년대에 들어서면서 무산계급 소년들의 아동잡지 및 신문 투고는 더욱 활발해진다. 이들도 교육 제도권 소년들처럼 각 지역에서 소년회나 문예단체를 조직한다. 그리고 잡지나 신문 구독을 통해 소년 활동과 관련된 다양한 소식을 공유하는가 하면, 잡지 '독자문단'이나 신문 '어린이차지'란 등에 작품을 투고해 기성작가의 반열에 오른다.

한백곤도 무산계급 소년문예사(충주시 가금면 창동, 새일꾼회) 출신으로 1920년대 후반부터 『어린이』(1923~1934), 『신소년』(1923~1934), 『별나라』(1926~1935), 『새동무』(1946~1947), 《동아일보》(1920~1940) 등의 아동 잡지 및 신문에 발을 들어놓음으로써 1930년대 기성작가로 성장한 인물이다. 그가 1930년대 현실주의 및 계급주의 성향이 강한 잡지에 작품 활동을 할 수 있었던 것은 당대 잡지의 이념적 성향과 그가 처한 환경과의 관련성을 부인할 수 없을 것이다. 가난한 농촌 소년으로 야학을 다니면서 문학 활동을 했던 그가 작품을 통해 시대의 아픔을 그리기에 당시 상황은 온당했던 것이다.

현재 아동문학 연구가 활발하게 진행되고 있지만 여전히 문학사에서 사장 된 채 미발굴 작가로 남은 소년문예사들이 부지기수다. 다행히 최명표(2012)의 선행 연구를 시작으로 그들의 온건한 복원을 위한 작업이 미흡하게나마 시도되고 있다. 일례로 박경수(2012)의 경우 일제 강점기 진주 새힘사에서 활동했던 정상규, 손길상 등의 미발굴 작가들을 문학사에 들추어냄으로써 앞으로 아동문학사에서 소외되었던 작가들의 연구를 진척시키고 있다.

본 연구도 그의 일안으로 시작되었다. 특히 작가가 걸어온 문학적 삶을 면밀히 살피기 위해 실증적인 자료가 요구된다. 이에 필자는 작가가 활동했던 일제 강점기부터 해방 이후까지의 아동잡지 및 신문 등을 검토했다. 자료 발굴의 한계에도 불구하고 필자는 소년문예사에서 기성작가로 성장한 한백곤 작가의 삶을 어느 정도 읽어낼 수 있었다. 본 논의를 통해 그동안 일제 강점기 충주 출신 정호승(1916~?)[1]과 권태응(1918~1951) 작가에 한정되었던 지역 아동문학 연구에 일조하기를 기대해 본다.[2]

2. 소년문예사에서 기성작가로

주지하다시피 1920·30년대 윤석중을 비롯해 윤복진, 신고송, 서덕출, 송완순, 목일신 등 아동문단의 주역은 소년문예사 출신들이 대분이다. 이들이 기성문단에 편입할 수 있었던 것은 각 잡지마다 독자들의 참여를 유도해 소통과 공론의 장으로 마련한 '독자담화실'을 통해서이다.[3] 『별나라』(별님의모임), 『신소년』(독자담화실)[4], 『어린이』(독자담화실) 등의 독자란은 소년들의 잡지 참여를 활성화했고, 편집진들과의 활발한 교류를 통해 잡지

---

1 본명이 鄭英澤인 시인 鄭昊昇은 1916년 충주시 교현동에서 태어났으며, 1935년 동향 작가 池奉文(아동문학 활동에 참여했던 池福文(春波)으로 추정), 이무영 등과 『조선문학』을 발간했다. 1939년에는 조선문학사에서 첫 시집 『모밀꽃』을 발행한다. 해방 이후 그는 사회운동을 벌이다 1950년 월북한다. 작가와 관련된 자세한 사항은 서범석(1992), 도종환(1992) 참조.

2 일제 강점기 충주 지역 출신 중 아동잡지에 이름을 올렸던 이들은 1933년 亞聲社에서 활동하며 『亞聲』 잡지를 만든 지복문(池福文, 春波)과 한운송(韓雲松)(충주에서 브나르드운동을 벌였던 변석근(卞錫根), 그 외 이훈(李勳), 박세화(朴世和), 서상진(徐相晉), 유상렬(劉相烈) 등이 참여) 등이 다. 이 중 지복문의 작품 활동이 간혹 보이는데 주로 《매일신보》에 동요와 동화를 발표했다.

"나는 그간 엇더한 사정으로 별나라와 써나게 되엿섯다. 그런데 동무들 중에 昨年 送年號 하나만 보내주시면 고맙겟습니다. 그리고 우리들이 이곳에서 文藝社를 맨드러가지고 동무들의 玉稿를 원하니 만히 投稿하여 주시기 바람니다. 創刊號가 나왓스니 右記 住所로 請求하십시오." 忠北忠州邑本 町亞聲社 池春波·韓雪松(『별나라』 1933년 4·5월호 '별님의모임')

3 근대 소년 잡지 '독자담화실' 연구는 최배은(2009), 최윤정(2013), 박정선(2015) 참조.

4 『신소년』의 경우 한백곤이 참여했던 1920년대 말에는 그 명칭이 '담화실' 이였다가 1930년부터는 '독자담화실'로 1932년 10월호부터는 '독자통신'으로 1934년 2월호부터는 '자유담화실'로 그 명칭을 달리했다.

의 내실을 기했다. 또한 독자 상호간 문학토론의 장을 마련 표절 및 작품에 대한 논쟁을 벌이며 작가로서의 성장을 거듭해 나간다. 그리고 전국 각지에 설립된 소년문예운동 단체 소식과 상호간 인적네트워크를 형성해 나가며 차후 소년운동단체 조직 및 활동을 전개해 나간다. 한백곤 또한 이와 맥락을 같이 한다. 1920년대 말부터 독자로 참여했던 한백곤은 1930년부터 1949년에 이르기까지 소통과 공론의 장에서 자신의 목소리를 내며 다양한 장르의 글들을 발표하게 된다.

현재까지 필자가 실증자료를 통해 확인 한 바, 한백곤(?)은 충주시 가금면 창동 230번지(현, 중앙탑면) 출신이다[5]. 현재 출생연도는 명확하게 확인할 길이 없다. 단지 잡지에 실린 글들을 통해 어느 정도 연령대를 유추할 수 있다.

> ● 吳慶鎬 許水萬 蔡奎三 鄭祥圭諸兄님 安寧하십닛가 소식업서 궁금합니다. 자조 편지하여 주십시오. 忠州可金面倉洞 韓百坤
>
> (『신소년』 1930년 5월호 '독자담화실')

1930년 『신소년』 5월호 '독자담화실'을 보면 함께 잡지에 작품을 투

---

5 한백곤은 『어린이』 1932년 5월호 「독자담화실」에서 다음과 같이 주소를 밝히고 있다. ◇利原 金子謙氏 한말슴뭇겟슴니다! 金明謙 동무가 日本으로 무엇땜에 가섯슴닛가! 日本으로갈제 나에게 葉書一枚가 왓는대 나를 永遠이 잇고 生覺지 말나고 하엿스니 왼 영문인지 궁금함니다! 談話室로나 或 즉접으로나 자서이 좀 이야기하여 주십시오(忠州郡可金面倉洞 二三O 韓百坤).
필자가 작가의 생애와 관련해 출생지 현장 답사를 다녀왔다. 마을에 거주하는 주민들에게 작가에 관해 문의를 했지만 대부분 주민들은 작가에 대해 아는 것이 없다고 답했다. '한'씨 성을 가진 주민도 세분이 살고 있었지만 별다른 수확은 얻지 못했다. 따라서 본고에서는 작가의 생애나 작품 활동은 온전히 당시 발간된 잡지 및 신문에 의존할 수밖에 없음을 밝힌다.

고했던 소년문예사들의 이름을 거론하고 있는데, 호칭을 '형'이라 부르고 있다. 1930년 당시 오경호는 15세, 허수만은 19세, 채규삼은 17세, 정상규는 17세이다.[6] 이를 통해 한백곤의 나이가 15세 전후로 판단된다. 따라서 1915년 전후 출생으로 추측해 볼 수 있다.

또한 잡지에 참여했던 구체적인 시기는 자료의 소실로 그 명확성을 기하기 어렵지만 다음과 같은 글을 통해 1920년대 말로 추정해 볼 수 있다.

> ▲ 새일솔會
>
> 忠州君 可金面 倉洞에는 數個月前부터 무산夜學堂을 設置하고 또 夜學堂 안에는 『새일솔會』를 조직하고, 씩씩하게 勇進한다는데 수만 동무들의 만흔 사랑과 지도가 잇기를 바란다더라.
>
> (『별나라』 1931년 5월호 '별님의모임')

> ◇ 경모하는 安先生님 六年이란 긴 세월을 한결 갓치 우리들을 위하야 피땀을-씨시지 안으시고 별나라를 굿세게 끌고나가시며 忠州 倉洞 農林 한구석에서 별나라를 대할적마다 오즉 先生게신 京城을 향하야 묵례할따름입니다. 제가 별나라와 손목을 잡은 체 벌서 三年이 넘엇습니다. 그런데 先生님 나는 여러번 투고를 하엿습니다. 그러나 한번도 당선되지 안엇으나 낙선된 나의 作品은 어데서 쓸쓸하게 울고 잇는지요. 그런데 先生님 落心치는 決코 안습니다. 새일솔會 韓百坤
>
> (『별나라』 1931년 7·8월호 '별님의모임')

---

6 소년문예사들이 신문이나 잡지에 투고할 당시 지역명과 학교 나이 등을 밝혔는데, 오경호(재령)는 1926년 9월 26일 《동아일보》 '어린이 작품'란에 15세, 정상규(진주)는 1927년 11월 23일 《동아일보》 '어린이 페지'란에 14세, 그리고 허수만은 1934년 11월 18일 《동아일보》 사망소식란에 23세로 밝히고 있다.

첫 번째 인용문을 통해 한백곤이 '새일쑨會'라는 무산소년운동단체에 가입해 1920년대 말부터 회원들과 함께 『별나라』나 『신소년』 등의 잡지를 구독했을 가능성이 크다. 두 번째 인용문을 보면 『별나라』 잡지와 손을 잡은 지 3년이 되었는데 '독자동요'란에 작품이 실리지 않았다고 편집진에게 호소하고 있다. 이를 통해 작가가 잡지에 참여한 시기는 1928년경으로 추측된다.[7]

한편 한백곤(韓百坤)은 본명 외 다양한 필명을 사용한다. 韓生(『별나라』 1933년 8월호, 1934년 12월호), 韓碧松(『신소년』 1931년 11월호, 1932년 6월호/『어린이』 1932년 5월호), 韓栢崐(『어린이』 1932년 3월호), 白崑(『어린이』 1932년 4월호, 5월호), 한흰뫼(『어린이』 1932년 4월호) 등이다. 음차와 훈차를 사용해가며 잡지에 다양한 이름을 올린 것을 보면 당시 작품에 대한 열의를 간접적으로 확인할 수 있다. 반면 한백곤이 1932년 1월호부터 『어린이』에 작품을 투고하자 계급의식이 강했던 『신소년』 독자인 최기일은 한백곤의 작품 활동에 쓴 소리를 하기도 한다.

> ▲ 忠州韓百坤君아 君이 自稱푸로然하고 글을 쓰는 韓君의 귀중한 글이 저 부르죠아 子息들의 취미 잡지인 「어린이」(每號마다), 「少年世界」에가 종종 실럿든가 君이 명예욕으로 철업는 붓작난함을 筆者는 진작부터 알엇스나 한가한 時間이 업기 때문에 붓이 느젓 든 것이고 讀者大衆도 君의 妄動에 대하야 苦笑와 비평이 적지 안했다. 韓君아 左右間 君이 公利慾을 아즉도 채우지 못해거든 「新少年」, 「별나라」 讀者大衆을 총동원 식히여 君 의 紙上功勞를 위하야 각 지방으로 宣

7 참고로 충주에 별나라지사가 설치된 해는 1930년이다. 이는 1930년 6월호 '별님의 모임'란에 다음과 같이 소개 되고 있다. ◎ 忠州少女少女諸氏에게 忠州 林龍植. 忠州에도 별나라支社를 設置하엿싸오니 愛護하여주십시오.

傳隊를 조직함이 엇던가?

光州 崔奇一(『신소년』 1932년 8월호 '독자담화실')

하지만 방정환 사후 이정호를 대신해 1931년 10월부터 『어린이』 편집을 맡은 신영철(申榮澈)은 기존의 천사동심주의 잡지 내용과 체제를 바꿔 소년들의 참여를 적극 권장했으며, 그들의 현실 문제를 적극 수용하려고 노력했다.[8] 그로 인해 『어린이』는 도시 노동 소년이나 농촌 소년들과 같은 무산계급의 참여가 대거 이루어졌다. 따라서 최기일의 비평은 지나친 계급의식의 발로로 볼 수 있다

한편 한백곤이 참여했던 야학당이 1932년 일제의 탄압에 의해 문을 닫자 그 아픔을 독자들에게 알리거나 잡지 편집자에게 호소하는 글들을 보내기도 한다.

△ 忠州郡創洞農小夜學堂은 1931년 11월 30일 卽 2주년을 당하는 날까지 가진 풍파를 다-격그며 나려오다가 이날와서 말못할 여러 가지 사정으로 말미암아 할 수 업시 못하게 되어 배움에 굼주리든 나무순 학생들의 눈물 바다를 이루웟다. 忠州 韓百坤

(『별나라』 1932년 2·3월호 '별님의모임')

◇ 元山 朴秀峰 朴星村 崔隱鄕 세동무여! 片紙한지가 오래되도록 답장이 업스니 웃잔일임닛까? 매우 궁금합니다. 申선생님 안녕하십니까? 그런데 先生님! 이런 분한 노릇이 잇슴니까? 저의 곳 夜學은 못하게 되엿담니다! 배우랴고 애쓰는 거슬 못하게 말리는거슨 무슨 理由인지요. 忠州 倉洞夜學 韓碧松

(『어린이』 1932년 5월호 '독자담화실')

---

8 『어린이』 1932년 3월호, 「편즙을마치고」, 72쪽.

일제 강점기 야학은 국민의 대부분을 차지하였던 농민과 노동자들에게 문자 보급을 통하여 문맹퇴치에 많은 공헌을 하였고, 정규 교육기관에 입학하지 못한 무산계급 자녀나 교육의 기회를 잃은 성인 농민과 노동자들에게 교육을 받을 수 있는 기회를 제공해 주었다. 특히 농촌 사회에서 야학이 농민층의 일상생활상의 요구에 기초하여, 일상생활과 조화되어 점점 확대되어가자 일제는 30년대에 들어서면서 야학의 탄압에 나섰다. 즉 야학의 인가를 취소하거나 기존의 야학을 농촌진흥운동의 전개를 위해 일제가 조직한 마을의 농촌진흥위원회에서 장악하도록 함으로써 기존의 야학의 성격을 식민성 야학으로 변질시켰다(문소정, 1990, 110). 이러한 상황 속에서 한백곤은 현실을 개탄하며 가난한 농촌 소년들의 아픔을 글로 그렸던 것이다. 다음 장에서 다루겠지만 한백곤이 야학에 다니는 농촌 소년들의 배움에 대한 열망과 기상을 다룬 작품이 주를 이루고 있는 것으로 봐서 당시 '야학당'의 폐쇄는 그에게 있어 크나큰 상심으로 남았을 것이다.

한백곤은 '독자담화실'을 통해 편집자와의 긴밀한 유대 관계를 유지할 뿐만 아니라 전국 각 지역에서 자신과 뜻을 함께하는 여러 독자들과 인적 교류를 나누며 작가로서의 길을 걸어간다.

◇ 放學號表紙

表紙는 참 마음에 들엇습니다. 조흔옷 입고 책보끼고 가는 거림보다도 우리들의 農村少年들의 모양을 그냥 내어주신 것이 더 조앗습니다. 다음에도 만히 貧農의 아들딸인 우리들을 만히 가리켜주시는 글을 내여 주십시오. 忠州 韓百坤

(『별나라』 1930년 10월호 '별님의모임')

○ 기두리고 기다리는 신소년 12월호 반갑게 읽엇습니다. 표지

그림도 엇더케 잘 되었는지 지금까지 보든 중 제일이니다. 이선생의 (눈물의 치맛감)과 김선생의(표박의 남매)는 참으로 재미잇섯습니다. 그러나 한가지 유감는 되은 目次와 內容이 틀리는 것이 몃개 잇습니다. 그르고 投稿는 어대로 하여야됨닛가. 韓百坤

(『신소년』 1930년 신년호 '독자담화실')

△ 安·朴 두 분 先生님 안녕하섯습니가. 달이 갈수록 별나라가 充實이 되어 가는데 얼마나 感謝한지 알 수 업습니다. 더욱이 「별나라新聞」, 「별나라辭典」, 「별나라紙上病院」 가튼 것은 참말로 저이의 바라든바입니다. 九月號의 「米麥合戰」, 「風聞帖」 等도 자미잇섯습니다만은 無名讀者의 作品이 적엇든 것이 유감이엿습니다.

(『별나라』 1933년 송년호 '별님의모임')

잡지 편집자들은 독자란을 통해 그들의 목소리에 귀를 기울이며 그에 대한 답변을 난에 실었다. 이로써 독자들은 그들의 궁금증을 해소했고, 편집자 또한 독자들이 원하는 편집방향으로 개선해 나갈 수 있었다. 편집자와 독자의 긴밀한 소통은 당시 잡지가 편집진의 일방적인 방향보다는 서로가 함께 만들어가는 잡지의 특성을 잘 보여준다. 이를 통해 각 잡지는 많은 독자를 확보하게 된다.[9] 한백곤 또한 『별나라』, 『신소년』, 『어린이』 등의 독자란에 감사의 말, 요구사항, 편집의 오류 등의 글을 보냄으로써 편집자들의 관심을 받으며 소년문예사로, 잡지의 애독자로서의 길을 걸었던 것이다.

또한 한백곤은 독자란을 통해 독자들과 연락을 취하며 긴밀한 유대

9 『신소년』의 경우 1930년 3월호 '독자담화실'을 보면 편집진들은 애독자가 10만 명이 넘었다고 밝히고 있다. 그리고 『별나라』는 1931년 6월호 '별나라 육년사'를 통해 2만 6천 7백 명의 독자를 형성하고 있다고 밝히고 있다.

관계를 형성해 나간다.

● 松木 鄭泰賢 城津 許水萬 忠州 韓百坤 여러동무 자조 情書 주서서 감사합니다. 開城金永一형 安東 李東燁兄 소식업서 궁금합니다. 吳慶鎬

(『신소년』 1930년 4월호 '독자담화실')

● 吳慶鎬 許水萬 蔡奎三 鄭祥圭諸兄님 安寧하심닛가 소식업서 궁금합니다. 자조 편지하여 주십시오. 忠州可金面倉洞 韓百坤

(『신소년』 1930년 5월호 '독자담화실')

▲ 金光允동무 群聲社事件으로 얼마나 苦生을 하섯습니가. 吳庚昊동무여- 『詩友』의 消息이 궁금합니다. 그려 朴정균, 金春岡 두 동무펵도 未安하게 되엿습니다. 좀더 기다려주십시오. 鄭潤煥, 鄭祥奎, 鄭清溪, 車七善, 李逸宇, 尹仁根, 韓泰鳳 여러동무 그동안 消息업서 궁금합니다. 忠州 韓碧松

(『신소년』 1931년 11월호 '독자담화실')

당시 소년들은 잡지를 애독하는 과정에서 다른 독자들과 소통하기를 열망했다. 독자담화실은 이러한 그들의 친교 욕구를 해소하기에 충분했다. 독자란을 통해 시공간의 제약을 극복하며 서로의 안부와 주소를 묻거나 작품을 읽고 격려의 글을 올리기도 했다. 또한 자기 지역의 소년회 활동과 소년문예 소식 등을 공유하면서 독자 상호간 친목을 다져갔다(박정선, 2015). 한백곤은 각 지역 소년문예운동 출신들인 오경호, 정상규, 채규삼 등 소년문예사들과 독자란을 통해 안부를 주고받으며 독자공동체를 형성해 나갔다. 그리고 구매하지 못한 잡지를 그들로부터 우편으로 받기도 했다.

한편 담화실란은 독자들끼리의 원만한 이야기만 오고간 것은 아니다. 표절이나 중복투고를 둘러싼 비판과 논쟁의 장을 형성하기도 했다. 한백곤 또한 당시 발간된 잡지나 신문 정독을 통해 『신소년』 7·8월호에 실린 李靑龍의 동요 「풀각씨」에 대한 비판의 글을 올린다.

> ◇ 신소년 7·8월호에 실린 李靑龍씨의 동요 「풀각씨」는 다른 잡지의 것을 문제만 고쳐가지고 投稿한 것이다. 엇지하야 우리 귀중한 신소년의 誌上에 또 이런? 李兄이여! 이후부터는 그리지말고 아름다운 글을 창작하야 投稿합시다. 그리고 서로 握手하고 忠告하야 사랑하고 깃붜합시다. 忠州 韓百坤
>
> (『신소년』 1929년 12월호 '담화실')

> ○ 韓百坤氏! 七八月號에 실닌 童謠 「풀각시」는 정말로 저의 作品인데 그런 말슴을 하심닛가 다른데 잇는 거와 비슷하게 되엿는지는 모르지만 저는 어느 것이라도 다른 사람의 것을 그대로 빗겻거나 模作한 것은 아닙니다. 그러케 비루한 생각은 안 가젓슴니다. 三長 李靑龍
>
> (『신소년』 1930년 신년호 '독자담화실')

한백곤은 이청룡의 모작을 비판하면서 조언과 격려의 말을 보낸다. 그러자 다음호에 이청룡의 답변이 실렸는데, 자신은 남의 글을 표절하거나 모방하지 않았다고 강하게 억울함을 호소한다. 한백곤 또한 모작 시비에 휘말리기도 한다. 『신소년』 1933년 3월호 '독자통신'란에 게재된 글을 보면 한백곤이 1930년 『소년세계』[10] 7월호에 발표한 「동무들아」라는 동요

---

10 한백곤은 『소년세계』(1929년~1930년)에도 여러 작품을 발표했다. 현재 필자가 잡지를 구하지 못한 상황이므로 두 작품의 모작 논의를 하기 어렵다.

가 이미 1930년 『별나라』 5월호에 실린 김광윤의 「구든쌍파자」를 모작했다는 것이다. 당시 표절 및 모작 문제가 아동문단에서 끊이지 않았던 것은 주지하다시피 여러 문헌 자료를 통해 확인할 수 있다(최명표, 2012, 146-150). 현재로서는 두 작품의 진위를 가릴 수 없지만 당시 노동, 가난, 야학, 공장 등 소재주의에 빠진 프로아동문단의 상황과 소년문예사들의 미숙한 문학적 욕망이 과도하게 작용했다고 판단된다.

한편 한백곤은 1935년을 전후해 자신이 참여하던 『어린이』(1923~1934), 『신소년』(1923~1934), 『별나라』(1926~1935) 등이 폐간되자 잠시 작품 활동을 중단한다. 그리고 아동잡지에 주로 동요를 발표했던 한백곤은 1938년 들어 《동아일보》에 동화, 유년이야기, 소년소설 등을 발표하며 해방을 맞는다. 해방을 맞은 한백곤은 그해 10월 12일 김태철, 박노일, 최병화, 정성호 등의 소년운동 및 아동예술 관계자들과 "조선소년운동중앙협의회"[11]를 결성한다. 이들은 해방을 맞은 어린이들을 위해 5월 5일 어린이날 행사준비[12], 잡지 『少年運動』[13]을 발행하며 전쟁 전까지 소년운동을 지속해 나아간 것으로 보인다. 그리고 아동과학교양잡지 『새동무』(1947)에 동요(시)를 발

11 소년운동관계자, 아동예술가, 어린이 교육관계자, 보육과 보호관계자들이 8월 25일 이후 수차 회합하여 소년운동의 개시를 위하여 명칭을 朝鮮少年運動中央協議會로 결정하고 12일 낮 2시부터 천도교당에서 결성대회를 개최하였다는데, 사업계획안과 위원은 다음과 같다 하며 이어서 오는 19일 하오 5시부터 임시사무소인 雲泥町100의 1에서 제1회 위원회를 개최하고 20일 낮 3시부터는 어린이신문 편집회의가 있을 터이라는 바 소년문제 관계자는 다수 참석하기를 바라고 있다. 委員:金泰哲 金光鎬 公陳燮 洪淳翼 朴魯一 劉永愛 韓百坤 崔秉和 梁在虎 鄭成昊 白樂榮. 《자유신문》 1945년 10월 16일.

12 〈해방조선의 신 명절, 5월 5일 어린이날 준비〉, 《자유신문》 1946년 3월 11일. 〈어린이날 노래 배부〉, 《경향신문》1948년 4월 29일. 〈어린이날을 중심 서울에 다채로운 행사〉, 《동아일보》 1948년 5월 3일.

13 "시내 雲泥洞 朝鮮少年運動中央協議會에서 발행하든 잡지 "소년운동"은 그간 휴간 중에 있든바 四잡월부터 다시 속간 발행하기로 되었다고 한다." 〈雜誌 『少年運動』 四月부터 續刊〉, 《동아일보》 1947년 3월 29일.

표하기도 했다. 1950년 이후 한백곤에 대한 자료는 존재하지 않으며[14], 현재까지 필자가 조사한 그의 마지막 작품은 1949년 1월 20일자 《자유신문》에 게재된 동요 「겨울」[15]이다.

이처럼 한백곤은 1920년대 말부터 잡지의 '독자담화실'을 통해 편집진과 잡지 애독자들과의 소통과 공론의 장을 형성해 가며 아동문단에 발을 들여 놓았다. 1930년부터 소년시와 동요를 시작으로 작품 활동을 했던 작가는 소년문예사에서 기성작가로 발돋움하는 과정에서 야학 폐지, 잡지 폐간과 같은 아픔을 겪지만 비교육 제도권에서 시대의 아픔을 살아가는 농촌 소년들의 삶을 그리며 해방을 맞는다. 이후 연이은 작품 활동과 소년운동단체 활동을 통해 나름 시대의 아픔과 혼돈 속에서 살아간 아동들의 계몽 운동에 일익을 담당했던 것이다.

3. 잡지 및 신문 작품현황 및 내용

1920년대 아동출판물과 신문의 보급, 그리고 학교 진학 및 야학을 통한 식자층의 형성 등은 소년들을 문학의 장(場)으로 호출하는 계기가 된다. 한백곤이 작품 활동을 시작한 1930년대 초는 이미 소년운동단체 산하 문예단체가 전국적으로 확산된 시기로 전술한 것처럼 많은 소년들이 잡지나 신문에 작품을 발표하던 때이다.[16] 한백곤은 무산계급 출신으로 작품 창작

---

14 한백곤의 월북 여부는 확인할 길이 없지만, 당시 충주지역 예술동맹위원장을 지낸 정호승이 1950년 가을 제3차 월북 문인의 대열에 오른 것을 보면 한백곤 또한 월북하지 않았나 하는 조심스러운 추정을 해 본다.

15 산도 하얏고/ 들도 하얏고/ 바람은 씽씽 치운 이 겨울/ 울타리에 참새들이 짹짹짹/ 먹을 것이 업다고 짹짹짹// 산도 하얏고/ 들도 하얏고/ 바람은 웽웽 치운 이 겨울/ 우리아기 잠자다가 응애응애/ 방 바닥이 차다고 응애 응애. 「겨울」, 한백곤

16 승효탄(응순), 「조선소년문예단체소장사고」, 『신소년』 1932년 9월호, 27~28쪽.

초기인 1930년에는 그의 이념적 성향을 그릴 수 있는 잡지인 『신소년』과 『별나라』에 작품을 발표했다. 이후 1932년부터 『어린이』, 그리고 잡지 폐간 이후 1938년부터는 《동아일보》에 작품을 투고한다. 또한 해방 이후 『새동무』에 참여해 동요(시)를 발표한다. 그가 발표한 장르는 소년시, 동요, 동시, 수필, 르포, 아동극, 동화, 소년소설 등 아동문학 전 장르를 아우르고 있지만, 잡지에는 주로 동요를 신문에는 동화를 발표했다. 실증자료 발굴의 한계로 미발굴 작품을 포함하면 작품 수가 더 있겠지만 현재까지 필자가 조사한 작품은 다음과 같이 30여 편에 달한다.

[표 1] 잡지 및 신문 작품게재 현황

	작품명	게재지	게재연호	장르명	비고
1	「아버지를 생각함」	『신소년』	1930년 1월호	少年詩	
2	「불상한 남매」	『신소년』	1930년 6월호	童謠	
3	「장미꼿」	『신소년』	1930년 7월호	童謠	
4	「겁내지말아」	『신소년』	1930년 11월호	童謠	
5	「自慢」	『신소년』	1931년 6월호	謠劇	
6	「새일꾼 동무」	『신소년』	1931년 7월호	童謠	李庚禼 합작
7	「江물의 行進」	『신소년』	1931년 8·9월호	隨筆	
8	「그여코이겻다」	『별나라』	1931년 9월호	童謠	
9	「夜學生의 노래」	『별나라』	1931년 10·11월호	童謠	
10	「언니잇는곳」	『별나라』	1932년 1월호	童謠	
11	「농촌소년」	『어린이』	1932년 1월호	童謠	

12	「農村소년의 日記」	『어린이』	1932년 3월호	日記	소년일기
13	「나무꾼 行進曲」	『어린이』	1932년 4월호	童謠	白崑
14	「그 애들과 우리」	『어린이』	1932년 4월호	童謠	
15	「결심」	『어린이』	1932년 4월호	童謠	
16	「겁쟁이」	『신소년』	1932년 4월호	童謠	
17	「새벽」	『어린이』	1932년 5월호	童謠	
18	「야학가는길」	『어린이』	1932년 5월호	童謠	白崑
19	「겁내지마라」	『어린이』	1932년 5월호	兒童劇	농촌소년극
20	「今春普校卒業한 崔君의 日記」	『신소년』	1932년 6월호	레포	韓碧松
21	「야학교 퇴학생」	『어린이』	1932년 7월호	童謠	
22	「무엇이풍덩」	『별나라』	1933년 8월호	童謠	
23	「목수언니」	『별나라』	1934년 4월호	童詩	
24	「비오는날」	『별나라』	1934년 10·11월호	童謠	
25	「수수꺼끼」	《동아일보》	1938년 2월 20일	童話	
26	「자장자장~」	《동아일보》	1938년 4월 29일	이야기	애기네판
27	「아가는 말을~」	《동아일보》	1938년 5월 18일	이야기	애기네판
28	「엄마는 바누질을~」	《동아일보》	1938년 7월 17일	이야기	애기네판
29	「의좋은 동무」	《동아일보》	1938년 9월 8일	소년소설	
30	「싸움동무」	《동아일보》	1938년 10월 1일	동화	
31	「병아리 두 마리」	『새동무』	1947년 7호	동요	
32	「시골집」	『새동무』	1947년 9호	동요	

33	「아가야 울지 마라」	『새동무』	1947년 11호	동시	
34	「겨울」	《자유신문》	1949년 1월 20일	童謠	

한백곤이 발표한 동요(동시, 소년시)는 무산계층의 가난문제, 야학을 다니는 소년들의 기상과 포부, 지주계층에 대한 풍자, 가족에 대한 그리움 등으로 그 내용을 요약할 수 있다. 먼저 무산계층의 가난 문제를 다룬 작품들을 보면 다음과 같다.

누나여 배곱허셔 나넌죽겟수/ 우리는 엇지하여 엄마가 업나/ 저 마을에 들어가 밥좀으더어/ 배곱허서 죽겟수 배곱하죽어// 우지말아 우지말아 나에 동생아/ 네가울면 누이맘이 더욱설구나/ 저마을노 얼는가자 밥어더주마/ 올치올치 잘도간다 참착하구나

「불상한 남매」, 『신소년』 1930년 6월호

동녘하늘 붉으스래 먼동이틀 때/ 광이메고 수건쓰고 목다리신고/ 이슬나린 논둑길노 느러서가는/ 우리들은 땅파는- 농촌의소년// 동녘하늘 붉으스레 새벽고할 때/ 꽁보리밥 보재기에 싸질머지고/ 고개고개 산골길로 느러서가는/ 우리들은 나무하는 농촌의소년// 해뜨기전 이른새벽 자진닭울때/ 노닥노닥 기운옷을 몸에글치고/ 나무지고 읍내장에 팔러나가는/ 우리들은 나무파는 농촌의소년// 해뜨기전 이른새벽 먼동이틀 때/ 집프래기 옷단님을 질끈동이고/ 똥장군을 짊어지고 들로나가는/ 우리들은 똥주무는 농촌의소년

「새벽」, 『어린이』 1932년 5월호

야학교의 퇴학생 늘어만가네/ 기름-갑 이십전- 낼돈이업서/ 울면서 울면서 작고나가네/ 가난에도 가난을 거듭한동무// 야학교의

퇴학생 늘어만가네/ 연필하나 책한권 살돈이업서/ 풀피업는 얼골을 푹수구리고/ 울면서- 울면서 작고나가네

「야학교 퇴학생」, 『어린이』 1932년 7월호

일제 강점기 우리 민족에게 있어 가난의 문제는 식민지라는 상황에서 비롯되었다. 일제의 토지조사사업과 산미증산계획 등으로 강화된 지주제는 소작농들의 궁핍한 삶을 가중시켰고, 이로 인해 부모의 경제적 능력이 아동의 생활수준을 결정짓는 것은 당연했다. 「불상한 남매」와 「새벽」을 통해 당시 농촌의 가난한 아동들의 일상을 읽어낼 수 있다. 어머니를 잃은 불쌍한 농촌 남매가 굶주림에 허덕이다가 이웃집으로 밥을 얻어 먹으로 다니는 모습, 농촌 소년들이 비 교육제도권에서 농사를 짓고, 나무를 베어 시장에 팔고, 논밭에 오물을 주는 모습들이 그러하다. 가난은 이처럼 아동들을 생활 현장에 호출했다. 당시 아동들은 자기 밥벌이뿐만 아니라 가족의 생계를 위해 힘겨운 농사일까지 시달려야만 했던 것이다.

또한 가난으로 교육제도권에서 밀려난 농촌 소년들은 그 대안으로 야학에 다니게 된다. 주경야독을 하며 나름의 배움의 길을 걸어갔지만, 이도 그리 넉넉지 않았다. 「야학교 퇴학생」을 보면 가난한 농촌 소년들은 기름 값을 내지 못해 퇴학을 당한다. 그들은 연필하나 살 돈도 없이 가난하다. 당시 야학이 설립자나 지방유지, 학부모들의 공동부담, 교사와 학생들의 공동노동 등으로 운영되었지만, 이들이 해결되지 않을 경우 일정액의 월사금을 징수하였다. 하지만 가난한 학생들은 월사금을 내지 못해 퇴학을 당하는 경우가 허다했다(문소정, 1990, 102-103).

여름불볏 겨울북풍 가리지안코/ 날-마다 아츰부터 저녁때까지/ 광이낫을 용감하게 둘러메고서/ 이몸은- 파곡찍는 농촌의소년// 누

덕누덕 기운옷을 몸에걸치고/ 보리죽과 간도조밥 먹억가면서/ 압날 희망 바라보고 용감스럽게/ 날마다- 파고씩는 농촌의소년

「농촌소년」, 『어린이』 1932년 1월호

우리 우리 동무들은/ 이상한 동무/ 낫이면 農軍이요/ 밤이면 학생/ 일하고 글 배우는/ 農軍學生// 우리 우리 동무들은/ 튼튼한 동무/ 쌍파고 김매는/ 소년농군/ 밤마다 글 배우는/ 新進夜學生

「夜學生의 노래」, 『별나라』 1931년 10·11월호

비가오면 비가오면/ 주륵주륵 비가오면/ 울아버진 자리매고/ 울어머닌 품바느질/ 나는 나는 애기업고/ 야학창가 브르지요/ 캄캄한 금음밤에/ 등불도없이/ 동무동무 손잡고/ 야학감니다/ 쎠러진 창틈으로/ 찬바람 새고/ 남포불은 감을감을/ 졸고 잇는데/ 한자두자 힘차게/ 웟치는소리/ 우리들의 쌈악눈이/ 밝어감니다/ 응덩춤을 추면서/ 소리놉헤 창가하는/ 울애기는 벙글벙글/ 울엄마도 웃음웃고/ 울압바도 에잘한다/ 나는조와 노래하죠

「비오는날」, 『별나라』 1934년 10·11월호

한백곤은 가난한 상황 속에서 농촌 소년의 건강한 이미지를 그리기도 한다. 「농촌소년」에 등장하는 소년은 더위와 추위에 아랑곳하지 않고 날마다 부지런히 일한다. 비록 허름한 옷에 보리와 조밥으로 끼니를 때우지만 소년은 앞날의 희망을 다짐하며 매일 같이 농촌의 일꾼으로 성장한다. 그리고 「夜學生의 노래」와 「비오는날」을 통해 농촌 야학생들의 유대감 회복과 문맹 타파를 통한 가족 간의 기쁨을 느낄 수 있다. 당시 야학은 농촌 소년들에게 민족적 정체성을 잃지 않도록 하였을 뿐만 아니라 계급적 정체성을 형성시켰으며, 아울러 야학을 통해 농민층과 소작농층의 유대감

을 회복하는 계기가 되었다.

한백곤은 또한 계급모순과 갈등을 작품에 그리고 있는데, 유산계급과 그의 자녀들을 풍자한 것들이 이에 해당한다. 가난 속에서도 가족의 생계를 위해 희생했던 아버지와 가난으로 교육제도권의 바깥에 머무르며, 온 종일 일을 해야만 했던 농촌 소년들의 삶은 식민지라는 근원적 상황으로부터 비롯된 것이기에 구조적 모순은 계속될 수밖에 없었다. 이러한 현실의 부조리와 불합리는 소년들에게도 계급에 대한 인식을 갖게 되는 계기가 되었다.

> 장미꼿 곱다고하지마소/ 가시만 숭숭 아야아야오/ 압집에 김별감 말도마소/ 아버지 골통만 먹입듸다요
>
> 「장미꼿」, 『신소년』 1930년 7월호

> 우리들 나무꾼이 떼를지여서/ 뒷고개로 노래하며 너머가닛가/ 학교가든 아이들 우리를 보고/ 빵손이처 딴길로 도망해가네// 우리들 나무꾼이 무서웁다고/ 냇배는 학교애들 바보로구나/ 그래고서 재가무슨 근일꾼이래
>
> 「겁쟁이」, 『신소년』 1932년 4월호

> 풍덩- 무엇이 풍덩/ 야학갓다 오는길에 논두랑에서/ 물놀으로 쒸여드는 개고리 풍덩-/ 생각- 그 무슨 생각/ 오늘 낫에 김참봉 뚱뚱이 영감/ 도랑물에 풍덩- 싸지든 생각-// 삐- 쌔- 그 무슨 소리/ 건넛집의 순복이 심술부리다/ 저엄마게 매맛고서 우는 저소리/ 생각- 그 무슨 생각-/ 오늘 낫에 참봉 아덜 영길이란 놈/ ???? 혼이나고 울든 그 생각
>
> 「무엇이풍덩」, 『별나라』 1933년 8월호

「장미꽃」은 착취계급과 피착취계급의 이원대립을 통해 농민들의 피폐한 삶을 보여주고 있다. 지주에게 돈이나 땅을 빌려 한해 농사를 짓고 빚을 갚으면 농민들은 남는 것이 없다. 그러한 부조리한 상황 속에서 작가는 지주를 장미꽃에 비유한다. 현상은 아름답지만 본질은 가시와 같은 계급적 횡포가 숨어 있기 때문이다. 그리고 「겁쟁이」와 「무엇이풍덩」을 통해 유산계급 자녀의 나약함을 풍자하고 있다. 또한 지주의 외모를 통한 조소와 야유를 통해 그들을 희화화하고 있다. 경제적인 여유가 있어 교육제도권에 편입한 그들의 나약함을 비꼬면서 무산계급 소년들은 그들의 육체적, 정신적 강인함을 드러내고 있다. 이를 통해 무산계급 소년들은 계급 착취로부터 고통 받는 현실을 극복하고자 했다. 이처럼 1930년대 동요들은 계급문학 운동이 식민지 상황에서 노정된 현실적 모순을 비판하고, 일본제국주의의 침략 정책에 정신적으로 대응할 수 있는 실천적 의지를 문학을 통해 구현하고자했음을 시사한다(권영민, 1998, 353)고 볼 수 있다.

한편 한백곤은 가족과 헤어져 타향살이를 하는 아버지나 형제에 대한 그리움을 노래하기도 한다. 일제의 극심한 민족차별과 수탈정책으로 더 이상 고향에 발을 붙이지 못한 민중들은 새로운 삶의 터전을 찾아 만주, 간도, 아라사(러시아) 등으로 이주를 떠난다. 그들의 아픔을 그린 유이민 문학은 성인문학 뿐만 아니라 아동문학에서도 흔히 발견된다.

> 아버지! 아버지시여! 지금 이짜에는 겨울이 왓나이다/ 쌀쌀한 北風이 밀여옴니다/ 거칠고 허러진 짱에 게시는 아- 아버지를 걱정하옵니다/ 인제는 다시 돌아오지 못할 멀리게신 아버지 아버지 이짱에는 눈보래 치나이다./ 눈바람을 가슴에 안고 갈곳업시 헤매는 아- 아버지 이 어린 아들의 눈물진 노래가 들니나잇가!
>
> 「아버지를 생각함」, 『신소년』 1930년 신년호

언니가 들어간/ 살창방에도/ 쌀쌀한 이겨울/ 차저왓겟지/ 이겨울 그곳서/ 엇지넘기나/ 생각사록 ××쒸네/ 분해죽겟네/ 그러나 튼튼한/ 언니몸이니/ 요까진 겨울은/ 겁내잔켓지

「언니잇는곳」, 『별나라』 1932년 1월호

「아버지를 생각함」에서 화자는 타향에 계신 아버지를 걱정하며 절규하고 있다. 특히 추운 겨울날 아버지가 고생하실 생각에 화자는 더욱 아버지에 대한 그리움이 간절하다. 「언니잇는곳」은 사회주의 운동을 하다가 감옥에 수감 중인 언니를 걱정하며, 현실에 분개하고 있다. 하지만 언니가 힘겨움을 잘 이겨내리라 믿으며 스스로를 위로한다. 두 작품 모두 겨울이라는 하강적 이미지를 통해 가족이 처한 열악한 상황을 극명하게 보여주고 있는데, 이는 외연을 확장시키면 당시 우리 민족이 처한 상황의 단면으로 볼 수 있다.

한백곤은 아동잡지에 동요 외에도 아동극, 수필, 일기, 레포 등의 글도 발표한다. 『신소년』 1931년 6월호에 실린 아동극 「自慢」은 노래(謠) 형식을 갖춘 짧은 내용으로 자만심에 대한 경계를 주제로 하고 있다. 작품에 등장하는 벌, 여호, 톡기, 노루, 원숭이, 범, 거미 등은 각자 자기 자랑을 한다. 벌을 제외한 다른 동물들이 자기 자랑을 하다가 호랑이를 보고 도망을 간다. 하지만 호랑이도 잘난 체 하다가 벌에 쏘여 도망을 간다. 벌은 자기가 제일 잘났다고 자만하다 그만 거미줄에 걸려 죽게 된다. 이는 당시 성행했던 우화의 형식을 빌려 아동들에게 교훈을 주고자 창작한 작품으로 평가 된다. 그리고 『어린이』 1932년 5월호에 발표한 농촌소년극 「겁내지마라」는 산주(유산계급)의 폭력에 맞서는 나무꾼(무산계급) 소년들의 이야기를 그리고 있다. 나무꾼인 창술, 정식, 기동, 성만은 산에서 나무를 하다가 걸려 산주의 폭력에 맞서 저항하며 서로의 유대감 및 계급의식을 고취한다.

이 작품은 당시 지주의 횡포에 맞서기 위해서는 서로가 대동단결해야 한다는 교훈을 주고 있다.

한편 한백곤은 『신소년』 1931년 8·9월호에 수필 「江물의 行進」을 발표 한다. 시대의 아픔을 위로하기 위해 홀로 강변에 앉아 흘러가는 강물을 보던 화자는 수천수만의 물방울이 모여 강을 이루며가는 것을 보고 새로운 삶의 목표인 대동단결을 결심한다. 그리고 『어린이』 1932년 3월호에 발표한 「농촌소년의 일기」와 『신소년』 1932년 6월호에 발표한 「레포」를 통해 가난한 농촌 소년의 일상을 생경하게 그리고 있다.

1935년을 전후해 아동잡지가 폐간되자 한백곤은 잠시 휴식기에 접어든다. 이후 1938년부터 《동아일보》에 유년이야기와 동화, 소설 등을 발표한다. 1922년부터 시행된 학제는 아동의 연령대를 구분 짓는 변화를 가져온다. 이는 아동문학에도 유년문학이 탄생하는 계기가 된다. 유년에 대한 인식 이후 아동 잡지나 신문에는 그들을 위한 장르명으로 유년동요, 애기동요, 애기동화, 유년동화, 유년소설 등이 생겨났다.[17] 또한 유년층을 대상으로 한 작품에는 화가가 참여해 삽화를 넣기 시작한다. 글과 그림을 함께 배치함으로써 유년에게 문학을 좀 더 재미있고 친숙하게 접할 수 있게 해 주었다.

---

17 1934년부터 《조선일보》, 《동아일보》, 《조선중앙일보》 등에 유년동요가 실리게 되는데, '아기동요', '애기동요', '유년동요', '유치원노래(동요)', '동요' 등으로 제목이 기재가 된다. 여기에는 유년 대상층을 고려해 글과 그림이 함께 배치된 그림동요 형태를 취하고 있다(정진헌, 2015).

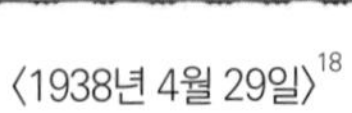

〈1938년 4월 29일〉[18] 〈1938년 5월 18일〉[19] 〈1938년 7월 17일〉[20]

한백곤이 1938년 《동아일보》 '애기네판'에 발표한 유년이야기는 삽화와 함께 짧은 이야기가 수록되어 있다. 이는 유년의 연령대를 고려한 의도로 볼 수 있다. 주로 생활 속에서 아기들의 귀여운 모습이나 행동거지를 포착해 이야기로 그리고 있다.

그리고 1938년 《동아일보》에 발표한 동화 「수수꺼끼」와 「싸움동무」는 생활동화로 「수수꺼끼」는 오남매의 우애를, 「싸움동무」는 계급간의 갈등을 각각 주제로 하고 있다. 「수수꺼끼」에는 오빠, 나(보통학교 5학년), 영호

---

18 『자장자장 우리애기 잘도잔다 조그만 잇으면 엄마가온다』. 이쁜이는 벼개애기를 업고 이러케 노래를 해요. 벼개 애기는 아무말도 안해요. 그래도 이쁜이는 애기를 달래며 이러케 노래를 해요. 『자장자장 우리애기 잘도잔다 조그만 잇으면 아빠두 온다』.

19 아가는 말을 꼭 세마디밖에 못 하나바요. 엄마가 암만 하눌천 하눌천 해두 그저 따-지 따-지 한 대요. 아침에두 엄마가 아빠를 해보라구시켜두 그저 엄마 엄마 하지요. 국두 맘마 과자두 맘마 물두 맘마 이런대요. 아빠가 작난감을 사오셔두 누가사다 줬느냐면 아빠를 아르키면서두 『엄마!』 그런대요.

20 엄마는 바누질을하구/ 나는 애기를데리고 노는데/ 뒷집 입분이가 영숙이를 업고 왓지요/ 입분이가 영숙이를 마루에다 나려노닛가/ 영숙이는 우리 애기를 보구 『아가아가』하며 부르겟지요/ 그러닛가 우리애기도 영숙이를보구/ 저도 아가 아가 하며 마조 불러서/ 엄마와 나와 입분이는 우서워서 죽을번 햇세요.

(4학년), 영숙(2학년, 낙제), 영길(유치원) 오남매가 등장한다. 방학을 맞아 집에 온 오빠가 동생들에게 수수께끼를 낸다. 그런데 의외로 낙제한 영숙이가 수수께끼를 다 맞춘다. 오빠가 영숙이에게 과자를 나누어주자 영호가 과자봉지를 들고 도망을 친다. 오빠는 남은 과자를 다른 동생들에게 나눠준다. 그러면서 서로의 우애를 다진다.

「싸움동무」에는 주인집 딸인 영희와 문간방에서 세를 주고 사는 옥순이가 등장한다. 영희와 옥순이는 역할놀이를 하다가 서로 다툰다. 영희가 신분을 따져가며 자기는 아씨, 옥순이는 식모를 하자는 말에 옥순이가 화를 냈지만, 영희가 그런 옥순이를 놀리고 때린다. 집에와 울며 잠을 자던 옥순이는 저녁에 아버지 보고 똥마차를 끌지 말라고 한다. 공장에 다니던 오빠도 옥순이가 매일 기죽어 사는 모습에 안타까워한다. 며칠 후 옥순이네는 이사를 가고 옥순이 없이 외롭게 지내던 영희가 잘못을 뉘우치며 운다.

또한 한백곤이 발표한 소년소설 「의좋은 동무」는 같은 동네에 같은 학교를 다니는 12살 친구인 삼용이와 수만이의 우정을 그리고 있다. 어느 여름날 오후 삼용이와 수만이는 강변에서 자래바우까지 누가 먼저 가나 수영내기를 한다. 그런데 그만 수만이가 몸이 지쳐 물에 빠지고 만다. 삼용이가 수만이를 구하기 위해 물에 뛰어들었다가 죽을 뻔했지만 가까스로 수만이를 구하고 집에 돌아온다. 이후 둘의 이야기가 학교에 알려지자 조회시간에 교장선생님이 둘을 칭찬한다. 그리고 학생들에게 둘처럼 조흔동무 용감한 동무가 되라고 훈화 말씀을 전한다. 둘은 뿌듯함을 느낀다. 한백곤이 창작한 아동서사물은 서정장르에 비해 양적으로 빈약하지만 아동들의 일상을 포착해 나름의 주제의식을 그려냈다고 볼 수 있다.

> 병아리 두마리 노-란 병아리/ 하늘에 소리개 빙-빙 맴 돌면/ 엄마 품에 들어가 삐-약 삐약/ 미운 놈의 소리개라 삐-약 삐약// 병아

리 두 마리 노-란 병아리/ 소리개 휠-휠 멀-리 가면은/ 엄마 등에 올라 앉아 삐-약 삐약/ 따뜻한 봄이라고 삐-약 삐약

「병아리 두 마리」, 『새동무』 1947년 7호

아기가 목을 놓고 운다/ 엄마가 보구싶어 슬프게 운다/ 귀여운 아가야 울지말어라/ 개짖는 소리 아마도 엄마가 오시나부다// 울다가 아기는 고요히 잠들었다/ 단 꿀이 철철 흐르는 엄마의 젖꼭지를 그리며/ 쌔근 쌔근 아기는 아름다운 꿈을 꾼다// 꿈에서 깨난 아기는/ 또다시 목을 놓고 흐느껴 운다/ 어여쁜 내아가야 울지말어라/ 그립던 엄마의 목소리가 문깐에 들려온다

「아가야 울지마라」, 『새동무』 1947년 11호

해방 이후 속간 및 새롭게 창간된 아동 잡지 및 교양서들은 30년대 중반 이후부터 침체된 아동문학의 새로운 물꼬를 틀었다. 해방을 전후해 작품 활동이 뜸했던 한백곤은 1947년을 전후해 간간이 작품을 발표한다. 그는 주로 아동과학잡지인 『새동무』에 동요(시)를 발표했다. 「병아리 두 마리」는 봄날 솔개에 놀란 병아리가 엄마 품에 안겼다가 솔개가 사라지자 다시 엄마 옆에서 따뜻한 봄날을 즐기는 정경을 묘사했고, 「아가야 울지마라」는 엄마를 기다리다 지쳐 잠든 아기의 모습과 잠에서 깨어나 엄마를 그리워하는 아기를 달래는 화자의 안타까움을 노래했다. 그밖에 「시골집」은 각자의 일터로 나간 가족의 모습과 초가집 주변의 정경을 노래했다.

이처럼 한백곤은 1930년부터 1934년 잡지 폐간까지 『신소년』을 시작으로 『별나라』, 『어린이』, 『새동무』 등에 동요(시), 동화, 아동극, 교술 장르 등을 발표한다. 농촌의 가난한 현실 문제, 야학을 다니며 건강한 이미지로 살아가는 농촌 소년들, 유산계층에 대한 풍자와 조소, 타향살이를 하는 가

족에 대한 그리움, 정경 묘사까지 다양한 주제를 그렸다. 또한 1938년 이후 《동아일보》에 생활 속의 이야기를 주제로 유년이야기와 동화, 소설 등을 간헐적으로 창작하며 아동문학 작가로서의 길을 여전히 걸어갔다. 소년문예사 시절 현실과 이념적인 성향이 강했던 그의 작품들 속에 정제되지 않은 직설적인 토로와 소재주의는 자칫 예술성을 상실한 한계로 지적될 수 있지만, 한백곤의 작품 활동은 개인에게 주어진 등단의 기회를 넘어 당시 나라 잃은 시기 고단한 일상을 살아가는 소년들에게 작은 구원과 위안으로서의 문학을 제공해 주었다고 할 수 있다.

4. 나오며

본고는 중원 작가 연구의 일안으로 1930년대 소년문예사로 활동했던 충주 출신 한백곤(韓百坤)의 문학적 궤적을 추적하고자 시작되었다. 본 논의를 위해 실증적인 자료가 요구되는바 필자는 당시 발간된 아동잡지 및 신문 등을 면밀히 살폈다. 자료의 한계에도 불구하고 필자는 다음과 같은 결론을 도출할 수 있었다.

한백곤은 충주시 가금면 창동 무산계급 출신으로 1920년대 말부터 야학당내 '새일순회'를 조직해 소년운동 및 문예활동을 전개한다. 그리고 『신소년』, 『별나라』, 『어린이』, 『소년세계』의 '독자담화실'을 통해 편집진과 잡지 애독자들과의 소통과 공론의 장을 형성해 가며 아동문단에 발을 들여 놓았다. 해방 이후 소년운동 및 아동예술 관계자들과 "조선소년운동중앙협의회"를 결성한 후 어린이날 행사준비 및 잡지 『少年運動』을 발행, 『새동무』에 작품을 발표하며 전쟁 전까지 소년운동 및 창작을 지속해 나아갔다.

또한 그는 소년문예사에서 기성작가로 발돋움하는 과정에서 야학 폐지, 잡지 폐간과 같은 아픔을 겪지만 비교육 제도권에서 시대의 아픔을 살아가는 농촌 소년들의 삶을 동요, 아동극, 수필, 동화, 소설 등 다양한 장르로 생경하게 그려냈다. 주된 내용을 보면 농촌의 가난한 현실 문제, 야학을 다니며 건강한 삶을 살아가는 농촌 소년들, 유산계층에 대한 풍자와 조소, 타향살이를 하는 가족에 대한 그리움, 정경 묘사까지 다양하다. 또한 1938년 이후 《동아일보》에 생활 속의 이야기를 주제로 유년이야기와 동화, 소설 등을 창작하며 아동문학 작가로서의 길을 걸어갔다.

아쉽게도 1935년을 전후해 아동잡지가 폐간된 이후 그의 작품 활동이 뜸하지만 해방 이후 간간이 작품 발표와 소년운동단체 활동을 통해 나름 시대의 아픔과 혼돈 속에서 살아간 아동들을 위해 걸어간 그의 족적을 간과할 수는 없을 것이다.

제4장
애기네소설 이무영

1. 들어가며

본고는 일제 강점기 중원지역 아동문학 미발굴 작가 후속 연구로 이무영(1908~1960, 아명: 용구(龍九))에 주목한다. 그동안 이무영은 한국 근·현대문학사에서 소설(농민) 및 희곡 작가로 알려졌으며, 선행 연구 또한 이를 바탕으로 집중 조명된 것이 주지의 사실이다. 하지만 우리가 간과했던 이무영의 행적을 되짚어 보면 이무영은 1929년 《조선일보》에 동화를, 이듬해인 1930년 아동잡지 《별나라》에 아동소설을 시작으로 1937년 《동아일보》에 이르기까지 아동소설, 동극, 어린이독본, 아동수필, 동화, 애기네소설(유년소설), 소년장편소설 등 적지 않은 아동문학 작품을 생산해 냈다. 또한 1930년대 초 라디오 동화 구연 프로그램에 참여해 동화를 낭송하며 아동문학의 발전에 기여한 사실이 역력하다.

하지만, 2008년 작가 탄생 100주년 기념과 관련해 출판 된 작품집 어디에도 이무영의 아동문학 활동에 관한 내용은 없다(이무영, 2008). 또한 웹사이트 상이나 작가 관련 단행본조차 이무영에 관한 연보나 작품 발표 연도를 잘못 게재한 경우가 역력하다.[1] 이는 성인문학 연구의 그늘에 가려진

1 가령, 이무영의 애기네소설인 「군포장 깍뚜기」 장르명을 수필로 표기하거나, 장편소년소설인 「똘똘이」의 작품 발표 연도를 1937년 등으로 표기한 것들이 이에 해당한다.

아동문학 연구의 현 주소이지만, 역으로 보면 앞으로 아동문학 연구의 발전 가능성을 시사한다.

1930년대는 1920년대 성장한 소년문예사들과 더불어 기성작가들의 참여가 두드러진 시기로 아동문학의 성장기를 이룬 시기이다. 물론 1935년을 전후 해 《어린이》, 《신소년》, 《별나라》 등이 폐간되지만, 신문이나 1930년대 중반 이후 창간(지속)된 《가톨릭소년》, 《동화》, 《소년》, 《아이생활》(지속) 등에 작품들이 연이어 발표되면서 1940년대 초까지 아동문단의 명맥을 이어갔다.

1930년대 들어 아동문단에서 제기된 아동의 연령 분화 과정에 따른 작품 생산에 대한 논의는 유년문학, 아동문학, 소년(소녀)문학 등으로 장르가 세분화 되어 각각의 연령에 맞는 작품을 생산하게 된다(정진헌, 2015, 126-127). 이무영 역시 《동아일보》에 근무하던 시절인 1935년에는 '경재' 시리즈인 애기네소설(유년소설)을 19편을 연재한다. 또한 이듬해인 1936년에는 장편소년소설인 「똘똘이」를 72회까지 연재하며 아동문학의 일익을 담당했다.

일제 강점기 아동문학이 성장하기까지 성인문단 작가의 참여를 간과할 수는 없다. 당시 발간된 신문이나 아동 잡지 등을 통해 확인되는 것처럼 아동 서사물과 관련해 이광수, 김동인, 전영택, 주요섭, 오영수, 박태원, 김유정 등의 참여가 활발했음에도 아직까지 이들에 대한 연구는 지엽적이다(정선혜, 2000; 오현숙, 2011; 전희은, 2012). 특히 이무영과 함께 구인회(1933) 활동을 했던 이태준에 대한 아동서사물 연구(심은경, 2005; 원종찬, 2006; 최명표, 2008 안미영, 2009)에 비해 이무영은 전무하다.

따라서 필자는 본 논의를 통해 그동안 농민문학가로, 희곡작가로 한국문학사에서 명명되었던 이무영 작가의 외연을 넓히는데 일조하고자 한다. 이는 아동문학사를 포함해 한국 근·현대문학사의 온전한 복원을 위해 반드시 선행 되어야할 작업이다. 또한 본고에서는 작가가 아동문학 관련 활동을 활발히 전개한 1930년대를 주목해 이를 본 논의의 연구 범위로 정했다.

2. 아동문학 작품 활동

이무영은 1926년 《조선문단》(17호)에 단편소설 「달순의 출가」(李龍九)를 시작으로 1960년 작고할 때까지 단·중편소설 169편, 장편 21편, 희곡 19편 그리고 다수의 평론 등을 발표하면서 한국문단의 입지를 다진 작가이다.[2] 1908년[3] 충북 음성에서 태어난 이무영은 1913년 중원군 신미면(현, 충주)으로 이사 후 소학교를 다니다 중퇴를 하고 1920년 휘문고보에 입학한다. 하지만 1925년 문학 수업을 위해 휘문고보를 중퇴하고 일본 유학길에 오른다. 이후 1929년 귀국하여 강습소 교원, 출판사 사원, 잡지사 기자 등의 일을 하며 '무영(無影)'이란 아호로 작품 활동을 하기 시작한다.[4]

---

2 이무영의 작품 현황은 현재, 미발굴 작품을 포함하면 수정될 부분이 많다. 필자는 2009년 문학과지성사에서 발간한 『이무영 단편선 제1과 제1장』 부록에 게재된 성인문학 작품에 한정해 편수를 정리했다.

3 이무영은 자신의 출생과 관련해 1935년 3월 2일자 《조선일보》 "나의 자화상 - 졸장부와 나"에 출생을 1907년 1월 14일로 잘못 적고 있다. 그가 태어난 해 조모가 戊甲이라는 이름을 지어 준 것으로 봐서 1908년(戊甲年)생이 맞다.

4 1934년 4월 1일 《동아일보》에 이무영은 "나의 雅號 나의 異名"에 대해 다음과 같은 글을 게재했다. "戊甲, 甲龍, 龍三, 龍九, 이것은 어릴 때 집에서 부르든 나의 이름이다. 戊甲은 戊申生이라 하여 돌아가신 祖母님이 지어 주섯고 甲龍은 출처도 모르고 龍九는 여듧살에 내가 혼자서 지은 것이다. 雅號로는 十五才까지는 ".淚聲"이라고 부르고 스스로 기뻐하엿고 十七才부터 彈琴臺人이라고 썻다. 彈琴臺는 故鄕 忠州에 잇는 이름난 곳이라 거기서 취한 것이다. 淚聲은 깊흔 밤 홀로 울다가 原稿紙 우에 떨어지는 눈물 소리에 쏠렷든 것이다. 그러나 民籍에는 무슨 이름으로 登錄 되어 잇는지 이때 껏 모르고 잇다. 無影. 이것은 四,五年前부터 부른 이름이다. 펜네임도 되어 잇고 本名으로도 되어 잇다. 無才, 無力 無의 化身이나 된 듯이 모든 點에서 無임을 깨달은 나는 無字가 좋앗다. 아모데 가거나 無力

현재 필자가 조사한 자료에 의하면, 이무영이 귀국 후 첫 발을 내디딘 아동문학 관련 작품은 1929년 10월 24일 《조선일보》에 발표한 동화 「엿장사이야기」이다. 이 작품은 '어린이차지'란에 게재가 되었다. 이 작품은 후술 하겠지만 이무영이 1931년 10월 15일 라디오 프로그램에 참여해 구연하기도 한다. 당시 《조선일보》에는 김태오, 염근수, 남관임, 최병화, 남궁랑 등이 참여해 '어린이차지'란에 동화를 연재했다.

1930년대 들어 이무영은 아동잡지 《별나라》와 《어린이》에 아동소설, 동극, 수필 등을 발표한다. 그가 아동잡지에 참여하게 된 연유는 현재로서는 자료의 한계로 알 수는 없지만, 1933년부터 참여한 《어린이》의 경우 윤석중과의 인적 교류가 있었던 것으로 보인다. 차상찬과 최영주의 권유로 윤석중은 1933년 5월 《어린이》 편집 주간을 맡게 된다. 그는 기성문인의 참여를 통해 아동문학의 문학적 수준을 높이고, 이름 위주로 다루던 글을 작품 본위로 바꾸어 잡지의 내실을 다진다. 이무영과 함께 당시 잡지에 참여한 이들은 이은상, 신명균, 이윤재, 김소운, 윤백남, 주요섭, 피천득, 박화성, 한정동, 홍난파 등이다(윤석중, 1985, 148-150). 이미 이무영과 윤석중은 1932년 8월 7일 조직된 "문필가협회"에서 조우를 한 적이 있다. 당시 협회에는 친목 도모와 신진작가 소개 등의 목적을 가지고 이광수를 비롯해 채만식, 이무영, 김동인, 임화, 윤백남, 임화, 이기영, 윤석중 그리고 고향 친구인 이흡 등을 비롯해 많은 문인들이 참여를 한 바 있다.[5]

하고 무슨 일을 하거나 反響이 없는 나. 社會의 서는 자리에 가서 보아도 그림자조차 없는 나. 나는 여기서 無影이라고 지엇다. 그림자가 생기면 그때에는 갈리라 한 것이 어느 때나 그림자가 생길지 앞을 내다보면 아득하다. 그러나 나의 몸에 그림자가 생길 때까지는 이 이름을 떼어버리지 않겟다." 본고에서 신문 및 잡지 인용 내용은 원문표기에 따른다. 다만 내용의 이해를 돕기 위해 현대문법에 맞게 띄어쓰기를 사용했다.

5 《동아일보》 1932년 8월 3일.

이무영이 《별나라》에 발표한 아동소설은 「어린英雄」이다. 현재 자료의 소실로 확인되는 작품은 1930년 6월호에 게재된 「어린英雄」 제4회 受難편이다. 연작으로 봐서 작품을 게재한 시기는 1930년대 초로 추정된다. 당시 《별나라》의 독자담화실인 '별님의 모임'을 통해 독자와 편집자들 간 소통과 공론의 장의 열며 소년문예사로서의 꿈을 키우던 한백곤은 이무영의 작품을 읽고 같은 고향 선배라는 반가움의 말을 모임란을 통해 전하기도 한다.[6]

이무영은 1931년 《동아일보》에서 한국 최초로 공모한 희곡 현상 모집에 「한낮에 꿈꾸는 사람들」을 이산(李山)이란 필명으로 응모하여 당선이 된다. 이후 극예술연구회 회원(1933~1936)으로 활동하면서 1933년 《어린이》 제11권 제6호부터 11호까지 총 4회에 걸쳐 동극 「가난뱅이王子」를 연재하기 한다. 그리고 1933년 제11권 6호에 아동소설 「장미꽃과 쇠살새」를, 1934년 제12권 3호에 어린이독본 「귀여운 세배꾼」, 5호에 이야기특집 「뻗히는 힘」, 12호에는 수필 「五男妹」를 발표한다. 이무영은 또한 라디오 방송국 프로그램에 참여해 동화 구연을 하기도 하는데, 1931년 10월 15일 「엿파는 이야기」와 1932년 9월 20일 「할아버지 이야기」등을 들 수 있다.

1934년 《동아일보》에 입사해 학예부 기자로 활동하던 이무영은 1939년 신문사를 사직하고 창작을 위해 군포로 이사 가기 전까지 주로 연작소설을 발표한다. 특히 아동문예물과 관련해 1935년 5월 26일부터 12월 22일까지 '경재' 시리즈인 애기네소설(유년소설)을 총 19회에 걸쳐 '어린이日曜'란에 발표를 한다.[7] 1930년대 중반 카프 해체 이후 아동문단은 아동의 이

---

6 1930년 《별나라》 6월호, 75쪽, "李無影先生님, 忠州 韓百坤, 『어린英雄』 써주시는 李先生님 忠州君新尾面龍院에 계시는 李龍九씨가 아니십닛가 감사합니다."

7 1935년 9월 1일에 실린 애기네소설 「벳쟁이 병문안」은 저자가 강하(姜霞)로 되어 있고, 내용도 경재 이야기가 아니다. 이무영이 아닌 다른 인물의 작품으로 추정된다.

념성과 운동성을 중시하는 흐름은 약해지고 문학성과 대중성을 중시하는 경향이 한층 더 강해졌다. 따라서 당시 발간된 신문이나 아동잡지 편집진들은 연재 기획물을 통해 독자를 확보하는 것이 시급한 과제였다. 특히 유년층을 대상으로 한 작품 생산이 두드러지게 되는데, 이는 《소년》이나 《조선일보》 등에서도 쉽게 찾아 볼 수 있다(원종찬, 2016, 68-70). 그리고 이듬해인 1936년에는 애기네소설에 이어 소년소설인 「똘똘이」를 연재한다. 당시 삽화는 정현웅이 맡았다.[8] 정현웅은 1935년 8월부터 12월까지 《동아일보》(총 133회 중 45회분)에 이무영의 장편소설 「먼동이 틀 때」에 삽화를 그린 바 있다. 1936년 2월 9일부터 5월 20일까지 총 72회에 걸쳐 연재된 「똘똘이」는 14개의 에피소드가 유기적으로 연결되어 전체의 서사를 이끌어가는 구조의 장편소년소설이다.

1936년 8월 《동아일보》는 손기정 선수의 일장기 말소 사건으로 무기정간에 들어간다. 당시 이무영은 10개월 후 복간되기까지 생활고를 겪으며 잠시 아동문학 관련 작품 활동을 중단한다. 반면, 이무영은 이 기간 동안 동향 충주 문인인 이흡(이경흡), 정영택(정호승), 지봉문 등과 《조선문학》(1933~1939) 발행에 참여하기도 한다(서범석, 1992; 1994). 이후 1937년 6월 2일 《동아일보》가 속간되자 6월 6일 「그짓말」(장르명 미표기)과 7월 8일 「복숭아」(유년동화)를 발표한다.

이처럼 이무영은 일본 귀국 후 1929년부터 1937년까지 신문 및 아동

---

8 《동아일보》 1936년 2월 8일. "소년소설예고 - 이 "똘똘이"를 쓰는 분 이무영씨는 우리 "어린이日曜"에 "애기네소설"을 오래 두고 써서 수만흔 어린이들에게 만흔 감명을 준 분인 것은 더 말하지 안허도 잘 아실 것입니다. 그러나 그분이 새해가 되면서부터 여러 가지로 바쁜 탓으로 그 절대한 환영을 받든 "애기네소설"을 쓰지 못하엿섯는데 이번에는 그보다도 재미잇고 더 유익한 소년소설 "똘똘이"를 실게 된 것을 여러 어린 독자들 앞에 발표합니다. -중략- 이무영 씨의 재미잇는 이야기에 정현웅 씨의 그림을 넣케 된 것은 그야말로 꽃 우에 또 꽃을 언진 것과 같이 여러 어린 동무들을 질겁게 할 것입니다. -이하 생략-"

잡지에 참여해 동화, 아동소설, 동극, 애기네소설, 장편소년소설 등을 발표했다. 특히 《동아일보》 입사 이후 1935 · 6년에 각각 연재한 애기네소설 '경재'시리즈와 장편소년소설 「똘똘이」는 아동문학의 대중성에 기여한 바가 크다고 볼 수 있다.

3. 잡지 및 신문 작품현황 및 내용

현재 자료조사를 통해 확인되는 것처럼 이무영이 발표한 아동문학 관련 작품들은 아동소설 2편, 동극 1편, 애기네소설 20편, 장편소년소설 1편, 동화 3편, 그리고 어린이독본 1편, 이야기특집 1편이다. 먼저 아동잡지 《별나라》와 《어린이》에 발표한 작품 현황과 내용을 보면 다음과 같다.

[표1] 《별나라 · 어린이》 작품 현황

발간연도	권호	작품명	장르명	잡지명
1930년	제8권 6호	「어린 英雄-受難」제4회	아동소설	별나라
1933년	제11권 제6호	「장미쏫과 쐬꼴새」	아동소설	어린이
1933년	제11권 제8호	「가난뱅이王子」제1막	동극	어린이
1933년	제11권 제9호	「가난뱅이王子」제2막	동극	어린이
1933년	제11권 제10호	「가난뱅이王子」제3막	동극	어린이
1933년	제11권 제11호	「가난뱅이王子」제3막의 계속	동극	어린이
1934년	제12권 제3호	「귀여운 세배꾼」	어린이독본	어린이
1934년	제12권 제5호	「뻗히는 힘」	이야기특집	어린이
1934년	제12권 12호	「五男妹」	수필	별나라

1930년 《별나라》에 발표한 아동소설 「어린英雄」은 자료 구입 난항으로 전체적인 서사를 알 수 없지만, 제4회 수난편을 통해 10년 전 고향인 거북골을 떠난 주인공 김일관의 고난과 여정을 그린 모험담임을 짐작해 볼 수 있다.

1933년 《어린이》에 발표한 아동소설 「장미쏫과 쇠꼴새」는 "어린 족하 경재에게 들려준 이약이"라는 부제를 달고 있다. '경재'가 실존 인물인지는 확인할 길이 없지만, 1935년 《동아일보》에 발표한 애기네소설의 주인공을 '경재'로 설정한 것을 보면 '경재'라는 아이에 대한 애정이 남달랐을 것으로 추정된다. 「장미쏫과 쇠꼴새」는 금실이의 선행과 욕심에 대한 경계를 다루고 있다. 미륵골 계수나무 아래 살고 있는 마음씨 착한 금실이는 마을 사람들뿐만 아니라 새와 꽃들에게 선망의 대상이다. 금실이는 친구들이 놀러 오지 않는 날이면 산에 올라가 새나 꽃들과 함께 즐거운 나날을 보낸다. 금실이가 8살 되던 어느 날 서울에 있는 언니가 선물로 꽃병과 새장을 보내준다. 새들과 꽃들은 서로 예쁜 새장과 꽃병에 들어가고 싶다고 하자 결국 제비뽑기로 결정하기로 한다. 이때 욕심쟁이 장미꽃과 꾀꼬리가 친구들을 윽박지르며 자신들이 꽃병과 새장에 들어가겠다고 한다. 보름 동안 새장과 꽃병에 갇혀 금실이와 지내던 욕심쟁이 꾀꼬리와 장미꽃은 산과 들이 그리워 밤을 지새우며 울기 시작한다. 금실이 생일 날, 축하하기 위해 모여든 여러 새들과 꽃 앞에서 꾀꼬리와 장미꽃은 놓아 달라고 목매여 운다. 결국 마음씨 착한 금실이는 그런 모습이 안타까웠던지 새장과 병을 부수고 꾀꼬리와 장미꽃을 놓아 준다.

이 작품은 소설보다는 동화적 성격이 강하다. 동화가 낭만주의적 문학관을 바탕으로 한, 시적 공상과 상징적 특질이 강한 장르라면, 아동소설은 보다 본격적인 산문문학으로써 리얼리티가 강조된 문학의 한 형식이다 (최미선, 2012, 23). 당시 장르명과 관련해 작가나 편집진들의 자의적인 명칭

부여가 많아 동화와 소설의 구분이 명확하지 않았다. 이는 아동문단에서 논쟁이 되기도 한다.[9]

한편, 1932년 희곡 「한낮에 꿈꾸는 사람들」로 등단한 바 있는 이무영은 이후 「어머니와 아들」(《조선일보》 1932.05), 「모는 자 쫓기는 자」(《신동아》 7호, 1932.05), 「오전 영시」(《비판》 17호, 1932.10) 등의 희곡을 발표하면서, 1933년 《어린이》에 동극 「가난뱅이王子」를 발표한다. 「가난뱅이王子」는 거북골에 사는 돌쇠가 아버지를 죽인 김판서의 원수를 갚기 위해 하느님을 찾아 떠나는 내용이다. 또한 돌쇠는 가난한 거북골 사람들에게 복을 가져다주기 위해 길을 떠나고자 한다. 마을을 떠나기 전 조생원은 돌쇠를 죽이기 위해 약을 넣은 떡을 준다. 2막에서 돌쇠를 따라간 바둑이가 대신 떡을 먹고 죽는다. 한편 돌쇠를 찾아 4년간 떠돌던 고향 친구인 막동이와 차돌이는 3막에서 해후 한 다음 동아줄을 타고 하느님 나라에 도착한다. 하느님은 이들을 세상에서 가장 용감한 용사들이라 찬사를 보내며 자기를 찾은 연유를 묻는다. 여기까지가 작품의 전반적인 내용이다.

이 작품은 완결편이 아니다. 이무영의 개인적인 사정에 의해 126행이 하략 된 채 3막에서 마무리 된다.[10] 또한 1930년 《별나라》에 발표한 아동소설 「어린英雄」과 배경이나 플롯의 유사성을 보이고 있어 개작의 개연

---

9 《동아일보》 1940년 5월 26일. "近間에 發表되는 創作童話를 通讀해보면 어떤 形質의 作品을 "童話"라 하며 "少年(女)小說"이라 하는지, 또 "幼年小說"과 "童話"의 異同點이 何如한 것인지 알 수가 없다. 區分의 標準이 年齡이라면, 區分되는 各部 卽 區分肢는 그 範圍內에서 서로 排斥 되어야 하는 것이니까 幼年小說과 少年(女)小說도 二分될 것이다. 그러고 보면 恒用 쓰이는 童話라는 장르가 介在하지 안케된다. 그러므로 童話(廣義)를 幼年小說 童話 少年小說 옛날이야기로 四大分하는 從來의 見解는 槪念의 混同으로 因한 區分原理의 把握이 誤謬엿다는 것을 指摘해 낼 수가 잇다." - 이구조, 어린이文學論議 (1) 童話의 基礎工事.

10 1933년 《어린이》 제11권 제11호, 70쪽. "李선생님의 『가난뱅이王子』는 엇절수 없는 사정으로 예서 끝을 막습니다. 독자 여러분의 너르신 양해를 바랍니다."

성을 염두에 볼 수 있다.

그리고 이무영은 소설 외 어린이들이 읽을거리를 게재하기도 한다. 1934년 《어린이》 3호에 게재한 어린이독본 「귀여운 세배꾼」은 조카 인재가 아저씨에게 50전을 받아 이십 전은 저금을 하고, 삼십 전은 아이들을 불러 모아 놓고 세배를 시킨 후 세뱃돈을 준다는 이야기이다. 아저씨가 세뱃돈을 주지 않자 어린 인재는 아저씨가 보란 듯이 아이들에게 그런 행동을 한 것이다. 또한 그해 《어린이》 5호에 게재한 이야기특집 「뻗히는 힘」은 입학이 취소된 조카를 도와 학교에 입학시킨다는 이야기이다. 시골에 있는 7곱살 조카가 학교 입학이 취소되자 편지로 아저씨에게 도움을 청한다. 학교에서는 시골이라 나이가 많은 학생들을 뽑는다고 해서 조카의 입학이 취소되었다. 아저씨의 부탁으로 학교에서는 강습소를 운영한다고 하지만 조카는 시험을 잘 봤는데 억울하다며 강습소 등교를 거부한다. 결국 아저씨는 다시 학교에 가 선생님한테 간절한 부탁을 해 조카의 입학 허락을 받는다. 입학 후 조카는 부지런한 생활과 공부를 열심히 하게 된다.

1934년 《별나라》 12호에 발표한 수필 「오남매」는 '건강'이라는 별명을 가진 이웃집 사내 이야기이다. 소작을 하며 오남매 가장으로 살아가는 건강 씨는 아내가 병으로 죽자 삶의 회의에 빠진다. 어느 날 둘째 광식이가 나를 찾아와 10전을 빌려 달라고 한다. 이유인즉 죽은 어머니의 산소에 가는데 감을 사간다는 것이다. 나는 오남매를 데리고 산소로 향하는 건강 씨를 바라보면 안타까움을 금치 못한다.

이무영이 아동잡지에 발표한 작품 편수는 비록 적지만, 기성작가의 바쁜 활동 속에서도 아동들을 위해 작품 활동을 했다는데 나름 의의가 있다고 본다. 1934년 《동아일보》 입사 이후 이무영의 아동문학 작품 활동은 이어지는데, 신문에 발표한 동화와 아동소설 현황 및 내용은 다음과 같다.

[표] 《조선·동아일보》 작품 현황

발간연도	게재일	작품명	장르명	신문명
1929년	10월 24일	「엿장사 이야기」	동화	조선일보
1935년	5월 26일	「이뿌던 닭」	애기네소설	동아일보
1935년	6월 2일	「경재 미워」	애기네소설	
1935년	6월 9일	「경재 또 매마젓다지」	애기네소설	
1935년	7월 14일	「아저씨가 미워 죽겠지?」	애기네소설	
1935년	7월 21일	「여름방학」	애기네소설	
1935년	7월 28일	「편지」	애기네소설	
1935년	8월 18일	「미운 개고리」	애기네소설	
1935년	8월 25일	「백중날 씨름」	애기네소설	
1935년	10월 6일	「운동회」	애기네소설	
1935년	10월 13일	「이학년 학생」	애기네소설	
1935년	10월 20일	「투정꾼」	애기네소설	
1935년	10월 27일	「에치오피아」	애기네소설	
1935년	11월 3일	「얼긴씨와 경재군」	애기네소설	
1935년	11월 10일	「경재 꾀재기」	애기네소설	
1935년	11월 17일	「군포장 깍뚜기」	애기네소설	
1935년	12월 1일	「공일날 생일」	애기네소설	
1935년	12월 8일	「그것들 우수웨」	애기네소설	
1935년	12월 15일	「어름판」	애기네소설	
1935년	12월 22일	「둘다-미워」	애기네소설	
1936년	2월 9일~ 5월 20일	「똘똘이」(총 72회)	소년소설	

1937년	6월 6일	「그짓말」	장르명 미표기	동아일보
1937년	7월 8일	「복숭아」	유년동화	

이무영이 《동아일보》에 입사하기 전 1929년 10월 24일 《조선일보》 '어린이차지'란에 발표한 동화 「엿장사이야기」는 충주에 사는 고아 출신 엿장사 아저씨의 고달팠던 젊은 날의 이야기이다. 그는 간난 아기 때 부모를 잃고 19년 동안 부모를 찾아 충청도를 헤매고 다녔다. 굶주림과 추위 속에서도 부모에 대한 그리움을 잊지 못해 그렇게 젊은 날을 고생했다고 한다. 이무영은 작품 서두에서 이상야릇하고 신기한 이야기인 동화만 읽는 아이들에게 "고기반찬만 먹는 사람에게 채소가 맛있듯이"라는 말을 인용하며 생활 속의 잔잔한 이야기도 필요하다고 언급하고 있다.

1930년대는 오늘날처럼 학제 체제가 틀을 잡은 시기로, 1920년대 아동의 전 연령층을 포함한 아동문학 형태가 유년과 소년으로 구분되어 장르별 각각 연령층에 적합한 양식으로 적응해 나감을 볼 수 있다(조은숙, 2009, 88). 유년의 경우 유년동요, 아기동요, 유년동화, 유년소설, 애기네소설 등이 그러한 예에 해당한다. 특히 이무영은 《동아일보》 입사 이후 '경재'시리즈인 애기네소설을 발표한다. 이는 소설가라는 전적과 앞서 원종찬(2016)이 지적한 것처럼 1930년대 중반 카프 해체 이후 신문이나 잡지에서 기획했던 연재시리즈를 통한 아동문학의 대중성과 관련해 보면 쉽게 수긍이 가는 부분이다.

1930년 《어린이》 3월호[11]에서 이광수가 '애기네(아기네)'라는 말을 사

11 "『어린이』읽는 잡지 중에 『어린이』가 가장 공이 만습니다. 『어린이』에게 감사합니다. 그런데 『어린이』가 세살-네살 말 배호는 아기네에게 들려줄 이야기도 좀 실어주엇스면 합니다. 이것은 다른 나라에서도 별로 업는 일이지만은 반드시 생겨나야 할 것인 줄 압니다.

용한 이후 아동 잡지나 신문에는 아기소설, 유년소설, 유치원소설, 아기네 소설 등의 명칭이 자연스럽게 생겨났다. 필자가 살펴본바 《어린이》 및 《동화》에 김동길, 정우해가 《동아일보》에 정순철(우해), 박홍민 등이 유년을 대상으로 한 소설에 이러한 명칭을 부여했고, 다른 작가들은 유년동화, 유치원동화 등의 명칭을 사용했다. 그리고 《신소년》의 경우는 유년독본이라는 명칭을 사용했다. 아무래도 고학년 아동이 아닌 유년 독자를 대상으로 하다 보니 동화나 소설에 유년과 아기라는 명칭을 붙인 것으로 본다. 또한 전술한 것처럼 당시 유년을 대상으로 다양한 장르명이 생겨났지만, 소설과 동화의 경계가 모호해 작가나 편집자들의 자의적인 명칭 부여가 있었음을 추정할 수 있다. 이무영의 경우 애기네소설은 낭만성보다 사실성이 주 내용임으로 소설장르로 인식한 듯싶다.

'경재' 연작 시리즈인 애기네소설 19편은 1935년 5월 26일 「이뿌던 닭」을 시작으로 12월 22일까지 '어린이日曜'란에 삽화를 넣어 연재한 작품이다. 연작물은 주인공 경재의 유년시절 단상을 그리고 있는데, 작품별로 내용을 간략하게 살펴보면 다음과 같다.

「이뿌던 닭」은 세 살 조카 경재의 밥 먹는 버릇을 고친 이야기이다. 봄날 옷에 밥풀을 묻힌 경재에게 닭이 덤벼들어 울음을 터트린 경재가 이후 버릇을 고치게 된다. 「경재 미워」에서는 아저씨처럼 작가가 된다고 하던 경재가 돈을 많이 버는 의사가 된다고 하자 아저씨는 경재를 미워하게 된다. 하지만 경재가 의사가 되어 가난한 사람들의 병을 무료로 고쳐준다고 하자 아저씨는 경재를 다시 좋아하게 된다. 「경재 또 매마젓다지」는 잘못을 해 혼난 일들을 나열하며(아줌마와 싸움, 숙제를 안 함, 책가방 정리를 안 함,

---

읽기는 어른이 하고 그것을 말배호는 이에게 들녀즐만한 그러한 이야기(일종의 새예술)을 실어 주엇스면 합니다." - 「七周年을 맛는 『어린이』 雜誌에의 선물(이광수).

공휴일 날 늦잠을 잘 등) 아저씨가 경재를 약 올리는 내용이다. 「아저씨가 미워 죽겠지?」는 공휴일마다 자신을 놀리는 아저씨가 미운 경재가 《동아일보》가 뭐가 좋다고 읽느냐, 손님 앞에서 어른이 왜 어린 조카의 과자를 빼어먹느냐 등의 말을 하며 아저씨의 흉을 보는 내용이다.

「여름방학」에서는 방학을 맞아 놀기만 하는 경재에게 아저씨가 보통학교 2학년 아이가 방학동안 놀기만 하다가 개학 후 학교에 가서 선생님한테 혼이 났다는 이야기를 해준다. 경재는 자신의 이야기인줄 알고 부끄러워한다. 「편지」는 경재와 아저씨가 주고받은 서신 내용이다. 경재는 아저씨에게 할머니가 눈이 아프다고 공휴일 날 오실 때 약을 사가지고 와달라고 한다. 그리고 자기는 과자가 먹고 싶어 죽을 지경이라며 무슨 약을 먹어야 낫는지 묻는다. 아저씨는 답장에 할머니 안약만 사 보낸다는 말을 전한다. 그리고 경재의 병은 회초리가 약이라며 종아리를 맞으면 낫는다고 놀린다. 「미운 개고리」는 공휴일 날 아저씨와 함께 낚시를 간 경재가 물고기를 한 마리도 잡지 못하자, 날마다 연못에서 고기를 잡기 위해 낚시를 하던 중 개구리가 잡히자 아저씨가 한참이나 웃었다는 이야기이다.

「백중날 씨름」에서는 백중날 군포 장에서 씨름 대회가 열렸는데, 할머니가 씨름 구경을 못 가게 해서 경재는 화가 난다. 그런 경재를 위해 할머니가 뒷산 잔디밭에 자리를 깔아주고 어른들과 아이들이 모여 씨름을 한다. 수박, 참외, 복숭아 등의 상품을 걸고 경재와 옥이가 씨름을 하는데, 경재가 이기자 옥이 편을 들은 충주 아주머니가 화가 나서 옥이에게 핀잔을 주고, 상을 보다가 그릇을 깼다는 이야기이다. 「운동회」에서는 아저씨의 안부를 묻고 아저씨가 신문에다 자기 흉을 본다고 화가 나서 편지를 안 한다는 말을 전한다. 그리고 운동회 날 임한 아주머니와 만복이는 상을 받지만 자기는 넘어져서 상을 받지 못했다는 이야기를 한다.

「이학년 학생」에서는 이학년이 된 경재가 글을 배웠다고 잘난 척하며 글씨를 휘갈겨 쓰고, 일본어로 이야기를 한다. 그런 경재를 아저씨는 걱정스러워 한다. 「투정꾼」에서는 아저씨가 밥투정을 하는 경재가 미워 점심을 못 먹게 쫓아냈더니 저녁 때 울면서 집에 들어온 경재가 아저씨에게 잘못했다고 비는 이야기이다. 「에치오피아」에서는 아저씨가 경재에게 에티오피아를 침범한 이탈리아 이야기를 해주며 남의 땅을 빼앗는 것은 나쁘다고 말을 한다. 저녁에 경재는 아이들을 모아 놓고 지도까지 그려가며 아저씨에게 들은 이야기를 해준다. 경재는 에티오피아를 '에피야'로 잘못 말한다. 그런 경재의 모습을 보고 아저씨는 기가 막혀 한다.

「얼긴씨와 경재군」에서는 신문사 주최로 궁궐 구경을 가게 된 어머니와 할머니를 따라가지 못한 경재는 방과 후 임한이와 함께 궁궐에 간다. 경재는 신문에 그림을 그리는 맹얼간 씨가 누구냐고 아저씨에게 묻는다. 아저씨가 그를 알려주자 자기가 생각한 모습과 달리 점잖게 생겨 의아해 한다. 「경재 꾀재기」에서는 공부를 하기 싫어하는 경재가 시계를 한 시간 일찍 맞춰 놓고 할머니와 아저씨를 속인다. 이후 아저씨에게 들킨 경재가 열시까지 공부를 하느라 고생한다는 이야기이다. 「군포장 깍뚜기」는 어른들의 옷을 입고 머리에 기름을 바르고 깍뚜기(강패) 흉내를 내며 놀던 경재의 이야기이다. 아저씨가 어느 날 편지에 '군포장 이 깍뚜기군'이라고 편지를 보냈더니 그 편지가 경재에게 전해져 아저씨는 배달부가 어떻게 알았는지 의아해 한다.

「공일날 생일」에서는 수요일 날 할머니 환갑을 맞아 친척들이 집에 오자 경재는 학교에 가기 싫다고 때를 쓴다. 할머니와 할아버지가 타이르지만 경재는 고집을 부린다. 결국 엄마에게 혼이 난 경재는 학교에 가겠다며 왜 할머니는 나와 엄마, 할아버지처럼 공휴일 날 태어나지 않았냐고 화를 낸다. 「그것들 우수웨」에서는 아저씨가 의령에 사는 숙정이에게 온 편지를 경재에게 보여주고 잘 썼는지를 묻는다. 경재는 "아저씨가 오시면 삶은 밤을 드릴께요"라는 인사말을 보고는 "나이 삼십이나 되는 아저씨를 삶은 밤 준다고 놀리지를 않나, 여덟 살밖에 안 된 조카가 세월이 빠르단 소리를 하지 않나?"라며 숙정이의 행동을 비꼰다. 그러면서 아마 아저씨가 흉볼까봐 생전에 가지 않을 거라 한다. 아저씨는 그런 경재의 모습을 보고 기가 막혀 한다.

「어름판」에서는 얼음 얼기를 기다리던 경재가 아저씨에게 편지를 보내 언제쯤 얼음이 어나 신문에 소식을 알려 달라고 한다. 날이 추워 얼음이 얼자 경재는 매일 팽이치기를 하며 얼음판에서 지낸다고 자랑을 한다. 어느 날 아저씨가 얼음판에 가보니 경재는 제대로 일어서지도 못하고 넘어질까 두려워 두 손으로 얼음판을 짚는다. 그리고 팽이를 돌리는데 자꾸 막대기로 때려 팽이가 돌아가지 않는다. 그런 경재는 아저씨 보고 어른이 뭐가 무섭다고 얼음판에 안 들어오냐고 흉을 본다. 경재의 말에 아저씨는 기가 막혀 한다. 「둘다-미워」에서는 아저씨에게 거짓말을 해 흉을 보게 한 경재와 숙정이에 대한 미움의 말을 전하고 있다. '아저씨가 과자가 먹고 싶어서 울었다', '닭고기가 먹고 싶어서 할머니 집에 왔다.'는 등의 경재의 말과 아저씨가 오면 삶은 밤을 주겠다고 해 놓고, 아저씨가 오자 다 먹고 없다는 숙정이의 말에 아저씨는 더 이상 속지 않을 거라 한다.

이처럼 '경재'를 주인공으로 설정해 서신과 관찰자 시점의 형태를 취한 이무영의 애기네소설은 유년시절 어린이들의 행동, 사고방식, 성장 과정 등의 다양한 삶의 단상을 그림으로써 당대를 살아가는 유년들에게 재미와 교훈을 주었다고 볼 수 있다.

1936년 2월 9일부터 5월 20일까지 총 72회 연재한 장편소년소설 「똘똘이」는 청인에게 납치된 동생 복순이를 찾아 서울로 간 똘똘이와 그의 친구 수동이의 험난한 여정을 그린 모험담이다. 이 소설은 '이상한 학교'(1~3회), '애망난이'(4~5회), '백중날 생긴 일'(6~10회), '일허버린 누이'(11회~14

회), '결심'(15~17회), '서울'(18~22회), '이상한 집'(23~26회), '마굴'(27~29회), '어머니'(30~34회), '돈벌이'(35~39회), '빚을 갚고'(40~42회), '모험'(43~58회), '지하실'(59~67회), '성공'(68~72회) 등 14개의 에피소드로 구성되어 있다. 각 이야기별 내용을 간략하게 살펴보면 다음과 같다.

먼저 '이상한 학교' 편에서는 아이들과 함께 용명학교에 다니는 어른들이 상투를 자르자 울음바다가 된 이야기, 똘똘이의 이름 유래(태어날 때 똘똘하게 생겼다 하여 마을 사람들이 이름을 지음), 싸움 잘하고 욕 잘하는 똘똘이 소개가 주된 내용이다. '애망난이' 편에서는 9살 똘똘이의 나쁜 행동과 그런 그를 따르는 가난한 친구들의 이야기를 다루고 있다. '백중날 생긴 일' 편에서는 똘똘이가 14살 되던 해 백중날을 맞아 마을에서 씨름판이 벌어진다. 똘똘이가 친구들과 함께 편을 나누어 씨름 시합을 하려고 가던 중 청인들의 원숭이 공연 광고를 보고 복순이, 수동이와 함께 공연장으로 간다. 청인들은 복순이 납치 계획을 세우고, 다음날 방물장수 할머니를 복순이네 집에 보내 부잣집 양딸로 보내준다고 속인다. 가난한 생활을 하던 복순이 부모님은 그 말을 믿고 복순이를 양딸로 보낸다. 서울로 가는 길에 어머니도 함께 한다.

'일허버린 누이' 편에서는 복순이를 서울에 데려다주고 오겠다는 어머니가 돌아오지 않자 똘똘이와 아버지는 걱정을 한다. 열하루 째 되던 날 순사가 와서 복순이를 종로에서 잃어버렸다고 한다. 순사 말에 의하면 서울 종로에 도착 후 저녁을 먹기 전 방물장수 할머니가 복순이에게 신발을 사주겠다고 나간 이후 연락이 없다고 한다. 딸을 잃은 어머니는 사직동에서 식모살이를 하며 서울살이를 하고 있다. '결심' 편에서는 잃어버린 동생과 어머니를 찾기 위해 서울행을 결심한 똘똘이는 길을 떠난다. 그런 똘똘이 곁에 수동이도 함께 한다. 똘똘이와 수동이는 장원장에서 청인들이 공연을 하던 날 마을 쇠봉이네 딸이 없어졌다는 떡집 할머니의 말을 듣는다.

똘똘이는 청인들이 복순이를 납치했을 것이라는 확신을 하고 반드시 동생을 찾겠다고 결심한다.

'서울' 편에서 다리가 아픈 똘똘이와 수동이는 이천에서 자동차를 타고 서울로 향한다. 광나루에 도착한 일행은 배 위에서 방물장수가 타고 온 자동차를 발견하고 칼로 바퀴에 구멍을 낸다. 하지만 자동차는 육지에 도착하자 멀리 가 버린다. 언덕을 넘으니 앞서가던 방물장수 자동차가 바퀴가 펑크가 나 고치고 있었다. 서울에 도착한 똘똘이와 수동이는 차비가 없어 혼이 날 생각에 겁에 질린다. '이상한 집' 편에서는 돈이 없어 차비를 내지 못한 똘똘이와 수동이는 사무실에 끌려가 혼이 나지만 사정을 이해한 사무원이 둘을 그냥 돌려보낸다. 사무실에서 나온 똘똘이와 수동이는 큰길에서 우연히 방물장수 노파를 보고 미행을 한다. 노파 집을 알아낸 둘은 우동을 먹고 다시 집을 찾지만 밤새 헤매고 만다. '마굴' 편에서는 자동차부에서 손님들의 짐을 들어주며 끼니를 해결하던 똘똘이와 수동이가 거지를 만나 그들 패거리와 생활을 하던 중, 어른거지의 도둑질 강요에 대들다가 죽을 고비를 넘기고 거지 쇠똥이의 도움을 받아 탈출을 한다.

이야기 중반인 '어머니' 편에서는 수동이와 함께 남의 집에서 구걸을 하던 똘똘이가 어머니와 상봉을 하고 식모살이를 하는 어머니 집에서 함께 지낸다. 어느 날 복순이를 찾아 단성사 앞을 지나던 똘똘이는 서울로 상경할 때 함께 차를 타고 온 필순 엄마를 만나 청인들에게 필순이가 납치 되었다고 말한다. 그리고는 자기가 필순이를 반드시 찾아 주겠다고 하며 필순 엄마를 위로한다. '돈벌이' 편에서는 필순 아버지의 도움으로 석탄회사에서 일을 하던 똘똘이와 수동이는 호떡집에서 우연히 청인들을 만난다. 똘똘이는 그들을 미행해 청인들이 사는 집과 함께 노파의 집까지 알아낸다. '빗을 갑고' 편에서는 복순이와 필순이의 행방을 모르는 똘똘이와 수동이는 김 장사를 하며 그들의 행방을 찾는다. 한편 똘똘이와 수동이는 그동안 모은 돈으로 자동차부로 가서 외상값을 갚으려 하지만, 사무원은 둘의 정직함에 감동해 삼원을 그냥 동생 찾는데 사용하라고 돌려준다.

작품 중 가장 많은 분량을 차지한 '모험' 편에서는 복순이와 필순이를 찾기 위해 똘똘이와 수동이 그리고 필순 아버지의 청인과 노파에 대한 감시가 계속된다. 그러던 어느 날 똘똘이는 노파가 청인들이 입는 옷을 사다가 복순이와 필순이에게 입혀 청나라로 데려가 팔려는 계획을 알아차리고 칼과 송곳을 가지고 청인 집에 잠입하지만, 청인들에게 들켜 결국 지하실에 감금당한다. 이런 사실을 모르고 정거장 대합실에서 청인들을 기다리고 있던 수동이와 필순 아버지는 변장을 한 노파와 동생들을 보고 순사에게 신고를 하려고 하지만, 눈치를 챈 청인들과 노파는 동생들을 데리고 도망을 친다. 지하실에서 도망친 똘똘이는 수동이와 필순 아버지를 만나 그 간의 사정을 이야기하며 새로운 계획을 세운다.

'지하실' 편에서는 두 소녀를 청나라에 팔지 못한 일로 청인과 노파의 싸움이 계속되는 가운데, 노파가 똘똘이를 유인해 궤짝에 가둔다. 청인들은 노파도 함께 죽이자고 공모를 하고는 노파보고 똘똘이를 잘 지키라고 한다. 똘똘이를 지키던 노파는 어린 똘똘이가 불쌍했던지 탈출을 시키고 청인에게 잡혀 있던 동생들을 데리고 나온다. 똘똘이는 동생들을 데리고 무사히 집으로 돌아온다. 마지막 '성공' 편에서는 신문기사에 실린 똘똘이의 사연을 보고 중국 영사관은 수동이와 똘똘이를 불러 사과를 한다. 그리고 감사의 표시로 선물을 전한다. 기자들의 사진 촬영 협조에 부끄러웠던 똘똘이와 수동이는 환하게 웃는다.

한편《동아일보》속간 이후 1939년 창작을 위해 군포로 이사 가기 전까지 이무영은 2 편의 유년동화를 발표한다. 두 작품은 아저씨의 어린 시절 이야기를 어린이들에게 전하는 형식을 취하고 있다. 먼저 1397년 6월 6일 '어린이日曜'란에 발표한 「그짓말」은 아저씨가 보통학교에 다닐 때 월사금 10전을 잃어버린 후 아버지에게 거짓말을 했다가 들켜 혼난 이야기이다. 그리고 그해 7월 8일 발표한 「복숭아」는 아저씨가 여섯 살 때 먹을 것 투정을 부리자 어머니가 복숭아 꼭지에 실을 매어 나의 잘못된 버릇을 고친다는 이야기이다.

유년동화는 초등학교 2학년 아래 정도의 아동을 대상으로 지어진 창작동화를 말한다. 이해력이나 문자사용, 사고의 한계 등에서 제약을 받는 유년기 아동은 고학년 아동과는 생활 장면을 해석하는 방법이나 대인관계가 다르다. 이러한 아동을 대상으로 하는 유년동화는 그들의 이해력과 심리상태에 적합한 것이어야 하기 때문에, 창작 이전에 세심한 주의를 요한다(이재철, 2003, 153-154). 또한 유년들의 특수성을 고려해 소재 및 내용에 있어 유년기 경험과 관련해야 하고 형식 또한 유년의 이해 수준과 관련해 단순 명료해야 한다(노운서, 2010, 31-36). 유년동화의 내용을 보면 그들의 사고의식과 관련해 물활론적 사고의 특성과 생활에 관한 이야기가 주를 이루고 있는데, 이무영의 경우 후자에 속한다고 할 수 있다. 이는 유년들에게 도덕성 함양과 흥미성을 부여해 주는 효과가 있다.

이처럼 이무영이 1934년 《동아일보》 입사 후 소년과 유년을 대상으로 발표한 작품의 내용을 보면 어린이들의 모험담이나 유년시절 성장 과정 속에서 겪는 생활에 대한 단상들이 주를 이루고 있다. 특히 그가 《동아일보》 입사 이후 1935년에 연재한 애기네소설 '경재'시리즈는 유년들의 삶의 이야기를 재치 있게 사실적으로 그려냈다. 또한 1936년 총 72회에 걸쳐 연재한 장편소년소설 「똘똘이」는 청인에게 납치된 동생을 찾아 서울로 간 똘똘이와 그의 친구 수동이의 험난한 여정과 성공담을 그리고 있어 아동문학의 대중성에 기여한 작품으로 평가할 수 있다.

4. 나오며

본고는 그동안 한국 근·현대문학사에서 농민소설가와 희곡작가로 알려진 이무영 작품 세계의 외연을 넓히고자 1930년대 발간된 아동잡지와 신문을 중심으로 논의를 전개했다.

이무영은 1929년《조선일보》에 동화「엿장사이야기」를 시작으로, 이듬해인 1930년부터 아동잡지《별나라》에 아동소설「어린영웅」과 수필「오남매」를 발표한다. 그리고 1933년부터 윤석중과의 조우를 통해《어린이》에 아동소설「장미꽃과 꾀꼴새」와 동극「가난뱅이왕자」를 발표하며 아동문단에 본격적인 참여를 보인다. 또한 1934년《동아일보》입사 후 애기네소설 19편과, 소년장편소설「똘똘이」(총 72회), 그리고 유년동화「복숭아」등을 발표하며 1937년까지 성인작가와 아동문학 작가로서의 길을 병행한다. 또한 1930년대 초 라디오 방송 동화 구연 프로그램에 참여해 동화를 낭송하며 아동문학의 발전에 기여를 하기도 한다.

이무영이 창작한 작품 내용을 보면 어린 주인공들의 모험담과 선행, 욕심에 대한 경계, 가난에 대한 연민의 정, 유년시절 성장 과정 속에서 겪는 다양한 삶의 이야기가 주를 이루고 있다. 특히 그가《동아일보》입사 이후 1935년에 연재한 애기네소설 '경재'시리즈는 유년들의 행동, 사고방식, 가치관, 행동양식 등의 이야기를 서신 형태와 관찰자 시점을 통해 사실적으로 그려냈다. 또한 1936년 2월 9일부터 5월 20일까지 총 72회에 걸쳐 연재한 장편소년소설「똘똘이」는 청인에게 납치된 동생 복순이를 찾아 서울로 간 똘똘이와 그의 친구 수동이의 험난한 여정을 그리고 있는데, 이 작품은 14개의 에피소드가 유기적으로 연결되어 전체의 서사를 이끌어가고 있어 아동문학의 대중성에 기여한 작품으로 평가된다. 이를 통해 1930년대 이무영은 아동문단에 참여해 신문 및 아동잡지에 동화, 아동소설, 동극, 애기네소설, 소년소설 등을 발표하며 아동문학의 발전에 일조했다고 볼 수 있다.

참고 문헌

1. 기본자료

『개벽』, 『동광』, 『별건곤』, 『학조』, 『금성』, 『삼천리』, 『아이들보이』, 《붉은져고리》, 『새별』, 『새벗』, 『어린이』, 『신소년』, 『별나라』, 『아이생활』, 『설강동요집』, 『불별』, 『음악과시』, 『동화』, 『소년』, 『유년』, 『아기네 동산』, 『습작시대』, 『백웅』, 『조선문예』, 『조선지광』, 『사상월보』, 『사해공론』, 『인문평론』, 『잃어버린 댕기』, 『신사회』, 『백두산』, 『새동무』, 『소학생문예독본』, 『소년소설특집』, 『주간소학생』, 『소학생』, 『어린이나라』, 『조선왕조실록』, 《동아일보》, 《조선일보》, 《시대일보》, 《중외일보》, 《조선중앙일보》, 《자유신문》, 《경향신문》

2. 단행본

겨레아동문학회, 『겨레아동문학선집』5, 보리출판사, 1999.

권영민, 『한국 계급문학 운동사』, 문예출판사, 1998.

권혁래 역저, 『조선동화집』, 집문당, 2003.

김봉희, 『계급문학, 그 중심에 서서』, 한국학술정보, 2009.

김상욱 외, 『한국 아동청소년문학 장르론』, 청동거울, 2013.

김성수, 『한국 근대 서간 문화사 연구: 서간·서간문학의 리터러시와 계몽의 수사학』, 성균관대학교출판부, 2014.

김소운, 『조선구전민요집』, 제일서방, 1933.

김윤식, 『육당이 이 땅에 오신 지 백주년』, 동명사, 1990.

김준오, 『시론』, 삼지원, 2002(4판).

김태오, 『설강동요집』, 한성도서주식회사, 1933.

노운서 외, 『아동문학』, 양서원, 2010.

류덕제, 『한국 현대 아동문학 비평 자료집1 1900~20년대』, 소명출판, 2016.

류재수 외, 『노란 우산』, 보림, 2007.
류희정 편,『현대조선문학선집 18: 1920년대 아동문학집(1)』, 문학예술종합출판사, 1993.
박영기, 『아동문학 프리즘』, 청동거울, 2011.
박영만, 『조선전래동화집』, 대동인쇄소, 1940.
신명호, 『그림책의 세계』, 김영사, 2009.
신원기 역, 『조선전래동화대집』, 보고사, 2009.
신헌재 외, 『아동문학의 이해』, 박이정, 2014.
서정오, 『옛이야기 들려주기』, 보리, 2002.
염근수, 『다래 아가씨』, 오상출판사, 1989.
______, 『서낭굿』, 누리기획, 1991.
______, 『물새 발자국』, 누리기획, 1992.
우용제 외, 『근대한국초등교육연구』, 교육과학사, 1998.
원종찬 외, 『한국아동문학사의 재발견』, 청동거울, 2015.
유종호, 『다시 읽는 한국 시인』, 문학동네, 2002.
윤복진, 『꽃초롱 별초롱』, 아동예술원, 1949.
윤석중, 『어린이와 한평생』, 범양사, 1985.
이기숙, 『유아교육과정』, 교문사, 1982.
이대균 외 공저, 『유아문학교육』, 공동체, 2006.
이동순, 『광주전남의 숨은 작가들』, 케포이북스, 2014.
이무영, 『이무영 탄생 100주년 기념 제1과 제1장』, 문이당, 2008.
______, 『이무영 단편선 제1과 제1장』, 문학과지성사, 2009.
이상금, 『한국근대유치원교육사』, 이대출판부, 1987.
______, 『해방전 한국의 유치원』, 양서원, 1995.
이상금 외, 『유아문학론』, 교문사, 1997.
이상현, 『아동문학강의』, 일지사, 1987.
이은경, 『유아문학교육』, 21세기사, 2007.
이재복, 『우리 동요동시 이야기』, 우리교육, 2004.
이재철, 『한국현대아동문학사』, 일지사, 1978.
______, 『아동문학개론』, 서문당, 1998.
임동권, 『한국민요연구』, 삼우출판사, 1974.

______, 『한국민요집1』, 집문당(4판), 1993.
장영미, 『한정동선집』, 현대문학, 2009.
장영희 · 이상금, 『유아문학론』, 교문사, 1990.
정인섭, 『색동회 어린이 운동사』, 휘문, 1981.
조동일, 『한국문학의 갈래 이론』, 집문당, 1992.
조동화 편, 『이솝우화집』, 샘터사, 1977.
조은숙, 『한국 아동문학의 형성』, 소명출판, 2009.
조선일보사, 『조선일보칠십년사』 제1권, 1990.
천정환, 『근대의 책 읽기』, 푸른역사, 2003.
최남선, 『최남선전집』10, 현암사, 1973.
최덕교, 『한국잡지백년2』, 현암사, 2004.
최명표, 『한국 근대 소년문예운동사』, 경진, 2012.
______, 『노양근 동화선집』, 지식을만드는지식, 2013.
최인자, 『국어교육론의 문화론적 지평』, 소명출판, 2001.
한정호, 『서덕출전집』, 경진, 2010.
현은자 외, 『그림책의 이해 Ⅰ, Ⅱ』, 사계절, 2005.
______, 『세계 그림책의 역사』, 학지사, 2008.
홍문종, 『조선에서의 일본 식민지 교육정책』, 학지사, 2003.
홍선표, 「한국 근대 미술사 특강 1 · 2-五園 양식의 풍미와 근대적 표상 시스템」, 《월간 미술》, 2005.5.
가와하라 카즈에, 양미화 역, 『『빨간새』와 동심의 이상 어린이관의 근대』, 소명출판, 1998.
______, 『어린이관의 근대』, 소명출판, 2007.
데이비드 루이스 저, 이혜란 역, 『현대그림책 읽기』, 작은씨앗, 2008.
마리아 니콜라예바 외 지음, 서정숙 외 옮김, 『그림책을 보는 눈』, 마루벌, 2011.
마리오 프라즈, 임철규 역, 『문학과 미술의 대화』, 연세대 출판부, 1986.
마틴 솔즈베리, 모랙스타일스 지음, 서남희 옮김, 『그림책의 모든 것』, 시공사, 2012.
사나다 히로코, 『最初의 모더니스트 鄭芝溶』, 역락, 2002.
오오타케 키요미, 『근대 한·일 아동문화와 문학 관계사 1895~1945』, 청운출판사, 2005.

______, 『한일 아동문학 관계사 서설』,청운, 2006.

페리 노들먼, 김서정 역, 『어린이 문학의 즐거움 2』, 시공주니어, 2005.

______, 김상욱 옮김, 『그림책론』, 보림, 2011.

Charles M. Taylor, 이상길 역, 『근대의 사회적 상상』, 이음, 2010.

John Rowe Townsend(강무홍 역), 『어린책의 역사 1』, 시공주니어, 2004.

Lea M. McGee, Donald J. Richgels 공저(김명순·신유림 역), 『영유아의 문해발달 및 교육』, 학지사, 2000.

Maria Nikolajeva 외(서정숙 외 역), 『그림책을 보는 눈』, 마루벌, 2011.

Nikolajeva, Maria, Aesthetic Approaches to Children's Literature, The Scarecrow Press, Inc, 2005.

Perry Nodelman(김서정 역), 『어린이 문학의 즐거움 2』, 시공주니어, 2005.

Schwarcz,j.h., Way of the illustrator: Visual Communication in Children's Literature. Chicago: American Library Association, 1982.

3. 논문 및 평론

강명숙, 「일제시대 학교제도의 체계화-제2차 조선교육령 개정을 중심으로」, 『한국교육사학』 제32권 1호, 한국교육사학회, 2010.

강민성, 「한국 근대 신문소설 삽화 연구-1910년~1920년대를 중심으로」, 이화여자대학교 석사학위논문, 2002.

강혜인, 「일제강점기 동요의 운동적 의미와 장르적 특성 고찰」, 『한국음악사학보』 제39집, 한국음악사학회, 2007.

권혁준, 「雪崗 金泰午 童謠 硏究」, 『한국아동문학연구』 제20호, 한국아동문학학회, 2011.

______, 「『아이들보이』의 아동문학사적 의의에 대한 연구」, 『한국아동문학연구』 제22호, 한국아동문학학회, 2012.

김　경, 「암흑기의 아동문학-주로 「아이생활」을 중심으로」, 『아동문학평론』 제10집, 아동문학평론사, 1985.

김경자 · 이경진, 「일제강점기 초등교육의 공적 성격에 대한 비판적 고찰」, 『교육과학연구』 제35집 1호, 이화여자대학교 사범대학 교육과학연구소, 2004.

김미란, 「정지용 동시론」, 『청람어문교육』 제30집, 청람어문교육학회, 2004.

김미영, 「일제 강점기의 문학인의 그림 연구」, 『한국문화』 제46집, 서울대규장각 한국학연구원, 2009.
______, 「심의린『조선전래동화대집』의 특징과 문학사적 위상」, 『한민족어문학』 제58집, 한민족어문학회, 2011.
김미혜, 「장르 의식의 소산으로서의 정지용 동시 연구」, 『한국초등국어교육』 제40집, 한국초등국어교육학회, 2009.
김복기, 「개화의 요람 평양화단의 반세기」, 『계간미술』, 1987 여름호.
김봉희, 「신고송 문학 연구」, 경남대학교 박사학위논문, 2007.
______, 「나라잃은시기, 계급주의 아동극 운동-《신소년》과 《별나라》를 중심으로」, 『아동문학평론』 제36집 2호, 아동문학평론사, 2011.
김상욱, 「그림책을 활용한 문학교육의 방법」, 『한국초등국어교육학회』 제32집, 한국초등국어교육학회, 2006.
______, 「일제 강점기 동시문학의 지형도」, 『한국아동문학연구』 제25호, 한국아동문학학회, 2013.
김세희, 「아동용 그림책의 장르구분 탐구」, 『아동청소년문학연구』 제6호, 청소년아동문학학회, 2010.
김수경, 「근대초기 창작동요의 미학적 특징 - '동심'의 발현을 중심으로」, 『동화와번역』 제11집, 동화와번역연구소, 2006.
김영순, 「근대 한일아동문학 유입사 연구-일본 동요 장르의 한국으로의 수용」, 『아동청소년문학연구』 제10호, 한국아동청소년문학학회, 2012.
김용란, 「이주홍 아동문학 연구-창작동화 · 소년소설을 중심으로」, 중앙대학교 석사학위논문, 2007.
김윤희, 「한국 근대 유년 동요·동시 연구-1920년대~해방기까지 '유년상'을 중심으로」, 춘천교육대학교 석사학위논문, 2012.
김제곤, 「1920년대 창작동요의 정착과정 연구」, 『아동청소년문학연구』 제3호, 한국아동청소년문학학회, 2008.
김제곤, 「일제강점기 창작동요의 발전과정-윤석중 동요집을 중심으로」, 『아동문학평론』 제34권 3호, 아동문학평론사, 2009.
김제곤, 「윤석중 동시에 대한 재인식」, 『한국학연구』 제20집, 인하대학교 한국학연구소, 2009.
______, 「1920,30년대 번역 동요 동시 앤솔러지에 대한 고찰」, 『아동청소년문학연구』 제13호, 한국아동청소년문학학회, 2013.
김지은, 「한국 근대 현실주의 동시 연구」, 경남대학교 석사학위논문, 2000.

김현숙, 「염근수론 7·5조에 담긴 일원론적 동양정신」, 『한국현대아동문학작가작품론』(이재철), 집문당, 1997.

김형목, 「조선보육협회 활동과 유아교육론 심화」, 『동국사학』 제49집, 동국사학회, 2010.

김혜경, 「일제하 "어린이기"의 형성과 가족변화에 관한 연구」, 이화여자대학교 박사학위논문, 1997.

김희정, 「일제하 한국유치원의 발전과정과 교육구국운동에 관한 역사적 고찰」, 『광신논단』 제19집, 광신대학교, 2010.

남진원, 「염근수 연구」, 제2차 강원도 작고 문인 재조명 세미나, 관동문학회, 2014.

도종환, 「시집 『모밀꽃』과 정호승의 생애」, 『민족문학사연구』 제2권 1호, 민족문학사학회, 1992.

류덕제, 「『별나라』와 계급주의 아동문학의 의미」, 『국어교육연구』 제46집, 국어교육학회, 2010.

______, 「일제 강점기 계급주의 아동문학의 방향전환론과 작품적 대응양상 연구-『별나라』와 『신소년』을 중심으로-」, 『문학교육학』 제43호, 한국문학교육학회, 2014.

문소정, 「1920~1930년대 소작농가 자녀들의 생활과 교육」, 『사회와역사』 제20집, 한국사회학회, 1990.

박경수, 「일제 강점기 일간지를 통해 본 경남·부산지역 아동문학」, 『한국문학논총』 제37집, 한국문학회, 2004.

______, 「일제 강점기 진주지역 소년문예운동과 진주새힘사 연구」, 『우리문학연구』 제35집, 우리문학회, 2012.

박문재, 「한국의 민요가 동요에 미친 영향에 관한 연구」, 연세대학교 석사학위논문, 1975.

박영기, 「일제강점기 동시 및 동요 장르명의 통시적 고찰」, 『아동청소년문학연구』 제4호, 한국아동청소년문학학회, 2009.

______, 「일제강점기 아동문예지 『별나라』연구-송영과 임화를 중심으로」, 『문학교육학』 제33호, 한국문학교육학회, 2010.

박용규, 「일제하 민간지 기자집단의 사회적 특성의 변화과정에 관한 연구-직업의식과 직업적 특성을 중심으로」, 서울대학교 박사학위논문, 1994.

______, 「일제하 시대·중외·중앙·조선중앙일보에 관한 연구-창간 배경과 과정, 자본과운영, 편집진의 구성과 특성을 중심으로」, 『언론과 정보』2권, 부산대학교 언론정보연구소, 1996.

______, 「일제시대 한글운동에서의 신명균의 위상」, 『민족문학사학회』 제38집, 민족문학사학회, 2008.

박정선, 「『신소년』 독자담화실의 특성과 기능」, 『어문학』 제128집, 한국어문학회, 2015.

박지영, 「1920년대 근대 창작동요의 발흥과 장르 정착 과정 -『어린이』수록 동요를 중심으로」, 『상허학보』 제18집, 상허학회, 2006.

______, 「한국 전래동요의 수집과정과 장르적 전범의 형성과정-애국계몽기~1920년대 미디어 소재 텍스트를 중심으로」, 『반교어문연구』 제28집, 반교어문학회, 2010.

박태일, 「이주홍의 초기 아동문학과 『신소년』」, 『현대문학이론연구』 제18집, 현대문학이론학회, 2002.

______, 「경남지역 계급주의 시문학 연구」, 『어문학』 제80집, 한국어문학회, 2003.

______, 「나라잃은시기 아동잡지로 본 경남 · 부산지역 아동문학」, 『한국문학논총』 제37집, 한국문학회, 2004.

박헌호, 「同人誌에서 新春文藝로-등단제도의 권력적 변환」, 『대동문화연구』 제53집, 성균관대학교 대동문화연구원, 2006.

박형준, 「이구조의 동화 연구」, 한국교원대학교 석사학위논문, 1994.

박혜숙, 「현대 한국민요시의 전개양상 연구」, 건국대학교 박사학위논문, 1987.

______, 「서양 동화의 유입과 1920년대 한국 동화의 성립」, 『어문연구』 제33권, 한국어문교육연구회, 2005.

______, 「한국 근대 아동문단의 민담 수집과 아동문학의 장르인식」, 『동화와번역』 제16집, 동화와번역연구소, 2008.

______, 「시 속의 그림, 그림책 속의 시에 대하여」, 『동화와번역』 제18집, 동화와번역연구소, 2009.

백혜리, 「해방전 한국인의 아동관 변천: 1876~1945」, 『열린유아교육연구』 제11권 2호, 한국열린유아교육학회, 2006.

서범석, 「정호승의 생애와 농민시」, 『국어국문학』 제108집, 국어국문학회, 1992.

______, 「이흡의 생애와 시세계 고찰」, 『대진논총』 제2집, 대진대학교, 1994.

서유리, 「한국 근대의 잡지 표지 이미지 연구」, 서울대학교 박사학위논문, 2013.

서은영, 「1920년대 매체의 대중화와 만화- 1920년대 초, 『동아일보』와 『동명』의 만화를 중심으로」, 『대중서사연구』 제 28호, 대중서사학회, 2012.

______, 「한국 근대 만화의 전개와 문화적 의미」, 고려대학교 박사학위논문, 2013.

서희경, 「『어린이』에 발표된 동요 · 동시 · 소년시 연구」, 『근대서지』 제12호, 근대서지학회, 2015.

손증상, 「박세영의 아동극 연구-『별나라』수록 작품을 중심으로」, 『한국극예술연구』 제41집, 한국극예술학회, 2013.

성기옥, 「충량 3보격(7·5조)과 전통성의 문제」, 『울산어문논집』 제2집, 울산대학교 인문과학대학 국어국문학과, 1985.

신현득, 「한국 근대아동문학 형성과정 연구 -최남선의 공적을 중심으로」, 『국문학논집』 제17집, 단국대학교 국어국문학과, 2000.

______, 「한국 동시사 연구」, 단국대학교 박사학위논문, 2001.

______, 「《신소년》·《별나라》 회고」, 『아동문학평론』 제31집 2호, 아동문학평론사, 2006.

심선옥, 「1920년대 민요시의 근원과 성격」, 『상허학보』 제10집, 상허학회, 2003.

심은경, 「이태준 동화 연구」, 단국대학교 석사학위논문, 2005.

안　막, 「조선 프롤레타리아예술운동 약사(略史)」, 『사상월보』 1932년 10월.

안미영, 「이태준의 아동 서사물 연구」, 『개신어문연구』 제29집, 개신어문학회, 2009.

염희경, 「전래동화, 근대아동문학으로 편입된 옛이야기-방정환을 중심으로」, 『창비어린이』 통권4호, 창작과비평사, 2004.

______, 「한국 근대아동문단 형성의 '제도' -『어린이』를 중심으로」, 『동화와번역』 제11집, 동화와번역연구소, 2006.

______, 「소파 방정환 연구」, 인하대학교 박사학위논문, 2007.

______, 「일제강점기 번역·번언동화 앤솔러지의 탄생과 번역의 상상력(1)」, 『문학교육학』 제39호, 한국문학교육학회, 2012.

오세란, 「한국 청소년소설 연구」, 충남대학교 박사학위논문, 2012.

오세웅, 「한국 근대인쇄술에 미친 일본의 영향」, 『아시아민족조형학보』 제6집, 아시아민족조형학회, 2006.

오현숙, 「박태원의 아동문학 연구」, 『아동청소년문학연구』 제8호, 한국아동청소년문학학회, 2011.

원종찬, 「구인회 문인들의 아동문학」, 『동화와번역』 제11집, 동화와번역연구소, 2006.

______, 「한국 아동문학 형성과정 연구-『소년』(1908)에서 『어린이』(1923)까지」, 『동북아문화연구』 제15집, 동북아시아문학학회, 2008.

______, 「일제강점기의 동요·동시론 연구-한국적 특성에 관한 고찰」, 『한국아동문학연구』 제20호, 한국아동문학학회, 2011.

______, 「1920년대 『별나라』의 위상-남북한 주류의 아동문학사 인식 비판」, 『한국아동

문학연구』 제23호, 한국아동문학학회, 2012.

______,「중도와 겸허로 이룬 좌우 합작-1920년대 아동잡지 『신소년』」, 『창비어린이』 제12권 제2호, 창작과 비평사, 2014.

______,「'반짝반짝 작은 별'이 '붉은 별'이 되기까지-1920년대 아동잡지 『별나라』」, 『창비어린이』 제12권 제3호(통권 46호 가을호), 2014.

______,「순수와 동심, 타락한 천사의 기원-1930년대 아동문학의 몇 가지 문제」, 『창비어린이』 제14권 제1호(통권 제52호), 창비, 2016.

윤석중,「한국동요문학소사」, 대한민국 예술원 문학분과, 1990.

이구열,「신문소설 삽화의 한계」, 『관훈저널』 27집, 관훈클럽, 1997.

이근화,「『별나라』소재 문예물 연구-1930년대 아동문예물의 이면과 문학적 전략」, 『한국학연구』 제43집, 고려대학교 한국학연구소, 2012.

이기훈,「일제하 농촌보통학교의 '졸업생 지도'」, 『역사문제연구』 제4호, 역사문제연구소, 2000.

______,「식민지 학교 공간의 형성과 변화-보통학교를 중심으로」, 『역사문제연구』 제17호, 역사문제연구소, 2007.

______,「1920년대 '어린이'의 형성과 동화」, 『역사문제연구』 제8호, 역사문제연구소, 2002.

이동순,「1920년대 동요운동의 전개양상」, 『한국문학이론과비평』 제53집, 한국문학이론과 비평학회, 2011.

이미정,「1930년대 유년생활동화에 나타난 시선의 의미화-이태준, 박태원, 현덕의 작품을 중심으로」, 『비평문학』 제63호, 한국비평문학학회, 2017.

이석현,「아동문학의 未開地-동화시 · 시조 · 동시극 · 그림동화」, 『아동문학평론』 제34호, 아동문학평론사, 2009.

이성동,「1910년~1945년 동요 변천 경향 연구」, 한국교원대학교 석사학위 논문, 2009.

이순옥,「카프의 매체 투쟁과 프롤레타리아 동요집 『불별』」, 『한국문학논총』 제37집, 한국문학회, 2004.

이창식,「아동유희요의 기능과 의미」, 『동악어문논집』 제26집, 동악어문학회, 1991.

이태희,「인천지역 문학동인지 연구(Ⅰ) -1920년대부터 1950년대까지-」, 『인천학연구』 3권, 인천대학교 인천학연구원, 2004.

이향근,「윤복진 동요시에 나타난 전래 동요적 전통계승 양상」, 『한국아동문학연구』 제20호, 한국아동문학학회, 2011.

이혜령,「1920년대 『동아일보』 학예면의 형성과정과 문학의 위치」, 『대동문화연구』 제

52집, 성균관대학교 대동문화연구원, 2005.

임삼조, 「1920년대 조선인의 공립보통학교 설립운동」, 『계명사학』 제17집, 계명사학회, 2006.

임상석, 「『시문독본』의 편찬 과정과 1910년대 최남선의 출판 활동」, 『상허학보』 제25집, 상허학회, 2009.

임성규, 「1920년대 계급주의 아동문학 비평 연구-소년문예운동 방향전환론의 전개와 비평사적 의미」, 『아동청소년문학연구』 제3집, 한국아동청소년문학학회, 2008.

임지연, 「한국 근대 아동극 장르의 용어와 개념 고찰」, 『아동청소년문학연구』 제5집, 한국아동청소년문학학회, 2009.

장만호, 「민족주의 아동잡지 『신소년』 연구-동심주의와 계급주의의 경계를 넘어서」, 『한국학연구』 제43집, 고려대학교 한국학연구소, 2012.

장석홍, 「근대 소년운동의 독립운동사적 위상」, 『한국독립운동사연구』 제45집, 독립기념관 한국독립운동사연구소, 2013.

전도현, 「『배재』를 통해 본 고보 학생들의 현실인식과 문예의 특성 고찰」, 『한국학연구』 제31집, 고려대학교 한국학연구소, 2009.

전영선, 「북한 영화미술의 대가 - 임홍은」, 『북한』312호, 북한연구소, 1997.12호.

전원범, 「한국 전래동요 연구-내용분류를 중심으로」, 세종대학교 박사학위 논문, 1993.

______, 「한국 전래동요의 수사 연구 -주술동요 · 예언동요를 중심으로」, 『한국초등국어교육』 제29집, 한국초등국어교육학회, 2005.

전희은, 「1920-30년대 주요섭의 아동문학 연구」, 춘천교육대학교 석사학위논문, 2012.

정대련, 「일본 옛이야기그림책의 교육적 의미 고찰」, 『어린이 문학교육 연구』 제8권 2호, 한국어린이문학교육학회, 2007.

정병규, 「삽화의 시대에서 옛이야기 그림책 탄생까지」, 『창비어린이』 제5호, 창작과 비평사, 2007.

정선혜, 「휴머니즘과 근대성의 조화 - 주요섭의 아동문학 발굴조명」, 《돈암어문학》 제13집, 돈암어문학회, 2000.

______, 「《아이생활》속에 싹튼 한국 아동문학의 불씨」, 『아동문학평론』 제31권 2호, 아동문학평론사, 2006.5.

______, 「거울과 나침반, 방주의 문학의지 『아이생활』」, 한국아동문학학회 제18회 봄학술대회 발표논문, 2012.

정우택, 「황석우 연보」, 『근대서지』 제3호, 근대서지학회, 2011.

정원석, 「동심과 리듬의 축제 염근수 풍물시집이 묻는 동요의 근본문제」, 『아동문학평론』 제17집 2호, 아동문학평론사, 1992.

정진헌, 「일제 강점기 한국 창작동요 연구」, 건국대학교 박사학위논문, 2013.

______, 「일제 강점기 한국 그림동요 연구 - 전봉제를 중심으로」, 『한국아동문학연구』 제25호, 한국아동문학학회, 2013.

______, 「화가 임홍은 그림책의 이미지텔링과 활동 양상 연구」, 『스토리앤이미지텔링』 제6집, 스토리앤이미지텔링연구소, 2013.

______, 「1920년대 『신소년』 동요 연구-기성작가와 소년문예사들의 활동양상을 중심으로」, 『아동청소년문학연구』 제15호, 한국아동청소년문학학회, 2014.

______, 「1930년대 유년의 발견과 '애기그림책'」, 『아동청소년문학연구』 제16호, 한국아동청소년문학학회, 2015.

______, 「1920년대 『별나라』 동요 연구-주요 문인 활동과 작품 현황을 중심으로」, 『아동청소년문학연구』 제17호, 한국아동청소년문학학회, 2015.

______, 「중원 지역 미발굴 작가 한백곤 연구」, 『스토리앤이미지텔링』 제11집, 스토리앤이미지텔링연구소, 2016.

______, 「1930년대 《동아일보》 유년동화 연구」, 『아동청소년문학연구』 19호, 한국아동청소년문학학회, 2016.

______, 「아동문학의 장르 분화와 유년문학의 등장: 1930년대 미발굴 유년문학 텍스트를 중심으로」, 『동화와번역』 제34집, 동화와번역연구소, 2017.

정진헌 · 김승덕, 「1920년대 《신소년》 소년시 연구」, 『한국아동문학연구』 제28호, 한국아동문학학회, 2015.

정진헌 · 박혜숙, 「한국의 그림책 인식과 형성과정」, 『동화와번역』 제26집, 동화와번역연구소, 2013.

정혜영, 「제국과 식민지, 그 사이의 '소년' - 잡지 『소년』을 중심으로」, 『우리말글』 제47집, 우리말글학회, 2009.

정혜원, 「1910년대 아동매체에 구현된 아동상 연구-번안동화를 중심으로」, 『한국아동문학연구』 제15권, 한국아동문학학회, 2008.

______, 「1930년대 아동문예지 『동화』에 구현된 아동서사의 특징: 동화와 아동소설을 중심으로」, 『한국아동문학연구』 제23호, 한국아동문학학회, 2012.

제해만, 「현대동시론-동시의 갈래」, 『아동문학평론』 제11호, 아동문학평론사, 1986.

조동길, 「공주의 근대 문예지 『白熊』 연구」, 『한국언어문학』 제77집, 한국언어문학회, 2001.

______, 「근대 문예지 『白熊』 연구 -제2호의 내용을 중심으로-」, 『새국어교육』 제9호,

한국국어교육학회, 2013.

조두섭, 「임화 서간체시의 정체」, 『우리말글』 통권9호, 우리말글학회, 1991.

조영복, 「1930년대 혼종 텍스트와 화문 양식」, 『어문연구』 제40권 1호, 한국어문교육연구회, 2012.

조은숙, 「식민지시기 '동화회(童話會)' 연구-공동체적 독서에서 독서의 공동체로」, 『민족문화연구』 제45호, 고려대학교 민족문화연구원, 2006.

______, 「한국의 그림책 발전」, 『어린이 문학교육』 제7권 제2호, 한국어린이문학교육학회, 2006.

______, 「일제 강점기 아동문학 서사 장르의 용어와 개념 고찰: 아동 잡지에 나타난 '동화'와 '소설' 관련 용어를 중심으로」, 『아동청소년문학연구』 제4호, 한국아동청소년문학학회, 2009.

조성순, 「해방 전 그림책과 관련한 논의와 그림책의 과도기적 양상」, 『아동청소년문학연구』 제17호, 한국아동청소년문학학회, 2015.

좌혜경, 「한국 전승동요의 연구 -유희 발달을 중심으로」, 『한국민요학』 제1집, 한국민요학회, 1991.

진선희, 「1910년대 아동 신문 『붉은저고리』연구-수록 동요를 중심으로」, 『한국아동문학연구』 제22호, 한국아동문학학회, 2012.

______, 「『어린이』지 수록 동시 연구(1)-장르 용어 및 작가와 독자를 중심으로」, 『국어국문학』 제165호, 국어국문학회, 2013.

______, 「1930년대 『별나라』수록 동시 연구」, 『아동청소년문학연구』 제22호, 한국아동청소년문학회, 2018.

최기영, 「백수 정열모의 생애와 어문민족주의」, 『한국근현대사연구』 제25집, 한국근현대사학회, 2003.

최명표, 「이태준의 소년소설 연구」, 《한국아동문학연구》 제14호, 한국아동문학학회, 2008.

______, 「'오월회'의 소년운동 연구」, 『한국아동문학연구』 제19호, 한국아동문학학회, 2010.

______, 「1920년대 정읍 지역 소년운동의 전개 양상」, 『용봉인문논총』 제37권, 전남대학교인문학연구소, 2010.

______, 「소년운동가의 문학적 균형감각 -곽복산의 아동문학론」, 『전북 지역 아동문학연구』, 청동거울, 2010.

______, 「박두언의 사회운동과 문학운동」, 『한국지역문학연구』1, 한국지역문학회, 2012.

______, 「홍효민의 소년문예론 연구」, 『영주어문』 제25집, 영주어문학회, 2013.

______, 「『아이생활』 연구」, 『한국아동문학연구』 제24호, 한국아동문학학회, 2013.

최미선, 「한국 소년소설 형성과 전개과정 연구」, 경상대학교 박사학위논문, 2012.

______, 「1920년대 『신소년』의 아동 서사문학 연구」, 『한국아동문학연구』 제23호, 한국아동문학학회, 2012.

최배은, 「근대 소년 잡지 『어린이』의 '독자담화실' 연구 -'세대 간 소통 양상과 기능'을 중심으로」, 『세계한국어문학』 제2집, 세계한국어문학회, 2009.

______, 「근대 청소년 담론」, 『한국어와 문화』 제10집, 한국어문화연구소, 2011.

______, 「한국 근대 청소년소설의 형성과 이념 연구」, 숙명여자대학교 박사학위논문, 2013.

최윤정, 「근대 아동 독자의 형성과정 연구」, 『동화와번역』 제25집, 동화와번역연구소, 2013.

______, 「시 그림책의 스토리텔링」, 『동화와번역』 제27집, 동화와번역연구소, 2013.

______, 「근대 아동만화에 대한 인식과 전개 양상 연구-『아이생활』을 중심으로」, 『아동청소년문학연구』 제18호, 한국아동청소년문학학회, 2016.

최윤정b, 「우리 옛이야기, 그 탈주-담론의 심층사회학-1920년대 『조선전래동화대집』을 중심으로」, 『한국문학이론과 비평』 제58집, 한국문학이론과 비평학회, 2013.

최혜경, 「일제강점기 보통학교의 설립과 교육활동-경기도 군포시 지역을 중심으로」, 『경주사학』 제31집, 경주사학회, 2010.

한영란, 「1920-30년대 동요의 존재양상과 전승」, 『동남어문논집』 제23집, 동남어문학회, 2007.

한정동, 「내가 걸어온 아동문학 오십년」, 『아동문학』 제7집, 배영사, 1963.

한정호, 「권환의 계급주의 아동문학 연구」, 『영주어문』 제27권, 영주어문학회, 2014.

현영이, 「관제 이동영의 생애와 인쇄미술」, 이화여자대학교 석사학위논문, 2004.

황선열, 「근대 아동문학지의 일제 검열에 대한 연구-『별나라』를 중심으로」, 제20회 푸른아동문학회세미나 발표자료, 2010.

나까무라 오사무, 「조선아동문화 연구(1920~45)」, 『아동청소년문학연구』 제13호, 한국아동청소년문학학회, 2013.

사나다 히로코, 「'노래'가 '시'가 될 때까지-동시의 기원에 얽힌 여러 문제들」, 『문학과 사회』 제11권 제3호, 문학과 지성사, 1998.

초출일람

제1부 창작동요

제1장 「1920년대 창작동요와 전래동요의 영향관계 연구」, 『한국아동문학연구』 제29호, 한국아동문학학회, 2015.

제2장 「1920년대 『별나라』 동요 연구-주요 문인 활동과 작품 현황을 중심으로」, 『아동청소년문학연구』 제17호, 한국아동청소년문학학회, 2015.

제3장 「1920년대 『신소년』 동요 연구-기성작가와 소년문예사들의 활동양상을 중심으로」, 『아동청소년문학연구』 제15호, 한국아동청소년문학학회, 2014.

제4장 「일제 강점기 한국 그림동요 연구-전봉제를 중심으로」, 『한국아동문학연구』 제25호, 한국아동문학학회, 2013.

제2부 아동시

제1장 「1920년대 《신소년》 소년시 연구」, 『한국아동문학연구』 제28호, 한국아동문학학회, 2015.

제2장 「1930년대 소년시(少年詩) 발굴과 문학사적 의미 고찰」, 『동화와번역』 제39집, 동화와번역연구소, 2020.

제3장 「일제 강점기 동화시(童話詩) 연구」, 『아동청소년문학연구』 제14호, 한국아동청소년문학학회, 2014.

제3부 유년문학

제1장 「아동문학의 장르 분화와 유년문학의 등장: 1930년대 미발굴 유년문학 텍스트를 중심으로」, 『동화와번역』 제34집, 동화와번역연구소, 2017.

제2장 「1930년대 《동아일보》 유년동화 연구」, 『아동청소년문학연구』 제19호, 한국아동

청소년문학학회, 2016.

제3장 「한국의 그림책 인식과 형성과정」, 『동화와번역』 제26집, 동화와번역연구소, 2013.

제4장 「1930년대 유년의 발견과 '애기그림책'」, 『아동청소년문학연구』 제16호, 한국아동청소년문학학회, 2015.

제4부 아동문학 작가의 재발견

제1장 「일제강점기 염근수 아동문학 활동 연구」, 『동화와번역』 제36집, 동화와번역연구소, 2018.

제2장 「화가 임홍은 그림책의 이미지텔링과 활동 양상 연구」, 『스토리앤이미지텔링』 제6집, 스토리앤이미지텔링연구소, 2013.

제3장 「중원 지역 미발굴 작가 한백곤 연구」, 《스토리앤이미지텔링》 제11집, 스토리앤이미지텔링연구소, 2016.

제4장 「1930년대 이무영 아동문학 연구」, 『한국아동문학연구』 제31호, 한국아동문학학회, 2016.